Knaur.

Weitere Bücher von Christian v. Ditfurth
bei Droemer Knaur:
Der 21. Juli
Der Consul

Über den Autor:
Christian v. Ditfurth, geboren 1953, ist Historiker; er lebt als freier Schriftsteller bei Lübeck und hat sich einen Namen als Autor von historischen Thrillern und Kriminalromanen gemacht, darunter *Der 21. Juli* und *Der Consul*. Bei Kiepenheuer & Witsch erscheinen seine Krimis um den Hamburger Historiker Josef Maria Stachelmann.

CHRISTIAN V. DITFURTH

Das Luxemburg-Komplott

Thriller

Knaur Taschenbuch Verlag

www.cditfurth.de

Besuchen Sie uns im Internet:
www.knaur.de

Vollständige Taschenbuchausgabe Oktober 2008
Knaur Taschenbuch
Ein Unternehmen der Droemerschen Verlagsanstalt
Th. Knaur Nachf. GmbH & Co. KG, München

Umschlaggestaltung: ZERO Werbeagentur, München
Umschlagabbildung: AKG images, Berlin
Satz: Adobe InDesign im Verlag
Druck und Bindung: CPI – Clausen & Bosse, Leck
Printed in Germany
ISBN 978-3-426-63496-7

2 4 5 3 1

Für Gisela

Die sich anschicken, der barbarischen Vorgeschichte
der Menschheit ein Ende zu bereiten, sind selbst
Menschen dieser Vorgeschichte. Sie gehen in den Kampf
gegen Götzen mit der Seele von Götzendienern.

Manès Sperber

1

Mit tausend Schritten macht's die Frau;
Doch wie sie sich auch eilen kann –
Mit einem Sprunge macht's der Mann.

Sie lachte innerlich. Aber der Schrecken kehrte gleich zurück. Sie saß in der Ecke und las im *Faust*. Ihre Augen folgten dem Text, aber sie verstand ihn nur, weil sie ihn längst kannte. Ein Offizier saß an einem Tisch, nicht weit entfernt. Sie fühlte, wie er sie beobachtete. Er trug einen Schnurrbart in einem zum Feisten neigenden Gesicht mit eng beieinander stehenden Augen.

Leute einer Bürgerwehr hatten sie in ihrem Versteck in Wilmersdorf gefunden und ins Hotel Eden gebracht. Mordlust war in den Augen dieser Männer gewesen. Sie hatte geglaubt, sie würde schon unterwegs totgeschlagen. Aber sie beschimpften sie nur als rote Hure. Nachdem die Bürgerwehrleute sie durch die Drehtür in die Empfangshalle gebracht hatten, sah sie den Hass in den Augen der Soldaten, die an den Tischen saßen und tranken. Aber keiner griff sie an. Sie staunte, dass sie keine Furcht spürte. Vielleicht ist es deine Bestimmung, in einem Kampf ermordet zu werden, den du nicht wolltest. Der Aufstand war niedergeschlagen worden, wie sie es gewusst hatte von Anfang an. Sie waren zu wenige gewesen. Die meisten Arbeiter hörten noch immer auf Ebert* und Scheidemann oder auf die Unabhängigen Sozialdemokraten, die nicht wussten, was sie tun sollten.

In der Niederlage zu sterben, das ist kein schlechter Tod für eine Revolutionärin. Der Tod befreit einen auch von den Fragen, auf die man keine Antwort findet. Sie erinnerte sich der Zeiten, in denen sie sich tot gewünscht hatte. Diese Augenblicke der Verzweiflung. Als sie eingesperrt war und allein. Als ihre Welt zusammenbrach am 4. August 1914, an dem die sozialdemokratische Reichstagsfrak-

* Zu Ebert und anderen historischen Personen siehe »Personen der Zeitgeschichte« am Ende des Buches (S. 363 ff.).

tion den Krediten zustimmte, mit denen der Kaiser seinen Krieg bezahlte. Gerade vierzehn Abgeordnete hatten in der Fraktion dagegen gestimmt, sich aber dann im Reichstag der Mehrheit unterworfen. Die Verzweiflung, als sie merkte, dass die Arbeiter immer noch denen glaubten, die sie tausendmal belogen hatten.

Vor ein paar Wochen erst war sie in einem überfüllten Zug aus Breslau zurückgekehrt, die meisten Fahrgäste trugen Uniform. Niemand interessierte sich für die kleine Frau, die auf ihrem Koffer saß und las. Für die meisten war die Revolution zu Ende, weil Frieden war.

Die Tür wurde aufgestoßen. Ein Offizier stürzte herein. »Herr Pabst, Herr Pabst! Es ist schrecklich!« stammelte er.

Der Hauptmann stand auf und brüllte: »Machen Sie anständig Meldung, Pflugk-Harttung!«

Der Offizier warf einen Blick zu der Frau, die immer noch so tat, als würde sie lesen. Dann straffte er den Körper und legte die Hand an die Mütze: »Herr Hauptmann, wir haben Liebknecht hinuntergebracht zum Abtransport, wie befohlen. Der Trupp ist mit ihm losgefahren, da kamen plötzlich Leute, viele Leute. Bewaffnete. Sie haben Liebknecht mitgenommen. Und die Wachmannschaft erschossen.«

Die Frau begann zu begreifen. Sie hatten Karl auf der Flucht erschießen wollen, aber Arbeiter hatten ihn gerettet.

»Sie haben sich den Gefangenen wegnehmen lassen?« Fassungslosigkeit lag in Pabsts Stimme. Er stellte sich direkt vor den anderen Offizier. »Ist das wahr?« brüllte er.

»Jawohl«, sagte der Soldat. »Wir haben aber überall gesucht.«

Die Frau musste sich beherrschen, um nicht laut loszulachen.

»Das heißt, Sie haben sich den Gefangenen wegnehmen lassen und ihn dann überall gesucht?«

»Jawohl, Herr Hauptmann.«

»Aber Sie haben ihn nicht gefunden?«

»Jawohl, Herr Hauptmann.«

»Wissen Sie, was Sie gemacht haben? Sie haben Deutschlands gefährlichsten Verbrecher laufen lassen.«

Die Frau in der Ecke spürte Hoffnung. Wenn Karl fliehen konnte, dann würde es ihnen schwerer fallen, sie zu töten. Karl wusste, wo sie war. Und Pieck wusste es auch. Wo war Pieck?

»Und wo ist dieser Meyer?« fragte der Hauptmann. Es hörte sich an wie: Den habt ihr wohl auch laufen lassen.

»Der ist noch hier.«

»Dann können Sie den ja auch gehen lassen«, schnauzte der Hauptmann. »Und diese Dame hier, die nicht zugeben will, die Luxemburg zu sein, die können Sie gleich mitschicken.«

Die Frau reimte es sich zusammen. Sie hatten noch nicht einmal herausgefunden, dass Meyer nur ein Deckname war. Sie hatten neben Karl Liebknecht und Rosa Luxemburg mit Wilhelm Pieck ein drittes Mitglied der KPD-Zentrale gefangen, ohne es zu wissen. Stahlhelme machen nicht klüger, dachte sie.

Der Hauptmann brüllte Pflugk-Harttung aus dem Zimmer. Er hatte wohl schon die Lobeshymnen gehört auf den Mann, der Liebknecht und Luxemburg zur Strecke gebracht habe, den Bolschewistenzögling und das jüdische Flintenweib aus Polen, die alle anständigen Deutschen ermorden wollten. Sogar der sozialdemokratische *Vorwärts* hatte gefordert, die beiden zu töten, zusammen mit Radek, dem Bürgerkriegshetzer aus Russland.

Die Frau las immer noch. Sie zeigte keine Angst und keine Befriedigung.

Der Hauptmann nahm einen Füller in die Hand und spielte mit ihm. Der Füller fiel auf den Boden und zerbrach. Tinte trat aus, ein schwarzer Fleck weitete sich. Pabst fluchte leise. Er warf einen Blick zu der Frau und glaubte, er habe sie lächeln gesehen. Obwohl sie las, fühlte er sich beobachtet. Eine seltsame Frau. Sie war grauhaarig, nicht schön, klein und nicht mehr schlank. Ihn erstaunte immer noch die Ruhe und Überlegenheit, mit der sie ihm gegenübertrat, als sie vorgeführt worden war.

»Sind Sie Frau Rosa Luxemburg?«

»Entscheiden Sie bitte selber«, hatte sie geantwortet.

»Dem Bild nach müssten Sie es sein.«

»Wenn Sie es sagen.«

Auch wenn er sich gegen den Eindruck wehrte, sie hatte eine Aura, selbst hier in diesem Zimmer, in dem sie nur in der Ecke saß und las. Davor hatte sie Nähzeug aus ihrem kleinen Koffer genommen und sich einen Saum genäht, der bei der Verhaftung gerissen war. Er hatte viel über sie gehört. Liebknecht sei ein Hetzer, Luxemburg aber die Seele der deutschen Bolschewisten. Wie gefährlich sie war, hatte er begriffen, als ein Offizierskamerad zu ihm gekommen war und vorschlug, die Luxemburg vor der Truppe reden zu lassen. Sogar einem kaiserlichen Offizier hatte die kleine Frau den Kopf verdreht.

Der Anruf, den er vor zwei Stunden erhalten hatte, ging ihm durch den Kopf. Es war verrückt, völlig verrückt. Und ausgerechnet ihn hatten die sich ausgesucht für dieses Unternehmen. Ausgerechnet ihn. Diesen Tag, den 15. Januar 1919, würde er nie vergessen.

2

Er kratzte sich an der Backe und schaute ihn streng an. »Wie war die Zugfahrt?«

»Gut.« Hätte er ihm erzählen sollen, dass er neun Tage gebraucht hatte von Engels im deutschen Wolgagebiet nach Moskau, weil sie unterwegs immer wieder halten mussten, damit Bahnpersonal und Fahrgäste im Frost und unter Schneewehen Brennholz suchten, da es Kohle schon lange nicht mehr gab? Das wusste Feliks Dserschinski doch selbst, der Vorsitzende des Präsidiums der Außerordentlichen Kommission zur Bekämpfung der Konterrevolution, die alle nur Tscheka nannten.

»Wie mir Ihre Leiter berichten, haben Sie gut gearbeitet. Auch der Genosse Reuter ist zufrieden mit Ihnen.«

Zacharias erwiderte nichts. Sie hatten getan, was die Einheiten der Tscheka überall taten. Und der Genosse Ernst Reuter, der Volkskommissar des Wolgagebiets, hatte sie die Drecksarbeit machen lassen. Sie suchten Konterrevolutionäre, und wenn sie welche fanden, erschossen sie die meistens, ohne lang zu fragen. Wenn die Weißgardisten Genossen fingen, töteten sie die auch. Entweder wir oder die. Lenin hatte den Terror befohlen, die Tscheka und die Rote Armee übten ihn aus. Darüber musste Zacharias mit Dserschinski nicht reden.

»Die Wolgarepublik liefert Getreide und Fleisch nach Moskau, mehr als alle anderen Gebiete. Ohne sie wären wir längst verhungert. Das verdanken wir auch unserer Tscheka.« Dserschinski blätterte in einer Akte. »Sie waren 1909 auf der SPD-Parteischule in Berlin. Ihre Lehrerin in Politischer Ökonomie war Rosa Luxemburg.«

Es waren keine Fragen, was Dserschinski da nuschelte. Trotzdem antwortete Zacharias: »Ja, Genosse Dserschinski.«

Sie war nicht nur Lehrerin in Ökonomie gewesen. Sie hatte ihm und den anderen Genossen die Gewissheit gegeben, dass der Sozialismus kommen würde, weil die Geschichte es verlangte. Der Untergang des Kapitalismus war vorbestimmt, und ihre Aufgabe als

Sozialisten war es, bereit zu sein, die Macht im Staat zu übernehmen. Sie würden es erleben. Die Arbeiter seien die letzte herrschende Klasse, deren Aufgabe darin bestehe, den Kommunismus herbeizuführen, in dem jeder nach seinen Bedürfnissen leben könne und in dem es keine Klassenherrschaft mehr gebe. Das Paradies auf Erden, sie hatte es in ihre Köpfe geredet, und sie hatten an ihren Lippen gehangen. Es war wie ein Erweckungserlebnis gewesen, Zacharias hatte es jedenfalls so empfunden.

Seitdem nannte er die Genossin Dr. Luxemburg insgeheim Rosa, weil sie ihm nahe gekommen war, indem sie seine Gedanken bewegte wie kein Mensch zuvor. Sie, die mit den Großen der Arbeiterbewegung auf gleicher Augenhöhe verkehrte, sie, die Eduard Bernstein, den Freund von Marx und Engels, in die Schranken wies, sie, die den großen Kautsky belehrte, sie, die Parteitage zum Jubeln brachte oder zum Protestieren, sie hatte klein vor ihnen gestanden, um ihnen geduldig das Einmaleins des Sozialismus beizubringen.

Damals wollten wir alles wissen, besser noch, wir glaubten, alles lernen zu können, die Gesetze der Ökonomie, der Gesellschaft, der Geschichte. Und wem es an Gewissheit gefehlt hatte, der erfuhr sie in der Parteischule. In keiner anderen Schule wurde mehr gelernt und disziplinierter, es war eine Auszeichnung, dort hingeschickt zu werden. Er hatte sie sich erworben in seiner Jugendgruppe. Auch wenn er in den Augen der älteren Genossen vorwitzig war und die angestammten Autoritäten nicht im gewünschten Ausmaß verehrte, so empfahl der sozialdemokratische Wahlkreisvorstand doch, er solle auf die Schule gehen. »Damit sie ihm die große Klappe abgewöhnen«, witzelte einer. Das wurde ihm hintertragen, und er glaubte es.

Der Leiter der Tscheka musterte Zacharias, dann schaute er an die Decke. Rauch stand im Zimmer. Es war kalt, der Ofen in der Ecke wärmte kaum. Sie saßen in Mänteln an Dserschinskis Schreibtisch.

»Wir schicken Sie nach Deutschland«, sagte Dserschinski. »Die deutschen Genossen brauchen Hilfe. Und wir brauchen jemanden, der uns berichtet. Sie sollen genau hinschauen, und was Sie sehen, berichten Sie uns. Der Genosse Radek wird Sie einführen in den

Spartakusbund, der sich seit kurzem Kommunistische Partei nennt. Und Sie bekommen einen zweiten Auftrag: Wachen Sie über die Genossin Luxemburg.«

Zacharias schaute ihn mit großen Augen an. Und dann dachte er an Margarete. Er stellte sie sich vor mit ihrem Pferdeschwanz, der wippte, wenn sie lief. Ob sie auf ihn gewartet hatte? Sie hatte schon lang nichts mehr gehört von ihm. Nun würde er zurückkommen. In seiner Erinnerung schien die Sonne, ein paar weiße Fetzen schwebten am Himmel. »Kaiserwetter«, nannten das die anderen. Er sah Margarete und sich im Tiergarten, Hand in Hand, auch wenn manche Passanten durch Blicke kundtaten, dass sie es unschicklich fanden. Sie war meist fröhlich, und wenn er sie umarmen durfte, spürte er ihren weichen Körper, der seine Selbstbeherrschung prüfte. Er verspottete sich wegen seiner rosaroten Erinnerung, die alle Sorgen wegwischte, die auf ihnen gelastet hatten. Aber so ähnlich wird es gewesen sein. Ihr Lachen, wenn er sie abholte zum Spaziergang oder sie besuchte bei ihren Eltern, die ihn schon als künftigen Schwiegersohn sahen. Sie sagten es natürlich nicht, aber wenn er sonntags kam, stellten sie ungefragt eine Tasse mehr auf den Tisch.

»Wie wir gerade erfuhren, ist die Genossin Luxemburg nur knapp einem Mordanschlag entgangen. Sie war in den Händen konterrevolutionärer Freikorps, Liebknecht auch. Aber Liebknecht wurde befreit durch bewaffnete Arbeiter, er rief die Revolutionären Obleute auf, die Genossin Luxemburg ebenfalls zu befreien, und durchkreuzte die Pläne der Konterrevolution.«

»Die Revolutionären Obleute?«

»Sie wissen nicht, wer das ist? Sie sollten die *Prawda* nicht nur zum Heizen benutzen, Genosse Zacharias. Das sind Gewerkschafter, die sich im Krieg gegen die Burgfriedenpolitik von SPD und Gewerkschaftsführung aufgelehnt haben. Der Munitionsarbeiterstreik Anfang 1918 stand unter ihrer Führung, bis Ebert ihn abwürgte. Die revolutionären Arbeiter Berlins stehen hinter den Obleuten, noch nicht hinter den Kommunisten. Ich hoffe, Sie kennen wenigstens Ebert.«

Zacharias nickte. Ebert war SPD-Vorsitzender und Vorsitzender des Rats der Volksbeauftragten in Berlin, ein Verräter.

Dserschinski lächelte. Er zog Papiere aus einem Stapel auf seinem Schreibtisch, bis er endlich fand, was er gesucht hatte. »Hier ist ein telegrafischer Bericht eines zuverlässigen Informanten aus Berlin, in dem genau geschildert wird, wie die Genossin Luxemburg und der Genosse Liebknecht entkamen. Lesen Sie ihn durch und geben Sie ihn mir wieder.«

»Wem gebe ich meine Berichte aus Berlin?«

»Das erfahren Sie dort. Ein Genosse wird sich an Sie wenden, oder Sie suchen ihn auf, wenn er sich nicht meldet. Er heißt Karl Retzlaw, die Adresse gebe ich Ihnen später. Retzlaw wird Sie zum Genossen Radek bringen. Halten Sie sich zunächst an den Genossen Radek. Aber lassen Sie sich nicht einspannen von ihm.« Jetzt hörte er Dserschinskis polnischen Akzent. »Sie haben den Auftrag, eine Funktion in der Kommunistischen Partei zu übernehmen, die es Ihnen ermöglicht, die Genossin Luxemburg möglichst oft zu sehen. Welche Funktion, das ist Ihre Sache. Ihr darf nichts geschehen, und wir müssen wissen, was sie vorhat. Wir haben keinen wichtigeren Auftrag zu vergeben, Genosse Zacharias. Und ich verrate Ihnen, dass dieser Auftrag nicht von mir stammt.«

»Ich bin Kriegsgefangener.« Warum sagte er das?

»Das sind Sie seit März 1918 nicht mehr, seit dem Brester Vertrag. Sie haben unter der Leitung des Genossen Reuter gute Arbeit im Kriegsgefangenenkomitee geleistet, aber doch schon nicht mehr als Gefangener, sondern als Revolutionär. Sie sind ein Anhänger unserer Revolution, und Sie haben eine gute Biographie, jedenfalls für diesen Auftrag.« Er blätterte in der Akte und murmelte: »Geboren am 16. Januar 1888 in Berlin-Wedding in einer Arbeiterfamilie. Vater Metallarbeiter und seit 1875 Mitglied der SPD, unter dem Sozialistengesetz ein Jahr in Haft wegen Verbreitung sozialdemokratischer Propaganda. Da waren die Sozialdemokraten noch Revolutionäre, nicht wahr, Genosse Zacharias?«

Der nickte. Ob die Eltern noch lebten? Er hatte ewig nichts mehr erfahren von ihnen. Und seine Schwester Renate? Sie war nun zweiundzwanzig, nein, dreiundzwanzig, Geburtstag am 5. Januar. Ob sie zu Hause glaubten, er sei tot? Wie sahen sie aus, seine Eltern und seine Schwester? Er erinnerte sich an Schemen, dabei war es wenige Jahre her, dass er sie das letzte Mal gesehen hatte. Das knochige Gesicht des Vaters mit der breiten Nase, die nicht hineinpassen wollte in das Gesicht. Die früh grau gewordenen Haare. Die derben, starken Hände. Wie er die Schmerzen ertrug, die ihm die Gicht verschaffte. Er war spröde, wortkarg und verehrte Bebel. Die Mutter mit ihrem rundlichen Gesicht, eine kleine Warze am Kinn, die fest zurückgebundenen schwarzen Haare. Sie redete viel, als müsste sie das Schweigen des Vaters ausgleichen. Aber sie war immer freundlich und warmherzig, es sei denn, Sebastian trieb es zu arg, und ihre Geduld endete. Aber der Zorn war bald verraucht, als wäre nie etwas gewesen.

Du malst dir eine Idylle aus. So war es nicht. Sie waren streng, der Vater hat dich geschlagen, wenn du in der Schule einen Tadel einfingst, und du fandest es ungerecht, in der Schule Schläge zu bekommen und zu Hause auch. Und du hast immer geglaubt, sie zögen Renate vor, das Nesthäkchen, das von den wenigen Süßigkeiten immer mehr bekam als du. Das sogar der Vater anlächelte.

»1914 wurden Sie eingezogen. Zuerst kurz an der Westfront, Belgien, dann Russland. Sie waren in Tannenberg dabei.« Dserschinski schaute Zacharias an.

Zacharias nickte. Es war ein Gemetzel gewesen.

»Januar 1917 Gefangenschaft, verwundet.«

Zacharias nickte. Sie hatten ihm ins Bein geschossen, aus einem Hinterhalt heraus, und seine Kompanie fast völlig aufgerieben. Nur wenige hatten überlebt. Er war gut bedient gewesen mit einem Durchschuss in der Wade. Schlimmer als die Schussverletzung war der Wundbrand, der ihn fast das Bein oder das Leben gekostet hätte. Aber er hatte gute Pfleger gehabt und vor allem Glück. Immer wenn die Narbe juckte, dachte er an sein Glück.

»Dann waren Sie im Kriegsgefangenenlager Pereslawl-Salesski, zusammen mit dem Genossen Reuter.«

Zusammen mit ein paar tausend Mann, dachte Zacharias. Schmutziges Wasser, wenig zu essen, und wenn, dann einen Fraß sondergleichen. Reuter war ihm zunächst nicht aufgefallen. Erst später, als er zum Leiter des Kriegsgefangenenkomitees gemacht wurde. Aber er verschwand bald, und Zacharias traf ihn erst im Wolgagebiet wieder, da war Reuter schon Volkskommissar. Und da hatte die Tscheka Zacharias schon angeworben.

»Sie sind seit Juli 1918 bei uns.« Dserschinski sagte es fast lautlos und schaute nicht auf von der Akte.

Zacharias arbeitete damals in der Kriegsgefangenenverwaltung. Die versuchte aus Kriegsgefangenen Revolutionäre zu machen, die im Bürgerkrieg halfen und später in ihren Ländern als Kommunisten für die Weltrevolution arbeiteten. Solange der Frieden von Brest-Litowsk mit den Deutschen galt, war es verboten, mit Kriegsgefangenen politisch zu arbeiten. Aber als Lenin den Vertrag nach der deutschen Niederlage im Westen zerriss, setzte die Kriegsgefangenenverwaltung offen fort, was sie insgeheim längst getan hatte. Eines heißen Julitags kam ein Genosse von der Außerordentlichen Kommission und fragte Zacharias, ob er gegen die Konterrevolution kämpfen wolle. Das sei jetzt das Wichtigste für das Überleben der Sowjetmacht. Er gebe zu, sie machten nicht viel Federlesens. Lieber zehn zuviel erschossen, als dass einer entkomme. Zacharias fühlte sich geehrt. Nur die Treuesten der Treuen würden gefragt, sagte der Genosse, der sich nun unter dem Namen Michail Michailowitsch Woronin vorstellte.

Zacharias war jung, leichtfertig und schnell zu begeistern. Und er war geschmeichelt. Tscheka – das hatte einen Klang! Da durfte nicht jeder mitmachen, nur wenige wurden gefragt. Einen größeren Vertrauensbeweis gab es nicht. Also machte er mit. Er wurde zunächst einer Einheit zugeteilt, die in Moskau und Umgebung nach Konterrevolutionären und Spionen der Weißen suchte. Es wurde wenig gefragt und viel geschossen. Dann schickten sie ihn ins Wolgagebiet, weil er Deutscher war.

»Sie haben erklärt, dass Sie nach Deutschland zurückkehren wollen«, sagte Dserschinski. Er zog ein Papier aus der Akte.

Zacharias nickte. Die wahre Begründung war, dass er es leid war, andere Leute zu jagen, die als Feinde galten, weil sie Popen, Ladenbesitzer, Kulaken oder ehemalige Offiziere des Zaren waren. Er schlief nachts schlecht, sah die Angst in den Augen seiner Opfer und hörte noch, wie sie ihre Unschuld beschworen und um ihr Leben bettelten. Er wusste, diese Bilder würde er bis zum Ende seines Lebens in sich tragen. Eine Zeitlang hatte er sich eingeredet, er müsse weiter töten, um zu rechtfertigen, dass er getötet hatte. Erwies es sich als falsch, war er ein Verbrecher. Aber dann hatte er es nicht mehr ausgehalten. Er verbarg vor seinen Genossen und Vorgesetzten, dass er nachts zitternd und schwitzend aufwachte. Seine Begeisterung war erloschen, und doch konnte er nicht falsch finden, was die Tscheka tat. Tat sie es nicht, würde die Revolution in Bauernaufständen ersticken, und die Weißen würden die Sowjetmacht beseitigen und alle umbringen, die ihr geholfen hatten.

»Sie fühlen sich berufen, der deutschen Revolution zu helfen.«

»Berufen ist ein großes Wort, und ich bin nur ein kleiner Bolschewik. Aber manchmal sind die Kleinen nicht unnütz.«

Dserschinski lächelte. »Ihre Mundfertigkeit ist auch in der Akte vermerkt. Sie haben sich verdient gemacht im Kampf gegen die Feinde. Ich weiß, der ist nicht leicht. Wir sind keine Mörder, denen das Töten Freude bereitet. Wir sind Humanisten. Die Diktatur des Proletariats ist tausendmal humaner als die Diktatur der Bourgeoisie.«

Zacharias schien es zunächst fast, Dserschinski sagte es, um sich selbst zu überzeugen. Aber dann verwarf er den Gedanken. Ein Mann wie Feliks Dserschinski zweifelte nicht. Wer jeden Tag Menschen zu Hunderten in den Tod schickte, musste restlos überzeugt sein, dass es richtig war. Zacharias stellte sich Rosa an Dserschinskis Stelle vor, während der in der Akte blätterte und wieder in seinen Gedanken versank. Würde sie befehlen, Menschen zu töten, weil sie im Verdacht standen, gegen die Revolution zu arbeiten, oder weil sie aufgrund ihrer sozialen Herkunft als Feinde galten, als »Burschuis«? Dserschinski hatte lange Jahre mit Rosa zusammengearbeitet in der kleinen Partei mit dem langen Namen Sozialdemokratie des Königreichs Polen und Litauens. Er hatte in den parteiinternen Streitereien als ihr Anhänger gegolten. Würde sie nun genauso handeln wie Dserschinski? War das nur eine Frage der Lage und des Zeitpunkts? Gibt es in einer Situation immer nur eine Möglichkeit, sich richtig zu entscheiden? Zacharias rief sie sich als Dozentin in Erinnerung. Es waren zuerst ihre Augen, die einen anstrahlten und gefangennahmen.

»Wird sich die Genossin Luxemburg an Sie erinnern?«

Ob Dserschinski Gedanken lesen konnte? »Ich glaube schon.« Augen, die einen so anstrahlen, vergessen einen nicht. »Es wird mir sonst aber bestimmt gelingen, mich in Erinnerung zu bringen.«

Dserschinski lächelte. Gleich wurde er wieder ernst. »Die Genossin Luxemburg war eine gute Lehrerin.« Es war keine Frage. »Aber sie hat eine Sache nicht verstanden und sich dadurch in einen Widerspruch zum Genossen Lenin gebracht. Sie unterschätzt die Rolle der Partei. Ihre Partei führt nicht, sie lehrt. So ist die Genossin Luxemburg immer eine Lehrerin geblieben. O ja, auch ich habe viel von ihr gelernt. Sie hat eine Art, einem die Dinge um die Ohren zu hauen, ich muss schon sagen …«

Er brach ab, kurz erschien wieder ein Lächeln in seinem Gesicht. Einen Augenblick sah es so aus, als hätte dieser harte Mann Sehnsucht. »Wir haben nachher noch eine wichtige Besprechung. Nehmen Sie den Bericht aus Berlin und warten Sie draußen, bis Sie gerufen werden.«

Zacharias setzte sich im Vorraum in einen weichen Sessel und begann den Bericht zu lesen. Zuerst schaute er nach, wer ihn geschrieben hatte, aber da stand kein Name. Der Unbekannte schilderte, wie Rosa Luxemburg und Karl Liebknecht verhaftet und befreit worden waren.

Am Mittwoch, den 15. Januar 1919, drangen Mitglieder einer sogenannten Wilmersdorfer Bürgerwehr in die Wohnung eines Herrn Marcusson in der Mannheimer Str. 43 ein. Dort stießen sie auf den Genossen Liebknecht, den sie verhafteten. Zwei Bürgerwehrleute brachten den Genossen Liebknecht zunächst in das Hauptquartier der Bürgerwehr in der Cecilienschule, um ihn dort zweifelsfrei zu identifizieren, weil der Genosse Liebknecht erklärte, er heiße Marcusson. Drei Mann blieben in der Wohnung des Marcusson zurück, um Genossen zu verhaften, die dort auftauchten. Später wurde der Genosse Liebknecht ins Hotel Eden gefahren, das Hauptquartier der Garde-Kavallerie-Schützen-Division, und dort dem Stabschef der Division, einem Hauptmann Pabst, übergeben.

Kurz nachdem der Genosse Liebknecht aus der Wohnung gebracht worden war, erschien dort die Genossin Luxemburg und wurde ebenfalls verhaftet. Auch sie wurde schließlich zum Hotel Eden gebracht und dem besagten Hauptmann Pabst übergeben. Außerdem wurde noch der Genosse Pieck verhaftet, der sich als bürgerlicher Journalist ausgab und nicht identifiziert werden konnte.

Zacharias lehnte sich zurück und schloss die Augen. Er kannte auch Pieck aus der Vorkriegszeit. Sie konnten ihn nicht identifizieren. Er las weiter und malte sich aus, welches Geschehen sich verbarg hinter den trockenen Sätzen.

Dieser Hauptmann Pabst wollte die Spartakusführer umbringen, das lag auf der Hand. Gegen 23 Uhr erschienen Offiziere der Division in Mannschaftsuniformen im Hotel. Hauptmann Pabst übergab ihnen Liebknecht, und sie führten ihn aus dem Eden. An der Drehtür stand ein einfacher Soldat Wache, der Jäger Runge. Als er durch die Scheibe Liebknecht erkannte und sah, dass der durch einen Seitenausgang aus dem Hotel gebracht werden sollte, rannte Runge dorthin und kam gerade noch rechtzeitig, um dem Spartakusführer den Gewehrkolben auf den Kopf zu schlagen. Dann zerrten die Bewacher den blutenden Liebknecht ins Auto und fuhren los.

Und nun geschah etwas Unglaubliches. Kaum waren sie eine kurze Strecke gefahren in Richtung Tiergarten, standen plötzlich Bewaffnete auf der Straße, hielten das Auto an und umringten es. Sie waren in der Überzahl und erklärten, sie gehörten zu Spartakus und den Revolutionären Obleuten. Sie holten Liebknecht aus dem Auto und erschossen seine Bewacher. Zwei seiner Befreier brachten Liebknecht in dem Auto in Sicherheit, die anderen schafften die toten Offiziere von der Straße, so dass auf den ersten Blick keine Spuren der Befreiung zu entdecken waren. Dann versteckten sie sich in der Nähe der Drehtür, behielten auch den Seiteneingang im Auge und warteten ab. Liebknecht sorgte offenbar dafür, dass die Revolutionären Obleute Verstärkung schickten, um notfalls das Hotel in einem Überraschungsangriff zu stürmen. Aber bald sahen die Revolutionäre, dass Rosa Luxemburg durch den Hauptausgang zu einem

Auto gebracht wurde. Runge schlug auch sie mit dem Gewehrkolben. Als sie bewusstlos zu Boden stürzte, versetzte Runge ihr noch einen Schlag. Die Bewacher schleppten sie dann zum Auto und fuhren los. Die Revolutionäre hielten auch diesen Wagen an, befreiten die bewusstlose Rosa Luxemburg, töteten ihre Bewacher und brachten die Verletzte unter falschem Namen in ein Krankenhaus. Dann verschwanden die Befreier. Der Berichterstatter schloss mit der Bemerkung, dass ihm die bewaffneten Arbeiter unbekannt gewesen seien.

Liebknecht und Luxemburg waren schon so gut wie tot gewesen, aber dann tauchte das Schicksal auf in Gestalt bewaffneter Arbeiter. Die befreiten die Arbeiterführer und verschwanden. So etwas gibt es nur im Krieg oder in einer Revolution.

Die Tür öffnete sich, Dserschinski kam und sagte: »Kommen Sie, der Genosse Lenin will Sie sehen.«

Zacharias kriegte weiche Knie.

Im Hof wartete schon die Limousine mit dem Fahrer. Der Wagen verließ das Gebäude und fuhr langsam durch die schneebedeckten Straßen das kurze Stück zum Kreml. Es waren nur wenige Menschen unterwegs, die meisten abgerissen, dieser oder jener in Kleidung, die zeigte, dass er schon bessere Tage erlebt hatte. Immer wieder Bettler oder Frauen, die ein Glas saures Gemüse anboten oder einen halbfaulen Apfel oder sich selbst. Bald würde die frühe Nacht alles verdunkeln, nur Arme, Bewaffnete oder Gruppen trauten sich dann noch auf die Straße. Ein alter Mann starrte ins Auto, sie ließen ihn langsam zurück mit seinem Hass in den Augen.

Als sie die Kremlpforte erreichten, verlangten Milizsoldaten die Ausweise, obwohl sie Dserschinski gewiss sofort erkannt hatten. Drinnen fuhren sie zu einem größeren Haus, dort empfing sie ein Mann im Frack. Er sah nicht nur aus wie ein Lakai des Zaren. »Der hat schon dem Zaren gedient«, sagte Dserschinski, nachdem sie der Befrackte in einen Raum geführt hatte, wo sie warten sollten, bis sie zu Lenin gebracht wurden. Dserschinski hatte die Verwunderung in Zacharias' Augen gesehen.

Sie liefen im Zimmer umher, Zacharias tat es, weil er nervös war. Er betrachtete die Wände. Helle Flecken zeigten, wo früher Bilder gehangen hatten. Ein mächtiger weißer Kachelofen spendete Wärme. Das Mobiliar war kunstvoll verziert, aber offenbar nicht mehr vollständig.

Dserschinski war in sich gekehrt. Woran mochte er denken? fragte Zacharias sich. Plante er schon die nächsten Schläge gegen die Feinde?

Eine zweite Tür öffnete sich, sie war eingelassen in die Wand. Eine kleine hagere Frau winkte sie wortlos herein. Zacharias folgte Dserschinski in Lenins Arbeitszimmer.

An der Wand ein Porträt von Marx. Das Mobiliar war schlicht, ein Schreibtisch mit Stuhl, daran vorne anschließend ein Tisch mit zwei schweren Ledersesseln, neben einem Regal ein Ledersofa. Zacharias entdeckte auf dem Tisch eine Statuette, ein auf einem Darwin-Buch sitzender Schimpanse, in der Hand einen Menschenschädel, den er fragend betrachtete, die Finger am Mund. In einer Ecke dampfte ein Samowar.

Lenin war kleiner, als Zacharias ihn in Erinnerung hatte. Er hatte ihn Monate zuvor als Redner auf einer Versammlung im Petrograder Smolny-Institut gesehen. Lenin sah alt aus, aber seine Augen strahlten, und darin ähnelten sie Rosas. Zacharias hatte über das Attentat gelesen, das ein paar Monate zuvor auf Lenin verübt worden war, und manche munkelten, mit seiner Gesundheit stehe es nicht gut.

Lenin erhob sich hinter dem Schreibtisch und kam ihnen einige Schritte entgegen. Er gab Dserschinski die Hand, dann Zacharias, dessen Hand er einen Augenblick festhielt. Lenins Hand war erstaunlich weich. Dann zeigte er auf die Sessel und bat sie, Platz zu nehmen.

Zacharias hatte viel gehört von Lenins Rastlosigkeit und Willenskraft. Aber der Lenin, den er nun sah, zeigte Spuren des Alters und der Erschöpfung, Ringe um müde Augen, eine wachsbleiche Haut, und seine Hände zitterten ein wenig. Zacharias mühte sich, nicht hinzuschauen.

»Nun, Genosse Dserschinski, hier haben wir also den Genossen Zacharias«, sagte Lenin. Er sprach, ohne seine Stimme zu heben. »Möchten Sie Tee?«

Zacharias schaute Dserschinski an, der nickte. »Gerne, Genosse Lenin.«

»Nehmen Sie sich.« Lenin zeigte auf Becher, eine Teedose und den Samowar.

Sie nahmen sich Becher, die neben dem Samowar standen.

»Möchten Sie Zucker?« fragte Lenin.

»Gerne«, sagte Zacharias, um etwas zu sagen. Seine Befangenheit war ihm peinlich. Dserschinski warf ihm einen bösen Blick zu. Lenin stand auf, hob den Deckel von einer Dose und sagte: »Nicht einmal Zucker für meine Gäste haben wir. Warten Sie.« Er verließ den Raum mit der Zuckerdose in der Hand. Dserschinski starrte auf den Fußboden vor sich.

»Ich wusste nicht ...«

Dserschinski winkte ab, ohne ihn anzuschauen. Er musste Ähnliches schon einmal erlebt haben. Nach einer Weile öffnete sich die Tür, und Lenin kehrte zurück mit der Zuckerdose. »Der Genosse Swerdlow ist unersetzbar, wie wir alle wissen. Jetzt noch mehr als früher.« Lenin stellte die gefüllte Zuckerdose auf den Tisch und schaute Zacharias an. Der nahm sich reichlich Zucker, Dserschinski tat es ihm nach.

»Sie wissen, ich schätze die Genossin Luxemburg. Wir hatten früher Streit, waren ja gewissermaßen in einer Partei. Im Gegensatz zu anderen ist die Genossin Luxemburg unserer revolutionären Sache treu geblieben. Und doch gibt es weiterhin Widersprüche. Aber wenn wir die neue, revolutionäre Internationale aufbauen wollen, brauchen wir die deutschen Genossen, vor allem Liebknecht und Luxemburg. Niemand hat einen größeren Namen beim internationalen Proletariat.«

Dserschinski wollte etwas sagen. Es genügte ein freundlicher Blick Lenins, und Dserschinski schloss seinen Mund wieder.

»Genosse Zacharias«, sagte Lenin bedächtig. »Wenn die Deutschen keine Revolution machen, wird der Rest der Welt über uns herfallen. Sie werden uns vernichten, die Sowjetmacht beseitigen und diesen Zwerg Kerenski zurückholen oder vielleicht sogar ein Mitglied der Zarenfamilie, das wir übersehen haben. Ich sage Ihnen offen, das Schicksal unserer Revolution liegt in der Hand von Luxemburg und Liebknecht. Und ein klein wenig auch in Ihrer.«

Zacharias versuchte zu begreifen, was Lenin meinte. Es gelang ihm nicht, er fühlte sich klein und spürte den Druck der Verantwortung, die Lenin ihm auflud.

Als wüsste Lenin, was Zacharias fürchtete, sagte er: »Wir tun alle mehr, als wir können. Niemand hat uns gezeigt, wie man die Sowjetmacht aufbaut, die Tscheka oder die Rote Armee. Die Genossen Dserschinski und Trotzki haben aus dem Nichts großartige Organe unseres Staats geschaffen. Seien Sie sicher, dass die Genossen viele Nächte nicht geschlafen haben, weil sie fürchteten, ihrer Aufgabe nicht gewachsen zu sein.« Er schaute Zacharias freundlich an und musterte ihn gleichzeitig. In seinem Blick schien die Fortsetzung zu liegen: Auch ich schlafe nicht, weil ich nicht weiß, ob es richtig ist, was ich tue. Ob wir es überstehen werden. »Denken Sie an diese Komitees der Dorfarmut. Die sollten den Mittel- und den Großbauern Druck machen, damit diese Nahrungsmittel abliefern, statt sie zu horten. Wenn wir ehrlich sind, dann war die Gründung dieser Komitees ein Fehler. Wir haben das Gegenteil von dem erreicht, was wir bezweckten. Ob die Sowjetmacht überlebt, hängt nicht davon ab, dass sie keine Fehler macht, sondern davon, dass sie aus jedem Fehler sofort die richtige Lehre zieht. Wir haben keine Zeit.« Den letzten Satz sagte er leise. Er trank einen Schluck Tee und wiederholte: »Wir haben keine Zeit.«

Er stand auf, hängte einen Daumen ins Knopfloch seines knittrigen schwarzen Jacketts und ging ein paar Schritte. Er drehte ihnen den Rücken zu und schaute aus dem Fenster. Es war längst dunkel geworden. »Der Genosse Dserschinski hat Sie empfohlen für diesen Auftrag. Sie kennen Rosa Luxemburg, Sie sind Deutscher, Sie sind Bolschewik geworden hier bei uns, Sie sind intelligent. Was Ihnen fehlt, ist Erfahrung. Die kann man Ihnen nicht beibringen. Wir sind Ihnen nicht gram« – dieses Wort sagte er auf Deutsch –, »wenn Sie Fehler machen. Wir sind es nur, wenn Sie nicht daraus lernen. Wenden Sie sich in Berlin an den Genossen Radek, er wird Sie unterrichten. Aber denken Sie daran, Sie sind kein Untergebener des Genossen Radek. Sie sind nur an Weisungen des Genossen Dserschinski gebunden und an das, was Ihnen Ihr Verstand rät. Ihr Auftrag besteht aus drei Teilen: Erstens, finden Sie heraus, was Rosa Luxemburg vorhat; zweitens, schützen Sie die Genossin vor Anschlägen der Konterrevolution; drittens, schlagen Sie uns vor, wie wir die deutsche Revolution unterstützen können: Propaganda, Waffen, Geld. Wie würden die deutschen Arbeiter reagieren, stünde unsere Rote Armee an der deutschen Grenze? Diese Frage mag Ihnen utopisch erscheinen. Aber bedenken Sie, es gibt nichts Utopischeres als unsere Revolution. Jedenfalls, wenn man sich zwei Jahre zurückversetzt. Wenn die Revolution bald auch in Polen siegt, dann haben wir eine gemeinsame Grenze mit Deutschland. Die Dinge in der Ukraine werden wir bald bereinigen.«

Dserschinski sagte nichts, obwohl Lenin den Auftrag für Zacharias weiter fasste, als der Tschekaleiter es getan hatte. Er war in sich versunken. Er hatte das alles schon oft gehört. Aber Zacharias beeindruckte es, wie Lenin seine Gedanken entwickelte, sachlich, ruhig und im Vertrauen darauf, dass er recht hatte. Er hatte an die Oktoberrevolution geglaubt, im Gegensatz zu einigen Mitgliedern des bolschewistischen Zentralkomitees, und er hatte recht behalten. Revolutionen geschehen nicht, die revolutionäre Partei macht sie. Die Revolution lässt sich datieren und planen wie die Offensive einer Armee an der Front. Es gibt revolutionäre Situationen, die kann man nutzen oder verstreichen lassen. Lenin hatte dazu einiges geschrieben.

»Sie fürchten, die deutschen Genossen könnten eine revolutionäre Situation nicht ausnutzen?« fragte Zacharias.

Lenin nickte und schaute ihn freundlich an. »Ich sehe, Sie verstehen, was ich meine. Genau das fürchte ich. Unter uns: Die Kommunisten in Deutschland sind ein kleiner Haufen ohne klare Linie. Die Unabhängigen Sozialdemokraten dreschen revolutionäre Phrasen und tun nichts, außer dass sie Millionen von Arbeitern an sich binden und zum Nichtstun verdammen. Die Mehrheitssozialdemokratie drischt auch revolutionäre Phrasen – die Sozialisierung marschiert! –, aber sie ist die Speerspitze der Konterrevolution. Ebert wollte sogar die Monarchie retten! Trotzdem ist die SPD aus den Wahlen zur Nationalversammlung als stärkste Partei hervorgegangen. Aber wir wissen, wie schnell die Stimmung der Arbeiter umschlagen kann, wenn es uns gelingt, Ebert und Scheidemann zu entlarven.«

Seine Stimme wurde scharf, und Zacharias hörte seinen Hass. »Diese sogenannten Sozialdemokraten setzen Freikorpstruppen gegen revolutionäre Arbeiter ein. Im Baltikum bekämpfen sie die Sowjetmacht. Und trotzdem folgen ihnen die Arbeiter immer noch.« Ungläubigkeit lag in seiner Stimme. Er setzte sich wieder hin und goss sich Tee nach.

Dserschinski blinzelte. Es schien, als hätte er geschlafen. Aber Zacharias wusste, dass Dserschinski nicht schlief, sondern genau zuhörte. Lenin beugte sich ein Stück vor. »Sie berichten dem Genossen Dserschinski. Und der Genosse Feliks Edmundowitsch berichtet mir alles, was ihm wichtig erscheint.«

Dserschinski nickte. »Natürlich, Genosse Lenin«, sagte er. Er war hellwach.

Zacharias begriff, Lenin wollte möglichst viele verschiedene Berichte aus Deutschland haben, um nicht allein auf Radek angewiesen zu sein. Deutschland war für ihn das wichtigste Land der Welt.

»Gut, Genossen, ich danke Ihnen.« Lenin erhob sich. Er gab erst Dserschinski die Hand, dann Zacharias. Dessen Hand hielt er wieder etwas länger fest. Er zog ihn ein Stück zu sich und schaute ihm streng in die Augen. »Berichten Sie nur die Wahrheit, nur die Wahrheit«, sagte er eindringlich. »Es gibt so viele Lügen, und es gibt so viele Genossen, die wollen mir einen Gefallen tun, indem sie die Dinge in schönen Farben schildern. Die sollte man alle erschießen.« Er lächelte.

Dserschinski setzte Zacharias vor dem Hotel National ab. Am Eingang standen zwei Soldaten mit geschulterten Gewehren. Sie rauchten und schwatzten. Der eine schaute lange auf Zacharias' Dienstausweis, wahrscheinlich konnte er nicht lesen. Er hatte ein Bauerngesicht, das ständig grinste. Dann gab er Zacharias den Ausweis endlich zurück und sagte: »Gut, Genosse.« Als er den Mund öffnete, sah Zacharias Zahnlücken und braune Zahnstummel.

Im Hoteleingang stank eine Tranlampe. Niemand war am Empfang, aber Zacharias hatte den Zimmerschlüssel in der Manteltasche.

Als er sein Zimmer betrat, hörte er es röcheln. Er erschrak, dann fasste er an seine Pistolentasche und starrte in die Dunkelheit. Langsam sah er Umrisse. Auf seinem Bett lag einer, er schnarchte.

Das Hotel war voll belegt mit Funktionären, die in Moskau zu verhandeln hatten mit dem Exekutivkomitee des Sowjets, mit Regierungs- oder Parteistellen. Es geschah oft, dass die Hotelleitung Zimmer mehrfach belegte, weil sie nichts mehr frei hatte. Die Genossen sollten sehen, wie sie damit klarkamen. Zacharias fand unterm Bett eine Decke, breitete seinen Mantel auf dem Boden aus und legte seinen Kopf auf die Aktentasche. Führende Genossen hatten es besser, sie lebten hier in Suiten und mit Frauen, die einem offiziell abgeschafften Gewerbe nachgingen.

Der Mann in seinem Bett begann wieder zu röcheln und zu prusten. Aber nicht die Geräusche hinderten Zacharias zu schlafen, sondern der Nachklang seiner Begegnung mit Lenin. An dem kleinen Mann mit der Glatze und der kranken Gesichtsfarbe hing der Sowjetstaat. Ohne Lenin keine Revolution, und stürbe er jetzt, dann würde die Diktatur hinweggefegt binnen weniger Wochen. Es war ein Wunder, dass sie bis heute standgehalten hatte.

Gedanken lösten sich ab, ohne Sinn und Zusammenhang. So meldete sich die Erschöpfung. Doch dann kam die Erinnerung an Margarete. Wo mochte sie sein? Wie lebte sie? Hatte sie einen anderen geheiratet? Als er in den Krieg gezogen war, hatte sie versprochen, auf ihn zu warten. So, wie es alle Frauen allen Soldaten versprechen. Das Leben hält sich nicht an Versprechen.

*

Irgendwann wälzte er sich endlich in den Schlaf. Als er am Morgen aufwachte, war der Mann im Bett verschwunden, und die Knochen schmerzten. Er streckte sich und machte ein paar Kniebeugen. Dann wusch er sich und ging in den Essraum. Es gab hartes Brot, das nach Sägemehl schmeckte, und einen ranzigen Aufstrich, der ihn bitter aufstoßen ließ. Der Tee schien aus Rinde gebraut worden zu sein. Aber er wusste, für die meisten Menschen in Russland wäre dies ein Festmahl gewesen. Der Hunger war Feind Nummer eins der Revolution. Unter ihm litten nur die wichtigsten Funktionäre nicht.

Die Führung durfte nicht hungern. Diese Funktionäre erhielten Versorgungspakete, und sie durften in eigens für sie eingerichteten Restaurants speisen.

An den anderen Tischen palaverten Funktionäre, die warteten, wie das Warten überhaupt zur Hauptbeschäftigung der Funktionäre geworden war, die aus der Provinz in die Hauptstadt kamen. Termine wurden nicht eingehalten, Besuchszeiten waren unverbindlich. Alle arbeiteten, bis sie umfielen vor Müdigkeit, aber oft ohne Plan und Organisation. Sie folgten Eingebungen, rasten in diese Fabrik oder in jene Versammlung, besänftigten empörte Arbeiter, beendeten Streiks und beruhigten verwirrte Kommunisten, die nicht mehr ein noch aus wussten. Eigentlich klappte so gut wie nichts, ausgenommen bei der Tscheka und der Roten Armee. Es ist leichter, Befehle zu geben, als den Sozialismus aufzubauen in einem Land, in dem es nur eine Handvoll Sozialisten gab und in dem nicht einmal diese so genau wussten, was sie wollten.

Dserschinski erwartete ihn erst am Nachmittag zur Abschlussbesprechung, so hatte Zacharias Zeit, seine paar Sachen zusammenzupacken. Er zerbrach sich den Kopf, wie er nach Deutschland kommen könnte. Durch Polen war der kürzeste Weg. Aber die Polen würden so einen wie ihn zurückweisen oder verhaften. Und eine Reise durch die Ukraine könnte gefährlich sein. Mit dem Schiff über Schweden käme er bis nach Hamburg oder Kiel, aber an der Grenzkontrolle würde es gefährlich, sobald der Verdacht aufkam, er sei ein Abgesandter der Bolschewiki. Zacharias spürte die Unruhe in sich wachsen, er dachte an die Menschen, die er vielleicht in Berlin wiedertreffen würde. Würde er seinen Auftrag erfüllen können? Was hatte Lenin und Dserschinski auf die Idee gebracht, einem jungen Kerl wie ihm eine solche Weisung zu geben?

Dass es ihn überhaupt hierher verschlagen hatte, ins Zentrum der Weltrevolution, wie manche Bolschewiki stolz sagten. Dass er Lenin kennengelernt hatte, dass der ihm einen Auftrag gegeben hatte, einen so wichtigen Auftrag, der ihn den Führern der Kommunistischen Partei Deutschlands nahebringen würde. Einen Auftrag, der ihn schwindelig machte. Warum er? Sie hatten keinen anderen gefunden, der Bolschewik war, sogar in der Tscheka gedient hatte und Rosa kannte. Das war ihm nicht in die Wiege gelegt worden. Wer in einer Arbeiterfamilie aufwächst, träumt nicht von Höherem. Nicht davon, mit Menschen zu verkehren, die Geschichte machten. Sein Vater hatte es als größtmögliche Ehre empfunden, als Bebel einmal bei einem Parteitag ein paar Worte mit ihm wechselte. Er erzählte oft davon, wie freundlich der Arbeiterkaiser gewesen sei und dass der alles genau wissen wollte über die Arbeit, die Wohnung, die Familie.

Zacharias hatte sich damals nichts anderes vorstellen können, als Metallarbeiter zu werden wie der Vater. Er hatte seine Lehre gemacht, seine Kollegen achteten ihn, weil er fleißig war und genau. Aber dann hatte ihn der Krieg herausgerissen aus seiner Welt. Er wollte Margarete noch schnell heiraten, aber sie sagte aus irgendeinem Grund, sie werde warten, sie sollten nichts überstürzen, sie kennten sich doch noch nicht so lange.

Zacharias legte sich aufs Bett und starrte an die Decke. Sobald er still lag, begann es zu jucken. Er kratzte sich instinktiv, die Läuse begleiteten ihn seit dem Krieg. Wieder mühte er sich, Bilder der Vorkriegszeit in seine Erinnerung zu heben. Aber sie waren vernebelt, und er ahnte, was er sah, hatte sich verselbständigt, war mehr eine Illusion als Wahrheit.

Es schneite dicke Flocken. Ein Wagen brachte ihn zur Bolschaja Lubjanka 11, vor kurzem noch Sitz der Versicherungsgesellschaft Jakor, jetzt Hauptquartier der Tscheka. Zacharias benutzte einen Nebeneingang für Kader und passierte die Eingangskontrolle. Er brachte das Gepäck in ein Wartezimmer, setzte sich an den Tisch und legte die Füße hoch. Nur selten war er hier gewesen, in seiner Moskauer Tscheka-Zeit war er die meiste Zeit auf der Jagd nach Feinden gewesen, die sie manchmal herbrachten zum Verhör oder gleich vor Ort liquidierten. Nachts verfolgten ihn ihre Augen und der Geruch der Angst. Die leisen Gebete der Popen. Das ungläubige Staunen von Bauern, denen vorgeworfen wurde, Getreide zu horten, und die dafür ihr Leben verlieren sollten. Frauen, die um das Leben ihrer Männer jammerten, kreischende Kinder. Geiseln, die für andere büßen sollten und in deren Augen der Irrsinn stand.

Zuletzt war Zacharias stellvertretender Zugführer gewesen. Je höher man stieg, desto größer die Verantwortung. Und die Schuld, die man sich auflud einer größeren Sache wegen. Weil die Sowjetmacht überleben musste. Um jeden Preis. Um wirklich jeden Preis. Weil sie keine Zeit hatten für Untersuchungen und Gerichtsverfahren, wenn ihnen die Dinge klar schienen. Er redete sich ein, unrecht zu tun, um schlimmeres Unrecht zu verhindern. Die Geschichte der Menschen beginnt neu, und sie waren die, die die Geschichte machten. Da darf man nicht viel reden, sondern muss handeln.

Dann klopfte es an seiner Tür. Ein Tschekist rief ihn zu Dserschinski. Der saß hinter seinem Schreibtisch und wies auf den Stuhl davor. Als Zacharias saß, schaute Dserschinski ihn an, lächelte kurz und sagte: »Sie haben sich gewiss überlegt, wie Sie nach Deutschland reisen können.« Er machte eine kurze Pause, dann sagte er: »Das ist der einfachste Teil Ihres Auftrags. Sie reisen als entlassener Kriegsgefangener über Riga. Von dort fahren Schiffe nach Kiel oder Hamburg. Eines wird Sie mitnehmen.«

Zacharias lachte.

Dserschinski schaute ihn stirnrunzelnd an, dann lachte auch er. »Sie haben sich wahrscheinlich überlegt, wie Sie im Kugelhagel polnischer Grenzer nach Deutschland robben.«

»Ja, Genosse Dserschinski.«

»Das ist typisch für unsere Bolschewiken. Sie sind verwegen und denken um drei Ecken. Wir haben Ihr Soldbuch verwahrt.« Er nahm es von einem Stapel auf seinem Schreibtisch, und Zacharias fühlte sich einen Augenblick, als kehrte der Krieg zurück. Zögernd nahm er das Buch. Dserschinski merkte es, aber er sagte nichts. Als Zacharias das Buch zum ersten Mal bekommen hatte, war er überzeugt gewesen, die Heimat zu verteidigen gegen Russen und Franzosen. Das sagten die Genossen in der Partei und in den Gewerkschaften. Er hörte zwar, Luxemburg, Liebknecht und wenige andere erklärten, Deutschland führe einen imperialistischen Krieg, aber Rosa war immer anderer Meinung als der Parteivorstand, und die Gewerkschaften hasste sie sowieso. Außerdem kam sie aus Russland, jedenfalls aus dem Teil Polens, der zu Russland gehörte. Sollten sie es zulassen, dass russische Soldaten in Berlin einmarschierten und französische in Köln?

»Das Buch erinnert Sie an etwas? An Ihr früheres Leben?«

Warum erriet Dserschinski immer, was Zacharias dachte? »Es erinnert mich an Fehler, an meine Leichtgläubigkeit. An den Anfang des Kriegs.«

»Damals irrten fast alle bis auf den Genossen Lenin. Der hatte immer recht. Als er forderte, den Krieg in einen Bürgerkrieg zu verwandeln, als er die Revolution plante und als er den Frieden von Brest-Litowsk durchsetzte gegen die Mehrheit des Zentralkomitees. Wir haben das Glück, einen solchen Führer zu besitzen. Und die anderen revolutionären Parteien haben das Pech, solche Führer nicht zu besitzen.« Er schwieg eine Weile, und vielleicht betrachtete er vor seinem inneren Auge die Führer der Oktoberrevolution. Wer von ihnen könnte Lenin ersetzen? »Außer Rosa Luxemburg vielleicht und Leo Jogiches, wenn der nicht so ein Hinterzimmerrevolutionär wäre.«

Er schaute Zacharias an. »Sie kennen Jogiches nicht, das ist kein Wunder. Er hält sich im Hintergrund. Man schaut auf Luxemburg, auf Liebknecht, vielleicht noch auf Clara Zetkin und Franz Mehring. Aber Jogiches kennt kaum einer. Dabei ist er der Organisator der Spartakusgruppe gewesen und jetzt der Kommunistischen Partei. Er ist, wie soll ich es sagen, der Gefährte der Genossin Luxemburg. Nein, nein, nicht so, wie Sie es vielleicht verstanden haben, das war früher einmal. Er ist das Korrektiv der Genossin Luxemburg und derjenige, der ihre Ideen verwirklicht. Man könnte auch sagen, der einzige, von dem sie sich was sagen lässt.« Er lächelte, offenbar erinnerte er sich an etwas.

»Sie müssen wissen, die Genossin Luxemburg ist so klug wie uneinsichtig. Sie ist unbestechlich und von nichts zu überzeugen, das sie sich nicht selbst ausgedacht hat. Sie hat die polnische Sozialdemokratie programmatisch geprägt und war ihre herausragende Propagandistin. Sie kam nach Deutschland und war binnen kurzem eine Größe. Sie ist rastlos, eigensinnig, aber treu ihren Freunden gegenüber, wenn diese Rosas Vorrang anerkennen. Wenn Sie anfingen, sie von den Segnungen des Bolschewismus überzeugen zu wollen, dann würde sie Sie anhören und danach genüsslich in der Luft zerreißen. Sie hat den Revisionisten Bernstein in einer Weise verprügelt, dass der sich bis zu seinem Lebensende nicht erholen wird davon. Sie sollten diese Schriften lesen.«

»Das gegen Bernstein habe ich gelesen und manches andere in der Parteipresse auch.«

Dserschinski winkte ab. »Immerhin«, sagte er. Es klang, als freute er sich, keinem hoffnungslosen Fall gegenüberzusitzen. »Wir alle wissen, dass Bolschewismus und Diktatur die Garanten unserer Revolution sind. Die Genossin Luxemburg lehnt beides ab. Sie hat darüber im Gefängnis eine Schrift verfasst. Versuchen Sie zu verhindern, dass diese Schrift erscheint. Im Namen der Solidarität mit der russischen Revolution. Weil man dem Klassenfeind keine Munition liefert. Weil sie sich besser unterrichten sollte, zum Beispiel, indem sie nach Russland reist. Der Genosse Lenin würde sie gerne empfangen mit allen Ehren. Wir haben Bürgerkrieg, und es fehlte uns noch, dass die Menschewiki Argumente aus unserem Lager gegen uns erhalten.«

Er goss beiden Tee ein. Dann stand er auf, kratzte sich am Kinnbart und sagte: »Und noch etwas. Wenn die Revolution in Deutschland siegt, dann wird die neue Internationale, die wir in wenigen Wochen gründen werden, ihren Sitz in Berlin haben. Wenn die deutschen Kommunisten sich nicht unseren Auffassungen annähern, dann gibt es« – er suchte das Wort, fand es aber nicht. »Wir müssen dafür kämpfen, dass die Lehren des Bolschewismus überall anerkannt werden. Natürlich ergänzt durch die Erfahrungen unserer deutschen Genossen. Aber wir haben die Revolution gemacht, die anderen werden folgen, und zwar unserem Beispiel. Auch in Deutschland haben die Arbeiter und Soldaten Räte gegründet, wie wir unsere Sowjets. Und ohne Diktatur werden die Kommunisten auch in Deutschland die Konterrevolutionäre nicht niederringen können. Wer, wenn nicht eine deutsche Rote Armee und eine deutsche Tscheka soll die Freikorps und sonstigen Mörderbanden bekämpfen? Wir hoffen, die Genossin Luxemburg entdeckt diese Wahrheit auch. Wenn möglich, nicht zu spät. Sie muss ja immer alles selbst erfinden. Soll sie es. Aber Sie werden ihr dabei helfen. Radek steht in der Hinsicht auf aussichtslosem Posten, die Genossin Luxemburg hasst ihn wegen alter Parteikämpfe, sie wollte ihn nicht nur aus der polnischen, sondern auch aus der deutschen Sozialdemokratie hinauswerfen. Und nun ist der Genosse Radek Lenins Vertrauter in Deutschland. Das macht Ihre Aufgabe nicht leichter.«

Dserschinski stand auf, Zacharias wertete es als Zeichen, dass die Einweisung beendet war. »Noch etwas«, sagte Dserschinski. Er öffnete ein Schreibtischschubfach und holte einen Ledergürtel hervor. Auf der Innenseite waren kleine Taschen eingearbeitet. Dserschinski öffnete eine Tasche, eine Goldmünze glänzte. »Den Gürtel haben wir in der Deutschen Botschaft gefunden. Nehmen Sie ihn mit, die Genossen in Berlin können das Gold bestimmt brauchen. Es ist die einzige Währung, die die Inflation nicht auffrisst.«

3

Er stand vor dem Mietshaus in der Pflügerstraße 32 in Berlin-Neukölln. Der Name stand an der Tür. Seine Hände wurden nass. Er schlug den Eisenklöppel gegen den an der Tür angeschraubten Sockel und wartete. Erst nichts, dann ein Schlurfen. Ein Brauereiwagen fuhr die Kopfsteinpflasterstraße hinunter, der Kutscher rief: »Ho-ho!« Aber das Pferd klapperte so langsam wie zuvor vor sich hin, es schüttelte bedächtig die Mähne. Zacharias suchte mit den Augen die Straße ab, ob irgendwo Menschen darauf lauerten, das Pferd zu töten und es auf offener Straße zu zerfleischen, wie er es in Moskau gesehen hatte. Da öffnete sich die Haustür. Eine Frau mit weißen Haaren schaute ihn an mit großen Augen, dann quollen Tränen hervor. Sie sagte nichts, ging einen Schritt auf ihn zu, fasste ihn an den Schultern und starrte ihm ins Gesicht. Dann umarmte sie ihn. Er spürte ihre Knochen, sie fühlte sich hart an durch die schwere Kleidung. »Sebastian«, sagte sie. Ein Kloß wuchs ihm im Hals. Dann ließ sie ihn los und schaute ihn wieder an. »Dünn bist du geworden. Komm rein.« Sie ging vor zur Wohnungstür im Erdgeschoss.

»Warum ist die Haustür abgeschlossen?« fragte Zacharias, um etwas zu sagen. Der Schreck über den Anblick der Mutter lähmte ihn fast. Sie hatte schwarzes Haar gehabt, als Zacharias in den Krieg zog, und ihre Knochen hatte er nie gespürt. Auch schien sie ihm kleiner, unter den Augen hingen Tränensäcke. Die Warze am Kinn war gewachsen.

Die Mutter schaute ihn traurig an. »Es ist alles anders geworden. Der Krieg, der Hunger. Die Leute stehlen wie die Raben, da muss man die Häuser abschließen, auch am Tag.«

Sie führte ihn in die Küche. Er sah, dass sie schlurfte. Die Küche war so, wie er sie in Erinnerung hatte. Aber es war kalt, der Ofen brannte nicht. Davor lagen in einem Korb zwei Stück Holz. Gleich öffnete die Mutter die Ofenklappe.

»Nein«, sagte Zacharias. »In Russland ist es noch kälter.« Er wusste, es gab nur wenig Brennmaterial in Berlin. »Wo ist Vater?«

Sie schaute ihn traurig an und faltete ihre Hände verkrampft. »Du weißt es ja noch nicht. Er ist gestorben, Typhus. Im Hungerwinter 1917 wurde er krank, es dauerte nicht lange, am 2. Januar haben wir ihn beerdigt.« Vor gut einem Jahr also.

Er schluckte. Dieser verdammte Krieg. Diese Verbrecher, die ihn angezettelt hatten, großkotzig und menschenverachtend. Sie befahlen jeden Tag Tausende in den Tod und fanden es herrlich, am Anfang jedenfalls. Vor Langemarck schickten sie Schüler und Studenten singend in die Maschinengewehrsalven des Feindes. Sie nannten es Heldentum. Und in der Heimat hungerten sich die Menschen ins Grab.

Aber dann wich der Zorn, und Zacharias war nur noch traurig. Er rief sich das Bild des Vaters in Erinnerung. Seine Kollegen in den Tegeler Borsig-Werken achteten ihn und wählten ihn immer wieder als gewerkschaftlichen Vertrauensmann. Zacharias legte sein Gesicht in die Hände. Episoden mit dem Vater fielen ihm ein. Weihnachten vor vielen Jahren, eine Holzeisenbahn unterm Weihnachtsbaum, und der Vater spielte mit. Oder wenn Besuch kam, Arbeitskollegen des Vaters, die über Bebel sprachen und auf die Opportunisten schimpften. Eine Kanne Bier holen für den Vater. Einmal durfte der kleine Sebastian am Glas nippen, und gleich wurde ihm schlecht. Der Qualm der Sonntagszigarre, über den die Mutter jedes Mal schimpfte, woraufhin der Vater nur lächelte und genüsslich am Fehlfarbstumpen sog. Noch mehr Rauchwolken, noch mehr Gestank.

Die Mutter hatte sich neben Zacharias' Stuhl gestellt und strich ihm vorsichtig übers Haar. »Aber du lebst«, sagte sie. »Vater hat oft überlegt, wo du sein könntest. Und er hatte solche Angst, du könntest gefallen sein. Kaum einer hier ist ohne Gefallenen in der Familie. Es war schrecklich, als der Brief kam, du seist vermisst.«

Er schaute der Mutter ins Gesicht. Sie war so alt geworden. »Und Renate?«

»Die hat vorletztes Jahr geheiratet, den Günther Bäumer. Den kennst du doch noch, der wohnte hier im Viertel, in der Glogauer Straße. Eine Woche nach der Hochzeit hat sie den Brief bekommen. Gefallen an der Westfront. Sie ist fast verrückt geworden. Hat viele

Tage nur geweint und nicht gesprochen. Man konnte zuschauen, wie sie verfiel. Ein halbes Jahr später ist sie gestorben, Lungenentzündung. Sie war völlig entkräftet und ohne Hoffnung. Da hatte die Entzündung leichtes Spiel. Vielleicht tröstet es dich, sie hat es so gewollt. Davon bin ich überzeugt.« Die Stimme der Mutter klang rauh. Sie räusperte sich. Dann legte sie ihm die Hand auf die Schulter und wiederholte: »Aber du lebst.«

Er schaute sich um in der Küche, ohne etwas zu sehen. Ich hätte in Russland bleiben sollen. Der Gedanke schien auf, dann sah er wieder die Bilder der Menschen, die er getötet hatte, und der Gedanke verschwand. Er war nicht vorbereitet gewesen auf das Elend zu Hause. Er hatte immer noch die Bilder einer Vergangenheit im Kopf, die ihm nun unwirklich vorkam.

»Sebastian, ich koche uns einen Kaffee, und ein Stück Brot habe ich auch, oder was man heute Brot nennt.« Ihr Ton ließ keinen Widerspruch zu. Während die Mutter Feuer im Ofen entzündete, versuchte Zacharias zu begreifen, was sie ihm erzählt hatte. Es war blauäugig, zu glauben, der Krieg würde ausgerechnet seine Familie nicht zerstören, wo er doch Millionen von Familien in allen kriegführenden Ländern zerstört hatte. Millionen Ehemänner, Verlobte, Freunde, Brüder waren erschossen, zerquetscht, zersprengt, erstochen worden. In der Heimat waren sie an Hunger, Diphtherie, Tuberkulose, Grippe gestorben.

Die Mutter schloss die Ofenklappe, es roch nach Papierrauch. Sie nahm vom Brett an der Wand eine Blechdose und gab etwas daraus in eine Kanne. Dann füllte sie den Wasserkessel und stellte ihn auf den Herd. »Zichorie«, sagte sie, als müsste sie sich entschuldigen.

Zacharias hatte die Frage nach Margarete auf der Zunge, aber er traute sich nicht. Wenn sie auch tot war? Aber dann fragte er doch: »Und Margarete, lebt sie noch?«

»Ich glaube schon, aber sicher bin ich nicht. Als keine Briefe mehr von dir kamen, ist sie anfangs oft hier gewesen und hat nach dir gefragt. Wir wussten ja auch nichts.« Sie hob die Schultern und ließ sie wieder fallen. »Irgendwann blieb sie weg. Ich kann es verstehen. Wir mussten sie immer enttäuschen.«

Als der Ersatzkaffee fertig war, saßen sie schweigend am Tisch. Er war versunken in Erinnerungen. Wann hatte er den Vater zum letzten Mal gesehen? Am Morgen seiner Einberufung. »Jetzt, wo du zu Kaisers gehst, bin ich beruhigt, die Russen werden nicht in Berlin einmarschieren.« Es war ein Scherz. Der Vater hatte ihn lange angeschaut und ihn dann kurz in den Arm genommen. Das hatte er noch nie getan. In seinen Augen hatte es geglänzt, und als er zur Arbeit ging, schlug er die Tür lauter zu als sonst. Und die Schwester? Die hatte geweint. Um sie zu beruhigen, hatte Zacharias gesagt: »Ich komme gar nicht mehr an die Front. Wenn die mich geschliffen haben, ist der Krieg vorbei.«

»Bestimmt?« hatte Renate gefragt.

»Steht sogar im *Vorwärts,* dass die Franzosen die Hosen voll haben. Sie rennen weg, und wir sind bald in Paris.«

Er fragte sich, ob er es geglaubt hatte. Ja und nein. Er hatte es gehofft. Aber bald war die Hoffnung verflogen, die Franzosen rannten nicht weg, sie gruben sich ein wie die Deutschen auch.

Jetzt erst spürte er die Müdigkeit. Die Reise war ohne Schwierigkeiten verlaufen, aber auf der Schiffspassage von Riga nach Hamburg hatte er sich einige Male übergeben müssen wegen der rauhen See. Die Mutter schmierte Brote mit Margarine.

»Viele haben nicht mal mehr das«, sagte sie.

Er trank und aß. »Kriegst du eine Rente?«

»Nein«, sagte die Mutter. »Nur wenn ich selbst ein Krüppel wäre. Wäre der Krieg nicht gewesen, dann wären der Vater und Renate noch am Leben.«

Ja, hätte es doch keinen Krieg gegeben. Er hat alles zerstört, und nicht einmal die Sieger haben etwas gewonnen. Zacharias dachte an die ersten Tage des Kriegs, so viele waren begeistert gewesen, aber nicht alle. Auch mancher, der jubelte, schrie um so lauter, je näher die Angst ihm rückte. Damals glaubten fast alle, Deutschland müsse sich verteidigen gegen Russland, den Hort der Reaktion. Siegte der Zar, gäbe es nichts mehr von dem bisschen Freiheit, die Organisationen der Arbeiter würden unterdrückt. Wenn es gegen Russland ging, hätte selbst Bebel den Schießprügel geschultert. Das hörten und lasen sie damals in den sozialdemokratischen Zeitungen. Aber Bebel war lange tot, und Deutschland hatte sich nicht verteidigt, sondern angegriffen, vor allem die Habsburger ermutigt, mit den Serben abzurechnen, weil die angeblich schuld waren am Attentat auf den Thronfolger und seine Frau. Sie waren belogen worden.

Die Mutter saß ihm gegenüber und schaute ihn an. »Was willst du nun tun? Wie war es in Russland? Erzähl!«

»In Russland war es kalt, und die Menschen haben noch weniger zu essen als hier. Aber sie haben den Zaren verjagt und eine Revolution gemacht für die Arbeiter und die Bauern. Noch geht es drunter und drüber, aber wir werden das schon schaffen.«

»Wir?«

»Ja, ich auch. Ich habe mitgemacht, und ich bin stolz, dass ich es durfte.«

»Revolution gab es hier auch«, sagte die Mutter. Es schien ihr egal zu sein, jedenfalls klang sie unbeteiligt.

»Aber sie ist auf halbem Weg steckengeblieben.«

»Vielleicht hätte Vater es auch so gesehen. Ich weiß es nicht. Jedenfalls machen sie überall Jagd auf Spartakisten, und sie schießen sie tot. Was willst du nun tun? Es gibt so viele Soldaten, die Arbeit suchen.« Sie sah so alt aus und so müde.

Er schüttelte den Kopf. »Ich will helfen, die Revolution weiterzuführen, bis sie ihren Namen verdient.«

Die Mutter schaute ihn traurig an. »Noch mehr Tote, noch mehr Elend. In Russland gibt's doch auch nur Mord und Totschlag. Das sagen alle.«

»Schuld sind die Ebert und Scheidemann. Die haben die Gelegenheit nicht genutzt. Wir hätten alles haben können ohne Blutvergießen. Aber statt dessen haben sie die Freikorps auf die Arbeiter losgelassen. Wenn Vater das erlebt hätte.«

»Hoffentlich weißt du, was du tust.«

Sie saßen noch lange da. Meistens schwiegen sie. Sonst redeten sie über die Familie und wie es früher war. Dann konnte Zacharias sich der Müdigkeit nicht mehr erwehren. Er nahm eine Goldmünze aus dem Gürtel, den Dserschinski ihm mitgegeben hatte. Das Stück glänzte auf dem Tisch. Die Mutter starrte es an.

»Ich will dir nicht auf der Tasche liegen«, sagte er.

Die Mutter nahm das Stück und betrachtete es. Erst wollte sie fragen, wo das Gold herkam, aber dann schloss sie den Mund, stand auf und legte das Stück unter eine Dose im Küchenschrank. Zacharias wusste, früher hätte sie von ihm kein Geld angenommen. Gold war jeden Tag mehr wert, die Reichsmark verfiel in der Nachkriegsinflation.

In der Nacht lag er in seinem Zimmer im Bett und versuchte vergeblich zu schlafen. Erinnerungen kamen an die Schulzeit, die Lehre bei Borsig und die ersten Jahre an der Drehbank. Gesichter von Kollegen tauchten auf und verschwanden. Immer wieder der Vater und Renate. Er versuchte sich vorzustellen, wie Margarete aussehen mochte. Aber ihr Bild blieb blass. Wie war ihre Stimme? Wie hatte sie sich bewegt? Ob sie auch tot war? Und wenn nicht, warum sollte sie auf ihn warten? Vermisst war doch so gut wie tot. Irgendwann kamen die Tränen. Er beschimpfte sich. Dummer Junge, der glaubt, zu Hause habe sich nichts verändert, während die Welt zertrümmert war.

Am nächsten Morgen stand er früh auf. Die Mutter war schon in der Küche, es war warm. Zacharias ahnte, sie verschwendete ihre Holzvorräte, um ihm eine Freude zu machen. Er rieb sich die Augen, sie brannten. Sie redeten nicht viel, tranken Ersatzkaffee und aßen ein Stück Brot, das nach Kleie schmeckte. In Russland war es noch schlechter, dachte Zacharias. Da schmeckte es nach Sägemehl.

»Ich muss jetzt los«, sagte Mutter. »Arbeiten.« Sie schlurfte zur Tür. »Ach, ich vergesse es immer wieder«, sagte sie und kehrte noch einmal um. An der Wand hing ein kleiner Kalender. Sie riss das Blatt ab, so, wie sie es früher jeden Morgen getan hatte. Das Blatt mit dem 22. Januar 1919 warf sie in den Herd.

Später fragte er sich, warum es ihn verletzte, dass sie arbeitete. Er war es nicht gewohnt. Er sagte: »Gut, dass du eine Arbeit hast.« Es kam ihm vor wie eine Lüge.

»Putzen«, sagte sie. »Zwei Stellen, trotzdem reicht es nicht.«

Der Krieg hatte die Mutter zur Putzfrau gemacht. Es demütigte ihn. Er schalt sich einen Dummkopf. Das ist ein Beruf wie jeder andere. Man arbeitet und erhält Geld.

Als die Mutter gegangen war, saß er noch lang auf dem Stuhl und schaute zum Fenster hinaus. Ein paar Fußgänger. Selten ein Automobil, hin und wieder Pferdegespanne. Er ging ins Wohnzimmer. In der Vitrine Bücher, darunter Bebels *Die Frau und der Sozialismus.* Er nahm es heraus und blätterte. Der Vater hatte einiges angestrichen darin. Er las ein paar Sätze, es kam ihm vor wie ein Text aus ferner Zeit. Zacharias stellte das Buch zurück ins Regal. Auf einer Kommode neben dem Fenster standen immer noch die Bilder. Die vom Vater und von Renate trugen ein schwarzes Band. Zacharias überlegte, ob er die Bänder abnehmen sollte, aber er ließ es. Er betrachtete den Vater. Das Bild war einige Jahre vor dem Krieg aufgenommen worden. Der Vater lächelte in die Kamera. Er trug einen Anzug mit Schlips. Renate war noch jung, sie hatte ihr Haar zu Zöpfen geflochten. Ihre Augen schienen zu leuchten. Sie war meist fröhlich und gerne vorlaut, aber niemand hatte es ihr übel genommen.

Zacharias setzte sich aufs Sofa und begann zu weinen. Er saß lange. Und dann meldete sich der Hass auf die, die den Krieg angezettelt, und auf die, die den Kaiser und seine Generale unterstützt hatten. Ebert, Scheidemann und all die anderen, sie trugen eine Mitschuld am Elend von Millionen Familien in Deutschland und anderswo. Sie haben den Krieg angefangen, und sie hätten wenigstens aufhören und auf die irrwitzigen Eroberungspläne verzichten können. Sie haben Verteidigung gesagt und Eroberung gemeint. Von Anfang an. Und jetzt sitzen des Kaisers Helfer in der Regierung, hetzen die Soldateska auf die Arbeiter und reden vom Sozialismus. Deine Trauer ist der Hass, dachte Zacharias. Trauer richtet sich an die Vergangenheit, die kann man nicht ändern. Hass aber richtet sich auf heute und morgen.

Er trocknete die Tränen mit dem Taschentuch und öffnete die obere Kommodenschublade. Darin sah er die Zigarrenschachtel des Vaters. Er nahm sie heraus und öffnete sie. Die Fehlfarbzigarren waren ausgetrocknet. Er stellte die Schachtel zurück in die Schublade und schloss sie.

Zacharias lief im Zimmer umher, betrachtete weiter Bilder und Buchrücken. Ich muss Margarete finden, dachte er. Aber immer wieder kehrten die Worte der Mutter zurück in sein Gedächtnis. Margarete war nicht mehr gekommen. Er hatte ihr nicht geschrieben, die Briefe wären nicht angekommen. Ich muss Margarete finden. Aber mit dem Vorsatz wuchs die Furcht, sie sei auch tot oder habe einen anderen. Wäre doch nur natürlich, Zacharias galt als so gut wie tot. Und treu war er auch nicht gewesen. Er dachte an Jelena, die er in Engels kennengelernt hatte. Die Lehrerin mit den blonden Locken, die ihn nicht mehr sehen wollte, als die Tscheka ihren Onkel erschossen hatte. Zacharias wusste nicht mehr, was dem Onkel vorgeworfen worden war. Es waren Revolution und Bürgerkrieg, aber Jelena, die Lenin verehrte, begann die Tscheka zu hassen. Und daran änderte sich nichts, als Zacharias ihr sagte, Lenin habe die Tscheka gegründet und sie handele nach seinen Befehlen. Erschießen, erschießen, erschießen. Soundso viel Prozent der Bewohner eines Dorfes. Die Popen. Alle, die als Feinde verdächtigt werden oder als Spione oder als Gerüchtemacher. Das hatte Lenin in Telegrammen gefordert. Wie im Blutrausch, so kam es Zacharias jetzt vor.

Er musste raus. Ein eisiger Wind blies durch die Straßen, am Himmel kündigte sich schwarzblau Schnee an. Zacharias schlug den Mantelkragen hoch. Er ging an der Kneipe vorbei, in der er früher Bier für den Vater geholt hatte. Etwas zog ihn zum Eingang, aber vor der Tür kehrte er um. Am Nachmittag würde er Retzlaw aufsuchen, den Kontaktmann zu Radek. Radek würde ihm sagen können, wie er Jogiches treffen konnte. Und der wiederum wusste, wo Rosa war. Die Partei war verboten, und jeder Funktionär, den die Freikorps fingen, war fast schon tot. Das würde auch für Zacharias gelten, sobald er in der Partei mitarbeitete. Er spürte keine Angst, die mochte später kommen.

Weiter hinten lag die Schule. Er erinnerte sich an den alten Lehrer Paulus, der die Kinder mit seinem Stock auf die Handflächen schlug, wenn sie schwatzten oder seine Fragen nicht beantworten konnten. Gegenüber der Schule war früher ein Bäcker. Als Zacharias sich dem Haus näherte, sah er, dass die Fenster leer waren, auch der Laden war geschlossen. Über der Tür stand noch »Feinbäcker Adam«. Vielleicht war Adam im Krieg geblieben oder pleite.

Zacharias schlenderte durch das Viertel, bis er vor dem Haus stand, in dem Margarete mit ihren Eltern wohnte oder gewohnt hatte. Er zog am Türknauf, es war abgeschlossen. Er überlegte, ob er klopfen sollte. Er ging an der Tür vorbei, dann drehte er wieder um. Seine Hand zitterte, als er klopfte. Drinnen rührte sich nichts. Er klopfte kräftiger und wartete. Niemand öffnete. Er trat ein paar Schritte zurück. Ein lautes Tröten ließ ihn erschrecken. Er sprang auf den Bürgersteig, ein Auto knatterte an ihm vorbei. Der Fahrer rief ihm irgend etwas zu. Der Grimasse nach zu urteilen, nichts Freundliches.

Zacharias betrachtete das Haus. Im ersten Stock hatten sie gewohnt. Es sah aus wie früher. Dunkelblaue Vorhänge, die Fenster waren sauber. Er war erleichtert und wunderte sich darüber. Das besagte doch nichts. Schon gar nicht, ob Margarete dort noch wohnte. Und wenn sie dort wohnte, was würde sie sagen, wenn sie ihn sah?

Er lief weiter. Plötzlich kam eine Streife um die Ecke. Sie waren zu viert und trugen Stahlhelme, im Gürtel steckten Stielhandgranaten, über der Schulter hingen bei dreien Karabiner, einer hatte eine Pistolentasche am Gürtel über dem Mantel. Irgendwer rief ihnen etwas nach aus der Straße, woher die Soldaten kamen. Zacharias blieb stehen. Jetzt meldete sich die Angst. Weitergehen, sagte er zu sich. Immer weitergehen. Die Soldaten kamen auf ihn zu. Dann standen sie wenige Meter vor ihm, und einer rief: »Kommen Sie mal her!« Er winkte mit dem Finger. Die anderen nahmen die Gewehre von der Schulter und stellten sie mit dem Kolben auf die Straße. Langsam ging Zacharias zu den Soldaten.

»Können Sie sich ausweisen?« fragte der Soldat ohne Gewehr.

Zacharias nickte, zog sein Soldbuch aus der Innentasche des Mantels und hielt es dem Soldaten hin. Der schaute ihn neugierig an, dann richtete er seine Augen auf das Soldbuch, nahm es und blätterte darin. Er ließ sich Zeit. Zacharias zwang sich, ruhig zu bleiben. Bloß kein Schweiß auf der Stirn und keine zitternden Hände. Er überlegte, wo er die Hände unterbringen sollte. Er steckte sie in die Manteltasche, da richtete ein Soldat das Gewehr auf ihn. »Nichts da!« sagte er.

Zacharias zog die Hände aus den Taschen und legte sie auf den Rücken. Der Streifenführer blätterte und überlegte. »Sie waren in Russland. Seit wann sind Sie wieder hier?«

Sag die Wahrheit, dann kannst du dir nicht widersprechen. »Seit gestern.«

»Was? Seit gestern?«

»Kriegsgefangenschaft«, sagte Zacharias.

»So lange? Das gibt's doch nicht. Die Bolschewisten mussten doch alle freilassen nach dem Friedensvertrag.«

»Haben sie aber nicht.« Er hätte auch sagen können, es seien viele freiwillig dort geblieben, um die Revolution zu unterstützen. Aber dann hätten sie ihn verhaftet oder erschossen. Andere kehrten nicht heim, weil sie fürchteten, an der Westfront eingesetzt zu werden. Außerdem waren die Russen nicht in der Lage, Hunderttausende von Kriegsgefangenen rasch nach Hause zu befördern. Es fehlte an Lokomotiven, an Wagen, an Kohle und Brennholz, und die Wege in den Westen waren unsicher.

»Bei den Bolschewisten waren Sie also, diesen Judensäuen. Wohl selber einer, was?«

»Ich war in Kriegsgefangenschaft, die haben mich festgehalten, Arbeitseinsatz«, sagte Zacharias. »Und jetzt bin ich endlich zu Hause.«

Der Streifenführer schaute noch einmal in das Soldbuch, dann auf Zacharias. »Interessant. Solche Vögel wie dich habe ich schon kennengelernt. Du hast deine Kriegsgefangenschaft eigenmächtig verlängert, um nicht mehr fürs Vaterland kämpfen zu müssen. Stimmt's?« Er wartete die Antwort nicht ab, sondern wandte sich an einen Soldaten und sagte: »Durchsuchen.«

Der Mann tastete ihn ab, fand aber nichts.

Der Streifenführer musterte Zacharias. »Und jetzt?«

»Arbeit suchen.«

»Als was?«

»Dreher.«

»Soso, einen richtigen Proleten haben wir hier, und der kommt gerade aus Russland. Wenn ich schlecht gelaunt wäre, ließe ich dich jetzt erschießen. Du hast Glück, riesiges Glück, dass ich es nicht bin. Aber ich merke mir deine Bolschewistenfresse. Ich habe ein gutes Gedächtnis, gerade für Leute wie dich.« Mit einer kurzen Handbewegung zeigte er Zacharias, er solle weitergehen.

Zacharias zwang sich, ruhig zu gehen, er spürte den Blick des Streifenführers noch lange im Rücken. Er würde darauf achten, nie etwas Verdächtiges mitzuführen. An der nächsten Kreuzung bog er rechts ab in die Wildenbruchstraße, dort hatte ein Schulfreund gewohnt, aber Zacharias wollte nicht stehenbleiben.

Mittags war er wieder zu Hause. Die Mutter stand in der Küche, es roch nach Kohlsuppe. Ob sie jeden Mittag heimkam? Auch wenn er nicht zurückgekehrt wäre?

»Sind viele Streifen unterwegs, suchen Spartakisten«, sagte die Mutter.

»Mich haben sie auch angehalten. Es ist unglaublich, was die sich rausnehmen.«

»Es sind Eberts Soldaten. Wie gut, dass Vater das nicht erleben muss. Er wäre verzweifelt.«

Die Mutter stellte Suppenteller auf den Tisch. Zur Suppe gab es Kleiebrot. Sie aßen schweigend. Als sie fertig war, griff die Mutter in die Schürzentasche und legte die Münze auf den Tisch. »Das kann ich nicht annehmen«, sagte sie.

Er schob ihr das Goldstück wieder hin. »Es ist richtig so.« Er überlegte, was Dserschinski dazu sagen würde. Bestimmt nicht, dass er seiner Mutter auf der Tasche liegen sollte. Aber vielleicht würde er fordern: Alles Geld für die Revolution. Moskau war weit weg, er musste selbst entscheiden, was richtig war, im Großen und im Kleinen. Er fand es richtig, seiner Mutter Geld zu geben. Er schmarotzte nicht bei einer Putzfrau.

Die Mutter schaute ihn traurig an. »Jemand, der Gold mit sich trägt, sucht keine Arbeit.«

»Doch, doch«, sagte Zacharias. »Ich werde arbeiten. Aber nicht mehr an der Drehbank.«

»Was dann?«

»Es ist besser für dich, du weißt nichts.«

Sie nickte, aber das zeigte keine Zustimmung, sondern dass sie etwas begriff. »Du arbeitest für die Russen«, sagte sie.

»Es ist besser, du weißt nichts«, wiederholte er.

»Vielleicht«, erwiderte sie. Sie klang enttäuscht. Vielleicht überlegte sie, was ihr Mann dazu gesagt hätte. Zacharias fühlte sich nicht wohl, er ahnte, was der Vater über Russland gedacht hätte: »Mord und Totschlag, Diktatur, das ist doch kein Sozialismus. Damit haben wir Sozialdemokraten nichts zu tun.«

»Aber Mord und Totschlag gibt's auch in Deutschland. Ich sage nur Noske.«

Der Vater hätte den Kopf geschüttelt und gesagt: »Ja, ja, der Noske ist ein Schlächter. Der hatte schon immer eine Schwäche fürs Militär. Aber allein schuld ist er nicht. Wenn Liebknecht und Rosa putschen, was soll man da machen?«

»Aber SPD und USPD hatten doch die Macht. Warum lassen sie sich die aus der Hand nehmen? Warum wollten sie die Nationalversammlung und nicht die Räte?«

»Weil wir Sozialdemokraten Demokraten sind. Sagt schon der Name. Das Volk soll entscheiden und nicht ein paar Schreihälse auf Sitzungen von Räten. Karl und Rosa haben ja nicht mal Mandate gekriegt für den Rätekongress. Früher warst du auch mal Demokrat, aber heute bist du Putschist. Ich sag dir eines, dein Lenin macht es nicht mehr lang. Man kann nicht gegen ein ganzes Volk Krieg führen. Das ist ein Fanatiker.«

Wie soll man einem Toten beibringen, dass in diesen Zeiten morgen alles ganz anders aussehen kann als heute? Wie soll man abstimmen in Revolutionen, wenn jeden Tag die Stimmung umschlagen kann?

Die Mutter schaute ihn an über den Tisch. »Hast du nach Margarete gefragt?« Sie sagte es wohl, um über etwas anderes zu sprechen.

Er schüttelte den Kopf.

»Hast du noch Hunger?«

Natürlich hatte er Hunger, aber er glaubte, seine Mutter würde nicht satt, wenn er noch etwas aß. Trotzdem schöpfte die Mutter noch eine Kelle Kohlsuppe aus dem Topf auf dem Tisch und schob ihm einen Kanten Kleiebrot zu. Er wollte protestieren, aber dann sah er den Blick der Mutter und schwieg. Sie schaute zu, wie er aß. Der Herd heizte die Küche.

»Du kannst hier wohnen, solange du willst. Damit du es weißt.«

»Ich weiß es noch nicht.«

Sie schaute ihn kurz streng an. »Pass auf dich auf. Es wurden so viele getötet in den letzten Wochen. Dieser Spartakusaufstand war schrecklich. Und seitdem jagen sie jeden, den sie für einen Spartakisten halten. Sie fragen nicht lange. Ich hoffe, du weißt, auf was du dich einlässt.«

Er staunte, die Mutter ahnte die Gefahren, die auf ihn lauerten. Er würde umziehen müssen in ein Versteck, er durfte die Mutter nicht gefährden. Aber wohin?

Nach dem Essen legte er sich aufs Bett und dachte nach, wie er den Kontakt zur Partei aufnehmen konnte, ohne sein Leben aufs Spiel zu setzen. Dserschinski hatte gesagt, er solle Karl Retzlaw aufsuchen. Zacharias war sicher, Retzlaw wurde überwacht, wenn er nicht einsaß oder schon tot war. Was dann? Er drängte den Gedanken weg. Wenn sich herausstellte, dass Retzlaw tot oder nicht aufzufinden war, würde er nachdenken, was dann zu tun sei. Auf jeden Fall wäre es falsch, Genossen von früher zu suchen. Er wusste nicht, ob sie zu den Kommunisten übergetreten waren. Und wenn nicht, ob sie ihn verrieten.

Wenn Retzlaws Wohnung überwacht wurde, was dann? Wie konnte er sich herausreden? Und würden sie ihm glauben? Eher nicht. Was war besser, mit Soldbuch hingehen oder ohne? Er dachte an die Streife, die ihn überprüft hatte. Es hätte auch schiefgehen können. Aber ohne Papiere würden sie ihn mitnehmen. Also doch das Soldbuch. Verdammt, er war Kriegsgefangener gewesen wie viele andere auch. Und er war im russischen Chaos hängengeblieben. Er habe für die Weißgardisten gekämpft, die Konterrevolution, das würde er sagen. Sie sollten doch den Admiral Koltschak fragen, für den habe er gekämpft, um die Roten aus Moskau und Petrograd zu verjagen. Retzlaw? Den kenne er nicht, er habe im Haus nach einem alten Schulkameraden gesucht. Die Ausrede war dürftig, vielleicht fiel ihm auf dem Weg noch etwas Besseres ein. Er hatte keine Wahl, er musste es darauf ankommen lassen.

Zacharias fuhr mit der Straßenbahn zum Gesundbrunnen. Er hätte früher aussteigen müssen, fuhr aber absichtlich zu weit, um sich der Strelitzer Straße vorsichtig zu Fuß zu nähern. Dort in der Nähe lag das große Werk der AEG in der Voltastraße. Er fand das große Mietshaus gleich, die Eingangstür war nicht abgeschlossen. Er schaute sich um, sah aber niemanden, der ihn beobachtete. Er musste in das dritte Hinterhaus der Mietskaserne. An den Wänden des Hinterhofs sah er ein Schild: »Das Spielen der Kinder auf dem Hofe ist verboten!« Dann stand er vor einer braun gestrichenen Wohnungstür, auf einem handgemalten Holzschild las er »Retzlaw«. Er klopfte an die Tür. Nichts. Er klopfte noch einmal. Zacharias wartete, aber niemand öffnete. Er fluchte leise. Sollte er weiter warten? Es würde auffallen. Dann klopfte er an der Wohnungstür gegenüber. War das vernünftig? Schritte näherten sich der Tür, dann hörte er, wie ein Schlüssel im Schloss gedreht wurde. Die Tür öffnete sich einen Spalt weit, eine alte Frau schaute Zacharias an, neugierig und vielleicht ein wenig ängstlich. »Ich suche Frau Retzlaw«, sagte Zacharias.

Die Frau ließ den Blick an ihm hinunter- und wieder hochstreifen. »Woher soll ich wissen, wo die ist? Sie sind bestimmt von der Polizei. Also, ich habe mit diesen Leuten nichts zu tun. Gar nichts.«

»Vielen Dank«, sagte Zacharias. »Auf Wiedersehen.«

Die Frau erwiderte den Gruß nicht und schloss die Tür.

Zacharias ging zurück in den Hof. Ihm kam eine ältere Frau entgegen, Taschen in beiden Händen. Sie atmete schwer. Zacharias blieb stehen. Die Frau erschrak, als sie ihn sah.

»Sind Sie Frau Retzlaw?«

Die Frau musterte ihn. »Wer sind Sie?«

»Sebastian Zacharias. Ich suche Karl Retzlaw.«

»Das tun zur Zeit viele.«

»Ich bin nicht von der Polizei«, sagte Zacharias. Er schaute betont nach oben. »Hier können wir uns nicht ungestört unterhalten.«

»Bleibt mir ja nichts anderes übrig, als Sie in die Wohnung zu lassen.«

»Geben Sie mir die Taschen.«

Sie überlegte kurz, dann sagte sie: »Hat es wenigstens einen Nutzen.« Sie gab ihm die Taschen, die waren schwer. Sie führte ihn in die Küche, bot ihm aber keinen Platz an. Die Taschen stellte er vor dem Küchenschrank auf den Boden.

»Und?«

»Ich heiße Sebastian Zacharias. Ich komme von Lenin und will der Partei helfen.«

Ihre Augen zeigten Misstrauen. »Von Lenin? Kleiner geht es wohl nicht?« Sie schüttelte den Kopf.

»Ich war Kriegsgefangener.« Zacharias berichtete kurz von seinem Lebensweg. Dass er für die Tscheka arbeitete, erwähnte er nicht. »Rosa Luxemburg kennt mich. Sie war meine Lehrerin auf der Parteischule 1909. Der Genosse Retzlaw kann sie nach mir fragen.« Er überlegte, ob sie sich an ihn erinnern würde, sie hatte viele Schüler gehabt.

»Rosa Luxemburg«, sagte sie. »Soso.« Sie zeigte auf einen Stuhl. »Die Spartakisten werden gejagt. Von der Polizei, von den Freikorpsbanden, die Ebert und Scheidemann an der Macht halten. Und da kommen Sie zu mir und wollen mitmachen. Soso.«

Zacharias nickte.

»Falls ich meinen Sohn zufällig treffe, werde ich ihm sagen, dass Sie hier waren.«

»Wann kann ich wieder herkommen?«

»Überhaupt nicht. Sehen Sie lieber zu, dass Sie heil nach Hause kommen. Das Haus wird beobachtet, sie warten auf meinen Sohn. Geben Sie mir Ihre Anschrift und warten Sie, vielleicht erhalten Sie eine Nachricht.«

Sie stand auf, er sollte gehen.

Zacharias nannte ihr die Anschrift. Sie schrieb nicht mit. Dann hielt er ihr die Hand hin. Frau Retzlaw übersah sie. Sie schaute ihm nach im Flur, bis er die Wohnungstür von außen geschlossen hatte. Er ging zum zweiten Hinterhaus und klopfte im ersten Stock an eine Tür, ein Messingschild verriet den Namen: »Ebenbein«. Er hörte ein Pochen, es wurde lauter. Schließlich öffnete sich die Tür, ein Mann auf Krücken stand im Eingang, ihm fehlte das linke Unterbein. Zacharias sagte: »Entschuldigen Sie bitte die Störung. Hier hat vor einigen Jahren ein Schulfreund von mir gewohnt. Er hieß Klaus Miletzke. Oder habe ich mich im Haus vertan?«

Der Mann schaute ihn neugierig an. »Miletzke, nie gehört. Wir wohnen hier schon seit elf Jahren. Oder sind es zwölf? Nein, da müssen Sie sich vertan haben. Das hier ist die Strelitzer Straße 11. Sie sind sicher, Ihr Freund wohnte hier?«

»Jetzt bin ich mir nicht mehr sicher. Ist lange her, und dann der Krieg.«

»Ja, der Krieg.« Er schaute hinunter auf seinen Stummel. »Mich hat er zum Krüppel gemacht. Verdun. Und was ist der Dank des Vaterlands?« Seine Hand warf Unsichtbares weg. »Erst verheizt, dann beschissen. Und die neue Regierung, das sind doch die Stiefelputzer des Kaisers. Ebert, wenn ich den schon höre. Als die Truppen von der Westfront nach Berlin marschierten, da quatschte er: ›Kein Feind hat euch überwunden.‹ So ein Blödsinn. Waren Sie an der Front?«

»Im Osten, die meiste Zeit.«

»Da ging es ja wohl noch. Aber im Westen haben wir nach den grandiosen Ludendorff-Offensiven nur noch Dresche gekriegt. Die anderen wurden immer mehr, ich sag nur, die Amerikaner, und wir immer weniger. Das einzig Vernünftige, was die Oberste Heeresleitung zustande gebracht hat, war die Bitte um Waffenstillstand. Wenn es den nicht gegeben hätte, die hätten uns zu Klump gehauen, ich sag es dir, Kamerad. In wenigen Wochen. ›Kein Feind hat euch überwunden.‹« Er lachte wie eine Ziege. »Wollen Sie auf einen Klaren reinkommen? Es gibt ja niemanden mehr, mit dem man vernünftig reden kann.«

Zacharias nahm die Einladung an. Sie setzten sich in die Küche. Es stank, und es war schmutzig. Zacharias sah eine Kakerlake, die eilig unter dem Küchenschrank verschwand. Der Mann öffnete die Tür des Schranks und nahm eine halb leere Flasche heraus. Er wusch zwei Schnapsgläser mit kaltem Wasser ab und stellte sie auf den Tisch. Dann schenkte er beide Gläser voll. »Im Osten waren Sie«, sagte er. »Da regieren ja nun die Bolschewisten. Ich hab nichts gegen die, das sag ich Ihnen gleich. Dagegen sind unsere Spartakisten Witzfiguren, kriegen nicht mal nen kleinen Aufstand hin. Aber der Liebknecht, das ist ein richtiger Kerl, kommt ganz nach seinem Vater. An dem liegt es nicht, dass es mit dem Sozialismus nichts wird in Deutschland. Der hat sich nichts vormachen lassen. Wissen Sie, ich war immer Sozialdemokrat, solange ich denken kann. Eingetreten bin ich nie, aber gewählt hab ich immer die SPD.

Und bei der Nationalversammlung, da hab ich den Unabhängigen meine Stimme gegeben. Vielleicht hätt ich auch die Spartakisten gewählt, wegen dem Liebknecht, aber die waren sich ja zu fein, zu kandidieren.«

Zacharias ließ den Wortschwall des Krüppels über sich ergehen. Er durfte nicht zu früh gehen. Dieser Mann gab ihm einen Grund, in diesem Haus zu sein. Der Mann hob sein Glas. »Vorkriegskorn. Auf Liebknecht!« sagte er.

Zacharias stieß mit ihm an und trank einen Schluck. Der Korn war stark.

»Dieser elende Krieg, dieser elende Kaiser«, sagte der Mann leise. »Die haben alles kaputtgemacht. Alles.« Er schüttelte bedächtig den Kopf. »Manchmal träume ich vom alten Deutschland. Es war ja einiges nicht in Ordnung, aber so schlimm, wie es heute ist, so schlimm, das hätte sich damals keiner vorstellen können. So schlimm.« Der Mann schaute Zacharias an. »Sie sagen ja gar nichts.« Es klang nicht nach einem Vorwurf.

»Ich bin froh, dass ich nur eine gute Woche im Westen war. Da ging es noch vorwärts, Richtung Paris. Die glaubten wohl, der Krieg im Westen sei schon entschieden, und haben meine Einheit an die Ostfront verlegt.« Zacharias hatte keine Lust, vom Krieg zu erzählen, aber er musste Zeit gewinnen. Und der Mann war ein Zeuge, auch wenn er das nicht wusste.

Der Krüppel erzählte noch viel vom Krieg, und Zacharias sagte hin und wieder etwas, um nicht unhöflich zu wirken. Als Zacharias sein Glas Korn ausgetrunken hatte, wollte der Mann nachschenken. Aber Zacharias wehrte ab. Er stand auf, verabschiedete sich mit Handschlag und ging.

Als er die Treppe hinunterstieg, ahnte er, was geschehen würde. Er ging auf die Straße. Ein paar feine Schneeflocken tanzten hinunter, der Wind hatte nachgelassen. Zacharias schlug den Mantelkragen hoch. Nachdem er ein paar Meter gelaufen war, hörte er Schritte hinter sich. Und ihm kamen zwei Männer entgegen, die irgendwie aussahen wie Polizisten in Zivil. Sie stellten sich Zacharias in den Weg. Hinter ihm stand der dritte, ein langer knochiger Mann mit Glatze, dessen Schritte er gehört hatte. Dieser hatte die rechte

Hand unter dem Mantel. Ein kleiner Fetter sagte: »Polizei, weisen Sie sich aus.« Er hatte eine gequetschte Stimme.

Zacharias zog langsam sein Soldbuch aus der Innentasche des Jacketts. Er reichte es dem Fettsack. Der blätterte darin, manche Seiten las er. »Russland«, quetschte er heraus. »Da waren Sie ja mitten im Arbeiterparadies. Meinen Glückwunsch! Na, dann kommen Sie mal mit.« Sie gingen zur nächsten Seitenstraße, dort stand ein schwarzer Priamus. Sie zwangen Zacharias, sich auf die Rückbank hinter den Fahrer zu setzen. Der Glatzkopf rutschte neben ihn und versuchte seine Beine unterzubringen. Wie er sie auch verrenkte, sie stießen immer an die Lehne des Beifahrersitzes, auf dem der Fettsack saß. Sie brachten Zacharias zum Polizeipräsidium am Alex. Dort setzten sie ihn in ein Zimmer, in dem nur ein Tisch und drei Stühle standen. Ein Schupo bewachte ihn, die drei Beamten, die ihn mitgenommen hatten, verschwanden mit seinem Soldbuch. Wahrscheinlich suchten sie in Karteien, ob sie etwas über Zacharias fanden. Er saß eine gute halbe Stunde in dem Raum, der Uniformierte stand an der Tür.

»Ist Ihnen nicht langweilig?« fragte Zacharias.

Der Polizist antwortete nicht.

Endlich kam der Dicke. »Ich bin Kriminalkommissar Lohmeier. Ich bin für solche Figuren wie Sie zuständig. Aufrührer, Umstürzler und alles, was dazu gehört. Mir können Sie nichts vormachen. Die Bolschewisten haben Ihnen was ins Gehör geblasen, damit hier der gleiche Wahnsinn geschieht wie in Russland.« Der Dicke umrundete mit hektischen Schritten den Tisch.

Zacharias erwiderte nichts. Er mühte sich, dem Kommissar ein Grinsen zu zeigen.

»Aha, ein Witzbold«, quetschte Lohmeier heraus. »Das kann ja lustig werden.« Er stierte Zacharias an, aber der zeigte keine Bewegung.

»Ich muss auf die Toilette«, sagte Zacharias.

»Das müssen wir alle hin und wieder«, sagte der Fettsack.

Zacharias erhob sich. Gleich war der Fettsack hinter ihm und drückte ihn zurück auf den Stuhl. »Verkneifen Sie sich's. Sagen Sie uns was, dann dürfen Sie auf die Toilette.«

»Ich habe Ihnen nichts zu sagen.«

»Dann fang ich mal an. Sie haben diesen Retzlaw gesucht.«

»Wen?«

»Stellen Sie sich nicht dumm. Sie kennen Retzlaw. Und Sie wissen, was der ist. Ein Spartakist. Sie werden doch wissen, was ein Spartakist ist? Ich sag es Ihnen: Ein Spartakist ist einer, der am liebsten jeden anständigen Deutschen an die Wand stellen würde. So, wie es die Bolschewisten in Russland machen. Tüchtige Männer mit vaterländischer Gesinnung werden umgebracht, und der Mob und die Juden greifen nach der Macht.«

»Ich war bei Herrn Ebenbein.«

Der Fettsack starrte ihn an. »Und was wollten Sie von ihm?«

»Ich überlege mir gerade, ob Sie das etwas angeht.«

Der Fettsack schlug Zacharias blitzschnell ins Gesicht. Der Schlag brannte. Zacharias spürte den Drang zurückzuschlagen. Reiß dich zusammen, lass dich nicht provozieren.

»Ich suche einen ehemaligen Klassenkameraden, Klaus Miletzke.« Die Wange schmerzte.

»Na, das ist doch eine Auskunft«, sagte der Fettsack. Dann lachte er. »Und der wohnt in der Strelitzer Straße 11?«

»Nein, ich dachte es.«

»Ah!« Lohmeier streckte einen Zeigefinger hoch. »Sie haben es gedacht.«

»Ja. Ich dachte, er wohnt da, aber das tut er nicht. Und da habe ich bei Herrn Ebenbein geklopft, um ihn nach Miletzke zu fragen.«

»Soso. Da haben Sie bei diesem Herrn Ebenbein geklopft. Einfach so. Das haben wir gleich.« Er ging hinaus. Zacharias hörte ihn draußen rufen. Offenbar sollte seine Aussage unverzüglich überprüft werden.

Er nahm die Angst erst wahr, als sie schwächer wurde. Allmählich erkannte er die Gefahr, in der er sich befand. Diese Polizisten konnten ihn einfach verschwinden lassen. Oder auf der Flucht erschießen. Dann ginge er drauf, bevor er den Kontakt zur Partei herstellen konnte. Aber Ebenbein würde bestätigen, was er gesagt hatte. Dann würde ihn der Fettsack nach Miletzke fragen. Klaus Miletzke war ein kleiner rothaariger Schulkamerad gewesen, der in derselben

Gegend gewohnt hatte wie Ebenbein und Retzlaw. Wo genau, wusste Zacharias nicht mehr. Aber das würde seine Aussage nur stützen.

Ein uniformierter Polizist trat ein und sagte: »Mitkommen!« Er führte Zacharias zur Herrentoilette und wartete vor der Kabinentür, die Zacharias nicht verriegeln durfte. Dann kehrten sie zurück ins Vernehmungszimmer. Zacharias setzte sich und kippelte auf den hinteren Stuhlbeinen. Sie würden Ebenbein befragen, der würde seine Aussage bestätigen. Sie würden wohl auch Frau Retzlaw fragen, aber die würde schweigen. Und es würde den Polizisten nicht gelingen, sie einzuschüchtern.

Zacharias wartete lange. Draußen im Gang immer wieder Schritte und Stimmen. Er versuchte etwas zu verstehen, aber die Tür dämpfte stark. Der Bewacher lehnte sich an die Wand neben der Tür. Er schien müde zu sein.

Je mehr die Angst schwand, um so mehr wuchs Zacharias' Zorn. Der Fettsack hatte ihn geschlagen. Zacharias überlegte, wie er sich revanchieren könnte, fand aber keine Möglichkeit, die seine Lage nicht verschlechtert hätte.

Endlich öffnete sich die Tür. Nicht Lohmeier erschien, sondern der Glatzkopf. »Hau ab«, sagte er. »Wenn wir dich noch einmal in der Nähe einer Spartakistenhöhle finden, geht's dir an den Kragen.« Er fuhr sich mit dem Zeigefinger über die Kehle.

Zacharias sah ihm die Enttäuschung an, dass sie ihn gehen lassen mussten. Er zwang sich, das Präsidium fast schlendernd zu verlassen. Er malte sich aus, wie es wäre, Lohmeier allein in einer dunklen Gasse zu treffen. Ein gutes Gefühl.

4

Sie ließen ihn länger als zwei Wochen warten. Er wurde immer unruhiger, überlegte, ob er abgehängt werden sollte oder ob Retzlaw verhaftet war. Soll ich den Kontakt suchen? Wenn ja, wo kann ich einen finden, dem ich trauen kann? Aber es wäre gegen die Regeln der Konspiration. Er schlief schlecht und lief in der Wohnung umher. Auch wenn es ihn drängte, er fürchtete sich, nach draußen zu gehen, wo er jederzeit einer Streife in die Hände fallen konnte. Bisher hast du Glück gehabt, fordere es nicht heraus.

Er betrachtete die Bilder in seinem Zimmer und die Bücher seiner Jugend. Er blätterte im *Neuen Deutschen Jugendfreund* von Franz Hoffmann, fand Hefte wieder, in denen er Ereignisse notiert hatte, die er damals wichtig fand. Darunter ein paar Sätze aus einem Vortrag von Rosa Luxemburg auf einer Wahlkreisversammlung. Ihr Verteidiger Paul Levi über Soldatenmisshandlungen im *Vorwärts*. Vormittags las er Zeitungen, die er in der Wohnung fand. Vieles hatte er nicht gewusst. Er begriff, die Spartakisten waren noch unbedeutender, als er gefürchtet hatte. Er las in Vaters Büchern, aber die Anspannung blieb. Dann war er überzeugt, dass er einen anderen Weg suchen musste, um Kontakt mit der Partei aufzunehmen. Er marterte sein Hirn, aber es fiel ihm nichts ein, was nicht zu gefährlich war. Der Zorn packte ihn. Gut, dann eben ohne ihn. Sollen sie sehen, was wird, wenn sie einfach auf einen verzichteten, der wusste, wie es zuging in einer Revolution. Bitte schön, Genossen. Macht, was ihr wollt.

Am Nachmittag des 10. Februar, es war ein Montag, fand er endlich einen Zettel im Briefkasten. Darauf stand in Großbuchstaben »HEUTE ABEND 6 UHR TIERGARTEN HUBERTUSBRUNNEN. WARTEN SIE DORT«. Er zerriss den Zettel, nachdem er sich Ort und Zeit eingeprägt hatte.

Als es Zeit war, fuhr Zacharias mit der Straßenbahn zum Gleisdreieck und stieg um in die U-Bahn, wo die Fahrt in der dritten Klasse zum Bahnhof Zoo zehn Pfennig kostete. Dort setzte er sich wieder in die Straßenbahn. Er stieg oft um und prüfte, ob ihm jemand folgte. In den Wagen sah er viele Krüppel, Menschen fehlten Arme, Beine, Hände, Füße, andere hatten zerstörte Gesichter oder waren blind. Auf den Straßen sah er noch mehr menschliche Ruinen. Sie bettelten oder suchten Arbeit. Ein alter Mann ohne Beine lief auf den Händen über den Bürgersteig. Seine Augen waren leer, er schimpfte unverständlich vor sich hin. Er überquerte die Straße, ohne auf Autos oder Pferdegespanne zu achten, als forderte er den Tod heraus.

Erst als er sicher war, dass ihm niemand folgte, fuhr Zacharias Richtung Tiergarten. Es war längst dunkel, aber er kannte den Weg und war bald am Brunnen. Die Gaslaternen der Brückenallee warfen fahles Licht auf den Hirsch mit dem Goldkreuz zwischen den Geweihstangen. Zacharias lief langsam am Brunnen hin und her und beobachtete die Umgebung. Weit weg hörte er Stimmen, wahrscheinlich Betrunkene. Dann knackte ein Zweig, und ein Mann näherte sich schnell. Er trug einen dunklen Mantel und hatte die Mütze tief ins Gesicht gezogen.

»Sie sind Zacharias?« flüsterte er. Er war bereit, jederzeit zu fliehen.

»Ja.«

»Ist Ihnen jemand gefolgt?«

»Nein.«

»Sicher?«

»Ja.«

»Die erste ökonomische Schrift?«

»Was?«

»Ihre erste ökonomische Schrift?«

»Meine?«

»Rosas.«

Zacharias wollte erst sagen, der Mann solle das Idiotenspiel beenden. Aber dann überlegte er und sagte: »*Die industrielle Entwicklung Polens.*«

»Name der Katze?«

Zacharias überlegte, dann erinnerte er sich einiger Bemerkungen Rosas in der Parteischule. »Mimi.«

»Gut. Morgen mittag um zwei Uhr warten Sie an der Berolina-

Statue auf dem Alex vor dem Warenhaus Tietz, bis jemand Sie fragt, wie es Mimi geht.«

»Da ist doch das Polizeipräsidium?«

»Genau. Einen besseren Treffpunkt gibt es nicht«, sagte der Mann fast tonlos. Dann verschwand er in der Dunkelheit.

Zacharias lief zur Straßenbahnhaltestelle und fuhr ohne Umweg zurück. Als er die Küche zu Hause betrat, stand die Mutter am Herd. Sie schaute ihn fragend an, aber er sagte nichts. Er überlegte, ob er ihr erklären sollte, dass er bald ausziehen würde. Aber dann schimpfte er nur übers Wetter und ahnte, die Mutter wusste, dass er es nur tat, um etwas zu sagen.

»Und Margarete?«

Was sollte er antworten? Dass er sich nicht traute? Dass er sich vorstellte, sie habe längst einen anderen? Wie sonst sollte er es sich erklären, dass sie nicht mehr nach ihm gefragt hatte? »Ich weiß nicht«, sagte er.

»Du weißt nicht?« Sie ließ die Frage nachklingen, dann schüttelte sie den Kopf.

Sie redeten nicht viel beim Abendessen. »Warum erzählst du nichts von Russland?« fragte die Mutter.

»Ich hol's nach. Manchmal denke ich, es ist besser, du weißt nichts über mich. Vielleicht hätte ich gar nicht herkommen, sondern mir irgendwo in der Stadt ein Zimmer nehmen sollen. Es kann sein, dass ich Ärger kriege. Ich will dich da nicht hineinziehen.«

»Ärger bin ich gewöhnt. Was denkst du, wie oft Vater Streit mit den Behörden hatte in der Kaiserzeit. Er hat ja sogar im Gefängnis gesessen.«

»Das ist heute anders. In Berlin wird man in diesen Tagen auf der Flucht erschossen. Lies mal die Zeitungen.«

Die Mutter schaute ihn traurig an. »Spartakus?« fragte sie.

Er zeigte ihr die Handflächen. »Besser, du weißt nichts.«

»Junge, Junge«, sagte sie. »Aber ich werde dich kaum davon abbringen können, fürchte ich. Du warst schon früher so stur.«

»Nenn es konsequent«, lachte er. »Das habe ich von Vater.«

»Der war auch stur«, sagte sie und lächelte kurz.

Nach dem Essen zog es ihn hinaus. Er gestand sich nicht ein, was ihn zog, aber seine Schritte führten ihn zu dem Haus, in dem Margarete wohnte oder wenigstens früher gewohnt hatte. Zacharias stand eine Weile vor dem Haus und mühte sich, die Angst vor der Wahrheit zu überwinden. Es war doch klar, er hatte sich zu lange nicht gemeldet. Sie war nicht mehr zu seinen Eltern gekommen, um nach ihm zu fragen.

Er ging zur Haustür und drückte die Klinke. Die Tür war nicht abgeschlossen. Drinnen war es stockdunkel. Er hielt die Haustür offen, so dass Licht von der Straßenlaterne in den Flur fiel. Zacharias las die Namen an den Briefkästen. Da stand »Wolkenhauer«, die Eltern wenigstens wohnten noch hier. Er verharrte eine Weile und überlegte, ob er bei Wolkenhauers klopfen sollte. Die Eltern hätten ihn wohl gern als Schwiegersohn angenommen. Aber was dachten sie jetzt?

Er hörte Schritte auf dem nassen Kopfsteinpflaster der Straße. Zacharias erschrak, dann ging er hinaus und schloss die Haustür. Die Schritte kamen näher, dann verstummten sie. Er schaute in die Richtung, aus der er die Schritte gehört hatte. Es war eine Frauengestalt. Sie stand ein paar Meter vor ihm, und er erkannte sie sofort.

Sie stand nur da und schaute ihn mit großen Augen an. Sie öffnete den Mund und schloss ihn wieder. In ihren Augen las er Freude, dann Wut, dann Trauer. Aber vielleicht spiegelten sie nur die Empfindungen, die sie in seinen Gedanken haben musste. Sie verharrten eine Weile im Nieselregen. Tropfen glänzten im Laternenschein auf ihrem Haar, sie hatte es hinterm Kopf zusammengebunden. Ihr Gesicht war knochig geworden, der Hunger hatte es verändert. Aber die Augen waren noch die, die ihn im Traum verfolgt hatten.

»Du, hier«, sagte sie leise. Es klang in seinen Ohren so wie: Du bist also nicht tot.

»Nein«, sagte er. »Ich lebe.«

Sie blickte ihn an, und ihm schien es, als schüttelte sie den Kopf. »Du hast nicht geschrieben.«

»Doch. Ich habe aber nie einen Brief abgeschickt. Es ging nicht. Die Post ging nicht. Revolution, Bürgerkrieg.«

Eine Träne glitzerte unter ihrem Auge. Sie hob die Schultern und senkte sie wieder.

»Ich wollte dich nicht überfallen«, sagte er. »Tut mir leid.«

»Das ist dir aber nicht gelungen«, sagte sie. Zacharias glaubte, ein Lächeln zu sehen in ihrem Gesicht. Sie erinnerte sich gewiss an seine Vergesslichkeit, daran, dass er früher Verabredungen oft nicht eingehalten hatte. Fast hätte er gesagt, die Bolschewiken hätten ihm das ausgetrieben. Aber dann fiel ihm ein, dass die Bolschewiken sich um Termine auch nicht scherten und damit gerade ihre ausländischen Gäste zur Verzweiflung trieben. Die Tscheka hatte ihm die Unzuverlässigkeit ausgetrieben. Aber das wollte er Margarete nicht sagen.

Sie kam einen Schritt näher. »Und jetzt bist du wieder hier«, sagte sie.

»Ja.«

»Und besuchst mich.«

»Ich kam hier vorbei.«

»Zufällig«, sagte sie. Ihre Augen waren traurig.

»Vielleicht nicht ganz.«

»Vielleicht nicht ganz«, wiederholte sie.

Die Fragen lagen ihm auf der Zunge. Ob sie einen anderen hatte? Warum sie sich nicht mehr erkundigt hatte nach ihm. Er traute sich nicht. »Wie geht es dir?« Seine Stimme war belegt, und er schalt sich wegen seiner Dummheit.

»Wie es einem so geht in diesen Zeiten«, sagte sie.

»Hast du Arbeit?« fragte er. Dabei hätte er fragen wollen, ob sie ihn noch liebe. Seine Zunge bildete die falschen Wörter.

»Ja. Aber das Geld reicht nicht. Die Inflation.«

»Wir bezahlen jetzt den Krieg«, sagte er und kam sich vor wie ein Schwätzer.

»Wir bezahlen den Krieg, seit er begonnen hat«, erwiderte sie.

»Ich muss jetzt weiter«, sagte er, während er dachte: Hoffentlich bittet sie mich in die Wohnung.

»Du musst jetzt weiter. Wenn das so ist, da kann man nichts machen.«

»Wir müssen reden«, sagte er. Endlich ein wahrer Satz.

»Wenn wir es müssen«, sagte sie. Er glaubte, sie wieder lächeln zu sehen. »Redselig bist du nicht geworden in Russland.« Sie hatte ihn früher oft verspottet als den großen Schweiger. Nur auf Versammlungen und wenn es um Politik ging, ja, da rede er wie ein Wasserfall.

Nein, er mochte nicht daherreden. Doch er beneidete Leute, die es konnten. »Aber vielleicht schaust du mal vorbei, wenn du Zeit hast. Jetzt geht es ja leider nicht.«

»Ja. Ich komme bald wieder.«

Sie sagte nichts. Er wusste, sie schaute ihm nach, als er die Straße hinunterging. Was bist du für ein Feigling, schimpfte er lautlos. Im politischen Streit, da reißt du die Klappe auf, für die Tscheka riskierst du dein Leben, aber vor Margarete kriegst du kein vernünftiges Wort raus. Lächerlich. Du bist eine lächerliche Gestalt.

In der Nacht konnte er kaum einschlafen. Bilder einer glücklichen Vergangenheit zeigten ihm sein Elend. Erinnerungen an den Vater und Renate. Sie waren weit weg. Er gehörte nirgendwohin. Nicht nach Russland, nicht in dieses Deutschland. Nie hätte er vor dem Krieg geglaubt, sich eines Tages eingestehen zu müssen, dass es zu Kaisers Zeiten schön gewesen sei. Berlin sah noch so aus wie vor dem Krieg, die Fassaden waren die gleichen. Aber die Menschen waren niedergeschlagen, manche zerstört. Krüppel auf den Straßen, Bettler, Arbeitslose. Er sah Margaretes Gesicht vor sich. Sie war dünn geworden. So sahen Menschen aus, die hungerten. Solche Gesichter kannte er aus Russland.

*

Die Mutter war zur Arbeit, als Zacharias am Morgen in die Küche kam. Auf dem warmen Herd stand die Blechkanne mit Zichorienkaffee, auf dem Tisch ein Teller mit einer Scheibe Kleiebrot und ein Glas mit Pflaumenmus. Erbärmlich, verglichen mit dem, was sie vor dem Krieg gefrühstückt hatten. Sonntags hatte es sogar für Schrippen gereicht, die sie bei Bäcker Adam holten.

Nach dem Frühstück besorgte Zacharias sich den *Vorwärts* und die *Freiheit* und las. Die Unabhängigen lehnten es radikal ab, in die

Regierung einzutreten, die Mehrheitssozialdemokraten bildeten daher eine Koalition mit bürgerlichen Parteien. Die Rechte schäumte und fabulierte über Novemberverbrecher, die schuld seien an der Kriegsniederlage und den demütigenden Waffenstillstandsbedingungen, die Deutschland wehrlos machten.

Dann machte er sich auf den Weg zum Alexanderplatz. Die Berolina-Statue glänzte vor Nässe, Zacharias fröstelte. Er war zu früh und spazierte auf dem Platz umher. Hin und wieder schaute er sich unauffällig um. Wahrscheinlich war die Kontaktperson schon da und beobachtete ihn. War es der Mann, der ein paar Meter neben der Statue stand und den Trubel betrachtete? War es der auf Krücken, der seinen Hut auf den nassen Boden gelegt hatte in der Hoffnung, jemand würde ihm Geld hineinwerfen? Den Mann, den er im Tiergarten getroffen hatte, sah er nirgends. Aber vielleicht lauerte er irgendwo?

Um zwei Uhr stellte sich Zacharias nahe an die Statue.

»Wie geht es Mimi?« fragte eine Frauenstimme in seinem Rücken.

Er drehte sich um. Sie trug eine schwarze Mütze auf schwarzen Haaren. Er schluckte, sie gefiel ihm gleich. Sie blickte ihn streng an.

»Gut geht es ihr. Hoffe ich jedenfalls.«

Sie hakte sich bei ihm ein. »Dann fallen wir nicht so auf.« Sie zog ihn in Richtung U-Bahnhof Alexanderplatz. »Ach ja, die arme Mimi ist lange tot.«

»Wohin gehen wir?«

»Wir fahren jetzt ein Stück, dann gehen wir. Und dann erklär ich Ihnen etwas. In dieser Reihenfolge.«

Im Bahnhof lösten sie Fahrscheine für die dritte Klasse, dann setzten sie sich in einen Zug Richtung Gleisdreieck. Dort stiegen sie um in die U-Bahn Richtung Warschauer Brücke. Sie sprachen kein Wort. An der Endhaltestelle stiegen sie aus. Dann sagte sie: »Wir müssen jetzt noch ein Stück laufen.« Sie gingen in Richtung Petersburger Straße, dann rechts hinein in die Boxhagener Straße. Mietshäuser grenzten die Straße ein.

Vor einem Haus zwang die Frau Zacharias, langsam zu laufen. Dann blieben sie vor einem Fenster stehen. Die Frau zog Zacharias an ihre Seite, so dass er zum Fenster schaute. Zacharias glaubte, einen Schemen gesehen zu haben hinter der Scheibe. Nach einigen Sekunden drehte sie sich um, und sie liefen langsam zurück zur Warschauer Straße.

Plötzlich Schritte von hinten. Ein Mann überholte sie, er flüsterte der Frau etwas ins Ohr und verschwand. Die Frau blieb stehen und sagte: »Dann ist ja alles in Ordnung, Genosse Zacharias. Kommen Sie. Ich habe eine Überraschung für Sie.«

Sie führte ihn zum Eingang des Hauses, vor dem sie gestanden hatten. Sie klopfte an die Tür der linken Erdgeschosswohnung, die wurde gleich geöffnet. Ein Mann winkte sie hinein und führte sie in das Wohnzimmer. Zacharias lachte, als er den Mann sah, der auf dem Sofa saß. Der Mann lachte auch. »So sieht man sich wieder«, sagte er.

»Der Genosse Reuter, ich dachte, Sie sind in Russland.«

»Nichts bleibt, wie es ist. Nennen Sie mich Friesland. Ich habe mit Lenin gesprochen, bevor ich abreiste. Und Radek habe ich schon informiert. Sie sollten sich bald mit ihm treffen.«

»Haben Sie neue Instruktionen für mich?«

»Nein, ich bin vor Ihnen abgereist, schon im Dezember. Ich nehme an, Sie wurden danach eingewiesen. Ich kann Ihnen nur sagen, dass ich Ihren Auftrag unterstützen werde.«

Zacharias war erleichtert. Endlich jemand, dem er vertraute und der ihm vertraute. Jetzt war es leicht, mit der Führung der Partei in Kontakt zu kommen. Reuter alias Friesland kannte Lenin, Radek, Trotzki, Sinowjew und andere bolschewistische Führer. Er würde eine wichtige Rolle spielen in der deutschen Partei.

»Ich muss Jogiches treffen. Nur wenn der es befürwortet, komme ich näher heran an die Genossin Luxemburg.«

»Das wird schwierig genug. Die Genossin hat nach dem Mordanschlag endlich eingesehen, dass sie ihre Sicherheit ernst nehmen muss. Wir sind irgendwie alle noch Sozialdemokraten, die glauben, dass ihnen nichts Schlimmeres geschehen könne als so etwas wie die Sozialistengesetze. Aber da sind Mörder auf den Straßen, und der Mob will unsere Leichen.«

Reuter-Friesland schüttelte den Kopf. Er sah traurig aus, aber auch entschlossen. »Nur würde ich Jogiches nicht erzählen, dass Sie mit Radek gesprochen haben oder sprechen werden.«

»Ich weiß«, sagte Zacharias, »die Genossen hassen sich. Alte Geschichten.«

»So ist das in der Emigration und in konspirativen Zirkeln. Da wächst das Misstrauen, da treten schlechte Eigenschaften in den Vordergrund. Da werden aus kleinen Dingen Riesengeschichten. Aber vielleicht war Lenin auch nicht gut beraten, ausgerechnet Radek zu seinem Sprachrohr in Deutschland zu machen.«

»Wen sonst?« fragte Zacharias. Dann fiel ihm ein, dass Friesland sich für den besseren Moskauer Emissär halten könnte.

Friesland zuckte die Achseln.

Zacharias schaute sich um. Es war ein deutsches Wohnzimmer, mit einer Vitrine an der Wand, einem verschlissenen braunen Sofa, mit Familienbildern, eines trug einen schwarzen Trauerrand. Es zeigte einen jungen Mann in Uniform. Die Frau saß auf dem Sofa. Sie hatte nichts gesagt, während Friesland und Zacharias gesprochen hatten.

»Das sind gute Genossen, die uns die Wohnung manchmal überlassen für ein paar Stunden«, sagte die Frau.

»Wie heißen Sie, wenn Sie mir das vielleicht verraten würden?« fragte Zacharias.

»Sonja Mandereit.«

»Wo wohnen Sie?« fragte er.

Sie lächelte. »Sie sind vielleicht ein wenig zu neugierig. Besser, Sie wissen es nicht.«

Friesland erhob sich vom Sessel. Er bewegte sich langsam, war erschöpft. »Genosse Zacharias, Sie gehen nach Hause und warten auf Nachricht. Die Genossin Mandereit wird sich bei Ihnen melden. Wahrscheinlich morgen mittag.«

Das Leben eines Revolutionärs besteht aus Warten, dachte Zacharias. Er wollte etwas tun, das Herumlungern erzeugte nur trübe Gedanken. Aber immerhin, er würde Sonja bald wiedersehen. Auf dem Rückweg musste er über sich lachen. Gestern hatte er Margarete getroffen, und er war zu feige gewesen, sich mit ihr auszusprechen. Heute traf er eine fremde Frau, die ihm gefiel, und er freute sich, sie wiederzusehen. Ich bin ein Mensch, der sich nicht entscheiden kann, in privaten Dingen jedenfalls. Weil sich entscheiden verzichten heißt? Nein. Aber was nutzt es, wenn ich mich entscheide, und Margarete will etwas anderes? Ich fürchte die Wahrheit, laufe vor ihr weg. Bestimmt hat sie einen neuen Freund gefunden. So ein Mädchen bleibt nicht lang allein. Es sei denn, sie will es. Wollte sie es?

Nüchtern betrachtet, war Zacharias für sie so gut wie tot gewesen. Warum sollte sie auf einen Toten warten? Er fühlte sich, als hätte er keinen Boden unter den Füßen. Es ging alles zu schnell. Im Kopf war er noch halb in Russland. Die letzte Nacht hatte er wieder von Erschießungen geträumt, auch von den Prügeln für Bauern, die verdächtigt wurden, Getreide zu verstecken.

Der Hauptfeind der Revolution ist der Hunger, sagte er sich. Mochten die Bauern schuld sein, das Volk forderte Essen von der Regierung. Arbeiter streikten, und die Tscheka bekämpfte sie. Es gab Gründe für den Terror, gewiss. Aber der Terror war abscheulich. Und wenn sie in Deutschland siegten, dann würde es auch hier ohne Terror nicht gehen. Es würde Streit in der Partei geben. Aber noch waren sie zu schwach, um an den Sieg zu denken und die Qualen, die er ihnen bereiten würde. Das hatte Zacharias in Russland gelernt, die Revolution war nicht der Kladderadatsch, dem das Paradies auf Erden folgte, wie Bebel es beschworen hatte. Die Revolution ist zuerst Gewalt, oft auch gegen die, denen die Revolution dient. In seinem Kopf lief alles durcheinander, Margarete, der Terror und die Schuld, die er auf sich geladen hatte. Und morgen würde ihn Sonja abholen.

Radek wartete auf ihn. Zacharias hatte ihn einmal gesehen auf einer Sitzung im Smolny in Petrograd. Wie eine Furie war er über linke Sozialrevolutionäre hergefallen, der kleine Mann mit den wirren Haaren, schlecht oder gar nicht rasiert, auf der Nase eine Brille mit dicken Gläsern, die die Augen stieren ließen. Er war witzig und demagogisch, gebildet und derb, brillant, verhasst bei vielen, geliebt von wenigen. Aber alle wussten, Lenin schätzte Radek. Der war in Deutschland gewesen, auf dem radikalen linken Flügel der SPD, ein vorzüglicher Journalist, der sich in seiner zweiten Heimat so gut auskannte wie kaum ein Deutscher. Radek war wieder in Deutschland, und wo er war, da war auch Lenin.

Zacharias verunsicherte die Vorstellung, Radek könnte auch über ihn herfallen. Was sollte er tun, wenn Radek etwas von ihm verlangte, was nicht zu seinem Auftrag gehörte?

Du denkst zu weit. Warte es ab. Hatte Lenin nicht gesagt, Radek dürfe Zacharias keine Befehle geben? Doch die Unruhe ließ ihn nicht los. Er ahnte den Streit voraus zwischen Radek und Rosa Luxemburg, deren Feindschaft die Beziehung der Spartakisten zu den Bolschewiki von vornherein belasten musste. Luxemburgs Vertrauen in die Massen gegen Lenins Organisationseifer, der sich die deutsche Reichspost zum Vorbild gewählt hatte. Es passte nicht zusammen. Das spürte er, und dies war die eigentliche Ursache seiner Unruhe. Er fürchtete, zwischen die Mahlsteine zu geraten. Und er fürchtete, die eigene Zerrissenheit zu offenbaren. Ein Revolutionär zweifelt nicht. Wie soll einer sein Leben einsetzen für eine Sache, an der er zweifelt?

*

Am Abend beobachtete er die Mutter. Sie stellte das karge Essen auf den Tisch. Sie bewegte sich langsam und gleichförmig, fast schlurfte sie. Er erinnerte sich, wie ihre Augen früher leuchten konnten, wenn sie sich freute. Sie konnte sich an einer Kleinigkeit erfreuen, an der ersten Blume im Frühling wie an der ersten Schneeflocke im Winter. Sie versuchte ihren Mann und die Kinder anzustecken mit ihrer Freude, manchmal gelang es ihr bei den Kindern. Den Vater verunsicherte aller Überschwang. Er war von norddeutschem Gemüt, zurückhaltend, selten laut, bedächtig. Ein wenig davon hatte Zacharias geerbt, der auch nur redete, wenn er es für sinnvoll hielt. Und der andere nicht teilhaben ließ an seinem Innenleben.

Die Augen der Mutter waren stumpf. Sie sprach wenig, wollte aber etwas wissen über die Erlebnisse ihres Sohns in Russland. Aber der antwortete nicht. Sie löffelten schweigend die dünne Suppe, in der diesmal ein paar blau angelaufene Kartoffeln schwammen. Zacharias fragte nicht, wo die Mutter sie besorgt hatte und was sie dafür hatte hergeben müssen.

Nach dem Essen räumte die Mutter die Teller vom Tisch und wusch ab. Ab und zu hörte Zacharias sie atmen. Es klang fast wie ein Seufzen. Bestimmt wollte sie erfahren, wie es mit ihm weitergehe, aber sie fragte nicht. Als die Küche aufgeräumt war, ging die Mutter zu Bett. Zacharias saß allein und überlegte, wie es früher gewesen war. Da wurde nach dem Essen noch geredet und gescherzt, manchmal brachten sie sogar den Vater zum Lachen. Die Mutter hatte hell gelacht, und Renate war eingefallen. Dabei gab sie der Heiterkeit oft den Grund, wenn sie andere Leute nachäffte, einen Nachbarn, einen Verkäufer oder eine Freundin.

Zacharias musste schlucken. Er spürte den Hass, der in ihm tobte. Die den Krieg verschuldeten, hatten sein Glück zerstört. Sie hatten Millionen das Leben zerstört. Und waren die nicht die Übelsten, die die Internationale verraten hatten? Die für den Krieg eintraten, nachdem sie Tage zuvor noch die Arbeiter zu Demonstrationen für den Frieden auf die Straßen gerufen hatten? Die die Lüge, Russland habe Deutschland angegriffen, begierig glauben wollten, obwohl sie es besser wissen mussten?

Die Revolution war die Rache der Toten. Nicht diese schlappe Revolution im November, sondern die Revolution, die kommen würde. Eine nach Lenins Muster, die aufräumte mit den Reaktionären und ihren sozialdemokratischen Stiefelleckern. Zacharias genoss den Hass in sich, er verschaffte Gewissheit.

Erst wollte er schlafen gehen, dann entschied er sich, eine Kneipe aufzusuchen. Er musste unter Menschen kommen, verstehen, wie sie dachten. Er war so lange weg gewesen. Zacharias erinnerte sich an den Goldenen Anker. Draußen zog er den Schal enger, feuchte Kälte kroch trotzdem unter den Mantel. Seine Schritte klatschten in der Nässe, er wich Pfützen aus, in denen sich das fahle Licht der Gaslaternen spiegelte. Weit vor ihm lief ein Paar in die Nacht, bald war es in einer Seitenstraße verschwunden.

Die Kneipe gab es noch, und sie war geöffnet. Am Tresen standen vier Männer, vor ihnen Biergläser ohne Schaum. Zacharias versuchte sich zu erinnern, wie Bier schmeckte. Er hatte es als Kind probiert, wenn er dem Vater sonntags mit der Blechkanne Bier holte. Kurz vorm Krieg hatte er sich gewöhnt an den Geschmack. Aber in

Russland hatte er kein Bier getrunken. In der Sozialdemokratie war es verpönt gewesen, regelmäßig Alkohol zu trinken. Nicht einmal in Russland hatte sich Zacharias das Trinken angewöhnt. Viele Bolschewiken ertränkten in Wodka, was sie plagte.

Zacharias setzte sich an den Tisch neben der Tür. Er betrachtete den Schankraum, Bilder von Soldaten an der Wand.

»Meine Kompanie«, sagte der Wirt. Ihm fehlte ein Arm, und er humpelte. »Die meisten sind tot, ich hatte Glück. Chemin-des-Dames.« Er sagte: »Schömän de Dams.« Dort hatten die Franzosen ihre Soldaten verheizt, die Poilus, Welle auf Welle.

»Ich glaube, ich kenne Sie«, sagte der Wirt. »Sie waren früher öfter hier. Haben Bier geholt.«

»Ja«, sagte Zacharias. »Bringen Sie eines.«

Der Wirt humpelte hinter den Tresen und hielt ein Glas unter den Zapfhahn. Die Männer vorm Tresen hatten Zacharias eine Weile beobachtet. Jetzt drehten sie sich weg und unterhielten sich über den Krieg, schimpften auf die Regierung und den Hunger. Dann sagte einer: »Die Spartakisten sollte man alle an die Wand stellen, angefangen mit Liebknecht und der Judenhure.«

»Kannst dich ja bei nem Freikorps melden, die suchen solche Helden wie dich«, sagte ein anderer. Er trug eine speckige Lederkappe.

»Die nehmen doch nur Offiziere und Unteroffiziere«, widersprach der erste.

»Stimmt nicht, manche nehmen jeden. Zum Beispiel diese Republiktruppe.«

»Schlappschwänze sind das. Schon immer gewesen. Wenn es die nicht gegeben hätte, dann hätten wir Tommies und Froschfresser ins Meer gejagt.«

Der Wirt humpelte mit einem Glas Bier zu Zacharias. »Ist dünner als früher«, sagte er entschuldigend. Er blieb einen Augenblick stehen, als erwarte er eine Antwort. Als Zacharias weiter schwieg, ging der Wirt zurück hinter den Tresen.

»Und du, warst du im Krieg?« rief der mit der Speckkappe zu Zacharias hinüber.

»Ja«, sagte Zacharias.

»An der Westfront?«

»Kurz«, sagte Zacharias.

»Russland?«

Zacharias nickte.

»Wir hätten das zu Ende bringen müssen. Moskau niederbrennen, Petersburg auch. Das Bolschewistenpack fertigmachen. Dann hätten wir heute unsere Ruhe. Die Spartakisten gäbe es gar nicht ohne diesen Lenin und das Gesocks!«

Zacharias sagte nichts. Es hatte keinen Sinn, sich mit Angetrunkenen zu streiten.

»Du redest nicht mit jedem?«

»Stimmt«, sagte Zacharias. »Manchmal will ich einfach in Ruhe sitzen und ein Bier trinken.«

Der mit der Kappe ging einen Schritt auf Zacharias' Tisch zu. »Lass ihn«, sagte der vierte Mann, der bisher geschwiegen hatte. Der mit der Kappe zögerte, dann drehte er Zacharias wieder den Rücken zu.

Zacharias roch das billige Kraut, das die Männer rauchten. Es kratzte im Hals. Früher hatte es hier sonntags nach Zigarren gerochen. Da saßen die Männer an den Tischen und diskutierten über das Dreiklassenwahlrecht in Preußen, Bebel, die Kolonien, den großkotzigen Kaiser und seine wahnwitzigen Flottenpläne. Heute stehen sie am Tresen und wollen morden, dachte Zacharias. Der Krieg hat den Leuten den Anstand geraubt. Es tötet sich leichter nach dem großen Sterben im Graben. Ein Menschenleben ist weniger wert als früher. Auch du hast Leute getötet, viele. Du bist nicht anders als die Männer am Tresen. Du hast alles für die Revolution getan, damit die Bolschewiki an der Macht bleiben. Menschen töten, damit andere Menschen an die Macht kommen und an der Macht bleiben. Ebert lässt auf Arbeiter schießen. Es ist eine Klassenfrage, entweder die oder wir. Du darfst dich nicht verwirren lassen, dass auch Arbeiter fehlgeleitet sind, dass sie noch zu Arbeiterfeinden halten und Spartakisten töten wollen. Das ist nur die Oberfläche. Das Eigentliche liegt darunter. Das ist der Kampf der Klassen, der nie in Reinform ausgetragen wird.

Es war wie immer, einen Augenblick gelang es ihm, sich selbst zu überzeugen, aber bald meldeten sich wieder die schrecklichen Bilder und mit ihnen die Zweifel. Nur wer nichts tut, macht keine Fehler, sagte er sich. Aber es beruhigte ihn nicht. Wie wird es sein, wenn in Deutschland die Revolution siegte? Würden sie auch töten müssen? Gewiss, entweder die oder wir, das galt auch hier. Und solche Leute, wie sie am Tresen stehen? Wenn sie dann nicht für uns sind, sind sie gegen uns.

Er schaute die Männer an, die ihm den Rücken zuwandten. Sie schimpften auf die Regierung und die Arbeitslosigkeit. »Aber besser Ebert als die polnische Judenhure.« Über dem Tresen an der Wand standen Pokale vor Wandtellern aus Zinn.

Die Tür öffnete sich, kalte Luft strömte in den Raum. Ein Mann schlug in die Hände. Die Männer am Tresen begrüßten ihn lautstark. »Na, hat die Alte dich doch laufen lassen?« Der Mann lachte. Er warf einen Blick zu Zacharias, dann wandte er sich ab.

Zacharias hob die Hand, als der Wirt in seine Richtung blickte. Der Wirt kam, und Zacharias bezahlte. Grußlos verließ er die Kneipe. Die Erfahrung mit diesen Männern bedrückte ihn. Aber gewiss waren andere anders. Es war nicht denkbar, dass es keine klassenbewussten Arbeiter mehr geben sollte. In Berlin, früher Zentrum der weltweiten Arbeiterbewegung.

Bedrückt lief er zurück nach Hause. Die schwarzen Gedanken hinderten ihn lange Stunden zu schlafen.

*

Zerschlagen wachte er am Morgen auf. Die Mutter war schon gegangen. Er hatte das Schlurfen ihrer Schritte noch im Ohr. Mittags klopfte es an der Wohnungstür, er ließ Sonja herein. Sie war gekleidet wie eine bürgerliche Dame, ein schwarzer Hut mit breiter Krempe verdeckte die Augen. Er gestand sich ein, die Kleidung stand ihr gut.

»Nun werden sich die lieben Nachbarn fragen, was es mit diesem Damenbesuch auf sich hat.« Sie lachte. »Sollen sie rätseln. Wir werden heute Radek besuchen, dann Jogiches. Wenn alles gut geht, bringt Jogiches uns zur Genossin Luxemburg. Heute also ist der Tag mit den Berühmtheiten der Weltrevolution. Das können Sie später Ihren Kindern berichten, wenn am 1. Mai die Arbeiter der

Sowjethauptstadt Berlin an den Führern der Internationale vorbeidefilieren. Lenin, Trotzki, Liebknecht und Luxemburg werden auf dem Podium am Brandenburger Tor stehen und winken. Die kenne ich persönlich, erzählen Sie dann. Und die Kinder werden es kaum glauben und dann mit stolzgeschwellter Brust im sozialistischen Kindergarten mit ihrem Papa angeben.« Der Hut wippte heftig, als sie lachte. »Nun schauen Sie nicht so finster.«

Warum sollte er ihr von seinen Nöten berichten? Ich bin wahrscheinlich der einzige, den das Gewissen plagt, obwohl doch alles richtig ist, was wir tun.

»Haben Sie einen vernünftigen Anzug oder wenigstens einen besseren Mantel?«

Er blickte sie neugierig an.

»Wir fahren ins Hotel Adlon, da gibt es nur feine Herrschaften. Und dort trinkt heute nachmittag der Genosse Radek Tee. Wir sind eingeladen.«

»In der Zeitung steht, auf seinen Kopf ist eine Belohnung ausgesetzt.«

»Ja, von einem Klub mit dem hübschen Namen Vereinigung zur Bekämpfung des Bolschewismus. Die glauben, Radek sei der Kopf einer Verschwörung mit dem Ziel, Sowjetdeutschland zu gründen. Wenn es doch nur so einfach wäre.«

Wie kann man so fröhlich sein angesichts der Verfolgung und der Morde an so vielen Genossen? Zacharias staunte über Sonja. Vielleicht war es ihre Tarnung. Wenn ja, dann war die Tarnung gut. Wer würde in einer etwas exaltierten Dame einen Kurier der KPD vermuten? Sie spielte mit den Vorurteilen der bürgerlichen Welt. Und es schien ihr Spaß zu bereiten.

Zacharias ging in sein Zimmer und fand im Kleiderschrank weder einen Anzug noch einen Mantel. Da lagen und hingen Hosen, Hemden und Pullover aus der Vorkriegszeit. Er hatte die Kleidung bisher kaum beachtet. Er überlegte kurz, dann ging er ins Schlafzimmer der Mutter. Es war nichts verändert. Das Doppelbett mit zwei Kissen und zwei Decken, zwei Nachttische, gegenüber dem Fußende des Betts der große Kleiderschrank, in dem die Mutter auch die Bettwäsche aufbewahrte. Zacharias zögerte, dann öffnete er den Kleiderschrank. Er sah den Anzug gleich. Er war schwarz und sauber. Der Vater hatte ihn geerbt von seinem Bruder, den die Kinder Onkel Eduard nannten und der durch Heirat zu einem kleinen Vermögen gekommen war. Das half ihm wenig, er starb mit zweiundvierzig Jahren an Lungenkrebs. Der Vater hatte den Anzug vielleicht zwei- oder dreimal getragen.

Zacharias hielt sich den Anzug an, er schien zu passen. Er fand im Schrank einen weißen Kragen, eine Krawatte und schwarze Schuhe. Er nahm die Kleidung mit in sein Zimmer und zog sich um. Die Schuhe drückten. Als er in die Küche kam, klatschte Sonja leise Beifall. »Kleider machen Leute. So nehme ich Sie mit«, sagte sie.

Sie fuhren mit der Stadtbahn zur Friedrichstraße, den Rest des Wegs gingen sie zu Fuß. »Standesgemäß wäre jetzt natürlich eine Droschke«, sagte Sonja. »Na ja, nach der Revolution, man muss warten können.«

Sie betraten durch die große Drehtür das Adlon, Sonja hakte sich bei Zacharias ein und führte ihn im Empfangssaal umher, bis sie flüsterte: »Da ist er.«

Jetzt sah ihn auch Zacharias. Unter dem *Berliner Lokal-Anzeiger* schauten Hosenbeine hervor, die viel zu weit und viel zu lang waren. Eine Qualmwolke nebelte Radek ein. Zacharias erinnerte sich an Radeks Auftritt im Smolny, wo der sich immer wieder die Hose hochgezogen hatte, während er über die Gegner herfiel. Radek mochte einem lächerlich erscheinen, aber Zacharias wusste, er war mit allen Wassern gewaschen. Und vor allem war er Lenins Mann in Berlin.

Radek linste über den Rand des *Lokal-Anzeigers.* Er hatte sich bemüht, seine Locken zu bändigen, und war sogar rasiert. Und doch schien es Zacharias, dass Radek sein Aussehen nicht verändern konnte, sosehr er es auch versuchte. Radek stand auf und gab Sonja die Hand, er deutete einen Handkuss an. Dann musterte er Zacharias, lächelte kurz und sagte: »Ich habe ein Nebenzimmer gebucht. Gehen wir dorthin.«

Sie folgten ihm in ein Zimmer, in dem ein Tisch mit fünf Stühlen stand, an der Wand eine Kommode, darauf eine Karaffe mit Wasser und einige Gläser. Darüber hing das Porträt des Kronprinzen. Radek deutete grinsend darauf und sagte: »Da hängt er nun.«

Zacharias musste lachen, aber eher, um seine Anspannung zu lösen. Sonja zeigte keine Regung. Radek schaute Zacharias an durch dicke Brillengläser, die seine Pupillen starren ließen. Eine Haarlocke fiel ihm in die Stirn. Er zeigte auf die Stühle, und sie setzten sich.

»Sie haben mit Wladimir Iljitsch gesprochen, er hat Ihnen Ihren Auftrag genannt. Meine Aufgabe ist es, Sie kurz einzuweisen in die Lage und unsere Ziele. Sie können sich künftig, wenn Sie Rat brauchen, jederzeit an mich wenden. Fragen Sie die Genossin Sonja, sie weiß, wo ich mich aufhalte.«

Zacharias erinnerte sich an Lenins Worte, Weisungen erhalte er nur von Dserschinski. Er fürchtete, dass Radek sich nicht darum scheren würde. Und konnte Zacharias dann einfach nein sagen? Radek war nicht irgendwer.

»Unsere Aufgabe ist klar: Wir müssen die Macht erobern. Allerdings ist die Partei, deren Daseinszweck das ist, ein Trümmerhaufen.«

Sonja schnaufte.

»Doch, doch«, sagte Radek. »Dieser Aufstand letzten Monat, das waren zwar nicht die Kommunisten, obwohl alle es behaupten. Aber Liebknecht ist aus dem Ruder gelaufen, hat ein Revolutionskomitee gegründet, hat auf die Beschlüsse der Partei gepfiffen. Und wenn die Arbeiter auf die Straße gehen, wenn sie sich bewaffnen, dann dürfen natürlich die Kommunisten nicht dozieren: Es ist zu früh, wir sind zu wenige, es ist nichts geplant, der Feind ist zu stark. Nein, dann müssen wir die Niederlage zu einer Lehrstunde machen. Die Niederlage haben wir uns redlich erkämpft, aber eine Lehrstunde war es nicht. Die Partei ist verboten, ihre Presse sowieso. Und wenn die Arbeiter nicht die *Rote Fahne* lesen können, was sollen sie dann lernen? Nichts.«

Radek stand auf und ging ein paar Schritte. Draußen knatterte ein Automobil vorbei, die Doppelfenster dämpften den Krach. »Vielleicht ist das gut so, dass die *Rote Fahne* nur illegal und sporadisch erscheint. Seit es sie gibt, kennt sie nur die höchsten Töne. Immer am Anschlag, ohne Möglichkeit, sich noch zu steigern. Wie sagte die Genossin Luxemburg?« Er kratzte sich am Kopf. »Das Proletariat piepst nicht, es brüllt.« Er kratzte sich wieder am Kopf. »Das Proletariat piepst nicht.« Er lachte. »Wenn es denn nur das Proletariat wäre. Ach, die Genossin Luxemburg …« Er sprach den Satz nicht zu Ende. »Es gibt kaum eine klügere Genossin als unsere Rosa. Aber leider auch keine schwierigere. Das ist das Privileg der Außergewöhnlichen. Wir armen Erdenbürger müssen uns damit abfinden.« Er grinste. »Sie kennen die Genossin Luxemburg.«

»Sie war meine Lehrerin.«

»In gewisser Hinsicht ist sie unser aller Lehrerin. Und sie hat für uns im Gefängnis gesessen.«

Zacharias lachte kurz, während er sich Rosa mit geschultertem Kreuz vorstellte.

»Doch, doch«, sagte Radek mit hartem Akzent. Er zündete eine Zigarette an. »In Berlin verfügt die Kommunistische Partei gerade über eine Handvoll Mitglieder, sagen wir dreißig oder vierzig.« Er schaute Sonja an.

Die sagte: »Vielleicht fünfzig.«

»Meinetwegen. Und der Genosse Friesland soll unseren Bezirksverband hier aufbauen. Selbst bei seinen unbestritten großen Fähigkeiten wird das seine Zeit dauern. Die revolutionäre Sozialdemokratie Bebels hatte Hunderttausende von Mitgliedern und Millionen von Wählern. Und doch hat es nicht gereicht. Als die Macht auf der Straße lag, hat Ebert sie der Bourgeoisie geschenkt. Die Bolschewiki waren immerhin ein paar zehntausend, vor allem aber waren sie straff organisiert, eine Kampfpartei. Und was ist Spartakus? Ein Haufen von Krakeelern mit einer genialen Führung. Auf dem Parteitag am Jahreswechsel haben sich die Ultraradikalen durchgesetzt, Leute, die in den letzten Monaten zur Bewegung gestoßen sind und jetzt alles kurz und klein schlagen wollen. Die geniale Führung hat es nicht einmal verstanden, die Beteiligung an den Wahlen zur Nationalversammlung durchzusetzen.« Er kratzte sich am Kopf, setzte die Brille ab, seine Augen schweiften in die Ferne. »Vielleicht war das gut so.«

Er setzte die Brille wieder auf. »Hätten wir uns beteiligt, wir hätten kein Prozent der Stimmen gekriegt. Auf dem Rätekongress im Dezember, da durften Liebknecht und Luxemburg nicht mal als Gäste reden. Aber dann mit ein paar Wirrköpfen ein Revolutionskomitee gründen, weil ein paar Arbeiter auf die Straße gehen. Unter uns, Genosse Zacharias, Liebknecht ist ein schwieriger Fall. Fühlt sich als der deutsche Lenin. Entscheidet einfach, was zu tun ist, berät sich bestenfalls mit der Genossin Luxemburg, auf andere hört er nicht. Er braust auf, wenn jemand widerspricht. Ich hatte einige unerfreuliche Begegnungen mit ihm. Sie haben es erlebt, Wladimir Iljitsch wird nicht geliebt, weil er ein Genie ist. Dafür bewundern ihn die Proletarier. Geliebt wird er, weil er zuhört, weil er sich nicht für unfehlbar hält, weil er Fehler zugibt. Sogar solche, die andere machen. Wladimir Iljitsch unterwirft sich selbstverständlich der Mehrheit des Zentralkomitees, wenn er sich nicht durchsetzen kann, auch wenn er sicher ist, im Recht zu sein. Denken Sie an den Streit um den Brester Vertrag.« Er schnaufte. »Aber Liebknecht, das ist ein Albtraum. Der beschließt, was zu tun ist, da kann die eigene Partei sagen, was sie will. Das ist ein selbstverliebter Anarchist. Von Marx hat er auch keine Ahnung. Liebknecht wollte im Gefängnis unsere Geschichtsauffassung neu erfinden, man stelle sich das nur vor!«

Zacharias schaute Sonja an. Sie hörte zu, schien Radeks Vorlesung zu genießen. »Mein Auftrag ist Ihnen bekannt, Genosse Radek?«

Radek schaute ihn erstaunt an. Er wollte etwas erwidern, aber dann sagte er doch nichts. Nur: »Natürlich.« Er ging fünf Schritte zwischen Fenster und Tisch, immer hin und her. »Und mein Auftrag ist es, Ihnen die Lage zu schildern. Ich habe die Genossen Spartakisten immer wieder gewarnt, die Wirklichkeit nicht zu verlassen. Aber sie schweben irgendwo im Himmel. Reden von einem revolutionären Proletariat, das es nicht gibt. Die Massen folgen nicht uns, sondern Ebert, wenigstens in ihrer Mehrheit. Eine starke Minderheit folgt den Unabhängigen. Mag sein, dass die USPD stärker wird, je deutlicher der Verrat der Mehrheitssozialdemokratie sich zeigt. Aber machen Sie mit Haase, Dittmann und Genossen mal eine Revolution. Das ist lächerlich. In ihren Phrasen sind sie die größten Revolutionäre, aber sie tun nichts. Wenn es uns gelänge, die

Unabhängigen mitzureißen, dann sähe die Lage anders aus. Dann könnten wir die Anhänger von der Führung trennen. Ich glaube aber, Liebknecht und Luxemburg finden es viel revolutionärer, die Unabhängigen als Waschlappen zu verprügeln. Und der Genosse Friesland gewiss auch.« Er starrte Sonja durch seine dicken Brillengläser an.

Sie nickte.

»Sie müssen zu Jogiches, um Kontakt mit Rosa zu bekommen. Seit diese Bürgerwehr sie verhaftet hat, sieht sie wenigstens ein, dass sie zur Zeit abgeschirmt werden muss. Nur Jogiches und Pieck wissen, wo sie ist. Pieck ist ein junger Genosse, der es noch weit bringen wird. Wenn er überlebt. Ein Organisationstalent. Ist ein Schüler des Genossen Jogiches. Jogiches ist ein Revolutionär der alten russischen Schule. Arbeitet konspirativ. War früher Rosas Lehrer und ein bisschen mehr. Heute ist er der Organisator des Spartakusbunds, tritt aber nie an die Öffentlichkeit. Kommt aus Litauen, hat im zaristischen Gefängnis gesessen und hasst den Genossen Radek.« Er grinste. »Das kann man sich ja nicht vorstellen, dass einer den Genossen Radek nicht liebt. Nicht wahr, Sonja?«

Sonja lachte kurz auf.

»Er versucht, mir alte Geschichten anzuhängen, die heute so unwahr sind, wie sie es immer waren. Ein Revolutionär steht über solchen Dingen.« Er reckte sein Kreuz gerade und kicherte. »Leider hat Lenin ausgerechnet mich hierher geschickt. Ausgerechnet den Radek, so ein Pech.« Er lachte, es steckte Genugtuung darin. »Der Genosse Radek vertritt den ersten sozialistischen Staat der Welt, so ist das nun mal. Und der Genosse Radek, das ist niemand anderes als ich.« Er lachte.

»Ich habe die Genossen Luxemburg und Jogiches unterstützt auf ihrem Gründungsparteitag vor ein paar Wochen. Und als Jogiches die Flinte ins Korn werfen wollte, weil die Mehrheit gegen die Beteiligung an der Wahl zur Nationalversammlung war, da hab ich ihn beruhigt. Das sind Kinderkrankheiten. Besser revolutionäre Kinderkrankheiten als der gereifte Opportunismus der Scheidemänner. Aber gedankt hat mir die Hilfe niemand. Ich muss ja froh sein, dass sie nicht über mich herfallen. Ich bin Pole, Luxemburg ist

Polin, und Jogiches gehört ja irgendwie auch dazu. Und wir kommen aus jüdischen Häusern. Und schlagen uns die Köppe ein, wie der Berliner sagt.«

Radek setzte sich hin und zündete sich eine weitere Zigarette an. Das Nikotin hatte ihm die Zähne gebräunt. »Warum erzähle ich Ihnen das?«

Zacharias antwortete nicht.

Radek stierte auf das Bild des Kronprinzen. »Weil es verrückt ist, aber auch wichtig. Sie werden früher oder später in diese lächerlichen Streitereien hineingezogen, wenn es Ihnen gelingt, Ihren Auftrag zu erfüllen. Je näher Sie der Genossin Luxemburg sind, desto mehr verwickeln Sie sich in diesen Unsinn. Erst der Sturm der Revolution wird alles wegblasen, die Eifersüchteleien, die Gehässigkeiten, das Getratsche, die Kränkungen.«

Nun sah Zacharias, wie erschöpft Radek war. An Lenins Mann in Berlin hing viel. Wenn die Revolution in Deutschland der russischen nicht half, dann war Radek schuld, jedenfalls in den Augen führender Bolschewiki wie Sinowjew und seines Freundes Kamenew. Wenn die deutsche Partei sich in eine weitere Niederlage putschte, dann war Radek schuld, auch wenn er davor gewarnt hatte. Sollte die deutsche Partei aber siegen, dann lag das Verdienst in Moskau.

Als hätte Radek Zacharias' Gedanken gelesen, sagte er: »Der Genosse Sinowjew wird demnächst eine große Rolle spielen. Sie wissen, wir gründen die neue Kommunistische Internationale, und der großartige Grigori Jewsejewitsch wird ihr Leiter sein. Darauf würde ich jedenfalls Jogiches' unversiegbares Vermögen setzen.« Er kicherte. »Lenin ist ohnehin zu stark belastet, und seine Gesundheit, Sie wissen ja. Trotzki ist unser oberster Kriegsherr, Dserschinski wacht über unsere Sicherheit, Swerdlow ist Lenins rechte Hand und muss es bleiben, Bucharin ist zu jung und wäre ein großartiger Chefredakteur, wenn er sich die ultralinken Flausen abgewöhnen könnte. Über diesen stumpfen Schweiger mit dem kindischen Namen Stalin müssen wir nicht reden. Also Sinowjew. Wenn es nach dem gegangen wäre, gäbe es keine Revolution. Er hat im Zentralkomitee dagegen gestimmt, er hat sowieso viel zu oft gegen Lenin gestimmt. Warum ...« Er vollendete den Gedanken nicht.

Warum vertraute Lenin Sinowjew die neue Internationale an, der sich alle revolutionären Parteien unterordnen sollten? dachte Zacharias. Das war es, was Radek nicht begriff. Die Internationale war die Weltpartei, und Sinowjew würde ihr Führer sein.

»Wir sollten öfter miteinander reden. Sie erfahren Neues aus der Heimat und über die deutsche Partei. Das kann Ihnen helfen bei Ihrem Auftrag. Sie müssen ja nicht den Genossen Emissären aus Moskau auf die Nase binden, dass wir, sagen wir mal, kooperieren.«

Zacharias stutzte. Er überlegte, was Radek bezweckte. Er wollte Zacharias beeinflussen, dirigieren für die eigenen Ziele, die er mit der deutschen Partei hatte. Mit seiner Offenheit wollte Radek Zacharias' Vertrauen gewinnen. Ich schenke dir Vertrauen und berichte aus dem bolschewistischen Nähkästchen, dafür schenkst du mir Vertrauen und berichtest mir, was du erfährst. Nicht umsonst hatte Lenin Zacharias gewarnt, nur auf Dserschinskis Weisungen zu hören. Aber was konnte es schaden, mit Radek zu sprechen? Zacharias musste selbst herausfinden, wie er seinen Auftrag am besten erfüllen konnte.

Sonja schaute vom einen auf den anderen. Vielleicht erschrak sie über Radeks Offenheit. Aber dann ließ sie es sich nicht anmerken.

»Gerne«, sagte Zacharias. »Wir müssen nur zusehen, wie wir in Kontakt bleiben. Ich werde bald abtauchen müssen. Und Sie leben auch gefährlich.«

Radek nickte. »Sie werden noch heute nachmittag mit Jogiches zusammenkommen. Sagen Sie ihm, Sie hätten mit mir gesprochen, er erfährt es doch.«

Sonja wollte etwas einwerfen, aber sie schüttelte nur den Kopf. Ihre Wangen röteten sich leicht.

»Sagen Sie ihm, ich wäre ein hässlicher Zwerg mit noch hässlicheren Gedanken, der aus der Geschichte der Revolution schleunigst getilgt werden müsse. Aus unerfindlichen Gründen aber habe Lenin mich beauftragt, den deutschen Genossen alle mögliche Hilfe anzubieten: Ideen, Geld, Waffen und demnächst hoffentlich ein paar

Divisionen der Roten Armee. Wenn Sie kräftig über mich schimpfen, Genosse Zacharias, werden Sie das Herz von Leo Jogiches gewinnen. Und wenn Sie dessen Herz gewonnen haben, dann haben Sie fast auch schon das Herz der Genossin Luxemburg erobert.« Er lachte laut. »Wussten Sie, dass Jogiches Lenin die Führung der Bolschewiki abkaufen wollte, damals, als wir in Zürich in der Emigration saßen? Stellen Sie sich vor, Lenin hätte sich drauf eingelassen!« Er lachte schrill.

An der Tür klopfte es, dann öffnete sie sich. Ein Hotelbediensteter fragte, ob sie etwas bestellen wollten. »Bringen Sie russischen Wodka, wenn Sie so etwas haben«, sagte Radek.

Der Kellner nickte würdig und ging.

Zacharias schaute Radek streng an. Der lachte. »Sie finden mich leichtsinnig, nicht wahr?«

Zacharias nickte.

»Das ist meine Art der Konspiration. Hin und wieder Dinge tun, die einer im Untergrund nicht tut. Wenn man sich nur so verhält wie ein Konspirativer, wird man früher oder später für einen Konspirativen gehalten. Dass ein Bolschewik im Adlon russischen Wodka bestellt, das glaubt nicht einmal ein deutscher Kriminalkommissar.«

Die Tür öffnete sich wieder, und der Kellner erschien. Er trug ein Tablett mit einer Flasche und drei Schnapsgläsern. Er stellte vor jeden ein Glas und goss dann ein.

»Die Flasche lassen Sie bitte auf dem Tisch stehen«, sagte Radek.

Der Kellner verzog keine Miene. »Natürlich, mein Herr«, sagte er und verließ den Raum.

»Auf die Weltrevolution!« sagte Radek. »Und auf die deutsche, die die zweite Etappe sein wird.« Er trank das Glas in einem Zug aus. Zacharias tat es ihm nach, Sonja nippte.

Die Tür wurde aufgestoßen. Es waren ein Zivilist und vier Schupos. Sie richteten Pistolen auf die drei. Zacharias ließ das Glas fallen vor Schreck. Der dicke Teppich verhinderte, dass es zerbrach. Zacharias schaute den Zivilisten an, der war klein und fett, und er grinste.

»Guten Tag, die Dame und die Herren!« Lohmeier lachte. »Das

ist ja eine nette Runde.« Er nahm die Flasche in die Hand und betrachtete das Etikett. »Fein, fein. Wenn ihr nicht Leute umbringt, sauft ihr. So ein Bolschewist hat ein einfaches, schönes Leben. Saufen oder morden.«

Zacharias überlegte, ob Lohmeier ihm und Sonja gefolgt sein konnte.

»Wenn Sie fertig sind mit Ihren klugen Überlegungen, Herr Kommissar, dann würde ich Ihnen vorschlagen, Sie beschäftigen sich einmal mit der Tatsache, dass Sie hier einen bevollmächtigten Vertreter der russischen Regierung vor sich haben, der in Kürze Kontakt mit Ihrer Regierung aufnehmen wird. Sie können natürlich versuchen, ein bisschen Geschichte zu spielen. Ich weiß nur nicht, ob das Ihrer Laufbahn bekommen wird.« Radek war die Ruhe selbst. Es schien, er hatte sich auf eine solche Lage vorbereitet. Tatsächlich hörte der Kommissar auf zu grinsen.

»Und diese Dame und diesen Herrn habe ich zufällig getroffen. Für die bin ich ein finnischer Pelzhändler. Wir kamen ins Gespräch, und dann habe ich sie auf einen Wodka eingeladen. Ist das verboten im Deutschen Reich unter der Regierung der Sozialdemokraten?«

Lohmeier schaute ihn böse an. Aber dann zeigte sich Entschlossenheit in seinem Gesicht. »Abführen!« Darin schwang Triumph.

Sie legten den Gefangenen Handschellen an. Bevor sie die Drehtür erreichten, stellte sich der Kellner in den Weg. »Die Herrschaften haben noch nicht bezahlt.«

Lohmeier schnaubte. Er ließ Radek die Handschellen abnehmen. Der zückte eine Brieftasche und gab dem Kellner einen Zwanzigmarkschein. »Stimmt so.« Der Kellner wollte etwas sagen, ließ es dann aber. Es war viel zu viel Geld. Sie legten Radek die Handschellen wieder an.

Vor der Tür wartete eine Grüne Minna. Die Gefangenen wurden hineingeführt, drei Schupos setzten sich zwischen sie. »Keinen Mucks!« sagte einer.

Der Wagen fuhr an. Es waren nur wenige Minuten bis zum Polizeipräsidium. Sie wurden in den Keller geführt und einzeln in Zellen eingeschlossen. Vorher tippte der Kommissar Zacharias auf die Schulter. »Wieder reiner Zufall, nicht wahr?« Dann lachte er hämisch. »Wir kriegen euch alle.«

Es musste der Ton des Lachens gewesen sein, Zacharias spürte plötzlich Angst. Und wenn einer in die Zelle kam und ihn tötete? Auf der Flucht erschossen? Da gab es viele in dieser Zeit. Wenn ein Soldat oder Polizist hinter einem stand und man Spartakist war, hatte man schnell eine Kugel im Rücken. Und der Staatsanwalt freute sich, Angeklagter tot, Akte geschlossen.

Zacharias schaute sich um. Die Zelle war ockerfarben gestrichen, da stand eine Pritsche mit einer grauen Decke darauf. An der anderen Wand ein Tisch und ein Stuhl. In der Ecke neben der Tür ein Kübel mit Deckel. Das vergitterte Fenster führte auf den Innenhof, es war jedenfalls kein Verkehrslärm zu hören. Das Fenster war dicht unter der Decke, wenn er sich auf den Stuhl stellte, konnte er hinausschauen. Aber er setzte sich auf den Stuhl und versuchte sich zu beruhigen. Tausende von Revolutionären waren schon verhaftet worden, und sie hatten die Nerven behalten. Du musst dich dem Schicksal stellen. Er war froh, dass Lohmeier diesen Augenblick der Schwäche nicht nutzte. Zacharias empfand es als seinen ersten Sieg gegen den Staat, als er merkte, wie die Unruhe nachließ. Du darfst keine Schwäche zeigen, keine Angst, auch wenn du dir fast in die Hose machst. Er betrachtete seine Hände. Hör auf zu zittern, hör auf.

Auf dem Gang Schritte. Eine andere Tür wurde geöffnet, erst klackte das Schloss, dann quietschte der Riegel. Zacharias hörte gedämpft Stimmen. Ob sie Radek holten? Oder Sonja? Die Schritte entfernten sich. Zacharias versuchte seine Gedanken zu ordnen. Was können sie dir vorwerfen? Nichts. Halte dich an Radeks Sprachregelung, auch Sonja weiß, was sie zu sagen hat. Das ist zwar nicht sonderlich glaubwürdig, aber auch nicht zu widerlegen.

Wieder Schritte, dann drehte sich ein Schlüssel im Schloss, der Riegel ratschte, die Tür öffnete sich. Ein Schupo kam herein. »Hände vor!«

Zacharias streckte die Hände vor. Der Schupo legte ihm Handschellen an.

»Mitkommen!« Der Schupo griff Zacharias am Arm und führte

ihn die Treppen hoch. Im Erdgeschoss gingen sie einen langen Flur entlang, bis der Schupo vor einer Tür hielt. Er klopfte, es tönte: »Herein!« Der Schupo öffnete die Tür und schob Zacharias in das Zimmer. Zigarettenrauch schlug ihm entgegen.

Lohmeier saß hinter einem mächtigen Schreibtisch und las in einer Akte. Ohne den Kopf zu heben, befahl er: »Setzen!« Der Schupo drückte Zacharias in den Stuhl vor dem Schreibtisch. Dann stellte er sich an die Tür. Lohmeier las weiter, dann legte er die Akte weg und schaute Zacharias kalt an. »Sie sind also der Genosse Zacharias!«

»Ich bin Herr Zacharias.«

Lohmeier grinste kurz. »Genossen sind keine Herren. Schon gar nicht solche, die aus Russland kommen, um den Bolschewismus auch hier an die Macht zu bringen. Hunger, Mord und Totschlag, das wollen Sie.«

»Ich war in Russland in Kriegsgefangenschaft.«

»Und wann sind Sie zurückgekommen in die Heimat?«

»Vor drei Wochen etwa.«

»Vor drei Wochen etwa!« Lohmeier tat erstaunt.

Zacharias überlegte, ob er besser gelogen hätte. Aber die Grenzer hatten seine Einreise gewiss notiert. Nein, lieber so lange, wie es möglich war, bei der Wahrheit bleiben. Keine Widersprüche. Zacharias nickte.

»Wissen Sie, wie lange der Krieg zu Ende ist? Heute ist der 12. Februar 1919, rechnen Sie mal.«

»Die haben vergessen, das Kriegsgefangenenlager aufzulösen. Oder sie haben es nicht vergessen. Jedenfalls mussten wir arbeiten.«

»Das ist doch Quatsch. Deine Bolschewistenfreunde haben sich im Brester Vertrag verpflichtet, die Kriegsgefangenen zu entlassen. Dieser Vertrag wurde im März 1918 unterzeichnet. Du hast dich fast ein Jahr in Russland rumgetrieben. Du hast deine vaterländische Pflicht vernachlässigt. Du hättest heimkommen müssen, um an der Westfront zu kämpfen. Selbst wenn wir einrechnen, dass du dazu zu feige warst, spätestens nach dem Waffenstillstand im Westen hättest du hier auftauchen müssen. Kriegsgefangenenlager! Vergessen aufzulösen! Ich lach mich tot.«

»Sie sollten mir besser mitteilen, was Sie mir vorwerfen. Wodka trinken im Adlon. Ist das inzwischen eine Straftat?«

»Sie Schlaumeier.« Lohmeier stand auf, ging um den Schreibtisch herum und näherte sich Zacharias von der Seite. Zacharias roch seinen stinkenden Atem. »Halt mich nicht für blöd«, zischte Lohmeier. Er trat ein Stück zurück und schlug Zacharias ansatzlos ins Gesicht.

Der Schlag überraschte Zacharias nicht, es brannte an der Schläfe. Etwas in ihm sagte: Bleib sitzen! Nicht zurückschlagen. Keine Reaktion zeigen. Beim letzten Mal hast du dich auch nicht provozieren lassen.

Es fielen ihm die Menschen ein, die er verfolgt und geschlagen hatte. Aber das war etwas anderes, oder nicht? Es war eine Klassenfrage. Wenn ein Bolschewik einen Feind schlug, mochte es richtig sein. Wenn ein Bolschewik geschlagen wurde, dann war es falsch. Bist du für die Revolution, oder bist du gegen Revolution? Das war nicht gleichwertig, sondern der Unterschied zwischen Mensch und Abschaum. Menschen darf man nicht schlagen, Abschaum muss man vernichten. Richtig ist, was dem Proletariat nutzt, falsch ist, was ihm schadet.

»Was hast du mit diesem Bolschewistenanführer im Adlon besprochen?«

»Seit wann duzen wir uns?«

Lohmeier lachte. »Seit wann legt ihr Wert auf Manieren? Ihr seid Dreck. Solltet froh sein, dass überhaupt ein anständiger Deutscher mit euch redet. Auch wenn es nur im Verhör ist.«

»Sie haben gar keine Angst?« fragte Zacharias.

Die Frage überraschte Lohmeier. Er sagte nichts, schaute Zacharias böse an.

»Stellen Sie sich vor, die Bolschewisten kommen an die Macht. Wenn ich wäre, was Sie glauben, dann hätten Sie nicht mehr lange zu leben.«

»Willst du mir drohen?«

»Nein, ich bin ja kein Bolschewist.«

»Du bist ein dreckiger Lügner.«

»Sie beleidigen einen Kriegsteilnehmer. Wo waren Sie denn, als das Vaterland rief?« Zacharias fühlte sich nun sicherer. Dieser

Kommissar war zu aggressiv, er begann die Kontrolle über das Verhör zu verlieren. Gegen einen Tschekisten kommst du nicht an.

Der Kommissar lehnte sich zurück auf seinem Stuhl. »Sie waren bei Retzlaw und nun bei Radek-Sobelsohn, diesem Stück Mist aus der jüdischen Jauchegrube.«

»Dass ich nicht bei diesem Rutzlow war, sagte ich Ihnen bereits. Es lässt sich sogar beweisen, wenn Sie sich denn die Mühe machten. Und was den Herrn im Adlon betrifft, er hat nicht unangenehm gerochen. Und über Religion konnten wir nicht sprechen. Sie haben uns ja unterbrochen, Herr Kommissar. Wie hieß dieser Herr noch?«

»Diese Dame in Ihrer Begleitung hat es längst zugegeben.«

»Was?«

»Die Wahrheit.«

»Dann ist es ja gut«, sagte Zacharias. »Dann kann ich ja gehen.« Er tat so, als wollte er aufstehen.

»Sitzenbleiben!« brüllte Lohmeier. »Die Dame hat gestanden, dass Radek und Sie ein Komplott planen gegen die deutsche Regierung.«

Zacharias überlegte. Er spürte, wie er immer ruhiger wurde. Dieser Wicht konnte ihn nicht beeindrucken. »Gegen die Reichsregierung? Gegen die ganze Welt, mindestens, mit Kleinigkeiten beschäftige ich mich gar nicht erst.«

Lohmeier schaute ihn wütend an. »Sie wollen mich wohl verarschen!«

»Jetzt habe ich ein Geständnis abgelegt, und es ist Ihnen auch nicht recht. Sagen Sie, was Sie hören wollen.«

Die Tür ging auf. Ein großer, hagerer Mann trat ein. Lohmeier sprang auf. »Herr Kriminalpolizeirat!«

»Machen Sie weiter!« sagte der Mann. Er nahm sich einen der Stühle, die an der Wand standen, und setzte sich an die Seite von Lohmeiers Schreibtisch, so dass er beide im Auge hatte.

»Sie sollten jetzt gestehen, dass Sie sich mit diesem Radek-Sobelsohn gegen die Reichsregierung verschworen haben. Das ist Hochverrat! Alle Beweise sprechen gegen Sie!«

Es war eine erbärmliche Inszenierung. »Würden Sie mir wohl

freundlicherweise nur einen Ihrer Beweise nennen.« Zacharias mühte sich, höflich zu sein.

»Ich habe Sie in flagranti mit dem weltweit bekannten Bolschewistenführer Radek-Sobelsohn ertappt. Sie hatten sich in einem Besprechungszimmer des Adlon versteckt, um ungestört Ihre hochverräterischen Pläne zu schmieden.«

Es klang lächerlich. Zacharias ahnte, Lohmeier setzte sich weniger mit ihm auseinander als mit dem Kriminalpolizeirat, der auf seinem Stuhl saß und sie beobachtete, ohne eine Miene zu verziehen.

»Haben Sie für diesen schrecklichen Vorwurf einen einzigen Beweis? Ein Dokument vielleicht? Ein Lauschprotokoll? Sie haben doch bestimmt Ihr Ohr an die Tür gedrückt, um zu erfahren, was wir zu besprechen hatten.«

»Mir genügt, dass ich Sie zusammen überrascht habe.«

Zacharias freute sich. Der Mann hatte im Übereifer zugegriffen, ohne zu versuchen, sie zu belauschen. Dann wäre es eng geworden. Zacharias wusste, so viel Glück würde er nie mehr haben. Er schielte zum Kriminalpolizeirat und glaubte, Zorn in dessen Augen zu lesen, auch wenn die Mimik nichts verriet. Der Kriminalpolizeirat setzte seine Brille ab, wischte sich über die Augen und setzte die Brille wieder auf. Lohmeiers Blicke folgten jeder Bewegung. Was für ein Würstchen!

»Und wenn Sie für uns arbeiten«, sagte der Kriminalpolizeirat. Er hatte eine tiefe, ruhige Stimme. »Gegen gute Bezahlung natürlich. Sie könnten dem Vaterland einen Dienst erweisen. Schlimmer noch als die Niederlage im Krieg wäre ein Sieg der Bolschewisten. Die Niederlage kann man auswetzen, eine Revolution eher nicht. Sie würde unsere Zivilisation zerstören und mehr Not über unser Volk bringen als der Krieg. Sie waren doch in Russland, Sie wissen es besser als ich.«

Zacharias überlegte. Dann sagte er: »Was könnte ich Ihnen nutzen? Ich versuche schon die ganze Zeit, dem Kommissar zu erklären, dass ich kein Spartakist oder Bolschewist bin. Ich bin ein Kriegsheimkehrer, der sich nichts mehr wünscht, als eine anständige Arbeit zu bekommen.«

»Die ich Ihnen biete.« Der Kriminalpolizeirat betrachtete Zacharias aufmerksam. »Ich kann es doch verstehen, dass man sich ansteckt mit dem Revolutionsbazillus. Das hat was Mitreißendes. Und der Zarismus war Mittelalter, Kerenski eine Flasche, Spielball der Entente. Die Bolschewisten haben das verstanden und die Kriegsmüdigkeit ausgenutzt. Sehr klug haben die das gemacht. Aber sie hätten es nicht tun können, wenn nicht Ludendorff Lenin und Konsorten nach Russland hätte reisen lassen. Und Geld haben die Genossen auch bekommen. Diese Oktoberrevolution war deutsche Auftragsarbeit, die wurde vorbildlich erledigt. Allerdings, ich gebe es zu, sind wir über die jetzigen Zustände in Russland weniger erfreut.«

»Das ist die Sache mit dem Flaschengeist«, sagte Zacharias. Dieser Kriminalpolizeirat hatte Niveau, mit dem konnte man reden.

»So kann man es sehen«, sagte der Kriminalpolizeirat. »Was tut man nicht alles im Krieg.«

»Ludendorff hätte ihn vielleicht doch gewonnen, wenn er nicht so gierig gewesen wäre und immer mehr russisches Land erobern wollte.«

»Erwägenswert«, sagte der Kriminalpolizeirat. »Ich habe nie geglaubt an diesen Unsinn, die Heimat sei der Front in den Rücken gefallen und habe der Obersten Heeresleitung den Sieg aus der Hand geschlagen. Hindenburg und Ludendorff hatten sich verrechnet und nicht den Mut, es einzugestehen. Aber kommen wir zur Sache. Herr Zacharias, überlegen Sie es sich, ob Sie nicht für uns arbeiten wollen. Sie könnten versuchen, in die Spartakistenkreise einzudringen, und uns unterrichten, was die planen.«

»Ich denke keine Sekunde darüber nach, wenn ich nicht freigelassen werde. Und die Dame auch.« War es feige, nicht auch Radeks Freilassung zu fordern? Nein, es hätte ihn verraten und Radek nicht genutzt.

»Und Radek?« fragte Lohmeier.

Zacharias zuckte die Achseln. »Ich hielt ihn für einen finnischen Pelzhändler. Wenn er das ist, was Sie behaupten, hat er Pech gehabt.«

Lohmeier wechselte Blicke mit dem Kriminalpolizeirat. Dann verließen beide das Zimmer, ein Schupo bewachte Zacharias.

Nach wenigen Minuten erschienen die beiden Kriminalbeamten wieder. »Nun gut«, sagte Lohmeier. »Sie dürfen nach Hause, die Dame auch. Aber wir melden uns wieder bei Ihnen. Sie werden für uns arbeiten, nicht wahr?«

Zacharias zuckte die Achseln. Du brauchst eine versteckte Wohnung, ganz schnell. Und du darfst diesem Lohmeier nicht mehr in die Hände fallen. Beim nächsten Mal bringt er dich um.

Schweigend verließ er das Zimmer und ging ruhigen Schritts die Treppe hinunter. Aber in seinem Kopf arbeitete es. Er hatte ein zweites Mal Glück gehabt. Nun hatten sie ihn auf dem Kieker.

Draußen wartete Sonja. Sie stand an einer Litfaßsäule, um sich gegen den kalten Wind zu schützen. Sie fror trotzdem. Er legte den Arm um ihre Schulter und drückte sie kurz an sich. Sie lächelte ihn an. »Ist doch alles gut«, sagte sie mit leiser Stimme, in der die Angst nachklang.

»Nichts ist gut. Sie haben Radek, und uns werden sie sicher beobachten.«

Sonja schaute sich um.

Zacharias lachte gequetscht. »Sie wissen, dass wir nun auch im Hinterkopf Augen haben. Sie werden Spitzel auf mich ansetzen. Für die war ich zu lange in Russland. Und wer von dort kommt, ist besonders gefährlich.« Er fletschte die Zähne.

Sie lachte gequält. »Kein Wunder, so, wie du aussiehst.« Sie hakte sich ein bei ihm. »Wir gehen jetzt zu Jogiches.« Trotz lag in ihrer Stimme.

Sie fuhren mit der Straßenbahn, der Stadtbahn und der Hochbahn und stiegen öfter um, als es nötig gewesen wäre. Ab und zu blieben sie abrupt stehen und sahen sich um. Sie nutzten Schaufenster als Spiegel, und in Unterführungen achteten sie auf Schrittgeräusche. Erst als sie sicher waren, dass ihnen niemand folgte, nahmen sie die Hochbahn vom Wittenbergplatz zum Thielplatz. Es fuhren nicht viele Menschen mit. Ausgemergelte graue Gesichter. Eine alte Frau kaute Luft. Als sie die Station Podbielskiallee verließen, stand Sonja auf und ging zur Tür. Er stellte sich neben sie. In Dahlem-Dorf stiegen sie aus. Sie blieben eine Weile stehen, um zu beobachten, wer noch ausstieg. Nur die alte Frau, die immer noch

Luft kaute. Sie ging langsam an ihnen vorbei, beachtete sie nicht. Als sie verschwunden war aus ihrem Blick, gingen Zacharias und Sonja zur Treppe. Sie schauten hinunter, es war niemand zu sehen oder zu hören.

»Gut«, sagte Sonja und führte ihn eingehakt hinaus. Sie kannte den Weg gut. Sie durchquerten villengesäumte Straßen mit Kopfsteinpflaster. Zacharias merkte, dass Sonja sich dem Ziel nicht auf direktem Weg näherte. Aber endlich blieb sie vor einer weißen Villa stehen, öffnete ein schmiedeeisernes Tor und sagte: »Komm!« Sie nahm ihn an der Hand und ging den Weg hinauf. Dann ließ sie ihn los und zog viermal an einem Klingelzug neben der Eichentür, in die eine in der Mitte geteilte Milchglasscheibe eingelassen war. Nach einer Pause zog sie noch zweimal. Zacharias hörte schnelle Schritte, dann öffnete sich die Tür. Ein Mann nahm sie in Augenschein. Dann sagte er: »Kommen Sie rein, schnell!«

In der saalgroßen Diele hingen Familienbilder. Dicke Teppiche dämpften die Schritte. Es führten zwei Wandtreppen nach oben. Der Mann führte sie die rechte Treppe hoch. Als er sich umdrehte, blitzte der Griff einer Pistole, die im Gürtel steckte. Im ersten Stock führte die Treppe in einen langen Gang mit Holzfußboden, darauf ein Läufer. Der Gang machte einen Knick, so dass sein Ende nicht zu erkennen war. An der Wand auch hier Ölschinken mit Porträts oder Jagdszenen. Auf einem glaubte Zacharias die Löwengruppe im Tiergarten zu erkennen.

Ihr Führer klopfte an eine Tür. Die wurde einen Spalt geöffnet, ein Auge war zu erkennen. Der Führer flüsterte etwas in den Spalt hinein, dann wurde die Tür ganz geöffnet. Der Begleiter eilte an ihnen vorbei, wohl zurück in die Nähe der Haustür, die er bewachen musste. Ein kleiner, dünner Mann mit roten Haaren sagte: »Kommen Sie mit!« Er klopfte an eine andere Tür, auch die wurde nur einen Spalt geöffnet, und auch der Rothaarige flüsterte etwas.

»Lass sie rein!« hörte Zacharias eine kräftige Stimme. Der Rothaarige winkte sie hinein.

Auf einem Stuhl an einem Schreibtisch saß ein mittelgroßer Mann, gut gekleidet, mit exaktem Haarschnitt, bartlos und mit schwarzen klugen Augen. In der Hand qualmte eine Zigarette. Der

Gestank verriet, es war nicht die erste, die er rauchte. Am anderen Ende eine weitere Tür, sie war angelehnt. »Nun, Sonja, wen bringst du uns da?«

»Genosse Jogiches, das ist der Genosse Zacharias, er kommt aus Russland …« Sie klang verunsichert.

»Ich weiß«, sagte Jogiches ruhig. Er wies auf eine Sitzecke mit Sofa, Tisch und einem Sessel. Zacharias und Sonja setzten sich auf das Sofa.

»Radek ist verhaftet!« stieß sie heraus.

Jogiches sagte nichts, er zog die Stirn in Falten. Er kratzte sich an der Augenbraue, bedachte die Folgen, die Radeks Verhaftung haben könnte. Die Stirn glättete sich wieder. Offenbar wusste Radek nicht, wo sich Jogiches verbarg. »Sie werden Radek nicht umbringen«, sagte er bedächtig. »Sie werden ihn eine Weile einsperren und ihn gut behandeln. Immerhin ist er so etwas wie der Vertreter Sowjetrusslands.« Er musterte Zacharias eine Weile, dann sagte er: »Sie wollen bei uns mitmachen.«

»Ja«, sagte Zacharias.

»Aha«, sagte Jogiches.

»Ich kenne die Genossin Luxemburg von der Parteischule. Ich war immer auf dem linken Flügel, dort, wo die Genossin Luxemburg heute steht.« Er fand sich pathetisch, aber es war die Wahrheit.

»Aha«, sagte Jogiches. »Immer auf dem linken Flügel.« Er zündete sich eine weitere Zigarette an. »Und die Bolschewiki, wie finden Sie die?«

»Sie haben eine Revolution gemacht. Sie sind die ersten. Das ist doch was.«

»Das ist was«, sagte Jogiches bedächtig. »Dafür haben sie unseren Respekt.«

»Dserschinski ist auch bei ihnen.«

»Der gute Feliks«, sagte Jogiches. »Den haben uns die Bolschewiki gestohlen. Man hört so einiges. Er ist jetzt Leiter dieser Tscheka, die wild um sich schießt. Hätte ich nicht gedacht. Vielleicht zeigt sich an ihm, was aus uns werden kann. Das Sein bestimmt das Bewusstsein. Vielleicht verlangt das Sein manchmal, dass wir töten.

Aber die Tscheka ist der Arm einer Diktatur Lenins und Trotzkis, nicht des Proletariats. Wir wollen die Diktatur der Massen, nicht der Partei.«

Zacharias überlegte, er hatte das Chaos in Russland erlebt. Dagegen half nur militärische Disziplin. »Vielleicht ist in Russland alles ein bisschen anders als in Europa. Die Massen dort sind nicht politisch gebildet, es gibt keine sozialistische Tradition wie in Deutschland oder Frankreich. Die meisten Arbeiter können nicht lesen, von den Bauern gar nicht zu reden.«

»Ja, ja«, sagte Jogiches. »Aber Lenin behauptet, so, wie er den Sozialismus macht, müssen ihn alle machen. Sowjetdeutschland, Sowjetfrankreich. Überall die Parteidiktatur. Überall in der Partei die Diktatur des Zentralkomitees. Militärische Disziplin. Den Aufstand planen. Man kann in Russland einen Putsch machen mit einer kleinen Partei. Wenn man das in Deutschland versucht, bricht das öffentliche Leben zusammen. Der Hunger würde noch schlimmer, auch wenn man sich das schlecht vorstellen kann. Dann wird die Diktatur einer kleinen Partei binnen Wochen weggewischt.« Seine Hand wischte über den Schreibtisch. Er zündete sich wieder eine Zigarette an. »Es gibt bei uns ein paar, die auch glauben, Lenin verkünde die Offenbarung. Da wären Sie nicht allein.«

»Ich glaube nicht, dass Lenin die Offenbarung verkündet. Ich glaube jedoch, dass man in Russland nur nach Leninscher Manier Revolution machen kann. Das Proletariat ist eine verschwindende Größe, es gibt fast nur Bauern dort. Für ein solches Land findet man keinen Sozialismus im Lehrbuch.«

»Aha«, sagte Jogiches. »Den gibt es ohnehin nicht. Und wie sehen Sie unsere Lage?«

»Die könnte besser sein. Partei verboten, Parteipresse verboten, Freikorps und Polizei hetzen die Führer. Die Masse folgt den Sozialdemokraten oder den Unabhängigen.«

»Da malen Sie aber ein düsteres Bild«, sagte Jogiches. »Wie kann man mit solchem Pessimismus eine Revolution anfachen?«

»Kurzfristig sehe ich schwarz.«

»Dann ist der Genosse Zacharias aus Russland also ein Schwarzseher.« Jogiches lachte. »Wie gut, dass unser lieber Genosse Lenin das nicht hört. Der sitzt uns nämlich im Genick in Gestalt seines Sendboten Radek und durch diese seltsame Einladung zur Gründung einer Internationale. Sekten aller Länder, vereinigt euch!« Jogiches lachte fast lautlos. »Sie haben recht, Genosse Zacharias, es sieht nicht gut aus. Wir hätten uns nie von der USPD trennen dürfen, jetzt braten wir im eigenen Saft.«

»Du bist der Schwarzseher, Leo.« Eine Frauenstimme aus dem Nebenzimmer. Spott und Lachen lagen darin.

5

Zacharias erkannte die Stimme sofort. Die Tür zum Nebenzimmer öffnete sich, im Rahmen stand Rosa. Zacharias erschrak. Sie hatte grauweiße Haare, im Gesicht spiegelten sich Erschöpfung, Verzweiflung und die Jahre im Gefängnis. Aber sie hatte immer noch diese unglaublichen Augen, die strafen konnten, spotten und lieben.

Zacharias stotterte. Er stand auf, ging auf sie zu und reichte ihr die Hand. Sie drückte sie kurz und fest. Sie hatte knochige Hände bekommen.

»Wetten, dass wir es noch in diesem Jahr schaffen, Leo?«

Jogiches winkte ab. Er blickte mürrisch. »Du bist schon wie der alte Bebel, der glaubte auch immer an den kurz bevorstehenden Kladderadatsch.«

Sie lachte und setzte sich auf den Sessel. »Was veranstaltet unser Freund Dserschinski, man hört Schauriges.«

Zacharias fühlte sich bedrängt. Er wollte sie nicht anlügen, aber die Wahrheit durfte er nicht sagen. »Man hört viel, ob das alles wahr ist? Der Genosse Dserschinski verteidigt die Revolution, so wie der Genosse Trotzki. In Russland ist Krieg, es geht drunter und drüber. Es wird gemordet, geraubt und geschändet. Bürgerkrieg ist die grausigste Form der Kriege. Wie in der Französischen Revolution.«

Rosa nickte. »Ich habe eine Broschüre geschrieben über Russland. Solidarität und Kritik an der Diktatur. Meine Genossen hier sagen, ich dürfe sie nicht veröffentlichen. Der Klassenfeind würde mich als Kronzeugen gegen die Revolution benutzen. Ich bin mir nicht sicher, ob ich mich danach richten soll, was der Klassenfeind ausnutzen könnte. Ob meine Kritik nicht nützlich wäre für uns und die russischen Genossen. Lenin ist zwar ein sturer Bock, aber er ist ja nicht auf den Kopf gefallen. Er hört zu, und er würde sehr genau lesen, was ich schreibe. Vielleicht würde er schäumen, aber es würde in ihm arbeiten. Nur gibt es da eine Falle. Wenn man zum Terror greift, gerät man in einen Strudel der Gewalt. Man kommt da kaum heraus ohne Vernichtung der anderen kämpfenden Partei. Hat man den Terror einmal gegen die Menschewiki und Sozialrevolutionäre gerichtet, muss man ihn fortsetzen, bis es keine Menschewiki und Sozialrevolutionäre mehr gibt. Jeder, der übrigbleibt, ist ein Zeuge der Anklage.«

»Jetzt bist du die Schwarzseherin«, sagte Jogiches. »Du setzt voraus, dass die russische Revolution scheitert.«

»Nein, ich meine nicht ein Gericht der Konterrevolution, sondern jeder Überlebende erinnert dich an die, die du getötet hast. Wenn töten richtig war, dann bleibt es richtig, muss es richtig bleiben. Man rechtfertigt mit dem Mord von heute den Mord von gestern.«

Zacharias verfolgte angespannt die Diskussion. Es geht um dich, auch wenn die beiden das nicht wissen. Wenn man anfängt, Leute umzubringen, dann muss man am Ende auch die umbringen, die sagen, es sei falsch gewesen. Ist das so?

»Und, was meinen Sie, Genosse Zacharias?« fragte Jogiches und fixierte Zacharias.

»Ich fürchte, im Bürgerkrieg hat man keine Wahl. Entweder man tötet die Feinde, oder die Feinde töten einen.«

Jogiches nickte bedächtig.

Rosa schaute Zacharias fragend an. »Vielleicht scheitert die russische Revolution daran, dass die Revolutionäre sie verteidigen müssen. Die Bolschewiki werden noch auf die Arbeiter und Soldaten schießen, mit denen sie die Revolution gemacht haben. Das ist die Endkonsequenz der Parteidiktatur, mögen die Führer noch so genial sein. Lenin saß bei mir zu Hause in der Lindenstraße in Südende auf dem Sofa, ich war gerade umgezogen und spielte mit Mimi. Wir haben uns gut unterhalten, damals ja auch, als ich aus der polnischen Gefangenschaft nach Finnland fuhr und du« – sie warf Jogiches einen traurigen Blick zu – »noch im Gefängnis warst. Er ist ja kein dummer Mensch, aber in seiner Verbohrtheit ist er zum Terroristen geworden. Vielleicht hätte die Revolution in Russland noch eine Chance, wenn die Bolschewiki den Kurs änderten, wenn sie linke Menschewiki mit ins Boot nähmen.«

Ihre Hand machte eine unsichere Bewegung, als wollte sie sich erst durch die Haare fahren, um es dann doch nicht zu tun. »Aber das sind Proben im leeren Konzertsaal. Sie können wohl nicht mehr anders. Und jetzt hoffen sie, dass wir den Karren aus dem Dreck ziehen. Hoffen? Nein, sie fordern. Lenin kennt nichts anderes als fordern. Und offenbar ist unser Freund Dserschinski Anhänger der Leninschen Methoden geworden. Sie fordern die deutsche Revolution, dass wir es ihnen nachmachen. Erst die Monarchie stürzen und dann Übergang zur Parteidiktatur, die sich sozialistisch nennt. Aber wir wollen hören, was der Genosse Zacharias uns zu berichten hat. Ich erinnere mich gut an Sie, Sie waren ein eifriger Schüler. Vielleicht ein bisschen schüchtern jenseits des theoretischen Streits.«

Zacharias hoffte, nicht rot zu werden. Was bewirkte, dass er sich klein fühlte, dabei war er doch der erfolgreiche Revolutionär, dem die Führer des ersten sozialistischen Staats vertrauten. Er dachte an seine Mission und wurde unruhig. »Die Hauptgefahr ist, dass die Revolution in Russland unterliegt. Dann gibt es eine noch blutigere Diktatur. Ich habe von dem Sozialismus, der in Russland herrscht, nicht geträumt. Schon gar nicht damals auf der Parteischule. Wir haben uns alle nach Harmonie gesehnt, nach Wohlstand, Gerechtigkeit, Kultur. Nichts davon gibt es in Russland. Aber ich glaube, aus dem Abgrund von Krieg und Terror wird etwas erwachsen, was dem ähnelt, das wir erträumt haben. Vielleicht erst in vielen Jahren.«

»Richtig, redegewandt waren Sie auch. Sie waren im Krieg?« fragte Rosa.

»Fast nur im Osten. Dort geriet ich in Gefangenschaft. Aus der befreite mich die Revolution.«

»Und jetzt sollen Sie in Deutschland zum Propheten von Lenins Lehren werden. Irgendwer sprach zuletzt sogar vom Leninismus.« Sie lachte. »War das nicht Pieck?«

Jogiches schüttelte den Kopf. »Von selbst wäre ihm das nicht eingefallen.«

»Wir haben da ja auch schon die Einladung bekommen zur gemeinsamen Messe. Die nennt sich Kommunistische oder Dritte Internationale, weil Lenin glaubt, wenn obskure Sekten sich verbinden, wäre das gleichbedeutend mit dem Jüngsten Gericht für das Kapital.«

»Aber sollten sich die Revolutionäre aller Länder nicht zusammentun?«

»Gewiss, das haben wir schon 1914 verlangt. Aber wo sind sie, diese Revolutionäre? Da gibt es ein paar Anarchisten und sonstige skurrile Gestalten. Moskauanbeter und Schlagetots. Ich gestehe, ein paar von denen haben wir auch in der Partei. Aber in anderen Ländern sind sie die Partei. Da machen ein Dutzend Wirtshausschwätzer großes Geschrei, und schon lädt Lenin sie nach Moskau ein, um endlich seine Internationale zu gründen. Man muss ja glauben, je früher er sie gründet, desto größer ist die Macht der Bolschewiki in ihr. Sie werden diese unreifen Elemente mit ein paar ultrarevolutionären Sprüchen auf ihre Seite ziehen und uns dann das Abenteuerertum als Medizin gegen unsere Erfolglosigkeit verordnen. Aber kommen wir zu anderen Dingen. Was haben Sie in Russland gemacht?«

Zacharias berichtete ausführlich von seiner Arbeit unter den Kriegsgefangenen. Die Tscheka ließ er aus. Dann sagte er: »Ich möchte Sie beschützen, ich kann das.«

Rosa schaute ihn lange an. »Und warum gerade mich? Warum nicht Liebknecht oder Jogiches? Oder auch Zetkin?«

»Ich hoffe, etwas zu lernen.« Zacharias erschrak über seine Antwort.

Aber Rosa lachte. »Da ist was dran, nicht wahr, Leo?«

Leo schnaubte, aber Zacharias merkte, er war nicht böse.

»Ein lernwilliger Leibwächter, das gab es wohl noch nicht. Ich finde die Idee nicht übel. Wir denken darüber nach.«

»Ich brauche eine neue Unterkunft«, sagte Zacharias zu Jogiches. »Die Polizei hat mich auf dem Kieker.«

Jogiches nickte, dann sagte er: »Heute bleiben Sie hier, dann werden wir sehen.« Er stand auf. »Kommen Sie.«

Sonja erhob sich ebenfalls und folgte Zacharias. Jogiches führte sie die Treppe hinauf in eine Dachkammer. Darin standen nur eine Pritsche, ein Stuhl und ein kleiner Tisch. »Ist wie eine Zelle, nur nicht bewacht«, sagte Jogiches. »Aber hier findet Sie keiner, es sei denn, einer verrät uns.« Er schaute Zacharias und Sonja streng an, dann schloss er die Tür von außen.

»Soso, Leibwächter der Genossin Luxemburg will er werden.« Sie lachte.

Er hoffte, nicht zu erröten, und nickte.

»Ich muss jetzt los, vielleicht sehen wir uns einmal wieder.« Sie beugte sich vor und küsste ihn auf die Wange. Sie roch gut. Dann ging sie.

Zacharias setzte sich auf den Stuhl. Gedanken schwirrten durch seinen Kopf. Wie konnte die Polizei vom Treffen im Adlon erfahren haben? Hatte sie Radek überwacht? Hätte sie ihn dann nicht gleich verhaftet als gefährlichen bolschewistischen Aufrührer? Wollte sie das Risiko eingehen, dass er ihnen entkam, indem sie erst abwartete, mit wem er sich vielleicht traf? Wusste sie, dass Radek jemanden treffen wollte, und wenn ja, von wem? Sonja und ihm war niemand gefolgt, er hätte es gemerkt. Wenn Radek auch niemand gefolgt war, dann gab es einen Spitzel.

Er drängte den Gedanken weg und wusste doch, dass er wiederkommen würde. Anderes war jetzt wichtiger. Wurde er zum Verräter an Rosa, wenn er ihr Leibwächter wurde? Was bedeutete seine Mission? Dass er sie beschützte und bespitzelte. Die Genossen in Moskau wollten wissen, was sie dachte und was sie plante. Was dachte Rosa Luxemburg über die neue Internationale? Was waren ihre Gegenargumente? Wo die Schwachstellen in ihren Gedanken? Wie dachten andere deutsche Genossen darüber? Gab es unterschiedliche Strömungen in der Partei? Wenn ja, welche konnte Moskau nutzen?

Er zog die Schuhe aus, legte sich aufs Bett und streckte sich. Binnen eines Tages war er in Not geraten. Ergriff ihn die Polizei noch einmal, er würde nichts auf sein Leben setzen. Er war nun abhängig von Jogiches und Rosa. Aber sie würden nichts mehr für ihn tun, wenn sie erfuhren, welchen Auftrag Lenin und Dserschinski ihm in Moskau gegeben hatten. Führte er seinen Auftrag nicht aus, dann würden die Russen ihn womöglich auffliegen lassen oder als Verräter verfolgen. Ließen sie ihn auffliegen, war die Gefahr groß, dass die Polizei ihn ergriff, zumal die Spartakisten ihn dann auch fallen ließen. In Teufels Küche lebte es sich komfortabler. Und was war mit Margarete? Und Sonja? Nichts in seinem Leben war eindeutig.

Es klopfte an der Tür. Ein Kopf schaute herein. Zacharias kannte den Bärtigen nicht. »Es gibt was zu essen, Genosse Zacharias. Unten, in der Küche.«

Zacharias folgte dem Mann in die Küche. Da saßen drei weitere Männer. Zacharias hatte auch sie noch nie gesehen. An der Wand lehnten Gewehre. Einer der Männer hatte neben seinen Teller einen Revolver gelegt.

»Irgendwann finden sie uns hier«, sagte der mit dem Revolver.

»Glaub ich nicht. Dazu sind die zu dumm«, sagte ein anderer. Er schmatzte laut und schlürfte ein Glas Bier.

Zacharias setzte sich auf den einzigen freien Stuhl und nahm eine Schnitte vom Teller in der Mitte des Tischs. Sie war dünn bestrichen mit Margarine. Als er hineinbiss, spürte er den Hunger.

»Und wenn der Schöngeist, dem der Protzpalast gehört, uns verpfeift?«

»Dann würde er sich selbst verpfeifen. Außerdem gondelt der durch Venedig. Wenn er wüsste, dass nicht nur Rosa hier lebt, sondern auch Jogiches und wir, vielleicht würde er es sich anders überlegen.«

Der Mann mit dem Revolver wischte sich mit dem Ärmel den Mund ab, dann lachte er. »Wir können es sowieso nicht ändern.« Er wandte sich an Zacharias. »Kannst du mit so was umgehen?« Er zeigte auf den Revolver.

Zacharias nickte.

»Warst im Krieg?«

Zacharias nickte.

»Kannst wohl nicht sprechen?«

Zacharias lächelte unsicher. »Doch, doch!«

»Welch Wohllaut in unserer Stube! Er kann sprechen!«

Die Männer am Tisch lachten.

»Jogiches sagt, du bist unser Neuer.«

»Hoffentlich«, sagte Zacharias.

Die Männer lachten wieder.

»Na, wirst das Maul schon noch aufkriegen«, sagte der mit dem Revolver. »Komm mal mit.« Er stand auf.

Zacharias erhob sich zögernd.

»Na komm schon!«

Zacharias folgte dem Mann, der ging durch einen Flur zu einer Tür, die in den Keller führte. Sie stiegen die Treppe hinunter und betraten einen Kellerraum. Hier hingen, lagen und standen Waffen. »Ich heiße Manfred.« Er reichte ihm die Hand.

Zacharias nahm sie und sagte: »Sebastian.«

»Gut, Sebastian, such dir was aus.«

Zacharias betrachtete das Arsenal, dann entschied er sich für eine Mauserpistole C 96, bei der das Magazin vor dem Abzug lag. Sie war zuverlässig, er kannte sie vom Heer und aus Russland. Auch bei der Tscheka hatte er diese Waffe benutzt. Da stand plötzlich der alte Mann vor seinem inneren Auge, er flehte um sein Leben, bevor Zacharias ihm in den Kopf schoss. Der Bauer hatte Getreide versteckt und es bis zuletzt geleugnet. Als Zacharias ihn getötet hatte, warf sich die Bäuerin vor seine Füße. Er möge wenigstens die Kinder leben lassen. Dann führte sie ihn zum Versteck. Danach lieferten alle Bauern des Dorfs Getreide und Fleisch ab. Schaposchin lobte Zacharias für seine Tat vor versammelter Mannschaft. »Er hat Leben gerettet im Kampf gegen den Hunger«, sagte der Leiter der Tscheka im Wolgagebiet. Über den getöteten Bauern sagte er nichts.

»Na, bist wohl erstarrt vor Ehrfurcht«, sagte Manfred.

»Nein, mir ist nur was eingefallen.«

»Scheint nicht sonderlich lustig zu sein, was dir da eingefallen ist.«

Zacharias antwortete nicht, sondern nahm sich zwei Schachteln aus einem Stapel mit Neun-Millimeter-Patronen.

»Das reicht für den nächsten Bürgerkrieg«, sagte Manfred.

»Das reicht für eine Ausstellung der Polizei über die Mordpläne von Spartakus«, erwiderte Zacharias. »Warum ist das Waffenlager im Keller des wichtigsten Verstecks der Partei? Man darf nicht konzentrieren, was man schützen will. Wir brauchen viele kleine Verstecke, für Menschen und für Waffen.«

Manfred blickte Zacharias neugierig an. »Du beschäftigst dich mit solchen Dingen nicht zum ersten Mal.«

»Das sieht doch ein Blinder«, sagte Zacharias.

»Ja, ja«, sagte Manfred.

Zacharias steckte die Mauser in den Hosenbund, die sperrige Waffe drückte. Sie gingen zurück in die Küche. Die anderen waren weg. »Wir sind fünf, mit dir sechs. Zwei sind immer auf Posten.«

Zacharias stellte sich vor, wie er nach einem Polizeiüberfall Lohmeier vorgestellt würde. Ein Albtraum. Jetzt plagt dich nicht allein deine Vergangenheit, sondern auch trübe Ahnungen über die Zukunft. »Ich hau mich eine Weile hin«, sagte Zacharias. »Wenn ihr wollt, teilt mich ein für eine Schicht.«

»Mal sehen«, sagte Manfred.

Zacharias ging hoch und legte sich aufs Bett. Als der Schlaf heranrückte, klopfte es an der Tür. Jogiches trat ein. Zacharias setzte sich auf.

»Einen Leibwächter brauchen wir nicht. Er würde mehr stören als nutzen.«

Zacharias verstand, sie wollten keinen Leibwächter, der aus Lenins Russland kam. Verstand er Jogiches richtig?

»Heute schlafen Sie sich erst einmal aus, morgen sehen wir weiter. Ich weiß noch nicht, wo wir Sie verwenden können. Vielleicht schicken wir Sie nach München, dort sind wir schwach.« Er überlegte eine Weile. »Wo sind wir das eigentlich nicht?« Er schlug sich leicht auf den Oberschenkel. »Also, dann schlafen Sie mal.«

Nachdem Jogiches gegangen war, fluchte er leise. München, da wäre er weit weg von seinem Auftrag. Allerdings, dort kannte ihn keiner, und er wäre sicherer als in Berlin. Du wirst es heute nacht nicht ändern, schlaf.

Irgendwann schlief er ein. Wieder quälten ihn die Träume aus Russland. Der Bauer mit dem Loch im Kopf. Bilder anderer Leichen. Es knallte, dann hörte er Schreie. Als er aufwachte, glaubte er zu träumen. Aber dann tackerte draußen ein Maschinengewehr. Motoren heulten.

Er stand auf, griff nach der Mauser und rannte aus dem Zimmer. Aus der Empfangshalle drang Geschrei. Wieder Schüsse. Dann Schritte auf der Treppe, sie kamen näher. Zacharias rannte zum Zimmer von Jogiches. Er riss die Tür auf, da fiel ein Schuss. Er sah das Blitzen der Mündung. Die Kugel pfiff an seinem Ohr vorbei.

»Ich bin's, Zacharias!« brüllte er. »Wollen Sie mich erschießen? Wo ist der Hinterausgang?«

»Unten, Küche«, sagte Jogiches. Er klang verzweifelt. Er schaltete das Licht ein.

Dann öffnete sich die Tür des Nebenzimmers, Rosa trat herein. »Leo, reiß dich zusammen. Sie sollen uns später nicht nachsagen, wir hätten gezittert.« Sie hatte eine feste Stimme.

»Wir versuchen, uns nach unten durchzuschlagen, hier oben kriegen sie uns.«

»Verrückt!« sagte Jogiches.

»Halten Sie den Mund!« sagte Zacharias. Er gab nun die Befehle. »Bleiben Sie hier, verhalten Sie sich ruhig.«

Zacharias schaltete das Licht aus, schlug die Mauser an und öffnete vorsichtig die Tür. Er linste hinaus. Unten brannte Licht, es erhellte auch das Treppenhaus. Er hörte Geräusche, offenbar durchsuchten sie gerade sein Zimmer.

»Die sind doch alle hinüber«, sagte einer. »Sicher ist sicher«, sagte der andere. »Und die Luxemburg und dieser Jogiches. Die sollen sich doch auch hier verstecken.«

Zacharias schlich hin. Die beiden Freikorpsmänner durchsuchten sein Bett. Sie kehrten ihm den Rücken zu. Schnell trat er ins Zimmer und zog die Tür hinter sich zu. Die beiden Soldaten starrten ihn an, als wäre ein Toter zu den Lebenden zurückgekehrt. Ein Karabiner lag auf dem Tisch, der andere auf dem Boden.

»Ein Mucks, und ihr seid tot«, zischte Zacharias. »Wie viele seid ihr?«

Keine Antwort.

Zacharias hob die Mauser.

»Zwölf«, sagte der eine. Er war bleich unter seinem roten Schopf. Es konnte nicht lange dauern, bis weitere Soldaten nach oben vordrangen, um auch dort alles zu durchsuchen. Und zu plündern.

»Umdrehen!« befahl Zacharias. »Auf die Knie.«

Sie drehten sich um und knieten nieder. »Nein, nicht!« Der Rotschopf zitterte, fürchtete, erschossen zu werden.

Zacharias nahm den Karabiner vom Tisch und schlug dem Rothaarigen den Kolben auf den Kopf. Mit einem Seufzen brach er zusammen. Auf dem Hinterkopf weitete sich ein roter Fleck. Der andere stammelte: »Nein!«, dann traf auch ihn der Schlag.

Zacharias legte das Gewehr zurück auf den Tisch, drehte das Licht aus und schloss die Tür von außen. Dann schlich er zurück zu Rosa und Jogiches. »Gibt es hier einen Sicherungskasten?«

Jogiches zuckte die Achseln. Rosa verzog keine Miene. Sie war blass und bereitete sich auf den Tod vor.

»Eine Kerze anzünden, schnell!« befahl Zacharias.

Jogiches fand eine Kerze und zündete sie an.

Zacharias griff nach einem Stuhl, schob ihn in die Mitte des Zimmers, kletterte darauf und riss die Lampe herunter. Er schraubte die Glühbirne heraus und zog mit einem Ruck die Fassung vom Kabel. Nun lagen zwei blanke Kabelenden frei. Zacharias packte sie an der Isolierung und führte die blanken Enden zusammen. Ein Funken, es qualmte und roch verbrannt. Zacharias fluchte vor Schmerzen, er hatte sich die Finger der rechten Hand verbrannt.

Das Licht war aus. Zacharias öffnete vorsichtig die Tür. Auch draußen herrschte Dunkelheit. Irgendeiner unten fluchte laut. »Sie schießen nur, wenn ich es sage!« herrschte Zacharias Jogiches an. »Folgen Sie mir.«

Zacharias trat ins Treppenhaus, die Mauser im Anschlag. Rosa und Jogiches folgten. Sie schlichen langsam die Treppe hinunter. Wieder hörten sie einen Fluch. »Welches Arschloch hat den Strom abgedreht?«

Auf dem vorletzten Treppenabsatz blieb Zacharias stehen und streckte die Hand nach hinten. Er spürte Jogiches. »Bücken Sie sich, keine Bewegung«, flüsterte Zacharias. Seine Augen gewöhnten sich an die Dunkelheit. Die Hand schmerzte, trotzdem hielt er den Pistolenknauf fest. »Auf meinen Befehl rennen Sie aus dem Haus! Keine Sekunde früher. Ich werde brüllen: Sie sind oben! Dann laufen Sie um Ihr Leben. Links die Straße hinunter, die erste Straße links hinein. Dann schlendern Sie wie Spaziergänger. Haken Sie sich ein. Ich hole Sie ein. Es wird jetzt krachen, nicht erschrecken!«

An der gegenüberliegenden Wand des Empfangsraums erkannte Zacharias die Umrisse eines Soldaten. Leise stieg er die Treppe hinunter und schlich zum Eingang. Er drückte die Tür vorsichtig auf und sah den Rücken eines Soldaten. Er trat lautlos hinter ihn, schaute sich um, sah sonst niemanden und drückte dem Mann den Hals zu. Der wehrte sich, dann wurde er schwach und sackte zusammen.

Er ließ den Mann liegen und schlich zurück ins Haus. Der Soldat, dessen Umrisse er erkannt hatte, hatte sich nicht bewegt. Er zielte auf den Körper und drückte ab. Der Schuss donnerte durchs Haus. Der Körper sackte zusammen, dann begann der Mann zu schreien und zu stöhnen. Zacharias versteckte sich hinter dem Sofa. Er schaute an der Lehne vorbei in den Raum. Zwei Soldaten näherten sich dem Verwundeten. Er legte auf den ersten an und rief: »Achtung, Kamerad!« Dann knallte der Schuss, sofort danach ein zweiter. Ein Ächzen.

»Was ist los?« schrie einer irgendwoher.

»Seid ihr wahnsinnig? Wir schießen uns gegenseitig ab, Kameraden! Feuer einstellen!« brüllte Zacharias.

Aus der Küche kamen weitere Soldaten, die Gewehre im Anschlag.

»Was ist hier los?« brüllte eine Befehlsstimme.

»Sie sind oben!« schrie Zacharias. Er kroch ein Stück weiter und eröffnete das Feuer auf die Gruppe. Er hörte es trappeln, endlich schlug die Tür. Zacharias schoss das Magazin leer, zwei oder drei Soldaten erwiderten das Feuer.

Zacharias rannte aus dem Haus. Ein Schuss, plötzlich brannte es scharf an der Schulter. Er rannte weiter. An der ersten Querstraße lief er links hinunter. Ein gutes Stück vor ihm ging das Paar, es war kaum zu erkennen in der Dunkelheit. Die Straßenlaternen brannten nicht.

Als er näher kam, sah er Rosa leicht hinken. Aber vielleicht sah er es nur, weil er wusste, dass sie ein Bein nachzog. Sie hatten sich an seine Weisungen gehalten.

Er holte sie ein und verlangsamte seinen Schritt. Er zog die Mauser aus dem Hosenbund, fasste in die Jackettasche, holte die erste Patrone heraus und drückte sie von oben ins Magazin. Als er die Pistole geladen hatte, steckte er sie wieder in den Bund und knöpfte das Jackett zu. Er fror und fluchte innerlich, er hatte seinen Mantel liegenlassen.

»Was jetzt?« fragte Jogiches.

»Eine Droschke zu einem weiter entfernten Bahnhof. Dann den Zug zum nächsten Quartier. Sie haben doch ein Ausweichquartier?«

»Ja, ja«, sagte Jogiches.

»Wo?«

»In Charlottenburg.«

»Nicht schlecht, dann sind wir wenigstens die Berliner Polizei los.«

»Was ist mit den anderen?« fragte Rosa.

»Tot oder verhaftet«, sagte Zacharias.

Sie liefen schweigend weiter.

»Wohin gehen wir?« fragte Jogiches nach einer Weile.

»Zum Thielplatz. Dort nehmen wir eine Droschke.«

»Sollen wir Pieck anrufen?« fragte Rosa.

»Niemanden. Jetzt Verbindung aufzunehmen wäre zu gefährlich. Vielleicht sitzt bei Pieck die Polizei.«

»Der würde uns nie verraten«, sagte Jogiches. Er atmete schwer.

»Bestimmt nicht, aber das ist jetzt egal«, sagte Zacharias.

»Wenn Sie noch Leibwächter werden wollen, ich stelle Sie ein«, sagte Rosa. Sie lachte kurz. »Über Lohn und Arbeitszeit verhandle ich mit der Gewerkschaft. Gibt's da eine für Leibwächter?« Sie lachte noch einmal, heller als sonst, es lag Angst darin. »Aber da fällt mir was Besseres ein. Sie werden mein Sekretär, das klingt doch vornehmer. Lesen und schreiben werden Sie ja können. Außerdem muss ich dann nicht mit der Gewerkschaft verhandeln, eine für Sekretäre gibt es nicht.«

»Einverstanden.« Zacharias schaute sich immer wieder um. Er wusste, sie witzelte, weil sie Angst hatte. Und die Gewerkschaftsführer hatte sie schon vor dem Krieg gehasst. Es gibt schlechtere Methoden, mit Angst umzugehen. Er beschleunigte seinen Schritt. Die Schulter brannte höllisch, die Hand schmerzte auch.

Am Thielplatz waren drei Droschken. Die Fahrer standen beisammen an einer Mauer und rauchten. »Warten Sie hier«, sagte Zacharias. »Die dürfen Sie nicht erkennen.« Er ging zu den Fahrern und fragte, wer an der Reihe sei. Ein kleiner Fetter mit Schnurrbart und

Lederkappe sog kräftig den Rauch seiner Zigarette ein, dann warf er sie auf den Boden. »Icke«, sagte er. Er ging zur ersten Droschke in der Reihe und setzte sich hinters Steuer. Zacharias kehrte zurück zu seinen Begleitern und sagte: »Wo finden Sie Unterschlupf?«

»Kaiser-Friedrich-Straße 36.«

»Dann lassen wir uns zur Potsdamer Straße fahren und laufen den Rest.« Gut, dass er die Ecke kannte.

Zacharias ging voraus und verwickelte den Fahrer in ein Gespräch, während Jogiches und Rosa sich auf die Rückbank setzten. Dann nahm Zacharias Platz auf dem Beifahrersitz. »Charlottenburg, Potsdamer Straße.«

»Jut«, sagte der Fahrer. Er steckte sich eine Zigarette an und fuhr los.

Zacharias überwand sich und redete auf der Fahrt durch die Nacht fast pausenlos mit dem Fahrer. Du musst ihn beschäftigen. Er darf Rosa nicht erkennen. Wenn er sie erkennt, musst du ihn womöglich töten. Rede, rede, rede. Als sie bei den Aussichten für den kommenden Sommer waren, fragte der Fahrer: »Hausnummer?«

»24«, sagte Zacharias aufs Geratewohl.

Der Fahrer fuhr langsam und versuchte, Nummern an den Hausfassaden zu erkennen. »Verflucht dunkel. Nicht mal Geld für ordentliche Straßenlaternen hat das Deutsche Reich. Zu Kaisers Zeiten war das anders.«

Zacharias pflichtete ihm bei.

Dann hielt die Droschke. »Das müsste die Nummer 24 sein.« Er schaute auf den Taxameter. »Macht zwei Mark siebzig. Schimpfen Sie nicht auf mich, sondern auf diese Regierung. Seit die dran ist, ist unser Geld nichts mehr wert.«

Zacharias gab ihm drei Mark, der Fahrer zählte das Wechselgeld ab. Währenddessen stiegen Rosa und Jogiches aus. Draußen drehten sie der Droschke den Rücken zu. Zacharias stellte sich zu ihnen und wartete, bis das Taxi abgefahren war.

»Hat er Verdacht geschöpft?« fragte Jogiches.

»Nein, ich glaube nicht.«

Zacharias behielt die Umgebung im Auge, während sie zur Kaiser-Friedrich-Straße liefen.

»Nicht weit von hier haben sie mich verhaftet«, sagte Rosa. »Hoffentlich kein schlechtes Omen.«

»An so was glaube ich nicht. Und nach Wilmersdorf ist es schon noch ein Stück«, entgegnete Jogiches.

»Ich weiß.«

Das Haus hatte keine Außenklingeln, und die Tür war abgeschlossen. Jogiches fluchte. »Gehen Sie ein Stück weiter«, sagte Zacharias. »Welches Fenster?«

»Weiß ich nicht«, sagte Jogiches.

»Scheiße«, sagte Zacharias. »Der Name?«

»Wollitz.«

»Was ist der von Beruf?«

»Keine Ahnung.«

Als Rosa und Jogiches aus den Fenstern des Hauses nicht mehr gesehen werden konnten, suchte Zacharias ein paar Steine und entschied sich für die Fenster links, im ersten Stock. Er warf einen Stein gegen eine Scheibe. Es klickte, der Stein fiel zurück auf die Straße. Zacharias wartete einige Sekunden. Als sich nichts tat, warf er den nächsten Stein. Er wartete wieder, dann sah er Licht. Ein Mann schaute hinunter, Zacharias winkte. Der Mann sah ihn offenbar nicht im Dunkeln und verschwand vom Fenster. Wütend warf Zacharias einen dritten Stein gegen das Fenster. Es klirrte. Zacharias erschrak, hoffentlich hatte er die Fensterscheibe nicht zerstört. Der Mann erschien wieder am Fenster, und diesmal öffnete er es. »Sind Sie verrückt?« rief er.

»Entschuldigung, ich suche Herrn Wollitz. Es ist dringend. Eine Familienangelegenheit, es geht um Leben oder Tod.«

»Ich bin nicht Wollitz.«

»Könnten Sie bitte bei ihm klopfen?«

»Der wird jubeln. Wissen Sie eigentlich, wieviel Uhr es ist?«

»Ja, tut mir leid.«

»Na, wenn es sein muss. Ich versuche, Wollitz wach zu kriegen.«

Der Mann brummelte noch etwas und verschwand dann vom Fenster.

Zacharias wartete. Er schaute sich um, entdeckte aber keine Gefahr. Ein Automobil knatterte die Straße entlang, Zacharias blickte ihm nach, bis er die Rücklichter nicht mehr sah. Dann quietschte die Tür, ein Mann trat heraus. Er schaute Zacharias böse, aber auch neugierig an. »Und was ist nun so lebenswichtig?«

Zacharias flüsterte: »Sie sind Herr Wollitz?«

»Ja.«

»Rosa Luxemburg.«

Der Mann kriegte große Augen. »Ist sie hier?« Er sprach nun ebenfalls leise.

»Ja.«

»Gut, sie kann kommen.«

»Ist das Treppenhaus leer?«

»Ja. Ich gehe voraus. Aber seien Sie trotzdem leise. Ich will keinen Ärger mit den Nachbarn. Wenn Sie mich sprechen hören, rennen Sie wieder hinaus.«

Zacharias ging zu Rosa und Jogiches. »Kommen Sie.«

Die beiden folgten Zacharias, der zur Haustür eilte. Er öffnete die Tür und schaute ins Treppenhaus. Es war unbeleuchtet. Oben knarrte es, das musste Wollitz sein. Zacharias ging voraus, die beiden anderen folgten. Im dritten Stock stand eine Wohnungstür offen.

»Warten Sie.« Zacharias betrat die Wohnung, auch sie war dunkel. Hinten erkannte er einen Schemen. »Herr Wollitz?«

»Ja, kommen Sie rein. Schnell.«

Zacharias führte Rosa und Jogiches in die Wohnung. Als die Wohnungstür geschlossen war, entzündete Wollitz eine Petroleumlampe. »Kommen Sie in die gute Stube.«

Zacharias ging voraus und zog im Wohnzimmer die Vorhänge zu. Rosa setzte sich neben Jogiches aufs Sofa, Wollitz auf einen Sessel, Zacharias auf den anderen. Eine Vitrine stand an der Wand, das Licht der Lampe spiegelte sich im Glas. Zacharias fühlte sich, als wäre er erfroren.

»Sie sind ja verletzt«, sagte Wollitz. »Blut an der Schulter. Soll ich das mal anschauen? Ich war Sanitäter im Feld.«

»Machen Sie zuerst Feuer«, sagte Zacharias. »Wenn Sie wollen, dass ich diese Nacht überlebe.«

Rosa lachte wie ein Mädchen.

Wollitz beschäftigte sich mit dem Ofen in der Ecke. Bald loderte ein Feuer, es roch nach Papierqualm. Wollitz schloss die Klappe. »Lange wird's nicht brennen. Ziehen Sie mal die Jacke aus.«

Zacharias zog das Jackett aus.

Wollitz hielt die Lampe und pfiff leise durch die Zähne. »Sieht aus wie ein Streifschuss. Tut weh, ist aber nicht schlimm. Jod drauf, und in ein paar Tagen ist die Schulter wie neu.«

Er verließ den Raum und kehrte nach kurzer Zeit zurück mit einer Tasche. Der entnahm er ein Fläschchen und Watte. Er tröpfelte eine braune Flüssigkeit aus der Flasche auf die Watte und drückte diese auf die Wunde.

Zacharias zischte, es brannte höllisch.

»Ja, das tut weh«, sagte Wollitz. »Sonst würde es nicht helfen.« Dann drückte er Mull auf die Wunde und wickelte einen Verband um die Schulter, von dem Zacharias gleich wusste, dass er verrutschen würde.

»Wie lange wollen Sie bleiben?« fragte Wollitz. Er hielt inne. »Bleiben Sie so lange, wie Sie wollen. Es ist mir eine Ehre, eine große Ehre, die Vorkämpferin ...«

»O bitte, lassen Sie es. Ich gehöre zur Gattung der Normalsterblichen. Ich bin Ihre Genossin und Ihnen zu großem Dank verpflichtet. Wenn die Ebert-Soldateska uns erwischt, sind wir tot. Der Genosse hier« – sie deutete auf Zacharias – »hat uns gerade aus einer eigentlich ausweglosen Lage gerettet. Und nun riskieren Sie für uns Ihre Freiheit oder vielleicht mehr ...«

Zacharias unterbrach. »Verzeihung, aber wir müssen einige wichtige Dinge besprechen. Erstens, wer betritt die Wohnung außer Ihnen, Genosse Wollitz?«

»Niemand.«

»Keine Familie?«

»Meine Frau ist letzten Winter gestorben, Tuberkulose.«

Zacharias schluckte. »Tut mir leid.«

»Ja«, sagte Wollitz. Er guckte traurig und knetete seine Glatze.

»Hatten Sie zuletzt mit der Polizei zu tun?«

»Nein. Noch nie. Halt, doch, vor dem Krieg ...«

»Das ist egal«, sagte Zacharias. »Aber Sie müssen sich jetzt aus allem heraushalten. Sie dürfen nicht auffallen. Sie dürfen niemanden in die Wohnung einladen. Wenn Sie nach Hause kommen, schließen Sie die Wohnungstür auf, dann wieder ab und wieder auf. So höre ich, dass Sie es sind.«

»Kann er die Verbindung zu Pieck aufnehmen?« fragte Rosa.

»Erstens wissen wir nicht, wo Pieck ist. Seine Wohnung wird bestimmt überwacht.« Zacharias dachte an seinen Besuch bei Retzlaws Mutter. »Zweitens sollten wir hier mit polizeibekannten Genossen nicht verkehren.«

»Genosse Zacharias, wir können aber nicht nur abtauchen. Wir sind Revolutionäre. Wir brauchen den Kontakt zu Pieck, der kann Artikel für die *Rote Fahne* weiterleiten.« Man hörte ihr die Erschöpfung an.

»Erst Sicherheit, dann Aktion«, sagte Jogiches. »Zacharias hat recht.«

»Ihr solltet mal die Klippschule für Dialektik besuchen«, lachte Rosa. »Ihr Helden. Außerdem müssen wir einen Vertreter nach Moskau schicken. Der soll verhindern, dass ein paar Desperados die Dritte Internationale gründen.«

»Mein Vorschlag: Wir schlafen jetzt. Morgen früh gehe ich Pieck suchen«, sagte Zacharias.

»Das kann ich doch machen«, sagte Wollitz.

»Sie machen schon genug«, sagte Zacharias. Er stellte sich vor, wie Wollitz der Polizei in die Hände fiel auf der Suche nach Pieck. Die würde ihn schnell weichklopfen. »Sie dürfen auf gar keinen Fall Neugier wecken. Gehen Sie zur Arbeit, und halten Sie sich aus allem raus.«

»Wie lange bleiben Sie?« fragte Wollitz noch einmal. Zacharias sah ihm an, der fühlte sich nicht wohl bei der Frage.

»So kurz wie möglich«, sagte Zacharias. »Sie können später Ihren Enkeln erzählen, Rosa Luxemburg habe bei Ihnen übernachtet. Kurz vor der proletarischen Revolution.«

Wollitz' Gesicht spiegelte Stolz.

Wollitz trat Rosa das Schlafzimmer ab. Ihm reiche eine Decke auf dem Fußboden. Jogiches bestand darauf, dass Zacharias auf dem Sofa schlief. »Sie haben morgen einen schweren Tag. Ich kann später schlafen.« Zacharias legte sich auf das Sofa, Jogiches machte es sich auf einem Sessel bequem. Wollitz versuchte in der Diele zu schlafen.

Zacharias war müde und hoffte bald einzuschlafen. Aber dann hielt ihn ein Gedanke wach. Das Treffen mit Radek war aufgeflogen, dann wurden sie in der Dahlemer Villa überrascht. Beide Fälle waren durch einen Umstand verbunden. Der Umstand hieß Sonja. Wer kam noch in Frage? Nur er selbst. Ein Beweis war das nicht. Doch wenn Sonja ein Spitzel war, konnte sie die gesamte Führung der Partei vernichten. Der Verdacht quälte Zacharias.

Es war nicht die einzige Möglichkeit, die Polizei konnte ihnen auch anders auf die Schliche gekommen sein. Aber es war die naheliegende Möglichkeit. Beim Grübeln schlief er ein, und wieder kamen die schrecklichen Träume.

*

Kaum war Zacharias eingeschlafen, wurde er schon geweckt. Wollitz tippte ihm an die verwundete Schulter. Der Schmerz riss ihn aus dem Schlaf.

»Ich muss jetzt zur Arbeit«, flüsterte Wollitz.

Zacharias setzte sich auf. Er rieb die Finger aneinander, es tat weh, ein oder zwei Brandblasen öffneten sich. Er bewegte die Schulter. Am Anfang trieb ihm der Schmerz Tränen in die Augen, aber je länger er die Arme bewegte, desto beweglicher wurde die verletzte Schulter. Er schaute sich um. Jogiches saß krumm auf dem Sessel und schien zu schlafen.

Zacharias starrte auf den Boden und überlegte, ob es noch einen anderen geben könnte, der als Verräter in Frage kam. Er durchdachte die Ereignisse im Adlon und in Dahlem, und es fiel ihm niemand anderes ein als Sonja. Aber es gab natürlich noch weitere Genossen, die von Radeks Aufenthalt im Adlon wussten und von der Dahlemer Villa. Sonja konnte es auch jemandem erzählt haben, jemandem, dem sie vertraute. Solche Fehler werden immer wieder gemacht, Vertrauen ist der erste Schritt in den Tod. Zacharias schaute zu Jogiches, der hatte seine Haltung nicht verändert. Aber dann sah Zacharias, dass Jogiches blinzelte.

»Guten Morgen. Ich sehe, Sie sind wach. Wir müssen über zwei Dinge reden.«

»Bitte«, sagte Jogiches. »Reden Sie.« Er klang hellwach.

»Ich bin zweimal überrascht worden von der Polizei. Dabei bin ich sicher, dass mir niemand gefolgt ist. In beiden Fällen war Sonja dabei. Und ich.«

Jogiches schüttelte kaum sichtbar den Kopf.

»Mag sein, dass sie Radek überwacht haben. Dass sie herauskriegen wollten, mit wem er sich treffen wollte. Aber das bedeutete auch, das Risiko einzugehen, dass er ihnen entkam. Und dass sie sich damit um den Triumph brachten, den weltbekannten bolschewistischen Aufrührer zu fangen. Als Sonja mich nach Dahlem brachte, stellte sie fest, dass Sie und die Genossin Luxemburg tatsächlich dort waren. Prompt tauchten die Freikorpsleute auf. Und noch etwas: Erstaunlicherweise wurde ich aus der Polizeihaft entlassen, obwohl Lohmeier einige Indizien gegen mich in der Hand hatte. Genug für den ganz kurzen Prozess. Ich glaube, die ließen mich laufen, damit es nicht auffiel, dass sie auch Sonja freigelassen haben. Sie haben mir Spitzeldienste angeboten, aber nicht geglaubt, dass ich darauf eingehen würde. Sie haben es getan, um einen Vorwand zu haben, mich unauffällig loszuwerden, damit sie Sonja wieder auf Ihre Fährte setzen konnten.«

»Sonja ist die Tochter eines alten Genossen. Der hat zu Zeiten der Sozialistengesetze gegen die Obrigkeit gekämpft.

»Ich habe nur eins und eins zusammengezählt.«

»Nein, nein. Das Leben ist keine Mathematik, Genosse Zacharias. Und wenn, dann eine Gleichung mit mehreren Unbekannten. Gerade wenn Dinge so eindeutig aussehen …«

»Dann bleibe nur ich übrig als Verräter. Ich war in beiden Fällen dabei.«

Jogiches lachte verkrampft. »Soweit kommt's noch, dass wir uns selbst verdächtigen. Manchmal sind wir schlimmer als die spanische Inquisition. Ich kenne Sonja seit vielen Jahren, Rosa kennt sie noch länger. Sie hat bei ihren Eltern schon übernachtet auf einer Wahlkampfreise. Sonja ist wegen ihr von Köln nach Berlin gekommen. Und die soll spitzeln?«

»Nein, das tut sie nicht«, sagte Rosa mit schneidender Stimme. Sie stand in der Tür. »Es ist, wie Leo sagt. Es gibt noch mindestens eine Unbekannte.«

Zacharias spürte, es war zwecklos, weiter zu diskutieren. Vielleicht war er ja wirklich übermisstrauisch, ein Erbe seiner Zeit bei der Tscheka.

»Wo finde ich den Genossen Pieck?« fragte er.

Jogiches rieb sich die Augen. »Ich weiß es nicht. Kann sein, dass er gar nicht mehr in Berlin ist. Vielleicht ist er in Leipzig, dorthin ist die Redaktion der *Roten Fahne* gezogen, jedenfalls die, die von ihr übrigblieben. Aber so weit können wir Sie nicht reisen lassen. Sie müssen auf die Genossin Luxemburg aufpassen. Ihre einzige Chance ist, ihn zu Hause anzutreffen. Aber das ist gefährlich. Wenn Pieck nicht verhaftet ist, wird seine Wohnung überwacht.«

Zacharias hätte fast geantwortet, das kenne er schon. Er ließ sich Piecks Adresse geben, wusch sich das Gesicht und ging los. Zuvor vereinbarte er noch ein Erkennungszeichen mit Jogiches: viermal kurz, einmal lang.

Die Sonne schien, aber sie wärmte nicht. Zacharias schlug den Kragen hoch gegen die Kälte. Er pfiff leise »Kalinka« vor sich hin, er kannte es von den Wachmannschaften im Kriegsgefangenenlager. Hin und wieder schaute er sich unauffällig um, niemand folgte ihm. Menschen eilten zur Arbeit, an Straßenecken lungerten Soldaten herum, Krüppel bettelten. Zacharias war müde, er zwang sich, aufmerksam zu bleiben.

An einem Postamt zögerte er, dann stieg er die Treppen hinauf und ging hinein. Er schaute sich um, fand aber kein Telefonbuch. Er stellte sich in die Schlange vor dem Schalter. Die Leute erschienen ihm dumpf. Sie schwiegen und schlurften ein, zwei Schritte nach vorn, wenn ein Kunde bedient war und das Amt verließ. Als er dran war, fragte er nach der Telefonnummer von Mandereit. Er hatte Glück, Sonja hatte ein Telefon. Der Beamte am Schalter schrieb ihm auch die Adresse auf: Schöneberg, Lutherstraße 16.

Es war nur vier Stationen mit der Untergrundbahn vom Sophie-Charlotte-Platz zum Wittenbergplatz. Zacharias änderte seinen Plan, Pieck musste warten. Die Lutherstraße war nicht weit entfernt vom U-Bahnhof Wittenbergplatz. Zacharias ging die Straße hinunter, er fand gleich das Haus mit der Nummer 16. Im Keller hatte ein Schuhmacher seine Werkstatt, in den sechs Stockwerken darüber wohnten Mieter. Außen, neben der Tür, waren elektrische Klingeln angebracht. Auf dem zweiten Namensschild von oben stand »Mandereit«.

Er ging ein Stück weiter und überlegte, von wo aus er den Eingang überwachen könnte. Da sah er die Kneipe schräg gegenüber, sie hieß Zum Droschkenkutscher. Sie war geöffnet, aber ohne Gäste. Er nahm sich an der Garderobe einen *Lokal-Anzeiger* und setzte sich ans Fenster. Als der Wirt erschien, bestellte er ein Frühstück mit Tee.

Vielleicht war Sonja schon außer Haus, dann hatte er Pech. Aber er wollte sehen, ob sie verdächtigen Besuch bekam oder jemanden aufsuchte, den er überprüfen konnte. Oder er fand heraus, dass sie einen besonders geschickten Schatten hatte. Das würde ihn erleichtern, es würde aber auch bedeuten, dass er den Verfolger nicht erkannt und abgeschüttelt hatte, als er mit ihr unterwegs war. Ihn träfe dann eine Mitschuld an Radeks Verhaftung und der Schießerei in Dahlem.

Darüber berichtete der *Lokal-Anzeiger* in großer Aufmachung. Eine Horde von Russen habe Rosa Luxemburg und den litauischen Juden Jogiches vor der Festnahme durch Regierungstruppen bewahrt. Sie hätten wild um sich geschossen und ein Blutbad unter anständigen deutschen Soldaten angerichtet. Illustriert war der Artikel mit Bildern von Luxemburg und Jogiches.

Eine Frau brachte das Frühstück. Es war kümmerlich, zwei Scheiben Graubrot, Margarine, eine undefinierbare Marmelade. Der Tee war eine bräunliche Brühe. Zacharias bezahlte gleich. Er süßte den Tee stark mit Saccharin und trank einen Schluck. Fast hätte er sich den Mund verbrannt. Er stellte die Tasse ab und beobachtete das Geschehen auf der Straße. In der Sonne sahen die Menschen nicht mehr so grau aus. Er blätterte in der Zeitung und behielt gleichzeitig das Haus Nummer 16 im Blick. Dann sah er sie. Sie kam von irgendwoher und öffnete die Haustür, ohne sich umzublicken. Gleich verschwand sie im Haus.

Zacharias überlegte, ob er nun Pieck suchen sollte. Aber dann entschied er sich, noch eine Weile zu warten. Es lohnte sich. Eine halbe Stunde nachdem sie gekommen war, verließ Sonja wieder das Haus. Sie ging Richtung Kleiststraße. Dann bog sie ab zum Wittenbergplatz und stieg die Treppen zur U-Bahn hinunter.

Zacharias eilte hinterher, sein Blick durchsuchte die Umgebung nach Deckung, sollte Sonja sich umdrehen. Er verlor sie einen Moment aus den Augen, dann sprang er hinter eine Säule, weil sie ihm entgegenkam. Sie war nervös, wartete ungeduldig auf den Zug Richtung Nordring. Vielleicht fuhr sie bis zum Alexanderplatz und ging ins Polizeipräsidium. Dann wäre die Sache klar.

Er lief am anderen Gleis entlang gegen die Zugrichtung, um in ihren Rücken zu kommen. Als der Zug einfuhr, stieg sie in den zweiten Wagen, er nahm den dritten und schaute durch die Scheibe vorsichtig nach vorn. Sie setzte sich in Fahrtrichtung auf einen Fensterplatz. Er blieb stehen, um sie nicht zu verlieren. Schon am Bahnhof Spittelmarkt rutschte sie auf dem Sitz hin und her. Was machte sie so nervös? Das schlechte Gewissen? Er ahnte, sie würde am Alex aussteigen. Sie tat es tatsächlich. Und sie ging in Richtung Polizeipräsidium. Sie nahm den Haupteingang.

Als sie im Gebäude verschwunden war, überlegte er, ob er warten sollte. Aber was würde es bringen? Sollte er sie ansprechen? Er würde es mit Jogiches erörtern. Und mit Rosa, auch wenn die ihm nicht glauben wollte. Sie mussten Sonja eine Falle stellen, sie entlarven und dann ausschalten. Oder gleich ausschalten? Zacharias sah die Bilder von Erschießungen vor sich. Er schüttelte sich innerlich. Wenn du dich auf eine Revolution einlässt, musst du auch die Folgen billigen. Schlimmer als der Feind, der dir gegenübersteht, sind die Spitzel, die dich dem Feind ausliefern. Zacharias wusste, den Überfall in Dahlem hatten sie mehr durch Glück überstanden als durch sein Können. Nur ein Streifschuss, die anderen unverletzt, es war ein Wunder. Die Polizisten hatten wohl geglaubt, mit den Wachen alle Gefahr beseitigt zu haben. Leichtsinn kommt vor dem Tod.

Nein, er würde nicht warten. Es genügte als Beweis, dass Sonja ins Polizeipräsidium gegangen war. Wer geht da freiwillig hinein, wenn nicht als Verräter? Er fragte sich, ob Sonja Wollitz' Wohnung kannte. Das wäre gegen die Regeln der Konspiration. Aber wer von den deutschen Genossen hielt sich schon daran? Zacharias beschloss, nach Charlottenburg zurückzufahren.

Jetzt hatte er es eilig. Er rannte zur U-Bahn und fuhr zurück zum Sophie-Charlotte-Platz. Obwohl er wenig gegessen und geschlafen hatte in den letzten Tagen, genoss er seine Ausdauer. An ihm zerrte kein Gramm Fett. Er war nicht sonderlich kräftig, aber zäh. Trotzdem atmete er stark, als er die Haustür öffnete. Er zwang sich, die Treppe ruhig hochzusteigen, ohne Lärm zu machen. Er klopfte das Erkennungszeichen, gleich darauf schloss Jogiches auf. Er starrte Zacharias kurz an, dann trat er zur Seite, um ihn hineinzulassen.

Zacharias ging ins Wohnzimmer. Rosa saß am Tisch und schrieb etwas. Als sie ihn sah, schraubte sie den Deckel auf den Füllfederhalter. »Schon zurück? Was sagt Pieck?«

»Sonja ist ein Spitzel«, antwortete Zacharias. »Ich habe gesehen, wie sie ins Polizeipräsidium ging.«

Rosa schaute ihn lange an. Jogiches hatte sich auf einen Sessel gesetzt, er sagte nichts.

»Kennt Sonja diese Wohnung?«

Rosa warf Jogiches einen Blick zu, der schüttelte den Kopf.

»Nein, niemand kennt diese Wohnung außer uns. Nicht einmal Pieck. Sonja schon gar nicht.«

»Aber sie kannte die Villa in Dahlem.«

»Weil wir entschieden hatten, sie einzusetzen, um die Verbindungen wieder aufzubauen nach den Januarkämpfen«, sagte Jogiches.

»Was beweist es eigentlich, dass Sonja ins Polizeipräsidium gegangen ist?« fragte Rosa. »Doch nur diese Tatsache. Wir wissen nicht, warum sie es getan hat. Auch nicht, was sie dort gesagt hat. Genosse Zacharias, Vorsicht ist die Mutter der Porzellankiste, ich weiß, ich weiß. Aber man kann es auch übertreiben. Warum fragen wir Sonja nicht?«

»Höchstens ich. Es widerspräche allen Erfordernissen der Sicherheit, wenn Sie Kontakt mit Sonja aufnähmen. Wenn Sie es wünschen, werde ich Sonja befragen«, sagte Zacharias.

»Sie sind voreingenommen«, sagte Rosa.

»Ich bemühe mich um Objektivität.«

Sie lachte leise. »Na, dann fragen Sie sie mal. Aber danach nehmen Sie Verbindung mit Pieck auf.«

»Und wenn sie tatsächlich eine Verräterin ist?«

»Dann hängen wir sie ab«, sagte Jogiches. »Sie weiß nicht, wo wir sind. Und wenn sie es nicht von Ihnen erfährt, zappelt der Fisch auf dem Trockenen. Ich weiß, dass in Russland solche Fragen anders geklärt werden. Aber wir sind hier nicht in Russland.«

Zacharias wollte antworten, dort habe immerhin die Revolution gesiegt, das spreche nicht gegen die dortigen Methoden. Aber er sagte nichts.

Er machte sich wieder auf den Weg. Als er vor Sonjas Haus stand, zögerte er, dann stieg er die Treppen hoch, bis er im vierten Stock den Namen Mandereit las. Er klopfte kräftig an die Tür, um seine Unsicherheit zu übertönen. Sie öffnete und schaute ihn an mit großen Augen. »Mit dir hatte ich nicht gerechnet. Komm herein.« Stimmt, sie duzten sich, seit Lohmeier sie verhaftet hatte.

Mit wem hatte sie gerechnet?

Es war ein kurzer Flur, an der Garderobe hing nur ihr Mantel. Im Wohnzimmer standen zwei Sessel an einem kleinen Tisch. An der Wand ein Regal mit Büchern, er erkannte Kautskys Schrift über das Erfurter Programm. »Nun, Genosse Zacharias«, sagte sie und bot ihm einen Sessel an.

Zacharias setzte sich. Er fühlte sich schlecht. »Du warst bei der Polizei«, sagte Zacharias.

Sie betrachtete ihn lange. Ihr Blick schien zu fragen, was er für einer sei. »Warum sollte ich dir Auskunft geben darüber?«

»Es geht nicht um mich, es geht um die Genossin Luxemburg.«

»Ich verstehe«, sagte sie. »Um die Genossin Luxemburg. Wenn die Genossin Luxemburg eine Antwort wünscht, dann sollte sie mich fragen. Ich hätte jetzt Zeit. Gehen wir zu ihr.« Sie sprach ruhig, aber Zacharias hörte Enttäuschung in ihrer Stimme.

»Du weißt, dass das nicht geht.«

»Was geht nicht?«

»Dass ich dich jetzt zur Genossin Luxemburg führe.«

»Weil du mich für einen Spitzel hältst.«

»Warum warst du bei der Polizei?«

»Warum bespitzelst du mich?«

»Ich bin verantwortlich für die Sicherheit der Genossin Luxemburg.«

»Das gibt dir nicht das Recht, eine Genossin des Verrats zu verdächtigen, die seit ihrer Jugend in der Bewegung arbeitet.«

»Warum beantwortest du mir nicht einfach meine Frage?«

»Weil es keine Frage ist, sondern eine Unverschämtheit. Und wenn ich dir antwortete, würdest du mir glauben?«

Sie hatte recht, er würde ihr nur glauben, wenn sie den Verrat gestand. Was würdest du tun an ihrer Stelle?

Sie stand auf und verließ den Raum. Einen Augenblick fürchtete Zacharias, sie würde fliehen. Aber sie kehrte zurück mit einem Blatt in der Hand. Sie gab ihm das Papier. »Vorladung« stand darauf. Er überflog das Papier. Darin stand nur, dass Frau Mandereit um neun Uhr auf dem Polizeipräsidium bei Kommissar Lohmeier zu erscheinen habe. Sie werde als Zeugin vernommen.

»Sie wollten etwas wissen über die Schießerei in Dahlem«, sagte sie.

»Einen Tag danach schon die Vorladung?«

»Ein Polizist hat sie mir noch in der Nacht gebracht.«

»Warum wurdest du nicht verhaftet?«

»Weiß ich nicht. Vielleicht, weil die Polizei mir nicht nachweisen kann, dass ich in der Villa war und wusste, wer sich dort verbarg.«

»Wonach haben sie gefragt?«

»Nach dir.«

Es überraschte ihn nicht. Die Polizei wollte herausbekommen, wer geschossen hatte. »Kennen sie meinen Namen?«

»Sie wollten ihn von mir erfahren. Wollten wissen, wer sich außer Luxemburg und Jogiches noch in der Villa versteckte.«

»Und du hast es ihnen gesagt?«

»Sei nicht dumm. Ich wüsste allerdings gerne, wie die darauf kommen, dass ich in der Villa gewesen sein könnte.«

»Immerhin hat die Polizei dich zusammen mit Radek überrascht.«

»Dich auch, Genosse Zacharias. Wer garantiert mir, dass du kein Spitzel bist? Du tauchst plötzlich auf, willst gleich mitten hinein in die Parteiführung …«

»Hör auf! Hier geht es nur darum, dass du bei der Polizei warst und wir davon nichts wussten.«

»Wie soll ich dich informieren, wenn ich nicht weiß, wo du bist?«

Was redete er für einen Unsinn? Zacharias hasste die Unsicherheit, die sich seiner bemächtigte. Er hatte nicht daran gezweifelt, dass sie eine Verräterin war. Aber jetzt wusste er nicht, was er von ihren Antworten halten sollte. Was sie sagte, klang überzeugend, es war widerspruchsfrei. Und sie hatte keinen Augenblick gezögert, bevor sie antwortete. Ihr Zorn schien ihm echt. Aber wenn sie nicht der Spitzel war, wer war es dann? »Wie erklärst du dir den Überfall gestern nacht in Dahlem?«

»Du glaubst, ich habe der Polizei den Hinweis gegeben?« Sie lachte bitter, ihre Augen waren traurig. Sie schüttelte den Kopf, als könnte sie nicht glauben, was ihr widerfuhr. »Ist das alles, was du gegen mich in der Hand hast, dass ich wusste von dem Versteck und dass ich bei der Polizei war? Hast du das in Russland gelernt?«

In Russland hätten wir nicht so lange diskutiert. Und lieber hundert Unschuldige erschossen, als einen Verräter unbestraft zu lassen. »Ich zähle nur eins und eins zusammen.«

»Wenn du eins und eins zusammenzählst, bist du der Spitzel. Du hast Radek hochgehen lassen, du hast das Versteck in Dahlem verraten. Und du wirst Rosa dem Feind ausliefern, damit der sie umbringen kann. So geht die Rechnung, werter Herr Zacharias.«

Sie schwiegen lange. Dann fragte sie: »Du hast in Russland bei der Polizei gearbeitet oder bei der Miliz, wie sie dort heißt?«

»So ähnlich.«

»Stimmt es, was man sich erzählt?«

Er antwortete nicht.

»Vom roten Terror.«

»Was erzählt man sich denn?«

»Dass im Zweifelsfall nicht gefragt, sondern geschossen wird.«

»Es ist Bürgerkrieg in Russland. Da hat man keine Zeit zu fragen.«

»Wie viele hast du getötet?«

Er starrte auf den Boden und schwieg. Die Bilder waren nicht weit weg gewesen. Er wusste, er würde sie nie loswerden.

»Es bedrückt dich. Aber hat die Revolution nicht das Recht, sich zu verteidigen?«

Er zuckte die Achseln. Natürlich hatte die Revolution dieses Recht. Auch dann, wenn es bedeutete, die eigenen Ideale zu zerstören? Die proletarische Diktatur sei tausendmal demokratischer und humaner als die bürgerliche Demokratie, hatte Lenin gesagt. War sie es wirklich? Humaner, da sie ein Blutbad anzettelte, weil sie überleben wollte? Demokratischer, weil die Partei wusste, was die Massen wollten, auch wenn die Massen nicht wussten, dass sie das wollten?

»Aus dir werde ich nicht schlau. Erst greifst du mich an, dann verteidigst du mich gegen meine Zweifel.«

»Irgend jemand muss es ja tun.« Sie lächelte.

»Du denkst zu einfach. Oder vielleicht versuchst du auch nur, einfach zu denken. Scheinbar macht es das Leben leichter. Weil aber die Wirklichkeit vielfältig ist, endet das einfache Denken in der Lüge. Warum hat die Polizei dich wieder gehen lassen?«

»Sie konnte mir nicht nachweisen, dass ich in der Villa gewesen war.«

Wenn sie überwacht wurde, konnte es eng werden für ihn. Und für Lohmeier ein Festtag. Aber jetzt war er in der Wohnung, getrieben von einem Verdacht, der sich allmählich auflöste. Oder verteidigte sie sich nur besonders geschickt? Fiel er herein auf ihre Schönheit? Er lehnte sich zurück, die Schulter schmerzte.

»Du hast Schmerzen«, sagte sie.

»Ein wenig.«

»Soll ich dich verarzten? Ich hab das im Krieg gelernt.«

»Ich verdächtige dich als Spitzel, und du verarztest mich.«

»Vielleicht genieße ich es, dich wehrlos zu sehen.« Sie lachte und verließ das Zimmer. Als sie zurückkehrte, hatte sie Verbandszeug und eine Schere dabei. »Jetzt habe ich mich bewaffnet. Wo tut es weh?«

Er zog Jackett und Hemd aus. Der Verband auf der Schulter war blutig. Sie entfernte ihn, er versuchte seinen Schmerz nicht zu zeigen. »Schöner Streifschuss, kenne ich. Dann warst du die Horde Bolschewisten in Dahlem, die dank ihrer überlegenen Zahl den tapferen Freikorpsleuten entkam mit Luxemburg und Jogiches im Schlepptau.«

Er antwortete nicht. Sie verband ihn mit geschickten Fingern.

»Und jetzt zeig mir mal deine Hände.«

Er hielt sie ihr entgegen.

»Wo hast du das her?«

Er machte eine abfällige Handbewegung.

»Du bist mir ein wahrer Geheimniskrämer. Ein paar Tropfen Jod bewirken Wunder.«

Es brannte höllisch. Zacharias atmete zischend ein.

»Es wird gleich besser«, sagte sie. »Dafür, dass du es mit der halben Ebert-Armee zu tun hattest, geht es dir ziemlich gut. Du hast Rosa und Jogiches gerettet. Deswegen schmeiße ich dich nicht raus. Ich habe das heute in der Zeitung gelesen und mir Lohmeiers Märchen angehört und gleich gewusst, dass du der böse Bube bist. Ich rate dir, geh dem Lohmeier aus dem Weg.«

Wenn sie log, dann log sie meisterhaft. Dann war sie eine begnadete Schauspielerin. Vielleicht war sie es ja? Hatte ihn seine Tschekazeit zu misstrauisch gemacht? Sah er die Dinge anders als alle anderen? Was sollte er nun tun? »Wie erklärst du das: Radek wird verhaftet, dann der Überfall in Dahlem? Irgendeiner ist der Verräter. Und der kann nur einer sein, den wir kennen, der im Adlon dabei war und in Dahlem. Das waren du und ich. Niemand sonst.«

»Und weil du von dir weißt, dass du es nicht warst, bleibe ich übrig. Also an die Wand mit mir. Ich erkläre dir jetzt, wie ich es sehe. In beiden Fällen waren du dabei und ich. Da ich von mir weiß, dass ich niemanden verraten habe, bist also du der Spitzel. Richtig? Aber jetzt stell dir mal vor, im Adlon hat ein Hotelgast oder ein Kellner Radek erkannt. Der wurde gesucht, eine Belohnung war auf ihn ausgesetzt. Und in Dahlem hat ein Nachbar etwas gewittert. Spartakisten werden gejagt, da ist der Spießbürger auf der Hut, da reißt er die Augen auf und verdächtigt jeden. Der Zusammenhang zwischen den beiden Fällen ist der Kommissar Zufall, verstärkt durch die Spartakistenhysterie in Berlin. Das wäre meine Erklärung.«

Ihre Erklärung war so gut wie seine, wenn nicht besser. Zacharias schalt sich einen Idioten. Er hatte die Fälle nicht gründlich bedacht und voreilig eine Schuldige gefunden.

»Tut mir leid«, sagte er. Doch es blieb ein Rest von Misstrauen. Es war jener Rest, wie er jedem bleibt, der über die Sicherheit von Menschen zu wachen hat. Du musst mit allem rechnen. Tust du es nicht, dann wirst du versagen. Wie weit entfernt war diese Einsicht von dem Satz, man solle lieber hundert Unschuldige töten als einen Schuldigen laufen zu lassen?

»Mir auch«, sagte sie. Sie schaute ihn fragend an aus schwarzen Augen.

Denkt sie wie ich? Dann wird sie mir nie vertrauen. Was muss man tun, damit du einem vertraust? Ihm fiel nichts ein. Konnten nicht auch Jogiches oder Luxemburg Verräter sein? Du bist verrückt. Dieses nie stillbare Misstrauen. Es fördert die Wachsamkeit, aber sonst zerstört es alles. Das hatte er aus Russland mitgebracht. Dort hatte er gelernt, im Freund den Feind zu vermuten.

»Ich muss jetzt gehen«, sagte er. Er hatte Zeit vergeudet. Sie brauchten die Verbindung zu Pieck. Der kannte Verstecke, der konnte Artikel an die illegale *Rote Fahne* weiterleiten. Was nutzte es, wenn die Führer der kommenden Revolution sich verbargen, aber nichts mehr zu hören oder zu lesen war von ihnen? Also auf zu Pieck.

Sie brachte ihn an die Tür. Er verabschiedete sich mit Handschlag. Sie hielten sich einige Augenblicke fest. Dann wandte er sich ab und stieg die Treppen hinunter. Er war niedergeschlagen und verwirrt. In Russland wäre Sonja schon tot gewesen.

Jogiches hatte ihm den Weg zu Piecks Wohnung beschrieben. Er wusste allerdings nicht, ob Pieck sich dort aufhielt. Möglicherweise war er verhaftet worden oder untergetaucht. Zacharias musste es versuchen. Unterwegs nach Steglitz wechselte er immer wieder die Straßenbahn. So erreichte er erst am späten Nachmittag sein Ziel.

Die Schadenrute 2 war ein Mietshaus mit grauer Fassade. Auf der

Straße war wenig Verkehr. Er lief bis zur nächsten Querstraße, wo zwei Jungen mit einem Lappenknäuel Fußball spielten.

Und wenn Piecks Wohnung längst eine Falle war? Wenn sie dort auf den warteten, der die Verbindung herstellen sollte? Zacharias durfte nicht einfach in das Haus gehen und an der Wohnungstür klingeln, das wäre fast so etwas wie Selbstmord. Dann fand er eine Lösung. Er näherte sich den Jungen, die nun beieinander standen und palaverten. Sie mochten zwölf oder dreizehn Jahre alt sein. Sie schauten Zacharias neugierig an.

»Wollt ihr euch fünf Mark verdienen?«

»Fünf Mark!?« rief der eine. Er hatte rote Haare und Sommersprossen. Er ließ den Mund offen und zeigte unten eine Zahnlücke. Offenbar überlegte er, welche Heldentat oder welches Verbrechen sie für diese ungeheure Summe begehen sollten. »Für was?«

»Ihr bringt eine Botschaft zu einem Herrn Pieck in der Schadenrute 2 und kommt mit der Antwort in Rekordgeschwindigkeit zu mir zurück. Und, genauso wichtig, ihr dürft niemandem sonst ein Wort sagen über diese Sache. Es geht um eine Geburtstagsüberraschung. Deshalb darf ich mich in dem Haus nicht blicken lassen. Und niemand darf wissen, dass ich hier war.«

»Einverstanden. Zwei Mark jetzt, den Rest, wenn wir zurückkommen.«

Zacharias nahm zwei Mark aus dem Geldbeutel, gab sie dem Rothaarigen und sagte: »Tante Rosa sucht Sie. Wo kann sie Sie treffen zur Vorbereitung der Geburtstagsfeier?« Er wiederholte es. »Sprich es nach.«

Der Junge sprach es nach. Dann rannte er los, zusammen mit seinem Freund. Zacharias lief eine Weile unruhig auf und ab. Schließlich versteckte er sich in einiger Entfernung in einem Hauseingang.

Er sah die Jungen kommen. Niemand folgte ihnen. Sie hielten an der Stelle, wo Zacharias sie angesprochen hatte. Er trat aus dem Eingang und pfiff durch zwei Finger. Die Jungen sahen ihn und rannten los. »Da war kein Herr Pieck. Nur eine Frau.« Der Rothaarige schnaufte. »Die hat nur gesagt: Der Herr Pieck ist nicht da.«

Zacharias überlegte kurz, dann entschied er sich, das Risiko einzugehen. Er gab dem Rothaarigen drei Mark. »Wollt ihr noch zwei Mark verdienen?«

Sie nickten kräftig.

»Gut, dann sagt die beiden Sätze der Frau. Sie soll die Antwort auf einen Zettel schreiben und den in einen Briefumschlag legen. Den Umschlag soll sie zukleben. Und wehe, der Umschlag hat einen Riss, wenn ihr ihn mir bringt!« Er wiederholte die Sätze, der Rothaarige sprach sie nach. Er wiederholte auch Zacharias' Anweisungen. Wieder rannten sie los.

Diesmal dauerte es länger. Und es kam auch nur der Rothaarige zurück. »Stefans Mutter hat uns gesehen und ihn zum Essen gerufen. Ich muss jetzt auch nach Hause.« Er reichte Zacharias einen Briefumschlag, Zacharias gab ihm zwei Mark.

»Und zu niemandem ein Wort«, sagte er streng.

Der Junge ging weg. Zacharias steckte den Umschlag ein, schaute sich in alle Richtungen um, entdeckte keine Gefahr und trat unter eine Straßenlaterne. Er riss den Umschlag auf, holte ein Blatt heraus und las: »20 Uhr, Ecke Jägerstraße/Friedrichstraße, vor dem Kaiser-Café.« Zacharias schaute auf die Uhr. Das würde er schaffen.

Diesmal hatte er keine Zeit, oft umzusteigen. Aber er behielt seine Umgebung im Auge. Er fuhr zum Bahnhof Friedrichstraße und lief bis zur Ecke Jägerstraße. Dann sah er das Café. Er stellte sich vor ein Fenster des Cafés und wartete.

Es waren kaum fünf Minuten vergangen, da tippte ihm jemand auf die Schulter. »Folgen Sie mir!«

Der Mann trug einen dunklen Mantel und einen Hut. In einigem Abstand ging Zacharias hinter ihm her. Der Weg führte sie durch die Taubenstraße, vorbei am Schauspielhaus und an der Generalswitwenkasse. In der Kreuzstraße verschwand der Mann in einem Hauseingang. Zacharias lief am Eingang vorbei, dann machte er kehrt, sah niemanden, der ihn verfolgte, und betrat ebenfalls das Haus. Der Mann stand am Fuß des Treppenhauses. Als er Zacharias sah, stieg er die Treppe hoch. Im ersten Stock klopfte er ein Zeichen an die Tür, die wurde gleich geöffnet. Hinter dem Mann betrat Zacharias die Wohnung.

In der Küche saß Pieck. Er war kaum gealtert, Zacharias kannte ihn von Vorkriegsveranstaltungen der SPD in Berlin. Pieck stand auf und reichte Zacharias die Hand. Sein Händedruck war kräftig. »Ihr Gesicht kenne ich«, sagte Pieck.

Zacharias nickte. »Ich Ihres auch.«

Sie setzten sich an den Küchentisch. Der Mann, der Zacharias zu Pieck geführt hatte, blieb im Flur.

Auf dem Tisch lag der *Lokal-Anzeiger.* »Sie waren das«, sagte Pieck und zeigte mit dem Finger auf das Revolverblatt.

Zacharias nickte.

»Da sind wir Ihnen zu Dank verpflichtet. Wo kämen wir hin, wenn sie Rosa und Leo ermordeten? Es ist schon schwer genug. Wir sind ein kleiner Haufen, illegal, verfolgt. Das einzige, was die Massen von uns kennen, sind unsere Führer, Liebknecht und Luxemburg. Immerhin können wir jetzt wieder mit Rosa und Leo arbeiten. Aber wo Liebknecht sich versteckt hat, weiß ich nicht. Er ist nicht mehr in der Wohnung, die ich ihm vermittelt hatte. Hoffentlich ist ihm nichts passiert.«

»Dann stünde es in der Zeitung«, sagte Zacharias.

Pieck kratzte sich unter der Nase. »Er wird schon auftauchen. Wir müssen jetzt die Verbindungen wieder aufbauen. Sie haben ja schon angefangen damit. Am besten wäre es, die Genossin Luxemburg würde nach Leipzig gehen und dort die *Rote Fahne* redigieren. Und wir hier sollten dafür sorgen, dass unser Zentralorgan trotz Verbots auch in Berlin verbreitet wird. Dafür brauchen wir Geld.«

Zacharias dachte an den Goldgürtel, den er in der Wohnung seiner Mutter versteckt hatte. Er traute sich nicht nach Hause. Die Polizei überwachte die Wohnung bestimmt. Vielleicht könnte Sonja das Gold holen. Nein, widersprach er sich. Wenn sie doch ein Spitzel ist? So jemanden darfst du deiner Mutter nicht ins Haus schicken. Aber Margarete. »Ich kann Geld besorgen«, sagte Zacharias.

Pieck schaute ihn misstrauisch an.

»Die russischen Genossen haben es mir mitgegeben.«

Pieck lachte. »Lenin persönlich.«

»Der nun nicht. Beim Kriegsgefangenenkomitee hörten sie, ich gehe nach Deutschland. Da haben sie mir Beute geschenkt. Für die

Revolution in Deutschland. Weil die Russen auf niemanden so sehr hoffen wie auf uns.« Zacharias fühlte sich unwohl bei der Lüge.

»Haben Sie das Geld etwa dabei?«

»Nein. Aber ich kann es holen. Ist gut versteckt.«

»Tun Sie das. Aber sagen Sie der Genossin Luxemburg, wie wir die Partei organisieren sollten. Wo wohnt die Genossin jetzt? Braucht sie eine neue Wohnung?«

»Nennen Sie mir die Ausweichadresse. Wenn es nötig ist und die Genossin Luxemburg gegen Ihren Rat in Berlin bleiben will, benutzen wir diese Adresse.«

Pieck schaute ihn grimmig an. »Sie wollen mir den Kontakt mit der Genossin untersagen?«

»Keineswegs. Ich folge den Regeln der Konspiration.«

»Und die bestimmen Sie?«

»Im Augenblick, ja. Es sei denn, die Genossin Luxemburg wünscht meine Hilfe nicht mehr.«

»Ich arbeite seit August 1914 für die Linke, für Spartakus und nun die KPD. Sie kommen gerade aus Russland und erlauben sich, die Kontakte der Genossin Luxemburg zu kontrollieren?«

»Ich bin verantwortlich für ihre Sicherheit. Das hat mit Ihrer Person und Ihren Verdiensten nichts zu tun.«

»Sie werden alles ruinieren mit Ihren bolschewistischen Methoden.«

»Immerhin kann man mit diesen Methoden siegen.« Zacharias schalt sich als unbedacht. Du darfst Pieck nicht provozieren. »Allerdings sollten wir diese Methoden nicht einfach auf Deutschland übertragen.«

»Ich muss dringend mit der Genossin Luxemburg sprechen«, sagte Pieck.

»Sie sollten mir sagen, was Sie der Genossin mitteilen wollen. Es wäre zu riskant, wenn Sie sich treffen. Das ist kein Misstrauen gegen Sie. Ich würde im Augenblick am liebsten jeden Kontakt der Genossin Luxemburg verhindern. Sie ist dem Tod gerade von der Schippe gesprungen. Wir wissen nicht, wer das Versteck in der Dahlemer Villa verraten hat.«

»Aber eine Revolutionärin kann sich nicht nur verstecken.«

»Sie muss es, wenn die Gefahr zu groß ist.«

»Sie halten alle für Verräter, stimmt's?«

»Ja und nein. Jeder kann es gewesen sein. Jeder, der von dem Versteck in Dahlem wusste. Und ungeklärt ist auch, wer Radeks Verhaftung zu verantworten hat.«

Pieck schlug den *Lokal-Anzeiger* auf. »Ist inzwischen auf die hinteren Seiten gerutscht. Aber die sind mächtig stolz, dass ihnen Lenins Mann in Berlin in die Hände geraten ist.«

Sie hatten ein abstoßendes Bild von Radek gedruckt. Unterschrift: »Der jüdisch-polnische Bolschewist Radek.«

»Da haben sie ja alles zusammengerührt, was den Spießer schreckt«, sagte Zacharias. »Ich bin sicher, sie werden Radek nichts tun. Da gibt es in der Bourgeoisie Strömungen, die ahnen, dass der Friedensvertrag mit der Entente so aussehen wird wie der von Brest. Und die wollen mit Sowjetrussland paktieren, es wenigstens als Trumpf in der Hinterhand haben. Vielleicht auch nur als Drohung: Wenn ihr uns einen Schandvertrag aufzwingt, werden wir an die Seite der Bolschewisten getrieben. Wie ich den Genossen Radek kenne, ahnte der das früher als alle anderen. Der wird seine Zelle in einen politischen Salon verwandeln, und die Herren Politiker, Kapitalisten und Offiziere werden sich den Türriegel in die Hand geben. Das wird dem Genossen Radek gefallen. Und wenn wir ihn in unserer Revolution aus der Haft befreien, wird er sagen: Genossen, ihr habt mir mein Spiel verdorben.«

6

Wir proklamieren den Generalstreik. Der Berliner Arbeiter-und-Soldaten-Rat zieht mit. Ich habe mit Barth gesprochen. Die Matrosen sind auf unserer Seite. Die Mehrheit der Unabhängigen wird zu uns stoßen. Nie war die Gelegenheit günstiger.« Liebknecht stieß es heraus. Er war durch Piecks Vermittlung zu Rosa und Jogiches in Wollitz' Wohnung gestoßen. Und seitdem wurden aller Nerven noch stärker strapaziert.

»Karl, denken Sie an den Januaraufstand. Wir waren dagegen, haben trotzdem mitgemacht, und wir sind kläglich gescheitert.« Jogiches sprach ruhig.

»Aber ohne Niederlagen lernen die Massen nicht. Das geht nicht durch Aufklärung. Die beste Aufklärung ist die Massenaktion. Es ist ein bitterer Weg …«

»Ich weiß«, sagte Jogiches. »Aber wenn das richtig ist, muss es nicht richtig sein, das Proletariat bewusst in die Niederlage laufen zu lassen.«

»Wir haben keine Wahl!« Liebknecht war zornig. »Die Arbeiter gehen auf die Straße, der Berliner Rat ruft den Generalstreik aus. Wir können uns nicht verweigern.«

»Karl, du hast wieder Vereinbarungen für die Partei getroffen, die nur die Zentrale treffen kann. Es geht nicht, dass du die Partei festlegst, und alle anderen dürfen nur noch ja sagen.« Auch Rosa mühte sich, ruhig zu bleiben.

So ging es nun seit gut zwei Wochen. Die Führer schrieben Artikel. Liebknecht traf sich mit allen möglichen Leuten und riskierte sein und der anderen Leben. Er war unfähig, konspirativ zu arbeiten. Kleinigkeiten genügten, ihn aufbrausen zu lassen. Er riskierte alles und glaubte deshalb, alles entscheiden zu dürfen. Der Generalstreik in Berlin war am 3. März angelaufen, die Zentrale der KPD schloss sich an. Seit drei Tagen nun streikten Arbeiter gegen die Regierung des Reichspräsidenten Ebert und des SPD-Ministerpräsidenten Scheidemann. Die hatten in Berlin alle Gewalt dem Reichswehrminister Noske übergeben, der befahl, jeden zu erschießen, der bewaffnet angetroffen wurde. Gefangene wurden nicht gemacht. Noske hatte schon die Räterepubliken in Hamburg und Bremen zusammenschießen lassen. Jetzt wollte er Schluss machen mit den Berliner Aufständischen.

Zacharias hatte in den vergangenen Tagen die Verbindung zu Pieck gehalten. Pieck hatte einen Kurier in die Arbeitsstelle von Zacharias' Mutter geschickt. Sie hatte den Goldgürtel am nächsten Morgen mitgebracht und dem Kurier übergeben.

Auf dem Alexanderplatz gab es Schießereien, dann auch in Lichtenberg. Pieck hatte ein provisorisches Hauptquartier der Partei in der Boxhagener Straße in Lichtenberg eingerichtet. Dort saß nun auch die Redaktion der verbotenen *Roten Fahne*, in der Rosas Artikel erschienen.

Zacharias war nicht wohl bei dem Gedanken, die einigermaßen sichere konspirative Wohnung aufzugeben. Aber er widersprach nicht und begleitete Rosa und die anderen nach Lichtenberg.

Am Abend war die Zentrale der Partei fast vollzählig versammelt im neuen Hauptquartier. Zacharias saß neben der Tür, draußen hatte er weitere Bewaffnete postiert. Jetzt ein Freikorpsüberfall, und die Führung der Partei würde ausgelöscht.

»Schon ein Bericht von Eberlein aus Moskau?« fragte Pieck.

»Nein, wir wissen noch nicht einmal, ob die neue Internationale gegründet wurde.«

»Ich hoffe, Eberlein lässt sich nicht überreden mitzumachen.«

»Die Zentrale der Internationale kann nur in Berlin sitzen«, sagte Liebknecht. »Aber erst müssen wir siegen.«

»Wie ist die Lage in Berlin?« fragte Jogiches. »Genosse Zacharias, berichten Sie.«

Zacharias trug vor, was ihm berichtet worden war. Die Lage war schlecht. Die Freikorps erhielten Nachschub und Verstärkung, die Aufständischen standen einer Übermacht gegenüber, die täglich stärker wurde. Bald würde das Hauptquartier gefährdet sein. Zacharias forderte die Genossen auf, sich wieder in konspirativen Wohnungen zu verstecken.

Liebknecht schnaufte. »Dieser Defätismus hat uns im Januar das Genick gebrochen.«

Es klopfte an der Tür. Alle starrten hin. Zacharias öffnete und ging hinaus. Draußen stand ein Soldat. Ein von Zacharias eingeteilter Posten hielt ihn am Arm, ein anderer richtete den Gewehrlauf auf seinen Rücken.

»Dieser Mann behauptet, er habe uns etwas Wichtiges zu sagen.« Der Posten packte den Mann noch kräftiger am Arm.

»Dann soll er es tun«, sagte Zacharias.

»Ich sage das nur der Genossin Luxemburg.«

Der Posten schaute Zacharias an. Der zögerte kurz, dann betrat er den Sitzungsraum. Er ging zu Rosa und flüsterte ihr etwas ins Ohr. Sie hörte genau zu, dann stand sie auf und folgte Zacharias hinaus. Währenddessen ereiferte sich Liebknecht über die Feigheit der Genossen. Draußen schloss Zacharias die Tür.

Rosa sagte: »Nun packen Sie den Mann nicht so fest. Wir gehen nach nebenan, und dort erzählen Sie uns, was Sie zu berichten haben.« Sie schob die Posten zur Seite und bat nur Zacharias mitzukommen.

Während Zacharias die Tür sicherte, bot sie dem fremden Soldaten einen Platz an und setzte sich ihm gegenüber.

»Nun, wie heißen Sie denn?«

»Kowalski, Egon Kowalski.«

»Genosse Kowalski, was haben Sie auf dem Herzen?«

Er zupfte sich an seinem grauen Bart, unter feuchten Augen hingen Tränensäcke. Er stotterte leise. »Ich habe in der Telefonzentrale der Volksbeauftragten gearbeitet und geglaubt, die Genossen Ebert und Scheidemann wollten den Sozialismus erkämpfen.«

»Bitte sprechen Sie lauter«, sagte Rosa.

»Ja, Entschuldigung.« Er schaute sich um, als wären weitere Personen im Raum. Schweiß stand ihm auf der Stirn. »Sie müssen wissen, ich bin Mitglied der SPD, schon vor dem Krieg. Aber dann habe ich etwas mitbekommen. Ich habe es erst für mich behalten. Aber jetzt, wo die Revolution verraten ist, da kann ich nicht mehr schweigen. Sie zerstören die Räte durch diese Nationalversammlung. Jahrelang hat unsereins vom Volksstaat geträumt. Und was haben wir jetzt? Jetzt haben wir ein bürgerliches Parlament und eine Koalitionsregierung mit bürgerlichen Parteien unter diesem

Scheidemann.« Der Mann stotterte, eine Schweißperle lief hinunter zum Kinn. Als hätte er erst begriffen, was geschehen war, während er es aussprach.

»Ja, und in München, da ist die SPD die Konterrevolution. Ich weiß jetzt schon, was geschehen wird. Sie wird Reichswehr und Freikorps schicken, um die Räterepublik in Bayern zu stürzen. Das wird sie tun. So wie in Bremen und Hamburg und anderswo.« Die Empörung quoll aus ihm hervor. Er war erleichtert, seine Wut zeigen zu können.

Rosa schaute ihn unentwegt an. Sie hatte einen sanften Blick, fast erwartete Zacharias, dass sie dem Soldaten die Hand auf den Arm legte. Sie unterbrach den Mann nicht, nickte nur und ermutigte durch Aufmerksamkeit. Sie nahm ihn ernst, das spürte der Mann von Anfang an.

»Ich habe Sie mal gehört, Genossin Luxemburg, vor dem Krieg. Als Sie vor Gericht standen, weil Sie diese Soldatenmisshandlungen aufgedeckt haben. Und weil Sie gesagt haben, dass sozialdemokratische Arbeiter nicht auf ihre französischen Genossen schießen würden. Und heute schießen deutsche Sozialdemokraten auf deutsche Arbeiter.«

Zacharias wurde ungeduldig. »Was haben Sie uns zu berichten?«

Der Soldat schaute irritiert zu Zacharias. Rosa sandte ihm einen strafenden Blick. »Lassen Sie den Genossen sagen, was er sagen will. Ich finde das höchst lehrreich.«

Zacharias fühlte Hitze im Kopf aufsteigen und hoffte, sein Gesicht färbte sich nicht rot.

Der Soldat schaute von Zacharias zu Rosa, er schwitzte stark. Dann stotterte er weiter. »Wir in der Telefonzentrale haben alle Gespräche der Volksbeauftragten vermittelt. Wir wussten also, wer wann telefonierte. Und manchmal haben wir mitgehört. Dabei habe ich das erste Mal gemerkt, wie wir belogen werden. Ebert sagte, er hasst die Revolution wie Pest. Er wollte die Monarchie retten. Ein Sozialdemokrat, der die Monarchie retten will. Der Vorsitzende meiner Partei! Ich habe ja lange geglaubt, die USP und die Spartakisten würden die SPD grundlos bekämpfen. Viel zu lang hab ich das geglaubt.«

Er schwieg, fuhr sich mit den Händen durchs Haar und wischte mit dem Ärmel den Schweiß von der Stirn. »Einmal habe ich ein Gespräch vermitteln wollen zum Volksbeauftragten Ebert. Aber da nahm ein Sekretär ab, irgend so jemand, und der sagte, Ebert telefoniere gerade. Ich schaute mich um in der Zentrale, da war kein Gespräch vermittelt worden. Da musste es also noch eine andere Telefonleitung geben, eine, die wir nicht kannten. Das ließ mir keine Ruhe. Eines Nachts hatte ich Dienst, draußen war mal wieder der Teufel los, es wurde geschossen. Da bin ich hoch in Eberts Dienstzimmer und habe die Klinke gedrückt. Es war nicht abgeschlossen, also bin ich rein. Auf dem Schreibtisch stand neben dem normalen Telefon noch ein anderes. Ich habe den Hörer abgenommen und gekurbelt. Da meldete sich der Stab vom General Groener, also dem Chef der Obersten Heeresleitung in Kassel. Ich hab wieder aufgelegt und schnell das Zimmer verlassen. Ich habe dann vorsichtig herumgefragt, und ein Offizier hat mir erzählt, es gebe ein Geheimabkommen zwischen Groener und Ebert zur Niederschlagung der Revolution. Die beiden würden jeden Abend miteinander telefonieren und sich abstimmen.«

Rosa lachte bitter. »Ich habe denen alles zugetraut, wirklich alles. Aber wenn man dann weiß, was man vermutet hat, kommt der Zorn dennoch. Ich danke Ihnen, Genosse. Kommen Sie zu uns, helfen Sie uns. Wir brauchen Leute, die die Wahrheit über die Treue stellen.« Sie warf einen Blick auf Zacharias. Der überlegte, ob sie ihn gemeint hatte mit dem letzten Satz. Was mochte es bedeuten, die Wahrheit über die Treue zu stellen?

Sie hielt die Hand des Soldaten einige Augenblicke in ihrer. »Danke. Vielleicht wissen Sie gar nicht, welche Bedeutung Ihr Bericht hat für die Revolution. Wenn Sie einmal nicht weiterwissen und glauben, ich könnte Ihnen helfen, dann wenden Sie sich an mich. Und jetzt bitte ich Sie, das alles aufzuschreiben und zu unterzeichnen. Und vergessen Sie bitte nicht, Ihre Adresse anzugeben.« Sie führte den Soldaten aus dem Zimmer.

»Wenn Sie fertig sind, geben Sie das Papier bitte diesem Genossen.« Sie zeigte auf einen bärtigen Mann mit dickem Bauch, der am Fenster nach Feinden schaute. »Alfons, seien Sie wie ein Vater zu diesem Genossen. Er ist für uns wichtig, sehr wichtig. Er schreibt etwas auf, das bringen Sie mir dann bitte gleich.«

Der Bärtige hob die Hand und nickte. »Mach ich«, brummte er.

Rosa winkte Zacharias, ihr zu folgen. Sie kehrten zurück in den Sitzungsraum. Dort herrschte Streit. Liebknecht giftete Jogiches an, der habe Fehler über Fehler gemacht, Pieck saß da mit hochrotem Kopf. Rosa schien es nicht zu beachten: »Ich habe gerade etwas erfahren, das die Wende bringen kann.«

Nun schwiegen alle.

»Es gab und gibt wahrscheinlich noch eine Geheimleitung zwischen Ebert und Groener, vor allem aber ein Abkommen, um die Revolution niederzuwerfen. Die haben alles abgesprochen. In der Reichskanzlei werden Telefonate über eine Zentrale vermittelt. Außer der Leitung zwischen Berlin und Kassel. Und jeden Abend sitzt Ebert am Telefon und konspiriert mit dem ärgsten Feind des Proletariats. Wenn wir diesen Verrat an der Arbeiterklasse veröffentlichen, wird es große Empörung geben, auch bei den Mehrheitssozialdemokraten, erst recht bei den Unabhängigen. Während Dittmann und Genossen Volksbeauftragte spielten, entschied Ebert die Machtfrage hinter deren Rücken. Oder sie wussten etwas, dann laufen ihnen jetzt die Arbeiter weg.«

»Das kommt in die nächste Ausgabe der *Roten Fahne!*« rief Liebknecht.

»Das reicht nicht«, sagte Jogiches. »Wir treten mit den Unabhängigen in Kontakt. Wenn auch die *Freiheit* die Sache bringt, dann wird es ernst.«

»Können wir uns bis morgen halten?« fragte Pieck.

Niemand antwortete.

Am Abend erschien Mathilde Jacob. Zacharias kannte sie noch nicht. Sie stellte sich vor als Rosas Sekretärin, aber er merkte gleich, dass sie eher eine Vertraute war. Jacob tippte die Erklärung des Soldaten ab, ließ aber dessen Namen und Adresse weg.

Es war schon finster, die Schießerei war abgeebbt, als Rosa Zacharias bat: »Gehen Sie zur *Freiheit*, erklären Sie den werten Genossen, was wir erfahren haben. Nehmen Sie den Bericht mit. Die müssen Ihnen glauben.«

»Und wer passt auf, dass hier nichts passiert?«

»Es ist nicht mehr viel los. Draußen stehen die Genossen und bewachen uns. Eine Revolution ohne Risiko gibt es nicht. Wir halten das allein nicht mehr lange durch, der Feind ist zu stark. Vielleicht bringt diese Sache die Wende.« Sie klang nicht sehr überzeugt.

»Morgen früh ist es der Aufmacher in der *Roten Fahne.* Aber werden die sozialdemokratischen Arbeiter uns glauben, wenn ihre Führer gleich Lüge schreien? Das haben wir doch gelernt. Es kommt nicht darauf an, die Wahrheit zu kennen, sondern darauf, dass die Massen uns glauben. Was bedeutet, dass sie ihre traditionellen Führer für Lügner halten müssen. Das geht nicht so schnell. Aber vielleicht können wir diesen Prozess nun beschleunigen.«

Zacharias ging die Treppe hinunter zum Ausgang in den Hinterhof. Er wartete, bis seine Augen sich an die Dunkelheit gewöhnt hatten. Mit der Mauser in der Hand schlich er an der Wand entlang. Irgendwo leuchtete eine Zigarette auf. Als er die Tür des Nachbarhauses erreicht hatte, lauschte er. Aber er hörte nur weit entfernte Geräusche, vielleicht tranken die Freikorpssöldner. Zacharias öffnete die Tür und schlich in den Flur. Er roch es zuerst, bevor er es wusste. Er war nicht allein.

»Parole?« rief einer, in dessen Stimme Angst lag.

Zacharias sah einen Umriss und feuerte. Der andere stöhnte, dann sackte er auf dem Boden zusammen. Zacharias drückte ihm hart die Pistole an den Kopf. »Wie lautet die Parole?«

Der Söldner stöhnte. Zacharias drückte fester.

»Ludendorff.«

Zacharias drückte ab und rannte los zur vorderen Haustür, riss sie auf und rannte auf die Straße.

»Was ist los?« wurde er angebrüllt. »Parole!«

»Ludendorff. Spartakisten. Sie brechen hier durch! Ich bin verletzt.«

Er lief weiter weg von den Söldnern, hörte sie schreien und wartete auf den Schuss in den Rücken. An einer Straßenecke bog er ab. Er atmete schwer, doch er musste weiter. An einer Haltestelle wartete die Straßenbahn zur Warschauer Brücke. Nassgeschwitzt setzte er sich hinein. Er fuhr zum U-Bahnhof, in der Friedrichstraße stieg er aus der U-Bahn, den Rest der Strecke zum Schiffbauerdamm, wo der Parteivorstand und die Redaktion der *Freiheit* saßen, lief er zu Fuß.

Männer mit Gewehren in der Hand sicherten die Pforte. Am Eingang drängte Zacharias den Pförtner, er müsse einen leitenden Redakteur sprechen. Der Pförtner telefonierte. Endlich fand er einen Verantwortlichen. Wilhelm Dittmann selbst erklärte sich bereit, mit Zacharias zu sprechen.

Ein junger Mann holte Zacharias ab. »Ich bringe Sie zum Genossen Dittmann«, sagte er.

Der saß in einem kleinen Zimmer, in dem überall Papierstapel und Bücher herumlagen. Dittmann nahm einen Stapel Papier von einem Stuhl, Zacharias setzte sich.

»Nun?« sagte Dittmann. Er war müde.

»Die Genossin Luxemburg schickt mich …«

»Dann gehören Sie also zu den Helden des Straßenkampfs.«

Zacharias überhörte den Spott. »Ich habe eine wichtige Mitteilung für Sie und die Forderung, sie in der *Freiheit* zu veröffentlichen. Morgen schon.«

»Aha«, sagte Dittmann. »Eine Forderung.«

Zacharias berichtete von dem Soldaten und Eberts Geheimleitung. Dittmann hörte zu, der Spott wich aus seinem Gesicht. Er wurde nachdenklich. »Vielleicht ist es nicht ganz richtig, von einer Geheimleitung zu sprechen, da den Volksbeauftragten die Existenz einer besonderen Verbindung zur Obersten Heeresleitung schon bekannt war. Aber es war uns nicht bekannt, dass Ebert sie benutzt und ein Abkommen mit Groener getroffen hat. Dann hätte Ebert hinter dem Rücken der USP-Beauftragten, also auch hinter meinem Rücken, mit den Militärs konspiriert. Jeden Abend! Wenn es stimmt, was Sie sagen.«

»Ich kann Ihnen im Namen der Genossin Luxemburg mitteilen, dass dieser Soldat ihr persönlich berichtet hat und dass die Genossin Luxemburg nicht den geringsten Zweifel hat, dass der Bericht stimmt.«

»Wenn man glaubt, was man glauben will«, sagte Dittmann. Dann murmelte er: »Hinter meinem Rücken.« Er stand auf und lief umher. »Hinter meinem Rücken. Ich habe es immer geahnt. Wir hatten nicht einmal einen Zipfel der Macht. Ebert und seine Leute haben uns benutzt als Galionsfiguren, um die Arbeiter zu täuschen. Und wir sind darauf reingefallen.«

Zacharias sagte nichts. Er merkte, er hatte Glück. Dittmann fügte Teile seiner Erinnerung neu zusammen. Die unabhängigen Volksbeauftragten hatten bis Ende Dezember mitgemacht, dann waren sie aus der Regierung ausgetreten, weil die USP Eberts Politik nicht mehr mittragen wollte.

»Können Sie es irgendwie beweisen?«

»Wir haben nur den Bericht. Ich war dabei, als der Mann berichtete. Ich habe nicht den geringsten Zweifel.«

»Ob es diese Leitung heute noch gibt?«

»Sie meinen, inzwischen von Weimar nach Kassel?«

»Davon gehe ich aus. Nein, ich meine von der Reichskanzlei zu Groener. Die Leitung, wenn es sie noch gibt, wird natürlich nicht mehr benutzt. Aber warum sollte sie es nicht mehr geben? Man müsste in Eberts damaliges Dienstzimmer gehen und die Telefone ausprobieren. Dann hätte man vielleicht einen Beweis. Zwar nicht für das Abkommen, aber dafür, dass es möglich war. Wenn ich an die Öffentlichkeit trete, glauben mir die Spartakisten und die Anhänger meiner Partei, aber nicht die Mehrheitssozialdemokraten. Wir werden Ebert nicht zwingen können, die Existenz des Abkommens zuzugeben. Aber wenn wir mindestens die Existenz der Leitung unbezweifelbar belegen können, das wäre doch was. Da ließe sich was draus machen.«

Zacharias wusste, wie gefährlich es sein würde, den Beweis zu erbringen. Und doch war die Aussicht verlockend. Er überlegte, wie er es anstellen könnte. »Haben Sie noch ein Dokument mit Eberts Unterschrift?«

Dittmann lächelte. »Für so etwas ist bei uns der Genosse Däumig zuständig.« Er griff zum Telefonhörer, wählte, wartete, dann sagte er: »Haben Sie ein paar Minuten Zeit? Dann kommen Sie bitte in mein Zimmer.«

Kurz darauf öffnete sich die Tür. Zacharias kannte Däumig von Bildern und Berichten. Der war einer der Führer der Novemberrevolution gewesen, und jetzt war er ein wichtiger Mann des linken Flügels im Vorstand der USPD. Dittmann forderte Zacharias auf, noch einmal zu berichten. Als der fertig war, sagte Dittmann: »Wenn wir das beweisen können, haben wir die Ebert-Leute im Schwitzkasten.«

Däumig überlegte und sagte nichts.

»Wir könnten versuchen, in die Reichskanzlei zu kommen und das Telefon auszuprobieren. Dafür brauchen wir noch irgendeinen Zeugen, dem jeder glaubt.« Er wandte sich an Däumig. »Können Sie einen Passierschein oder so etwas anfertigen lassen, am besten mit Eberts oder Scheidemanns Unterschrift?«

»Gut«, sagte Däumig. »Wir machen das gleich. Warten Sie hier.«

»Ein Papier, in dem steht, dass der Betreffende den Auftrag hat, dem Herrn Reichspräsidenten eine Akte aus seinem ehemaligen Dienstzimmer zu holen und nach Weimar zu bringen«, sagte Zacharias.

Däumig winkte ab. »Genau daran dachte ich. Und Sie werden hingehen. Wir stellen Ihnen einen von unseren Leuten als Begleiter. Am liebsten käme ich selbst mit. Aber es könnte mich jemand erkennen.«

»Eigentlich ist es keine Überraschung, dass Ebert mit Groener gegen die Revolution arbeitete«, sagte Zacharias. »Und doch wird die Aufdeckung Empörung auslösen.«

»Vor allem in unseren Reihen. Wenn bekannt wird, dass Ebert vom ersten Tag an mit Militärs und Freikorps gegen die Arbeiterklasse und gegen die anderen Volksbeauftragten konspiriert hat, dann gibt es einen Aufschrei. Wenn nicht mehr.«

»Wollen Sie sich da nicht dem Generalstreik anschließen? Wir könnten ihn ausdehnen und weiterführen. Wenn die USP auch auf Reichsebene mitzieht, können wir die Macht übernehmen.«

»Das werden wir zwei nicht einfach so entscheiden können.«

»Ich glaube, das entscheidet die Straße. Wir können nur folgen.«

»Ein getreuer Schüler der Genossin Luxemburg.« Dittmann lächelte. »Aber vielleicht haben Sie ja recht.«

Sie unterhielten sich eineinhalb Stunden über die Abspaltung der Spartakusgruppe von der USP, die Dittmann für idiotisch hielt, über

Russland, das in Dittmanns Augen nur ein blutiges Chaos war, über Rosa, die laut Dittmann auf die falschen Ratgeber hörte. Endlich klopfte es, die Tür öffnete sich, Däumig kehrte zurück, in der Hand ein Blatt Papier. Er pustete über das Blatt, wie um zu zeigen, wie neu es sei. »Der Genosse Ebert hat soeben den Genossen Zacharias zu seinem persönlichen Beauftragten ernannt und weist ihn an, ein wichtiges Dokument, das der Geheimhaltung unterliegt, aus dem Schreibtisch des ehemaligen Dienstzimmers des heutigen Reichspräsidenten in der Reichskanzlei zu besorgen. Es ist höchste Eile geboten.«

Zacharias musste lachen. »Und haben Sie auch schon den richtigen Zeugen parat?«

»Natürlich«, sagte Däumig. »Was glauben Sie denn? Niemand kann es mit den Unabhängigen Sozialdemokraten aufnehmen, wenn es um Ideen geht. Die Spartakisten schon gar nicht.«

Dittmann runzelte die Stirn. »Nun, Genosse!«

»Einen kaiserlichen Notar natürlich.«

Zacharias lachte erneut.

»Das ist nicht komisch«, sagte Däumig. »Niemand ist glaubwürdiger als ein Notar. Wir holen den Mann auf dem Weg zur Reichskanzlei aus dem Bett und nehmen ihn mit. Der Genosse Zacharias erhält eine bewaffnete Eskorte von vier Mann. Die Leute warten draußen schon. In Uniform. Der Notar trägt den historischen Namen Wallenstein, er wohnt in der Kronenstraße 37. Genosse Zacharias, bitte schön!« Däumig gab Zacharias das Papier. Es sah beeindruckend aus. »Ich werde mitkommen bis kurz vor dem Wilhelmplatz. Gehen wir!«

*

Im Hinterhof des Gebäudes warteten vier bewaffnete Männer in den Mannschaftsuniformen kaiserlicher Jäger neben einem Lastwagen. Für Zacharias lag ebenfalls eine Uniform bereit mit den Rangabzeichen eines Unteroffiziers. Sie war ihm etwas zu groß. Däumig und Zacharias setzten sich zum Fahrer auf die Bank, die Soldaten stiegen auf die Ladefläche. Es war längst nach Mitternacht. Auf den Straßen war Ruhe. Nur einmal begegneten sie einer Droschke.

Sie hielten direkt vor der Kronenstraße 37. Im fahlen Licht der Laternen erkannte Zacharias ein Messingschild – »Dr. Friedrich Wallenstein, Notar, Termine nach Vereinbarung«. Das Schild schien neu angebracht worden zu sein. Im Haus brannte kein Licht.

Zacharias stieg aus und prüfte die Tür. Außen gab es keine Klingeln, aber an der Tür war ein Klopfschlegel angebracht. Zacharias betätigte den Schlegel, so laut es ging. Dann wartete er. Als sich nichts rührte, schlug er den Schlegel wieder mehrmals hart gegen das Schild. Endlich drehte sich ein Schlüssel im Schloss. Die Tür ging auf, ein alter Mann im Bademantel und mit wirren weißen Haaren schaute verschlafen auf die Männer, die mitten in der Nacht diesen Krach veranstalteten. Der Mann wurde noch blasser, als er die bewaffneten Soldaten sah, die sich hinter Zacharias aufgebaut hatten. »Wir suchen den Herrn Dr. Wallenstein!« sagte Zacharias ruppig.

»Ja, ja«, stammelte der Mann. »Der Herr Doktor wohnt im zweiten Stock.«

Zacharias rannte mit den Soldaten die Treppe hinauf, bis er vor der Wohnungstür stand. Er klopfte. Als es nichts half, trommelte er. Dann sah er einen Lichtschein im Milchglas.

»Machen Sie auf! Wir kommen im Auftrag des Herrn Reichspräsidenten. Es eilt!«

Als die Tür sich einen Spalt öffnete, drückte Zacharias sie auf. Ein kleiner Mann stand vor ihm. Die Angst stand ihm in den Augen. Zacharias hielt ihm kurz die gefälschte Urkunde vors Gesicht. »Sie kommen mit in die Reichskanzlei. Danach bringen wir Sie wieder nach Hause. Wenn Sie einen Mucks tun, landen Sie im Leichenschauhaus. Ziehen Sie sich an.« Er hatte keine Zeit zu warten, ob der Notar hereinfiel auf die Fälschung.

Zacharias bedeutete einem Soldaten, den Notar zu begleiten. Es dauerte nicht lang, da war er wieder im Flur. Sie stiegen die Treppen hinunter, unten stand der Mann mit den wirren weißen Haaren an der Tür und kriegte den Mund nicht zu. Sie zwangen den Notar, sich zwischen den Fahrer und Zacharias zu setzen. Däumig stieg auf die Ladefläche. Er fürchtete vielleicht, dass der Notar ihn erkannte.

Sie rasten zur Wilhelmstraße und hielten direkt vor dem Eingangstor. Davor standen zwei Posten. Mit barscher Stimme forderte Zacharias einen Soldaten auf, den wachhabenden Offizier zu holen. Der Soldat klopfte an die Tür, eine Klappe öffnete sich, der Soldat flüsterte etwas, dann schloss sich die Klappe. Kurze Zeit später erschien ein Oberleutnant, die Hand auf die Pistolentasche gelegt. Zacharias zeigte ihm das Papier, während ein Soldat dem Notar den Karabinerlauf in den Rücken drückte. Der Offizier hielt das Papier ins Licht einer Laterne, dann ließ er seine Hand sinken und überlegte. »Warten Sie, ich werde es prüfen!«

»Wir haben keine Zeit!« sagte Zacharias. »Jetzt erreichen Sie in Weimar sowieso niemanden.«

»Das werden wir sehen«, sagte der Oberleutnant. »Ihren Namen bitte.«

Zacharias zog die Mauser und drückte sie dem Offizier in den Magen. »So heiße ich«, sagte er. »Und wir gehen jetzt gemeinsam ins Zimmer des Reichskanzlers.«

Der Oberleutnant wollte etwas sagen, aber Zacharias drückte ihm den Lauf noch fester in den Leib. Die beiden Posten an der Tür sahen nicht, was geschah.

»Los!« sagte Zacharias. »Wenn Sie einen Mucks tun, sind Sie tot. Es lohnt sich nicht. Wir wollen nur etwas nachschauen, seien Sie vernünftig, dann überleben Sie.«

Der Offizier schaute Zacharias wütend an, dann drehte er sich um und führte Zacharias mitsamt seinen Begleitern ins Palais. Das Gebäude war wie ausgestorben. Seit sich die Regierung nach Weimar abgesetzt hatte, gab es in der Reichskanzlei nicht viel mehr zu tun, als auf den Tag zu warten, an dem es der Reichsregierung beliebte, zurückzukehren in die Hauptstadt.

Das Zimmer des Reichskanzlers war abgeschlossen. Ein Soldat benutzte sein Bajonett als Brecheisen. Es knallte laut, als die Tür aufsprang. Der Oberleutnant schnaufte empört.

»Passen Sie auf den Oberleutnant auf!« befahl Zacharias einem Soldaten. Dann zog er den Notar zum Schreibtisch. Er war groß und fast leer. Darauf standen nur zwei Telefone. Eines hatte eine Wählscheibe, das andere eine Kurbel, wie Zacharias es aus dem Krieg kannte. Er nahm den Hörer des Kurbeltelefons und drehte am Kurbelgriff. Es knackte. »OHL, Feldwebel Schachner.«

»Hier Reichskanzlei. Geben Sie mir den diensthabenden Offizier.«

»Sofort. Bitte warten Sie.« Nach kurzer Zeit eine andere Stimme: »Hier Major Schleicher.«

Zacharias winkte den Notar heran und drückte ihm den Hörer ans Ohr. »Fragen Sie, welchen Rang der Mann hat, wo er sich aufhält und bei welcher Dienststelle er arbeitet.«

Zacharias drückte sein Ohr mit an den Hörer.

»Mit wem spreche ich?« fragte der Notar.

»Major Kurt von Schleicher.«

»Dienststelle?«

»Oberste Heeresleitung.«

»Ort?«

»Sagen Sie, wer sind Sie eigentlich?«

Zacharias nahm dem Notar den Hörer aus der Hand und legte auf. Dann öffnete er die Schreibtischschubladen. In der unteren Schublade einer Konsole fand er eine Mappe. Er blätterte darin und begann zu staunen. »So dumm kann man doch gar nicht sein.« Er blätterte weiter. Dann sagte er kopfschüttelnd: »Das sind Aufzeichnungen von Ebert, mit Datum und allem, was er mit Groener verabredet hat. Eichhorns Absetzung zum Beispiel, den Angriff auf die Volksmarinedivision. Ich kann es nicht glauben, dass ein Mann wie Ebert so etwas vergisst.«

Er wandte sich an den Notar. »Jetzt gehen wir zu Ihnen und setzen eine schöne Urkunde auf.« Er zeigte auf den Oberleutnant. »Dieser Herr bleibt hier. Fesseln Sie ihn an den Sessel.« Er zeigte auf den Sessel in einer Sitzgruppe in der Ecke. Ein Soldat riss eine Kordel vom Vorhang, band dem Offizier die Hände auf den Rücken, führte ihn zum Sessel, drückte ihn auf die Sitzfläche und fesselte auch die Beine. Dann riss er eine weitere Kordel ab und wickelte diese um den Offizier und die Sessellehne. Der Mann ließ es mit wutrotem Gesicht, aber schweigend über sich ergehen.

»Wir wollten nur mal sehen, mit wem der Volksbeauftragte Ebert am liebsten telefoniert hat. Gehen wir!« befahl Zacharias.

Unten am Eingang schickte er einen Wachtposten nach oben. »Im ehemaligen Dienstzimmer des Volksbeauftragten Ebert wartet der wachhabende Offizier auf Sie.« Dann eilten Zacharias und seine Begleiter zum Wagen und fuhren los.

Sie hielten vor dem Haus des Notars. In dessen Büro führte Zacharias den Mann zu seinem Schreibtisch. »Ich möchte, dass Sie wahrheitsgemäß festhalten, was Sie gesehen und gehört haben. Am meisten interessiert uns, dass es eine direkte Telefonleitung gibt aus dem Dienstzimmer des früheren Volksbeauftragten Ebert zur Obersten Heeresleitung. Notieren Sie auch, dass Sie mit dem Major im Generalstab Schleicher gesprochen haben. Der ist bekanntlich einer der engsten Mitarbeiter von General Groener. Ich darf doch?« Zacharias zog das Telefon heran und wählte die Nummer des Lichtenberger Hauptquartiers. Dem Genossen am Telefon sagte er, er solle Rosa wecken.

Sie schien nicht geschlafen zu haben. Zacharias berichtete, was er herausgefunden hatte. Er riet ihr, ebenfalls Kontakt mit den Unabhängigen aufzunehmen, die zögen mit, würden auf jeden Fall in der *Freiheit,* vielleicht sogar in einer Sonderausgabe, berichten über das Geheimabkommen Ebert–Groener. Als Zacharias sagte, er werde den Tatbestand notariell beglaubigen lassen, musste sie lachen. »Wie sind Sie denn auf diese Idee gekommen?«

»Nicht ich, Däumig.«

»Es muss alles seine Ordnung haben in Deutschland. Eines Tages wird irgendwer fordern, die Revolution notariell zu beglaubigen. Weil es sie sonst nicht gibt.«

7

Am Morgen wurde wieder geschossen. Der Lärm rückte näher heran an das Hauptquartier. Rosa hatte sich mit Zacharias in ein Zimmer zurückgezogen. Der hatte sich in der Uniform eines kaiserlichen Unteroffiziers mit Hilfe der Parole »Ludendorff« durch das Häusergewirr zurückgeschlichen ins Hauptquartier und wäre fast von den eigenen Leuten getötet worden. Rosa schrieb das Extrablatt der *Roten Fahne* über das Geheimabkommen Ebert–Groener mit Zitaten aus Eberts Telefonnotizen, das möglichst bald erscheinen sollte. Hin und wieder las sie Zacharias vor, und der bewunderte sie wegen der Folgerungen, die sie aus seinem Bericht zog.

Sie schilderte, wie man sich Ebert im November vorzustellen hatte: Am Tag habe er revolutionäre Reden gehalten, und die Volksbeauftragten hätten revolutionäre Beschlüsse gefasst. Die Sozialisierung marschiert. Der Sozialismus ist nicht aufzuhalten. Solidarität mit der russischen Revolution. Und am Abend habe Ebert mit der Obersten Heeresleitung telefoniert, um die Revolution mit Gewalt zu ersticken. Aber Ebert habe dies nicht allein zu verantworten, die anderen sozialdemokratischen Volksbeauftragten hätten es mitgetragen. Dieser Verrat sei nicht erstaunlich, sondern Ergebnis der Politik des 4. August 1914. Von der Zustimmung zu den Krediten für den Krieg des größenwahnsinnigen Kaisers sei es nicht weit zum Niederkartätschen des revolutionären Proletariats. Wer frage, wo die Konterrevolution sich konzentriert habe, der solle sich die Liste der sozialdemokratischen Vorstandsmitglieder anschauen.

Das Knallen rückte immer näher. Zacharias verließ das Zimmer und ging in den Vorraum. In dem Augenblick tat es einen lauten Schlag, Fenster splitterten. Die Tür wurde aufgestoßen, Männer mit Gewehren drängten herein. »Wir müssen zurück, sie kommen gleich!« rief einer.

Zacharias brüllte sie an, sie sollten gefälligst in Stellung gehen. Er sah, dass ein Mann ein Maschinengewehr trug, und befahl, es hinter einem Fenster aufzustellen. Drei Mann schickte er in den obersten Stock des Hauses. Sie sollten Handgranaten mitnehmen und den Feind von oben bekämpfen. Einen jungen Kerl winkte er zu sich. »Wie heißen Sie?«

»Oswald Bohn.«

»Können Sie rennen, Genosse Bohn?«

Der Mann nickte. Er war kreidebleich.

»Trauen Sie es sich zu, etwas zur Druckerei zu bringen? Es ist lebenswichtig.« Er beobachtete, wie die Männer an der Tür und an den Fenstern in Stellung gingen. Dann ratterte das Maschinengewehr los. Zacharias schaute vorsichtig hinaus, die Soldaten waren in Deckung gegangen. Dann sah er eine Stielhandgranate fliegen von oben. Ein trockener Knall, dann Schmerzensschreie. Sie hatten eine Atempause gewonnen. Wahrscheinlich würden die Feinde Artillerie heranholen. Das kostete Zeit, aber wenn die Kanonen zu feuern begannen, war das Hauptquartier nicht mehr zu halten.

Bohn schaute wie gebannt aus dem Fenster.

»Ziehen Sie den Kopf ein, den brauchen Sie noch!«

Bohn zog den Kopf ein.

Zacharias kehrte zurück zu Rosa. Sie las, korrigierte manches, las wieder. Dann sagte sie: »Besser geht es nicht in der Eile. Können wir uns halten, bis die Extraausgabe erscheint?«

»Ich hoffe es.«

»So, Sie hoffen es.« Sie gab ihm die Blätter mit ihren Artikeln.

Er faltete sie zusammen und eilte hinaus in den Vorraum. Bohn saß in einer Ecke auf dem Boden. Er sah zerschlagen aus. »So, Genosse Bohn. Davon hängt vielleicht die Revolution ab. Wenn Sie sich aufhalten lassen, ist alles verloren. Laufen Sie um Ihr Leben. Ziehen Sie die an.« Zacharias zog sich aus und gab die Uniform Bohm. Dessen Kleidung war ihm zu klein, und die Uniform schlackerte an Bohns Körper. Er gab ihm die Seiten, und Bohn steckte sie in seine Hosentasche. Dann verriet er ihm die Parole des Feindes und zeigte ihm, in welcher Richtung er die Einkreisung wahrscheinlich durchbrechen könne.

»Warten Sie neben der Tür, bis ich Ihnen sage, dass Sie laufen sollen.«

Bohn nickte.

Zacharias schickte einen Soldaten in den obersten Stock. »Wenn wir hier unten anfangen zu schießen, dann sollen sie oben auch feuern wie die Teufel. Aber die sollen aufpassen, dass sie unseren teuren Genossen Bohn in der Uniform nicht treffen. Sagen Sie das weiter. Der ist unser Kurier.«

Zacharias wartete, bis der Mann die Treppen hochgestiegen sein musste. Dann ging er zum MG-Schützen und sagte: »Leg los.«

Das MG ratterte ohrenbetäubend, dann setzten die anderen ein mit Gewehrfeuer. Auch von oben schoss es. Zacharias zweifelte, dass sie einen von den Freikorpsleuten draußen trafen. Aber die würden in Deckung bleiben. »Lauf los!« brüllte Zacharias gegen den Lärm an.

Bohn duckte sich, rannte aus der Tür und verschwand im Nachbarhaus. Er hatte sich offenbar einen Weg überlegt. Seine Chancen waren gering. Gewiss war das Hauptquartier längst umstellt, und Bohn musste hoffen, im Häusergewirr nicht entdeckt zu werden.

Zacharias befahl, das Feuer einzustellen, sie mussten Munition sparen.

Immer wieder schlugen sich Kämpfer von anderen Schauplätzen durch ins Hauptquartier, viele waren verwundet. Rosa kam in den Vorraum und half Wunden zu verbinden. Liebknecht erschien und versuchte den Männern Mut zu machen. Aber die reagierten kaum auf seine Ansprachen. Da nahm Liebknecht das Gewehr eines Verwundeten und stellte sich neben ein Fenster. Jogiches stand an der rückwärtigen Wand und beobachtete das Geschehen. Was mochte er denken? Sein Gesicht zeigte keine Regung.

Zacharias ging zu Jogiches und flüsterte ihm ins Ohr, er, Liebknecht und Rosa sollten nach oben gehen. Als Soldaten taugten sie nichts, warum unnötig das Leben riskieren? Jogiches nickte, ging zu Liebknecht und sagte ihm etwas. Liebknecht schüttelte erst den Kopf, dann stellte er doch das Gewehr an die Wand. Die drei gingen ins Hinterzimmer. Nach kurzer Zeit kamen Liebknecht und Jogiches wieder heraus, Rosa war im Zimmer geblieben. Liebknecht und Jogiches verließen das Erdgeschoss.

Zacharias schickte auch Neuankömmlinge in die oberen Stockwerke. »Wenn wir auf einem Haufen sitzen, erwischen sie uns mit einer Granate. Schaut von oben, was die draußen treiben, und meldet es. Wenn sie zu dicht rankommen mit einem Geschütz, können wir es vielleicht unschädlich machen oder erobern.« Zacharias glaubte nicht, was er sagte. Aber er wollte den Genossen Mut machen.

Wie lange dauerte es, bis ein Extrablatt erschien? Wie lange vor allem, bis es wirkte? Und wirkte es überhaupt? Konnte es nicht sein, dass die Leser abwinkten, das hätten sie sowieso geglaubt. Was sollte der arme Ebert tun, um sich gegen Bolschewisten und Spartakisten zu wehren? Wenn die Republik keine Freunde hatte, mussten eben die Feinde sie verteidigen. Solange sie es taten, erwies sich Ebert als schlauer Fuchs.

Und wann erschien das Extrablatt der *Freiheit?* Das war das Wichtigste. Der USP würden die Massen glauben, denn dass Spartakus Ebert und Genossen für Verräter hielt, das wusste längst, wer es wissen wollte. Es gab keinen Vorwurf, der in den letzten Wochen nicht erhoben worden war. Verrat, Verrat, hatte es geheißen seit dem November '18. Radek hatte recht. Wer immer in höchsten Tönen forderte und anprangerte, der fand keinen höchsten Ton mehr, wenn die Zeit gekommen war.

Es knallte, Zacharias wurde umgeworfen, dann verschwand alles in einer Staubwolke. Er spürte ein Brennen an der Stirn. Er fasste hin, seine Hand war rot, als er sie anschaute. Blut floss ihm in die Augen. Er hörte einen furchtbaren Schrei ganz in der Nähe.

Wo war Rosa? Er stand auf, überwand den Schwindel und schaute sich um. Dann sah er sie. Sie stand an der rückwärtigen Wand und starrte zur Tür.

Mit zwei langen Sätzen war er bei ihr und zog sie zurück ins Hinterzimmer. Sie wehrte sich nicht, wäre aber ohne seine Hilfe keinen Schritt gelaufen. Das war der Schrecken detonierender Granaten, Zacharias kannte diese Lähmung aus dem Krieg.

»Weg, wir müssen hier weg!« brüllte er. Draußen feuerte das Maschinengewehr. Dumpfe Schläge zeigten, dass die Genossen oben

Handgranaten warfen. Solange sie Munition hatten, konnten sie sich noch eine Weile halten. Aber wie lange reichten die Munitionsvorräte?

Wieder ein Schlag. Die Wand zum Vorraum bewegte sich, ein Riss zog sich diagonal von oben nach unten. Staub stieg auf. Geschrei. Dann ein Ruf: »Sie schicken Parlamentäre!«

»Wo ist Leo, wo ist Karl?« fragte Rosa.

Niemand antwortete. Dann sagte Zacharias: »Oben. Dort sollten auch Sie hingehen.«

»Bringt die Parlamentäre zu mir«, sagte Rosa.

Wenn die Parlamentäre Rosa Luxemburg sahen, würden sie das ihren Leuten melden. Sie war der größte Ansporn, das Spartakus-Hauptquartier zu nehmen. Aber Zacharias behielt seine Gedanken für sich.

Es erschienen ein Leutnant und zwei Gefreite, letztere vielleicht Unteroffiziere, die in Mannschaftsdienstgraden in einem Freikorps kämpften. Der Leutnant starrte Rosa an, er erkannte sie. Dann legte er die Hand an den Stahlhelm.

»Sie wünschen?« fragte Rosa betont ruhig.

»Geben Sie auf!« sagte der Leutnant. »Wir sichern Ihnen ehrenvolle Behandlung zu.«

Rosa lachte. »Das haben Sie im Januar auch versprochen. Aber nicht gehalten.«

»Wenn es Zwischenfälle gegeben hat, so bedauern wir das. Diesmal wird es keine geben. Geben Sie auf.«

»Noske hat erklärt, dass jeder, der mit der Waffe in der Hand angetroffen wird, zu erschießen sei.« Sie trat neben Zacharias und zog dessen Mauser aus dem Gürtel. Der Leutnant wurde bleich, wahrscheinlich fürchtete er, gleich erschossen zu werden. Aber Rosa steckte die Waffe zurück in Zacharias' Gürtel. »Jetzt haben Sie mich auch mit der Waffe in der Hand angetroffen. Wollen Sie sich gegen den Befehl des Inhabers aller Gewalt in Berlin versündigen, Herr Leutnant?«

»Ich kann nur wiederholen: Niemandem, der die Waffe niederlegt, geschieht etwas.«

»Dann gehen Sie hinaus, und sagen Sie Ihren hochwohlgeborenen Obertotschlägern, dass wir lieber mit der Waffe in der Hand sterben, als ohne Waffe vors Peloton gestellt zu werden.«

Der Leutnant salutierte überkorrekt, dann zog er ab mit seinen Begleitern. Zacharias ging ihnen nach bis zur Haustür, dann kehrte er zurück in den Vorraum und befahl dem MG-Schützen: »Erschieß sie!«

Der Mann schaute ihn erschrocken an.

»Wenn die erfahren, dass die Genossin Luxemburg hier ist, werden sie alles tun, um uns niederzumachen. Es reicht, wenn der Leutnant sagt: Die Luxemburg ist da drin, ich hab sie selbst gesehen. Dann riechen sie Blut, holen von überall Verstärkung und werden uns zusammenschießen.«

Der MG-Schütze schüttelte den Kopf. »So was mach ich nicht.«

Zacharias stieß ihn zur Seite, drückte sich die Armstütze des MG an die Schulter, zielte, dann schickte er den Parlamentären zwei Feuerstöße hinterher. Er sah, wie sie fielen. Einen Augenblick herrschte völlige Ruhe, dann setzte wütendes Feuer ein. Sie duckten sich weg, Zacharias kroch zum Hinterzimmer. Dessen Tür war offen, Rosa stand darin und starrte Zacharias an.

»Gehen Sie in Deckung!« brüllte er.

»Sie haben die einfach erschossen, das waren Unterhändler. Mit weißer Fahne!«

Zacharias nahm sie am Arm und zog sie ins Zimmer hinein, dann schloss er die Tür. »Das waren Spione, die sich als Parlamentäre getarnt hatten. Als sie Sie gesehen haben, war mir klar, dass die nicht lebend zurückkehren dürfen. Denn wenn die drüben sagen, die Luxemburg sei in dem Haus da vorn, dann ziehen sie alles zusammen, was sie haben, und in einer oder vielleicht zwei Stunden sind wir alle tot. Davon abgesehen, sind die mit Parlamentären von uns genauso umgesprungen.«

Rosa schüttelte den Kopf. »Wir sind doch nicht wie die. Es gibt einen Unterschied zwischen den kämpfenden Proletariern und den Schießbütteln der Bourgeoisie. Wir vertreten eine höhere Moral. Und außerdem, jetzt bringen sie uns erst recht um, wenn sie uns kriegen.«

»Entschuldigen Sie, Genossin Luxemburg, das hätten sie vorher auch getan. Und im Krieg gibt es keine höhere Moral. Da gibt es nur das Gebot, länger zu leben als der Feind. Und jedes Mittel, das diesem Ziel nutzt, ist richtig.«

Sie setzte sich auf einen Stuhl und starrte vor sich hin. »Wir werden das jetzt nicht zu Ende diskutieren können. In einem Punkt haben Sie recht, nämlich dass wir überleben sollten. In allen anderen irren Sie, Genosse Zacharias. Wenn wir Zeit und Gelegenheit haben, wird die Zentrale entscheiden, ob Sie richtig gehandelt haben.«

Zacharias verließ das Zimmer und schloss die Tür von außen. Das Schießen hatte nachgelassen. »Sie rücken immer näher«, sagte ein Genosse. »Jetzt bringen sie die Kanone in eine bessere Stellung.« Das MG feuerte. »Wir wollen es ihnen nicht zu leicht machen.«

Zacharias stieg die Treppe im Hinterhaus hoch. An den Fenstern standen Bewaffnete, noch hatten sie das Hauptquartier in ihrer Gewalt. Aber Zacharias wusste nicht, wie die Lage in den Nebenhäusern war. Sie mussten es erfahren, um vielleicht einen Fluchtweg zu finden. Er nahm aus jedem Stockwerk einen Mann mit. Als sie im Erdgeschoss waren, tat es einen lauten Knall, eine Artilleriegranate waren nebenan eingeschlagen. »Das halten wir nicht mehr lange durch«, sagte der MG-Schütze.

Zacharias führte die vier Genossen zum Hinterausgang. Sie sicherten nach allen Seiten, als sie den Hinterhof erreichten. Hier war niemand. Sie rannten zum Hintereingang des gegenüberliegenden Mietshauses und betraten vorsichtig den Flur. Da wurde die Tür des Vordereingangs aufgebrochen, Zacharias hörte das metallische Klappern von Waffen. Er gab das Zeichen zum Rückzug. Jetzt waren sie eingeschlossen.

Als sie über den Hinterhof liefen, hörten sie Geschrei. Dann wurden sie beschossen. Ein Genosse schrie laut und brach zusammen. Die drei anderen zogen ihn ins Haus. Draußen feuerte wieder das Geschütz.

Nichts kann uns mehr helfen. Sie werden immer stärker, und dann werden sie uns abschlachten. Jeder, der mit der Waffe in der Hand angetroffen wird, wird erschossen. Noske hatte ihren Tod beschlossen. Zacharias fühlte seine Zuversicht schwinden. Verzagtheit trat an ihre Stelle. Das also war das Ende. Von Bohn war nichts zu hören. Vermutlich hatten die Freikorps ihn längst erwischt und erschossen.

Sie schleppten den Verletzten in die erste Etage und legten ihn auf einen Teppich im Wohnzimmer einer Wohnung, die übersät war mit Glassplittern und Mörtelstaub. Zacharias eilte wieder hinunter und befahl, das Erdgeschoss zu räumen. Alle nach oben. Irgendwo jammerte ein Verletzter. Zacharias suchte, aber fand ihn nicht. Er rannte nach oben, wenige Augenblicke später detonierte eine Granate in dem Raum, den er gerade verlassen hatte. Das Jammern hörte auf.

Sie schossen nun nur noch aus den oberen Stockwerken. Es war eine Frage der Zeit, wann das Geschütz nach oben gerichtet wurde. Bald würden die Freikorpssoldaten unten ins Haus eindringen. Zacharias stellte eine Wache an die Treppe. Im Geknatter der Gewehre drängte sich ihm der Gedanke auf, es sei alles sinnlos. Das Sterben hier, der politische Kampf gegen einen Gegner, der sich immer als stärker erwies und dessen Wandlungen sie ratlos machten. Kämpften sie gestern gegen das Kaiserreich, dann heute gegen die Sozialdemokraten, die so selbstverständlich in die Rolle der Obrigkeit geschlüpft waren.

Die Wache an der Treppe brüllte: »Sie kommen!« Er warf eine Handgranate hinunter. Nachdem sie explodiert war, drang Geschrei nach oben.

Zacharias schüttelte es. Jetzt nicht die Nerven verlieren. Erst maßt du dir das Kommando an, dann drehst du durch. Du musst aushalten bis zum Ende.

Ein Riesenknall, als eine Artilleriegranate im ersten Stock einschlug. Zacharias hörte Splitter an seinem Kopf vorbeizirpen. »Nach oben!« brüllte er. »Ganz nach oben!« Vielleicht konnten sie das Geschütz nicht so hoch richten.

Sie schleppten Verletzte eine Etage höher. Der Mann, den sie im Wohnzimmer im ersten Stock auf den Teppich gelegt hatten, starrte Zacharias aus toten Augen an.

Oben traf er Liebknecht. Der hatte einen wirren Blick. »Wir müssen kämpfen! Wir müssen kämpfen!« stammelte er.

Zacharias packte ihn am Arm und zog ihn ins Wohnzimmer. Dort lagen Jogiches und Rosa auf dem Boden. »Legen Sie sich dazu!« herrschte Zacharias Liebknecht an.

»Wir müssen kämpfen!« lallte er und sank zu Boden.

Erst dachte Zacharias, Liebknecht sei verletzt, aber er war nicht getroffen, sondern am Ende seiner Kraft.

»Das haben wir Ihnen zu verdanken, Zacharias!« sagte Jogiches. »Wenn Sie die Parlamentäre …«

»Das haben wir den Freikorps zu verdanken und dem werten Genossen Noske«, sagte Zacharias. Er zwang sich, seinen Zorn zu unterdrücken, und schlug die Tür von außen zu.

Er ging nach vorne und linste aus dem Küchenfenster hinunter. Sie richteten die Kanone auf die zweite Etage. Es sah so aus, als würde es ihnen gelingen. Die Soldaten arbeiteten ruhig, sie lachten und genossen schon den Sieg. Zacharias sah, wie sie das Geschütz luden, dann zog der Geschützführer ab. Zacharias warf sich auf den Boden. Die Granate schlug zu hoch ein, sie zerstörte Teile der Decke. Steinbrocken, Holzsplitter und Staub füllten die Küche. Zacharias rannte in den Nebenraum, das Schlafzimmer. Er schaute wieder hinaus.

»Nimm sie unter Feuer!« brüllte er dem MG-Schützen zu.

»Mit was?« brüllte der zurück.

Zacharias nahm einen Karabiner, zog das Schloss zurück, um zu sehen, ob er geladen war. Noch ein Schuss wenigstens. Er zielte auf den Geschützführer und drückte ab. Vorbei. Kein Genosse hatte mehr Munition, und die Feinde merkten es. Jetzt würden sie das Geschütz in aller Ruhe seine Arbeit tun lassen, bis die Verteidiger tot waren oder aufgaben.

Zacharias rannte auf den Flur, die Wache stand immer noch an der Treppe. Der Mann schüttelte den Kopf, sie versuchten nicht mehr, die Treppe zu stürmen. Warum auch, sie hatten Zeit. Zacharias überlegte fieberhaft, wie er Rosa, Liebknecht und Jogiches herausbringen könnte. Aber er fand keine Lösung. Es war zu spät. Er ging zu den Führern ins Wohnzimmer. Sie saßen nebeneinander auf dem Boden und lehnten sich mit dem Rücken an die Wand.

»Immerhin haben wir es versucht«, sagte Rosa.

»Wir müssen weiterkämpfen! Nur Feiglinge geben auf!« Liebknecht stammelte immer noch.

Jogiches starrte Zacharias böse an. »Und nun?«

Zacharias zuckte die Achseln. »Wir haben keine Munition mehr, nur noch ein paar Handgranaten.«

»Nicht mal mehr Munition, um sich zu erschießen«, sagte Rosa. Sie schien ganz ruhig.

»Wo ist Pieck?« stammelte Liebknecht. »Er wird uns retten!«

»Und wenn wir aufgeben, vielleicht haben dann wenigstens die Genossen draußen eine Chance, sich zu retten«, sagte Rosa. Aber dann fügte sie an: »Es ist zwecklos, sie werden alle umbringen.«

Wieder ein Granateneinschlag. Die Etage zitterte. Ein furchtbares Schreien klang aus dem Schlafzimmer. Zacharias rannte hin. Ein Splitter hatte einem Mann den Arm abgetrennt. Er blutete stoßweise sein Leben aus. Es dauerte nicht lang. Für den ist es vorbei. Der wird nicht misshandelt, nicht erschossen. Er ist ehrenvoll gestorben.

Zacharias schauderte. Er versuchte sich an den eigenen Tod zu gewöhnen und wartete auf die nächste Granate. Der Staub setzte sich, da sah er in der Ecke gegenüber den MG-Schützen sitzen. Sie starrten sich an.

»Warum hast du die Unterhändler erschossen? Damit fing die Scheiße an.«

Zacharias winkte ab. Was sollte er sich so kurz vor seinem Tod noch herumstreiten? Ich habe mehr gelernt in Russland, als ich dachte. Wie soll ich es nennen? Bolschewistische Konsequenz? Das Unvermeidliche tun, auch wenn es verpönt ist? Parlamentäre erschießen, weil die Umstände sie in Spione verwandelt hatten? Eigentlich war Rosa schuld an ihrem Tod. Sie hätte sich nicht zeigen dürfen. Aber sie war unschuldig an den Bildern in seinem Kopf, die er aus Russland mitgebracht hatte. Das mussten die deutschen Arbeiter noch lernen, dass man grausam sein muss, wenn man keinen grausamen Tod sterben will. Die oder wir, von Anfang an. Siegen wird nur, wer bereit ist, den Feind zu vernichten. Von Anfang an. Darüber kann man nicht abstimmen. Eine Revolution, die heute ihre Feinde schont, ist morgen erstickt. Jetzt, kurz bevor du stirbst, begreifst du endlich, dass du alles richtig gemacht hast. Dserschinski hat sie immer in sich getragen, die Gewissheit, dass der Terror die Hebamme der Menschlichkeit ist. Die Deutschen haben es nicht verstanden, das ist der Unterschied. Deine Opfer, deren Bilder du mit dir herumgeschleppt hast, waren die Mörder von morgen. Nur wenn man die Feinde früh erkennt, kann man sie besiegen. Noske hat das verstanden, wir nicht. Deshalb wird diesmal noch Noske siegen.

Margarete, sie war so dünn gewesen, ausgehungert. Er hätte mit ihr reden sollen, nun war es zu spät. Was wird sie denken, wenn sie erfährt von deinem Tod? Und Mutter? Sie verliert wieder einen. Für sie reiht sich Unglück an Unglück. Sie sieht nicht ein, dass es nicht geht ohne Opfer.

Aus Niederlagen lernen. Die Massen lernen nicht, wenn sie nicht kämpfen. Und am Anfang stehen Niederlagen. Das lehrt Rosa. Aber sie hängt an der bürgerlichen Moral. Doch nur was uns nutzt, ist richtig. Die Opfer sind der Preis der neuen Gesellschaft. Auch dein Opfer wird gezählt bei der Abrechnung.

Der MG-Schütze kniete. Zacharias sah, der Mann blutete am Arm. Er wischte sich über die Stirn, die Hand war rot. Ein Kratzer nur. Er fühlte sich tranig, schwer. Einfach hier liegenbleiben und auf den Schuss warten. Wann kommen sie endlich? Bringen wir es hinter uns.

Der MG-Schütze rutschte auf Knien zu ihm. »Hab's nicht so gemeint«, sagte er und schlug Zacharias auf die Schulter. »Wo kommst du her, Genosse?«

»Aus Berlin. Aber die letzten Jahre war ich in russischer Kriegsgefangenschaft.«

»Die Bolschewiken haben es uns vorgemacht. Warum haben die gesiegt und wir verloren?«

»Weil wir nicht hart genug sind, nicht entschlossen. Weil zu viele Arbeiter Ebert und Scheidemann folgen. Weil die USP uns im Stich lässt. Weil wir zu wenige sind.«

»Und in Russland, warst du dabei?«

»Ja.«

»Ihr habt nicht lang gefackelt, wenn man glaubt, was man so hört. Terror.«

»Roter Terror, das ist das Rezept.«

»Und wann hört er auf, der Terror?« fragte der MG-Schütze.

»Wenn es keine Feinde mehr gibt.«

»Ob sie uns foltern, bevor sie uns erschießen?«

»Weiß nicht. Kannst sie ja mal fragen.«

»Witzbold. Besorg mal eine Handgranate.«

Zacharias ging in die Hocke und lief gebückt in die Küche. Auf dem Boden lagen drei Tote und ein Verletzter. Der sah aus wie tot, aber seine Blicke folgten Zacharias' Bewegung. Der erkannte vier weitere Genossen, vor Angst eng gedrängt in einer Ecke. Zacharias sprach einen an. Der hatte ein blutverschmiertes Gesicht. »Habt ihr zwei Handgranaten übrig?«

Die vier schauten sich an und schüttelten die Köpfe. Dann sagte der mit dem blutverschmierten Gesicht: »Nein, geh mal zu dem Genossen an der Treppe, der hat die letzten eingesammelt.«

Zacharias ging zu dem Mann an der Treppe. Der hatte sich auf eine Stufe gesetzt und starrte vor sich hin. Neben ihm lagen fünf oder sechs Stielhandgranaten. Zacharias nahm zwei, der Mann reagierte nicht. Er ging mit den Granaten zu Rosa, Jogiches und Liebknecht. Die schienen eine Weile geschwiegen zu haben. Rosa warf Zacharias einen müden Blick zu. Zacharias gab Jogiches eine Handgranate. »Wenn sie kommen, ist das vielleicht der letzte Ausweg.«

Rosa schüttelte den Kopf. »Der letzte Ausweg!« Sie lachte bitter. Dann schloss sie die Augen. »Wenn wir fromm wären, könnten wir beten«, sagte sie. Sie lachte noch einmal, hart und kurz.

»Können Sie damit umgehen?« fragte Zacharias Jogiches.

Der nickte. »Wir werden noch ein paar von denen mitnehmen«, sagte er.

Zacharias ging zurück zum MG-Schützen. Der sah die Granate und nickte. »Das ist gut. Jetzt haben wir es selbst in der Hand.«

»Was für ein Tag ist heute?« fragte der MG-Schütze.

»Sie starben am 7. März 1919, einem Freitag«, sagte Zacharias. »Vielleicht auch erst am 8., am frühen Morgen.«

Das Schießen draußen hörte auf, die Dunkelheit brach an. Die

Freikorpsleute hatten die Revolutionäre eingeschlossen und ließen sich Zeit, sie wollten die Sache bei Tageslicht beenden, damit keiner entkam.

»Wir warten, bis sie sich hochtrauen morgen früh. Wenn sie nahe genug sind, ziehe ich ab.«

Der MG-Schütze lachte leise. »Die werden sich wundern.« Es klang befriedigt. Jetzt waren sie ihren Feinden nicht mehr ausgeliefert. Sie lehnten nebeneinander an der Wand und warteten auf den Tod.

8

Mit dem ersten Morgenlicht fielen wieder Schüsse. Zacharias hörte den Abschuss der Kanone, das Haus zitterte unter dem Einschlag der Granate. Wieder ein Knall, wieder detonierte eine Granate im Haus. Menschen schrien, sie gerieten in Panik oder waren getroffen, vielleicht auch beides. Weitere Schüsse, im Treppenhaus knallte eine Handgranate.

Zacharias wusste nicht mehr, wie lange sie schon dasaßen. Er konnte nichts mehr tun. Er war benommen und nahm kaum noch etwas wahr. Dann sagte der MG-Schütze plötzlich: »Komisch. Ich hör nichts mehr. Bin ich taub?«

Als Zacharias nicht antwortete, schüttelte der Mann ihn an der Schulter.

Zacharias öffnete die Augen, ihm war es, als erwachte er aus einem schlechten Traum. Er wollte die Hand wegschieben, die ihn schüttelte. Aber dann merkte er, dass es draußen still geworden war. Nur im Gang oder in irgendeinem Zimmer jammerten Verletzte. Zacharias stand auf und schaute vorsichtig aus dem Fenster. Er sah das Geschütz, aber keinen Soldaten. Ein Rauschen erklang irgendwoher. Sonst kein Geräusch, keine Bewegung. Die Sonne schien auf die leere Straße.

Waren sie schon im Haus? Zacharias lauschte zur Treppe hin. Nichts. Außerdem stand dort der Wachtposten, der seine Handgranaten geworfen hätte, wenn sich jemand im Treppenhaus hätte blicken lassen. Das Rauschen von draußen wurde stärker. Inzwischen war der MG-Schütze aufgestanden. Gemeinsam starrten sie nach draußen.

»Die sind weg«, sagte der MG-Schütze.

»Vielleicht eine Falle«, erwiderte Zacharias.

»Sie hatten uns doch schon im Sack. Da brauchen sie keine Falle mehr.«

»Das ist doch seltsam, warum sind die weg?«

»Was ist das für ein Geräusch?« fragte der MG-Schütze.

Aus dem Rauschen waren Rufe geworden und Motorenlärm,

dann einzelne Schüsse. Zacharias rannte zu den Führern. »Kommen Sie nach vorn! Schauen Sie sich das an. Da geschieht etwas Unglaubliches. Die Soldaten sind weg, statt dessen kommt eine Menschenmenge hermarschiert.«

Sie stellten sich im Schlafzimmer ans Fenster. Zacharias erkannte ein Transparent mit der Aufschrift »Betriebsrat Elektrokohlenfabrik«. Es folgten weitere Transparente, die aber noch nicht zu entziffern waren. Fahnen der USPD wurden getragen, dann sah Zacharias auch welche der eigenen Partei. Vorn im Zug gingen Männer mit Gewehren. Noch vor ihnen rollten gepanzerte Fahrzeuge. Keiner in der Wohnung sagte ein Wort.

Jetzt erkannte Zacharias Pieck und Friesland. Und da war Bohn, mit einem Verband um den linken Oberarm. Er war also durchgekommen.

Sie warteten oben, was geschah, wie gefesselt von dem Anblick der Masse, die gekommen war, ihnen das Leben zu retten. Sie waren zu schwach, um die Treppen hinunterzulaufen. Dann Schritte im Treppenhaus. »Wer da?« rief der Wachtposten. Zacharias hetzte zu ihm und riss ihm die Handgranate weg.

»Das sind unsere.«

Der Mann schaute ihn an wie ein Wesen von einem fremden Stern. Er hatte mit dem Leben abgeschlossen und wollte es hinter sich bringen. »Unsere?«

»Das sind Genossen, du Idiot!« Zacharias lachte laut, fast hysterisch.

Plötzlich lachte der Mann mit. Er umarmte Zacharias. »Genossen«, sagte er, als hörte er das Wort zum ersten Mal. »Genossen.«

Pieck und Friesland waren die ersten, die erschienen. »Wo sind Luxemburg und Liebknecht? Wo Jogiches?« fragte Pieck aufgeregt.

Zacharias deutete mit dem Daumen hinter sich.

Friesland schlug Zacharias auf die Schulter. »Wurde Zeit, nicht?«

Zacharias schluckte, er wollte nicht, dass jemand seine Tränen sah.

»Dieser Bohn ist ein feiner Kerl«, sagte Friesland. »Hat sich den Arm durchschießen lassen und ist doch gekommen. Sie können sich nicht vorstellen, was für eine Wut die Leute haben. Ebert und Groener verschwören sich gegen die Revolution. Der ehemalige Volksbeauftragte Ebert, jetzt sitzt er in Weimar und darf zittern. Der Arbeiter-und-Soldaten-Rat hat beschlossen, dass er die Macht in Berlin übernimmt. Er ruft die Arbeiter im Reich auf, es ihm nachzutun. Das Geheimabkommen, das war der Tropfen, der das Fass überlaufen ließ.«

Menschen drängten sich nach oben. Sie suchten Liebknecht und Luxemburg. Es waren Delegationen von Berliner Betrieben. Namen wurden genannt, meistens von Unternehmen, deren Belegschaften die Revolution unterstützten. Zacharias hörte die Namen vieler Berliner Großbetriebe wie der AEG, der Berliner Maschinenbau-AG, der Siemens-Schuckert-Werke, der Knorr-Bremse, der Deutschen Waffen- und Munitionsfabriken, der Carl Flohr Maschinenfabrik. Vor den Arbeitern der Berliner Großunternehmen waren die Freikorpssöldner geflohen. Ein Betriebsrat berichtete, Hugo Haase, der Vorsitzende der USPD, habe erklärt, seine Partei sei die führende Kraft der Revolution. Alle revolutionären Kräfte müssten zusammenhalten, sonst triumphiere wieder die Reaktion.

Zacharias drängte sich vor. Er sah, wie die Parteiführer mit den Abordnungen aus den Betrieben diskutierten. Er verstand nicht viel, nur Fetzen. Revolutionsregierung. Räte. Bewaffnung der Arbeiter. Besetzung von Telegrafenämtern und Banken. Die Entente. Dann hörte er: »Zum Reichstag! Dort wird die Revolutionsregierung gewählt, in zwei Stunden.«

»Wir brauchen einen Wagen!« brüllte er und drängelte sich näher heran an Rosa. »Ich versuche einen Wagen zu kriegen!« rief er ihr ins Ohr. Sie nickte.

Die Menschen drängten sich die Treppe hinunter. Zacharias hielt einen Betriebsrat vom Kraftwerk Rummelsburg am Arm fest. Der Mann fuhr herum, Zacharias hob besänftigend die Hand. »Habt ihr einen Wagen für die Genossen Luxemburg und Liebknecht?«

»Ich besorg einen. Steht nachher vor der Tür!« Der Mann strahlte wie ein Kind vorm Weihnachtsbaum.

In seinem Gesicht spiegelte sich die neue Zeit. Die Freude dieses Arbeiters sagte: Die Revolution hat begonnen. Nun haben wir es in der Hand. Erst die glückliche Rettung, dann der tapfere Bohn, ohne dessen Opferbereitschaft nichts von dem geschehen wäre, was nun geschieht. Zufall und Notwendigkeit. Wie es scheint, setzt sich die Notwendigkeit mittels Zufällen durch. Das werde ich mal Rosa sagen. Und sie wird mir einen Vortrag halten, bis mir das Hirn raucht, über Dialektik, Klassenkampf und die Revolution als Universität der Massen. Jetzt merkte Zacharias, dass er lachte, so laut, dass sich manche zu ihm umdrehten. Er wollte aufhören, konnte es aber nicht. Dann brach er zusammen.

Als er aufwachte, lag er auf einer Liege in einem Zimmer. Die Tür stand offen. Draußen hasteten Menschen hin und her, ab und zu steckte einer seinen Kopf herein, als ob er jemanden suchte. Worte schwirrten durch die Gänge und Räume. Räte, Volkskommissare, Rote Armee. Zacharias richtete sich auf, da spürte er seine Schwäche. Dennoch setzte er sich auf die Kante der Liege. Eine junge Krankenschwester kam herein. »Haben Sie ausgeschlafen?«

»Wo bin ich?«

»Im Reichstag. Ich wollte Sie ja ins Krankenhaus …«

Zacharias stand auf. Ihm schwindelte, er setzte sich wieder hin.

»Erst etwas essen und trinken«, sagte die Krankenschwester. Sie hatte ihre dunkelbraunen Haare zu einem Pferdeschwanz gebunden, auf dem Kopf trug sie eine weiße Haube.

Zacharias beobachtete durch die offene Tür das Treiben im Gang. Er hörte Stimmen, manche Männer riefen oder brüllten. Er verstand »Radek«. War Radek frei?

»Radek kommt!« brüllte einer. Zwei Männer stellten sich in die Tür, einen glaubte Zacharias schon einmal gesehen zu haben.

»Weißt du, was er gesagt hat, als die Genossen ihn aus dem Gefängnis holten?« fragte der eine.

»Nee.«

»Genossen, es wurde gerade unterhaltsam. Ihr verderbt mir wirklich alles.«

Die beiden lachten.

»Erst wollte er gar nicht mit. ›Ihr glaubt nicht, wer mich nachher besuchen wird, und da soll ich dieses Hotel schon verlassen?‹«

Sie lachten wieder.

»Wenn das mal stimmt«, sagte der andere.

»Wenn nicht, ist es gut erfunden.«

Sie zogen weiter. Die Schwester kam mit einem Tablett. Zacharias aß wenig und trank etwas. »Sie sollten versuchen zu schlafen.«

»Ich soll die Revolution verschlafen? Was sind Sie denn für eine?«

Die Schwester schüttelte den Kopf, aber Zacharias sah das Lächeln in ihrem Gesicht. Er stand auf, es ging besser. Mit unsicherem Schritt trat er auf den Gang. Eigentlich bin ich längst tot. Vielleicht sehe das nur ich, die Menschen sind glücklich heute. Er folgte dem Strom, der zog ihn in den Plenarsaal.

Im Präsidium saß ein weißhaariger alter Mann. Zacharias kannte das markige Gesicht seit vielen Jahren. Es war Georg Ledebour, der SPD-Linke, der im Krieg die USPD mitgegründet hatte. Er saß auf dem Sessel des Reichstagspräsidenten, als hätte er schon immer da gesessen. Er klopfte mit dem Hammer auf den Tisch, fand aber kein Gehör. Die Menschen im Plenum schrien durcheinander, andere schliefen. Viele rauchten. Ledebour klopfte, so kräftig er konnte, da brach der Hammer entzwei, die Teile flogen in den Saal. »Oh, der Genosse Ledebour wird handgreiflich!« rief einer. Gelächter. Selbst Ledebour, dem die Humorlosigkeit ins Gesicht geschnitten war, musste lachen. Dann schlug er mit der Faust auf den Tisch. Aus irgendeinem Grund wurde es leise.

Zacharias ließ den Blick wandern, ob er die Spartakus-Führer fände, aber er entdeckte sie nicht. Auch die Prominenz der USP ließ sich nicht blicken.

»Der Arbeiter-und-Soldaten-Rat muss eine Tagesordnung beschließen. Ich schlage vor, Tagesordnungspunkt eins ist Wahl des Präsidiums, Tagesordnungspunkt zwei Wahl der provisorischen Regierung. Wenn die Regierung gewählt ist, erwarten wir von dieser ein Programm. Daraus ergeben sich die weiteren Tagesordnungspunkte.«

»Ich verlange, dass der Tagesordnungspunkt ›Grußworte‹ aufgenommen wird. Gleich nach der Wahl des Präsidiums. Der Genosse Radek will zu uns sprechen.« Das sagte ein kleinwüchsiger Mann in der ersten Sitzreihe.

Donnernder Beifall. »Hoch Lenin! Hoch Trotzki! Es lebe die russische Revolution!« Sie riefen es durcheinander.

Irgend jemand hatte Ledebour ein abgebrochenes Stuhlbein gereicht. Damit schlug er nun auf den Präsidiumstisch ein. »Genossen, bewahrt revolutionäre Disziplin!«

Ein paar Rufe, dann beruhigten sich die Menschen. Die Tagesordnung wurde gegen wenige Stimmen angenommen. Zum Vorsitzenden der Versammlung des Arbeiter-und-Soldaten-Rats wurde Ledebour gewählt, dazu als Beisitzer ein Soldat und ein Vertreter der Staatswerkstätten Spandau. Dann öffnete sich eine Tür hinter dem Platz des Präsidiums, Radek erschien. Als sie ihn erkannten, standen die Delegierten auf und klatschten. Viele reckten die Fäuste, sie ließen wieder Lenin und Trotzki hochleben.

Radek stellte sich ans Rednerpult und betrachtete scheinbar unbewegt die fast ekstatische Begeisterung. Nach einer Weile reckte er beide Hände nach oben und senkte sie langsam. Er wiederholte die Bewegung einige Male, es sah aus wie eine Beschwörung. So schlug er die Masse in seinen Bann, bevor er ein Wort gesagt hatte.

Dann sprach er mit einfachen Worten, aber jedes traf das Gemüt der Zuhörer. Radek zog seine Hose hoch und beschwor die deutschrussische Freundschaft. Er erklärte namens der Sowjetregierung, er sei befugt, der deutschen Revolution alle Unterstützung zuzusagen, die Russland geben könne. Er warnte die Entente, sich mit der deutschen Konterrevolution zu verbünden. Tue sie es, dann erwüchse daraus ein europäischer Bürgerkrieg der Arbeiterklasse gegen die Bourgeoisie. Seine Rede wurde immer wieder von Beifall unterbrochen, vor allem als er ankündigte, die gerade gegründete Kommunistische Internationale habe beschlossen, ihren Sitz nach Berlin zu verlegen, »dorthin, wo das Herz der Weltrevolution schlägt«.

Nach Radeks Rede applaudierten die Delegierten minutenlang. Dann klopfte Ledebour mit dem Stuhlbein auf den Präsidiumstisch, allmählich kehrte Ruhe ein. Ledebour verlas Resolutionen aus Betrieben, Verwaltungen und Garnisonen, in denen gefordert wurde, die Ebert-Scheidemann-Regierung zu verjagen und alle Macht den Räten zu übertragen.

Nun forderte Ledebour die Delegierten auf, Vorschläge für die provisorische Regierung zu machen. Auf Antrag eines Delegierten wurde der Titel des Ministers durch den des Volkskommissars ersetzt, nach russischem Vorbild. Es wurden viele Namen gerufen, Ledebour und die Beisitzer mühten sich, sie mitzuschreiben. Es war ein lautes Durcheinander. Da öffnete sich eine Tür hinter dem Präsidiumssitz, und Ledebour erklärte, der USP-Vorsitzende Hugo Haase habe ums Wort gebeten.

Zacharias hatte einen Sitz in der letzten Reihe gefunden und bestaunte das Geschehen wie einen Bühnenakt. Vor kurzem noch hatte er mit dem Tod gerechnet, jetzt lebte er nicht nur, über Nacht war Berlin in ihre Hand geraten. Wo waren die Freikorps? Sie hatten sich doch nicht in Luft aufgelöst.

Zacharias quälte die Ungewissheit jede Minute mehr, da er das Spektakel im Reichstagsplenum bestaunte. Er stand auf und ging hinaus. Draußen suchte er jemanden, der ihn unterrichten könnte über die militärische Lage, aber er fand niemanden. Die Soldaten, die er ansprach, zuckten die Achseln. Sie wussten nichts. Zacharias stellte sich vor, wie eine Freikorpsarmee in Berlin eindrang und die Revolution niederschoss. Er kehrte zurück zum Plenum und hoffte, die führenden Genossen im Raum hinter dem Präsidium würden auch daran denken.

Er versuchte sich auf Haases Rede zu konzentrieren. Haase war Rechtsanwalt wie Liebknecht, und das merkte man. Er war kein Demagoge, sondern reihte Argumente aneinander. Er setzte sich mit Einwürfen auseinander, die er erwartete. Warum nur eine provisorische Regierung? Weil der Berliner Arbeiter-und-Soldaten-Rat nicht für die Arbeiter und Soldaten im Reich sprechen könne. Erst wenn die Arbeiter und Soldaten in ganz Deutschland ihre Delegierten nach Berlin schickten und diese die Regierung bestätigten oder eine neue wählten, sei der Rat der Volkskommissare die Stimme des revolutionären Deutschland.

Zacharias starrte auf die Tür hinter dem Präsidium, dann trieb ihn die Ungewissheit dorthin. Niemand hielt ihn auf. Er öffnete die Tür, nirgendwo eine Wache. Drinnen saßen und standen die Führer der revolutionären Parteien und Betriebsvertreter um einen Tisch und stritten sich lautstark. Liebknecht forderte gerade, dass niemand anderes als die Genossin Luxemburg verantwortlich für die Wirtschaftspolitik sein müsse, »oder, sagen wir es deutlich, für die Sozialisierung«. Einige klopften Beifall oder klatschten, wenige buhten. Zacharias entdeckte Jogiches, der in einer Ecke lehnte und zuhörte. Zacharias eilte zu ihm, der schaute ihn ruhig an.

»Kennen Sie die militärische Lage? Warum ist der Raum hier nicht abgesichert?«

Jogiches war einen Augenblick überrascht. Dann begriff er. »Warten Sie hier.« Jogiches ging nach vorn, tippte Däumig, der am Tisch saß, auf die Schulter und flüsterte ihm etwas ins Ohr. Der stand auf und stellte sich zu Zacharias. Er reichte ihm die Hand und nickte freundlich.

»Sie kennen sich ja schon, der Genosse Däumig ist in der USP verantwortlich für Militärfragen«, sagte Jogiches. Er wandte sich an Däumig. »Bitte unterrichten Sie den Genossen Zacharias über die Lage.«

Der kratzte sich an der Nase. »Unser Nachrichtendienst meldet, alle konterrevolutionären Verbände haben sich aus Berlin zurückgezogen. Wir beobachten sie genau. Sie sammeln sich, warten auf Verstärkung und werden dann angreifen. Aber vielleicht« – er lächelte – »kommen wir ihnen zuvor. Die Räte in Hamburg und Bremen sowie in vielen kleineren Städten haben sich für die Revolution erklärt. Kiel ist wieder in der Hand der Matrosen. In München wird gerade eine neue bayerische Regierung gebildet, unter Einschluss von USP und KPD. Es ist, als hätten sie nur auf unser Zeichen gewartet. Binnen weniger Stunden hat sich die Lage grundlegend verändert.«

Däumig redete an gegen die laute Streiterei der Führer. Immer wieder Liebknechts Stimme.

»Der Genosse Liebknecht ist wieder anstrengend«, grinste Däumig. »Er wird Vorsitzender des Rats der Volkskommissare, aber es ist ihm nicht genug. Er will alles sofort. Die Sozialisierung, den Sieg über den Feind, das Bündnis mit Lenin, den Aufbau einer Roten Armee, ein Tribunal über Ebert und Scheidemann. Wir haben Truppen in Richtung Weimar geschickt, aus Erfurt, Dresden und Leipzig. In Bamberg wird gekämpft, auch noch in weiteren bayerischen Städten, genauso in Hannover und Düsseldorf. Im Ruhrgebiet hat sich eine Rote Armee gebildet mit einigen zehntausend Kämpfern. Sie hat sich unserer Regierung unterstellt. Wir wollen Weimar einkesseln und die Ebert-Scheidemann-Regierung verhaften. Wir werden nachher beschließen, dass die Nationalversammlung aufgelöst ist. Unsere Abgeordneten sind schon hier. Wir sind dabei, weitere bewaffnete Einheiten in Berlin aufzustellen und aus dem Umland herzuholen. Vielleicht gelingt es uns, die Freikorps anzugreifen, bevor die dazu kommen.«

»Und die Entente?«

»Das ist fast die größte Gefahr. Bisher sieht die Lage so aus: Die Engländer wollen offenbar nicht militärisch eingreifen, die Franzosen schon. Aber die französische Arbeiterbewegung wird nicht stillhalten. Die Gewerkschaften werden mit Streik drohen, ich habe vorhin ein Telegramm aus Paris erhalten. Die Briten fürchten, Trotzki lässt die Rote Armee Polen überrennen und uns zur Hilfe eilen. Der amerikanische Präsident Wilson verlangt, dass Franzosen und Belgier sich raushalten. Wilson hat Angst, dass auch in Westeuropa die Arbeiterklasse nach der Macht greift.«

»Auf gut Deutsch, es kann jeden Tag alles Mögliche passieren«, sagte Zacharias. Er staunte, wie schnell sich die Dinge entwickelten.

»So ist es. Sie sind der Genosse, der auf die Genossin Luxemburg aufpasst?«

»So ungefähr.«

»Jogiches sagt, wir sollen mit Ihnen reden, wenn es um Sicherheitsfragen geht.«

»Wenn der Genosse Jogiches es sagt.« Zacharias überlegte, was er davon zu halten hatte. Im Spartakusbund und der KPD hatte sich niemand um Sicherheitsfragen gekümmert. In der USP war Däumig verantwortlich, er steuerte einen Nachrichtendienst, von dessen Berichten sie abhingen. Er konnte nicht gleichzeitig Luxemburgs Leibwächter sein und verantwortlich für Sicherheitsfragen. Ihn drängte nichts, seine russischen Erfahrungen zu wiederholen. Natürlich, sie brauchten eine deutsche Tscheka. Aber würden sie auch den Terror benötigen?

Plötzlich strömten die Genossen zur Tür.

»Es geht los«, sagte Däumig. »Wir müssen uns bald einmal gründlich unterhalten. Nach der Regierungsbildung.«

Auch Zacharias kehrte zurück in den Plenarsaal. Diesmal fand er keinen Sitzplatz, so lehnte er sich an die Rückwand, von wo aus er alles gut im Blick hatte. Während die führenden Genossen des Rats und der revolutionären Parteien sich auf die Regierungsbänke setzten, bedachte Zacharias, was Däumig ihm berichtet hatte. Sie hatten wohl in Berlin derzeit die Massen hinter sich, in anderen Großstädten auch. Aber auf dem Land und in vielen anderen Städten herrschten Großgrundbesitzer und das Bürgertum. Die Arbeiterklasse musste nun versuchen, die armen Bauern für sich zu gewinnen. Auf die russische Art, indem die Regierung den Großgrundbesitz enteignete und verteilte unter den Bauern. Aber wieder griff die Erinnerung nach Zacharias. Auf die russische Art, das hieß am Ende mit Gewalt.

Ledebour klopfte mit dem Stuhlbein auf den Präsidiumstisch. Ein fetter Mann, der neben Zacharias stand, spuckte Kautabak auf den Boden. Er wischte sich den Mund am Ärmel ab und sagte: »Nun geht es den Kapitalisten an den Kragen.«

Wo mochte der Mann herkommen? Überhaupt war sich Zacharias nicht im klaren darüber, ob alle Anwesenden Delegierte des Berliner Arbeiter-und-Soldaten-Rats waren. Niemand prüfte die Vollmachten der Leute, die nun eine neue Regierung wählen würden.

Es stellte sich wieder Haase hinters Rednerpult. Er verlas den Vorschlag, den die Führer im Hinterzimmer ausgehandelt hatten. Demnach kandidierte Liebknecht als Vorsitzender des Rats der Volkskommissare, Luxemburg erhielt das Wirtschaftsressort, Verteidigung und Inneres Däumig, Justiz und Stellvertreter Liebknechts Haase, Propaganda Dittmann, Äußeres Barth, der als Vertreter der Revolutionären Obleute in die Regierung eintrat. Auch die anderen Ressorts gingen an prominente Vertreter von USP und KPD.

Die Delegierten applaudierten. Zacharias wusste, sie hätten auch jedem anderen Vorschlag zugestimmt. Sie vertrauten den Revolutionsparteien und unterwarfen sich ihrer Führung. Das deutsche Proletariat war es gewohnt, von Menschen geführt zu werden, die behaupteten, den Gang der Geschichte zu kennen.

Uneinigkeit kam auf, als ein Delegierter verlangte, auch Vertreter der SPD zum Eintritt in die Regierung aufzufordern. Pfeifen und Johlen waren die Antwort. Ledebour fragte, ob es weitere Vorschläge oder Einwände gebe. Niemand meldete sich. Dann fragte er, wer dem Vorschlag für den Rat der Volkskommissare zustimme. Alle hoben die Hand. Niemand stimmte dagegen, als Ledebour danach fragte, und niemand enthielt sich der Stimme. Beifallsstürme. Hoch die Revolution! Hoch die Revolutionsregierung! Schreie und Tumult.

Dann sah Zacharias Liebknecht am Rednerpult. Er streckte die Hände nach oben, um sich Gehör zu verschaffen. Mit hochrotem Kopf schrie er an gegen die Begeisterung. Allmählich wurde es leiser.

»Genossen! In dieser historischen Stunde erklärt der Rat der Volkskommissare die Regierung Ebert und Scheidemann für abgesetzt. Die sogenannte Nationalversammlung ist aufgelöst.«

Dröhnender Beifall.

»Die Mitglieder dieser Regierung und die führenden Vertreter der Nationalversammlung sind zu verhaften.«

Beifall, noch lauter.

»Eine der ersten Aufgaben des Genossen Haase wird sein, ein Volkstribunal einzurichten und die Verräter an der Sache der Arbeiterklasse anzuklagen.«

Beifall. Zacharias blickte zu Haase, dessen Gesicht war kreidebleich.

»Der Genosse Däumig, unser Kommissar für Verteidigung und Inneres, hat den Auftrag erhalten, Weimar zu erobern und die Köpfe der Konterrevolution zu verhaften.«

»Abschlagen! Köpfe abschlagen!« Ein anderer schrie: »Da braucht es keinen Prozess! Abknallen!«

»Nein, Genossen«, erwiderte Liebknecht, »wir müssen diese Verräter öffentlich entlarven, um jene Arbeiter für die Revolution zu gewinnen, die immer noch glauben, die SPD kämpfe für den Sozialismus. Und wir müssen diejenigen zur Verantwortung ziehen, die den Krieg verschuldet haben.«

Beifall.

»Wir werden Ihnen morgen ein Sozialisierungsgesetz zur Abstimmung vorlegen. Ich kann Ihnen heute ankündigen, dass darin alle Betriebe ab einer bestimmten Belegschaftszahl sofort der Kontrolle der Betriebsräte unterworfen werden. Die Kapitalisten werden entmachtet, jeder Versuch des Widerstands wird gebrochen. Die Genossin Luxemburg wird nach mir dazu vortragen. Der Genosse Däumig ist beauftragt, eine Miliz zu bilden und ein Komitee zur Bekämpfung der Konterrevolution. Die preußische Polizei und die Polizei in den anderen Ländern des Reichs sind aufgelöst. Außerdem werden wir alle Richter und Staatsanwälte entlassen. Sofern sie direkt der Klassenjustiz gedient haben, werden wir sie zur Verantwortung ziehen. Die Gefängnisse unterstehen künftig der Verwaltung des Genossen Haase. In Moabit und Plötzensee wurden bereits alle politischen Gefangenen freigelassen, dazu alle Gefangenen, die keine Kapitalverbrechen verübt haben. Alle sonstigen Fälle werden geprüft. Die Genossen in Hamburg, Bremen und anderen Städten werden genauso handeln. Der Presse wird per Gesetz auferlegt, die Wahrheit zu berichten. Sollten Zeitungen gegen das Gesetz verstoßen, werden sie verboten. Das gilt auch, wenn Zeitungen zur Unruhe oder zum Widerstand gegen die Regierung der Arbeiter und Soldaten aufhetzen. Als erste Maßnahme haben wir dem Genossen Däumig befohlen, Redaktion und Druckerei des *Vorwärts* zu besetzen. Sollte sich die Berliner Organisation der Mehrheitssozialdemokraten auf den Boden der Revolution stellen, darf der *Vorwärts* wieder erscheinen.«

Liebknecht sagte noch viel, aber Zacharias war zu müde, um ihm zu folgen. Er legte sich auf den Boden, benutzte den Mantel als Kopfkissen und schlief gleich ein.

Irgendwann spürte er ein Rütteln, er öffnete die Augen und sah in das Gesicht eines Mannes, den er nicht kannte. »Genosse, es ist Revolution, schlafen kannst du später!« Der Mann lachte.

Dann hörte Zacharias ihre Stimme. Er erkannte sie sofort. Das war nicht Luise Zietz von der USP, die zum Staatssekretär ernannt worden war, und es war nicht Clara Zetkin, der Volkskommissar für Frauenangelegenheiten. Es war Rosa. Die Menschen tobten nicht wie bei Liebknecht, sie hörten zu.

Luxemburg beschwor die Genossen, Gewalt nur zu benutzen, wenn der Klassenfeind zur Gewalt greife. »Wir brauchen hier nicht das Blutbad nach bolschewistischem Muster. Die deutsche Arbeiterklasse ist zu zivilisiert, zu sehr die Erbin der europäischen Kultur, als dass sie zu Totschlägern herabsinkt. Der Feind bestimmt, ob wir Gewalt anwenden und wieviel Gewalt wir anwenden. Wenn es nach uns ginge, so würde die Revolution friedlich siegen, weil die Massen den Sozialismus wollen.«

Zacharias hörte manche murren. Sie wollten Rache. Aber vielleicht schieben sie nur das eigene Versagen ab auf die Führer. Die heute murren, sind womöglich im August 1914 freiwillig in den Krieg gezogen. Vielleicht haben sie im Winter 1918 den Mehrheitssozialdemokraten geglaubt, dass die Sozialisierung marschiere und der Volksstaat gegründet werde. Aber hat Rosa nicht recht, wenn sie sagt, die Massen müssten selbst lernen, wie sie den Klassenkampf zu führen hätten? Allein durch ihr Auftreten erinnert sie viele Arbeiter daran, dass auch sie die Revolution 1914 verraten hatten. Die damals der Sache treu geblieben sind, waren ein klägliches Häuflein, verlacht und verhöhnt, wenn es überhaupt wahrgenommen wurde. Rosa und auch Liebknecht gingen für ihre Überzeugung ins Gefängnis. Viele von denen, die heute nach Rache schreien, haben die Spartakisten damals erst als Landesverräter beschimpft, dann als bolschewistische Agenten. Und heute wollen sie kein kritisches Wort hören, nichts, was sie von ihrer Rache abhalten könnte. Die Wut, die sie auf sich haben müssten, richten sie nun gegen Ebert und Scheidemann und die Sozialdemokraten, die ihnen noch folgen. Diese Wut schafft ein Feindbild und wird zur Triebkraft der Revolution. So erwächst aus der Ebert und den anderen sozialdemokratischen Führern angelasteten Täuschung, die in Wahrheit auch eine Selbsttäuschung war, neue Kraft.

Zacharias fühlte sich elend. Er wankte mehr nach vorn zur Regierungsbank, als dass er ging. Aber die war umlagert von Delegierten und Journalisten. Er versuchte Blickkontakt mit Rosa herzustellen, aber es gelang ihm nicht. Da entschied sich Zacharias, ohne Erlaubnis nach Hause zu gehen, um ein paar Stunden zu schlafen. Was hatte Rosa von einem Leibwächter, der im Stehen einschlief? Sie war umgeben von Genossen, von denen einige bewaffnet waren.

Auf dem Heimweg gingen Zacharias die Szenen der vergangenen Tage durch den Kopf. Eigentlich war er längst tot. Vielleicht war er es, und die Revolution war nur ein Traum im Jenseits. Da lachte er über sich selbst. Red keinen Unsinn, geh ins Bett, morgen geht es weiter. Du wachst auf und musst keine Angst mehr haben vor Polizisten, die dich ermorden wollen. Gleich morgen schaue ich, ob ich Lohmeier finde. Mit dem Herrn habe ich noch ein Hühnchen zu rupfen.

Jetzt spürte er den Hunger. Er hatte lange nichts gegessen. Als er vor der Haustür stand, glaubte er, keinen Schritt weitergehen zu können.

»Wie siehst du denn aus?« begrüßte ihn die Mutter. »Wo warst du?« Aber sie erwartete keine Antwort, in ihrem Gesicht zeigten sich Erleichterung und Sorge gleichermaßen. »Da war vorhin jemand da für dich. Ein Russe oder ein Pole, so genau weiß man das ja nicht. Er kommt morgen wieder, ich soll dich grüßen.«

Zacharias setzte sich auf einen Stuhl. »Hat er keinen Namen genannt?«

»Nein.«

Aber Zacharias ahnte auch so, wer es gewesen war.

»Und dann war Margarete hier.«

Er überlegte, was sie gewollt haben mochte. Zacharias aß hastig zwei Scheiben Brot mit Rübenaufstrich, trank Wasser, dann ging er in sein Zimmer und warf sich angezogen aufs Bett. Der Schlaf kam sofort.

*

Ein Klopfen weckte ihn. Er öffnete die Augen und blinzelte ins Licht. Es war heller Tag. »Herein!« rief er.

Seine Mutter öffnete die Tür. »Der Russe«, sagte sie und ging hinaus.

Zacharias stand auf, wusch sich in der Waschschüssel das Gesicht und fuhr sich mit den Händen durch die zu langen dunkelbraunen Haare. Dann ging er in die Küche. Er spürte die Unruhe in ihm wachsen. Am Küchentisch saß ein kleiner, fetter Mann, unrasiert, mit Pickeln im Gesicht. Er stand auf, als er Zacharias sah, und reichte ihm die Hand. Mit einem Blick auf die Mutter sagte er auf Russisch: »Wo können wir ungestört sprechen, Genosse?«

Zacharias führte den Mann in sein Zimmer. Er bot ihm einen Platz auf dem einzigen Stuhl an, er selbst setzte sich aufs Bett.

»Bronski heiße ich. Der Genosse Dserschinski schickt mich. Ich soll Ihnen eine Weisung übermitteln und in Moskau berichten, was Sie herausgefunden haben. Vor allem, wie wir die Revolutionsregierung unterstützen können.« Er nuschelte.

»Fangen wir mit letzterem an«, sagte Zacharias. »Es ist der kälteste Winter seit langem. Die Entente blockiert die deutschen Häfen. Die Menschen frieren und haben nichts zu essen. Allein in Berlin verhungern Tausende. Zuerst brauchen wir Lebensmittel, dann Kohle. Alles andere ist zweitrangig.«

Bronski schüttelte leicht den Kopf. »Kein Geld? Nicht die Rote Armee? Der Genosse Trotzki persönlich hat mir gesagt, es wäre ihm und seinen Soldaten eine Ehre, die deutsche Revolution zu verteidigen.«

»Vielleicht genügt die Drohung. Die Genossen in Moskau glauben, die deutschen Arbeiter würden jubeln, wenn Rotarmisten die Grenze überschritten. Das ist aber nicht wahr. Viele würden es als Bedrohung empfinden, als Einmischung, als Besetzung. Die Mehrheitssozialdemokraten würden sagen, sie hätten es schon immer gewusst, dass die Bolschewisten die Revolution mit Waffengewalt exportieren wollten. Wir hungern und frieren, Genosse Bronski. Ich weiß, die Russen hungern und frieren noch mehr. Und jede Hilfe für uns bedeutet mehr Opfer in Russland. Aber wenn etwas die Bolschewiki in Deutschland beliebt machen kann, dann diese Hilfe.«

Bronski schaute ihn finster an. Er ist beleidigt, dachte Zacharias.

»Die Rote Armee ist kein Besetzer. Wir wollen das gleiche wie die deutschen Arbeiter. Und wir brauchen die Revolution in Deutschland. Wenn sie scheitert, werden wir auch scheitern. Das sagen alle führenden Genossen.«

»Berichten Sie dem Genossen Dserschinski, was ich Ihnen gesagt habe. Warum sollten Sie einen Krieg mit den Polen anfangen, die mit der Entente verbündet sind? Ohne Krieg gegen Polen aber könnte die Rote Armee nicht nach Deutschland marschieren. Das wäre Abenteurertum. Ich verlange, dass Sie das ungekürzt und unverfälscht berichten.«

Jetzt wurde Bronski böse. »Was glauben Sie, Genosse Zacharias, was mein Auftrag ist? Die Genossen in Moskau anzulügen?«

Zacharias schaute kurz an die Decke, dann erfassten seine Augen wieder Bronski. Was war das für einer? Einer von denen, die ihre Berichte an die Bedürfnisse ihrer Chefs anpassten? Traute er sich zu berichten, was in Moskau nicht gefiel? Zacharias hatte miterlebt, wie versessen alle Führer auf Deutschland starrten und das eigene Schicksal abhängig machten von dem, was dort geschah. Siegte die Revolution auch hier, dann war Europa ein Pulverfass, dann würden überall Aufstände losbrechen und die Macht des Kapitals wanken in der Welt.

»Und nun die Weisung, Genosse. Der Genosse Dserschinski beauftragt Sie, gemeinsam mit dem Genossen Friesland die deutschen Kommunisten auf die Taktik der Bolschewiki festzulegen. Der Genosse Dserschinski hat mir befohlen, Ihnen auszurichten, dieser Wunsch beruhe auf einem Plan Lenins. Der Genosse Lenin habe gesagt: Wenn die deutschen Revolutionäre sich nicht weiterentwickeln zu einer wahrhaft bolschewistischen Partei, dann kann die Revolution nicht siegen.«

Zacharias schaute ihn verwundert an. Er sollte mit Friesland eine Fraktion bilden und versuchen, Lenins Taktik durchzusetzen. Nur, was bedeutete das?

»Ich bin so eine Art Leibwächter der Genossin Luxemburg. Wenn ich Sie richtig verstanden habe, soll ich ihren Einfluss zurückdrängen. Es ist ja bekannt, die Genossin Luxemburg hat eine eigene Taktik, und wie es scheint, führt diese ebenso zum Ziel wie die Taktik des Genossen Lenin.«

»Genosse Zacharias, ich habe nicht den Auftrag, mit Ihnen zu diskutieren. Ich darf Sie unterrichten, der Genosse Friesland ist bereits unterwiesen und hat begonnen, Verbündete zu sammeln. Als Bolschewik sollten Sie wissen, dass Ihnen Ihre Position als Leibwächter der Genossin Luxemburg eine wichtige Rolle in unserem

Kampf gibt. Der Genosse Lenin hat bekanntlich großen Respekt vor der Genossin Luxemburg. Er ist aber der Auffassung, die Genossin Luxemburg besitze einen übertriebenen Einfluss auf die Kommunistische Partei und, so fürchtet er, auch auf die Regierung. Wenn die Internationale nach Berlin umzieht, könnte es geschehen, dass die Genossin Luxemburg auch die Internationale mehr beeinflusst, als es einer einzelnen Führerin zusteht. Der Genosse Liebknecht hingegen hat offenbar begriffen, dass er nicht umhinkommt, eine starke kommunistische Partei aufzubauen und die Macht in deren Hand zu konzentrieren. Eine Revolution ohne Generalstab hat schon verloren.«

»Auch in Russland gibt es zwei revolutionäre Parteien, neben den Bolschewiki die Linken Sozialrevolutionäre. Bei uns sind aber die Kräfteverhältnisse zwischen den Parteien anders. Die USP ist um ein Vielfaches stärker als die Kommunisten. Aber die KP hat einen großen Einfluss in der Regierung, gerade wegen Rosa Luxemburg. Die Massen lieben sie.«

»Das macht sie um so gefährlicher. Die Massen erkennen noch nicht, wohin die Taktik der Genossin Luxemburg führt. Wir aber wissen es und sehen die Gefahren. Und in Russland bestimmen die Bolschewiki die Politik, nicht die Linken Sozialrevolutionäre. In Deutschland kommt es darauf an, die beiden Parteien zu vereinigen auf der Grundlage des Kommunismus.«

»Sie meinen, die große USP hat sich der kleinen KP zu unterwerfen?«

Bronski schaute Zacharias misstrauisch an. »Beide Parteien müssen sich zusammenschließen und Mitglied der neuen Internationale werden. Wenn der Sieg der deutschen Revolution feststeht, wird die Internationale nach Berlin ziehen. Die Revolution kann aber nur siegen, wenn auch die USP die Gültigkeit der bolschewistischen Taktik anerkennt, die KP muss das sowieso tun. Die Partei, in deren Land die Internationale ihr Hauptquartier hat, wird ein großes Gewicht haben in ihren Gremien. Wir müssen verhindern, dass aus der Kommunistischen Internationale eine sozialdemokratische wird.«

Zacharias überlegte, ob er Bronski erklären sollte, wie wirklichkeitsfremd die Moskauer Weisung war. Er hatte es selbst erlebt in Russland. Weil dort die Bolschewiki sich am eigenen Sieg berauschten, glaubten sie, sie könnten aller Welt beibringen, wie man den Sozialismus errichtete. Und die Arbeiter überall mussten sich für Russlands Revolution begeistern und sich vom Einfluss der Reformisten und Opportunisten befreien. Zacharias aber wusste, die russische Arbeiterklasse hatte eine andere Mentalität und eine andere Tradition als die deutsche. Sie war von geringer Zahl und fast ohne Geschichte. Die meisten russischen Arbeiter konnten weder lesen noch schreiben. Die deutschen Arbeiter dagegen waren die größte Volksgruppe. Sie waren bildungshungrig, sozialdemokratisch erzogen und in mächtigen Gewerkschaften organisiert. Seit dem Fall der Sozialistengesetze 1890 kämpfte die deutsche Sozialdemokratie legal, wenn auch manche ihrer Vertreter bis zur Novemberrevolution immer wieder angefeindet und verfolgt wurden.

»Die Revolution in Russland begann mit einem Beschluss des ZK. Lenin plante sie wie einen militärischen Angriff. Die deutsche Revolution hat niemand geplant, sie ist das Ergebnis einer Empörung der Arbeiter über Eberts Verrat. Der hat sich zum Revolutionsführer gemacht, um die Revolution mit Hilfe von Söldnern der Reaktion zu ersticken. Hier gibt es kein ZK, das Befehle erteilt. Und die Revolution hat in Berlin und einigen Städten vielleicht vorläufig gesiegt, aber noch lange nicht im Reich. Wenn wir die Bolschewiki kopieren, werden wir untergehen. Liegt das im Interesse Sowjetrusslands?«

Bronski starrte ihn böse an. »Sie vergessen offenbar, dass Sie Funktionär der Tscheka sind. Sie missachten Befehle Dserschinskis und sogar Lenins. Sie glauben, Sie wüssten alles besser. Ich verlange, dass Sie Kontakt mit Friesland aufnehmen und Ihren Auftrag erledigen. Lenin sagt, es gibt nur zwei Wege in der Weltrevolution. Entweder die Arbeiterklasse folgt Luxemburg, dann wird sie verlieren. Oder sie folgt den Bolschewiki, dann wird sie siegen. Haben Sie das verstanden, Genosse Zacharias?«

Zacharias antwortete nicht. Wer bin ich? Ich weiß nicht mehr, wer ich bin. Ich habe so viele Menschen umgebracht, gewiss war es nötig. Geht das jetzt so weiter?

»Ich staune, dass ich Sie daran erinnern muss. Aber damit Sie nachher nicht sagen, Sie hätten es nicht gewusst: Der Arm der Tscheka reicht weit. Wer Befehlen nicht gehorcht, hilft dem Feind, ist ein Deserteur. Sie wissen, was man mit Deserteuren im Krieg macht, Genosse Zacharias?«

9

Als Bronski gegangen war, legte sich Zacharias aufs Bett und mühte sich, die Niedergeschlagenheit zu verdrängen. »Sie werden abgeholt«, hatte Bronski beim Abschied gesagt und: »Ich komme wieder.« Zacharias verstand es als Drohung.

Aber vielleicht hatte Bronski recht. Konnte sich die Revolution halten, wenn nicht ein Zentrum sie führte? Versuchten sie nicht gerade, einen Feind niederzuwerfen, ohne die eigenen Kräfte zu bündeln? Immerhin, Lenin hatte gesiegt, und er würde womöglich den Bürgerkrieg durchstehen. War es da nicht nötig, vom Sieger zu lernen? Und doch stieß ihn Bronski ab, dessen Argumente waren zu einfach. Die Wirklichkeit bot mehr Möglichkeiten als zwei: entweder Revolutionär oder Konterrevolutionär. War es möglich, die russische Revolution zu kritisieren und die deutsche zu machen? Rosa versuchte es. Er war auf dem besten Weg, sie zu verraten. Und wenn dieser Verrat die einzige Chance der deutschen Revolution war? Wenn Luxemburgs Theorien nicht stimmten? Die Massen machten die Revolution, die Partei hatte nicht zu befehlen, sondern aufzuklären?

Er schloss die Augen und versuchte an etwas anderes zu denken. Zacharias zwang sich zurück in seine Kindheit. Wie er in den Straßen spielte, mit wunden Knien nach Hause kam, um milde ausgeschimpft zu werden. Aber ein wenig später steckte ihm die Mutter etwas Süßes zu. Renate, die pausenlos redete und lachte. Der Vater, der sich in der Kneipe mit den Genossen traf, Karten spielte, aber selten Alkohol trank, weil es verpönt war, seine Geisteskraft zu schwächen.

Die Vergangenheit erschien ihm wie ein Märchen. Als er aufwuchs und begann, von etwas zu träumen, was Sozialismus sein sollte, hatte er nicht an diesen furchtbaren Winter gedacht, in dem die Kälte und der Hunger Menschen töteten und die Arbeiterklasse ihre Macht mit der Waffe verteidigen musste.

Er döste vor sich hin, bis es an der Wohnungstür klopfte. Die Mutter war offenbar zur Arbeit gegangen, so stand er auf und ging zur Tür. Davor wartete Sonja. Er stutzte, dann reimte er es sich zusammen. Sie wissen, was man mit Deserteuren macht, Genosse Zacharias. Er sah Bronskis finstere Miene vor sich. Vielleicht wird Sonja diejenige sein, die das Urteil an ihm vollstreckt.

»Ich hole dich ab«, sagte Sonja, als wäre es normal. »Der Genosse Friesland wartet schon.«

»Immer noch konspirativ«, sagte Zacharias. Er zwang sich zu lächeln.

»Die Bedingungen haben sich verändert. Aber das heißt nicht, dass wir unvorsichtig würden.« Sie ging voraus auf die Straße. Diesmal hatte sie sich schlicht gekleidet, eher wie eine Frau aus dem Volk.

Zacharias folgte ihr. Er überlegte, was sie gemeint haben mochte mit den Bedingungen, die sich geändert hatten. Sie hatte ihn schon einmal zu Friesland geführt, auch zu Radek. Beide kamen aus Russland, und Sonja war auch im Auftrag Moskaus unterwegs, für das ZK, für die Tscheka, für den Rat der Volkskommissare, für wen auch immer. Die Frage lag ihm auf der Zunge, aber er verkniff sie sich. Sie hätte nicht geantwortet, und er hätte dumm ausgesehen. Sie wissen, was wir mit Deserteuren machen?

Sie redeten nicht, während Sonja ihn zu Friesland führte. Zacharias erinnerte sich an seinen Verdacht, dass Sonja sie verraten haben könnte. Der Angriff der Söldner auf die Villa in Dahlem, nachdem Sonja dort gewesen war. Radeks Verhaftung, nachdem Sonja Zacharias ins Adlon gebracht hatte. Du bist verrückt. Erst ist sie eine Agentin des Klassenfeindes, dann eine Moskaus. Was sagen die Tatsachen? Die sagen, sie ist eine Helferin Frieslands, vielleicht seine Sekretärin, vielleicht seine Geliebte, vielleicht beides. Und Friesland setzt auf die Bolschewiki, nicht auf Rosa.

Sonja hatte einen Schlüssel für eine Wohnung in der Metzer Straße. Friesland hatte offenbar verschiedene Unterkünfte. Überall standen Möbel und Kisten herum. Friesland kniete in seinem Arbeitszimmer auf dem Boden und blätterte in Papierstapeln. Er schaute kurz auf und sagte: »Ach, der Genosse Zacharias. Nehmen Sie Platz.« Er strich sich mit der Hand über die schwitzende Stirn. »In den Zeiten der Kälte tut Bewegung gut.« Er lachte. Dann schien er gefunden zu haben, was er suchte. Er hielt ein Blatt in der Hand, überflog es und legte es auf den Schreibtisch. »Was denken Sie, Genosse Zacharias, werden wir siegen?«

Zacharias überlegte, was Friesland meinen konnte. Ob die Revolution siegte? Ob die Bolschewiki ihre Ideen auch in Deutschland durchsetzen konnten? Er fragte nicht. Statt dessen antwortete er: »Es sieht gut aus.«

»Freuen wir uns nicht zu früh. Das dicke Ende kommt noch. Es geht zu glatt voran, der Feind hat sich fast überall verkrochen. Aber er wird wieder auftauchen, wenn der Schreck nachlässt und wenn wir ihm die Gelegenheit geben. Vor allem wenn wir weiterhin erlauben, dass er sich öffentlich äußert. Noch immer sind die bürgerlichen Zeitungen nicht alle verboten worden. Sogar der *Vorwärts* wird wieder erscheinen, nachdem er eine laue Erklärung der Berliner SPD-Wahlkreise abgedruckt hat. Was hat die Genossin Luxemburg gesagt? Freiheit ist immer nur die Freiheit des Andersdenkenden! So steht es in ihrem Manuskript über die russische Revolution, das hoffentlich nie als Buch erscheinen wird. Ersetzen Sie Andersdenkender durch Feind, dann sehen Sie, dass wir auf die Katastrophe zusteuern, wenn wir so weitermachen. Es ist unverantwortlich, was manche Genossen hier treiben. Die einzigen, auf die wir zählen können, sind Liebknecht und Pieck. Kommen Sie, Sonja kocht uns einen Tee, und wir schauen ihr in der Küche zu.«

Sie setzten sich in der Küche an den Tisch. »Zu essen habe ich nichts. Aber an den Hunger haben wir uns gewöhnt. Ich habe Moskau gebeten um Lebensmittelhilfe und Kohle.«

»Ich auch«, rutschte es Zacharias heraus. Er hätte sich am liebsten die Zunge abgebissen. Aber Friesland ging über die Bemerkung hinweg, als hätte er sie nicht gehört. Wahrscheinlich hielt er es für normal, dass sowjetische Emissäre hier und da anklopften. »Da werden Russen sterben für unsere Revolution. Das darf man öffentlich nicht sagen. Nur hoffen, dass es die Kulaken trifft, die das Getreide verstecken. Sie erinnern sich an diese Raffzähne?«

Sonja hantierte mit dem Wasserkessel, sie kannte sich aus in der Küche.

»Moskau ist besorgt«, sagte Friesland. »Wenn wir keine Ordnung in dieses Durcheinander kriegen, wird die Reaktion zurückschlagen und uns wegwischen wie einen Haufen Pferdeäpfel. Rosa nennt das Bewegung der Massen, ich nenne es Chaos. Die Regierung beschließt, niemand folgt. Die Parteien dieser Revolution sagen hü und hott, ganz wie's beliebt. Liebknecht ist mal hier, mal da, aber nie, wo er sein müsste. Die Arbeiter besetzen ihre Betriebe oder besetzen sie nicht und lassen die Kapitalisten weiter Profit scheffeln. So was wie eine Wirtschaftsplanung gibt es nicht …«

»Wie soll man das alles binnen weniger Stunden aufbauen?« warf Zacharias ein. »Sie verlangen zuviel. In Russland hat es doch auch nicht von heute auf morgen geklappt. Das tut es immer noch nicht. Die russische Wirtschaft existiert fast nicht mehr, das wissen Sie so gut wie ich. Die Arbeiter plündern die eigenen Fabriken, um die Beute auf dem Land gegen Essbares zu tauschen. Unsere Regierung wird die Arbeiter in den Betrieben überzeugen, was Sozialisierung heißt. Das hat doch vorher niemand genau bestimmt, und das braucht Zeit. Ich will jetzt gar nicht von solchen blumigen Zukunftsverheißungen reden wie in Bebels *Frau.*«

»Aber die Macht haben die Bolschewiki nie geteilt, auch wenn die Linken Sozialrevolutionäre sich einbilden, sie hätten etwas zu sagen. Ich bin mal gespannt, ob es dem Genossen Däumig gelingt, einen Sicherheitsapparat aufzubauen. Er hat alles an sich gerissen: die Rote Armee, die Miliz. Aber passiert ist nichts, und, noch schlimmer, es wird nichts passieren.«

Zacharias wunderte sich über den Pessimismus, den Friesland verbreitete. Es wäre jeder denkbaren Regierung unmöglich gewesen, alle diese Forderungen in so kurzer Zeit zu erfüllen. »Ich habe keinen Zweifel, die Genossen Volkskommissare sitzen beisammen und ergreifen die Maßnahmen, die erforderlich sind. Sie machen sich zu viele Sorgen.« Machte er sich Sorgen oder sammelte er Argumente gegen Rosa?

Zacharias erinnerte sich an Bronskis Besuch. »Der Genosse Bronski hat mich zu Ihnen geschickt. Dserschinski und, so sagt jedenfalls Bronski, Lenin fordern uns auf, eine Fraktion zu bilden gegen den Einfluss von Rosa Luxemburg.«

Sonja schenkte Tee ein. Friesland griff nach seiner Tasse und trank. »Ich würde es ein wenig anders sagen. Wir bekämpfen nicht die Person, die brauchen wir, das ist eine Ikone der Revolution, wenn Sie mir den religiösen Vergleich gestatten. Aber sie sollte sich auf ein Dasein als Ikone beschränken, denn was sie in der Praxis versucht, endet im Untergang. Anders gesagt, was sie tut, arbeitet dem Feind in die Hand. Gewiss nicht bewusst, aber ab einem bestimmten Grad von Verblendung spielt es keine Rolle mehr, ob man es bewusst tut oder unbewusst. Man kann von so einer klugen Person verlangen, dass sie es irgendwann begreift. Aber Luxemburg und ihr Alter ego Jogiches werden die deutsche Revolution verhunzen, im unausgesprochenen Bündnis mit Haase, Dittmann und den anderen USP-Strategen, denen Luxemburg zu radikal ist und die sich vor lauter Feigheit und Zögern lieber selbst abschlachten lassen, als ein paar Leute an die Wand zu stellen. Gerade wird mir aus Moskau berichtet, unser Delegierter bei der neuen Internationale, dieser Genosse Eberlein, halte sich stur an den Beschluss der Zentrale, die Internationale nicht mitzugründen. In vielen Ländern wird das Proletariat immer stärker, hier und da greift es zur Macht oder steht dicht davor, aber die deutschen Kommunisten haben Zweifel, ob diese neue Internationale nicht ein Zusammenschluss von Sekten sei, ob man nicht linke Sozialdemokraten mit hineinnehmen soll, und was es da noch an Dummheiten gibt. Luxemburg und Jogiches werden nie begreifen, dass nur eine Methode zum Sieg führt, und das ist die bolschewistische. Sie haben sich schon vor dem Krieg erlaubt, ihre polnische Zwergpartei auf eigenem Kurs zu halten und in der alten Internationale groß aufzutreten. Schon damals haben sie sich mit Lenin angelegt, gerade Jogiches hat da einiges angehäuft auf seinem Schuldkonto.«

Er war wütend, aber vielleicht redete er sich nur in Rage, um sich selbst zu überzeugen. Zacharias fand es übertrieben. Wie soll man eine Revolution bewerten, die gerade erst angefangen hat?

Es klopfte an der Tür. Sonja ging hinaus. Sie kehrte zurück mit Pieck. Der sah müde aus und zerschlagen. Pieck schaute zweifelnd auf Zacharias, dann zu Friesland.

»Er gehört zu uns«, sagte Friesland.

»Im Osten wird gekämpft, Freikorps haben Königsberg besetzt

und ein paar andere Städte. Sie haben die Genossen abgeschlachtet. Gefangene werden nicht gemacht. Däumig hat erklärt, dass die bewaffneten Arbeiter diesem Beispiel nicht folgen würden. Gefangene würden human behandelt. Wo möglich, soll man sie freilassen, wenn sie versichern, nie wieder die Waffe gegen die neue Regierung zu richten.« Er lachte böse. »Das ist lächerlich. Aber Luxemburg hat ihn unterstützt, Liebknecht auch. Immerhin haben sich nun auch in Berlin Einheiten der Roten Armee gebildet. Wir erwarten den Gegenschlag von Noske, der wird Reichswehr und Freikorps auf uns hetzen. Aber sie müssen sich teilen, München, Leipzig, Dresden, Halle und Chemnitz haben sich auch der Revolutionsregierung unterstellt. In Halle wird allerdings noch gekämpft. In Bayern hat sich die SPD auf Noskes Seite gestellt.«

»Ist Weimar genommen?« fragte Friesland.

»Nein, so schnell geht es nicht. Aber wie ich hörte, kommt keiner mehr raus. Thüringer Arbeiter haben sich bewaffnet und Weimar umstellt. Einheiten der Roten Armee sind auf dem Weg dorthin. Es sollen aber auch weiße Truppen marschieren, um Weimar zu entsetzen. Däumig muss sich beeilen.«

»Ich muss los«, sagte Zacharias. »Die Genossin Luxemburg wartet bestimmt schon.«

»Glaube ich nicht«, erwiderte Pieck. »Die hält Personenschutz für überflüssig.« Er lachte grimmig. »Die Massen werden sie schützen, wird sie glauben. Oder dass sie unverwundbar sei.«

Zacharias wusste es besser, aber er erwiderte nichts.

»Halten Sie uns auf dem laufenden, Genosse Zacharias«, sagte Friesland. »Sie wissen, was der Genosse Dserschinski von Ihnen erwartet. Und nicht nur er.«

Er verabschiedete sich formlos. Sonja schaute ihn an, als bedaure sie, dass er ging. Sie kam mit auf den Flur. »Wenn mal wieder Ruhe ist, dann würde ich dich gerne zu einem Tee einladen. Oder was immer du trinkst. Du musst mir erzählen von der Revolution in Russland. Friesland ist leider nicht so auskunftsfreudig. Darf ich dich noch einmal darauf ansprechen? Dann, wenn es gehen könnte?«

Zacharias schluckte und hoffte, nicht rot anzulaufen. »Ja, natürlich«, quetschte er heraus. »Aber ich glaube, du überschätzt mich. Ich habe nicht viel erlebt.«

»Aber du kennst Lenin, hat Friesland gesagt.«

»Ich habe nur einmal kurz mit ihm gesprochen. Und dann habe ich ihn als Redner gehört, aus einigem Abstand.«

»Das ist mehr, als ich mir erträumen könnte. Hätten wir doch auch einen Lenin.«

Unterwegs sah Zacharias zum ersten Mal Milizstreifen, Däumig hatte so etwas angekündigt. Sie trugen die kaiserliche Uniform mit roten Armbinden, aber ohne Rangabzeichen, und waren zu zweit unterwegs. Auch in der Straßenbahn fuhr eine Streife mit. Zacharias sah, wie Milizionäre auf den Straßen Männer anhielten und befragten. Er erkannte sofort das Schema, nach dem sie vorgingen. So war es in Russland auch. Besser angezogene Männer standen im Verdacht, Kapitalisten oder hohe Beamte zu sein, die naturgemäß gegen die Regierung eingestellt waren. In Russland genügte ein Verdacht oder eine Denunziation, oft schon die vermutete Zugehörigkeit zu den »Burschuis«, um Leute ins Gefängnis zu bringen. Manchmal wurden sie einfach exekutiert, und es krähte kein Hahn danach. Im Deutschen heißt es: Wo gehobelt wird, fallen Späne. Wo Revolution ist, fließt Blut.

Im Reichstag war es ruhiger geworden, auch als Ergebnis der Erschöpfung. Zacharias ging zum Zimmer hinter dem Präsidium, diesmal stand ein bewaffneter Posten davor. Der Milizionär kannte Zacharias von der Schießerei in Lichtenberg und ließ ihn hinein.

Die Revolutionsregierung tagte in Permanenz, aber es waren längst nicht mehr alle anwesend. Rosa saß am Tisch und las etwas. Sie hatte Ringe unter den Augen. Zacharias lehnte sich an die Wand ihr gegenüber und beobachtete sie. Manchmal schien sie den Kopf zu schütteln, kaum sichtbar, ihre Mimik verriet Ablehnung. Dann hob sie den Kopf, sah Zacharias und lächelte. Zacharias trat zu ihr.

»Der Lebensretter«, sagte sie. »Und der, der die Parlamentäre ermordet hat.« Das Lächeln verschwand aus ihrem Gesicht, Unverständnis stand nun darin. Wenn Menschen erschöpft sind, können sie ihr Innenleben schlecht verbergen.

»Es musste sein«, sagte Zacharias. »Wenn die erfahren hätten, dass Sie im Haus sind, hätten sie ihre Anstrengung verdreifacht. So ein Ziel macht aus dem feigsten Söldner einen Berserker.«

»Dann bin ich also schuld«, sagte sie matt.

»Nein, ich habe diese Entscheidung getroffen. Diese Unterhändler waren in Wahrheit Spione. Wenn wir aufgegeben hätten, glauben Sie, die hätten uns am Leben gelassen?«

Sie schüttelte den Kopf. Nun zeigte ihr Gesicht Ratlosigkeit. »Vielleicht finden spätere Generationen einen Weg ohne Mord und Totschlag. Warum muss eine neue Gesellschaft in Blut geboren werden? Und wenn es so ist, können die, die Gewalt anwenden mussten, wieder aufhören, Gewalt anzuwenden? Genosse Zacharias, Sie waren in Russland, haben Sie den Terror miterlebt?« Sie flüsterte.

Zacharias nickte.

»Kann man sagen, wir schaffen eine humane Gesellschaft, die erste humane Gesellschaft, indem wir alles vernichten, das uns im Weg steht?«

»In Russland geht es ums Überleben. Bürgerkrieg, Hungersnot, Intervention der kapitalistischen Staaten. Einen humanen Krieg gibt es nicht.«

»In Russland, Genosse Zacharias, da hat eine Minderheit geputscht und kämpft jetzt gegen die Gesellschaft. Die Bolschewiki haben nicht einmal unter den Arbeitern eine Mehrheit. Sie haben in einem günstigen Augenblick die Macht genommen, als die auf der Straße lag. Und jetzt wollen sie die Macht behalten, um jeden Preis.«

»Sollen sie aufgeben? Kann man in einer Revolution abstimmen?«

»Warum nicht? Man muss nur gewillt sein, den Willen der Mehrheit zu akzeptieren. Man schließe Großbauern und Kapitalisten aus von der Wahl, das ist dann die Diktatur des Proletariats, unterstützt durch die armen Bauern. Oder eben nicht. Sie haben die Menschewiki einfach verjagt, viele sitzen im Gefängnis, und viele sind tot.«

»Was machen wir mit Ebert und Scheidemann?«

»Das kann man nicht vergleichen. Viele Menschewiki waren für eine sozialistische Revolution, aber gegen einen Putsch. Ebert und Scheidemann sind die Hauptverantwortlichen für den 4. August, die Zustimmung zu den Kriegskrediten und die Köpfe der Konterrevolution. Die Bourgeoisie ist untergetaucht, die kaiserlichen Generale verstecken sich in den Rockschößen von Ebert und Konsorten. Das ist fast schon lustig. Ich habe dem sozialdemokratischen Parteivorstand schon vor dem Krieg einiges zugetraut und im Krieg noch mehr. Aber nicht das, was er jetzt treibt. Deswegen bekämpfen wir sie, deswegen will ich, dass sie vors Tribunal gestellt werden, damit vor aller Augen ihr Verrat bewiesen wird. In einem gerechten Verfahren, mit Verteidigern ihrer Wahl. Es ist selbstverständlich, dass die Bourgeoisie Klassenkampf gegen die Arbeiter führt. Die Kapitalisten können nicht aus ihrer Haut, sowenig wie auch wir aus unserer Haut können. Ich verachte sie nicht, sie sind Marionetten der Verhältnisse. Aber Verräter wie Ebert verachte ich. Sehen Sie, Genosse Zacharias, solche Leute wie Ede Bernstein, der den Revisionismus begründet hat, den ich länger als ein Jahrzehnt politisch bekämpft habe, die bleiben auf Kurs. Ede ist nach wie vor für seinen Sozialismus der kleinen Schritte. Das ist konsequent, aber weltfremdes Wunschdenken. Er vertritt die Auffassung, Deutschland sei schuld am Krieg. Ebert dagegen stellt sich ans Brandenburger Tor und empfängt das Heer mit den Worten ›Im Felde unbesiegt‹. Und schuld am Krieg soll Deutschland auch nicht sein. Sie erzählen den Menschen immer noch, was sie 1914 nachgeplappert haben, dass nämlich Deutschland angegriffen worden sei und dass für den Fall eines russischen Angriffs selbst der alte Bebel sich noch den Schießprügel auf die Schulter gelegt hätte. Sie sitzen in der Falle. Es wird immer deutlicher, Deutschland hat diesen Krieg zu verantworten. Um so kläglicher sehen die Eberts aus mit ihrer Zustimmung zu den Kriegskrediten, die auf die Lüge bauten, das Kaiserreich müsse sich gegen die zaristische Reaktion verteidigen. – Ach, ich rede zuviel.«

Die Tür schlug auf, Liebknecht stürmte herein, unterm Arm eine überquellende Aktentasche. »Weimar ist in unserer Hand, Ebert verhaftet, Scheidemann auf der Flucht. Die Arbeiter haben nicht auf die Rote Armee gewartet, sondern die Sache selbst übernommen.

Der Rest der Regierung hat sich nach Stuttgart verzogen. Das ist die gute Nachricht. Die schlechte ist: Die Eisenbahner haben sich auf Eberts Seite geschlagen. Sie sind in den Streik getreten, befördern aber feindliche Truppen. Die konzentrieren sich in Bayern. Wo ist Däumig?«

»Der schläft«, sagt Jogiches. Zacharias erschrak. Jogiches hatte die ganze Zeit in der Ecke gesessen, ohne dass er ihn bemerkt hätte.

»Dann weckt ihn«, sagte Liebknecht. »Ich fürchte, unser Oberbefehlshaber kennt die militärische Lage nicht. Gibt es jemanden, der die Meldungen entgegennimmt und auswertet? Haben wir Kundschafter, die uns berichten, wo der Feind steht, bevor er uns überrascht?« Liebknecht war zornig.

Dann erschien Däumig, schlaftrunken.

»Passen Sie auf, dass nicht eines Nachts Groener an Ihrem Bett steht und Sie weckt«, sagte Jogiches.

Niemand lachte.

Däumig war zusammengebrochen vor Erschöpfung. Zacharias begriff, in einer lebenswichtigen Position in der Regierung gab es eine Schwachstelle. Däumig war bekannt für seine pathetischen wie martialischen Reden, doch offensichtlich hielt er den eigenen Ansprüchen nicht stand. Aber man konnte ihn nicht absetzen, er war ein Führer der USP, Haase und Dittmann würden eher die Zusammenarbeit mit der KPD aufkündigen als den eigenen Mann zurückziehen. Däumig genoss Ansehen bei den Unabhängigen, die Mitglieder und mittleren Funktionäre erlebten nicht mit, wie er versagte. Aber genau das tat er. Der Oberbefehlshaber kannte die militärische Lage nicht. Ungeheuerlich.

»In einer halben Stunden tagt der Rat der Volkskommissare«, sagte Liebknecht. »Bis dahin sollten alle seine Mitglieder fähig sein, aus ihren Aufgabengebieten zu berichten.«

Däumig verschwand, Liebknecht setzte sich, gähnte und sagte: »Ich renne von Betrieb zu Betrieb. Die machen, was sie wollen. Der Betrieb gehört uns, da hat uns die Regierung nicht reinzureden, sagen die Betriebsräte der AEG und der Waffen- und Munitionsfabriken. Sie fordern, einen Rat der Betriebe Berlins zu bilden, um die Produktion zu planen. In den Betrieben entstehen bewaffnete Abteilungen zum Selbstschutz. Und zwar nicht nur gegen die Konterrevolution, sondern auch gegen die Regierung, falls diese sich in die Autonomie der Fabriken einmischen wolle.«

»Die Beamten Berlins und anderer Städte und in den süddeutschen Ländern haben erklärt, sie unterstützten weiterhin die Regierung Scheidemann.«

Barth erschien, atemlos. »Die Diplomaten streiken. Die deutschen Botschaften haben sich ausnahmslos der alten Regierung unterstellt.«

»Und was sagen die Alliierten?« fragte Liebknecht.

»Die drohen mit einer Intervention, falls in Deutschland russische Verhältnisse ausbrächen.«

»Was immer das sei«, sagte Rosa.

Bis zur Sitzung des Rats der Volkskommissare vertieften sich die meisten Regierungsmitglieder in Papiere oder sammelten Berichte über die Lage in ihren Ressorts. Dann kam auch Haase und bestätigte, dass Ebert gefangengenommen worden sei mitsamt einigen Nationalversammlungsabgeordneten der SPD, des Zentrums und der Rechtsparteien. Liebknecht trommelte begeistert mit der Faust auf den Tisch.

»Aber Scheidemann und seine Minister sind entkommen«, sagte Haase. »Die sitzen jetzt in Stuttgart und behaupten, sie würden regieren. Das Schlimme ist, dass die Eisenbahner, die Reichswehr und die meisten Beamten ihnen gehorchen. Im Süden sammeln sich Truppen, im Osten auch, und es gibt keinen Zweifel, wohin sie marschieren wollen. Nach Berlin. Gleichzeitig wird die Lage hier immer verworrener.« Er bemerkte Zacharias. »Wer ist dieser Herr?«

»Das ist mein Assistent«, sagte Rosa.

»Aha.«

»Wenn Sie nichts dagegen haben, bleibt er hier sitzen. Er versteht etwas von militärischen Dingen und berät mich. Er war es, der uns in Dahlem und in Lichtenberg gerettet hat.«

»Wenn Sie meinen«, sagte Haase.

Dittmann erschien. Er hatte ein Blatt Papier in der Hand. Er hatte sich kaum gesetzt, da rief er: »Wir müssen einen Aufruf verabschieden. Titel: Die Revolution ist in Gefahr. Arbeiter und Soldaten, verteidigt den Sozialismus!«

»Gut, gut«, sagte Liebknecht. »Wer geht zu den Eisenbahnern? Wir müssen sie überzeugen, ihren Streik abzubrechen. Sonst wird Berlin nicht mehr hungern, sondern verhungern. Im Augenblick ist der Hunger gefährlicher als der Feind.«

»Und was machen wir, wenn die Eisenbahner sich nicht überzeugen lassen?« fragte Haase.

»Dann müssen wir in den Betrieben und unter den Soldaten Trupps ausheben, die die Eisenbahn unter die Kontrolle der Regierung bringen«, sagte Liebknecht.

»Dann haben wir russische Verhältnisse. Das geht nicht ohne Gewalt«, erwiderte Haase erregt.

»Fällt Ihnen etwas Besseres ein, Genosse Haase? Wie wäre es, wenn Sie zu den Eisenbahnern gingen, um sie auf unsere Seite zu bringen oder doch zumindest dazu, den Streik zu beenden?« fragte Rosa. Sie sprach ruhig, aber Zacharias spürte, dass sie sich ärgerte.

»Wenn Sie mitkommen, Genossin Luxemburg. Schließlich sind ja Sie zuständig für Wirtschaft.«

»Einverstanden, Genosse Haase. Lassen Sie uns gleich nach der Sitzung aufbrechen.« Sie drehte sich um zu Zacharias. »Und Sie kommen bitte mit, wenn wir uns in die Höhle des Löwen begeben.«

Zacharias nickte.

Dann trug Rosa den Entwurf eines Sozialisierungsgesetzes vor. Eine Sozialisierungskommission – »die diesen Namen verdient« – solle gegründet werden. Deren erste Aufgabe sei es, die Großbetriebe aufzulisten, die enteignet werden sollten. Die Betriebsräte dieser Unternehmen sollten die Leitung übernehmen – »was an vielen Orten bereits spontan geschehen ist«. Die Unternehmensleitungen wiederum sollten einer Planbehörde unterstehen, die in Zusammenarbeit mit den Unternehmen Produktionsziele festzulegen habe. Diese Planbehörde werde aus Vertretern der Räteregierung und der Betriebe gebildet. »Ein solches System ist demokratisch, weil es von unten nach oben aufgebaut ist, und es kann die Wirtschaft zentral lenken, ohne die Rechte der Betriebsräte zu verletzen. Es ist …«

»Ein Produkt aus der Gelehrtenstube«, sagte Barth. »Im Gegensatz zu Frau Dr. Luxemburg bin ich Arbeiter, und ich sage voraus, es gibt ein großes Durcheinander. Das ist alles zu kompliziert, das versteht keiner.«

»Ein Trauerspiel, dass ein Arbeiter die Arbeiter nicht begreift«, erwiderte Rosa scharf. »Sie denken noch ganz in der sozialdemokratischen Tradition. Hauptsache zentralistisch, dann funktioniert es. Der Sozialismus, Genosse Barth, aber ist keine Befehlswirtschaft, sondern eine Frage des Bewusstseins. Entweder die Arbeiter ergreifen die Macht mit ihren Händen statt durch Stellvertreter, oder sie ergreifen sie gar nicht, und die Revolution scheitert, bevor sie richtig angefangen hat. Es mag sein, dass die heutige Generation des Proletariats noch nicht die Reife gefunden hat, die es braucht, um eine neue Gesellschaft aufzubauen. Das würde ich als erste bedauern, aber wir können es dennoch nicht erzwingen.«

Barth schlug die Augen zur Decke, aber er antwortete nicht. Wahrscheinlich traute er sich nicht, sich mit dieser seltsamen Frau anzulegen, deren Sprachgewalt berühmt war und deren Gedanken überzeugender erschienen als die Wirklichkeit. Er wusste, was Arbeiter waren, keine akademische Größe, sondern Millionen von Menschen, die keineswegs alle das gleiche erstrebten.

Die Sozialisierung wurde vertagt bis zur nächsten Sitzung. Der Rat der Volkskommissare beschloss noch, dass Ebert und die anderen Gefangenen nach Berlin verlegt werden sollten. Hugo Haase erklärte, er wolle ein Volksgericht zusammenstellen, das einen gerechten Prozess führen werde.

Dann fuhren Rosa, Haase und Zacharias mit einer bewaffneten Eskorte zum Eisenbahn-Wagenwerk Rummelsburg, wo in einer riesigen Halle bereits Tausende von Arbeitern debattierten. In der Kälte hatte sich der Atem der Menschen zu einem Dunstnebel über der Versammlung verdichtet. Gerade sprach ein Anhänger Eberts. Die Auflösung der Nationalversammlung sei undemokratisch, diese sei schließlich aus freien Wahlen hervorgegangen, an denen sich die Kommunisten gar nicht erst beteiligt und in denen die Unabhängigen nur eine Minderzahl der Stimmen erhalten hätten.

Als die Versammlung Luxemburg und Haase erkannte, setzte Rumoren ein. Dann Pfiffe, Widerspruch gegen die Pfiffe: Lasst sie reden, sie sollen sich erklären. Ist es richtig, dass Ebert verhaftet ist? Freiheit für Ebert! Freie Wahlen! Brot und Arbeit! Weg mit den Putschisten! Es lebe die Sozialdemokratie! Aber auch: Hoch die Räterepublik! Hoch Lenin!

Die Vertreter der Räteregierung wurden ans Rednerpult gebeten, Rosa war schneller als Haase und ergriff das Wort. Es sei richtig, bewaffnete Arbeiter hätten Weimar befreit und Ebert verhaftet. Ihn und andere erwarte ein gerechter Prozess vor einem Volksgericht. Pfeifen, aber auch Zustimmung bei einer Minderheit. »Wer sich mit den Generalen der kaiserlichen Obersten Heeresleitung verbündet, vergeht sich am Proletariat. Das Geheimabkommen zwischen dem damaligen Volksbeauftragten Ebert und dem General Groener diente allein dem Zweck, die Revolution niederzuschlagen. So, wie sich Ebert im Krieg in die Streikleitung der Berliner Munitionsarbeiter wählen ließ, um den Streik abzuwürgen, so ließ er sich vom letzten kaiserlichen Reichskanzler, diesem Herrn von Baden, die Regierung übertragen, um die Revolution abzuwürgen, deren Führung er für sich beanspruchte. Ebert ist als Parteivorsitzender verantwortlich gewesen dafür, dass die sozialdemokratische Reichstagsfraktion den Krediten für den Krieg des Kaisers zustimmte. Heute jammern und wehklagen sie über die Zumutung der Entente, dass Deutschland schuld sein soll am Kriege. Wenn Deutschland schuld ist, dann war die Zustimmung zu diesen Kriegskrediten ein um so größeres Verbrechen am Proletariat. Ich ziehe Leute vor, die ihren Abstand von den Zielen des revolutionären Proletariats in aller Offenheit bekunden, so wie Eduard Bernstein, der Papst der Revisionisten, der übrigens auch sagt, Deutschland habe den Krieg verursacht. Aber einer, der sich zum Streikführer und zum Revolutionsführer machen lässt, allein mit dem Ziel, Streik und Revolution zu unterdrücken, so einer kann nicht Nachfolger August Bebels sein, sondern nur Handlanger der Konterrevolution. So einer setzt Mordsöldner gegen revolutionäre Arbeiter ein. So einer lässt den Bluthund Noske auf die Revolution los. So einer gehört vor Gericht, wenn die Arbeiterklasse die Macht ergreift.«

Die letzten Sätze schrie sie heraus, und der Saal begriff, dass sie fühlte, was sie sagte. Auch Zacharias war ergriffen über diesen Ausbruch, der so emotional war, wie er einer eigenen, unabweisbaren Logik folgte. Erst leiser Beifall, dann schwoll er an zum Sturm. Er erklang auch aus Ecken, wo zuvor noch Gegenwehr zu spüren war. Die Stimmung im Saal schlug um. Jeder spürte es.

Einer rief: »Das macht uns nicht satt!«

»Stimmt, das macht euch nicht satt«, erwiderte Rosa. »Worte machen niemanden satt. Aber wer sich weigert, Lebensmittel zu transportieren und Kohle auch, der darf sich nicht beklagen, er hungere oder friere. Und vergesst nicht, den Hunger haben die über uns gebracht, die den Krieg begonnen haben und ihn immer weiter führten, auch als der Sieg zum Wolkenkuckucksheim geworden war, und die immer neue Eroberungen planten und die Ausplünderung der besetzten Staaten. Denkt an den Vertrag von Brest-Litowsk. Mit diesem Vertrag haben die Hindenburg und Groener, die neuerdings besten Freunde des formidablen Sozialisten Ebert, der Entente das Vorbild geliefert. Wer Brest-Litowsk erpresst hat, wie soll der gegen den drohenden Friedensvertrag für Deutschland protestieren, ohne schamrot zu werden. Der Hunger, Genossinnen und Genossen, ist ein Bruder des Kriegs, und den haben Ebert und Konsorten mit verbrochen. Deswegen auch müssen sie vor Gericht, damit vor aller Augen enthüllt wird, wer die Verantwortlichen für die Katastrophe sind, die uns hinterlassen wurde. Und wer will einer Regierung die Treue halten, die euch nur verraten hat, deren einziger Daseinsgrund der Verrat ist, wofür sinnbildlich die Geheimleitung zwischen Ebert und Groener steht, die nichts anderes symbolisiert als den gemeinsamen Angriff auf das Proletariat?« Der Beifall schwoll zu einem Sturm an. Nur aus einer Ecke hörte man Pfiffe und Rufe, die aber der Lärm der Zustimmung bald erstickte. Einige wenige verließen die Halle, andere gesellten sich zu der Versammlung hinzu.

Beifall auch, als dann Hugo Haase das Wort ergriff und erklärte, man werde die diplomatischen Beziehungen mit Sowjetrussland wieder aufnehmen. Der bevollmächtigte Vertreter der Sowjetregierung, Karl Radek, habe versprochen, dass die russischen Arbeiter und Bauern den deutschen Arbeitern trotz eigener Not Nahrungsmittel und Kohle schenken wollten. »Wollt ihr das dann auch nicht befördern?« rief Haase.

Nach den Reden stimmte eine große Mehrheit einer Resolution zu, in der die Versammelten die Revolutionsregierung unterstützten und ein Tribunal gegen die Augustverbrecher forderten.

Auf der Rückfahrt sagte lange niemand etwas. Rosa und Haase waren erschöpft, Nächte ohne Schlaf und steter Streit raubten ihnen die Kraft. Dann sagte Rosa doch: »Ein Brandherd ist gelöscht, tausend weitere gibt es im Land. Und viel zuwenig Feuerwehren.« Dann schaute Rosa müde Zacharias an, ihr Blick verharrte einen Moment lang auf seinem Gesicht. »Sie sind müde, Genosse Zacharias. Sie können heute abend nach Hause gehen. Die Regierung ist im Hotel Kaiserhof untergebracht. Das wird gut bewacht, und wie es scheint, haben die Mörderbanden Berlin zeitweilig verlassen. Um mit Verstärkung zurückzukehren. Aber so schnell schießen die Preußen nicht.«

Der Wagen hielt an einer Straßenbahnhaltestelle, Zacharias stieg aus. Er fand einen Sitzplatz in der Straßenbahn und lehnte seinen Kopf an die Scheibe. Wahrscheinlich gucke ich so dumpf wie dieser Alte da, der weiter vorne saß und durch Zacharias hindurchschaute. Draußen tanzten Schneeflocken. Er erinnerte sich an Weihnachten vor dem Krieg. An den Vater, der nie viel redete, aber eine Geborgenheit ausstrahlte, die einzigartig war. Und Margarete, er musste mit ihr sprechen. Trotz seiner Anspannung erschien immer wieder ihr Bild in seinen Gedanken. Aber es war das alte Bild, ihr knochiges Gesicht war ihm noch fremd.

Seine Schritte führten ihn zur Wohnung ihrer Familie. Er schaute auf die Uhr, es war fast neun. Er fror. Die Fenster der Wohnung waren beleuchtet, wenn auch nicht besonders hell. Dann fiel ihm ein, wie er es früher gemacht hatte. Im fahlen Licht der Straßenlaterne suchte er Steinchen. Als er ein paar gefunden hatte, warf er sie nacheinander gegen die Fenster. Er überlegte gerade, ob er neue Steinchen suchen oder nach Hause gehen sollte, da öffnete sich ein

Fenster. Margarete schaute heraus, starrte ihn kurz an, dann rief sie: »Ich komme runter.«

Er hörte bald ihre Schritte im Flur, dann öffnete sich die Tür. Sie streckte ihm die Hand entgegen, vielleicht weil sie einer Umarmung ausweichen wollte. Sie behielt seine Hand länger in ihrer, dann sagte sie: »Du bist ja durchgefroren, komm mit hoch. Ich habe leichtsinnigerweise eingeheizt.«

Oben in der Küche strahlte der Herd Wärme ab. Weniger, als sie vor dem Krieg gewohnt waren, aber Zacharias empfand es als Luxus. Er zog seinen Mantel aus und hielt die Hände über den Herd. Sie bot ihm einen Ersatzkaffee an, der Kessel dampfte auf dem Herd. Als sie den Kaffee gebrüht hatte, fragte er, um etwas zu sagen: »Und die Eltern?«

»Die liegen schon im Bett. Dort ist es am wärmsten. Und du machst Revolution?«

»Ja. Endlich.«

»Aber in Russland geht es drunter und drüber«, sagte sie. »Soll es hier auch so kommen?«

»Hier geht es schon längst drunter und drüber, schon vor der Revolution. Und wie in Russland wird es hier nicht, auch wenn wir von denen viel lernen können.«

»Aber doch hoffentlich nicht, wie man sich gegenseitig umbringt.«

»Du liest die falschen Zeitungen.«

»Mit irgendwas muss man den Ofen anzünden.« Sie lächelte.

Er suchte in ihrem spitz gewordenen Gesicht nach den vertrauten Konturen. Es war schmal geworden, und der Hunger hatte Falten an den Mundwinkeln gezogen. Die Wangen waren eingefallen, was die Backenknochen hervortreten ließ. Er trank einen Schluck, schloss die Augen und versuchte sich vorzustellen, wie sie früher ausgesehen hatte. Das Bild, das man von einem Menschen mitnimmt in die Ferne, verändert sich im Lauf der Zeit. Vielleicht passt es sich an die eigenen Wünsche an oder an die Gefühle, die man für einen Menschen empfindet.

Eine Frage quälte ihn, seitdem er zurück war in Berlin. Soll ich sie danach fragen? Und wenn sie antwortet, ist dann alle Hoffnung vorbei? Wenn du nicht fragst, bleibt dir wenigstens die Einbildung.

Aber dann konnte er es nicht mehr zurückhalten. »Irgendwann hast du aufgehört, nach mir zu fragen.«

Sie schaute ihn freundlich an. »Ja, das hört sich nicht gut an. Aber ich werde mich nicht entschuldigen.«

»So meinte ich es nicht.«

»Wie denn sonst?«

»Du hast geglaubt, ich sei tot.«

»Ich habe gehofft …«

»Dass ich tot bin?«

»Lass mich ausreden …«

»Verzeih!«

»Lass mich ausreden.« Sie lächelte. »Es ist wie früher, weißt du. Lange sagst du nichts, und dann unterbrichst du einen.«

Er lachte.

»Ich hatte gehofft, du hast eine andere, vielleicht in Russland. Dass war ja das letzte, was wir von dir hörten, dass du in Russland warst. Ich hatte dir gewünscht, du hättest eine andere, weil die andere Möglichkeit gewesen wäre, du wärst gefallen.«

Sie schauten sich an. Seine Hand schob sich zu ihrer. Sie ließ es sich gefallen, dass er sie sanft streichelte.

»Es war schrecklich, immer wieder zu deinen Eltern zu laufen und immer wieder die gleiche Auskunft zu hören: Nichts, der Junge hat sich nicht gemeldet. Hoffentlich lebt er noch. Ob er in Gefangenschaft ist? Immer und immer wieder diese Sätze. Und gleichzeitig siehst du den Verfall, wie die Menschen in wenigen Monaten alt werden, sterben. Wie sie die Grippe nicht aushalten, weil sie zu lange gehungert haben. Ich habe das immer doppelt erlebt, bei dir zu Hause und bei mir. Das hält man nicht aus. Jedenfalls halte ich es nicht aus.«

Die Tür öffnete sich. Eine alte, gebückte Frau starrte Zacharias an. »Du hier?«

Nun erkannte er Margaretes Mutter. Er stand auf und reichte ihr die Hand. Ihre war zerbrechlich, er traute sich nicht, sie zu drücken. Sie nickte mehrmals, dann verließ sie die Küche.

»Sie ist am Ende, Vati auch«, sagte Margarete nüchtern. »Die nächste Grippe bringt sie um, alle beide.«

»Es sei denn, die Leute kriegen mehr zu essen«, sagte Zacharias, ohne wirklich daran zu glauben.

»Und warum bist du gekommen?« fragte sie.

»Früher hast du das nicht gefragt.«

Sie lächelte warm, als sie sich erinnerte. »Früher war früher, heute ist heute.«

10

Am Morgen kam Bronski zu ihm.

»Wollen Sie hier einziehen?« fragte Zacharias. Sie saßen in der Küche, die Mutter war zur Arbeit.

Bronski schaute ihn böse an. »Ich habe Weisungen vom Genossen Dserschinski. Zuerst aber erwarte ich Ihren Bericht, Genosse Zacharias.«

»Ich kann nicht mehr berichten, als allgemein bekannt ist. Die Revolution ist nicht gesichert, in der Regierung zeigen sich Risse zwischen Liebknecht und den anderen. Liebknecht ist selbstherrlich und glaubt an die Macht seines Willens. Wenn Moskau auf ihn setzt, begibt sich die sowjetische Partei in ein gefährliches Spiel. Liebknecht ist unberechenbar, heute behauptet er dies, und morgen macht er das Gegenteil.« Zacharias hätte nicht in jeder Einzelheit beweisen können, was er behauptete. Aber er war sicher, Liebknecht richtig zu beschreiben. Außerdem durften die Bolschewiki nicht auf Liebknecht setzen, statt dessen mussten sie sich mit Rosa, Haase und den anderen arrangieren.

»Das lassen Sie mal unsere Sorge sein. Ich werde nach Moskau melden, dass Sie Liebknecht nicht sonderlich schätzen.«

»Wenn Sie die Gründe mitlieferten, wäre es hilfreich.«

»Natürlich«, sagte Bronski.

Wenn der so meldete, wie Zacharias es in Sowjetrussland in vielen Fällen erlebt hatte, dann kam in Moskau allerhand an, vor allem aber das, was sich der Genosse Bronski aus irgendwelchen Gründen wünschte. Außerdem geriet in den Zeiten des verschärften Kampfs um die politische Linie jede Meldung zur Munition, ob Treffer, ob Rohrkrepierer.

»Der Genosse Lenin sollte sich mit der Genossin Luxemburg treffen«, sagte Zacharias. »Melden Sie auch diesen Vorschlag nach Moskau.«

»Natürlich«, sagte Bronski, und der Tonfall verhieß nichts Gutes. Wahrscheinlich hielt er Zacharias für übergeschnappt. »Aber jetzt reden wir über die Weisungen. Am wichtigsten ist, dass Sie sich zusammen mit dem Genossen Friesland einsetzen für den Beitritt der KPD zur neuen Internationale. Der Genosse Lenin schlägt vor, deren Sitz nach Berlin zu verlegen, sobald die Revolution in Deutschland gesiegt hat. Was er nicht gesagt hat, aber für selbstverständlich hält, ist, dass dann die deutsche KP die Lehren des Bolschewismus anwendet. Entscheidend ist die Vereinigung der KPD mit der USPD auf bolschewistischer Grundlage …«

»Ich weiß, ich weiß«, sagte Zacharias ungeduldig. »Aber das bedeutet Ärger mit Rosa Luxemburg und einigen anderen.«

»Richtig, aber ist es nicht so, dass in den deutschen Parteien die Mehrheit den Ausschlag gibt? Also müssen Sie helfen, dass die richtige Linie eine Mehrheit findet. Halten Sie sich da genau an den Genossen Friesland. Die Genossin Luxemburg hat sich der Mehrheit gebeugt, als die auf dem Gründungsparteitag die Beteiligung an den Wahlen zur Nationalversammlung ablehnte. Das war grundfalsch, und Luxemburg hatte recht. Aber, wie gesagt, die Mehrheit entscheidet. Wir machen das ganz demokratisch.« Bronski grinste.

»Schön, ich werde also mit dem Genossen Friesland reden.«

»Sie werden nachher abgeholt.«

Zacharias ahnte, wer ihn abholen würde.

Bronski fuhr sich durch die Haare. »Der nächste Punkt: Wir brauchen einen deutschen Geheimdienst, der eng mit der Tscheka zusammenarbeitet. Der Genosse Dserschinski beauftragt Sie, in dieser Frage zu sondieren. Außerdem sollten Sie Ihren Einfluss geltend machen, damit die deutsche Rote Armee bald einem neuen Oberbefehlshaber unterstellt wird.«

»Sie wollen, dass Däumig abgelöst wird.«

»Däumig redet viel und tut wenig.«

»Immerhin hat er Weimar genommen, die Nationalversammlung verjagt und Ebert verhaften lassen.«

»Das waren nicht Däumigs Verdienste, sondern die von Arbeitern vor Ort. Däumig hat keinen Einfluss auf die bewaffneten Kräfte der Revolution, jedenfalls nicht auf die außerhalb Berlins. Wir bieten der Revolutionsregierung an, dass erfahrene Kader der sowjetischen Roten Armee die erforderlichen Strukturen schaffen.

Ohne klare Kommandostrukturen und ohne eindeutige ideologische Ausrichtung wird die deutsche Rote Armee scheitern und mit ihr die Revolution.«

Als Bronski gegangen war, saß Zacharias noch lange am Tisch und überlegte. Moskau will die Revolution in Deutschland retten, kein Zweifel. Aber die Genossen glauben, dies gehe nur auf sowjetische Art. Und weil sie dies glauben, wollen sie die deutschen Parteien nach eigenem Vorbild umbauen. Und nicht nur die, sondern auch den Staat. Vielleicht hatte Lenin recht, vielleicht musste er der deutschen Revolution auf seine Weise helfen. Aber Zacharias schauderte es. Musste man überall, wo die Arbeiter aufstanden, eine Tscheka schaffen und den roten Terror ausrufen? War der Preis einer solchen Revolution am Ende nicht zu hoch? Immer wieder gingen ihm diese Fragen durch den Kopf, seit er sich eingelassen hatte auf die Tscheka. Wer eine Revolution will, darf nicht auf halbem Weg stehenbleiben. Wenn die Konterrevolution siegt, wird sie grausam Rache üben. Wer zögert, die Revolution mit allen Mitteln zu Ende zu bringen, trägt eine Mitschuld daran.

Natürlich war es Sonja, die ihn abholte. Es wäre nicht nötig gewesen. Warum sagen die mir nicht einfach die Adresse, und ich gehe hin. Ich kenne mich aus in Berlin, besser als die Russen.

Friesland war schlecht gelaunt. Diesmal bot er Zacharias nichts an. Sonja stand an der Wand im Wohnzimmer einer Wohnung, die offenbar lange nicht benutzt worden war. Wo man hinfasste, stiegen Staubwolken auf. Zacharias hustete.

»Wir haben morgen eine Sitzung der Zentrale. Ich werde dort fordern, nach bolschewistischer Art vorzugehen, ohne dieses Wort auszusprechen, da ich weiß, die Genossin Luxemburg würde rot anlaufen wie ein Krebs und einen Schreianfall bekommen.«

»Warum erzählen Sie das mir, ich bin nicht Mitglied der Zentrale.«

»Aber Sie sprechen oft mit der Genossin Luxemburg.«

»Kaum über Politik.«

Friesland schüttelte den Kopf. Er verstand nicht, wie man sich in solchen Zeiten über etwas anderes unterhalten konnte. »Dann sollten Sie schleunigst damit anfangen. Sie waren doch mit bei den

Eisenbahnern. Hinterher hörte man, es sei ein Triumph gewesen für Luxemburg. Wie sehen Sie das?«

»Es war einer. Aber es wurde nur ein Brandherd gelöscht, im Reich gibt es Tausende davon.«

»Sieht das auch die Genossin Luxemburg so?«

»Ja.« Zacharias verschwieg, dass er sie zitiert hatte.

»Und was gedenkt sie dagegen zu tun?«

Zacharias zuckte die Achseln.

»Das sollten Sie wissen, weil wir es wissen müssen. Menschenskind, Zacharias, ich habe Sie als zuverlässigen Genossen in Erinnerung, enttäuschen Sie mich nicht.«

Die Klinke der Wohnungstür klapperte, dann öffnete sich die Tür. Schritte in der Diele. Sie starrten auf die offene Wohnzimmertür. Darin stand nun Radek. »Störe ich?« Er lächelte verschmitzt und schaute die Anwesenden der Reihe nach an.

»Sie sollten nicht zusammen mit uns gesehen werden, Genosse Radek«, sagte Friesland. Doch sein Tonfall verriet, dass für Friesland Radek die Autorität in Berlin war.

»Aber wir kennen uns doch alle gut. Die schöne Genossin Sonja und dieser Genosse hier, wie hieß er noch …«

»Zacharias«, sagte Zacharias.

»Ach ja, stimmt. Wir kennen uns aus dem Adlon. Dort hat mich dieser unsägliche Polizist verhaftet. Wie ich erfuhr, sitzt er übrigens im Keller des Polizeipräsidiums. Unser Genosse Eichhorn, Nachfolger seines Nachfolgers als Polizeipräsident, hat es mir erzählt. Aber es lohnt sich nicht, den Herrn Lohmeier zu besuchen. Bei uns in Russland würde man nicht lange überlegen, was man mit diesem Herrn zu tun hat, nicht wahr, Genosse Zacharias?«

Zacharias nickte.

Friesland rieb sich die Augen. »Wir reden gerade über die Genossin Luxemburg.«

Radek lächelte. »Das ist doch ein schönes Thema.«

»Wir müssen sie überzeugen oder zwingen …«

Da lachte Radek. »Zwingen, die? Da ist ein Esel nachgiebiger. Aber natürlich nicht so klug.«

»Diese Regierung braucht vor allem Sicherheitsorgane. Die Rote

Armee muss erst eine Armee werden, aber Luxemburg genügt es, wenn die Massen bewaffnet sind. Und einen Geheimdienst will sie gar nicht. Dabei müssen wir den Feind infiltrieren und liquidieren. Dazu brauchen wir einen Geheimdienst mit bewaffneten Einheiten. Wie die Tscheka in Russland.«

»Das werdet ihr der Genossin Luxemburg schwerlich nahebringen können. Ich schon gar nicht. Über die Liebe, die sie mir gegenüber hegt, spottet die kommunistische Welt. Selbst die Genossen in Moskau reißen schon ihre Witze. Also, heiraten wird sie mich, glaube ich, nicht mehr in diesem Leben.«

Friesland starrte ihn unwillig an. Ihm stand nicht der Sinn nach Radeks Späßen, aber Radek war der ranghöchste russische Funktionär in Westeuropa.

»Natürlich brauchen wir in Deutschland eine Tscheka. Am besten wäre es, der Genosse Dserschinski käme ein paar Wochen nach Berlin, um den Genossen hier zu erklären, wie ein sozialistischer Geheimdienst aufgebaut werden muss. Aber die Genossin Luxemburg würde es fertigbringen, den Genossen Dserschinski in das finsterste Verlies Deutschlands zu werfen, obwohl er ein alter Freund ist. Die Polen verstehe einer; vor allem wenn sie Juden sind, gehen sie sich am liebsten gegenseitig an die Kehle. Sperren Sie vier von denen einen Tag lang in einen Keller, am Abend holen Sie fünf Leichen raus.« Er schüttelte den Kopf, als könnte er nicht glauben, was er gesagt hatte. »Und ich gehöre auch noch dazu.« Er schlug sich mit der Hand an die Stirn, als wäre er überrascht.

»Na, dann müssen wir den Genossen Däumig bitten, seinen Parteinachrichtendienst, sagen wir, ein wenig aufzuwerten. Den Genossen der USPD kann man ja schlecht verbieten, wachsam zu sein und nicht nur ihre Partei zu beschützen, sondern auch die Regierung. Zumal die USP ja darin sitzt. Genosse Friesland, Sie sollten das Thema in der Sitzung der Zentrale schon ansprechen. Ich werde dort sein und Sie unterstützen. Aber wir sollten bis auf weiteres die Genossin Luxemburg nicht frontal angreifen. Dann hätten wir automatisch die Genossen Liebknecht und Jogiches gegen uns, selbst wenn Liebknecht in der Sache eher unserer Meinung sein dürfte.«

Friesland nickte. »Und der Genosse Zacharias muss es noch

lernen, genau zu berichten und die Genossin Luxemburg ein wenig zu beeinflussen. Warum erzählen Sie ihr nicht von der Tscheka und den Erfahrungen, die Sie gemacht haben?«

»Könnte sein, dass sie mich dann loswerden will. Dann gelte ich ihr als russischer Agent. Also als das, was ich bin.«

Radek gackerte wie ein pubertierendes Mädchen. »Schön, dass Sie wissen, was Sie sind. Aber Sie müssen begreifen, was wir tun, ist zum Wohl des deutschen Proletariats und des russischen. Die Interessen der internationalen Arbeiterklasse sind identisch. Was der Sowjetmacht in Russland hilft, hilft auch der Sowjetmacht in Deutschland. Wenn wir nicht völlig einig sind, werden die Engländer, Franzosen und Amerikaner uns schlachten, einen nach dem anderen. Wir können dem Rest der Welt nur widerstehen, wenn kein Jota uns trennt.«

»Unsere Trumpfkarte ist die Hilfe, die die Sowjetmacht uns geben kann.« Friesland warf einen Blick auf Zacharias, als wollte er ihm etwas sagen. Vielleicht, dass die Nahrungsmittel aus der Wolgarepublik nun nach Deutschland geschickt würden und deswegen Moskau noch mehr hungern müsse. »Es wird hart«, sagte Friesland.

»Die russischen Werktätigen werden dieses Opfer gern bringen«, sagte Radek. Er schien es zu glauben.

Frag die Leute, die verhungern, weil die deutschen Proletarier gefüttert werden. Zacharias hätte es fast laut gesagt. Er schaute auf Sonja, aber die war im Geist woanders. Ihre Augen starrten an die Wand.

*

Am nächsten Morgen trafen sich die Mitglieder der Zentrale, sie saßen an einem ovalen Tisch. Liebknecht leitete die Sitzung. Zacharias setzte sich hinter Rosa Luxemburg und hoffte, nicht des Saales verwiesen zu werden.

Nach der Eröffnung bat Radek um das Wort. Er richtete pathetisch Grüße von Lenin aus, als würde er jeden Abend mit ihm telefonieren. Dann kündigte er die Nahrungsmittelhilfe für Deutschland an. Am Schluss bat er um Verständnis, wenn er eine Meinung äußere, die die Genossen nicht als Einmischung verstehen dürften. Schließlich sei er schon viele Jahre auch in der deutschen Arbeiterbewegung tätig. In Russland habe man die Erfahrung gemacht, dass der Klassenfeind alle Mittel einsetze, um die Sowjetmacht zu unterhöhlen. »Sie schicken bewaffnete Kräfte gegen uns, verbreiten Lügen und Hass in Zeitungen und Büchern, verstecken Lebensmittel, nutzen die Religionshörigkeit rückständiger Volksgruppen aus, vergiften Wasser und Nahrung, begehen Morde an Sowjetfunktionären, konspirieren mit Agenturen der internationalen Bourgeoisie, zerstören Verkehrswege und Lokomotiven und anderes mehr. Unsere Antwort darauf heißt Tscheka, das ist die Außerordentliche Kommission zur Bekämpfung der Konterrevolution. Die Tscheka kämpft an allen Fronten, an denen die Rote Armee nicht kämpfen kann. Sie ist der Revolution treu ergeben und steht unter Leitung von Feliks Dserschinski, den manche hier im Raum als vorbildlichen Genossen kennengelernt haben.«

Er schaute erst Luxemburg, dann Jogiches an. Der Blick sagte: Das ist doch euer alter Genosse, der das macht. Warum soll das in Deutschland nicht nötig sein? »Ich habe mir überlegt, vielleicht den Genossen Dserschinski zu bitten, einmal in Deutschland über seine Erfahrungen zu berichten, sollte er für eine Zeit abkömmlich sein in Russland.«

»Der Genosse Radek schlägt uns hier nicht weniger vor, als den roten Terror auszurufen«, warf Rosa ein.

»Ja, und wenn es so ist? Was wäre daran falsch?« fragte Pieck.

»Falsch ist daran nicht zuletzt, dass der rote Terror sich keineswegs nur gegen den Klassenfeind richtet, sondern auch gegen Strömungen der russischen Sozialdemokratie.«

»Die sich auf die Seite des Klassenfeindes gestellt haben«, sagte Radek.

»Das ist doch Unsinn«, widersprach Luxemburg. »Das mögen Sie gutgläubigen Nachwuchskommunisten erzählen. Martow und seine Genossen von den Menschewiki fordern Meinungsfreiheit für Sozialisten. Was ist daran konterrevolutionär? Anscheinend gilt als richtig nur das, was der Genosse Lenin oder das bolschewistische Zentralkomitee verkündet, alles andere dient per se dem Klassenfeind. Wenn wir in Deutschland so vorgingen, müssten wir die Genossen der USP verhaften und die Genossen der USP uns.«

Gelächter im Kreis. Auch Radek lachte mit, nicht aber Pieck und Friesland.

»Die Genossin Luxemburg hat recht, man kann die Lage in Russland nicht mit der Lage in Deutschland gleichsetzen«, sagte Radek.

Zacharias bewunderte Radeks rhetorischen Kniff.

»Aber es gibt Fragen, vor denen die Arbeiterklasse jedes Landes steht, wenn sie die Macht ergreifen will. Die wichtigste Frage ist, wie man den unausweichlichen Widerstand des Klassenfeindes bricht.«

»Das ist doch Gequatsche.« Jogiches saß Radek gegenüber. Er schlug mit der flachen Hand auf den Tisch. »Radek muss uns doch nicht belehren, dass es einen Klassenfeind gibt. Hier geht es um die Frage, ob wir andere sozialistische Strömungen verfolgen sollen, so, wie es in Russland geschieht. Die linken Menschewiki führen keinen bewaffneten Kampf gegen die Sowjetmacht, bisher jedenfalls nicht. Sie kritisieren die Parteidiktatur, und die kritisieren wir auch. Da sind wir Martow näher als Lenin.«

»Und was ist mit der deutschen Sozialdemokratie, was ist mit Ebert und Scheidemann?« fragte Radek. »Sind das auch Genossen, mit denen wir, sagen wir mal, ein paar Meinungsverschiedenheiten haben, die wir in der Debatte austragen?«

»Sie sind ein Demagoge, Radek!« rief ein langer, dünner Mann.

Das musste Paul Levi sein, Luxemburgs Anwalt, auch Mitglied der Zentrale und Redakteur der *Roten Fahne*. Komisch, dass Zacharias den jetzt zum ersten Mal richtig wahrnahm. Genauso komisch, dass er ihn gleich erkannt hatte. Vielleicht weil er vor dem Krieg so viel gelesen hatte über ihn.

»Sie scheren alles über einen Leisten. Die deutsche Arbeiterbewegung hat eine demokratische Tradition, die russische nicht. Das werfe ich Ihnen nicht vor, daran sind Sie und Lenin und Trotzki natürlich unschuldig. Aber ersparen Sie uns Ihren Konspiratismus. Sie haben so freundlich darum gebeten, dass die Broschüre der Genossin Luxemburg über die russische Revolution nicht veröffentlicht wird. Solidarität, sagen Sie. Dabei geht es Ihnen in Wahrheit doch nur darum, dass wir Ihre Methoden übernehmen. Sie wollen aus uns Bolschewisten machen. Das sind wir aber nicht. Wir bekämpfen den Klassenfeind auf unsere Weise. Wo er zur Waffe greift, antworten wir mit der Waffe. Wo er zu Argumenten greift, antworten wir mit Argumenten.«

Friesland warf ein: »Sie sind ein Träumer, Genosse Levi!«

»Meinetwegen«, sagte Levi. »Ich träume in der Tat, dass wir ohne Terror auskommen, wie gut er auch immer begründet scheint. Und ich glaube, dass dieser Traum Wirklichkeit wird.«

Radek hörte sich alles lächelnd an. »Wenn Sie die Bourgeoisie und ihre Helfer nicht unterdrücken, und ich sage, mit der Waffe unterdrücken, mit der Tscheka unterdrücken, dann werden sie eines Tages der Revolution das Genick brechen. Sie werden sich sammeln, sie werden Bündnispartner finden, auch in der Arbeiterbewegung, denken Sie doch nur an die Millionen von Arbeitern, die bis vor kurzem noch auf Ebert schworen und von denen es gewiss manche heute noch tun. Die Gewerkschaftsführer, die sich bedroht fühlen, die Leiter der Konsumgenossenschaften, die Vorsitzenden von Vereinen.«

»Sagen Sie es doch klipp und klar, Sie wollen, dass wir festlegen, wer unsere Feinde sind, und dass wir die so gefundenen Feinde dann ins Gefängnis sperren oder an die Wand stellen. Stimmt das, Genosse Radek?« Rosa blieb ruhig, aber Schärfe lag in ihrer Stimme.

»Nicht umsonst habe ich vorgeschlagen, den Genossen Dserschinski nach Deutschland einzuladen. Er kann berichten, wie wir das in Russland machen. Wenn wir warten, bis der Feind uns angreift, haben wir schon verloren. Also müssen wir den Feind zuerst angreifen. Unsere marxistische Analyse zeigt unwiderlegbar, wo der Feind sitzt.«

»Da irren Sie sich, Genosse Radek, unsere marxistische Analyse zeigt uns allerlei, aber sie lässt uns nicht in die Köpfe von Menschen schauen. Also dorthin, wo die Feindschaft sitzt, aber auch die Freundschaft. Sie machen den gleichen Fehler wie der geschätzte Genosse Lenin …«

Gelächter.

»Sie irren, Genossen, ich schätze Lenin wirklich, das ist kein

Scherz. Dieser Genosse hat sein Leben der Revolution gewidmet und sie organisiert. In diesem Punkt ist er uns voraus, und wir müssen natürlich genau analysieren, was Lenin und unsere russischen Genossen ausprobieren, und wenn es nur darum geht, Fehler nicht zweimal zu machen. Aber wir werden nicht sklavisch übernehmen, was in Russland getan wird.«

»Das Sein bestimmt das Bewusstsein!« rief Pieck.

»Da haben Sie gut aufgepasst in der Parteischule. Aber nicht gut genug. Das ist eine grundsätzliche, philosophische Aussage, also eine ganz allgemeine Deutung. Manchmal bestimmt das Bewusstsein auch das Sein, wie wäre sonst eine Revolution möglich? Ich will Ihnen keinen Vortrag halten über Sein und Bewusstsein, nur soviel vielleicht: Dieser Satz gilt auf höchster Ebene der Abstraktion, wenn man beides gegeneinander stellt. In der Wirklichkeit aber verflechten sich beide dialektisch, und es nutzt einem bei der Analyse herzlich wenig, herauszuposaunen, das Sein bestimmt das Bewusstsein, wenn man nicht genau betrachtet, ob in diesem Augenblick nicht gerade andersherum gilt, dass das Bewusstsein ein neues Sein schafft. Nicht wahr, Genosse Pieck?«

»Vielen Dank für die wie immer nützliche Belehrung«, sagte Friesland, »der Genosse Pieck wird sie gewiss künftig berücksichtigen. Und doch glaube ich, dass uns diese eher abstrakten Erörterungen nicht weiterhelfen. Radek hat in einem Punkt recht, wir müssen die Konterrevolution bekämpfen, weil wir sonst eher früher als später scheitern.«

Liebknecht hatte bisher die Wortmeldungen notiert und zugehört. Er spielte mit seinem Füller, kritzelte immer wieder etwas aufs Papier, zeigte seine Unruhe. Vielleicht sitzt er in der Zwickmühle, weil er denkt wie Friesland, aber den Schulterschluss mit Rosa nicht aufgeben will. Sie haben zu viel erlebt zusammen, und Liebknecht bewunderte Rosa als Theoretikerin, wenn er sich auch gleichzeitig in Konkurrenz mit ihr sah. Zacharias beobachtete, wie Liebknecht sich wand, ohne etwas zu sagen. Aber dann drängte es ihn doch: »Wir brauchen eine eigene Polizei, nennen wir sie meinetwegen Miliz, wie es sich schon eingebürgert hat, schließlich heißt die Regierung ja auch Rat der Volkskommissare. Wir müssen uns auf die

Heimtücke des Feindes einstellen. Aber noch wichtiger ist, dass aus vielen Räterepubliken eine Räterepublik wird. Hamburg, Bremen, Köln, Essen, Dortmund und andere Städte haben inzwischen unsere Regierung anerkannt, sogar einige Landkreise. Aber das sind eher Solidaritätsadressen als ein wirklicher Fortschritt. Wir brauchen Verwaltungsorgane, die einheitlich aufgebaut sind und einer zentralen Leitung unterstehen. Wir brauchen vor allem eine Armee, die der Regierung gehorcht und nicht einen Bürgerkrieg auf eigene Rechnung führt. Wo der Feind sich stellt, muss er geschlagen werden, ohne militärische Leitung wird er uns nicht nur zuvorkommen, sondern uns am Ende auch die Luft abdrücken.«

»Däumig versagt auf ganzer Linie«, sagte Friesland. »Er hält große Reden und vertraut darauf, dass alles werden wird, wie es werden soll.«

»Dann werde ich Däumig ablösen«, sagte Liebknecht.

»Wenn Sie das tun, springt womöglich die USP ab. Eine Regierungskrise ist das letzte, was wir uns leisten können.« Rosa überlegte, dann sagte sie: »Wissen wir denn überhaupt, wo der Feind steht?«

Pieck schüttelte den Kopf. »Wir haben zahlreiche Meldungen über feindliche Truppenbewegungen, aber diese Meldungen sind nur im Ausnahmefall bestätigt, vor allem werden sie nicht ausgewertet.«

»Dann sollten wir dem Genossen Däumig dabei helfen.« Sie drehte sich um zu Zacharias. »Wollen Sie nicht in seine Dienste treten?«

Zacharias schüttelte den Kopf. »Noch sind Sie nicht sicher, überall lauern Mörder. Denken Sie an Eisner, der als bayerischer Ministerpräsident erschossen wurde, obwohl er gerade zurücktreten wollte.«

»Nein«, sagte Liebknecht. »Er muss dich begleiten. Die Genossin Luxemburg hat zahlreiche Einladungen erhalten, dort zu sprechen, wo unsere Genossen die Macht ergriffen haben. Die Reisen sind gefährlich, wir sollten ihr nicht nur den Genossen Zacharias mitgeben, sondern einige weitere bewaffnete Genossen.«

»Gut«, sagte Luxemburg, »dann muss ein anderer Däumig helfen.«

»Ich werde das veranlassen«, sagte Liebknecht. »Wenn niemand Einwände hat, möchte ich die Sitzung schließen. Es wartet viel Arbeit auf uns.«

»Da sind aber einige Fragen nicht geklärt.«

»Die Wirklichkeit wird sie beantworten!« rief Rosa fröhlich.

»Dem kann ich zustimmen«, knurrte Friesland. Er warf seine Unterlagen in eine abgewetzte Lederaktentasche und verließ den Raum mit schnellen Schritten und Pieck als Anhang.

Zacharias sah ihnen nach. Die Sowjetfraktion, eigentlich gehöre ich doch dazu. Aber irgendwo auch wieder nicht. Bin ich zu dumm, meinen Auftrag zu verstehen? Berichten wie ein Agent, beeinflussen. Letzteres ist lächerlich: Zacharias steuert Luxemburg. Wie kann Dserschinski sich einen solchen Unsinn ausdenken? Wer mochte in der Führung der KPD noch alles für Moskau arbeiten? Pieck und Friesland, das war eindeutig. Sonja auch, aber die gehörte nicht zur Führung.

Rosa stellte sich vor ihn. »Na, Genosse Zacharias, im Traum weit weg?« Sie lächelte.

»Nein, nein«, stotterte er und ärgerte sich, dass sie ihn überrascht hatte.

»Ach, das können Sie doch zugeben, das ist nichts Verwerfliches. Bitte stellen Sie bis morgen früh eine Begleitmannschaft zusammen. Der Genosse Däumig soll Ihnen ein paar gute Genossen ausleihen, damit mir auch bloß nichts passiert.« Es amüsierte sie, mit einer Eskorte zu reisen. »Ich glaube ja, wenn ich allein oder nur mit Ihnen führe, würden wir weniger auffallen, als wenn wir mit Tross und Thron ausziehen wie weiland der Kaiser. Aber Liebknecht besteht darauf, dann wollen wir ihm den Gefallen tun.« Sie klang erschöpft, aber gut gelaunt. »Und unterwegs erzählen Sie mir ein bisschen mehr über Russland, ja, Genosse Zacharias?«

*

Am nächsten Morgen fuhren sie in einer Kolonne von drei Fahrzeugen Richtung Hamburg. Vorne schützte ein gepanzerter Lastwagen mit acht Soldaten den Zug, hinten folgte ein weiterer Lastwagen gleicher Bauart und mit ebenso starker Besatzung. Ein Priamus hielt sich in der Mitte, auf der Rückbank saßen Luxemburg und Zacharias, vorne der Fahrer und neben ihm Jogiches. Zacharias verstand nicht, warum Jogiches sie begleitete, die Partei brauchte ihn doch in Berlin. Aber er fragte nicht, es ging ihn nichts an.

»Sie haben die Diskussion gehört in der Sitzung der Zentrale. Was ist Ihre Meinung, Genosse Zacharias?« fragte Rosa.

»Ich glaube, Radek hat recht.«

»Auch ein Moskowiter«, brummte Jogiches.

»Wenn man den Feind nicht bekämpft, kann man ihn nicht besiegen«, erwiderte Zacharias. »Und immerhin scheinen die Bolschewiki ihre Feinde zu besiegen. Jedenfalls sind sie noch nicht gestürzt.«

»Ich hoffe, die Bolschewiki halten sich an der Macht. Auch wenn ich ihre Methoden ablehne. Aber alles andere wäre schlimmer, ein Rückfall in die Barbarei. Doch wir können in Deutschland keine Parteidiktatur errichten. Die Arbeiter würden uns hinwegfegen, wenn wir es versuchten. Die Russen sind es seit Jahrhunderten gewohnt, sich vor Zaren zu ducken. Vielleicht hilft es Lenin, wenn er den Sowjetzar spielt. Nur hat das wenig zu tun mit dem Sozialismus, der die Menschen doch befreien soll, nicht knechten.«

»Ausgerechnet Dserschinski«, warf Jogiches ein, ohne sich umzudrehen.

»Ja, dass er die Geheimpolizei leitet, hätte ich nicht geglaubt, wenn es mir einer vor kurzem erzählt hätte.«

»Vielleicht zeigt es, dass die Bolschewiki tatsächlich nicht ohne Terror überleben?« sagte Zacharias.

»Hat es einen Sinn, an der Macht zu bleiben, wenn man das nur mit Terror schafft?« erwiderte Rosa.

»Kann man das vorher wissen? Wie stark der Terror sein muss? In Wahrheit ist es eine Steigerung. Am Anfang schlägt man hier und dort zu, weil Feinde auftreten. Dann treten mehr Feinde auf …«

»Und man schafft sich Feinde durch Terror, Genosse Zacharias. Die Menschewiki, wenigstens deren linker Flügel, hätten gewonnen werden können. Aber die Rechthaberei und der Terror, die ja die gleichen Wurzeln haben, haben die Bolschewiki einsam werden lassen. Die Linken Sozialrevolutionäre werden auch noch dran glauben müssen, spätestens dann, wenn die Kollektivierung ansteht. Die Bolschewiki gaben den Bauern Land, das hat ihnen viel Sympathie eingebracht. Wenn sie es ihnen wieder wegnehmen, gibt es einen Aufstand und also noch mehr Terror. Noch mehr Terror schafft noch mehr Feinde. Am Ende werden Abweichler in der Partei unterdrückt, und es gibt ein Diskussionsverbot, weil die genialen Führer immer recht haben.«

Welch düstere Prophezeiung. Zacharias wusste nicht, was er antworten sollte. Sie kannte die Lage in Russland erstaunlich gut, als wäre sie dort gewesen. Und sie ahnte wenigstens Lenins Pläne. Rosa konnte sich in das Denken der bolschewistischen Führer hineinversetzen. Wenn sie recht hatte, bewegte sich die Sowjetmacht auf einen Abgrund zu. Und wenn sie gestürzt wurde? Schlagt die Bolschewisten und die Juden tot! Für die Weißen waren Bolschewisten und Juden das gleiche. An die Stelle der Sowjetmacht träte ein weißes Mordregime.

Sie fuhren durch Spandau. Auf dem Bürgersteig erkannte Zacharias eine Milizstreife, der Anblick beruhigte ihn. Am Ortsausgang stießen sie auf eine Straßensperre, aber die Rotarmisten erkannten schnell, wer in der Kolonne fuhr, und ließen Rosa und die Revolution hochleben.

»Vielleicht ist es falsch, dass ich diese Reise mache. Die Moskowiter in der Zentrale warten doch nur darauf, dass sie eine Zufallsmehrheit bekommen. Die fehlen nie auf Sitzungen. Genosse Zacharias, unter uns, sind Sie auch ein Moskowiter?«

Zacharias hoffte, dass sie seinen Schreck nicht merkte. »Nein«, sagte er. Aber verriet ihn nicht der Tonfall?

Sie schaute ihn an, wiegte leicht ihren Kopf. »Ich glaube, Sie sind einer.« Dann lachte sie. »Sei's drum, der Genosse Lenin kann alles wissen, was ich tue.«

Zacharias spürte, wie sein Gesicht heiß wurde. Hoffentlich sieht sie es nicht. Wie konnte sie mich entlarven? Oder rät sie? Gewiss hat sie erfahren, dass ich Friesland kenne.

»Unser Genosse Friesland war ja sogar Volkskommissar in Sowjetrussland. Der kann gar nicht verheimlichen, dass er immer noch Bolschewik ist.«

»Ich war kein Volkskommissar«, sagte Zacharias.

»Irgendwas werden Sie schon gewesen sein. Aber das macht nichts. Sie glauben nicht, wie sehr ich mich danach sehne, dass die Revolution in Russland doch siegt. Wenn sie verliert, werden die Engländer und die Franzosen und das andere Pack uns wegwischen wie einen Krümel auf dem Küchentisch. Meine Kritik an Lenin und Trotzki ist eine Kritik an Lenin und Trotzki, nicht an der russischen Revolution. Und bei aller Kritik erkenne ich an, dass Lenin und Trotzki diese Revolution leiten. Nun sollten wir uns doch der Internationale anschließen unter der Bedingung, dass sie ihren Sitz nach Berlin verlegt und alle Parteien gleichberechtigt sind und keine Befehlsempfänger einer allwissenden Zentrale werden.«

»Die Bolschewiki wollen verhindern, dass die neue Internationale wird wie die alte.«

»Das will ich auch, Verbindlichkeit der Beschlüsse. Aber das kann nicht heißen, dass wir eine Stelle einrichten, die Befehle erteilt. Ich sage offen, dass viele befürchten, eine Internationale, in der die Bolschewiki herrschen, wird ein militärisch organisierter Revoluzzerklub mit einem Maximum an Konspiration und einem Minimum an Demokratie. Wenn Sie jemand fragt, Genosse Zacharias, was die Meinung der Genossin Luxemburg dazu sei, Sie dürfen mich zitieren.« Sie lächelte und lehnte sich zurück. Die Erschöpfung hatte ihr Gesicht grau gefärbt.

Der Fahrer machte eine Vollbremsung. Dann waren Schüsse zu hören. Sie standen auf einem freien Stück Landstraße. Zacharias sprang aus dem Wagen und zog die Mauser. Die Soldaten auf den Lastwagen waren abgesprungen und suchten Deckung. Zacharias ließ sich von einem Soldaten einen Feldstecher geben und suchte die Umgebung ab. Es war nichts Auffälliges zu sehen. Weit im Hintergrund eine schwache Rauchfahne, dort mochte ein Haus stehen.

Rosa stellte sich neben Zacharias, er hatte nicht bemerkt, dass sie ausgestiegen war. »Was gibt's?« fragte sie.

»Weiß ich nicht. Irgendwo sind Schüsse gefallen. Zu sehen ist aber nichts.«

»Lassen Sie uns weiterfahren. Wir kommen sowieso zu spät.«

»Meine Aufgabe ist nicht, Sie pünktlich nach Hamburg zu bringen, sondern unverletzt.«

Sie lachte. »Ist ja gut, Sie strenger Genosse. Aber ich möchte jetzt weiterfahren.«

Zacharias gab den Soldaten einen Wink. Die saßen wieder auf, dann setzte sich die Kolonne in Bewegung. Zacharias fiel ein, es wäre besser gewesen, er hätte sich in den vorn fahrenden Lastwagen begeben, aber nun war es zu spät. Sie fuhren in hohem Tempo durch Ludwigslust.

Kurz vor Hamburg gerieten sie in eine Straßensperre, die mit roten Fahnen geschmückt war. Die Sperre wurde von bewaffneten Zivilisten bewacht, die rote Armbinden trugen. Als sie Rosa erkannten, ließen sie sie hochleben. Sie war vor dem Krieg auf vielen Veranstaltungen gewesen und traf immer wieder Menschen, die sie als Rednerin erlebt hatten.

In der Stadt sahen sie Plakate, die Rosas Rede für den 12. März ankündigten. Als sie das Gewerkschaftshaus erreichten, war der große Saal schon überfüllt. Vor der Tür standen Massen, die Beifall klatschten, als sie bemerkten, dass Rosa eingetroffen war. Die Führer des Hamburger Arbeiter-und-Soldaten-Rats begrüßten Rosa und ihre Begleiter überschwenglich am Eingang. Zacharias verstand kaum die Namen, da die Menschen auf dem Platz vor dem Gewerkschaftshaus immer wieder in Hochrufe ausbrachen, auf Rosa, auf Liebknecht, auf die russische Revolution, auf Lenin und Trotzki. Er hielt sich in Rosas Nähe und mühte sich, nicht abgedrängt zu werden.

Bevor sie sprach, bat sie um einen Raum, in dem sie ungestört telefonieren könne, falls eine Verbindung nach Berlin möglich sei. Ein Mann mit Glatze und rotem Vollbart brachte sie in ein Zimmer, das offenbar einem Gewerkschaftsfunktionär gehört hatte. Rosa setzte sich an den Schreibtisch, Jogiches ihr gegenüber, Zacharias stellte sich an die Tür, der Vollbart stand draußen und achtete darauf, dass niemand hereinkam. Rosa erreichte die Vermittlung, und die schaffte es erstaunlicherweise, ein Gespräch zum Reichstag durchzustellen. Sie erwischte Haase.

»Dritte Internationale, Lenin übertreibt … Wie hat sich Eberlein verhalten? ... Stimmenthaltung? Hat er denn nicht gegen die Gründung protestiert? ... Er wollte nicht unsolidarisch sein? ... Ganz schön flau, der Genosse. Aber Hauptsache, die Revolution schreitet voran. Wie sieht es in München aus? ... Großartig, hoffentlich können sie sich halten ... Ja, ich habe einiges von ihm gehört, auf den Genossen Leviné können wir uns verlassen.«

Sie legte auf und strahlte. »In München haben die Arbeiter die Macht.« Dann lachte sie. »Und Lenin hat tatsächlich seine Internationale gegründet, dieser Sturkopf. Eberlein hat sich enthalten, ein bisschen mau, aber sei's drum. Es geht voran, Genossen.«

Das Grau war aus ihrem Gesicht gewichen. Fast beschwingt verließ sie das Zimmer, der Vollbart brachte sie und ihre Begleiter zu einer Tür, die zur Bühne des Versammlungssaals führte. Rosa ging auf die Bühne, die anderen blieben an der Tür stehen.

Ein Beifallssturm ertönte, als die Menschen Rosa sahen. Das ist der Lohn des Revolutionärs, der seiner Sache treu geblieben ist, dachte Zacharias. Jetzt, wo die Arbeiter und Soldaten Rosa sehen, glauben sie an die Revolution.

Der Versammlungsleiter bat Rosa gleich ans Rednerpult. Bevor sie sprechen konnte, mühte sie sich, den Beifall zu beenden. Dann berichtete sie von der Revolution in München und den anderen Ereignissen, die sie aus Berlin erfahren hatte. Wieder Beifall, den sie mit ausgebreiteten Armen zu dämpfen suchte. Als es ihr gelungen war, erstickte sie die Freude, indem sie an die Aufgaben der Revolution erinnerte. Die Sozialisierung sei nur der erste Schritt zur sozialistischen Wirtschaft, und der sei noch nicht getan. Und wo die Arbeiter Fabriken unter ihre Kontrolle gebracht hätten, liege die Produktion darnieder, mangele es an Arbeitsdisziplin. Auch weil viele Arbeiter glaubten, im Besitz der politischen Macht könnten sie sich damit beschäftigen, während der Arbeitszeit durch die Dörfer zu ziehen, um Brot, Eier und Milch einzutauschen. Wenn dies so weitergehe, werde die Revolution binnen weniger Wochen an sich selbst zugrunde gehen.

»Wenn wir nicht produzieren, können wir die Menschen noch schlechter ernähren als heute schon. Und jenen, die sich auf die angekündigte russische Hilfe herausreden, denen sage ich, man kann nur das Korn mahlen, das man hat. Und wenn man es hat, dann kann man es nur einmal mahlen. Wenn wir den Bauern keine Landmaschinen verkaufen können, weil wir keine herstellen, dann werden die Bauern uns keine Nahrungsmittel verkaufen. Wenn die Werftarbeiter keine Schiffe bauen, dann werden wir auf dem Weltmarkt keinen Zucker, keinen Kaffee, kein Getreide kaufen können. Und wenn die Eisenbahner streiken, dann werden sie mit uns allen hungern, weil nicht einmal die Russenhilfe nach Deutschland kommt.«

Dann sprach sie über den Produktionsplan, den der Rat der Volkskommissare mit den Arbeiter-und-Soldaten-Räten entwickeln müsse. So ein Plan sei ein ungeheuer komplizierter Mechanismus, aber ohne ihn verfalle das Land der Anarchie.

»Wir lassen uns nicht mehr gängeln!« Ein erster Zwischenruf, weitere folgten. An die Stelle der Freude trat der Zweifel. Die Begeisterung flaute ab, auch wenn einige sich bemühten, Rosa zu unterstützen.

»Ich kann das verstehen. Da erobert man die Fabriken und Werften, und dann kommt jemand aus Berlin und will einem vorschreiben, was man damit zu tun hat. Aber so ist es nicht, Genossen. Es handelt sich vielmehr um einen Prozess der Abstimmung zwischen der Zentrale und diesem unendlich fein verzweigten Netz, das sich Wirtschaft nennt. Eine Befehlswirtschaft lehne ich ab, aber die Zentrale muss den Bedarf erfassen und diesen in einen Planvorschlag umsetzen, der wiederum den Betrieben zur Diskussion vorgelegt wird.«

Wenig Beifall. Auch als sie ihre Rede beendete, war der Applaus schwächer als am Anfang. Nun meldeten sich zahlreiche Versammlungsteilnehmer zu Wort.

Der erste wandte ein, die Genossin Luxemburg habe kein Wort über die Konterrevolution verloren. Auch keines darüber, wie die Regierung mit den Augustverbrechern abrechnen wolle. »Und überhaupt, wenn ich schon von einer Regierung spreche. Wir in Hamburg haben die Revolution selbst gemacht. Sogar zweimal, nachdem beim ersten Mal Noske die Hamburger Arbeiterklasse zusammengeschossen hat. Wir entscheiden selbst, was richtig ist und was falsch, da lassen wir uns nicht hineinreden.«

Der nächste Redner widersprach. Wenn die Revolutionäre nicht zusammenarbeiteten, werde die Reaktion am Ende wieder siegen.

Rosa hörte zu und verzog kaum eine Miene. Eine gute Stunde nur lag zwischen Euphorie und Ernüchterung. Vielleicht hatte sie es geahnt. Zacharias hörte kaum zu, was die Redner sagten. Ihm drängte sich ein Bild auf von einem Deutschland, das in Teile zerfiel. In solche, wo die Revolution siegte, solche, in denen die Reaktion sich hielt, solche, in denen Revolutionäre sich Berlin unterordneten, solche, in denen die Anarchisten die Oberhand gewannen. Und wenn die Katastrophe vollständig werden sollte, dann kamen Gebiete hinzu, die Franzosen oder Polen besetzten. Er beobachtete Rosa und bildete sich ein, dass sie Ähnliches fürchtete. Wenn das Land zerfiel, zerfiel auch die Revolution.

Kaum einer der Redner stellte sich als Mitglied der KP vor, fast alle waren Anhänger der USP. Sofern Arbeiter zur Mehrheitssozialdemokratie gehörten, verschwiegen sie es. Aber ihre Argumente verrieten sie. Schließlich sei die Nationalversammlung demokratisch gewählt, und es sei undemokratisch, sie auseinanderzujagen und die gewählte Regierung zu verfolgen. Lautes Gejohle der Mehrheit im Saal war die Antwort.

Rosa hörte zu, und Zacharias sah, dass der Einwand sie berührte. Plötzlich stand sie auf und trat ans Rednerpult. In Revolutionen könne man nicht abstimmen. Aber sie könnten nicht siegen, wenn nicht die große Mehrheit der Arbeiter sie unterstütze. Wären heute Wahlen zur Nationalversammlung, so würden die Parteien der Reaktion viel weniger Stimmen erhalten als im Januar. »Heute würden die Parteien des revolutionären Proletariats die Mehrheit der Stimmen bekommen. Wenn die Wogen hochschlagen, dann ändert sich die Stimmung jeden Tag. Es ist die Aufgabe der revolutionären Parteien, die Arbeiterklasse für ihr Programm zu gewinnen. Gelingt es ihnen, werden sie siegen. Misslingt es, werden sie untergehen und mit ihnen das Proletariat. Aber wenn es gelingt, dann gilt die Maxime: dem Feind das Knie auf die Brust. Das ist unsere Demokratie, die Diktatur des Proletariats.«

Nun erhob sich doch starker Beifall.

Nach der Versammlung saßen sie zusammen mit einigen Hamburger USP- und KP-Funktionären in einem kleinen Sitzungsraum um einen Tisch. Die Wände waren holzvertäfelt, es stank nach Zigarettenrauch. Auf einer Vitrine standen versilberte Teller, Statuetten und Holzkästchen, wohl Gastgeschenke auswärtiger Gewerkschaftsdelegationen. An der Wand Porträts von August Bebel, Wilhelm Liebknecht und Ferdinand Lassalle. Ein Bild zeigte eine Maidemonstration aus der Vorkriegszeit. Das war nur ein paar Jahre her und doch wie vor unendlich langer Zeit. Aber manche Jahre zählen mehrfach, die des Kriegs und der Revolution allemal. Doch fühlte Zacharias Sehnsucht nach dieser Zeit, als die Arbeiter so stark schienen und der Sieg so nahe. Es war die Zeit der Gewissheit, dass eines nicht fernen Tages der Sozialismus auf den Ruinen der Ausbeutergesellschaft auferstehen würde in aller Reinheit und Klarheit. Nun ist die Revolution da, aber nichts ist klar und rein schon gar nicht.

Rosa war erschöpft, und doch redeten Hamburger Funktionäre auf sie ein, wollten alles wissen und verstanden eher zu wenig als genug. Zacharias hatte Mitleid mit ihr, doch hatte sie diesen Zustand nicht herbeigesehnt? Vor ein paar Monaten noch hatte sie im Gefängnis gesessen, weitab im Osten, wo sie hungerte und fror.

Er schaute die Gruppe an, die mit Rosa diskutierte, während Jogiches schweigend das Gespräch verfolgte. Unter den Hamburger Funktionären war ein kräftig gebauter junger Mann, dessen Haare an der Stirn sich schon lichteten. Zacharias hörte, wie dieser immer wieder schärfste Maßnahmen gegen die Konterrevolution forderte und eine Miliz, die im Zweifel schoss. »Besser als einen Schuldigen entwischen zu lassen«, dröhnte der Mann.

Rosa erkundigte sich nach seinem Namen.

»Ernst Thälmann«, antwortete er. »Ich bin in der USP, aber wir arbeiten für die Einheit der Arbeiterparteien. Und dafür, die Bourgeoisie zu vernichten.«

Jemand tippte Zacharias an die Schulter, er war eingeschlafen. Er öffnete die Augen, Rosa stand vor ihm, müde, aber sie lächelte ihn an. »Die Genossen haben ein Quartier für uns.« Jogiches stand hinter ihr, sein Gesicht zeigte nichts.

Drei bewaffnete Hamburger Kommunisten begleiteten sie zu einer Wohnung in der vierten Etage eines Mietshauses in Barmbek.

Dort empfing sie eine junge Frau mit altem Gesicht, deren Willkommenslächeln bitter aussah. Doch zeigte sie sich geehrt, den Volkskommissar Luxemburg beherbergen zu dürfen. Zacharias fragte sich, ob die Frau die Begrüßung geübt hatte.

Als Rosa, Jogiches und Zacharias allein in der guten Stube saßen und die Frau in der Küche etwas zu essen bereitete, sagte Jogiches: »Das ist kein Sozialismus, das ist Anarchie. Jeder will etwas anderes. Die Betriebe produzieren, oder sie produzieren nicht. Die Nahrungsmittelversorgung ist zusammengebrochen, und die Arbeiter ziehen übers Land, um nicht zu verhungern. Vorhin hat mir ein Genosse erzählt, es habe in manchen Dörfern schon Schießereien gegeben. Arbeiter fordern was zu essen, aber die Bauern rücken nichts heraus. Sie nehmen kein Geld, wissen nicht, was sie damit anfangen sollen. Die Reichsmark ist jeden Tag weniger wert. Wer kann, flüchtet in Golddollar.« Er zündete sich eine Zigarette an und stieß den Rauch hastig aus. »Und wie war das in Russland, Genosse Zacharias? Wir haben Schlimmes gehört, aber stimmt das auch?«

Zacharias nickte. »In Russland ist das Durcheinander mindestens genauso groß. Die Leute haben nichts zu essen und keine Kohle oder Brennholz. Dabei gibt es Nahrungsmittel, aber die geben die Bauern nur heraus, wenn die Sowjetmacht Gewalt anwendet. Der Sozialismus dort ist nicht zu retten durch Appelle. Ohne Rote Armee und Tscheka gäbe es ihn schon lang nicht mehr. Und das nicht wegen Koltschak, dem weißen Admiral, oder anderen Aufständischen, sondern wegen des Hungers und der Kälte.«

Rosa hatte zugehört. »Wenn es in Deutschland so weitergeht mit der Revolution, dann werden wir scheitern, nicht einmal grandios, sondern jämmerlich. Wenn wir Gewalt anwenden, bleiben wir vielleicht an der Macht. Aber ist das dann Sozialismus?«

11

Margarete, dachte Zacharias, als es an der Tür klingelte. Aber es war Bronski, der wirkte abgehetzt, er drängte fast in die Tür. Zacharias führte ihn in die Küche. Er war müde, erst gestern nacht waren sie von der Reise zurückgekehrt.

»Und?« fragte Bronski. »Berichten Sie von Ihrer Reise mit den Genossen Luxemburg und Jogiches.«

Zacharias berichtete. Sie waren von Hamburg nach Hannover gefahren, von dort ins Ruhrgebiet, Dortmund, Gelsenkirchen, Essen, Solingen. Sie hatten unzählige Funktionäre getroffen und auch Offiziere der Roten Armee, die die Macht in ihren Händen hatte an der Ruhr. »Aber nur, bis die Franzosen einmarschieren«, sagte Zacharias.

Bronski nickte. »Das werden sie spätestens versuchen, wenn die Alliierten einen Friedensvertrag vorlegen, und der wird etwa so aussehen wie Brest-Litowsk. Der Genosse Lenin hat unlängst auf diesen Punkt hingewiesen. Und der Genosse Trotzki glaubt, dass wir die Rote Armee verstärken sollten, um im schlimmsten Fall durch Polen hindurch der Revolution zu Hilfe zu eilen.«

»Und wenn es dadurch einen neuen Weltkrieg gibt oder die Fortsetzung des alten?«

Bronski schüttelte den Kopf. »Die Arbeiterklasse in Westeuropa wird das nicht zulassen. Die Internationale hat die Losung ausgegeben: ›Solidarität mit der deutschen Revolution!‹ In Ungarn hat sich die Arbeiterklasse eine Räterepublik geschaffen. Sie steht unter der Leitung unseres Genossen Béla Kun. Die Macht und Autorität der Internationale wächst von Tag zu Tag, ja von Stunde zu Stunde. Bald stellen sich alle Arbeiter der kapitalistischen Welt unter ihr Kommando.«

»Wir hoffen es.«

»Ich zweifle nicht daran«, sagte Bronski. »Aber nun zu einer anderen Frage. Der Genosse Lenin sagt, wenn die deutschen Kommunisten es nicht schaffen, eine zentrale Leitung im Reich durchzusetzen, geht die Revolution unter. Dann wird die Reaktion eine sozialistische Insel nach der anderen ausbrennen. Die Hauptgefahr im Augenblick ist nicht eine ausländische Intervention und sind auch nicht die Freikorps. Die Hauptgefahr ist die Genossin Luxemburg, weil sie verhindert, dass notwendige Entscheidungen getroffen werden.«

Es klopfte an der Tür. Zacharias stand auf und ging hin, während Bronski böse auf die Tischplatte starrte. Vor der Tür stand Margarete. Sie schaute ihn unsicher an. »Ich war gestern schon mal hier, aber du warst nicht da«, sagte sie, aber es war kein Vorwurf.

»Ich habe Besuch, warte doch bitte in meinem Zimmer«, erwiderte er.

Sie schaute ihn fragend an, aber dann ging sie zum Zimmer. Zacharias schaute ihr nach, wie er es früher gerne getan hatte. Sie wiegte noch immer leicht die Hüfte.

Bronski schaute noch böse, als Zacharias zurückkehrte. »Wer ist das?« fragte er.

Zacharias spürte, wie der Zorn in ihm wuchs, aber er beherrschte sich. »Privat«, sagte er scharf.

»Ich will es unmissverständlich sagen. Wenn die Genossin Luxemburg von einem Konterrevolutionär ermordet würde, dann würde sie der Revolution ihren größten Dienst erweisen.« Er sagte es ruhig, und dann blickte er Zacharias in die Augen.

Lange Momente herrschte Schweigen.

Zacharias versuchte die Idee abzuwehren, die sich aufdrängte. War es ein Mordauftrag? Er brauchte eine Weile, um zu begreifen, was Bronski gemeint haben mochte. Ihm wurde kalt und heiß zugleich.

»Ist das ein Auftrag?« fragte er mit belegter Stimme.

»Ich habe einen Umstand beschrieben, eine Situation, die in diesen Zeiten jederzeit eintreten kann. Und welche Folgen sich daraus ergäben. Das ist zunächst hypothetisch, aber wenn man eins und eins zusammenzählt, kommt man nur auf diese Lösung …«

»Lösung? Das ist Mord!«

Bronski lachte und schüttelte den Kopf. So viel Unverständnis bei einem bewährten Tschekisten, es war nicht zu glauben. Kaum ein paar Wochen in Deutschland und schon verdorben. »Diesen bürgerlichen Moralismus können wir uns nicht leisten, Genosse Zacharias. Sie schon gar nicht, denken Sie an Ihren Auftrag. Glauben Sie, die Genossen Lenin und Dserschinski machen sich das leicht? Glauben Sie, diese Genossen würden die Genossin Luxemburg nicht schätzen? Und sie nicht aufrichtig betrauern, wenn ihr etwas zustieße? Denken Sie an die Empörung der deutschen Arbeiterklasse. Sie würde sich noch fester um unsere Partei zusammenschließen.«

»Unsere Partei ist eine Sekte«, sagte Zacharias. »Und ohne Luxemburg wäre sie nur halb so viel wert. Wollen Sie Liebknecht auch umbringen?«

Bronski schüttelte wieder den Kopf. Dabei zischte er leise, um sein Erstaunen zu zeigen. »Wie kommen Sie denn darauf? Der Genosse Liebknecht verkörpert diese Revolution wie kein anderer. Gewiss reicht er nicht heran an den Genossen Lenin, aber für die Arbeiter ist er ein Idol. Und vor allem, er begreift, was zu tun ist: dass wir mit eiserner Hand alle Abweichler vernichten müssen.«

Als Bronski gegangen war, saß Zacharias noch eine Weile am Tisch. Der Wandkalender zeigte den 27. März. Er mühte sich zu begreifen, was geschehen war. Das konnte Moskau nicht wollen. Bronski drehte durch, er war ein Verrückter, der die Aufregung der Revolution nicht vertrug. Lenin konnte doch nicht glauben, man käme voran, wenn man die bedeutendste Revolutionärin Deutschlands tötete. Wir brauchen keine Märtyrer, sondern Führer, die uns zeigen, wie wir erreichen, was wir wollen. Als er in Moskau lebte, hatte Zacharias oft gehört, wie Gesandte der Zentrale ihre Aufträge eigenmächtig auslegten. Mitunter hatten sich die Bedingungen geändert, oder die Zentrale war von falschen Umständen ausgegangen, und da mussten die Emissäre die Lage vor Ort in Übereinstimmung bringen mit ihren Aufträgen. Je länger Zacharias darüber nachdachte, desto klarer schien ihm, dass Bronski seinen Auftrag missverstanden haben musste. Oder er war einfach durchgedreht. Vielleicht wollte er wie Radek eine Art Privatrechnung mit Rosa begleichen. Was es auch war, Bronskis Andeutungen passten nicht zu dem, was Lenin und Dserschinski Zacharias in Moskau gesagt hatten. Er holte sich die Gespräche in die Erinnerung zurück. Nein, unmöglich, Bronski war verrückt geworden. Jetzt, da die Revolution in Deutschland endlich in Schwung kam, jetzt sollte Moskau die bedeutendste Führerin dieser Revolution beseitigen wollen?

Er hörte Schritte im Flur, dann öffnete sich die Tür. »Du hast mich vergessen«, sagte Margarete.

»Nein, nein«, erwiderte er hastig. »Ich musste noch nachdenken über das, was mir mein Besucher gesagt hat.«

»Man muss nicht Gedankenleserin sein, um zu erraten, dass es keine schönen Dinge waren.« Sie stellte sich hinter ihn und strich ihm über den Kopf. Es war wie früher.

Er schloss die Augen. Dann überlegte er, ob er etwas sagen sollte. Sie war gekommen, ohne ihm zu erklären, warum. Vielleicht redete sie sich ein, dass es so weitergehen konnte, wie es früher war, wenn sie es nur wollten. Womöglich hoffte sie, etwas wiederzubeleben, das der Krieg getötet hatte. Ihm war es recht. Er wusste nicht, was er wollte. Ob er sie begehrte. Oder liebte. Tief in ihm saß ein Gefühl für sie, das er sich nicht erklären konnte.

»Ich habe mich wirklich nicht melden können.«

»Ja«, sagte sie. »Aber das ist jetzt egal. Es sind so viele tot oder verkrüppelt, da kommt es nicht darauf an.«

Die Küchentür öffnete sich, die Mutter trat ein. Mit ihr drang kalte Luft in den Raum. Zacharias fröstelte. Die Mutter stutzte, schnaufte und begrüßte Margarete mit einem Nicken. Sie war grau im Gesicht, in ihren Augen war kein Leben. Sie setzte sich im Mantel an den Küchentisch und hustete leise. Dann fiel sie vom Stuhl und schlug hart auf dem Boden auf.

Zacharias stürzte um den Tisch herum zu seiner Mutter. Er fasste sie am Kopf und sah, wie der Blutfleck im Haar sich weitete. Margarete stand starr hinter dem Stuhl, die Hand vor dem Mund.

Zacharias suchte den Puls am Hals. Es gab keinen. Die Mutter lag regungslos, ein Speichelfaden zog sich vom Mundwinkel auf den Boden. Zacharias kniete neben ihr, der Unterleib verkrampfte sich. Die toten Augen der Mutter starrten ihn an, als machte sie ihm einen letzten Vorwurf. Er kniete lange auf dem kalten Fußboden und fühlte sich leer und wie gelähmt. Dann erschienen ihm Bilder seiner Mutter, als sie noch gut genährt und gesund gewesen war, damals, vor dem Krieg. Das machte es ihm noch schwerer zu glauben, was er sah. Die Bilder zeigten eine andere Frau als die, die da auf dem Boden lag und deren Blut langsam auf den Boden tropfte.

Dann spürte er, wie Margarete sich neben ihn kniete. Sie schloss die Augenlider der Mutter. Nun, da sie ihn nicht mehr anstarrte, begann er zu begreifen, was geschehen war. Er erwartete die Trauer, aber sie kam nicht. Er fror innerlich.

Margarete fasste ihn am Oberarm und zog ihn hoch. Sie setzte ihn auf den Stuhl und blieb neben ihm stehen. »Die Menschen fallen einfach um und sind tot. Versteh mich nicht falsch, aber manchmal denke ich, es ist besser so, und ich beneide sie. Sie haben es geschafft.«

Ihm war es, als hörte er eine ferne Stimme. Warum sagte Margarete das? Er verstand die Worte, aber sie waren sinnlos für ihn. »Meine Mutter ist tot«, sagte er. »Aber ist das noch meine Mutter? Sie ist so anders geworden.«

»Wir sind alle anders geworden, du auch. Vielleicht noch stärker als wir.«

»Ich muss den Arzt holen für den Totenschein.«

»Ja. Das kann ich ja tun. Bleib du hier.«

Während sie den Arzt holte, saß er auf dem Stuhl und mühte sich, seine Gedanken zu ordnen. Seit er zurückgekommen war, fühlte er sich, als stünde er neben den Dingen. Er erlebte Gefahren und hatte Glück, dass er nicht längst tot war. Aber mit einem Teil seines Ichs lebte er noch in Russland. Er hatte dort zu viel getötet, um sich nicht verbunden zu fühlen mit diesem Land. Ihn quälte die Not, nicht mehr frei entscheiden zu können, ob er die Bolschewiki unterstützen sollte oder nicht. Sollte der Tag kommen, an dem er sich trotzdem gegen sie entscheiden musste, dann fesselten ihn seine Taten um so stärker an sie. Weil ein Teil seines Ichs im Osten geblieben war, fühlte er sich fremd in der Heimat. Haltlos, dachte er. So haltlos, dass ihn der Tod der Mutter nicht erreichte. Er saß lange und fühlte sich leer. Dann hörte er die Wohnungstür, Margarete hatte den Schlüssel mitgenommen. Er blickte nicht hoch, als Margarete hereinkam, begleitet von einem alten Mann, klein und knochig, mit einem krummen Rücken.

»Guten Tag, Sebastian«, sagte er.

»Guten Tag, Herr Dr. Samuelson«, erwiderte Zacharias mechanisch. So hatte er den Doktor vor dem Krieg begrüßt, als der ihn behandelte, wenn die Grippe kam.

»Mein Beileid«, sagte der Doktor, als er einen Blick auf die Mutter geworfen hatte. Er beugte sich hinunter zur Leiche, murmelte etwas vor sich hin, was vielleicht ein Fluch war auf eine Zeit, in der die Menschen starben wie die Fliegen.

»Deine Mutter war eine wunderbare Frau«, sagte der Doktor, und seine Stimme klang traurig. »Ich hätte es ihr und dir so gewünscht, dass wenigstens sie überlebt. Den Krieg, den Hunger und diese irrwitzige Revolution.«

Zacharias unterdrückte den Drang, etwas zu erwidern. Es war wie ein Mechanismus, der ausgelöst wurde, wenn ein bestimmter Reiz auftrat. Statt zu antworten, fragte er sich, ob er noch ein Mensch sei oder eine Maschine, wo er doch neben der Leiche seiner Mutter fast angesetzt hätte, mit dem Arzt, der die Leiche untersuchen musste, über die Revolution zu streiten.

Als Samuelson die Leiche untersucht hatte, stand er auf und setzte sich an den Tisch. »Ich schreibe Herzversagen, auch wenn es eigentlich eine Lüge ist. Ich müsste schreiben, ermordet vom Kaiser, der sein Volk in den Krieg trieb. Oder von Ludendorff und Hindenburg, die nicht genug bekommen konnten vom Schlachten. Aber der Kaiser ist nach Holland abgehauen, Hindenburg und Ludendorff sind Volkshelden, nach denen bald in jeder Stadt eine Straße benannt sein wird, und es würde sich kein Staatsanwalt finden, der dieses Verbrechen verfolgte. Und wenn der jemanden verfolgen würde, dann mich, weil ich die Kriegsschuldlüge unserer Feinde verbreite, um dem deutschen Volk den Rest seiner Wehrhaftigkeit zu rauben.«

Er unterschrieb das Formular und schob es Zacharias zu. »Es tut mir leid, mehr kann ich nicht für dich tun, Sebastian. Du bist jetzt allein, ich habe für deinen Vater und deine Schwester auch die Totenscheine ausgestellt. Ich kann verstehen, wenn du rebellierst gegen die Umstände, die ein solches Elend verursachen. Ich hab ja schon gehört, dass du in Russland zum Bolschewisten wurdest und hier ein großes Tier bist unter den Revolutionären. Aber alles

Verständnis reicht nicht aus, denn ihr werdet nicht das Elend abschaffen, das die Menschen umwirft, sondern dem Elend neues Elend hinzufügen und mehr Menschen ins Unglück stürzen. Du wirst es mir nicht glauben, ich weiß. Aber nimm es als meine Prophezeiung neben deiner toten Mutter.«

Er stand auf und klopfte Zacharias auf die Schulter. Dann schüttelte er leicht den Kopf und ging grußlos.

Was für ein Tag war heute? Es fiel ihm nicht ein. Alles war ihm gleichgültig. Margarete sagte: »Komm, wir legen sie in ihr Bett, und morgen früh hole ich den Bestatter.« Er griff der Mutter unter die Arme, aber als wollte sie sich wehren, wog der ausgehungerte Körper schwer, so dass sie ihm fast aus den Händen geglitten wäre.

Als sie auf dem Bett lag, deckte Margarete sie zu, und fast schien es, als schliefe sie nur. Zacharias starrte sie noch eine Weile an, dann schloss er die Tür. »Lass uns rausgehen«, sagte er.

Draußen trieben spärliche Schneeflocken. Margarete hakte sich unter. Sie gehörten zusammen, das verstand er nun, auch wenn er seine Gefühle für sie nicht hätte beschreiben können. Da war nichts mehr von der Aufregung früherer Jahre.

Sie liefen langsam und ziellos durch die Straßen. Die Kälte hatte die Menschen in ihre Wohnungen getrieben. Einmal sahen sie fern eine Milizstreife, aber sie war das einzige, das daran erinnerte, dass die Parteien der Revolution die Macht erobert hatten.

»Was hast du vor?« fragte Margarete.

»Wegen Mutter?«

»Nein, in deinem Leben.«

»Darüber bestimme nicht ich.«

Sie schaute ihn neugierig und argwöhnisch von der Seite an. »Jeder bestimmt über sein Leben.«

»Bis er eine Entscheidung getroffen hat, die ihn auf ewig bindet, selbst wenn er diese Entscheidung bereuen sollte.«

»Das versteh ich nicht. Wenn man Falsches tut und es erkennt, dann muss man das Richtige tun. Das ist doch ganz einfach.«

»Gewiss«, erwiderte Zacharias. Dann schwieg er.

Sie schaute ihn noch einmal an, aber sie fragte nicht.

Sie hält mich für verwirrt, dachte er. Das mag gar nicht falsch sein.

»Soll ich bei dir bleiben heute nacht?« fragte Margarete.

Er drückte ihren Arm.

Sie gingen, bis Margarete sagte: »Ich friere.« Sie fror schon lange.

Zurück im Haus, blieb er einen Augenblick stehen vor der Tür zum Schlafzimmer der Eltern. Aber dann ging er doch nicht hinein.

Sie zwängten sich in sein schmales Bett und deckten sich mit einer Decke zu. Nur langsam breitete sich Wärme aus. Sie streichelte seine Hand unter der Decke, während er mit offenen Augen in die Dunkelheit starrte.

»Meine Eltern werden auch bald sterben«, sagte sie. »Wenn es nicht bald mehr zu essen gibt. Sie liegen fast den ganzen Tag im Bett, weil sie schwach sind und weil es dort warm ist. Wenn man nichts mehr auf den Rippen hat, friert man immer. Ich hatte früher so etwas wie eine Figur, heute bin ich ein Knochengestell.«

»Wir werden bald mehr zu essen haben«, sagte Zacharias. »Die Russen werden etwas schicken. Sie opfern die eigenen Leute, damit wir siegen.«

Dann hörte er, wie ihr Atem ruhig wurde. Ihre Hand lag in seiner. Er starrte an die Decke, die er nicht sah. Zacharias wunderte sich über seine Gefühllosigkeit. Du bist nun allein. Was mit Margarete ist und wird, ich weiß es nicht. Du kommst aus Russland zurück und hast keine Familie mehr. Aber in Russland, wie oft hast du da an sie gedacht? Da war das Zuhause eine ferne Welt.

Er zwang sich, an die Jahre vor dem Krieg zu denken, aber es waren ihm fast fremde Bilder. Nun, was dir fremd ist, belastet dich nicht. Je weniger dich in die Vergangenheit zieht, desto freier kannst du voranschreiten. Jetzt denkst du schon so, wie andere auf Versammlungen reden.

*

Als er am Morgen aufwachte, begriff er, seine Mutter war tot. Es erschreckte ihn nicht. Margarete lag nicht mehr neben ihm. Er stand auf und ging in die Küche. Schon im Flur hörte er, wie sie mit dem

Kessel hantierte. Sie wandte sich nicht um, als er die Küche betrat. Sie sagten sich Guten Morgen, er setzte sich an den Tisch, auf dem zwei Teller, Messer und Tassen standen. Fast schien es ihm, dass sie schon immer da gewesen wäre. Sie aßen schweigend, dann sagte sie: »Du musst zum Bestatter, oder soll ich das übernehmen? Bei uns in der Fabrik gibt es keine Arbeit, schon ein paar Tage nicht mehr.«

»Bitte mach du es.«

Sie nickte.

Er küsste sie auf den Mund, als er fortging. Auf dem Weg fielen ihm Bronski und dessen mörderische Schlussfolgerungen ein. Wenn man es sah wie er, dann erschien alles Weitere unausweichlich. Aber seine Folgerungen beruhten auf einer Voraussetzung, die willkürlich gewählt war, nämlich dass die Partei nur auf bolschewistischem Weg an die Macht kam. Die Revolution in Deutschland verlief aber anders, die Massen erhoben sich aus Empörung über Eberts Verrat. Dem konnten sie nicht nachträglich ein bolschewistisches Etikett aufkleben. Es musste die Bolschewiki in Moskau mindestens irritieren, dass in Berlin eine spontane Massenbewegung die Linksparteien an die Macht gebracht hatte, ganz so, wie es Rosa immer wieder beschrieben hatte.

Im Reichstag war Trubel. Menschen rannten hin und her, manche riefen etwas, man musste aufpassen, nicht über Leute zu stolpern, die auf dem Boden lagen oder an der Wand lehnten und schliefen. Zacharias zog es zu dem Raum hinter dem Rednerpult im Plenarsaal. Es stand kein Posten davor, und im Zimmer fand sich niemand außer zwei Männern, die sich Stühle zu provisorischen Betten zusammengeschoben hatten. Sie rochen ungepflegt.

»Wo sind die Volkskommissare?« fragte Zacharias.

»Wilhelmstraße«, sagte einer der beiden Männer.

»Reichskanzlei?«

»Wahrscheinlich.«

Zacharias verließ den Raum und machte sich auf den Weg zur Reichskanzlei. Unterwegs strömten ihm Menschen entgegen. Einer schrie hysterisch: »Ein Mordanschlag! Auf Rosa! Schlagt die Reaktionäre tot!«

Ein anderer zerrte am Mantel des Mannes. »Und was ist mit ihr? Lebt sie?«

»Alle tot! Alle tot!« schrie der Mann.

Jetzt erst sah Zacharias, der Mann hatte Blutflecken am Mantel und eine Verletzung am Kopf. Zacharias rannte los in Richtung Reichskanzlei. Davor stand ein Sanitätswagen, darum scharte sich eine Menschenmenge. Die Leute waren aufgebracht.

Zacharias stürmte in die Reichskanzlei. Nirgendwo wurde er aufgehalten. »Wo?« brüllte er immer wieder. »Wo?«

»Oben«, sagte jemand.

Im obersten Stockwerk traf er auf eine Menschentraube vor einer Tür. Er drängte sich durch. Einen Mann, der sich ihm in den Weg stellte, schob er beiseite, dann öffnete er die Tür. Drinnen erkannte er Jogiches, Pieck und Sonja, dann auch Friesland.

»Wo ist sie?«

Sonja zeigte auf eine Tür. Er öffnete sie. Da saß Rosa an einem Sekretär und schrieb etwas. Sie war unversehrt. »Ich dachte, fürchtete, auf der Straße …«

Sie lächelte ihn an. »Nun beruhigen Sie sich.« Das Lächeln verschwand. »Mir ist nichts passiert, nur ein paar Genossen, die mit mir sprechen wollten, die hat es böse erwischt. Zwei tot, drei oder vier verletzt. Ich stand daneben, aber mir ist nichts geschehen.« Sie zeigte auf einen Stuhl neben dem Sekretär. »Setzen Sie sich! Wo waren Sie?«

Er erzählte vom Tod seiner Mutter.

Sie legte ihm die Hand auf die Schulter. »Das tut mir leid«, sagte sie leise. »Da will ich Sie nicht mit unseren Dingen belasten.«

»Doch«, sagte er. »Erst recht.«

Rosa nickte. »Das kann ich verstehen. Ich würde es auch so machen. Immer weiter, es geht immer weiter. Auch wir werden sterben, und die Welt wird sich keine Sekunde aufhalten lassen. Haben Sie Geld für die Beerdigung? Haben Sie überhaupt Geld?«

»Nein, so gut wie nichts mehr.«

»Was für eine Stellung haben Sie überhaupt?«

»Ich bin Ihr Faktotum«, sagte er.

Sie lächelte. »Dafür sehe ich Sie aber selten.« Sie schüttelte den

Kopf. »Wir verlangen von den Menschen alles, aber denken nicht daran, dass sie auch leben müssen.« Sie stand auf, ging zur Tür. »Genosse Pieck, kommen Sie doch bitte mal.«

Pieck kam ins Zimmer.

»Ich möchte, dass der Genosse Zacharias eine Anstellung erhält, nicht bei der Partei, sondern bei einem Volkskommissariat. Der Genosse Zacharias könnte zum Beispiel zum Beauftragten für die Sicherheit der Volkskommissare ernannt werden. Reden Sie mit dem Genossen Däumig, der ist ganz zugänglich für Vorschläge. Der erste Auftrag für den Genossen Zacharias könnte darin bestehen, diesen Anschlag auf die Regierung zu untersuchen.«

Pieck nickte eilfertig. »Das ist eine gute Idee, Genossin Luxemburg. Wenn der Genosse Zacharias Sie nicht beschützen müsste. Er hat das bisher nur sporadisch gemacht. Wenn ich etwas vorschlagen darf, dann sollte der Genosse ab sofort immer in Ihrer Nähe sein. Immerhin hat er schon mal einen Mordanschlag auf Sie abgewehrt.«

»Nein, wir sollten dafür sorgen, dass die Regierungsgebäude besser bewacht werden. Das ist doch eine Kleinigkeit. Und die Talente des Genossen Zacharias würden wir nur vergeuden, wenn er den ganzen Tag herumsitzen würde. Nehmen Sie den Genossen Zacharias gleich mit und klären Sie das mit Däumig.«

Die beiden Männer verließen den Raum. Däumig hatte sich im Reichsamt des Innern niedergelassen, nur drei Häuser weiter. Auf dem Weg schilderte Pieck, was geschehen war. Ein Trupp von acht bis zehn Bewaffneten mit roten Armbinden war in die Reichskanzlei eingedrungen, und der Anführer hatte nach Rosa Luxemburg gefragt. Sie hätten der Genossin eine wichtige Meldung zu überbringen. Tatsächlich wurde ihnen der Weg zu Rosa Luxemburg gewiesen, niemand kam auf die Idee, den Männern die Waffen abzunehmen. »Heutzutage läuft fast jeder mit einem Gewehr oder einer Pistole durch die Gegend.« Als die Männer ins Zimmer von Rosa eindrangen, war diese gerade dabei, sich die Forderungen einer Delegation der Siemens-Schuckert-Werke anzuhören. »Es kommen dauernd Delegationen, die dieses oder jenes fordern.« Die Eindringlinge hätten sofort das Feuer eröffnet, Rosa Luxemburg aber verfehlt. Unter den Delegierten aber hätten sie ein Blutbad angerichtet.

»Eigentlich erstaunlich«, sagte Zacharias.

»Was ist erstaunlich?«

»Dass sie die Genossin Luxemburg verfehlt haben. Acht bis zehn Mann eröffnen das Feuer. Da kann man nicht vorbeischießen.«

Pieck erwiderte nichts, sondern ging noch schneller. Dann sagte er: »Klar ist nur eines, wir brauchen eine deutsche Tscheka. Auch wenn das in dieser Regierung keiner kapiert außer dem Genossen Liebknecht. Wir müssen die Konterrevolution vernichten, bevor sie uns vernichtet. Aber die Sicherheitsfragen unterliegen dem Genossen Däumig. Der hat zwar so eine Art Nachrichtendienst aufgebaut für die USP, aber das ist keine Tscheka, sondern ein Horch- und Schnüffeldienst. Vielleicht gelingt es uns jetzt, Däumig zu überzeugen. Am besten wäre aber, er träte das Ressort ab an jemanden, der was davon versteht. Nur traut sich keiner, das zu fordern, es gäbe sofort eine Regierungskrise.«

Däumig erinnerte sich an Zacharias. »Da wollen Sie mir also einen Bolschewiken ins Haus setzen«, lachte er. »Aber meinetwegen. Soll er doch eine Untersuchungskommission bilden, die den Anschlag auf die Genossin Luxemburg aufklärt. Würde mich sehr interessieren, welche Figuren dahinterstecken. Wenn wir noch die Zeit dazu haben.«

»Warum?« fragte Zacharias.

Däumig schaute ihn erstaunt an. »Ganz einfach, weil wir bald eine große Schlacht schlagen gegen die Reichswehr und die Freikorps. Und weil ich nicht weiß, wer siegen wird.«

Zacharias runzelte die Stirn. Das klang nicht optimistisch.

»In Bayern haben die Konterrevolutionäre München eingeschlossen, und wir haben nichts, womit wir den Genossen helfen könnten, trotz aller großartigen Ankündigungen der Genossen im Lande. Schicken wir die Ruhrarmee nach Bayern, fallen die Franzosen im Ruhrgebiet ein. Ziehen wir Einheiten aus dem Osten ab, werden die Polen übermütig. Die hat der Landhunger gepackt, obwohl ich an deren Stelle mucksmäuschenstill wäre, da doch Trotzki auf die polnische Grenze marschiert. Und die Truppen in Berlin müssen auch bleiben, sonst haben wir die Freikorps aus Ostelbien an der Gurgel. Wenn die sich alle verbünden, werden wir ohne die Russen nicht lang durchhalten. Und ob die Russen wirklich helfen können, das müssen wir abwarten. Die haben ja selbst genug Ärger.«

»Sie werden helfen«, sagte Zacharias. »Wenn wir untergehen, gehen sie auch unter. Davon sind sie jedenfalls überzeugt. Sie können sich nach Sibirien und anderswohin zurückziehen, sie haben genug Land im Rücken. Wir können das in Deutschland nicht, und das wissen die Genossen in Moskau.«

»Ihr Wort in Gottes Ohr, oder wer immer sich für uns zuständig fühlt.« Däumig lachte, als hätte er einen schlechten Witz erzählt, über den sich nur der Erzähler amüsiert.

Pieck sagte: »Und wenn wir Bayern und Ostpreußen erst mal aufgeben und alle unsere Kräfte zusammenfassen zu einem großen Schlag?«

»Das klingt gut«, erwiderte Däumig. »Natürlich haben wir das erwogen. Aber erklären Sie das mal den Truppen vor Ort. Die Leute verteidigen ihre Fabriken, ihre Stadtviertel, die können Sie nicht einfach verschieben wie Reichswehreinheiten oder Freikorpssöldner.«

»Was ist mit Ebert?« fragte Zacharias.

»Den Genossen haben wir an einem geheimen Ort versteckt, zusammen mit ein paar anderen. Vielleicht brauchen wir sie noch für einen Austausch.«

»Und das Tribunal?«

»Warten wir's ab. Wenn wir Ebert nicht austauschen, machen wir ihm den Prozess. Obwohl es genügen würde, ihn gleich zu verurteilen, der Fall liegt klar.«

Er zündete sich eine Zigarette an und zog kräftig. »Wenn doch alles so klar wäre.« Dann fiel ihm ein, weshalb Zacharias hier war. »Sollten Sie nicht auf die Genossin Luxemburg aufpassen?« Er schaute Zacharias missmutig an. »Na gut, wenn die Genossen von Spartakus das so wollen. Ich stelle Sie ein, Sie bilden aus kompetenten Leuten eine Kommission, die den Mordanschlag auf die Genossin Luxemburg aufklärt. Ich werde die Miliz anweisen, Ihnen nach Bedarf zu helfen. Gehen Sie nachher zur Zahlstelle und holen Sie sich einen Abschlag auf Ihren Lohn. Bei uns gibt es einen Einheitslohn und auch keine Dienstränge. Aber wenn Sie sich Leiter der Untersuchungskommission nennen, dürfte Ihnen das genug Respekt verschaffen. Sie bekommen morgen einen Dienstausweis mit diesem Titel von mir. Und vergessen Sie nicht, sich dem Genossen Eichhorn, unserem Berliner Polizeipräsidenten, vorzustellen. Sie sind ihm zwar nicht unterstellt, aber der Genosse ist nicht unempfindlich.«

12

Emil Eichhorn saß hinter seinem Schreibtisch im dritten Stock des Polizeipräsidiums und schnaufte. »Die werten Genossen bringen es fertig, innerhalb weniger Tage die Anarchie einzuführen, aber leider nicht den Sozialismus. Wir haben eine neue Polizei, genauer gesagt, ich baue sie gerade auf, und in Berlin läuft das schon ganz gut. Aber nun muss es eine Kommission geben, die der Regierung untersteht und Polizeiarbeit macht in einem Fall, der in die Zuständigkeit der Miliz gehört.«

Er schlürfte irgendeine heiße Flüssigkeit, die er aus einer Porzellankanne in einen Becher gegossen und stark gezuckert hatte. Dann zog er ein Tuch aus der Tasche und wischte ein paar Tropfen weg, die beim Eingießen auf den Tisch geraten waren. Zacharias beobachtete die Bewegungen des Polizeipräsidenten und sagte nichts. Er hätte erwidern können, es handle sich nicht um irgendeinen Kriminalfall, sondern um einen Anschlag auf die Regierung, und das sei keine normale polizeiliche Aufgabe. In Russland beispielsweise würden solche Fälle der Tscheka übertragen, denn es handle sich nicht um gewöhnliche Kriminalität, sondern um Machenschaften der Konterrevolution, eines weitgespannten geheimen Netzes aus Gruppen und Einzelpersonen. Das übersteige die Fähigkeiten der Polizei, und mit den Mitteln der Kriminalistik allein sei der Konterrevolution nicht beizukommen.

»Na schön, ich kann es sowieso nicht verhindern. Dann nehmen Sie sich Räume im obersten Stockwerk, davon wenigstens haben wir genug.«

»Ach ja, noch eine Frage. Hier soll ein Kommissar Lohmeier sitzen, im Keller, in einer Gefängniszelle.«

»Kann sein. Sehen Sie nach, wenn es Sie interessiert.« Eichhorn nahm einen Ordner von einem Stapel auf dem Schreibtisch und schlug ihn auf.

Zacharias verstand das Zeichen und verließ den Raum ohne Gruß. Eitle Diva, dachte er. Und wegen dieses Herrn haben sich die Proletarier im Januar blutige Köpfe geholt.

Als Ebert den USP-Polizeipräsidenten Eichhorn abgesetzt hatte, verstanden radikalisierte Arbeiter und Soldaten dies als Fanal für eine Rebellion, die die Feinde Spartakus-Aufstand nannten. Natürlich wurde er niedergeschlagen, und Eichhorn musste den Schreibtisch im Präsidium räumen.

Zacharias eilte in den Keller hinunter. Am Eingang saß ein Milizionär, der Karabiner lehnte an der Wand. »Gibt es hier einen Lohmeier?«

Der Milizionär fragte: »Können Sie sich ausweisen?«

»Nein, erst morgen. Rufen Sie den Genossen Eichhorn an. Ich bin Zacharias.«

»Zacharias also«, sagte der Milizionär. Er griff zum Telefon und wählte eine Nummer. »Hier ist ein Zacharias … gut, Genosse. Ja, ich lass ihn machen.« Er legte auf und winkte Zacharias in den Gang. Dann lehnte er sich zurück auf seinem Stuhl und schloss die Augen.

Zacharias öffnete die Klappe in der Tür der ersten Zelle. Darin saß ein alter Mann mit langen weißen Haaren. »Warum sitzen Sie hier?«

»Halt's Maul!«

Zacharias schloss die Klappe. Er öffnete eine nach der anderen. In der vorletzten Zelle lag Lohmeier auf der Pritsche. Zacharias rief den Milizionär und befahl, die Tür zu öffnen. Als Lohmeier Zacharias in der Türöffnung sah, färbte sein Gesicht sich erst rot, dann wurde er weiß. Er setzte sich aufs Bett und starrte Zacharias an. In seinem Gesicht zeigten sich die Schreckensgedanken, die ihn durchfuhren.

»Kommen Sie mit«, befahl Zacharias und trat zur Seite.

Lohmeier erhob sich langsam, als hätte er keine Kraft mehr im Körper. Er stützte sich mit einer Hand ab auf dem Bett. »Tun Sie das nicht«, sagte er.

Zacharias zog das Jackett zur Seite, so dass Lohmeier die Mauser im Gürtel sah. »Wenn Sie eine falsche Bewegung machen, erschieße ich Sie.«

Lohmeier sah ihn mit großen Augen an, dann nickte er. Er trat in den Flur.

»Wir gehen in den obersten Stock«, sagte Zacharias. »Sie vor mir.«

Der Milizionär machte große Augen, als er Lohmeier sah, dann hob er die Unterarme, als wäre er verzweifelt. »Der Genosse Gawlik wollte diesen Herrn verhören, und dann …« Der Soldat zog den Finger über die Kehle.

»Dann sagen Sie dem Genossen Gawlik, dass ich diesen Bürger requiriert habe. Er weiß, wo er mich findet. Falls er mich sucht.«

Lohmeier stieg vor Zacharias die Treppen hoch. Als er im obersten Stock war, atmete er schwer, Schweißtropfen standen ihm auf der Stirn. Zacharias führte ihn in sein neues Dienstzimmer. Darin standen ein Schreibtisch, davor und dahinter zwei Stühle. Sonst gab es nur einen Aktenschrank an der Wand. Der war leer wie die meisten Aktenschränke. Die vertriebenen Polizisten hatten die Ordner aus dem Fenster geworfen und sie im Innenhof zu Haufen geschichtet, die sie anzündeten.

Zacharias reichte Lohmeier ein Blatt Papier und einen Bleistift. »Gehen Sie ins Nebenzimmer. Dort notieren Sie die Namen der besten Kriminalbeamten, besonders der Mordkommission, mit Adressen. Nicht mehr als vier Namen, aber überlegen Sie gut, wen Sie aufschreiben. Sollten Sie versuchen zu fliehen oder meine Arbeit zu sabotieren, werde ich Sie auf der Stelle töten. Wenn Sie tun, was ich Ihnen befehle, werden Sie überleben und Mitglied einer Kommission der neuen Polizei. Sie haben die Wahl. Gehen Sie jetzt.«

»Sie lassen …« Lohmeier flüsterte zitternd.

»Sie hätten mich bei der nächsten Gelegenheit auf der Flucht erschossen. Ich weiß das. Damit wir uns verstehen: Ich lasse Sie nicht leben, weil ich Sie für ein wertvolles Mitglied der Menschheit halte. Das sind Sie nicht, Sie sind ein Dreckskerl. Aber ich kann Sie brauchen. Und weil Sie mir nur nützlich sind, wenn Sie sich nicht vor Angst in die Hose scheißen, mache ich ein Geschäft mit Ihnen. Sie helfen mir, und ich lass Sie am Leben. Mehr als das, ich stelle Sie als Hilfspolizist ein, oder wie man das nun nennen mag.«

Lohmeier staunte ihn an und zog ab.

Eine knappe Stunde später klopfte es an der Tür. Als Zacharias »Herein!« gerufen hatte, trat Lohmeier ein. Er sah nicht mehr so blass aus. Lohmeier schloss die Tür. In der Hand hatte er ein Blatt Papier, er gab es Zacharias, darauf standen drei Namen.

»Die besten?«

»Jawohl, Herr Zacharias.«

Die Tür wurde aufgerissen. Ein baumlanger, kräftiger Mann mit wirren Haaren und Vollbart stürmte ins Zimmer und brüllte: »Was bilden Sie sich ein? Wer sind Sie überhaupt, dass Sie es wagen, dieses Subjekt« – er riss Lohmeier an der Schulter zu sich – »aus der Zelle zu holen?«

»Nehmen Sie Platz, Genosse«, sagte Zacharias.

Der Mann nahm Lohmeier hart am Oberarm und zog ihn aus dem Zimmer. Zacharias riss die Mauser aus dem Halfter und schoss vor dem Mann in den Boden. Der Schuss hallte durch den Gang. Der Mann erstarrte, Lohmeier stolperte und fiel auf den Boden. Dann war es still.

Endlich drehte sich der Mann um: »Sie wagen es …!«

»Nehmen Sie Platz, Genosse Gawlik, der sind Sie doch?«

Der starrte ihn an, als hätte er es mit einem gefährlichen Geisteskranken zu tun. Dann hörten sie Schritte im Gang, Milizionäre mit gezogener Waffe eilten heran. Sie richteten die Pistolen auf Zacharias. Der sagte: »Ist nichts passiert, Genossen. Wenn Sie Fragen haben, richten Sie die an den Genossen Eichhorn.« Mit einem Wink bedeutete er den Milizionären, dass sie nicht gebraucht würden. Die blieben unschlüssig stehen, dann ließen die ersten die Waffe sinken.

»Ich bin Zacharias, ich leite die Kommission, die den Mordanschlag auf die Genossin Luxemburg untersucht. Ich habe unbeschränkte Vollmachten. Wenn Sie das nicht glauben, können Sie sich auch beim Volkskommissar des Innern, dem Genossen Däumig, kundig machen.« Er sagte es von oben herab.

Wieder ein Trappeln im Gang. Ein Mann hetzte auf die Gruppe zu. »Wo ist der Genosse Zacharias?«

Zacharias hob die Hand.

»Ihre Vollmacht, vom Genossen Däumig. Mit einem Gruß.« Er

drängte sich vor zu Zacharias, der die Erleichterung spürte. Der Mann kam zur rechten Zeit.

Die Milizionäre zögerten, dann steckten sie die Waffen weg und zogen ab. »Da blickt doch keiner mehr durch«, brummte einer.

Gawlik trat an Zacharias heran. »Versuchen Sie diese Nummer nicht noch einmal.« Dann schob er Lohmeier grob zu Zacharias. »Hier haben Sie das Würstchen. Wenn Sie fertig sind mit ihm, schicken Sie ihn zu mir. Wir haben noch was zu besprechen.« Er tätschelte Lohmeiers Wange. »Nicht wahr, mein Junge?« Dann ging er und schlug die Tür zu.

Lohmeier zitterte.

»Das ist die Quittung für Ihre Frechheiten vor der Revolution«, sagte Zacharias. Er verstand Gawlik, aber Revolutionäre konnten sich keine Gefühlswallungen leisten. »Sie haben es in der Hand, wie es Ihnen ergeht. Wenn Sie gut arbeiten, bekommen Sie eine Chance. Wenn nicht, dann nicht.«

Lohmeier nickte mehrfach.

Zacharias setzte sich an seinen Schreibtisch und las die Namen auf dem Zettel. »Sie marschieren jetzt los und holen diese drei Kollegen hierher.«

Lohmeier schaute ihn fragend an.

Zacharias überlegte, ob er es riskieren könne, Lohmeier allein loszuschicken. Dann verwarf er den Gedanken. Wenn Lohmeier zum Feind überlief, würde er einiges verraten. Zum Beispiel über den traurigen Zustand der Sicherheitsorgane. »Keine Sorge, ich gebe Ihnen zwei Milizionäre mit. Ihnen soll ja nichts passieren.« Zacharias grinste fröhlich. Er gestand sich ein, es bereitete ihm Spaß, Lohmeier zu piesacken. Dann rief er an der Pforte an und ließ sich mit dem Wachhabenden der Miliz verbinden. Es dauerte eine Weile, bis Zacharias dem Genossen verdeutlicht hatte, dass der zwei Mann abstellen musste, und zwar sofort. Zacharias hoffte, es sprach sich bald im Haus herum, dass er Sondervollmachten hatte, damit er die zeitraubenden Diskussionen loswurde. Als die beiden Milizionäre mit geschultertem Karabiner erschienen, befahl Zacharias ihnen, Lohmeier zu begleiten und auf ihn aufzupassen. »Ich möchte nicht, dass dieser Herr verschwindet oder dass ihm etwas passiert.«

Als Lohmeier mitsamt Begleitern abgetreten war, verließ Zacharias sein Dienstzimmer und stieg die Treppe hinunter in den zweiten Stock. Menschen eilten durch den Gang aus einem Zimmer in ein anderes, laute Stimmen waren zu hören. Er fragte eine Frau, wo der Leiter der Kriminalabteilung sitze. Er stand fast vor dessen Tür. Zacharias klopfte und trat ein. Drinnen saß ein Mann am Schreibtisch, auf Stühlen und einem Sofa lümmelten sich ungepflegte Gestalten herum, einer hatte eine Frau auf dem Schoß. Auf dem Schreibtisch stand eine Flasche Cognac, in einer Ecke entdeckte er eine Kiste voller Flaschen. Die Männer und die Frau waren betrunken.

Zacharias machte kehrt und schloss die Tür. Er rannte zu Eichhorns Dienstzimmer, ließ sich nicht aufhalten durch eine Sekretärin, die das Vorzimmer besetzt hatte, und stieß die Tür des Polizeipräsidenten auf. Eichhorn stand am Fenster und schaute hinaus. Er fuhr herum, schaute Zacharias zornig an und brüllte: »Sind Sie wahnsinnig?«

»In der Kriminalabteilung herrscht die Anarchie. Da zecht eine Meute von heruntergekommenen Gestalten. Die Herren trinken Cognac, den sie wohl irgendwo requiriert haben. Ich verlange, dass diese Figuren entlassen werden.«

»Dann gibt es Mord und Totschlag. Das sind verdiente Genossen. Der Leiter der Abteilung hat drei Jahre im kaiserlichen Gefängnis gesessen, war zuerst sogar zum Tode verurteilt.«

»Betrunkene Polizisten können wir nicht gebrauchen!« sagte Zacharias.

»Ja, ja, Sie haben ja recht. Aber wenn ich den Genossen Öhlschläger entlasse, mobilisiert er halb Spartakus und andere Schreihälse von der Straße.«

»Dann schießen Sie die zusammen. Wie sollen wir Ordnung schaffen? Sind Sie der Polizeipräsident oder nicht?«

Eichhorn setzte sich hinter seinen Schreibtisch und sah traurig aus. »Wir klären das zivilisiert. Wir sind keine Bolschewisten. Wir jedenfalls nicht.« Er schaute Zacharias böse an.

»Das nennen Sie zivilisiert?«

»Das sind Kinderkrankheiten. Revolutionen schäumen über, das ist normal.«

»Wenn der Pöbel in Machtstellungen kommt, wird er die Revolution ruinieren.«

»Sie können jetzt gehen.«

Zacharias überlegte, dann ging er. Es hatte keinen Sinn, sich mit Eichhorn herumzustreiten.

Wo bekam er Verstärkung her für seine Kommission? Er ging durch die Stockwerke, schaute in leere Zimmer. In anderen saßen Männer und Frauen herum. Nur eine Dienststelle schien zu arbeiten, das war die Leitung der Straßenpatrouillen. Zacharias bildete sich ein, den Leiter dieser Abteilung schon irgendwo gesehen zu haben, aber er konnte sich nicht erinnern.

Zurück in seinem Dienstzimmer spürte er die Niedergeschlagenheit. Er schlug mit der Faust auf den Tisch, dass es schmerzte. Dann kam ihm eine Idee. Er rief in der Wilhelmstraße an und verlangte Jogiches zu sprechen. Zacharias hatte Glück, Jogiches war da. Er fragte ihn, wo er die Mitkämpfer aus Lichtenberg finden könne. Die gehörten inzwischen zur Wache in der ehemaligen Reichskanzlei, erwiderte Jogiches. Zacharias bat ihn, den Mann, der in Lichtenberg die Treppe bewacht habe, und den Maschinengewehrschützen ausfindig zu machen und zu ihm abzustellen. Er berichtete Jogiches von den Zuständen im Polizeipräsidium. Der war nicht überrascht. »Von Eichhorn können wir nicht mehr erwarten. Aber er ist wegen des Januaraufstands ein Symbol, und wir brauchen Symbole für den Sieg.«

Zwei Stunden später erschienen die Genossen aus Lichtenberg in Zacharias' Dienstzimmer. Sie waren beide groß gewachsen. Der eine, Kramer, hatte einen knochigen Schädel mit buschigen Augenbrauen, der andere, Geyer, neigte zur Dickleibigkeit und strahlte Gemütlichkeit aus. Sie waren gespannt auf ihren Auftrag und stolz, als Zacharias ihn erklärte. Aber sie rümpften die Nase, als sie erfuhren, dass sie mit Polizisten des alten Systems zusammenarbeiten sollten. »Und dafür haben wir die Revolution gemacht?« murrte Kramer.

»Wenn Sie mir ein paar sozialistische Kriminalisten bringen, jage ich das Pack zum Teufel«, erwiderte Zacharias.

Kramer und Geyer schwiegen. Offenbar begriffen sie, dass sie sich damit abfinden mussten.

»Aber wir müssen diesen Herren auf die Finger sehen. Und wenn einer überlaufen will, kurzer Prozess.« Er klopfte auf den Griff der Mauser.

Am Abend kehrte Lohmeier zurück mit seinen Bewachern und drei Herren in dunklen Anzügen. »Das ist der Kriminalkommissar Gennat, bis vor kurzem Leiter der Ersten Mordkommission.« Lohmeier wies auf einen kleinen fetten Mann mit langen Koteletten. Er sah alt aus, aber seine Augen waren jung.

»Das ist der Kriminalassistent Dunkelbier, die rechte Hand von Kommissar Gennat.« Er wies auf einen dürren Mann, der seinen Chef um fast zwei Köpfe überragte.

»Und das hier ist der Kriminalassistent Klein, der sich am besten auf das Lesen der Spuren am Tatort versteht.« Er wies auf einen untersetzten Glatzkopf mit einem Kinnbart und einer Hornbrille.

Zacharias bat die Herren in einen Sitzungsraum, den er am Nachmittag am Ende des Flurs entdeckt hatte. Darin standen nur Tisch und Stühle. Zacharias setzte sich an die Stirn, Lohmeier und seine Kollegen setzten sich an die Seiten. Klein und Dunkelbier zündeten sich Zigaretten an. Zacharias sah ihre Hände zittern.

»Ich weiß nicht, was Herr Lohmeier Ihnen gesagt hat. Daher will ich Ihnen kurz erklären, um was es geht. Die Regierung hat eine Kommission unter meiner Leitung eingesetzt, die den Mordanschlag auf Rosa Luxemburg aufklären soll. Sollten Sie zweifeln, ob Sie dieser Regierung helfen wollen, dann machen Sie sich klar, dass Mordanschläge immer Verbrechen sind. Sofern Sie also einer Gerechtigkeit dienen wollen, die diesen Namen verdient, ist es richtig, die Urheber des Attentats ausfindig zu machen. Haben Sie das verstanden?«

Sie nickten bedächtig.

Zacharias fragte sich, ob sie Revolutionäre auf der Flucht erschossen hatten, wie es seit dem Januaraufstand üblich geworden war.

»Ich habe keinen Zweifel, dass Sie Feinde der neuen Regierung sind. Sie haben dem Kaiser gedient, dann Ebert-Scheidemann. Uns verachten Sie. Und wenn es in Ihrer Macht stünde, würden Sie uns vernichten, lieber heute als morgen. Sie sehen, ich kenne Ihre Ansichten. Aber ich muss Ihnen sagen, sie sind mir gleichgültig, wenigstens im Augenblick. Wenn Sie bereit sind, an der Aufklärung des Verbrechens loyal mitzuwirken, verspreche ich Ihnen eine anständige Behandlung und Straffreiheit für den Fall, dass Sie Verbrechen gegen Revolutionäre begangen haben.« Zacharias wusste, er übertrat seine Kompetenzen. Aber das würde er noch oft tun müssen, um im Durcheinander nicht unterzugehen.

Die Kriminalbeamten schauten ihn erstaunt an. Gewiss fragen sie sich, ob ich einhalten kann, was ich verspreche. Oder sie sagen sich, Versprechen von Kommunisten sind nichts wert, aber besser, als gleich erschossen zu werden. Zacharias hätte einiges dafür gegeben, hinter ihre Stirn blicken zu können.

Es herrschte eine Weile Schweigen.

Dann klopfte es an der Tür. Kramer und Geyer traten ein. Sie standen an der Tür und starrten die Kriminalbeamten böse an. Zacharias bat sie, sich zu setzen. Kramer holte eine Pfeife aus der Jackentasche, zündete sie aber nicht an. Dann setzte er sich. Geyer tat es ihm nach. Sie saßen an der anderen Schmalseite des Tisches, möglichst weit entfernt von den Kriminalisten.

Zacharias wandte sich an diese: »Diese beiden Genossen haben unter Einsatz ihres Lebens gegen Ihresgleichen gekämpft. Und jetzt werden sie darauf achten, dass Sie tun, was man Ihnen befiehlt. Sie werden die Aufgaben erfüllen, die Sie früher erfüllt haben, nur tausendmal zuverlässiger. Und wehe, Sie unterschlagen irgendein Indiz. Alles, was Sie entdecken, melden Sie mir sofort. Betrachten Sie mein Dienstzimmer« – er wies mit dem Daumen in dessen Richtung – »als Auswertungszentrale.«

Lohmeier meldete sich. Seine Gesichtsfarbe zeigte, dass er sich zu arrangieren begann, die schlimmste Angst war gewichen. »Dann sollten wir als erstes den Tatort besichtigen. Auch wenn wir dort wahrscheinlich keine Spuren mehr finden. Aber vielleicht kann jemand eine brauchbare Täterbeschreibung liefern.«

»Das machen wir nachher«, sagte Zacharias und stand auf. Er

wandte sich an Geyer und Kramer. »Besorgen Sie zwei Wagen, und zwar zur ständigen Nutzung. Meinetwegen requirieren Sie welche. Wir haben schließlich Revolution.« Die Gesichter der beiden Proleten hellten sich auf. Das war nun eher nach ihrem Geschmack.

Den Kriminalbeamten sah man nicht an, was sie davon hielten. Lohmeier klopfte leise und schnell auf die Tischplatte, die anderen schauten auf den Tisch oder an die Wand. Vielleicht überlegten sie, was ihresgleichen mit ihnen anstellen würde, wenn die Revolution niedergeschlagen wurde.

Zacharias wartete in seinem Dienstzimmer auf die Rückmeldung von Geyer und Kramer. Er schaute aus dem Fenster in die nasse Kälte, die sich auf dem Kopfsteinpflaster spiegelte. Es fröstelte ihn nur vom Hinschauen. Er musste sich nicht lange gedulden. Kramer klopfte und trat ein. »Wir sind soweit«, sagte er grinsend.

Zacharias fragte nicht nach dem Grund der guten Laune. Er holte die Kriminalbeamten aus dem Besprechungszimmer, sie eilten die Treppe hinunter, Zacharias vorneweg. Der Paternoster steckte fest. Zacharias hörte Leute fluchen über einen Idioten, der seinen Koffer hatte herausragen lassen aus einer Kabine. Die Proleten hatten zwei NSU besorgt, daneben stand ein Milizionär und lachte. Kramer und Geyer winkten ihm freundlich zu. Jeder der beiden setzte sich ans Steuer eines Wagens, dann fuhren sie los. »Und wem sind Sie auf den Schlips getreten?« fragte Zacharias.

Kramer grinste. »Den Namen habe ich nicht verstanden. Aber der Polizeipräsident war es nicht.«

Zacharias wusste, sie hatten sich bei irgendwem unbeliebt gemacht. Viele Leute haben ein gutes Gedächtnis. Sobald ich Zeit finde, suche ich den Geschädigten auf und beruhige ihn. Man weiß nie, wozu es am Ende gut ist. Er lachte vor sich hin. Von wegen Augen zu und durch. Jetzt gehörst du also auch schon zu diesen Rückversicherern.

Die Wagen rasten zur Wilhelmstraße. Davor stand ein Trupp Soldaten mit roten Armbinden. Zacharias zeigte seine Vollmacht, aber die Soldaten wussten nicht, was sie mit dem Papier anfangen sollten. »Fragen Sie den Genossen Jogiches«, sagte Zacharias. Einer tat es, dann ließen sie Zacharias und seine Leute eintreten.

In der Nähe des Tatorts fragte Zacharias herum, wer den Überfall miterlebt habe. Es fanden sich ein Milizionär und zwei Sekretärinnen. Zwei weitere Genossen, die etwas gesehen hatten, waren nicht da. Hinzu kamen die Verletzten, die wurden in der Charité versorgt. »Nur das Beste für unsere Genossen.«

Die beiden Frauen waren verschüchtert, vielleicht waren es Nachwehen des Attentats, vielleicht hatten sie Angst vor Zacharias und seinen Begleitern. Der einen zitterte die Wange, die andere nestelte fortwährend an ihrer Bluse. Zacharias trug Lohmeier auf, sie zu verhören. Er selbst bat, zur Genossin Luxemburg gebracht zu werden. Die saß in ihrem Zimmer mit geschlossenen Augen auf einem roten Sessel. Als Zacharias eintrat, blinzelte sie. »Ach, Sie sind's!« Sie schaltete eine Stehlampe ein.

»Ich habe ein paar Fragen. Wenn Sie jetzt vielleicht Zeit hätten?«

»So ist er, unser Genosse Zacharias aus Russland. Mitstreiter der Friesland-Fraktion, Verkünder des heiligen Leninismus aus Sankt Petersburg.« Sie lächelte fröhlich.

Zacharias erschrak. Was wusste sie? Was hatte sie erraten?

»Nichts davon, Genossin Luxemburg. Nur der Leiter der Kommission, die den Anschlag auf Sie aufklären soll.«

Sie betrachtete ihn nachdenklich. »Wenn ich nicht wüsste, was Sie für uns getan haben, würde ich Sie für einen gefährlichen Agenten halten.« Wieder lachte sie, als wollte sie ihren Worten die Wirkung nehmen. Hinter ihr trieben Schneeflocken vor dem Fenster vorbei. »Gut, dann wollen wir kriminalistisch arbeiten. So heißt es doch, nicht wahr?«

»Ob Sie mit zum Tatort kommen könnten?«

Sie folgte ihm in den Vorraum. Dort waren Lohmeier und Gennat damit beschäftigt, Zeugen zu befragen. Sie schrieben in einen Block, was die Zeugen sagten. Zacharias wies sie an, die Befragungen in zwei getrennten Räumen fortzusetzen. Rosa schaute ihn lächelnd an und sagte: »Sie haben kein Vertrauen in die Menschen.«

»Doch, aber nicht in deren Erinnerungsvermögen.«

Sie nickte. »Das ist wahr, die Erinnerung kann einen böse aufs Glatteis locken.«

»Sie haben hier« – er zeigte neben die Tür – »gestanden, als diese Männer plötzlich auftauchten?«

Sie nickte.

»Vielleicht stellen Sie sich wieder da hin.«

Sie tat es.

»Wie viele Männer waren es?«

»Fünf oder sechs, vielleicht mehr. Genau kann ich das nicht sagen. Es ging alles furchtbar schnell.«

»Wann haben die Männer geschossen?«

»Als sie den Vorraum erreichten, also die Treppe hochgestiegen waren.«

Zacharias stellte sich neben Rosa und ging dann zur Treppe. »Wenn das sieben Meter sind, ist es viel.«

Sie nickte. »Jetzt würde mich interessieren, was Sie gerade denken. In Ihrem Gesicht lese ich eine Frage. Die habe ich mir auch schon gestellt, und dabei wurde mir angst und bang.«

»Das ist keine Frage, sondern eine Tatsache. Es ist unmöglich, Sie auf diese Entfernung zu verfehlen. Es sei denn, Sie konnten besonders geschickt oder glücklich ausweichen.«

»Ich bin zur Salzsäule erstarrt«, erwiderte sie. »Als diese furchtbaren Männer auftauchten, habe ich sie angeglotzt. Das gebe ich zu. Einfach nur geguckt. Das ist nicht besonders heldenhaft. Ich hätte etwas befehlen müssen, damit diese Verbrecher gestellt würden. Aber ich habe geschwiegen und geglotzt.«

»Und die Männer haben Sie erkannt?«

»›Das ist sie!‹ hat einer gebrüllt und auf mich gezeigt.«

»Haben die angelegt auf Sie?«

Sie schaute ihn kurz irritiert an. »Ja, doch. Das haben sie.«

»Es ist ausgeschlossen, dass einer mit einem Gewehr auf sieben Meter vorbeischießt. Und es waren ja mehrere.« Er stellte sich wieder neben Rosa und drehte sich um zur Wand. Darin waren zahlreiche Einschüsse. Er durfte nicht vergessen, Lohmeier anzuweisen, die Kugeln aus der Wand zu holen.

»Was ist Ihre Schlussfolgerung?« fragte Rosa.

»Dass es kein Attentat auf Sie gegeben hat.« Während er es sagte, verstand er, was es bedeuten konnte. »Da hat jemand so getan, und dafür haben Menschen mit ihrem Leben bezahlt. Sie wurden absichtlich verschont. Diese Leute wussten, wie man einen Karabiner bedient, sie haben das bestimmt beim Militär gelernt.« Ihm fielen die Wochen des Drills ein, dem auch er unterworfen war, eine unmenschliche, entwürdigende Schinderei. Aber Schießen, das hatten sie gelernt. »Haben Sie eine Idee, wer ein Attentat vortäuschen könnte?«

Sie schaute ihn ratlos an. »Das ist doch verrückt.«

»Gewiss. Aber haben Sie eine bessere Erklärung?«

»Kommen Sie mit ins Zimmer. Hier haben wir doch alles gesehen, oder?«

Er folgte ihr. Sie bot ihm einen Platz an. Dann telefonierte sie, wenige Minuten später erschien Jogiches. Er war zornig. »Liebknecht überzieht. Ihm ist es ganz egal, was die Zentrale beschließt. ›Ich bin der Vorsitzende des Rats der Volkskommissare!‹ sagt er, wenn man ihm widerspricht.« Erst jetzt nahm er Zacharias wahr. Er winkte ihm zu mit einer kaum merklichen Handbewegung. »Nun, haben Sie das Attentat aufgeklärt, Genosse Zacharias?«

»Er sagt, es gab keines«, sagte Rosa.

»Dann haben wir uns die Schießerei da vorn« – er reckte den Arm zum Vorzimmer – »wohl nur eingebildet. Oder?«

»Nein«, sagte Zacharias und erklärte ihm seine Gedanken.

Jogiches starrte ihn erst ungläubig an, dann sagte er: »Das ist richtig. Ich hätte selbst darauf kommen müssen, dass sie nicht hätten vorbeischießen können. Und nun?«

»Es war ein Mordanschlag, aber nicht auf die Genossin Luxemburg. Immerhin sind zwei Genossen ums Leben gekommen. Wenn Sie einverstanden sind, suchen wir diese Leute trotzdem. Wir sollten herausbekommen, wer dahintersteckt. Und warum diese Aktion inszeniert wurde.«

Rosa nickte.

Jogiches schaute Zacharias nachdenklich an. »Wem nutzt es? Das ist die erste Frage.«

»Ob es eine Botschaft ist? Vielleicht heißt ihr erster Teil: Schaut her, wir können in die Reichskanzlei spazieren, dort Menschen erschießen und wieder verschwinden.«

»Vielleicht sollten die Menschen, die getötet wurden, tatsächlich getötet werden?« murmelte Zacharias.

»Wenn man auf sieben Meter nicht vorbeischießen kann, dann haben die doch wahrscheinlich auch nicht vorbeigeschossen«, sagte Rosa.

»Was ist die Reaktion auf den Anschlag?«

»Wir ersticken in Telegrammen«, sagte Rosa. »Es hat an verschiedenen Orten Übergriffe gegeben auf Leute, die im Verdacht stehen, gegen die Revolution zu arbeiten.«

»Vielleicht sollte das Attentat bewirken, dass wir schärfer gegen die Konterrevolution vorgehen«, sagte Jogiches. »Von der Wirkung her betrachtet, war es eine erfolgreiche Aktion. Und wenn man untersucht, wem sie nutzt, wer also schon lange fordert, dass wir durchgreifen sollen, dann ist das die Leninfraktion, wer sonst?«

Zacharias wurde es kalt und heiß. Er zog ein Taschentuch hervor, um sich den Schweiß von der Stirn zu wischen. Jogiches hatte recht. Sah man es so wie er, dann war jede andere Folgerung abwegig.

»Und wenn es Verrückte waren?« sagte Zacharias. Und er dachte an die Meute, die durch die Straßen zog und die Revolution als Chance betrachtete, Menschen zu schikanieren und zu töten, Läden zu verwüsten oder Sitzungen von Räten ins Chaos zu stürzen, indem sie sich als revolutionäre Masse aufspielte, deren Forderungen unverzüglich zu erfüllen seien.

»Wenn man nur auf die Wirkung schaut, erhält man ein Bild, das einem gefallen mag oder nicht«, erwiderte Rosa. »Aber wie oft erzielen Taten nicht die Wirkung, die sie erzielen sollen! Und wenn man dann von der tatsächlichen Wirkung her schlussfolgert, kann man nur in die Irre laufen. Und was, wenn es Freikorpsleute waren, die genau das Bild erzeugen wollen, das du gerade gemalt hast? Die wollen, dass sich die revolutionären Parteien an die Gurgel gehen? Was dann? Oder sie haben tatsächlich geplant, mich zu ermorden, aber es verließ sie der Mut, als sie mich sahen und die Folgen ahnten, die der Mord hätte. Dass nämlich die Duldsamkeit dieser Regierung mit den reaktionären Umtrieben im Lande ein Ende haben und sie die Konterrevolution stellen würde, bevor die sich stark genug fühlt.«

Jogiches zog an seiner Zigarette und wiegte den Kopf, als würden die Gedanken schwer von einer Hälfte seines Hirns in die andere geschoben. »Ich finde, die sind stark genug. Wir beherrschen die meisten Großstädte, sie das Land. München werden wir nicht halten können. Geschlagen haben wir sie nur im Ruhrgebiet, aber dort erwarten wir täglich einen Einmarsch der Franzosen. Und in den Städten organisiert sich die Konterrevolution im Namen der Meinungsfreiheit. Wir müssen alle sozialdemokratischen Zeitungen verbieten. Die tun so, als wären sie für eine bessere Revolution, für Eiapopeia auf Erden, wie die Deutschen sagen.«

»Die Schwaben«, sagte Rosa.

Jogiches lachte gequält. »Dir sind alle Deutschen Schwaben. Und im Grunde deines polnischen Herzens magst du sie nicht.«

»Entschuldigen Sie«, sagte Zacharias.

»Ja, ja«, unterbrach ihn Rosa. »Sie suchen meinen Mörder.« Sie begann im Zimmer umherzulaufen. »Haben Sie noch Fragen?«

»Ja, wie sahen die Männer aus? Haben Sie irgend etwas an ihnen bemerkt, das aus dem Rahmen fiel?«

Sie verharrte neben dem Sekretär, beugte sich zur Tischplatte und kramte in Papieren. Dann hatte sie ein Blatt in der Hand. Sie reichte es Zacharias. Die Skizze zeigte einen Männerkopf unter einer Schirmmütze. Der Mann hatte slawische Gesichtszüge, aber nur leicht angedeutet. Und er trug einen Ohrring. Über dem rechten Auge fehlte das mittlere Stück der Braue. »Das war der Anführer.«

Zacharias hätte fast laut gejubelt. Das Bild eines Mannes mit markanten Merkmalen. Er würde das Bild drucken lassen, und die Zeitungen würden es bringen. Dann mochte sich der Kerl auf irgendeinem Gutshof versteckt halten. Oder ins Ausland fliehen. Vielleicht sollten sie ihn doch erst einmal verdeckt suchen und ihn nicht vertreiben.

Also kein Bild in der Zeitung. Zacharias verabschiedete sich, sammelte seine Begleiter, und sie fuhren zurück ins Präsidium. Im Sitzungsraum werteten sie aus, was sie herausbekommen hatten. Es war nicht viel, abgesehen von Rosas Zeichnung. Als Lohmeier und Gennat vorschlugen, das Bild zu veröffentlichen, widersprach Zacharias. »Erst einmal verdeckt suchen. Wir wollen die nicht verscheuchen, sondern fangen. Und Sie wollen das doch auch?« Er schaute die Kriminalbeamten streng an. Dann reichte er das Foto Lohmeier, der neben ihm saß. »Kennen Sie den?«

Lohmeier schüttelte den Kopf. »Das wüsste ich.« Erst jetzt fiel Zacharias auf, dass Lohmeier stank, als wäre er ungewaschen. Vielleicht war es aber auch der Geruch der Angst.

Die Zeichnung wanderte um den Tisch. Als sie vor Kramer lag, kratzte der sich am Kopf. »Verdammt!« sagte er. »Den kenn ich doch.« Er überlegte, dann schaute er zu Zacharias. »Und Sie kennen den auch.« Dann wandte er sich zu Geyer, der neben ihm saß. »Und du auch.« Geyer war überrascht.

Zacharias schüttelte den Kopf, sagte aber nichts. Er wollte Kramer nicht stören bei seinen Überlegungen. Der zog sich an der Braue, scheuerte seinen Daumen an der fleischigen Nase. »Der war in Lichtenberg dabei, hat das Hauptquartier mit verteidigt. Und der soll die Genossin Luxemburg umbringen wollen, nachdem er vorher sein Leben riskiert hat für sie? Das ist doch verrückt.«

Zacharias überlegte, wie vertrauenswürdig Kramers Behauptungen waren. Und war es nicht ein krasser Zufall, dass der Unbekannte gleich hier erkannt worden war? Er hatte ihn nie gesehen. Und Geyer offenbar auch nicht. Er versetzte sich zurück in das Gefecht ums Lichtenberger Quartier. Nein, er hatte die Gesichter nicht beachtet, es war reiner Zufall, wenn er eines im Gedächtnis behielt. Da waren Kämpfer gekommen und gegangen, oft sah man nur ihre Rücken, wenn sie sich im Haus verteilten. Und alles war verstaubt und verraucht gewesen. Wenn der Unbekannte tatsächlich in Lichtenberg gekämpft hatte, wurde die Annahme unwahrscheinlich, es habe sich um einen Mordanschlag auf Rosa gehandelt. Aber was bezweckte die Aktion dann?

»Hat irgend jemand erwähnt, diese Leute seien betrunken gewesen?« fragte Zacharias in die Runde. Er schaute in die Gesichter. Lohmeier schüttelte leicht den Kopf, er war bleich, vielleicht von der Anstrengung. Oder er plagte sich mit gefährlichen Ideen. Gennat runzelte die Stirn seines feisten Gesichts, seine klugen und flinken Augen irrten über die Runde. »Nein«, sagte er. »Die waren nicht betrunken. Ich habe danach gefragt.«

Zacharias hob die Augenbrauen. »Sehr gut«, sagte er. Die Anerkennung hatte sich Gennat verdient. Zacharias hatte nicht daran gedacht, nach Trunkenheit zu fragen.

Gennat lächelte, und es lag nichts Falsches darin, wie Zacharias es von Lohmeier erwartet hätte. Lohmeier würde noch Schwierigkeiten bereiten, er ahnte es. Aber er brauchte diese Leute.

Dunkelbier sagte müde: »Meiner Meinung nach war das kein Anschlag auf Frau Luxemburg.«

Kramer schlug mit der Faust auf den Tisch und wollte losbrüllen, als Zacharias die Hand hob. »Hier sagt jeder, was er denkt.«

»Aber wir müssen uns nicht von einem kaiserlichen Arbeiterfeind dummes Zeug aufschwatzen lassen.«

»Das ist kein dummes Zeug«, sagte Zacharias bemüht gelassen. »Darüber denke ich schon eine Weile nach. Welchen Zweck kann der Anschlag haben, wenn er nicht der Genossin Luxemburg galt?«

Es klopfte an der Tür, Sonja trat ein. Sie hielt ihren Mund an sein Ohr und flüsterte: »Du sollst nachher in die Zentrale kommen. Die Genossen erwarten einen Bericht. Und danach sollst du zur USP, damit diese Genossen sich nicht vernachlässigt fühlen. Ich warte draußen auf dich.« Sie roch aufregend.

Die anderen Männer starrten Sonja an. Als sie die Tür geschlossen hatte, pfiff einer leise.

»Meine Herren, lassen Sie das Bild drucken, dann gehen Sie auf die Suche. Aber ich will nicht, dass dieser Mann etwas davon mitbekommt. Seien Sie also vorsichtig. Wenn Sie ihn finden, verhaften sie ihn nicht, sondern folgen ihm und unterrichten mich unverzüglich. Verstanden? Herr Gennat, Sie teilen dann unsere Leute für die Suche auf.«

Gennat machte große Augen, dann nickte er. »Jawohl, Chef«, sagte er mit einem kaum sichtbaren Lächeln.

Sonja saß im Flur auf einer Bank. Sie lächelte ihn an und stand auf, als er die Bank erreichte. Sie hakte sich ein, und Zacharias spürte die Blicke seiner Leute im Rücken.

»Wir haben noch ein bisschen Zeit, und ich habe etwas zu essen.«

»Gut«, sagte Zacharias. Jetzt spürte er seinen Hunger. Sie nahmen einen Wagen und fuhren zu Sonjas Wohnung.

»Gut, dass du mitkommst«, sagte sie.

Zacharias antwortete nicht.

Als sie in der Küche saßen und Sonja Brot und Butter – wo immer die herstammte – auf den Tisch gestellt hatte, sagte sie: »Das war also deine Kommission.«

Er nickte.

»Du bist nicht sehr redselig heute.«

»Ich bin es nie.«

Über ihrer Nase vertiefte sich ein Grübchen. »Na, manchmal redest du mehr.«

»Dann denke ich weniger nach.«

»Und was denkst du jetzt?«

»Ich überlege, welcher Mistkerl sich dieses Pseudoattentat auf Rosa Luxemburg ausgedacht hat. Sooft ich darüber nachdenke, ich komme auf das gleiche Ergebnis. Ich sehe es wie der Genosse Jogiches. Es war einer, der uns zwingen will, noch schärfer gegen alle vorzugehen, die anders denken als wir. Dafür haben die Leute umgebracht. Ganz einfache Leute, die für die neue Regierung gearbeitet haben.«

»Und das willst du auf der Sitzung der Zentrale sagen.«

»Wenn mich jemand fragt.« Er wich aus, hatte sich noch nicht entschieden. Schließlich gab es keinen Beweis für die These, nur Vermutungen, aber die zeigten alle in die gleiche Richtung. Er wusste, es würde Ärger geben, wenn er sich darüber ausließ.

»Das gibt Krach«, sagte Sonja. »Besser wäre, du würdest nichts sagen, bevor deine Ermittlungen beendet sind.«

»Mal sehen.« Ob sie etwas wusste? Sie gehörte zur Leninfraktion, war irgendwie verbandelt mit Friesland, kannte Radek immerhin so gut, dass sie ihn gefunden hatte, als er illegal in Deutschland war. Er überlegte, ob er sie fragen sollte. Aber dann fand er es besser, sie wusste nicht, was er dachte. Er traute ihr nicht. Sie war eine angenehme Genossin, aber nicht ehrlich. Jedenfalls nicht immer.

»Und wenn Rosa umgekommen wäre, was meinst du, was wäre das Ergebnis?«

Sie zögerte, dann antwortete sie: »Ich weiß nicht.«

Er hätte am liebsten gesagt: »Du glaubst, es zu wissen. Doch das verrätst du nicht.« Aber er sagte: »Reden wir über etwas anderes. Überall kritisieren uns Zeitungen und Zeitschriften, werden Flugblätter verteilt, die sich nicht gegen die Revolution stellen, aber gegen ihre Exzesse. Wilde Enteignungen, Prügeleien und schlimmere Gewalttaten, Zechprellereien, Zerstörungen, gerade von feinen Geschäften und Hotels. Fabrikbesitzer werden angepöbelt und geschlagen, Pfarrer angegriffen, und an zwei oder drei Orten wurden sie sogar ermordet. Das ist schlimm, aber Begleiterscheinung jeder Revolution. In Russland sind noch ganz andere Sachen geschehen.«

Sonja streckte den Rücken, als hätte sie Schmerzen. »Die Leute, die uns öffentlich angreifen, mögen die besten Absichten haben. Aber die Wirkung ihrer Angriffe ist eindeutig.«

»Und deswegen verbieten?«

»Ja. Ich glaube, die meisten Genossen in der Zentrale wollen das verbieten.«

»Aber da müssen sie sich gegen Rosa Luxemburg durchsetzen.«

»Ja, das müssen sie dann wohl. Aber eine andere Frage: Wie kommst du voran bei den Ermittlungen?«

Seine Augen schweiften über das Küchenmobiliar. Vitrine neben der Spüle, ein Gasherd, alles sah sauber aus und vermittelte den Eindruck eines bescheidenen Wohlstands, der die Menschen zu sparen veranlasste, damit sie sich hin und wieder etwas leisten konnten. Eine Reise vielleicht, ein Theaterabonnement, gutes Essen. Er fragte sich, ob Sonja allein hier lebte. Und von was sie lebte. Sie schien nicht zu arbeiten.

»Du willst mir nichts sagen.«

»Ich kann dir nichts sagen.« Er entschied sich, seine Gedanken für sich zu behalten.

Sonja stand auf, sie bewegte sich anmutig. Sie setzte Wasser auf und sagte: »Richtiger Kaffee!«

Bald zog ein Geruch durch die Küche, den Zacharias vor Jahren das letzte Mal wahrgenommen hatte. Sie brühte den Kaffee in der Kanne und goss ihn dann durch ein Sieb in Tassen. Zacharias nippte an seiner Tasse. Es schmeckte wie früher, als die Welt noch einfach war und behaglich. Es erinnerte ihn an die Mutter, die tot im Bett lag, und an Margarete, die die Beerdigung vorbereitete. »Meine Mutter ist gestorben«, sagte er unvermittelt.

Sie erschrak. »Das tut mir leid«, sagte sie formelhaft. »Und dann sitzt du hier?« fügte sie nach einer Pause hinzu. »Soll ich dir helfen?«

»Wobei?«

»Bei der Beerdigung.«

»Danke, nicht nötig.«

Sie schaute ihm fragend in die Augen. Er las darin: Hilft dir eine andere? Aber sie fragte nicht, und er sagte nichts. Und wahrscheinlich bildete er es sich nur ein.

»Die Genossen in der Zentrale werden nicht begeistert sein, wenn du nichts zu berichten hast. Und die von der USP auch nicht.«

»Es ist nicht meine Aufgabe, jemanden zu begeistern«, sagte er leise. Ihn quälte das Bild der toten Mutter.

»Ja, ja, aber du kannst dich doch nicht da hinsetzen und erklären, es gebe nichts zu sagen.«

»Und warum nicht?«

»Da kenne ich ein paar, die zerreißen dich in der Luft.«

»Friesland?«

»Was meinst denn du? Ich komme mir seltsam vor, dir etwas zu erklären. Du warst doch in Russland und hast mit Lenin gesprochen. Hast du nicht begriffen, dass wir alles neu bedenken müssen? Was ist Wahrheit, wenn nicht das, was uns nutzt? Wer kann hinter einem Attentat auf die Führerin unserer Revolution stecken, wenn nicht die Reaktion, vielleicht Leute in Eberts und Scheidemanns Auftrag? Vielleicht Monarchisten? Die Entente, die ein Chaos schaffen will? Vielleicht wirst du die Täter nie ergreifen. Aber das ist eigentlich zweitrangig. Wichtig sind die Hintermänner. Wer profitiert also? Wer hat den Auftrag gegeben? Vielleicht nicht direkt als Weisung, aber als Überlegung, dass es sinnvoll sein könne, Luxemburg zu liquidieren.«

Da musste Zacharias doch lachen, und sie blickte ihn empört an. »Na, dann können wir die Kommission ja wieder entlassen. Wir ermitteln auf der Grundlage unserer Phantasie. Großartig. Mir fielen da noch ein paar Varianten ein.«

»Friesland sagte, du hättest einen Auftrag.«

»Ja, aber wenn ich einen bekommen haben sollte, dann haben mir den die Genossen in Russland gegeben. Und dann wäre er geheim, insofern staune ich, was der Genosse Friesland herumerzählt.«

»Nein, nein.« Sie winkte ab. »So ist es nicht. Ich denke nur, jeder Genosse, der aus Russland kommt, muss einen Auftrag haben.«

Log sie oder war sie wirklich so naiv? Was hatte Friesland erzählt? Hatten sie in einer Fraktionssitzung über ihn gesprochen, und Sonja hatte sich gerade verplappert?

»Na ja, der Genosse Friesland hat offenbar einen Auftrag, von wem auch immer. Die Frage ist nur, wie der Auftrag heißt.« Er verkniff es sich, auf Bronskis Andeutungen anzuspielen. Ob Friesland beteiligt war an diesen Überlegungen, an deren Ende ein wirklicher Mordanschlag auf Rosa Luxemburg stehen konnte? Hatten sie ausprobieren wollen, was ein Attentat auf die Revolutionsführerin bewirkte? Das wäre verrückt, aber Verrücktheit war die beste Freundin dieser Revolution.

»Lass uns zur Zentrale fahren.« Es war zu früh, aber er wollte sich nicht mehr anlügen lassen. So viel Anmut, so viel Lüge. Wie passte das zusammen?

»Du erzählst mir nicht alles«, sagte Sonja. Sie hörte sich an wie ein eifersüchtiges Mädchen.

»Warum sollte ich?« erwiderte er grob.

Sie stand auf. Ihr Gesicht spiegelte ihren Missmut. »Ich dachte, wir hätten eine« – sie zögerte einen Augenblick, dann betonte sie – »besondere Beziehung, weil wir doch zusammen in Todesgefahr waren. Das schweißt zusammen, sagt man.«

Sie stieg vor ihm die Treppe hinunter, so konnte er ihr Gesicht nicht sehen. Wie weit würde sie gehen, um ihn zu bearbeiten? Das war ihr Auftrag, dessen war Zacharias sich sicher. Und auch dass Friesland dahintersteckte. Handelte er im Auftrag Moskaus? Wenn ja, für wen? Für die neue Internationale, also für Sinowjew und seinen Adlatus Kamenew? Für Lenin? Was hatte Bronski nach Moskau gemeldet über ihn?

»Das ist dir anscheinend egal«, sagte sie.

»Was soll mir egal sein?«

»Dass wir gemeinsam in Todesgefahr geschwebt haben.«

»Ich bin froh, dass wir es hinter uns haben.« Er fror, kalte Luft zog ins Auto hinein, obwohl er langsam fuhr auf der glatten Straße.

Sie schwieg eine Weile, Zacharias hatte den Eindruck, sie sei beleidigt, weil er sie absichtlich missverstand. Was sollte dieses Gerede von der Todesgefahr, die einen zusammenschweißt?

»Überleg dir gut, was du in der Sitzung sagst.«

»Das tue ich immer.« Er hätte fast gelacht. Sie wollte ihn dazu bringen, über Hintermänner zu spekulieren und zu fordern, dass Schluss gemacht werde mit den Freiheiten für die Feinde der Freiheit.

Vor dem Sitzungssaal stank es nach Tabakqualm. Gerade als Sonja und Zacharias angekommen waren, liefen sie Friesland und Pieck über den Weg. Friesland warf Sonja einen Blick zu, in dem eine Frage lag. Wollte er wissen, ob ich funktioniere? Sonja schüttelte kaum sichtbar den Kopf. Oder bildete sich Zacharias das ein? Sah er, was er sehen wollte?

Friesland eilte auf Zacharias zu. »Kommen Sie einen Augenblick mit, die Sitzung beginnt in wenigen Minuten.« Er zog ihn in ein Zimmer. Darin standen nur ein Tisch und drei Stühle. Friesland setzte sich auf die Tischkante.

»Wir müssen den Anschlag für unsere Sache ausnutzen. Wenn wir so weitermachen, wird die Konterrevolution uns zerquetschen.« Er drückte Daumen und Zeigefinger zusammen und starrte Zacharias böse an. »Das sind hier keine Spielchen, es geht um Leben und Tod. Ich gebe Ihnen den Befehl, das Attentat als das hinzustellen, was es ist: ein Verbrechen der Reaktion. Die ist ermutigt worden durch die Hetze in sogenannten sozialistischen Zeitungen und Flugblättern, deren Herausgebern es nur darum geht, die Revolution zu zersetzen, die Massen zu verwirren und den Freikorps und der Reichswehr eine Bresche zu schießen. Die Sozialdemokratie ist die Speerspitze der Konterrevolution, und deshalb müssen wir sie vernichten. Alles, was diesem Ziel dient, ist wahr. Alles, was diesem Ziel widerspricht, ist Lüge. Das ist kein Befehl von mir, sondern vom Genossen Dserschinski. Er sagt: Wenn der Genosse Zacharias eine andere Darstellung gibt als diese, dann werden zwei Dinge geschehen. Erstens werden die Phantasien des Genossen Bronski Wirklichkeit werden, um doch noch zu erreichen, was wir bisher zur Freude der Feinde nicht erreicht haben. Und zweitens wird der Genosse Zacharias dann als Deserteur angesehen und entsprechend behandelt. Der Genosse Dserschinski hat hinzugefügt, er bezweifle natürlich nicht, dass der Genosse sich seiner revolutionären Pflicht bewusst sei und demgemäß handeln werde.«

Friesland stellte sich vor Zacharias auf, sein Mund war nur wenige Zentimeter von Zacharias' Gesicht entfernt. Frieslands Atem roch nach Rauch. »Haben wir uns verstanden, Genosse Zacharias?« fragte er leise, fast zischend.

»Können Sie den Auftrag legitimieren? Vor allem, dass Sie mir Befehle erteilen dürfen? Hat Ihnen der Genosse Dserschinski oder gar Lenin gesagt, Sie sollen mich veranlassen, in diesem Sinn zu wirken?«

»Glauben Sie dem Wort eines Bolschewiken, Genosse Zacharias. So ist das in einer Revolution, da werden keine Formulare verteilt. Aber die Partei muss sich auf jedes Mitglied verlassen können. Auf jedes!«

Er ging an Zacharias vorbei zur Tür. Dort drehte er sich noch einmal um. »Machen Sie keinen Fehler, Genosse Zacharias. Keinen Fehler.« Dann verließ er den Raum und zog die Tür von außen zu.

Zacharias fror immer noch. Seine Hände zitterten. Er spürte kaum seine Füße. Nun wusste er, woran er war. Er konnte sich nicht mehr herausreden. Zu Hause lag seine tote Mutter. Was hätte sie gedacht über diesen Wahnsinn? Junge, lass dich nicht mit diesen Leuten ein. Das hatte sie früher auch gesagt, wenn er durch Gegenden streifte, in denen Menschen aus Polen wohnten, Juden meist, arm und schmutzig, aber faszinierend und stets freundlich zu dem Jungen, der sie so ungeniert anstarrte. Der Vater hatte gesagt, das sind auch nur Menschen. Aber die Mutter war nicht zu bekehren, sie mochte die Fremden nicht, vor allem nicht die aus dem Osten.

Sonja steckte ihren Kopf durch den Türspalt. »Komm, es geht los.«

Sonja blieb draußen. Die Mitglieder der Zentrale saßen auf Stühlen oder standen in Grüppchen zusammen. Pieck und Friesland tuschelten miteinander. An der Schmalseite des langen Tisches präsidierten Rosa Luxemburg und Karl Liebknecht. Der war blass, sah abgehetzt aus, schaute irgendwohin, nur nicht zu Rosa. Sie hatte die Augen geschlossen, als malte sie sich aus, was nun geschehen würde.

Liebknecht klingelte mit einer silberfarbenen Glocke. Es sah lächerlich aus, als würde er zum Tee bitten oder die Kinder zur Weihnachtsbescherung rufen. Zacharias empfand zwar das Lächerliche, aber ihm fehlte die Laune zu lachen.

Rosa öffnete die Augen, sah ihn und nickte. Was weiß sie? Zacharias fühlte sich immer durchschaut, wenn er mit ihr zu tun hatte. Aber vielleicht bildete er sich das nur ein. Oder sie schloss aus wenigen Indizien auf Zusammenhänge. Dass es diese Leninfraktion in der Partei gab, war nicht zu übersehen. Dass Friesland ihr Kopf war und dass er Pieck gewonnen hatte, auch das schien offenkundig. Sie dürfte wie Zacharias gehört haben, dass Friesland Verstärkung bekommen hatte in seinem Berliner Verband. Aus Wien war Elfriede Friedländer angereist, der der Ruf vorauseilte, noch radikaler zu sein als die Ultraradikalen aus Bremen, denen Radek sich verbunden fühlte aus alten sozialdemokratischen Zeiten. Betrachtete man, wie diese Leute zusammenspielten, konnte man den Verdacht haben, sie wollten die Macht in der Partei erobern. Im Berliner Bezirksverband war es ihnen schon gelungen, dort führte Friesland Regie.

Liebknecht klingelte heftiger. Langsam beruhigte sich die Szenerie. Liebknecht wies auf Zacharias und zeigte dann zur gegenüberliegenden Schmalseite des Tisches, wo er sich neben Clara Zetkin setzen sollte, die Frauenbeauftragte und Luxemburg-Freundin, die eigens aus Stuttgart angereist war.

Liebknecht schlug eine Tagesordnung vor. Zuerst sollte Zacharias vortragen. Es gab nur wenige Ergänzungen zur Tagesordnung, dann erteilte Liebknecht Zacharias das Wort. Der spürte die Aufregung, räusperte sich, sah die Augen erwartungsvoll auf sich gerichtet, als könnte er Orientierung geben, da die Revolution ins Stocken geraten war und das Land zerfiel.

Er begann mit leiser Stimme darzulegen, dass sie bislang nichts herausgefunden hatten. Er schilderte die Arbeitsweise der Kommission. Aber er verschwieg, dass sie eine Personenbeschreibung besaßen, die einen Verdacht wachsen ließ. Er sprach nur kurz, und am Ende stand die Erkenntnis, dass die Ermittlungen am Anfang seien. Es drängte ihn, wenigstens anzudeuten, Mitglieder der Zentrale seien womöglich in den Mordanschlag verwickelt. Aber er sagte es nicht.

Liebknecht war unzufrieden, man sah es ihm an. Rosas Gesicht spiegelte auch keine Freude.

»Das ist alles?« fragte Pieck.

Und Friesland sagte: »Ich bin nicht Mitglied Ihrer Kommission, Genosse Zacharias, aber ich weiß offenbar mehr als Sie über dieses Verbrechen.«

»Dann hätten Sie Ihre Erkenntnisse mit der Kommission teilen sollen«, fiel Zacharias ihm ins Wort.

Friesland blinzelte ihn böse an. Wut lag in seinem Blick.

»Vielleicht will der Genosse Friesland uns verraten, was er weiß«, sagte Clara Zetkin.

»Dass Sie sich mal zu etwas anderem äußern als Ihren Weibersachen, erstaunt mich. Aber ich will der Aufforderung gern folgen«, sagte Friesland. Er legte seinen Oberkörper fast über den Tisch, ballte beide Fäuste auf der Platte, und dann sagte er: »Wer hat den Nutzen von diesem Anschlag? Die Konterrevolution, vor allem Ebert und Scheidemann …«

»Ebert kann es ja kaum gewesen sein, der sitzt ein«, unterbrach ihn Rosa.

»Dieser Anschlag ist gewiss von langer Hand geplant worden. Das ist kein Werk von ein paar Tagen. Haben Sie Ebert schon befragt?« Sein Blick forderte Zacharias auf zu antworten.

»Nein.«

»Ganz offensichtlich ist der Genosse Zacharias eine Fehlbesetzung als Leiter der Kommission. Ich beantrage, ihn abzusetzen und an seiner Stelle einen fähigen Genossen einzusetzen. Dafür spricht auch die Tatsache, dass er – ich konnte es nicht glauben, als ich es hörte – Polizeibeamte eingestellt hat, die vor ein paar Wochen noch ihre Hauptaufgabe darin sahen, Arbeiter zu verfolgen und zu ermorden. Die sollen jetzt den Mordanschlag auf die Genossin Luxemburg aufklären. Das ist der Hohn!« Den letzten Satz schrie er heraus.

Unruhe kam auf. Alle starrten Zacharias an. Pieck rief: »Unerhört!«

Zetkin betrachtete ihn von der Seite und schüttelte leicht den Kopf. »Vielleicht ist der Genosse einfach zu jung für diese Aufgabe«, sagte sie.

Rosa schaute Zacharias nur an. Vielleicht dachte sie daran, dass er ihr das Leben gerettet hatte. Sie hatte ihn kennengelernt und wusste, er war nicht leichtfertig, aber womöglich hatte er in diesem Fall versagt.

Zacharias erinnerte sich an Frieslands Drohung. Er und seine Kumpane wollten den Anschlag ausnutzen, um endlich bolschewistische Methoden durchzusetzen. Zacharias hätte es sich leicht machen können. Einfach erklären, die Drahtzieher seien Reaktionäre, die die Revolution im Chaos ersticken wollten. Genauere Ermittlungsergebnisse könne er aus einsichtigen Gründen nicht bekanntmachen. So oder ähnlich, und alle hätten sich mit dieser Erklärung zufriedengegeben. Und wenn er es sagen würde, um Zeit zu gewinnen? Um die Leninfraktion zu täuschen? Dann hätte er etwas auslösen können, was nicht rückgängig zu machen wäre. Das hatte er gelernt: Wenn der Terror begann, hörte er so schnell nicht mehr auf.

Liebknecht sagte ins Stimmengewirr hinein: »Wir können den Genossen Zacharias nicht ablösen. Er arbeitet für den Rat der Volkskommissare und ist dem Genossen Däumig unterstellt.«

»Formalkram«, sagte Pieck. »Wenn die Zentrale beschließt, Zacharias soll zurücktreten, dann wird Zacharias zurücktreten und Däumig nichts anderes übrigbleiben, als den Rücktritt anzunehmen. So einfach ist das. Also, ich beantrage, dass die Zentrale den Genossen Zacharias anweist, sofort zurückzutreten.«

Stimmengewirr. Zacharias hörte heraus, dass Pieck eine Mehrheit für seinen Antrag gewinnen würde.

»Halt«, sagte Rosa. »So schnell schießen die Preußen nicht ...«

»Aber wir Revolutionäre!« rief einer dazwischen. Gelächter.

Dann ging die Tür auf, und Radek trat ein. »Wenn Sie nichts dagegen haben, Genossen. Und Sie natürlich auch nicht, Genossin Luxemburg ...«

Liebknecht winkte ihn herein. »Gewiss hat niemand etwas dagegen, dass Sie an der Sitzung teilnehmen.«

Radek setzte sich nicht an den Tisch, sondern auf einen Stuhl an der Wand. Damit zeigte er geschickt, dass er nur Zuhörer sein und sich nicht in die Angelegenheiten der deutschen Partei hineinmengen wolle.

Zacharias empfand Radeks Anwesenheit als Bedrohung. Der war Lenins wichtigster Deutschlandberater, und wahrscheinlich arbeitete er mit Bronski zusammen. Er musste abwägen. Wenn er seine Ablösung verhindern wollte, musste er seinen Verdacht äußern, und das würde die Leninfraktion alarmieren. Sie mussten dann etwas tun. Um jeden Preis verhindern, dass Zacharias und seine Mitarbeiter den Mann fanden, der die Attentäter angeführt hatte. Er musste Zeit gewinnen, und deshalb änderte er seine Taktik.

Zacharias meldete sich zu Wort.

»Zuerst wird der Genosse Friesland seinen Diskussionsbeitrag fortsetzen«, sagte Liebknecht.

»Da gibt es nicht mehr viel zu reden. Aber vielleicht will der Genosse Radek das Wort ergreifen und die Erfahrungen schildern, die wir in Russland gemacht haben.« Radek winkte ab. Es hätte auch nicht gut ausgesehen, schließlich war er gerade erst gekommen und hatte den Beginn der Diskussion nicht miterlebt. »Nun gut, dann will ich auf einige Zusammenhänge hinweisen, die vielleicht nicht durchweg auf Beweisen beruhen, die aber dennoch beweiskräftig sind. Schließlich sind wir hier kein bürgerliches Gericht, sondern die Zentrale der revolutionärsten Partei.«

Zustimmendes Gemurmel.

»Wenn ein Mordanschlag auf eine Führerin der Revolution verübt wird, dann ist es nur folgerichtig, die Täter in den Reihen der

Konterrevolution zu suchen. Oder sehe ich das falsch?« Er warf einen bösen Blick zu Zacharias, der ihn ruhig aushielt. »Das entspricht übrigens ganz dem Vorgehen der bürgerlichen Kriminalisten. Wenn die Freundin des Ehemanns ermordet aufgefunden wird, sollte man zuerst die Ehefrau befragen, nicht wahr?«

Gelächter.

»Ich will das jetzt nicht moralisch analysieren, Genossin Zetkin, auch nicht mit Blick auf die Diskussion über die freie Liebe …«

Gefeixe. Pieck schnitt eine Grimasse.

»… sondern mich auf den Kern dieser Nuss konzentrieren. Wir haben hier keine Zeit für sophistische Exerzitien, die Revolution ist in Gefahr, und wer zögert, hilft dem Feind.«

Beifall. Fäuste donnerten auf den Tisch.

»Wenn es eines Beweises bedurft hätte, dass der Feind uns bekämpft, wo und wie er nur kann, dann ist es der Mordanschlag. Niemand anders als die Reaktion kann hinter dem Attentat stecken. Die Frage ist nur, welcher Teil der Reaktion? Wer kann es in Berlin, mitten im Regierungsviertel, wagen, einen Trupp bewaffneter Soldaten in die Reichskanzlei zu schicken?« Er schaute in die Runde, um die Spannung zu steigern. »Die Freikorps? Kaum. Die haben sich aus Berlin verzogen, versammeln sich um München, um die Stadt zu nehmen und dann von dort den Marsch auf Berlin anzutreten. Abgesehen von den Einheiten, die im Osten stehen. Aber die haben sich bisher auch nicht nach Berlin getraut. Wenn es also nicht die Freikorps sind, wer dann?«

Wieder schaute er sich um. Es war still geworden. »Ich sage es Ihnen, Genossinnen und Genossen, es gibt nur eine Kraft, die es wagt, mitten in Berlin einen Anschlag auf unsere Führerin zu begehen, das ist die Sozialdemokratie von Ebert und Scheidemann. Oder haben Sie vergessen, was diese werten Genossen im Januar im *Vorwärts* geschrieben haben? Dass sie Luxemburg, Liebknecht und Radek tot sehen wollen. Das haben sie geschrieben, und das meinen sie ernst. Und mit der Genossin Luxemburg wollten sie anfangen.« Er winkte ab. »Ja, ich höre schon die Einwände. Keine Beweise. Politisch ist das aber bewiesen, Genossen, und das Geständnis der Drahtzieher liegt vor.« Er zog aus der Innentasche seines Jacketts einen Zeitungsausriss und las vor mit pathetischer Betonung der Namen:

»Viel hundert Tote in einer Reih – Proletarier!
Karl, Rosa, Radek und Kumpanei –
es ist keiner dabei, es ist keiner dabei!
Proletarier!«

»Hört! Hört!« rief Pieck, als hätte er das Gedicht nicht längst gekannt.

Liebknecht beobachtete gebannt Frieslands Auftritt. Wie würde er sich entscheiden, der Vorsitzende des Rats der Volkskommissare? Der Mann, dessen Wort auf der Straße viel galt, der aber in der Partei selbstherrlich zu wissen beanspruchte, was die Revolution verlangte. Liebknecht, das war die Revolution, und nur Rosa konnte ihn beeinflussen, auch wenn es nie lange vorhielt. Zacharias sah, dass Liebknecht hin und wieder nickte, gerade dann, wenn Friesland die Schuld der Mehrheitssozialdemokraten unterstrich.

»Erst haben sie die Revolution verraten, dann haben sie uns ihre Freikorps auf den Hals geschickt und uns zusammenschießen lassen wie im Januar und auch im März. Und jetzt versuchen sie, unsere Führer zu ermorden. Erst die Genossin Luxemburg …«

»Noch lebe ich!« rief sie dazwischen.

Niemand reagierte auf den Einwurf.

»… dann den Genossen Liebknecht und schließlich den Genossen Radek.«

»Auch ich erfreue mich noch bester Gesundheit!« rief Radek dazwischen. »Aber der Genosse Friesland hat natürlich recht. Denkt an das Attentat auf Lenin im Sommer. Das waren die Sozialrevolutionäre, die nannten sich auch links, so wie die Scheidemann-Sozialisten sich links nennen.« Radek war aufgesprungen, nun setzte er sich wieder und massierte mit den Fingern die Mundwinkel.

»Was ist die Schlussfolgerung aus dem, was wir erleben, und dem, was unsere russischen Genossen erfahren haben?« fuhr Friesland fort. »Die Schlussfolgerung ist, dass wir den Feind vernichten müssen, bevor er uns vernichtet. Das können wir uns nicht aussuchen, eine Revolution ist kein Spiel, sie ist gezwungen, auf das zu reagieren, was der Feind tut. Und wenn der Feind zur Gewalt greift, muss die Revolution ihn darin noch übertrumpfen. Wenn sie rücksichtslos sind, müssen wir rücksichtsloser sein. Wenn sie heimtückisch sind, müssen wir heimtückischer werden. Eine Revolution ist eine besondere Art von Krieg. Jede Schwäche der einen Seite ist die Stärke der anderen. Wenn wir darauf verzichten, den Mordanschlag zu ahnden, werden wir doppelt und dreifach bezahlen. Wenn wir also so leisetreterisch handeln wie der Genosse Zacharias, dann können wir die Revolution auch gleich per Beschluss beenden und uns ins Exil oder vor die Gewehrläufe der Feinde stellen. Das ist doch die Frage: Entweder wir kämpfen mit allen Mitteln, oder wir ertrinken in einem Blutbad, das es nur geben wird, weil ein paar zarte Seelen es verhindern wollten. Das ist die Dialektik unserer Revolution.«

Friesland setzte sich. Einen Augenblick herrschte völlige Stille, dann brach Beifall los. Sogar die Luxemburg-Freundin Zetkin klopfte leise auf den Tisch. Zacharias erinnerte sich eines Bonmots, das vor dem Krieg umging und Rosa zugeschrieben wurde. Das Hirn der Genossin Zetkin sei ein Hohlgefäß, in das der jeweilige Gesprächspartner hineinfülle, was er wolle. Er musste grinsen, obwohl es nicht die Zeit war, sich an etwas zu erfreuen, und wenn es sich nur um eine Gemeinheit handelte.

Zacharias sah, wie Liebknechts Augen glänzten, der sich bemühte, nicht zu Rosa zu schauen, die wie erstarrt neben ihm saß. Sie schien zu ahnen, dass nun der Wendepunkt gekommen war. Die deutsche Revolution wäre vielleicht später abgewürgt worden durch innere und äußere Feinde, aber sie gab sich vorher selbst auf.

Zacharias schaute in Rosas Gesicht und sah die Niederlage. Aber was er nicht sah, war ihre Entschlossenheit, zu kämpfen. Als der Beifall abgeklungen war, meldete sie sich zu Wort und begann zu sprechen, leise, so dass die Zuhörer schweigen mussten, um sie zu verstehen. Und sie war ja nicht irgend jemand, bei dessen Wortmeldung man mit seinem Tischnachbarn weiterschwätzte.

Sie schaute sich um im Kreis und sagte: »Genossen, das ist mir alles zu einfach. Ich fürchte, Sie gehen von falschen Tatsachen aus.

Ich hoffe, der Genosse Zacharias hat nichts einzuwenden, wenn ich Sie darauf hinweise, dass der Mordanschlag auf mich gar nicht stattgefunden hat.«

Auf einen Schlag starrten sie alle an. Zacharias erschrak erst, dann bewunderte er Rosas Geschick. Es war ein rhetorisches Kunststück.

»Es stand eine Gruppe von Bewaffneten vielleicht sieben Meter von mir entfernt. Sie legten an und schossen. Aber sie haben mich nicht getroffen. Und das kann nur daran liegen, dass sie mich nicht treffen wollten.« Sie schwieg und ließ ihre Worte wirken. Vielleicht genoss sie die Wut, die sich auf Frieslands Gesicht zeigte. Pieck begann zu schwitzen, unter den Ärmeln wuchsen dunkle Flecken. Treffer, dachte Zacharias. Aber noch nicht versenkt.

»Das hat mir der Genosse Zacharias erklärt, der mit solchen Gewehren geschossen hat. Und ich habe keinen Grund, ihm das nicht zu glauben.«

Sie schauten Zacharias an. »Und was haben Sie uns noch verschwiegen?« brüllte Pieck.

»Der Genosse Zacharias wird uns bestimmt nachher eine Erklärung geben. Lassen Sie mich fortfahren. Wenn es also kein Mordanschlag war, jedenfalls nicht der, von dem die verehrten Genossen sprachen, obwohl er Tote und Verletzte forderte, was war es dann? Was war die Absicht hinter dieser Aktion? Darüber habe ich und hat auch der Genosse Zacharias nachgedacht. Es spricht für das Verantwortungsbewusstsein des Genossen Zacharias, dass er die verehrten Mitglieder der Zentrale nicht mit Vermutungen behelligen wollte. Allerdings gibt es bessere Gründe für diese Vermutungen als für die These, die zu vertreten die Genossen Friesland und Pieck sich Mühe geben.«

Leises Gelächter irgendwoher.

»Betrachten wir die Sache vom Ende her. Bedienen wir uns der gleichen Logik wie Friesland. Dieser Mordanschlag, der keiner war, kann nur das Ziel haben, die Volkskommissare und die revolutionären Parteien dazu zu veranlassen, die Staatsmacht einzusetzen gegen alle jene, die wir als unsere Gegner betrachten. Wenn ich also der Logik des Genossen Friesland folge, dann muss ich zuerst fragen: Wem nutzt das?« Sie blickte jedem einzelnen in die Augen und genoss die Anspannung ihrer Zuhörer. »Nun, es nutzt … dem Genossen Friesland.«

Staunen, Gelächter.

»Das ist doch eine Zirkusnummer«, rief Pieck.

»Es bedarf schon einer gewissen Kunstfertigkeit, um bestimmten Genossen auf die Schliche zu kommen.«

»Das ist unerhört!« rief einer.

»Genau das ist es, unerhört.« Sie tat so, als würde sie in dem Papierstapel vor ihrem Platz auf dem Tisch etwas suchen. Aber Zacharias erkannte gleich, dass sie den Genossen die Möglichkeit geben wollte, jedes Argument zu bedenken. Es sollte nicht das eine durch das folgende übertönt werden. »Der sogenannte Anschlag hat bewirkt, dass wir uns hier zerfleischen über die Frage, ob wir die Kritiker und Gegner zusammen in einen Sack packen sollen, um dann mit Knüppeln draufzuhauen. Der Genosse Friesland ist jüngst aus Russland zurückgekehrt, um uns diese bolschewistische Lehre anzutragen. Ich verfahre nicht anders als Friesland, nur berichtige ich die Tatsachen. Der Genosse geht von falschen Tatsachen aus und ich von den richtigen. Daraus ergeben sich unterschiedliche Schlüsse. Mein Schluss ist, dass jemand uns veranlassen will, zum roten Terror zu greifen.«

Ein wenig Beifall, Zacharias sah Nachdenklichkeit in manchen Gesichtern.

Liebknecht ergriff das Wort: »Unabhängig davon, ob dieser Anschlag nun stattgefunden hat oder nicht, ich bin schon seit jeher der Auffassung, dass wir die Konterrevolution, gleich welcher Prägung, unterdrücken müssen. Schon zur Selbsterhaltung. Insofern gebe ich dem Genossen Friesland recht, auch wenn mich seine Beweisführung wenig beeindruckt hat und sie offenbar mit den Tatsachen nicht übereinstimmt. Aber man kann ja auch mit falschen Argumenten zu einem richtigen Ergebnis kommen, nicht wahr, Genosse Friesland?«

Der guckte grimmig auf die Tischplatte.

»Das ist aber unser kleinstes Problem. Wenn wir hier einen neuen Kurs beschließen, dann müssen wir auch die Genossen der USP überzeugen. Sonst hat die Debatte keinen Sinn. Ich schlage also vor, dass die Zentrale die Regierungsmitglieder beauftragt, auf die Regierungsmitglieder der USP im genannten Sinn einzuwirken. Ich bitte auch die Genossin Luxemburg, sich der Mehrheit zu beugen.«

»Ich sehe noch keine Mehrheit!« rief sie dazwischen. »Und bevor wir abstimmen, habe ich noch eine Frage an den Genossen Zacharias: Können Sie den Anführer dieser Bande identifizieren, die in die Reichskanzlei eingedrungen ist?«

13

Sie ging aufs Ganze, und das konnte nur daran liegen, dass sie eine Niederlage befürchtete. Und eine Chance sah, sie abzuwenden. Zacharias ärgerte sich, weil er Ermittlungsergebnisse preisgeben sollte, die dadurch entwertet würden, denn wenn die Drahtzieher von Zacharias' Verdacht erfuhren, würden sie sich wehren. Aber Rosa hatte recht. Wenn sie jetzt unterlag, würde es bald keine Untersuchungskommission und keine Ermittlungen mehr geben. »Die Untersuchungskommission« – er räusperte sich – »also, die Untersuchungskommission ist zu dem Ergebnis gekommen, dass es keine Freikorpssöldner, gleich welcher Farbe, gewesen sind, sondern Kämpfer aus unseren Formationen. Ob Rote Armee oder Miliz, wissen wir noch nicht.«

»Das ist ungeheuerlich!« donnerte Pieck dazwischen. Und er war nicht als einziger empört.

»Das ist in der Tat ungeheuerlich«, sagte Zacharias, und er sah Rosa lächeln. Ihr Schüler ließ sich nicht die Butter vom Brot nehmen. Wer einmal ihr Schüler war, blieb es zeitlebens. »Der Anführer der Truppe war ein Genosse, der einwandfrei identifiziert wurde als Mitkämpfer bei der Schießerei in Lichtenberg. Es gibt dafür mehrere widerspruchsfreie Zeugenaussagen.« Er übertrieb, fand es aber notwendig.

»Dann ist das ein Überläufer«, sagte Friesland. »Nur mal vorausgesetzt, Ihre Zeugen sind nicht gekauft oder Teilhaber einer Verschwörung gegen die Revolution.«

»So kann man es natürlich auch sehen, Genosse Friesland«, sagte Rosa mit schneidender Stimme. »Man kann alle Facetten der Wirklichkeit, die einem nicht ins Bild passen, einfach tilgen oder für Traumgebilde erklären. Weil es ja nur so sein kann, wie man will, dass es ist. Aber dem Wolkenkuckucksheim des Genossen Friesland steht eine Wirklichkeit gegenüber, die sich beweisen lässt. Und es wäre doch viel sinnvoller, daraus Konsequenzen zu ziehen. Wenn man sich irrt, muss man die Lehre daraus ziehen. Und weil Sie sich ja als Leninisten« – sie zog das Wort in die Länge – »betrachten, ich hörte diesen Begriff gestern zum ersten Mal, möchte ich Ihnen erzählen, dass ich den Genossen Lenin recht gut kenne, gewiss besser als alle anderen an diesem Tisch. Sie alle wissen, dass ich mit diesem Genossen in vielen Dingen nicht übereinstimme. Aber ich will doch sagen, dass der Meister seine Jünger um Welten überragt. Vor allem in dieser Hinsicht: Wenn Lenin sich irrt oder das Zentralkomitee seiner Partei, dann bemühen sie sich, diesen Irrtum zu beheben, es besser zu machen. Nein, nein, nicht in meinem Sinne, ganz in ihrem. Aber sie berichtigen sich, und sie tun es schnell. Eine revolutionäre Regierungspartei muss sich bei Strafe ihres Untergangs immer schnell berichtigen, es sei denn, sie ist fehlerfrei.«

Leises Gelächter.

»Sie haben sich verrannt, Genosse Friesland. Sie nehmen von der Wirklichkeit nur wahr, was dem verqueren Bild in Ihrem Hirn entspricht. Marx sagt, das Sein bestimmt das Bewusstsein. Das haben viele falsch verstanden, ohne mich länger darüber auslassen zu wollen. Aber was Marx gewiss nicht meinte, ist, dass der Traum des Genossen Friesland und seiner Assistenten den Verlauf der Revolution in Deutschland bestimmen soll.«

Zacharias beobachtete die Zuhörer und sah, dass Rosa Zustimmung erwarb, aber die Mehrheit gewann sie nicht. Diese Genossen wussten, es ging drunter und drüber im Reich, und sie glaubten, Gewalt und Disziplin seien die Schlüssel des Sieges. Die Arbeiter in vielen Städten hatten ihre Betriebe übernommen und verwalteten sie nach eigenem Ermessen. Was interessierte sie, wie es anderen Unternehmen ging, wenn sie nur selbst über die Runden kamen. In einigen Firmen war der Sechsstundentag eingeführt worden, in anderen wurde sieben Stunden gearbeitet oder gar nicht, weil Zulieferer nicht geliefert hatten oder sich Fertigware in Lagern stapelte, ohne dass Käufer gefunden würden. Auch nahmen die Gewaltdelikte und sonstige Straftaten zu, der Mob regierte in manchen Orten nicht nur auf der Straße. Wilde Gestalten bemächtigten sich durch Zufallsmehrheiten der Räte und der Verwaltungen. Der Polizeipräsident von Duisburg hatte eine Karriere als Zuhälter hinter sich, in Hannover hatte eine Bande von Hehlern den Leuten das Blaue vom Himmel versprochen, vor allem Weizen aus Russland und Mais aus

Amerika. Natürlich musste die Zentralgewalt gestärkt werden, weil sonst bald überall die Anarchie herrschte. Aber Friesland, Pieck und Genossen wollten mehr als das, nämlich den Terror der revolutionären Parteien, von denen am Ende nur eine überbleiben sollte, wie es den bolschewistischen Spielregeln entsprach.

Während Rosa auf die Genossen der Zentrale einredete, Liebknecht wiederholte, was er schon gesagt hatte, und Friesland den Terror predigte, überlegte Zacharias, wie er dem Schlamassel entgehen könnte. Es war klar, die Untersuchungskommission stand auf der Kippe. Die Mehrheit würde versuchen zu verhindern, dass er seine Arbeit fortsetzte. Sie waren der Wahrheit nahe gekommen, die Leninfraktion wurde nervös.

Dann hörte er Pieck schimpfen: »Dass Arbeiterschinder dieser sogenannten Untersuchungskommission des Genossen Zacharias angehören, ist ein Verrat an der revolutionären Ehre unserer Partei.«

Donnernder Beifall.

Zacharias meldete sich zu Wort: »Ich folge nur dem bolschewistischem Beispiel und benutze bürgerliche Spezialisten. Wenn Sie mir einige sozialistische Kriminalisten zuordnen möchten, ich wäre sofort bereit, die Spezialisten zu entlassen.«

Gelächter. Einer rief: »Gut gebrüllt, Löwe.«

Ein anderer: »Dumme Ausreden.«

Pieck erwiderte: »Aber die Bolschewisten lassen sich von diesen Spezialisten nicht vorschreiben, was sie zu tun haben.«

Ein dummer Einwand, dachte Zacharias. »Wer sagt denn, dass ich mir von denen etwas vorschreiben lasse?«

»Das ist doch offensichtlich!« rief Friesland. »Das sieht ein Blinder. Sonst kämen Sie nicht auf solche dummen Gedanken. Sie haben die Leitung in Ihrer Kommission längst verloren, ohne es zu merken!«

Beifall.

Rosa beantragte eine Pause. Dann winkte sie Zacharias zu sich, Jogiches schloss sich an, dann auch Clara Zetkin. Sie gingen in das Zimmer, das Zacharias schon kannte.

Rosa lehnte sich an die Wand, Jogiches setzte sich an den Tisch und zündete sich eine Zigarette an. Clara Zetkin lief unruhig umher. »Und wenn wir einen Kompromiss finden? So falsch wäre es doch nicht, die Zügel ein wenig anzuziehen.«

»Natürlich nicht«, sagte Jogiches. »Aber doch nicht mit Terror.«

»Aber wenn es ohne Gewalt nicht geht? Wenn es uns nicht gelingt, die Arbeiter zu überzeugen?« fragte Rosa mit leiser Stimme.

»Die falschen Zweifel zur falschen Zeit«, erwiderte Jogiches. Er mühte sich ruhig zu bleiben. »Sie werden es nicht wagen, sich gegen dich zu stellen.«

»Ein frommer Wunsch. Sie haben uns auf dem Parteitag eine Niederlage bereitet, als es um die Wahlen zur Nationalversammlung ging. Sie haben sich verrannt in diesen Leninkult. Friesland müsste doch wissen, was es bedeutet, wenn wir mit dem Terror anfangen.«

»Vielleicht bleibt uns keine Wahl.« Clara Zetkin schaute Rosa an. »Schau, in der Französischen Revolution …«

»Ja, ja, da sind die Köpfe gerollt. Aber ist es das, was diese Revolution ausmacht? Gewiss nicht. Lasst uns praktisch überlegen. Wenn Friesland und Pieck eine Abstimmung haben wollen, werden sie die bekommen. Und sie werden sie gewinnen. Liebknecht wird sich daran gebunden fühlen. Seit er Regierungschef ist, hält er sich erst recht für den lieben Gott. Er schwebt hoch droben und schaut herab auf uns Sterbliche. Früher hat er auf mich gehört, meistens jedenfalls. Jetzt hört er nur noch auf seine Eingebungen. Er wird den Beschluss der Zentrale jedenfalls in der nächsten Sitzung des Rats der Volkskommissare als Regierungsbeschluss vorschlagen. Eigentlich darf ich dort nicht dagegensprechen, weil ich dann die Parteidisziplin verletzen würde. Aber wie oft hat Karl auf sie gepfiffen. Und Sie, Genosse Zacharias, Sie gehen heute abend noch zu den Unabhängigen.«

»Ich werde dort mein Möglichstes tun. Eigentlich sollte es genügen, die bisherigen Ergebnisse der Kommission darzustellen. Das kann ich jetzt ja ohne Rücksichtnahme, nachdem alles bekannt geworden ist.«

»Und suchen Sie diesen Mann aus Lichtenberg?«

»Natürlich. Aber ob wir ihn je finden? Vielleicht schaut er sich schon die Radieschen von unten an.« Zacharias drängte es, sich zu offenbaren. Der Druck belastete ihn, er musste sich für eine Seite entscheiden.

»Ich glaube, Friesland handelt in Moskaus Auftrag. Die sehen das natürlich als Unterstützung der Revolution in Deutschland«, sagte Zacharias.

Rosa schaute ihn streng an. »Wissen Sie mehr darüber?«

Zacharias spürte, wie ihm das Blut ins Gesicht stieg. »Eigentlich gehöre ich auch dazu, aber mir hat man einen eigenen Auftrag gegeben. Einen Spezialauftrag.«

»Wer ist man?« brummte Jogiches. Seine Zigarette glühte rot.

»Die Tscheka und Lenin.«

»Lenin und Dserschinski?« fragte Jogiches.

»Ja.«

Jogiches pfiff leise. »Sieh mal, der Genosse Wladimir Iljitsch will ein bisschen nachhelfen.«

»Das ist doch nichts Neues«, sagte Rosa. »Was genau ist Ihr Auftrag?«

»Ich soll auf Sie aufpassen.«

Sie lachte schrill.

»Und melden, was Sie planen.«

Sie hörte auf zu lachen.

»Und ich soll an Dserschinski berichten.« Er überlegte, ob er Bronski erwähnen sollte, aber das hätte die Lage nur noch verworrener gemacht. »Und dann wurde ich aufgefordert« – er wollte Rosa sagen: Sie zu beeinflussen, aber das verschluckte er –, »Einfluss zu nehmen.«

»Was für einen Einfluss?« Jogiches ärgerte sich.

»Na ja, dass die Partei bolschewistische Methoden anwenden sollte. Die Macht ergreifen, Diktatur, Terror. Lenin macht sich Sorgen um die deutsche Revolution. Er fürchtet, die Sowjetmacht kann sich allein nicht halten. Auch deshalb will er jede Hilfe geben, Nahrungsmittel, Waffen, Geld, die Rote Armee …«

»Und die Tscheka unseres Freundes Feliks Edmundowitsch«, sagte Rosa.

»Wir sollten das ausnutzen«, sagte Jogiches.

»Indem wir von den Russen nehmen, wovon sie zu wenig haben?« fragte Rosa.

»Darüber zerbreche ich mir jetzt nicht den Kopf. Und auch nicht darüber, ob die Hilfe an Bedingungen geknüpft ist, Terror gegen Brot oder ähnlich.«

»Wir sprechen später darüber. Wir müssen jetzt überlegen, wie wir in der Zentrale weiterkommen. Ich werde zu Karl gehen und ihn bitten, der Untersuchungskommission noch Zeit zu geben. Der Genosse Zacharias muss ohnehin noch bei der USP berichten. Däumig ist sein Vorgesetzter, auch wenn der sich um nichts kümmert.«

Jogiches nickte, und sie verließ den Raum. Clara Zetkin saß da und seufzte. »Dass wir uns streiten müssen, jetzt, wo die Revolution endlich begonnen hat. So ganz falsch liegt Friesland doch nicht, auch wenn ich natürlich mit Rosa solidarisch bin.«

»Wenn Terror nur ein bisschen falsch ist …«, knurrte Jogiches. Er wandte sich an Zacharias. »Als Sie uns in Dahlem herausgehauen haben, da haben Sie Ihren Auftrag erfüllt, den aus Moskau?«

Zacharias zuckte die Achseln. »Darüber habe ich nicht nachgedacht. Es war richtig, das genügte.«

Jogiches lächelte. »Ich würde Sie am liebsten aus der Kommission verjagen. Aber täte ich es, wäre es ein Triumph für Friesland. Deshalb finde ich mich damit ab, dass Sie Bolschewistenzögling im Amt bleiben. Das ist zwar ein Anachronismus, aber mir scheint, Revolutionen sind so.« Er klang nicht sonderlich ärgerlich.

Rosa kehrte zurück. Zorn stand in ihrem Gesicht. »›Das entscheidet die Zentrale, dann die Volkskommissare, und ich werde vorschlagen, was die Zentrale beschließt.‹ Das sagt er, als hätte er sich jemals an Beschlüsse von irgendwem gehalten.«

»Wenn ich noch etwas sagen darf«, sagte Zacharias und fuhr gleich fort: »Über etwas viel Wichtigeres haben wir noch gar nicht gesprochen. Ich habe keinen Zweifel, dass Moskau bald einen Mordauftrag erteilen wird. Da war einer bei mir vor kurzem, der fabulierte über die Chancen, die sich ergäben, wenn die Genossin Luxemburg von Konterrevolutionären ermordet würde.«

»Und der kam aus Moskau?« fragte Clara Zetkin atemlos.

»Ja.«

»Steckt Friesland mit drin?« fragte Jogiches.

»Ich glaube nicht. Dieser Mann, Bronski nennt er sich, wie immer er heißen mag, dieser Mann hat mich darauf angesprochen. Beachtet man die Regeln der Konspiration, dann haben sie mich ausgesucht, den Anschlag zu begehen. Sie haben getestet, ob ich bereit wäre. Die Tscheka wird niemand anderen beauftragen, noch nicht jedenfalls, bevor sie nicht sicher ist, dass ich den Auftrag verweigere. Dann komme ich mit auf die Liste. Das hat der werte Genosse Bronski mir auch erklärt.«

»Dann müssen Sie den Auftrag annehmen«, sagte Jogiches. Clara Zetkin schnaufte, Rosa schaute ihn erstaunt an. »Ist doch besser, man kennt seinen Mörder.« Jogiches lächelte. »Außerdem lebt der Genosse Zacharias dann länger.«

»Wir sollten es veröffentlichen«, sagte Clara Zetkin.

»Damit wir uns lächerlich machen?« fragte Rosa. »Die werden es nicht zugeben, Zacharias ist unser einziger Zeuge, aber niemand wird ihm glauben. Die Russen, der heilige Lenin gar, wollen deutsche Revolutionsführer, Volkskommissare, ermorden? Das kann sich nur die Reaktion ausgedacht haben, um Zwietracht zu säen. Weil sie weiß, dass die deutsche Revolution die Unterstützung der Sowjetmacht braucht und die Russen die Hilfe der Deutschen. Nein, das ist perfide: Wenn wir das bekannt geben, verschlechtern wir unsere Lage.«

»Und was soll ich Däumig erzählen über diese Figur aus Lichtenberg, die den Mordanschlag, der keiner war, auf die Genossin Luxemburg begangen hat?«

»Die Wahrheit«, erwiderte Rosa schnell. »Einfach die Wahrheit. Däumig ist Ihr Vorgesetzter. Sie brauchen ja keine Mutmaßungen zu äußern. Die Genossen von der USP sind schlau genug und kommen selbst auf das, worauf man kommen muss.«

Dann wurden sie zurückgerufen zur Sitzung. Die Zentrale beschloss auf Antrag Liebknechts, dem Rat der Volkskommissare vorzuschlagen, die Untersuchungskommission wegen Befangenheit aufzulösen und die Aufklärung des Falls in die Hände der Miliz zu legen. Zacharias wartete, ob er aufgefordert würde zurückzutreten, aber davon war nicht mehr die Rede. Womöglich hatte Liebknecht mit Friesland und Genossen einen Kompromiss ausgehandelt. Alle wussten, dass es ohne die Zustimmung der USP-Volkskommissare keinen Regierungsbeschluss geben würde.

Und Zacharias wusste, dass die Moskauer sich nun überlegen würden, wie sie ihn loswerden konnten. Oder sie würden ihm die Pistole auf die Brust setzen. Er war ein Zeuge, er hatte mit Lenin und Dserschinski gesprochen, vielleicht unterstellten sie, er verstehe seinen Auftrag anders. Und hatten nicht Lenin und Dserschinski ihn ermahnt, sich von niemandem hineinreden zu lassen? Lenin ging manchmal ungewöhnliche Wege, das wussten auch Friesland und Konsorten. Aber was wusste Radek? Welches Spiel spielte er? Wenn Radek in Lenins Namen auftrat, dann glaubte ihm jeder. Und wenn Radek anweisen würde, Zacharias zu beseitigen, dann würden sie es versuchen. Was immer andere planten, Zacharias wusste, es wurde eng. Ihm blieb nicht mehr viel Zeit.

Er ging zu Fuß zum Vorstand der USP am Schiffbauerdamm. Ein eisiger Wind fegte durch die Straßen. Wo eine der wenige Laternen Licht warf, glänzte das Kopfsteinpflaster vor Nässe. Manche Stellen wurden glatt, in dieser Nacht würde es frieren. Ihm tat die Kälte gut.

Je länger er bedachte, was geschehen war und was ihm drohte, desto wichtiger erschien es ihm, es möglichst lang auszuhalten auf seinem Posten. Solange er Funktionär der Regierung war, würden sich Friesland und seine Helfer vorsehen. Was nicht bedeutete, dass sie nichts tun würden gegen ihn. Aber sie konnten nicht riskieren, dass Führer der KPD als Auftraggeber eines Mordes an einem Regierungsfunktionär entlarvt würden. Das würde das Ansehen der Kommunisten schädigen, wo diese doch in der Konkurrenz mit den Unabhängigen zwar aufholten, aber immer noch eine Gruppe waren, deren Machtanspruch ihre Zahl weit übertraf.

Nur wenige Menschen hasteten an ihm vorbei. Er begegnete einer Doppelstreife der Miliz, die musterten ihn nur. Sie hatten Schals umgebunden und die Mützen tief ins Gesicht gezogen. Zacharias hatte von Übergriffen gehört gegen Milizangehörige, Messerstiche in den Rücken, Prügeleien und Rüpeleien. Aber die beiden sahen lieber wenig, als zu frieren. Es wäre einfach gewesen, sie von hinten anzugreifen. »Du denkst immer an das Schlimme«, schimpfte er vor sich hin.

Dann hatte er das Gebäude der USP erreicht. Er meldete sich an der Pforte an und wurde gleich vorgelassen zu Däumig.

»Ah, der Genosse Zacharias«, sagte Däumig, er kramte auf einem Tisch in einem Aktenstapel. »Habe gerüchteweise gehört, Sie haben Ärger mit Ihren Genossen.«

Zacharias winkte ab. »Wer hat das nicht?«

»Das ist ein wahres Wort. Ich hoffe, es renkt sich wieder ein.«

»Bestimmt«, erwiderte Zacharias. Ich brauche Däumig ja nicht draufzustoßen, er wird selbst die Lunte riechen.

»Und was hat die Kommissionsarbeit bisher ergeben?«

»Dass es keinen Mordanschlag auf die Genossin Luxemburg gab.«

Däumig blickte ruckartig auf von seinem Stapel, blieb aber in gekrümmter Haltung stehen. Er schnalzte mit der Zunge.

Zacharias legte dar, warum der Anschlag fingiert erschien. Däumig starrte ihn an, dann nickte er leicht. Als Zacharias berichtete, der Mann, der den Trupp in die Reichskanzlei geführt habe, sei bei der Schießerei in Lichtenberg gesehen worden, schlug Däumig auf den Tisch. »Das ist die Höhe. Aber was soll der Grund sein?«

»Da kann man nur raten.«

»Dann raten Sie, das ist Teil Ihrer Aufgabe.«

»Der Anschlag sollte Stimmung machen, damit die Kräfte es leichter haben, die auf die Zentralgewalt setzen, die alle Abweichungen einebnen wollen.«

»Die das einführen wollen, was der verehrte Genosse Lenin kürzlich Kriegskommunismus genannt hat.« Er streckte sich, der Rücken schmerzte. Dann fuhr er sich mit der Hand durch die Haare. »Dazu passt ja, dass bald die erste Nahrungsmittellieferung aus Russland in Berlin eintrifft. Ich habe das gerade erfahren. Die Genossen Spartakisten werden großes Theater machen, die Leute werden beeindruckt sein, und dann noch ein fingierter Anschlag. Passt gut zusammen, ist so eine Art Choreographie. Nicht schlecht, wenn es so geplant war.«

»Manchmal passen Dinge zusammen, obwohl sie nicht geplant

waren. Manchmal passen Dinge nicht zusammen, obwohl sie geplant waren.«

»Sie sind ja ein richtiger Philosoph.« Däumig lachte trocken. »Und nun haben Sie Ärger mit Ihren Genossen, nicht wahr?«

Zacharias nickte. »Sie nehmen es mir auch übel, dass ich bürgerliche Kriminalisten beschäftige.«

»Ich weiß nicht, wie lange ich Sie halten kann gegen den Widerstand Ihrer Leute. Die Genossin Luxemburg stützt Sie noch?«

»Ja. Aber gegen eine Mehrheit kann auch sie wenig ausrichten.«

»Immerhin ist sie Regierungsmitglied. Wichtig ist ja, dass wir in der Regierung eine Mehrheit finden, die die Untersuchungskommission behalten will. Allerdings, wenn es keinen Mordanschlag auf die gute Rosa gab, was bleibt zu untersuchen?«

»Genosse Däumig, es sind Bewaffnete in die ehemalige Reichskanzlei eingedrungen und haben zwei Genossen getötet und weitere verletzt. Ich möchte herausbekommen, wer dahintersteckt und was der Zweck dieser Aktion war. Und, bei aller Bescheidenheit, ich glaube, die Regierung sollte das auch wissen wollen.«

»Wenn Sie wüssten, was wir alles wissen müssten. Wir leben im Zustand vollkommener Anarchie. Nichts funktioniert, vor allem nicht die Versorgung. Unsere Bauern rücken nichts raus. Sie sagen, unsere Währung taugt nichts, weil man dafür nichts kaufen kann. Leider haben sie recht. Aber lässt man deshalb das eigene Volk verhungern? Ein paar Genossen haben vorgeschlagen, Requirierungstrupps aufs Land zu schicken …«

»Wie in Russland«, sagte Zacharias erschrocken.

Däumig verwahrte sich nicht gegen die Unterbrechung. Er schaute Zacharias in die Augen. »Sie wissen da etwas. Was erschreckt Sie so?«

Zacharias schüttelte den Kopf. Diese verfluchten Bilder griffen nach ihm.

»Die Genossen der sowjetischen Botschaft haben angeboten, uns zu beraten. Sie hätten auf diesem Gebiet ihre Erfahrungen. Was ist mit Ihnen, Genosse Zacharias?«

»Darf ich Sie bitten, sich für unsere Kommission einzusetzen, eingeschlossen die bürgerlichen Kriminalisten, die wir brauchen, bis wir eigene ausgebildet haben? Und erlauben Sie mir, nach Hause zu gehen. Ich will ein paar Stunden schlafen.«

Däumig schaute ihn neugierig an, dann nickte er und reichte Zacharias die Hand. »Mal sehen, was sich machen lässt«, sagte er.

Zacharias verließ das Gebäude und stieg die Treppe hinab zur Straße. Zwei Posten standen vor der Eingangstür und flüsterten miteinander. Sie stampften mit den Füßen, um die Kälte zu vertreiben. Aber die kroch durch die Kleidung und klammerte sich an die Haut. In Russland war es kälter gewesen, aber trockener, so dass man nicht gleich fror. Zacharias lief zum Bahnhof Friedrichstraße und fuhr nach Hause.

Er sah das flackernde Licht aus dem Küchenfenster, eine Petroleumlampe im Luftzug. Er roch sie schon im Flur. Erst jetzt wurde ihm wieder bewusst, dass seine Mutter tot in ihrem Bett lag. Er empfand keine Trauer, ihn bedrückte aber eine Last. Zacharias verstand nicht, welcher Art sie war. Die Mutter hatte ihn allein gelassen, und auch wenn es ihm befremdlich erschien, das warf er ihr vor.

In der Küche saß Margarete am Tisch, vor sich eine dampfende Tasse. Es war ihm selbstverständlich, dass sie hier war, und auch sie schien sich zu Hause zu fühlen. Er wunderte sich nur, wie nüchtern sie miteinander umgingen. Dann fand er es wieder angemessen. Er setzte sich an den Tisch, Margarete stand auf und goss Zacharias einen Becher Kriegskaffee ein. »Morgen vormittag ist die Beerdigung.«

»So schnell. Danke.«

Sie setzte sich ihm gegenüber. »Wenn es dir recht ist, bleibe ich dann hier.«

»Ja. Aber es ist nicht wie früher.« Er erinnerte sich der ersten zarten Berührungen. Wie sie die erst abwehrte, doch dann zuließ. Sie hatten sich heimlich geküsst, unbeholfen und ohne zu verstehen, was daran sein mochte. Jetzt lebten sie nebeneinander in einer Wohnung, ohne die Berührung zu suchen.

»Nichts ist wie früher. Damit muss man sich abfinden«, erwiderte sie. »Aber zur Beerdigung kommst du?«

Er hatte ihr nicht viel erzählt über das, was er tat. Es genügte, dass sie begriff, wie tief er verwickelt war in die Revolution. Sie hatte sich nicht geäußert, ob sie diese Revolution begrüßte oder ablehnte. Zacharias glaubte inzwischen, es war ihr gleichgültig. Besser würde es sowieso nicht, egal, ob alles blieb, wie es war, oder ob sich alles änderte. Sie verstand nicht die Aufregung der Menschen über den Sozialismus, den alle Arbeiterparteien forderten, was sie aber nicht hinderte, sich gegenseitig umzubringen. Margarete hatte schon im Krieg beschlossen, die Menschen und die Welt, in der sie lebten, für verrückt zu erklären. Einen vernünftigen Grund für diese Zustände konnte es nicht geben.

»Wie geht es deinen Eltern?«, fragte er, um etwas zu sagen.

»Schlecht«, sagte sie tonlos. »Sie werden deiner Mutter bald folgen.«

»Liebst du mich?« fragte er. Gleich schalt er sich einen Dummkopf. Wenn man müde ist, redet man dummes Zeug.

»Ich weiß nicht«, sagte sie und lächelte ein wenig. »Jedenfalls wohne ich nun hier. Und wenn du willst, können wir heiraten. Das haben wir doch einmal gewollt.«

Ihm kam es vor, als klammerte sie sich mit aller Kraft an ihre Erinnerung. Gut war in ihrem Leben nur, was vergangen war. »Man kann die Vergangenheit nicht zurückholen«, sagte er.

»Doch, man muss es. Wenn ich es nicht versuchte, ich würde wahnsinnig.«

Er überlegte, ob sie schon wahnsinnig war oder nur er oder sie beide. Hinten lag die tote Mutter im Bett, und sie redeten Unsinn. Unwillkürlich hatte er laut gesagt, was er dachte.

»Sie liegt nicht mehr dahinten. Kaminski hat sie vorhin geholt.«

Kaminski war der Bestatter, er brachte alle Leute in dieser Gegend unter die Erde, und er tat es zu einem Preis, den Arbeiter bezahlen konnten. »Will er das Geld gleich haben?«

»Am liebsten wäre ihm was zu essen. Vielleicht kannst du etwas besorgen, das wäre die beste Bezahlung. Sonst nimmt er auch Edelmetall. Hattet ihr nicht eine Silberschale und etwas Besteck?«

Sie erinnerte sich besser als er. Er würde die Dinge suchen und damit die Beerdigung bezahlen. Was sollte er mit Silber und was mit den Erinnerungen, die daran hingen? Es würde doch alles nur schwerer machen.

Dann gingen sie ins Schlafzimmer. Sie zog sich fröstelnd aus, und er sah die Hautbeutel, die früher ihre Brüste gewesen waren. Ihre Augen, größer in dem mageren Gesicht, schauten ihn an und sagten: Nimm, wenn du willst. Aber er konnte nicht. Sie schien nicht enttäuscht und legte sich auf die Seite. Er legte sich mit seinem Rücken an ihren und fragte sich, warum es so war mit ihr und mit ihm. Nicht dass er wünschte, es würde sich ändern. Es war richtig so, und was früher gewesen war, war nur eine Erinnerung an etwas, das nie zurückkommen würde.

Er spürte wieder den Zorn auf die Schuldigen an der Katastrophe. Der Kaiser lebte gut im holländischen Doorn. Aber vielleicht ergriffen auch die holländischen Arbeiter bald die Macht, und dann würden sie den Kaiser nach Deutschland bringen und vor Gericht stellen, genauso wie den Verräter Ebert. Dann kamen die Träume von seinen Opfern. Lenin erschien ihm. Sorgen Sie dafür, dass es in Deutschland nach unserer Methode geht. Wer nicht für uns ist, ist gegen uns. Lieber einen zuviel erschießen als einen zuwenig. Es schüttelte ihn. Als er die Augen aufschlug, sah er Margarete ihn anstarren. »Was machst du da?« flüsterte sie. »Sei nicht so unruhig. Komm zu mir.«

Er legte sich in ihren knochigen Arm und schlief wieder ein.

*

Am Morgen wachte er zerschlagen auf. Margarete war nicht mehr da. Er fand sie in der Küche. »Im Schlafzimmer deiner Eltern findest du im Schrank einen schwarzen Anzug deines Vaters. Er ist dir zu groß, aber es wird gehen.«

Sie hatte einen schwarzen Rock, eine dunkelgraue Bluse und eine schwarze Weste angezogen. Zacharias überlegte, ob sie zu Hause gewesen war, die Kleidung zu holen, aber er fragte nicht. Sie sprachen fast nichts während des Frühstücks. Danach ging Zacharias ins Wohnzimmer und fand den Silberteller und das Besteck. Vielleicht gab sich Kaminski damit zufrieden.

»Bekommst du eigentlich etwas dafür, dass du dein Leben riskierst?«

»Ja, sie haben mir einen Abschlag gegeben.« Er ärgerte sich über sich.

»Die Ersparnisse reichen nicht mehr lang.«

»Wessen Ersparnisse?«

»Nicht wichtig.«

»Doch.«

»Ich tausche meine Aussteuer ein. Für gutes Tuch bekommt man etwas von den Bauern.«

Jetzt wusste er, was sie tagsüber tat. Er schämte sich, dass er nicht daran gedacht hatte. »Ich kümmere mich drum«, wiederholte er. »Und wenn es besser wird, kaufen wir dir eine neue Aussteuer.«

»Kaufen wir uns …«

»Ja, Entschuldigung.«

Auf dem Friedhof hörte er dem Trauerredner zu. Der wusste einiges von seiner Mutter, und das musste er von Margarete erfahren haben. Sie standen nebeneinander am Grab. Zacharias fürchtete, die vier Sargträger würden zusammenbrechen unter der Last. Er sah den Sarg schon in die Grube hineinfallen und wie er sich öffnete und die Mutter halb herausgerissen wurde. Merkwürdige Gedanken, vielleicht lenken sie dich ab von der Zeremonie. Der Trauerredner war klein und fett. Wie bleibt man fett in diesen Jahren? Er sprach nicht schlecht, vielleicht etwas schmalzig, aber die Mutter hätte es gemocht. Dann ist es richtig. Der Trauerredner schilderte das Leben einer Arbeiterfrau, die sich für die Familie aufopferte, vor allem für die Kinder. Zacharias sah die Mutter in der Küche, wo sie kochte und wusch. Der schwere Zuber mit dem Waschwasser, das so sauber roch, das Bügeleisen, das sie auf dem Herd erhitzte und einmal zu lange auf einem Hemd des Vaters stehen gelassen hatte. Der Brandfleck ging nicht mehr raus, und der Vater zog ein trauriges Gesicht, aber er sagte nichts. Aber er schnauzte Renate an, weil sie über irgend etwas lachte, gewiss nicht über den Fleck. Am Sonntag saßen sie in der guten Stube, Vater las vor, Märchen in den frühen Jahren, dann Anspruchsvolleres, etwa *Onkel Toms Hütte*, das Zacharias berührt hatte. Was die Tabakarbeiter vorgelesen bekämen, sagte der Vater. Das seien die Gebildeten unter den Proletariern. Sie drehten Zigarren, und der Tarifvertrag stelle einen frei, der dann den Vorleser machte. Sie lasen Bebels *Frau* und Mehrings *Geschichte der Sozialdemokratie.* Aber Bebel war tot, dem Himmel sei Dank, er musste nicht erleben, wie seine Partei auf den Hund kam, und Mehring war gerade gestorben, mitten in der Revolution, die er herbeigeschrieben hatte. Vielleicht gab es keinen schöneren Tod als in der Zeit der Hoffnung.

Einige Gesichter wendeten sich Zacharias zu. Er konnte nichts darin lesen, zumal er die Leute nicht kannte. Vielleicht erinnerte er sich an zwei, drei Gesichter, aber er hätte die Namen nicht nennen können. Die anderen Leute waren ihm fremd. Dann war der Redner fertig, und der Sarg wurde an Seilen hinuntergelassen. Die Sargträger gingen weg, es sah eher komisch aus, wie sie sich um Würde mühten.

Der erste Trauergast schritt zum Grab, nahm die kleine Schaufel im daneben geschichteten Erdhaufen und warf Erde in die Grube. Dann trat er vor Zacharias und reichte ihm die Hand. »Mein Beileid.« Er hatte Runzeln im Gesicht und dünne graue Augenbrauen, die sich über der Nase berührten. Zacharias wollte ihn fragen, wer er sei, aber er schwieg, der Mann gab Margarete die Hand und sagte wieder: »Mein Beileid.«

Eine Frau folgte ihm. Sie hinkte, und ihr Gesicht zeigte jahrelangen Hunger. »Ich habe wie sie bei Borsig geputzt. Auch wenn das Geld am Ende nichts mehr wert war, wir hatten Arbeit.« Dann gab sie Zacharias ihre Hand, in der keine Kraft mehr steckte. Zacharias stellte sich vor, wie die Frau putzte.

Dann kam ein Mann und sagte, er sei ein Freund und Kollege des Vaters gewesen und er habe die Mutter geschätzt. Dabei ging ein Strahlen über sein Gesicht. Er wisse, Zacharias engagiere sich für die neue Regierung, »diese Volkskommissare«, er aber sei Sozialdemokrat geblieben und daher gegen jede Diktatur. Er wolle nur, dass Zacharias es wisse, es gebe noch Sozialisten, die diesen Sozialismus ablehnten, weil er schlimmer sei für die Arbeiter als der Kapitalismus. »Die Demokratie, Genosse Zacharias, ist die Voraussetzung des Sozialismus. Ihr habt Bernstein nie begriffen, deine rote Rosa schon gar nicht.«

Natürlich erinnerte sich Zacharias an die Debatten des Vaters mit seinen Freunden. Wie sie auf die Luxemburg schimpften, die doch keine Ahnung habe davon, wie es in den Fabriken aussehe. Gut, sie habe sich tapfer geschlagen gegen die Staatsgewalt, und als sie die Soldatenmisshandlungen aufdeckte und deshalb angeklagt wurde, da habe die Sozialdemokratie hinter ihr gestanden wie ein Mann. Aber was war ihr Dank? Dass sie den Parteivorstand angegriffen habe, immer wieder, obwohl der doch immer eine riesige Mehrheit der Mitglieder hinter sich gehabt habe. Mit dem Kopf durch die Wand. Rechthaberei, Revoluzzertum. Na gut, als Lehrerin auf der Parteischule, da habe sie einen guten Ruf erworben. In Theorie sei sie gut, in der Praxis eine lärmende Versagerin.

Zacharias hörte sich an, was der Kollege des Vaters sagte, und widersprach nicht. Endlich zog ihn Margarete am Arm und flüsterte: »Jetzt können wir gehen.« Sie hakte sich ein, und sie gingen nach Hause.

Sie saßen eine Weile am Tisch, dann sagte sie: »Du kannst ruhig gehen, ich kläre das mit Kaminski, und du machst weiter Revolution.« Sie lächelte sogar ein wenig. Aber er wusste nicht, was sie hielt von dem, was er tat. Sie nahm es hin, weil sie zu ihm gehörte. Er überlegte, ob sie bei ihm bliebe, wenn sie alles erführe über ihn. Ihm schauderte vor sich selbst. Manchmal empfand er sich als Ungeheuer, das Menschen fraß. Wir retten die Menschheit, bis es keine Menschen mehr gibt. Das hatte ein russischer Genosse gesagt, als er sich nach einer Aktion betrunken hatte.

14

Im Polizeipräsidium traf Zacharias allein Lohmeier an. Er mühte sich, diesen Mann nicht nur ekelhaft zu finden. Sei neutral, du hast ihn angeheuert, nun nutze seine Fähigkeiten und behandle ihn korrekt. Lohmeier erhob sich devot, als Zacharias vor seinem Schreibtisch stand. »Ich glaube, wir wissen nun, wo der Mann wohnt«, sagte Lohmeier.

»Der Anführer?«

»Ja.«

»Wie haben Sie ihn gefunden?«

»Wir haben das Bild überall gezeigt, bis wir einen trafen, der den Mann offenbar kannte. Er nannte uns den Namen, und über den Namen fanden wir schließlich seine Anschrift.«

»Ist er zu Hause?«

»Die Kollegen sind unterwegs und versuchen ihn zu verhaften.«

Zacharias spürte, wie er unruhig wurde. Er ging in sein Zimmer und schaute aus dem Fenster auf den Alexanderplatz. Im Nieselregen eilten Menschen hin und her, ohne dass es ein Muster ergab. Zacharias überlegte, was geschehen könnte, wenn sie den Anführer tatsächlich verhaften und verhören konnten.

Da klopfte es an der Tür. Er rief »Herein!«, und Sonja trat ein. Es überraschte ihn, und sie wusste es. Sie hatte sich zurechtgemacht. Er verglich sie mit Margarete und sah in ihrer Schönheit Margaretes Elend um so drastischer. Sonja hungerte nicht, sie hatte offenbar nie gehungert. Wie sie das schaffte, er wusste es nicht. Fast hätte er sie danach gefragt, aber er sagte nichts.

Sonja strahlte ihn an, als wäre nie etwas gewesen. Sie stellte sich so nah vor ihn, dass er sie hätte berühren können. Er fühlte sich starr.

»Ich soll dich schön grüßen vom Genossen Friesland. Er würde gerne mit dir reden. Mich lässt er ausrichten, Meinungsverschiedenheiten seien doch ganz natürlich unter Genossen. Er hat Bronski zurechtgestaucht, dass der keinen Unsinn nach Hause meldet.«

Was bedeutete das? Wollten sie ihn hereinlegen? Sie hatten doch die Mehrheit in der Partei, und wenn es so weiterging, würden sie bald die Führung übernehmen.

»Ich habe nichts dagegen, wenn der Genosse Friesland mich hier besucht. Du kannst es ja auch.«

»Bestimmt wird er dich hier bald einmal besuchen. Aber er will gerne privat mit dir sprechen. In einem Polizeipräsidium fühlt er sich nicht wohl.« Sie lachte, als hätte sie einen guten Witz erzählt.

Ob sie schon etwas wusste von ihrem möglichen Fahndungserfolg? Unmöglich, dachte er. Aber er würde Lohmeier fragen müssen, seit wann bekannt sein könnte, dass sie eine Spur hatten. Konnte es jemanden geben in der Kommission, der Frieslands Gruppe etwas steckte?

»Warum kommst du jetzt?« fragte er und war gleich wütend auf sich, weil er hätte wissen müssen, dass er so verriet, dass er Friesland verdächtigte.

»Warum heute, warum morgen?« sagte sie und schaute ihm in die Augen. »Ich dachte, du freust dich, dass ich dich besuche. Aber das war wohl ein Irrtum.« Sie war schnippisch, aber Zacharias ahnte, dass sie es nur spielte. Wahrscheinlich war ihr gesamtes Verhalten gesteuert von ihrem Auftrag. Und der konnte nur heißen, herauszubekommen, was Zacharias wusste, damit Friesland rechtzeitig Gegenmaßnahmen ergreifen konnte. Aber wenn Friesland fragte, verriet er auch, was ihn interessierte, und vielleicht konnte Zacharias daraus folgern, was Friesland plante. Also spiele ich das Spiel mal mit und tue so, als wünschte ich eine Versöhnung.

»Wir sollten in der Tat den Streit beenden. Offenbar hat der Genosse Friesland eine andere Auffassung von meinem Auftrag als ich. Das mag daran liegen, dass er vor mir nach Deutschland gekommen ist und nicht mehr mit Lenin oder Dserschinski sprechen konnte, nachdem sie mir meine Weisungen gegeben hatten. Sag dem Genossen Friesland, ich würde ihn aufsuchen, sobald meine Zeit es zulässt.«

»Heute abend«, sagte sie. »Bei mir zu Hause.«

Er begriff, das war eine Art Ultimatum, verpackt in ein reizendes Lächeln, das mehr versprach, als Sonja jemals halten würde. Es sei denn, sie hatte einen Auftrag. Auch wenn er es unterdrücken wollte, der Gedanke erregte ihn. Dummkopf, machst dich zum Affen deiner Lust.

Als Sonja gegangen war, wartete er. Er überlegte, ob er diesen Anführer nicht doch gesehen hatte in Lichtenberg. Dann klopfte es. Lohmeier eilte ins Zimmer. Er wischte sich Schweiß von der Stirn, obwohl er nur aus dem Nebenzimmer herübergeeilt war. »Er ist uns entwischt. Irgend jemand hat ihn gewarnt, sonst wäre er nicht entkommen. Aber wir haben einen Kumpanen von ihm gefangen, er hielt sich jedenfalls in der Wohnung dieses Burschen auf. Wir haben ihn mitgebracht. Wollen Sie mit ihm reden?«

Zacharias befahl, den Mann zu bringen.

Lohmeier rannte zurück in sein Zimmer und ließ die Tür offen. Gleich war er wieder da, seine Hand krallte sich in die Schulter eines Mannes mit einer Schirmmütze im Hamburger Stil. Er stieß den Mann auf den Stuhl vor Zacharias' Schreibtisch und stellte sich hinter ihn, jederzeit bereit, den Verdächtigen zu schlagen.

»Nun bleiben Sie ruhig«, sagte Zacharias betont gelassen. Dann erkannte er den Mann, es war ein Kämpfer aus Lichtenberg. Der erkannte nun auch Zacharias. »Sieh an, Genosse«, sagte er.

Zacharias bat Lohmeier hinaus. Er solle einen Mann vor die Tür stellen, falls der Genosse Anstalten mache, sich einem freundlichen Gespräch zu entziehen. Lohmeier verbarg seine Enttäuschung nicht, als er ging.

»Mit solchen Figuren arbeitest du also zusammen«, sagte der Mann. Müde Augen schauten aus einem grauen Gesicht. Am Kinn hatte er eine schmale Narbe wie von einem Messer oder Seitengewehr. Auf seiner schwarzen Jacke perlten Wassertropfen.

»Was zu trinken, zu essen?«

Der Mann winkte ab. »Gib dir keine Mühe.«

»Gut, wie heißen Sie?«

»Bärmann, Friedrich.«

»Adresse?«

»Dort, wo deine Leute mich verhaftet haben.«

»Sie wohnen also mit dem Genossen zusammen, der in die ehemalige Reichskanzlei eingedrungen ist.«

»Davon weiß ich nichts.«

»Wie heißt dieser Genosse?«

Bärmann zögerte, bohrte sich im Ohr und legte sich offenbar eine Verteidigungstaktik zurecht. Wenn er den Namen nicht nannte, machte er sich selbst verdächtig. Nannte er ihn, mochte er sich als Verräter fühlen. »Den will ich nicht nennen.«

»Sie sind Genosse?«

»Ich bin Spartakist«, sagte er stolz. »Vom ersten Tag an.«

»Und deshalb decken Sie einen Anschlag auf die Genossin Luxemburg?«

»Das ist doch Blödsinn.«

Sie saßen sich lange schweigend gegenüber. Zacharias überlegte, wie er den Mann zum Sprechen bringen konnte. Gleich fiel ihm ein, wie sie es in der Tscheka gemacht hatten. Pistole an den Kopf, die Kinder bedrohen oder die Frau, Haus anzünden, schlagen, treten.

»Wir haben in Lichtenberg gemeinsam unseren Kopf hingehalten, auch für die Genossin Luxemburg. Stimmt's?«

Bärmann blinzelte ihn an. Er nickte kaum wahrnehmbar.

»Ich leite eine Untersuchungskommission, die nur einen Auftrag hat: den Anschlag auf die Genossin Luxemburg aufzuklären. Oder wie würden Sie das sonst nennen, wenn bewaffnete Männer in die Reichskanzlei eindringen und herumschießen. Es hat zwei Tote gegeben, Genosse, und einige Verletzte.«

Bärmann blinzelte wieder, dann zeigte sich Verwunderung in seinem Gesicht.

Zacharias fragte sich, ob Bärmann seine Lüge schluckte. Eigentlich wussten sie beide, dass es diesen Anschlag nicht gab. »Ich bin der persönliche Sekretär der Genossin Luxemburg. Wenn Sie wollen, fahren wir zu ihr. Damit Sie sehen, dass sie dieselben Fragen hat wie ich.«

Bärmann riss die Augen auf. »Das würdest du tun?«

»Gewiss.«

»Dann fahren wir.«

Zacharias ging zum Telefon und wählte die Nummer der KPD-Zentrale. Dort erhielt er die Auskunft, Luxemburg sei in der Reichskanzlei. Zacharias erwischte in der Reichskanzlei nur Jogiches. Dem schilderte er kurz, was er vorhatte, und Jogiches sagte, er solle kommen. Bis dahin sei die Genossin Luxemburg vielleicht schon aus der Sitzung heraus. Sonst müssten sie warten.

»Kommen Sie«, sagte Zacharias zu Bärmann. »Die Genossin Luxemburg erwartet uns.«

Zacharias entschied sich, Bärmann keine Handschellen anzulegen. Der Gefangene folgte ihm hinunter zur Pforte, wo Zacharias einen Wagen mit Fahrer forderte. Es dauerte nur wenige Minuten, bis der Wagen vorfuhr. Sie setzten sich auf die Rückbank des NSU, der Fahrer war ein kleingewachsener Mann mit Lockenkopf, darauf eine eng sitzende Ledermütze. Der Mann fuhr schnell, während der Fahrt sagte Bärmann kein Wort. Es arbeitete in ihm.

Sie hatten Glück, Rosa saß in ihrem Dienstzimmer, als Jogiches die beiden hineinführte. Zacharias stellte Bärmann vor, Rosa lächelte ihn freundlich an und reichte ihm die Hand, als Bärmann berichtete, er sei in Lichtenberg dabei gewesen.

»Nun, Genosse Bärmann, Sie wissen etwas über dieses Unternehmen in der Reichskanzlei?« fragte Rosa.

Jogiches stand an der Tür und schaute gespannt zu.

»Ich war nicht dabei, aber mein Mitbewohner, der Genosse …« Er schaute die Anwesenden nacheinander an.

»Sie können uns den Namen ruhig verraten«, sagte Zacharias. »Ich verspreche Ihnen, wir tun dem Genossen nichts. Wir suchen nur die Drahtzieher.«

»Und nicht die dummen Jungen, die auf sie hereingefallen sind«, sagte Rosa. Zacharias hatte sie nie freundlicher sprechen gehört.

Bärmann schien etwas erleichtert zu sein.

»Ich war ja nicht dabei, hab nur was gehört vom Gustav. Der hat erzählt, er habe den Auftrag bekommen, in der Reichskanzlei Rabatz zu machen. Der Genosse Liebknecht habe das angeordnet, er wolle damit erreichen, dass die Genossen dort besser aufpassen. Es war so eine Art Übung, hat der Gustav gesagt.«

»Aber es sind Menschen erschossen worden.«

»Na, es sollte echt aussehen. Man kann doch nicht herumschießen und überhaupt keinen treffen. Das glaubt einem doch keiner. In einer Revolution gibt es Opfer. Hat der Gustav gesagt.«

»Hat der Justav denn auch gesagt, wo er sich verstecken will, wenn er fliehen muss?« fragte Rosa. Zacharias hatte sie noch nie berlinern gehört.

»Nee, mir nicht.«

»Vielleicht finden wir in der Wohnung etwas, das uns einen Hinweis gibt«, sagte Zacharias.

Bärmann hob kurz die Hände.

»Hat dieser Gustav Verwandte in Berlin oder Umgebung?« fragte Jogiches.

»Weiß ich nicht.«

»Dann sagen Sie uns doch bitte den Nachnamen von Gustav«, sagte Zacharias.

»Tibulski«, sagte Bärmann.

»Gut«, sagte Zacharias.

»Warten Sie einen Augenblick«, sagte Rosa. Sie verließ den Raum.

Bärmann knetete seine Finger, während sie warteten. Dann sagte er: »Was man macht, man macht es falsch.«

»Jetzt nicht mehr«, erwiderte Zacharias. »Wir kriegen das hin, keine Sorge.«

Bärmann schaute trübsinnig an die Wand. Zacharias verstand, was den Mann quälte. Der fühlte sich als Verräter, entweder an seinem Kumpan oder an Rosa.

Die Tür ging auf, Liebknecht kam herein. Der reichte Bärmann die Hand, dann den anderen. »Die Genossin Luxemburg hat mich unterrichtet. Ich will Ihnen nur sagen, dass ich den Angriff auf die Reichskanzlei nicht befohlen habe. Das war eine Provokation der Revolutionsregierung, und man müsste verrückt sein, zu glauben, der Vorsitzende dieser Regierung stecke dahinter. Haben Sie das verstanden?« Liebknecht klang empört.

»Ja, Genosse Liebknecht.«

»Glauben Sie mir das?«

»Natürlich, Genosse Liebknecht.«

Liebknecht eilte aus dem Zimmer und knallte die Tür hinter sich zu. »Verrückt!« sagte er laut, so dass sie es im Zimmer hörten. Bärmann zuckte zusammen. Er war beeindruckt, dass die berühmten Führer der Revolution mit ihm sprachen.

»Genosse Bärmann, Sie können nach Hause gehen. Aber ich

erwarte von Ihnen, dass Sie mir sofort mitteilen, wenn Ihr Kollege Tibulski wieder auftaucht. Sind Sie damit einverstanden?« fragte Zacharias.

»Aber Sie …«

»Nein, wir tun ihm nichts. Und wenn sich wie zu erwarten herausstellt, dass Ihr Freund hereingelegt wurde, kann er nach seiner Aussage nach Hause gehen.«

»Versprochen?« Er schaute Rosa an.

»Versprochen«, sagte sie und gab ihm die Hand. »Dann gehen Sie jetzt.«

Bärmann stand auf und schaute sich ängstlich um. Dann eilte er zur Tür und verschwand.

»Es wird eng«, sagte Jogiches. Offenbar setzte er eine Diskussion fort.

»Das wird es ohnehin«, erwiderte Rosa. »Wenn wir Friesland nachgeben, bekommen wir den Terror. Tun wir es nicht, versinken wir in der Anarchie. Ich hatte geglaubt, die Massen entwickeln eine eigene Vernunft, gerade die deutschen Arbeiter. Sozialismus ist doch Freiheit. Aber ich begreife inzwischen, dass die Arbeiter an die Stelle des Zwangs im Kapitalismus nicht die Selbstdisziplin setzen, sondern das Durcheinander, in dem jeder tut und lässt, was er will. Ich bin verantwortlich für Wirtschaft, aber glaubst du, ich habe eine Ahnung, wie es um die Wirtschaft steht? Wir haben Betriebe sozialisiert, aber die produzieren oder produzieren nicht. Was sie produzieren, entscheiden Betriebsräte oder Belegschaftsversammlungen oder Abteilungen in den Betrieben selbst. Wenn wir die Revolution retten wollen, müssen wir die Zügel anziehen, wie Clara sagt, Verantwortung zuteilen und die Leitung übernehmen. Aber soll ich jetzt in jeden Betrieb Deutschlands gehen und die Arbeiter überzeugen? Erinnerst du dich, Leo, 1905 in Polen. Was war das für eine Begeisterung! Wir haben immer geglaubt, die Polen seien die Anarchisten und die Deutschen diszipliniert. Es müsste doch ein Leichtes sein, mit diesen deutschen Arbeitern, jahrzehntelang erzogen im Sinn der Sozialdemokratie, den Sozialismus zu verwirklichen. Und jetzt wissen wir nicht einmal, ob die Arbeiter den Sozialismus wollen. Die da in den Räten palavern, sind das die Vertreter des

Proletariats oder sind das selbsternannte Schreihälse, die der Krieg entwurzelt hat, die nun Krawall machen und ein bisschen weitermorden wollen? Weißt du noch, Leo, am 4. August, wie die Massen zu den Waffen drängten, darunter so gute Genossen, die Tage zuvor noch gegen den Krieg auf die Straße gegangen waren? Geben wir's doch zu, die Massen haben den Sozialismus damals verraten, die internationale Arbeiterklasse hat sich abgeschlachtet, allen Bekundungen der Internationale zum Trotz. Und nun, wo wir endlich am Ziel sein könnten, lässt das Proletariat den Sozialismus wieder im Stich. Ich bin am Ende meines Lateins.« Sie war erschöpft und niedergeschlagen, wie jemand, der verzweifelt gegen eine Flut kämpft und weiß, dass sie ihn doch fortspülen wird.

»Lass den Kopf nicht hängen. Du bist müde und krank. Es ist zuviel. Morgen sieht es schon wieder anders aus. Revolutionen gehen eigene Wege, sie folgen nicht unseren Bücherweisheiten.« Jogiches sprach wie ein Vater zu ihr.

»Ja, ja«, sagte sie. »Entweder Terror oder Konterrevolution. Entweder Hölle oder Fegefeuer. Was für eine Auswahl! Die Genossin Luxemburg muss noch ein wenig an ihren Theorien feilen, die Wirklichkeit passt noch nicht dazu.«

Auf dem Heimweg gingen Zacharias Rosas schwarze Gedanken durch den Kopf. Das kannte er auch, dass man verzweifelt war, alles in Trübsal getaucht und kein Licht am Horizont. Aber Rosas Verzweiflung berührte etwas in ihm, das ihn schon lang quälte. Wenn man den Geschichtsverlauf kannte und wusste, er würde immer zum Sozialismus führen, dann musste man entscheiden, wie es die historische Notwendigkeit verlangte. Aber wenn sich zeigte, dass die Arbeiter noch nicht reif waren für den Umsturz, dass sie mit der Macht nichts anfangen konnten? Lenin hatte gezeigt, die Revolution kam nicht von allein, die Gesetze der Geschichte verwirklichen sich durch die Taten der Menschen. Wenn man die Macht einmal ergriffen hatte in einer seltenen Konstellation der Kräfte, durfte man sie wieder aufgeben, wenn man nicht genug Unterstützung fand? Wenn man also zu früh war? Oder musste man die Massen erziehen und an ihrer Stelle handeln, bis sie reif waren, die neue Gesellschaft aufzubauen?

In Russland hatten die Menschen bis zur Februarrevolution nur Unterdrückung und Ausbeutung erlebt, sie waren abgeschnitten gewesen von Kultur und Zivilisation. Vielleicht musste Lenin mit Gewalt regieren, denn wie soll man Menschen überzeugen, die nicht lesen können? Vielleicht entsprach die Diktatur der Bolschewiki der Mentalität der Russen, und die historische Notwendigkeit wählte einen krummen Weg, sich zu verwirklichen.

Und doch war das Massentöten abstoßend. Musste es nicht diejenigen verändern, die es befahlen und ausführten?

Aber in Deutschland war der bolschewistische Weg undenkbar. Fast schien es, dass die Mehrheit der organisierten Arbeiterklasse noch immer der Sozialdemokratie Eberts und Scheidemanns folgte. Also die Macht wieder abgeben? Dann würden die Freikorps über die Revolutionäre herfallen, wie sie es gerade in München taten. Unter dem Gejohle des Bürgertums färbten sie die Abwässerkanäle der Stadt mit dem Blut der Revolutionäre.

Als er am Abend heimkam, fiel ihm ein, er hatte schon wieder vergessen, Geld mitzubringen. Aber Margarete sprach ihn nicht darauf an. Sie blickte ihm ins Gesicht und schwieg. Nach dem Essen drängte sie ihn, sich schlafen zu legen.

*

Am Morgen sah die Welt freundlicher aus. Er hatte diese Nacht keine Albträume gehabt, und nachdem er gefrühstückt hatte, blendeten ihn die weißen Strahlen der Wintersonne. Seine schwarzen Gedanken schienen weit weg. Heute würde er Gustav Tibulski suchen, und wenn er ihn fand, würden sie ein paar Schritte weiterkommen. Tag für Tag, es hat keinen Sinn, weit in die Zukunft zu denken. Wir müssen unseren Laden im Innern in Ordnung bringen, dann haben wir eine Chance, gegen die Konterrevolution zu bestehen.

Er wollte sich gerade auf den Weg machen, da klopfte es an die Wohnungstür. Margarete öffnete und kam mit Bronski wieder. Der lachte Zacharias freundlich an.

»Guten Morgen, Genosse Zacharias. Darf ich mich einen Augenblick zu Ihnen setzen?« Er warf einen Blick auf Margarete und guckte dann Zacharias streng an.

»Margarete, ob du …«

Sie verließ die Küche, ihr Gesicht zeigte keine Regung.

Bronski setzte sich, ohne aufgefordert worden zu sein. »Nun, Genosse Zacharias. Die Dinge stehen gut, finden Sie nicht auch?«

»Gewiss«, sagte Zacharias.

»Die Zentrale unserer Partei stützt den bolschewistischen Kurs. Wenn die Genossin Luxemburg klug ist, folgt sie der Mehrheit, so wie es der Genosse Liebknecht längst tut. Es geht drunter und drüber, da muss eine eiserne Faust dazwischenhauen.«

»Wenn es so einfach wäre«, sagte Zacharias.

Bronski hob die Augenbrauen, dann lächelte er. »Stimmt, manchmal drücke ich mich etwas schlicht aus. Ich bin ein Arbeiter, wissen Sie.«

»Ich auch«, sagte Zacharias.

Bronski kratzte sich an der Backe. Er rülpste leise, versuchte vergeblich, es zu unterdrücken. »Sie sind der Leiter dieser Untersuchungskommission. Der Genosse Dserschinski sagte, das sei doch so etwas wie die Keimzelle der deutschen Tscheka. Eine Regierungskommission untersucht einen konterrevolutionären Anschlag, dann kann sie doch gleich auch alle anderen Umtriebe des Feindes aufklären und durchkreuzen.«

Dieser Gedanke überraschte Zacharias. Sollte er unfreiwillig zum ersten Leiter der deutschen Tscheka werden? War er es schon? Hatte jemand diesen Anschlag inszeniert, um die Gründung einer Geheimpolizei zu provozieren? Zacharias ordnete seine Erkenntnisse, es passte alles. Nun ergaben sogar die Morde einen Sinn. Denn wer würde nach einer Geheimpolizei rufen, wenn ein paar durchgedrehte Figuren in der Reichskanzlei ein bisschen Schabernack trieben?

»Stecken Sie dahinter, Bronski?«

»Hinter was?«

»Dem Anschlag in der Reichskanzlei.«

Bronski schaute ihn durchdringend an. »Natürlich nicht. Wollen Sie mich beleidigen?«

Zacharias überlegte. Was würde er antworten an Bronskis Stelle, wenn er der Täter wäre?

»Dieser Anschlag zeigt, dass die deutsche Revolution sich schützen muss, Genosse Zacharias. Haben Sie verlernt, was der Genosse Lenin uns gelehrt hat?«

»Ich weiß nur, dass der Genosse Lenin mir gesagt hat, ich solle die Genossin Luxemburg schützen und berichten, was sie denkt. Und ich solle selbst entscheiden, mit welchen Mitteln und auf welchen Wegen ich meinen Auftrag erledige.« Er verkniff sich die Bemerkung, dass er Rosa auch gegen die Machenschaften Frieslands schützen werde. »Ich verspreche Ihnen, ich werde diesen Anschlag aufklären. Ich werde die Auftraggeber entlarven und festnehmen, egal woher sie kommen und welches Ziel sie hatten. So verstehe ich meinen Auftrag von Lenin.«

Bronski klopfte zweimal mit der Faust auf den Tisch, leise, aber bestimmt, als wollte er applaudieren. »Nichts anderes erwarten wir von Ihnen. Versetzen Sie der Reaktion einen Schlag.«

Will der mich auf den Arm nehmen, oder weiß er wirklich noch nicht, dass wir einen Genossen suchen? Zacharias überlegte fieberhaft. »Dann sollten Sie den Genossen Friesland anweisen, nicht mehr auf meiner Absetzung zu bestehen.«

Bronski lächelte. Warum kommt mir dieser Mann immer schmutzig vor? Dann zeigte der seine braunen Zähne und sagte: »Aber Genosse Zacharias, wir können uns doch nicht in die Angelegenheiten einer befreundeten Partei einmischen.«

Zacharias bedachte seine Lage. Offenbar gab es mehrere Drahtzieher. Friesland arbeitete gegen ihn, das war nicht zu übersehen. Aber vielleicht sollte der ihn nur unter Druck setzen? Womöglich hatte der Fuchs Dserschinski gesagt: Der Genosse Zacharias legt seinen Auftrag ein wenig eigenwillig aus. Auf Warnungen hört er nicht. Also zeigt ihm die Instrumente. Einen Beschluss der KPD-Zentrale kann nicht mal der Sturkopf Zacharias übergehen, und solch ein Beschluss bewirkt erst mal nichts, weil nur die Regierung diesen Burschen absetzen kann.

Eine andere Variante wäre, dass in Moskau verschiedene Genossen an eigenen Drähten zogen. Grigori Sinowjew, dem Chef der neuen Kommunistischen Internationale, mochte es in Deutschland nicht schnell genug gehen. Zacharias hatte Sinowjew erlebt als

Vorsitzenden des Petrograder Sowjets. Sinowjew war ungestüm, aufbrausend und wirkte gleichermaßen bedrohlich wie lächerlich mit seinen wirren Locken und der viel zu hohen Stimme in dem untersetzten Körper. Warum Lenin auf Sinowjew setzte, das würde ewig sein Geheimnis bleiben. Hatte der nicht gemeinsam mit Kamenew die Revolution nicht gewollt? Und so einer wird Chef der Weltrevolution? Wollte er den Makel nun tilgen, indem er sich von niemandem übertreffen ließ an revolutionärem Eifer?

Sinowjew war ein Mordplan gegen Rosa schon zuzutrauen. Aber Lenin und Dserschinski, die sie gut kannten und verteidigten, mit denen sie im Grundsatz immer solidarisch war, auch wenn sie vor Fehlentwicklungen warnte? Noch immer hatte sie das Manuskript über die russische Revolution nicht veröffentlicht, weil, wie viele wussten, auch kritische Anmerkungen darin standen.

Und Bronski nun, der dasaß, in seinem Ohr bohrte und Zacharias erwartungsvoll angrinste. Wem gehorchte er? »Genosse Bronski, bevor Sie nicht eine Legitimation vorlegen können, die Sie befugt, mir, sagen wir mal, Ratschläge zu geben, werde ich den Kontakt mit Ihnen nicht weiterpflegen. Ich hätte das schon früher beschließen müssen. Sie werden das gewiss verstehen, ich muss sichergehen, dass Sie sind, wer zu sein Sie behaupten. So sind die Regeln der Konspiration.«

»Das haben Sie sich aber schön zurechtgelegt. Nur kommen Sie ein bisschen spät darauf.«

»Aber nicht zu spät. Auf Wiedersehen, Genosse Bronski. Ein Papier mit der Unterschrift Lenins oder Dserschinskis würde uns helfen. Das können Sie gefahrlos mit sich führen, schließlich sind wir an der Macht. Und mir würde es Klarheit bringen, beispielsweise darüber, ob nur Sie die Genossin Luxemburg ermorden wollen oder ob auch andere hinter diesem Wahnsinnsplan stecken.« Zacharias stand auf und ging zur Tür. Er öffnete sie und stellte sich daneben.

Bronski schaute ihn grimmig an. »Das hätten Sie besser nicht getan«, knurrte er.

Zacharias antwortete nicht. Er schaute dem schweren Mann nach und wusste, der würde das nicht auf sich sitzen lassen. Die Haustür schlug zu. Er ging in sein Zimmer, dort lag Margarete auf dem Bett und starrte an die Decke. Er setzte sich auf die Bettkante und nahm ihre Hand. Die war kalt. »Wir sind fertig«, sagte er.

»Dieser Mann macht mir angst. Musst du mit solchen Leuten umgehen?«

»Ich habe ihn rausgeschmissen. Vielleicht kommt er wieder, vielleicht nicht.«

»Und wer ist er?«

Zacharias zögerte, dann sagte er: »Ein Kurier aus Russland.«

»Das verstehe ich nicht«, sagte sie. »Bist du so wichtig, dass sie dir einen aus Russland hinterherschicken?«

»Eigentlich nicht. Aber ich habe inzwischen eine Stellung in der Regierung, die mich für manche Leute interessant macht. Die bilden sich ein, sie könnten mit meiner Hilfe die Revolution retten.« Er lachte trocken, es hörte sich so albern an.

»Muss die denn gerettet werden?«

»Manche glauben, sie müsse vor den Revolutionären gerettet werden. Die eine Partei will sie vor der anderen retten und umgekehrt. Und selbst in der eigenen Partei gibt es zwei, vielleicht drei verschiedene Lager. Und allen geht es natürlich nur um die Revolution, und die jeweils anderen sind schuld, dass die in Gefahr ist. Man ist sich nicht einmal über die Gründe einig, warum sie in Gefahr ist. Und was die Gefahr sein soll, darüber wird auch gestritten. Zuviel Freiheit, zu wenig Freiheit, zuviel Bolschewismus, zu wenig Bolschewismus, zuviel Zentralismus, zu wenig Zentralismus. Es ist idiotisch.«

In der Nacht lag sie neben ihm. Er spürte, dass auch sie nicht schlief. In seinem Kopf vermischten sich Ängste mit Erinnerungen. Immer wieder das Gesicht von Bronski, den Zacharias nun endgültig Sinowjew zugeordnet hatte, der Komintern, die sich als Generalstab der Weltrevolution aufspielte. Und wenn er den Stier bei den Hörnern packte, wenn er mit Radek sprach, der doch die deutschen Verhältnisse besser kannte als der Rest der Internationale zusammen? Der hatte einen direkten Zugang zu Lenin, und gewiss konnte er über die neu eingerichtete Sowjetbotschaft Unter den Linden die Parteiführung per Telegraf erreichen. Wenn er Radek bat, eindeutige Instruktionen einzuholen und eine Stellungnahme zu den

Streitereien in der deutschen Partei? Über diesem Gedanken schlief er ein.

*

Am Morgen lag Margarete immer noch neben ihm. Ihre Augen waren offen, als hätte sie keinen Augenblick geschlafen. »Du warst unruhig«, sagte sie. »Hast irgend etwas gebrabbelt von Bauern, Getreide und Schießen.«

»Blöde Träume«, sagte er. »Seit dem Krieg haben das viele.«

Er trank nur einen Becher Zichorienkaffee und eilte zur Sowjetbotschaft. Radek musste helfen, der musste wissen, wer Bronski war und auf wessen Rechnung er arbeitete. Der Posten am Tor der Botschaft war in Zivil gekleidet, er verlangte einen Ausweis.

»Ich habe nur ein Soldbuch«, sagte Zacharias auf Russisch. »Sagen Sie dem Genossen Radek, der Genosse Sebastian Zacharias möchte ihn sprechen.«

Der Posten winkte zum Hauseingang, es erschien ein Uniformierter, an der Seite ein Pistolenhalfter. Der Uniformierte eilte zum Posten, der flüsterte ihm etwas ins Ohr, und der Bewaffnete ging ins Haus. Nach einer Weile kehrte er zurück und flüsterte nun seinerseits dem Posten etwas ins Ohr. Der Posten nickte, der Uniformierte entfernte sich zum Haus, und der Posten sagte: »Der Genosse Radek ist nicht im Haus, er ist gerade weggegangen, frühstücken.«

Zacharias überlegte kurz, dann bedankte er sich und ging zum Adlon. Er fand Radek hinter einer französischen Zeitung im sonst leeren Hotelrestaurant. Auf dem Tisch standen Brötchen, Schinken, geräucherte Fische, der Duft von Bohnenkaffee zog durch den Saal. Zacharias klopfte leise auf den Tisch, da erst entdeckte Radek ihn und erkannte ihn sogleich. »Der Genosse Zacharias«, sagte er. »Kommen Sie, nehmen Sie Platz.«

Ein Kellner eilte herbei. »Der Herr wünschen?«

Zacharias blickte zu Radek, der sagte: »Bringen Sie Kaffee und etwas, womit der Genosse essen kann. Wir sind doch gerade dem Tierreich entstiegen.« Er lachte leise vor sich hin. Der Kellner verzog keine Miene und eilte zu einem Tisch an der Wand, auf dem Geschirr und Besteck standen.

»Die letzte Oase der abendländischen Zivilisation. Und wen findet man mittendrin? Den Genossen Radek.« Er faltete die Zeitung zusammen und schob sie zur Seite. Der Kellner brachte Geschirr und Besteck und wollte Zacharias Kaffee eingießen. Aber Radek wehrte ab mit einer unwirschen Handbewegung.. Der Kellner verbeugte sich knapp und lief weg. Er hatte wohl Schlimmes gehört von Bolschewisten, vielleicht, dass sie Kinder fraßen, Adlige aufhängten und Geistliche zu Tode folterten.

»Sie haben Angst vor uns«, sagte Radek. »Haben was gelesen und gehört und glauben immer das Schlimmste. Aus dieser Angst erwächst ein furchtbarer Hass. Wenn diese anständigen Bürger wieder an die Macht kommen, werden sie uns in unserem Blut ersäufen. Verstehen Sie das, Genosse Zacharias? Selbst wenn wir nichts mehr gäben auf die Revolution, wenn sich alles als falsch herausstellte, dann bliebe uns noch der Zwang, um unser Leben zu kämpfen. Schon deshalb dürfen wir die Macht nicht aus der Hand geben.« Er rührte um in seiner Tasse, setzte sie an den Mund, schlürfte etwas, setzte die Tasse ab und warf zwei Stück Würfelzucker hinein. »Ich bin diesen Kaffee nicht mehr gewöhnt. Viel zu stark. Aber darüber wollten Sie gewiss nicht mit mir sprechen.«

»Ich wollte Sie etwas fragen.«

»Nur zu, fragen Sie.«

»Wie stehen Sie zum Genossen Friesland?«

»Sie fragen, weil der Ihre Absetzung betreibt.«

Zacharias nickte.

»Den Auftrag dazu hat er sich selbst gegeben. Oder er hat eine politische Einschätzung im sowjetischen ZK so verstanden oder verstehen wollen. Vielleicht ist er zornig auf Sie, wie einer, der Hoffnung auf einen setzt, dann aber erleben muss, wie die Hoffnung getäuscht wird, und nun denjenigen bestrafen will, der von dieser Hoffnung doch gar nichts wusste.« Radek rührte wieder um, dann zündete er sich eine Zigarette an. »Lassen Sie mich offen sprechen, auch wenn es um meine besondere Freundin Rosa geht. Sie wissen – wie sagt man im Deutschen? –, wir sind uns nicht grün.« Er betonte das »grün«. »Warum sagt man eigentlich nicht schwarz? Wir sind uns nicht schwarz, das klingt doch viel besser. Euch Deutsche soll einer verstehen. Es hat jüngst in Moskau eine Auseinandersetzung gegeben im Zentralkomitee. Ich will nicht in die Einzelheiten gehen, aber festhalten, dass die Genossen der Meinung sind, es liege wesentlich an der Genossin Luxemburg, dass die deutsche Revolution nicht vorankommt. Sie haben einen Auftrag von Lenin, und diesen Auftrag begreifen Sie so, dass Sie meine Freundin Rosa und ihren ständigen Begleiter unterstützen sollen. – Sie fragen, wie ich zum Genossen Friesland stehe. Nun, er ist ein Genosse. Lenin schätzt ihn, er hat enorme Fähigkeiten und wird in der Partei noch eine bedeutende Rolle spielen. Allerdings, finde ich, er ist eigensinnig. Etwa so eigensinnig wie Sie.« Radek lächelte verschmitzt.

»Nun, Genosse Radek, ich weiß nicht, wen ich sonst fragen soll. Und Lenin hat mir geraten, mich an Sie zu wenden, wenn ich eine politische Einschätzung benötige ...«

»Nur zu, fragen Sie. Der Genosse Lenin hat mich vorgewarnt.«

»Nach meiner Beobachtung gibt es eine Art Fraktion in der deutschen Partei, mit Friesland und Pieck an der Spitze. Diese Gruppe hat zur Zeit in wichtigen Fragen die Mehrheit, und sie beruft sich auf Lenin. Unterstützt Lenin diese Gruppe? Erhält sie Anweisungen aus Moskau?«

»Wenn ich das wüsste«, sagte Radek nach einer Weile, in der er am Kaffee nippte und an der Zigarette zog. »Aber nehmen Sie doch!« Radek wies auf das Frühstück auf dem Tisch.

Zacharias begann zu essen. Radek hatte recht, der Kaffee war stark.

Radek beobachtete Zacharias, es schien ihn zu freuen, dass es ihm schmeckte. »In Moskau gibt es einige, die glauben, sie müssten die Revolution in Deutschland vorantreiben, nicht nur Lenin, der es aber als einziger versteht, nüchtern zu analysieren. Nicht zuletzt weil er sich gut informieren lässt.« Radek grinste, es war seine Aufgabe, den Sowjetführer zu unterrichten. »Da gibt es also das Volkskommissariat des Äußeren unter unserem Freund Georgi Tschitscherin. Der war lange Menschewik und beweist nun besondere Linientreue. Wenn man nur immer wüsste, was die Linie ist!« Radek lachte.

»Die Sowjetbotschaft gibt Geld und Propagandamaterial und

drängt sich auf mit Rat. Der Genosse Liebknecht sei schon richtig böse auf die lieben Genossen Unter den Linden, sagt man. Die Rote Armee rasselt mit dem Säbel und ärgert die Polen, Trotzki will Waffen nach Deutschland schaffen und Instrukteure, die helfen sollen, eine schlagkräftige deutsche Rote Armee aufzubauen. Der werte Genosse Dserschinski, den Sie ja gut kennen, wie man mir berichtet hat, will in Deutschland eine Tscheka nach sowjetischem Vorbild errichten. Das Zentralkomitee der ruhmreichen Kommunistischen Partei Russlands schickt Getreide, das es Hungernden mit Gewalt weggenommen hat, weil es glaubt, so die deutschen Arbeiter für den Bolschewismus zu begeistern. Der Genosse Sinowjew, zu aller Erstaunen Vorsitzender der neuen Internationale, schickt seinerseits Leute nach Deutschland, die im Untergrund wühlen und verblüfft manchen Genossen wieder treffen, mit dem sie vor kurzem noch im Gewerkschaftshaus in Moskau gespeist haben. Sie sehen, es geht alles nach Plan. Allerdings« – er gackerte wie ein Huhn – »kennt niemand diesen Plan außer dem einzigen Gott, den die Griechen den Russen vererbt haben und der den schönen Namen Chaos trägt.« Er zog sich am Ohrläppchen, als wollte er sich rügen. »Oder ist das gar kein Gott? Dann stellen Sie sich mal vor, wir glauben an einen Gott, der gar keiner ist. Sagen Sie mir, Genosse, was bedeutet es, wenn Atheisten an einen Gott glauben, der gar keiner ist? Diese Frage muss ich mal dem Genossen Lenin vorlegen. Er ist der einzige, der eine Antwort wissen wird. Oder er lässt mich erschießen. Was ja auch eine Antwort wäre.« Radek klatschte sich mit der Hand auf den Oberschenkel. Seine Zigarette fiel zu Boden, er beachtete sie nicht.

»Was will ich Ihnen damit sagen? Dass Sie jederzeit mit allem rechnen müssen. Ich übrigens auch. Aber wir beide können uns immer auf einen Auftrag des Genossen Lenin herausreden, nicht wahr? Die Frage ist nur, ob uns das nutzt. Nachher kommt es soweit, dass es schädlich ist, sich auf den Genossen Lenin zu berufen. Statt dessen müssen wir vielleicht den großen Führer Stalin preisen, das wäre doch der größte Witz der Weltgeschichte. Wie schön, dass das nicht passieren wird.« Sein lautes Lachen hallte im leeren Saal. An der Wand neben der Tür zur Küche lehnte der Kellner und wartete ängstlich auf Weisungen dieses schrecklichen Russen mit dem noch schrecklicheren Lachen, der so gut Deutsch sprach, dass einem schauderte.

»Essen Sie, Genosse Zacharias, wer weiß, wann Sie wieder solche guten Sachen aufgetischt bekommen.«

Zacharias begriff allmählich, wie absurd es war, zu zweit im Speisesaal eines leeren Luxushotels zu sitzen und Dinge zu essen, die es nirgendwo sonst mehr gab. Hoffentlich tauchte nicht der Hotelfotograf auf. Kein Arbeiter würde es verstehen, auch wenn es sinnlos wäre, die Vorräte verschimmeln zu lassen und das Mehl der Schusterjungen den Maden zu schenken. Der Gedanke drängte sich auf, etwas mitzunehmen für Margarete, die ewig hungrig war. Er winkte dem Kellner, der gleich herbeieilte. Zacharias bat um einen Beutel, Radek lachte, der Kellner rannte zu einer Tür, verschwand dahinter und kehrte zurück, in der Hand eine Tasche, die wohl ihm gehörte, jedenfalls war sie benutzt. Zacharias packte Brötchen ein, Schinken, geräucherten Fisch und Butter. Radek lächelte spöttisch.

»Haben Sie Frau und Kinder?«

»Eine Frau«, sagte Zacharias. »Eine Frau, die ich übel vernachlässige.«

»Unsere Hingabe an die Revolution raubt uns die Liebe für den einzelnen Menschen. Mein Gott, wann sieht meine Frau mich? So selten. Und immer muss sie Angst haben, dass ich getötet werde. Wenn ich in Moskau bin, sehe ich sie auch nur wenig, eine Sitzung nach der anderen, Berichte schreiben, Artikel, Reden halten. Da wünscht ein Arbeiterrat irgendeiner kleinen Fabrik irgendwo im großen Sowjetrussland, der Genosse Radek möchte sprechen. Über was? Über die Weltrevolution, den Bürgerkrieg, die Deutschen, ja, was machen die Deutschen, schaffen sie es endlich? Gelingt ihnen, was die Geschichte von ihnen fordert? Und der Genosse Radek, was macht der? Der fährt dahin, hilft unterwegs Brennholz schlagen, friert trotzdem im Zug, holt sich fast den Tod und hält eine Rede über die Weltrevolution, den Bürgerkrieg, die Deutschen, was ja am Ende aufs gleiche hinausläuft. Und dann fahre ich wieder zurück, helfe Brennholz sammeln, wechsle den Zug, weil die Lokomotive kaputtgeht, komme irgendwann in Moskau an, eile in den Kreml und werde wieder losgeschickt, irgendwohin in Russland, wo es nur kalt ist und die meisten nicht lesen und schreiben können, weshalb wir so viele Reden halten müssen.«

»Kennen Sie den Genossen Bronski?«

Radek nickte, er tat es bedächtig, als redete er mit sich selbst im stillen, suchte Argumente, verwarf sie, suchte neue Argumente, um sich von etwas zu überzeugen. Dann schüttelte er heftig den Kopf, fast hätte Zacharias sich entschuldigt, dass er Radek unterbrochen hatte. »Der gehört zu den Helfern des Genossen Sinowjew. Des Steuermanns der Weltrevolution. Und so führen sich seine Boten auch auf. Selbstherrlich, brutal. Könnte sein, dass Sinowjew auf die Karte Friesland setzt, dass er über ihn die deutsche Partei seiner Kontrolle unterwerfen will und Bronski sein verlängerter Arm ist.«

15

Zacharias trug den Beutel zur Straßenbahn. Er setzte sich ans Ende eines Wagens, so dass er alle Sitze im Blick hatte. Vorne stritten sich zwei Frauen, vielleicht Mutter und Tochter. Sie kreischten, doch er verstand sie nicht. Sie zeterten noch, als sie an einer Haltestelle ausstiegen.

Im Präsidium fand er nur Lohmeier vor. Die anderen durchsuchten Tibulskis Wohnung. Vielleicht fanden sie Hinweise auf seinen jetzigen Aufenthaltsort. Zacharias befahl Lohmeier, im Präsidium zu bleiben, um Meldungen entgegenzunehmen, und nahm sich einen Wagen zu Tibulskis Wohnung im Wedding. Die lag im vierten Stock eines großen Mietshauses, in dem es nach Bohnerwachs stank. Zacharias hörte Kindergeschrei, das Schimpfen einer Frau, weiter oben wurden Türen geknallt. In Tibulskis Wohnung traf er Gennat und Dunkelbier, der durchwühlte gerade das Wohnzimmer, während der andere die Küche durchsuchte. Bisher hatten sie nichts gefunden, was auf einen Fluchtort hätte hinweisen können.

Zacharias betrachtete die Wohnzimmervitrine. Darin stand sozialistische Literatur, auch Lenins Arbeit über Staat und Revolution in deutscher Übersetzung. Dazu ein paar Schriften von Marx und Engels, auch Rosa Luxemburgs Abrechnung mit Bernstein unter dem Titel *Sozialreform oder Revolution?* Zacharias nahm die Broschüre in die Hand und blätterte. Viele Stellen waren mit dem Lineal unterstrichen, außerdem Ausrufezeichen dort, wo Tibulski die Polemik gegen den Revisionismus besonders gelungen fand. Mit der Broschüre in der Hand schaute Zacharias in die Küche. Gennat schnaufte, das bisschen körperliche Arbeit strengte ihn an. Er hatte die Schubladen offen gelassen, Besteck und Kochlöffel lagen auf dem Tisch.

Dunkelbier im Wohnzimmer dagegen verrichtete seine Aufgabe fast lautlos. Gerade betastete er das Sofa, vorsichtig und im Bemühen, seine Finger jede Erhebung oder Vertiefung spüren zu lassen. Dabei verzog er das Gesicht, als höre er zu, wo es doch nichts zu hören gab.

Zacharias wandte sich wieder der Vitrine zu. Er schob Gläser hin und her, fand aber nichts, nur die Finger wurden staubig. Unten hatte die Vitrine eine abschließbare Holztür, aber es steckte kein Schlüssel. Zacharias suchte in der Küche nach einem Werkzeug, fand einen Schraubendreher, steckte den zwischen Tür und Rahmen über dem Schloss und zog, bis es knackte. Er drückte den Schraubendreher tiefer in den Spalt und zog wieder, die Tür sprang auf. Im Fach lag nur ein Album. Zacharias zog es heraus und setzte sich aufs Sofa, mit dem Dunkelbier gerade fertig war. Er blätterte und betrachtete die Fotos. Ein alter Mann und eine alte Frau in einem schwarzen Umhang vor einer hellgetünchten Wand, wohl die Großeltern, da auf der nächsten Seite ein jüngeres Paar abgebildet war, demnach Tibulskis Eltern. Er blätterte weiter, bis er ein Foto fand, das eine kleine Gruppe vor einer Gaststätte zeigte. Sie hieß Zum Kaisereck, im Hintergrund war verschwommen ein Bahnübergang zu sehen. Zacharias erkannte die Eltern und Tibulski, der jung aussah, das Foto schien aus der Vorkriegszeit zu stammen. Er nahm es aus den Fotoecken und zeigte es Dunkelbier. »Kennen Sie diese Gaststätte?«

Dunkelbier schüttelte den Kopf.

Zacharias ging in die Küche und zeigte Gennat das Foto. Der kannte die Gaststätte ebensowenig. »Das dürfte nicht so schwer sein, sofern sie in Berlin oder Umgebung liegt. Gaststätten stehen meistens in Telefonbüchern, viele sogar in Reiseführern.« Er betrachtete das Bild noch einmal genauer. »Nur, was hätten wir davon, wenn wir es rauskriegten?«

Zacharias wusste keine Antwort. Er setzte sich wieder aufs Wohnzimmersofa und blätterte weiter. Ein Bild zeigte Kinder im kleinen Vorgarten eines Hauses, am Rand eine Frau. Zacharias drehte es um. Auf der Rückseite stand »Bei Tante Hille«. Sonst fand er nichts. Er hatte gehofft, Tibulskis Leben blättere sich ihm auf, wenn er das Album betrachtete. Das war nicht geschehen, aber vielleicht wusste Bärmann mehr. »Wenn der Herr Bärmann kommt, fahren Sie ihn bitte ins Präsidium, ich habe noch einige Fragen an ihn.«

Dunkelbier nickte.

»Warten Sie, bis er kommt.«

Zacharias verließ das Mietshaus, irgendwo stritten sich Leute, Kinder kreischten. Er erschrak, als eine Tür zugeschlagen wurde.

In der Straßenbahn blätterte er noch einmal im Fotoalbum, eine alte Frau, die ihm gegenübersaß, beobachtete ihn neugierig. Auf der Straße führten Milizionäre zwei Männer und eine Frau ab zu einem Lastwagen, der mit geöffneter Heckklappe wartete. »Es sind schreckliche Zeiten«, sagte die Frau. »Da werden unschuldige Menschen eingesperrt, einfach so, weil sie verdächtigt werden, gegen die neue Regierung zu arbeiten. Und man sieht sie nie wieder.«

»Woher wissen Sie das, dass sie unschuldig sind und nie wiederkommen?«

»Das hört man überall. Haben Sie das noch nicht gehört?«

Zacharias schüttelte den Kopf. Er wusste nicht, wie die Menschen auf der Straße dachten. Was sie sich erhofften, was sie fürchteten. Er lebte weit weg von ihnen, wie auf einer kleinen Insel im großen Meer.

Im Präsidium traf er wieder Lohmeier, und da Zacharias schlecht gelaunt war, spielte er mit dem Gedanken, Lohmeier doch einzusperren und aburteilen zu lassen. Wer weiß, was dieser Kerl noch auf dem Kerbholz hatte. Statt dessen legte er das Foto aus Tante Hilles Garten auf den Tisch und fragte Lohmeier, ob er damit etwas anfangen könne.

Lohmeier verzog keine Miene und betrachtete das Bild genau, auch die Rückseite. »Inwiefern soll uns das Foto helfen?«

»Ich weiß noch nicht«, sagte Zacharias. »Aber stellen Sie sich vor, Tibulski muss untertauchen. Wo kann er das am besten tun? Eher doch nicht bei seinen Kumpels, dort suchen wir zuerst, das weiß er. Also besucht er eine Tante, einen Schulfreund, Leute jedenfalls, die mit ihm politisch nicht in einen Zusammenhang gebracht werden. Aber er geht nicht weit weg von Berlin, womöglich wird er ja bald wieder gebraucht.«

Zacharias setzte sich in seinem Dienstzimmer hinter den Schreibtisch, faltete die Hände auf der Tischplatte und starrte an die Wand. Ein heller rechteckiger Fleck zeigte, dass dort noch bis vor kurzem ein Bild gehangen hatte. Ein Porträt des Kaisers womöglich. Er bedachte noch einmal, was Radek ihm erklärt hatte. Es war ein Durcheinander. Wer konnte das seltsame Attentat beauftragt haben? Friesland? Bronski oder Sinowjew selbst? Dserschinski? Oder Liebknecht, dem solche Verrücktheiten auch zuzutrauen waren. Welche Wirkung sollte das Attentat erzeugen? Sollte es vielleicht doch zeigen, dass der Feind sogar in die Reichskanzlei eindringen konnte, weil die Regierung ihn nicht richtig bekämpfte? Die Wirkung war verpufft. Was würdest du tun, wenn der Plan nicht aufging? Er kratzte mit den Fingernägeln über die Tischplatte. Was würdest du tun?

Es klopfte, Dunkelbier trat ein, gefolgt von Bärmann. Zacharias stand auf und reichte Bärmann die Hand. Er bot ihm einen Platz an und bedankte sich, dass er gleich gekommen war. »Das ist keine Vorladung, sondern eine Bitte«, sagte er, um Bärmann zu beruhigen. Er bat Dunkelbier, das Zimmer zu verlassen, dann setzte er sich hinter seinen Schreibtisch, Bärmann gegenüber.

»Das ist doch ein tapferer Mann, dieser Tibulski, nicht wahr?«

Bärmann nickte. Sein Blick wanderte durch den Raum, als wollte er sichergehen, dass nirgendwo eine Gefahr lauerte.

»Sie haben ja nun einiges gehört von diesem komischen Anschlag. Haben Sie eine Meinung dazu?«

»Verrückt.«

»So sehe ich es auch, einfach nur verrückt. Es gibt hier welche, die glauben, es handle sich um einen Anschlag auf die Genossin Luxemburg.«

Bärmann zuckte die Achseln. Er schloss die Augen, wie um sich zu konzentrieren, dann schaute er Zacharias an. »Wie ich hörte, standen Tibulski und Genossen vor der Genossin Luxemburg und haben sie nicht erschossen. Es wäre doch ein Leichtes gewesen.«

»Genau, es war nie leichter, sie zu erschießen. Meine Großmutter hätte das geschafft, wenn sie da gestanden und es gewollt hätte.«

Bärmann grinste.

»Hatte Tibulski Besucher?« Langsam steuerte Zacharias das Gespräch dorthin, wo es für ihn vielleicht etwas ergab.

Bärmann nickte.

»Und Sie haben die natürlich gesehen. Schließlich leben Sie in einer Wohnung mit dem Genossen Tibulski.«

Bärmann nickte.

»Können Sie die Besucher beschreiben?«

»Nur die, die ich gesehen habe. Gustav hat sich auch außerhalb der Wohnung mit Leuten getroffen. Ich habe ihn nicht gefragt, geht mich ja nichts an. Es ist besser, man weiß nicht alles.«

Zacharias lehnte sich zurück. Die mysteriösen Auslassungen Bronskis fielen ihm ein. Ob es nicht besser wäre, Rosa wäre tot? Ermordet vom Feind. Eine Welle der Empörung würde durchs Land gehen, die Arbeiter würden sich endlich zusammenschließen und nicht nur warten, bis die Konterrevolution zuschlug. War Sonja doch eine Verräterin? War es Zufall, dass Rosas Quartier überfallen wurde, von dem eigentlich nur Sonja wissen konnte? Und Pieck, der geheime Wohnungen verwaltete und zuteilte.

Zacharias beschrieb Sonja eher flüchtig. So viele Frauen dürften in Tibulskis Wohnung nicht ein und aus gegangen sein.

Bärmann schüttelte den Kopf. »An eine Frau kann ich mich nicht erinnern.«

»Sie kennen den Genossen Pieck?«

»Natürlich, aber in der Wohnung habe ich den nie gesehen.«

»Beschreiben Sie, wen Sie gesehen haben.«

Es zeigte sich schnell, Bärmann war kaum fähig, andere Menschen zu beschreiben. Sosehr er sich mühte, niemand kam Zacharias bekannt vor.

»Ach, was ich Sie noch fragen wollte: Welcher Partei gehört der Genosse Tibulski an?«

»Er ist Mitglied bei den Unabhängigen, schon lange.«

»Hatten Sie Besuch von führenden Funktionären der USP? Oder wissen Sie, dass der Genosse Tibulski zum Vorstand der USP gerufen wurde?«

»Ich weiß davon nichts.«

Wie es aussah, sagte er die Wahrheit. Zacharias ermahnte Bärmann, ihn sofort zu unterrichten, sollte der Genosse Tibulski auftauchen. Der sei offenbar hereingelegt worden, und es könnte ohne Strafe abgehen, wenn er auspacke.

Dann setzte er noch einmal an: »Hatte Tibulski Freunde, Verwandte, bei denen er sich jetzt aufhalten könnte?«

Bärmann hob die Schultern und ließ sie wieder fallen. »Gewiss, aber ich kenne sie nicht.«

Zacharias nahm das Fotoalbum und holte das Foto heraus, das Kinder und eine Tante Hille zeigte. Er schob das Foto Bärmann zu. »Sagt Ihnen das etwas?«

Der schaute das Foto an.

»Drehen Sie es um.«

Bärmann las schweigend. Er schaute, dann schüttelte er kaum sichtbar den Kopf. »Nein, kenne ich nicht, sagt mir nichts. Stammt das aus der Vorkriegszeit?«

»Vermutlich.«

»Da kannte ich Tibulski noch nicht. Und über sich selbst hat er wenig erzählt. War im Krieg, wer war das nicht? Ist wohl ein-, zweimal verletzt worden in Belgien. Über die Zeit vor dem Krieg hat er nie was gesagt. Wenn ich darüber nachdenke, dann ist das komisch, dass viele nichts sagen über die Zeit vor dem Krieg.«

Am Abend ging Zacharias in die Reichskanzlei, wo sich Rosa aufhielt. Sie ließ ihn gleich ins Zimmer bringen, die Männer in der Schlange vor der Tür murrten.

Statt einer Begrüßung sagte sie: »Die rennen mir die Bude ein. Jeder will etwas anderes. Meistens, was ich nicht geben kann.«

Zacharias berichtete, er sei keinen Schritt weitergekommen bei den Ermittlungen. Wahrscheinlich sei es das Beste, die Kommission aufzulösen. Der einzige, der das Rätsel aufklären könne, sei verschwunden. Und ob er etwas sagen würde, wenn sie ihn ergriffen, sei ziemlich unwahrscheinlich. Während er berichtete, spürte er zum ersten Mal die Enttäuschung über sein Versagen.

»Immerhin haben Sie herausbekommen, dass der Anschlag gar nicht mir galt.«

Er nickte, aber es tröstete ihn nicht.

Die andere Tür des Zimmers ging auf, und Jogiches trat ein. »Erinnerst du dich an die letzte Regierungssitzung, als Liebknecht plötzlich auf Däumig losging und den Anschlag als Beweis nutzte dafür, dass die Sicherheitsmaßnahmen nichts taugten, dass die gesamte Regierung von einer Handvoll Bewaffneter über den Haufen geschossen werden könnte?«

»Du meinst, es ist eine Intrige gegen Däumig?«

»Warum nicht? Vielen geht er auf die Nerven. Er redet und redet, aber er tut nichts. Friesland und Kameraden fordern, dass wir eine große Armee zusammenbringen, um die Konterrevolution anzugreifen. Bayern ist fast ganz in feindlicher Hand. Im Osten stehen Freikorps Gewehr bei Fuß, und selbst die Mehrheitssozialdemokraten stecken Leute in Uniformen. In Dortmund hat es gerade Schießereien gegeben, in Bremen auch. Das einzige, was mich erstaunt, ist, dass sie noch nicht angegriffen haben.«

Zacharias dachte, es wäre sinnvoll, die Kommission so schnell wie möglich aufzulösen. Dann könnte er Rosa wieder beschützen, das erschien ihm sinnvoll, gerade nach Bronskis Drohung. Er würde sie gegen alle verteidigen, die ihr etwas antun wollten.

Wenn er nur herausbekäme, wie die Verwicklungen aufzulösen waren. Sollte er von Bronskis Überlegungen berichten? Nein, Spekulationen brachten nichts, zumal Zacharias nicht wusste, wer der tatsächliche Urheber der Mordgedanken war. Und wenn er Radek richtig verstanden hatte, wusste der es auch nicht. Vieles deutete auf Sinowjew hin, aber bewiesen war es nicht.

»In dem Punkt hat Karl ja recht. Nur, erklär das mal den Unabhängigen. Die wollen die Kommandogewalt über die Rote Armee nicht verlieren. Lieber riskieren sie es, dass dieser ungeordnete Haufen vernichtet wird in der ersten Schlacht. Däumig und Genossen fürchten, wenn sie auch nur einen Teil des Oberbefehls aus der Hand gäben, würde unsere Partei sie bald an die Wand drücken. Die wissen, wie die Mehrheitsverhältnisse in unserer Zentrale sind.«

»Der letzte Dienst, den uns die Genossin Luxemburg erweisen kann, ist, im richtigen Augenblick durch die richtige Kugel zu sterben«, sagte Zacharias.

Rosa und Jogiches starrten ihn an. Rosa verengte die Augen, als könnte sie ihn nur unscharf sehen.

»Es gibt Leute, die denken das. Und es sind keine Konterrevolutionäre, sondern Genossen. Ich traf einen Genossen Bronski aus Moskau, der hat mit diesem Gedanken gespielt. Im wahrsten Sinn des Wortes gespielt. Vielleicht ist es nur eine Frage der Zeit, bis aus dem Spiel Ernst wird. Und ich erhalte den Mordauftrag.«

»Von wem?« fragte Jogiches scharf.

»Von Dserschinski, Lenin …«

»Das glauben Sie doch selbst nicht«, zischte Rosa. »Bei allem Streit, wir bringen uns doch nicht gegenseitig um.«

»Wenn es die Revolution rettet«, sagte Zacharias. »Für die Revolution oder das, was sie darunter verstehen, tun manche alles. Sie ordnen alles diesem Ziel unter. Es gibt für sie keine Moral außer der, dass richtig ist, was der eigenen Sache nutzt.«

Jogiches stampfte einmal auf. Er sagte leise: »So denken sie, die Leninisten. Da hat der Genosse Zacharias recht. Nur, es gibt doch eine Grenze, das menschliche Leben. Jedenfalls das von Revolutionären.«

»Es gibt für Bolschewisten nichts Schlimmeres als Revolutionäre, die anders denken und handeln als sie. Denken Sie nur an das Schicksal der Menschewiki. Im Gefängnis, erschossen, im Exil, in der Verbannung«, sagte Zacharias.

»Das stimmt. Ich habe längst kritisiert, wie die mit ihren Leuten umgehen, aber ich habe es noch nicht veröffentlicht.«

»Aber es hat sich herumgesprochen, und die wollen auf jeden Fall verhindern, dass Sie das veröffentlichen. Rosa Luxemburg kritisiert die russische Revolution, das wäre eine Niederlage für die Bolschewiki.« War das der Anknüpfungspunkt? Gleich verwarf er den Gedanken wieder, denn mit Rosas Tod war die Gefahr nicht gebannt, dass ihr Buch herauskam. Vielleicht machte ihr Tod es um so wahrscheinlicher. Womöglich hatten die – wer immer sie auch waren – Rosa bislang nicht getötet, weil sie Angst hatten, das Buch würde unter großem Aufsehen postum verlegt.

»Nein, in meinem Buch kritisiere ich zwar die Bolschewiki, aber vor allem lobe ich sie, weil sie als erste den Schritt gewagt haben. Und angesichts der politischen und wirtschaftlichen Verhältnisse in Russland haben sie es richtig gemacht. Die Massen können sich kaum selbst organisieren, wenn sie wenig politische Erfahrungen haben. Und doch bin ich gegen die Diktatur einer Partei oder sogar eines Zentralkomitees und gegen die Entmachtung der Arbeiterräte. Vor allem bin ich aber gegen den Terror.«

»Trotzdem, unsere gemeinsamen Feinde werden die kritischen

Stellen ausschlachten – Freiheit ist immer die Freiheit des Andersdenkenden. Sie werden sie gegen uns wenden, wie man eine Lanze umdreht, um sie dem Feind in den Körper zu rammen.« Jogiches sprach langsam. »Du weißt, ich halte weniger von Lenin als die meisten Genossen hier. Er macht Fehler. Aber wir machen sie auch. Unsere Revolution ist wie ein reißender Strom, der sich seinen Weg bahnt und sich dann zerteilt in Hunderte von Bächen, deren Lauf niemand vorhersehen kann. Da ist keiner, der das zu lenken versucht. Die Unabhängigen nicht, weil sie keine Ideen haben und keinen Mut, wir nicht, weil wir innerlich zerrissen sind, viel stärker, als wir es uns selbst zugeben. Rosa, wir laufen gegen die Wand. Die Uneinigkeit der Konterrevolution oder was immer sie dazu veranlasst, uns nicht anzugreifen außerhalb von Bayern, hat uns bislang das Leben gerettet. Und dass die Entente noch nicht einmarschiert ist, verschafft uns eine Gnadenfrist. Aber vielleicht muss sie gar nicht eingreifen, sondern spekuliert darauf, dass wir uns selbst zugrunde richten. Dass wir im Kampf um den richtigen Weg im Sumpf enden.«

»Du meinst, ich habe unrecht? Warum gehst du dann nicht zu Friesland?«

»Bleib ernst. Wir müssen uns der Wirklichkeit stellen. Vielleicht sehe ich sie ja zu pessimistisch, aber auch diese Sicht kann uns weiterbringen.« Er wandte sich Zacharias zu. »Für wen arbeiten Sie?«

»Für die Genossin Luxemburg.«

»Ach, reden Sie doch keinen Unsinn. Halten Sie mich nicht für dumm.«

Zacharias schwieg eine Weile. Dann sagte er: »Für Ihren Genossen Dserschinski.« Er glaubte, eine kluge Antwort gewählt zu haben. Es war die Wahrheit und die Erinnerung an einen Freund von Jogiches und Rosa.

»Also für die Tscheka.«

Rosa stöhnte.

»Und was ist Ihr Auftrag?«

»Rosa Luxemburg zu schützen und über ihre Haltung zu berichten.«

»Aber das passt doch nicht zum Mordauftrag, von dem Sie fabuliert haben!«

Zacharias gab gerafft wieder, was Radek berichtet hatte über die Streitereien in Moskau. »Dieser Bronski ist ein Sinowjew-Mann. Er beruft sich auf meinen Auftrag, der aber nicht von Sinowjew stammt. Wahrscheinlich erfindet er einen Befehl von Dserschinski oder sogar Lenin.«

»Glaube ich nicht«, sagte Jogiches. »Vielleicht war es so: Die verschiedenen Gremien von Partei, Regierung und Internationale haben ihre Positionen aufeinander abgestimmt, und Sinowjew, wir kennen diesen Hitzkopf doch, hat daraus Schlussfolgerungen gezogen, von denen er glauben mag, sie entsprächen der gemeinsamen Haltung dieser Gremien. Vielleicht mit dem Vorsatz, die Internationale müsse vorangehen, gewissermaßen immer radikaler sein als die Regierung und die Partei, die diese Regierung stellt.«

»Wenn das stimmt, bleibt als Tatsache, dass Bronski einen Auftrag von Dserschinski vortäuscht«, sagte Zacharias. »Und das tut er, weil er weiß, dass ich anderer Leute Aufträge nicht ausführen würde und es auch nicht darf. Das kann nur den Grund haben, dass die Komintern noch nicht genug Agenten in Berlin hat, vor allem nicht solche, die direkten Zugang haben zur Genossin Luxemburg.«

»Oder die Tscheka ist auf Sinowjews Linie eingeschwenkt«, sagte Jogiches.

»Das glaube ich nicht«, warf Rosa ein. »Feliks und Sinowjew, das passt nicht zusammen. Ich kenne beide, vor allem Feliks. Der würde mir doch keinen Mörder auf den Hals schicken.«

»Da wäre ich mir nicht so sicher«, sagte Jogiches. »Wenn die Revolution es verlangt, tut der gute Feliks alles.«

»Fast alles, nur ermorden würde er mich nicht.«

Jogiches schaute sie fragend an. Dann lächelte er und war gleich wieder ernst. »Und nun?«

»Ich sollte weiter so tun, als würde ich Bronski folgen. Allerdings verlange ich einen schriftlichen Beweis, dass er für die Tscheka arbeitet. Bringt er den nicht, dann ist der Fall klar. Bringt er ihn, dann sehen wir weiter.«

»Sie haben viele Leute getötet, stimmt doch?« Rosa sprach leise und langsam.

»Ja.«

»Und war das nötig?«

»Vielleicht.«

»Und wenn es sich als falsch herausstellt?«

Zacharias hob die Unterarme und ließ sie wieder sinken. Dann sollte ich mir die Kugel geben, dachte er. Wenn ich dazu den Mut hätte.

»Und müssen wir das auch tun?« Sie sprach mehr mit sich selbst.

Zum ersten Mal erlebte er, dass Rosa sich nicht sicher war.

»Wenn der Feind auf uns schießt, müssen wir zurückschießen.«

»Das ist mir zu einfach. Natürlich, auf die Freikorpsleute würde ich selbst schießen, wenn ich es denn könnte. Aber all die anderen, die Sozialdemokraten, die Abtrünnigen in den eigenen Reihen. Manche fürchten den Bürgerkrieg im Bürgerkrieg, wir gegen die USP. Sie glauben es vielleicht nicht, aber ich kann nachts kaum schlafen, weil ich solche Angst vor den Träumen habe, blutigen Träumen. Ich kann dem nicht ausweichen. Wenn man Revolution macht, dann muss man bereit sein, die Feinde zu töten, sonst wird man getötet. In München haben die Freikorps ein Blutbad angerichtet unter unseren Leuten und denen, die sie dafür hielten. Es ist doch so, dass wir Gewalt anwenden müssen, wenn wir überleben wollen. In diese Lage haben wir uns nun hineingebracht. Es gibt daraus kein Entkommen.«

»Was sagt der Genosse Däumig über die militärische Lage?« fragte Zacharias.

Jogiches schüttelte den Kopf, Rosa sagte nur: »Däumig ist eine Fehlbesetzung. Er hat keine Autorität; sofern er eine hatte, hat er sie verloren. Das ist doch die Krux, dass Friesland und Kumpane nicht in allen Punkten unrecht haben. Das macht unsere Lage um so verzweifelter. Man muss mich gar nicht ermorden, bald buhen sie mich aus wie bei einer missratenen Uraufführung.«

*

In der Wohnung brannte kein Licht, die Fenster waren schwarz. Er schloss auf und ging hinein. Es war nur ein leichter Geruch, aber der war fremd. Er zündete die Lampe in der Küche an, da sah er Bronski. Der saß am Küchentisch und grinste.

»Wie kommen Sie herein?«

»Durch die Tür, Ihre Frau hat mich eingelassen.«

»Und wo ist sie?«

»Dann ist sie gegangen.«

»Was haben Sie ihr erzählt, dass sie ging?«

»Nichts Besonderes.«

»Was?« brüllte Zacharias.

»Nur die Wahrheit.«

Zacharias holte aus und schlug zu. Aber Bronski hob den Arm und wehrte den Schlag ab. Dann packte er Zacharias an den Schultern und zwang ihn, sich auf einen Stuhl zu setzen. Er zog einen Revolver aus der Tasche und legte ihn vor sich auf den Tisch.

»Was haben Sie Margarete erzählt?«

»Nichts Besonderes, ich sagte es bereits. Die Wahrheit ist doch nichts Besonderes, oder?«

Zacharias schwieg. Er mühte sich, seinen Hass zu bändigen. Reiß dich zusammen, nur dann hast du eine Chance.

»Was ich ihr nicht gesagt habe, und das ist gewiss in Ihrem Interesse, werter Genosse, also ich habe Ihren Auftrag verschwiegen. Den Auftrag, den ich Ihnen jetzt übermittle. Sie töten Rosa Luxemburg, weil sie eine erklärte Feindin unserer Revolution ist. Sie tun dies so, dass der Verdacht auf die Reaktion fällt. Sie erledigen diesen Auftrag so schnell wie möglich, spätestens in zwei Wochen.«

Es überraschte Zacharias nicht, nun hatte sich die taktische Spekulation verwirklicht in einem Mordauftrag. An ihn. Beherrsche dich, du musst mitspielen. Was würde einer fragen, der mitspielen will, aber doch zweifelt?

»Wer ist der Auftraggeber?«

»Feliks Edmundowitsch Dserschinski.«

»Haben Sie das schriftlich?«

Bronski lachte.

Zacharias tat so, als überlegte er. »Gut«, sagte er dann. »In spätestens zwei Wochen.«

»Sie hat mich gesehen«, sagte Bronski.

»Wer hat Sie gesehen?«

»Die Frau, die mir die Tür geöffnet hat. Und ich habe sie auch gesehen. Wenn ich Sie nicht kriege, weiß ich ja, an wen ich mich halten kann. Es liegt in Ihrer Hand, Genosse. Und Zeugen mag ich nicht. Was heißt, dass Sie der Frau nichts sagen. Überhaupt niemandem.«

Er zwang sich zu warten, als Bronski gegangen war. Der hatte seinen Geruch in der Küche gelassen. Als eine Zeit vergangen war, trat Zacharias auf die Straße. Er schaute sich um, Bronski war nirgendwo zu sehen. Zwei Männer auf dem gegenüberliegenden Bürgersteig unterhielten sich lautstark über ihre Frauen und den Hunger. »Den Strick sollte man sich nehmen, den Strick«, schimpfte der eine.

»Gibt's Stricke überhaupt noch?« schimpfte der andere zurück. »Nichts gibt es mehr.«

Zacharias musste sich beherrschen, um nicht zu rennen. Als er vor dem Haus angekommen war, warf er Steinchen gegen die Scheibe. Dahinter funzelte flackernd Licht. Das Fenster öffnete sich, Margarete schaute heraus. Sie betrachtete ihn und sagte kein Wort.

»Komm zurück«, sagte er.

»Damit dieser Wahnsinnige mich wieder heimsucht?« schrie sie. »Er hat mich bedroht und beschimpft. Er hat sich in die Wohnung gedrängt und von mir verlangt, dass ich gehe.« Sie hatte geweint, er hörte es an ihrer Stimme. Sie schloss das Fenster, dann erlosch das Licht. Kurz darauf kam sie auf die Straße. Sie hakte sich bei ihm ein, und sie gingen zurück zu seiner Wohnung.

»Aber du musst versprechen, dass der Mann nicht mehr kommt.«

»Das kann ich nicht. Ich weiß nicht, wo ich ihn finden sollte, um es ihm zu verbieten.«

»Dann such ihn.«

Er antwortete nicht. Zorn arbeitete in ihm. Sie hatte recht, sie waren diesem Finsterling ausgeliefert. Er fror, als eine kalte Bö die Straße entlangstrich. Sie trug Papierfetzen mit sich. Er musste herausbekommen, von wem der Mordauftrag stammte. Sollte er in die Sowjetbotschaft gehen und Dserschinski ein Telegramm schicken? Niemals würde der Tschekaleiter einen solchen Auftrag auch nur andeutungsweise bestätigen. Nein, die Botschaft konnte ihm nicht helfen. Das einzige, was sichere Ergebnisse versprach, war eine Reise nach Moskau. Unter vier Augen würde Dserschinski den Auftrag bestätigen oder abstreiten.

Und Sinowjew, die Internationale? War nicht Bronski Sinowjews Mann, soweit man das aus der Ferne beurteilen konnte? Aber konnte es sein, dass Bronski oder Dserschinski Rosa Luxemburg ermorden ließen, ohne dass das Zentralkomitee der Bolschewiki das beschlossen hatte? Wenn es diesen Auftrag gab, dann mochten Friesland und andere eingeweiht sein durch Kuriere aus Moskau. Zumindest mussten sie eine Direktive haben, was sie tun sollten, wenn Rosa getötet war. Wenigstens das.

»Warum sagst du nichts?« Margarete drückte ihn leicht am Arm.

Das bedeutete, er musste herausbekommen, ob es eine solche Direktive gab. Wenn es sie gab, dann war der Fall klar. Wenn es sie nicht gab, dann mochte der Anschlag trotzdem angeordnet worden sein, aber die Wahrscheinlichkeit war gering. Bei allen Eifersüchteleien und Eitelkeiten gerade Sinowjews: Die Bolschewiki überließen wenig dem Zufall, sie organisierten alles bis in jede denkbare Einzelheit, wissend, dass genug Unwägbarkeit übrigblieb.

»Ich überlege, wie wir uns künftig Besuche dieses Herrn ersparen können.«

»Weißt du es schon?«

»Nein, noch nicht.« Sie ist in Gefahr, noch nicht heute, aber in zwei Wochen, wenn ich den Auftrag nicht ausführe. Das ist gewiss. Genauso, dass sie einen anderen Attentäter schicken werden. Rosa und Margarete waren in Gefahr. Wohin konnte er Margarete schicken? Wie sollte er Rosa schützen, wo der Mörder aus den eigenen Reihen kam?

Und wenn er begann, ihnen auf die Füße zu treten und nach der Direktive zu suchen, dann wussten sie bald, dass er sich widersetzte, und sie würden ihn auch jagen.

»Kennst du jemanden außerhalb von Berlin, am besten irgendwo auf dem Land, wo du eine Weile unterkommen könntest?«

»Ist es so gefährlich?«

»Wahrscheinlich. Jedenfalls traue ich diesem Bronski alles zu.« Er hätte hinzufügen können, dass er auch Friesland, Pieck und Sonja alles zutraute. Allerdings hatte er sich seinen Verdacht aus lauen Anhaltspunkten und Spekulationen zusammengereimt, ohne ihn beweisen zu können. Und wenn alles anders war? Dann war Rosa womöglich in noch größerer Gefahr, und sei es nur aus dem Grund, dass er nicht wusste, woher die Gefahr kam.

»Ja, ich habe eine Tante in Königs Wusterhausen. Soll ich dorthin fahren?«

»Das ist zwar immer noch nah an Berlin, aber besser, als hier zu bleiben, ist es. Besorg jemanden, der für deine Eltern sorgt. Hattet ihr nicht so einen hilfsbereiten Nachbarn?«

»Dieser Bronski hat gedroht, nicht wahr?«

»Ja.«

»Er bringt dich um, wenn du nicht gehorchst, was immer er dir aufgetragen hat.«

»Ja.«

»Und mich auch.«

Er blieb stehen, schaute ihr in die Augen und glaubte, darin etwas von der Margarete zu erkennen, die er früher geliebt hatte. In ihrem Blick entdeckte er die Verletzlichkeit, die Sanftheit und Zärtlichkeit, die sie nicht mehr zu kennen schien. Nein, Bronski würde sie nicht töten. Und ihn auch nicht.

16

In der Gaststätte hatte er schon mal gesessen und das Haus beobachtet, in dem Sonjas Wohnung lag. Er wusste nicht so recht, ob es ihn weiterbringen würde, aber wo sollte er ansetzen? Er hatte zwei Wochen, dann würden sie die Jagd auf ihn eröffnen. Da war es besser, er vertauschte die Rollen. Auch wenn sich das leichter dachte, als es war. Er hatte es mit einer Übermacht zu tun. Wenn ich es genau betrachte, lege ich mich gerade mit dem mächtigsten Untergrundapparat der Welt an, mit der Internationale, der bolschewistischen Partei und der Tscheka. Immer vorausgesetzt, meine Schlüsse stimmen.

Er saß allein im Gastraum, der Wirt lehnte am Tresen und blätterte in einer Zeitung. Zacharias trank einen Schluck von seinem Tee, er schmeckte so grässlich wie beim letzten Mal. Dann ging er zum Telefon und rief im Präsidium an. Lohmeier hatte wieder Stallwache, Zacharias hasste die Stimme, er wurde die Erinnerung an sein erstes Zusammentreffen mit dem Polizisten nicht los. Lohmeier war aufgeregt, das hatte Zacharias noch nicht erlebt.

»Wir haben ihn! Wir haben ihn!«

So musste er früher gebrüllt haben, als sie Sozialdemokraten jagten oder Spartakisten nach dem Januaraufstand. »Wir haben ihn!«

»Wen?« fragte Zacharias, obwohl er wusste, wen sie gefangen hatten. Aber er wollte nicht einstimmen in den Jubel eines Mannes, den der Jagdtrieb überwältigt hatte.

»Tibulski, Gustav Tibulski!« rief Lohmeier in einem Tonfall, der zeigte, dass er nicht verstand, warum Zacharias nicht von selbst darauf gekommen war, wen sie erwischt hatten. Zacharias wies Lohmeier an, Tibulski einzusperren, das Verhör behalte er sich vor. Lohmeier war die Enttäuschung anzumerken, und doch wunderte sich Zacharias, wie reibungslos der Polizist bereit war, den neuen Herren zu dienen, die er zuvor bekämpft hatte. Wie viele von uns mochte er auf der Flucht erschossen haben?

Zacharias nahm sich die *Freiheit* vom Tresen, legte sie aber gleich wieder zurück, als er las, dass es die Ausgabe vom 31. März war, von gestern. Er saß gerade wieder an seinem Tisch vor dem Tee, als drüben die Haustür sich öffnete. Sonja trat heraus. Die harte Wintersonne ließ ihr Haar unterhalb des Hutrands glänzen.

Zacharias hatte bereits gezahlt und verließ die Gaststätte, der Wirt beachtete ihn nicht. Er folgte Sonja, die mit Straßenbahn und U-Bahn eine Strecke zurücklegte, die Zacharias kannte: Sie fuhr zu Friesland in die Metzer Straße. Als sie im Haus verschwunden war, überfiel Zacharias die Niedergeschlagenheit. Was hatte er nun herausbekommen? Nichts, jedenfalls nichts, das er nicht schon wusste. Was bewies Sonjas Besuch bei Friesland? Nichts. Warum hatte er Sonja verfolgt? Er wusste es schon nicht mehr. Darin zeigte sich der Beginn von Panik: Du tust Dinge, die nutzlos sind, obwohl du keine Zeit hast. Du tust das, weil du nicht weißt, wie du es anstellen sollst. Wo ist der Zipfel, an dem du ziehen kannst, um das Komplott ans Tageslicht zu befördern? Er schüttelte den Kopf, stampfte wütend mit dem Fuß auf und eilte zum Polizeipräsidium.

Dort ließ er gleich Tibulski vorführen und schickte alle Mitarbeiter aus dem Raum.

»Kennen Sie mich, Genosse?«

Tibulski nickte. Er sah erschöpft aus, die Haare waren schmierig, unter geröteten Augen trug er Ringe. »Lichtenberg«, sagte er mit leiser Stimme.

»Genau, Lichtenberg.«

Tibulski sank weiter in sich zusammen.

»Sie würden jetzt lieber schlafen, stimmt's?«

Tibulski nickte.

»Aber Sie sehen ein, es geht nicht. Ich muss wissen, warum Sie in die Reichskanzlei eingedrungen sind.«

Tibulski verdrehte die Augen. »Es war so eine Art Wette.«

»Was?«

»Na ja, der Tetsche sagte, in den Regierungsgebäuden, da kann jeder ein und aus gehen, wie er will. Wir haben getrunken, nach der Schießerei in Lichtenberg haben wir uns besoffen, und nicht nur einmal.«

»Weil Sie überlebt haben.«

»Weil es dieses Wunder gab. Und wenn ein Wunder passiert, na, dann muss man sich einen hinter die Binde kippen. Ist doch klar, oder?«

»Natürlich.« Der Mann sagte die Wahrheit, und diese Wahrheit war absurd. Es war ein Streich von Betrunkenen, der zum Mordanschlag aufgeblasen worden war. »Deswegen haben Sie nicht auf die Genossin Luxemburg geschossen?«

Tibulski schaute Zacharias an, als wäre der verrückt.

»Wir riskieren doch nicht unser Leben für Rosa, um sie dann zu ermorden.«

»Aber zwei Genossen wurden erschossen und etliche verletzt.«

Tibulski rutschte hin und her auf dem Stuhl, als suchte er eine bequemere Sitzposition.

»Wer von Ihrer Truppe war das?«

»Ich weiß nicht.«

»Das glaube ich Ihnen nicht.«

»Das waren zwei, die völlig betrunken waren. Die wollten das nicht, haben mit den Gewehren herumgefuchtelt, na ja, und dann ist es passiert.«

»Namen, Adressen?«

»Keine Ahnung.«

Zacharias sagte nichts. Er glaubte dem Mann nicht, aber es würde ihn im Augenblick nicht weiterbringen, zwei Randalierer zu jagen, die im Suff herumgeballert hatten. Es widersprach seinem Gerechtigkeitsempfinden, diese Leute nicht zu verfolgen. Aber er hatte keine Zeit. In zwei Wochen lief seine Uhr ab, bis dahin musste er alles geregelt haben. Vor allem, dass er überlebte. Margarete war einigermaßen sicher in Königs Wusterhausen. Aber was war mit Rosa? Wenn er richtig kalkulierte, hatte sie noch zwei Wochen plus eine unbekannte Zeitspanne, die ein neuer Auftragsmörder brauchte.

Er ließ Tibulski in die Zelle zurückbringen, befahl einen Wagen vor den Haupteingang und wies den Fahrer an, im Höchsttempo zur Reichskanzlei zu fahren. Dort angekommen, erfuhr er, dass Rosa im Reichstag sei. Warum hatte er nicht vorher angerufen? Seit er keine Zeit mehr hatte, verschwendete er sie.

Er trieb den Fahrer an. Der hielt mit quietschenden Bremsen vor dem Haupteingang des Reichstags. Überall Bewaffnete, sie saßen und standen herum. Einer packte Zacharias am Arm, als der die Treppe hochstürmte. »Ich muss zur Genossin Luxemburg«, drängte Zacharias. »Ich habe es eilig.«

»Natürlich«, lachte der Soldat. »Wir leben nicht ewig.« Er winkte einen anderen heran. Auch der trug keine Rangabzeichen. »Der will zur Genossin Volkskommissar«, sagte der erste Soldat lachend. Er kratzte sich im Schritt.

»Das wollen viele«, sagte der andere. »Und wer ist der Bürger?«

»Ich bin der Genosse Sebastian Zacharias, Leiter der Untersuchungskommission zur Aufklärung des Mordanschlags auf die Genossin Luxemburg.«

»Dann haben Sie bestimmt einen Dienstausweis«, sagte der zweite Soldat. Er hatte Pickel im Gesicht.

Zacharias suchte in den Taschen. Seit er diesen Ausweis besaß, war er nicht ein einziges Mal danach gefragt worden. Wahrscheinlich lag er in einer Schreibtischschublade. »Ich habe ihn vergessen. Haben Sie denn Dienstausweise?« fragte er die Soldaten.

»Brauchen wir nicht«, sagte der erste.

Es hatte sich ein Pulk von Soldaten um die drei versammelt.

»Jetzt schicken Sie schon jemanden rein zur Genossin Luxemburg und sagen Sie ihr, ich müsse sie sprechen, dringend.«

»Soso«, sagte der zweite Soldat. Er schaute sich um, dann zeigte er mit dem Finger auf einen weiteren Soldaten. »Geh mal rein, ein Genosse« – er forderte Zacharias mit einem Blick auf, seinen Namen zu wiederholen – »möchte die Genossin Volkskommissar besuchen. Beeil dich.«

Der Mann ging gelassen in Richtung Eingang, während sich der erste Soldat eine Zigarette anzündete. Er nahm die Zigarette zwischen Zeigefinger und Daumen. »Ein bisschen was Warmes«, sagte er. »Warum machen wir diese Revolution eigentlich im Winter? Stell dir vor, im Sommer, da kann man sich auf die Wiese legen, baden gehen. Aber nun? Die Nächte, mein Gott, was sind die kalt. Wir stehen hier rum, die Konterrevolution versteckt sich, und wir warten und warten. Aber sie werden kommen, glaub mir, Genosse, sie werden kommen.«

Ja, dachte Zacharias, wo bleiben Reichswehr und Freikorps?

Warum greifen sie nicht an? Warum schenken sie uns die Zeit, uns zu sammeln? Da lachte er bitter. Sammeln, wir uns sammeln? Je länger wir an der Macht sind, desto größer das Durcheinander. Jeder macht, was er will.

Er sah den Soldaten im Laufschritt sich nähern. »Kommen Sie!« rief er von weitem. »Kommen Sie, Genosse, die Genossin Volkskommissar erwartet Sie.«

Der erste Soldat schaute Zacharias von oben bis unten an. Dann schlug er ihm hart auf den Rücken. »Nichts für ungut«, sagte er. »Wir tun nur unsere Pflicht.«

Zacharias folgte dem Uniformierten in den Reichstag. Die Pforte war besetzt, der Mann stellte ihm einen Passierschein aus, nachdem er mit jemandem telefoniert hatte. Zacharias fand Rosa in einem Bürozimmer im ersten Stockwerk. Jogiches saß in der Ecke, las Zeitung und rauchte. »Ja, Genosse Zacharias«, sagte Rosa.

Die Tür ging auf. Zacharias konnte nicht erkennen, wer sie geöffnet hatte. »Die Delegation aus Halle wartet schon drei Stunden!« Eine Frauenstimme, nervös, übernächtigt.

»Schicken Sie sie rein«, sagte Rosa. »Warten Sie bitte solange«, sagte sie zu Zacharias. In ihrem Gesicht las er Hilflosigkeit angesichts der unendlichen Zahl von Wünschen, die die Menschen im revolutionären Deutschland an den Volkskommissar für Wirtschaft richteten.

Es erschienen fünf Männer. Sie hatten sich fein gemacht, trugen Anzüge und Schlipse, die Aufregung hatte sie gepackt. Der kleinste von ihnen, mit einem verschlissenen Kragen und Schweiß auf der Stirn, überbrachte die Grüße des revolutionären Hallenser Proletariats. Er stotterte, weil er kämpferisch klingen wollte.

Zacharias beobachtete die Szene genau. Rosa blieb geduldig, sie hörte zu, obwohl der Delegierte fast ewig brauchte, bis er zum Grund der Reise nach Berlin kam. Es gebe nicht genug zu essen, die Menschen hungerten, Plünderungen begännen, sobald die Sonne untergegangen sei, Überfälle und Vandalismus trieben die Menschen nachts in die Häuser. Die Miliz komme nicht dagegen an, zumal auch die Polizisten hungerten und es daher erste Fälle von schwerem Disziplinbruch gegeben habe. Die Industrie und der

Handel lägen am Boden, die Arbeiter blieben zu Hause oder zögen übers angrenzende Land, weil das Rohmaterial fehle. Die Bauern in der näheren Umgebung der Stadt würden immer öfter auf Menschen schießen, die die Höfe wegen Brot, Fleisch und Eiern fast stürmten. Die Arbeiter böten zum Tausch alles an, was in den Fabriken nicht niet- und nagelfest sei, Werkzeuge, Textilfäden, Öl. Die Prostitution gehe um. Männer gäben sich aus als Kommissare und requirierten eigenmächtig in Läden und sogar Privathaushalten.

Zacharias las in Rosas Gesicht, dass sie diese Klagen kannte. Sie sah müde aus, ja sogar krank, die bleiche Gesichtshaut betonte ihre dunklen Augen um so mehr. Und dann sprach sie, langsamer, als Zacharias es kannte, langsamer, damit die Arbeiter sie verstanden und weil sie so müde war. »Haben Sie sich an die Parteien in Halle gewendet? Wie soll ich Ihnen von Berlin aus helfen?«

»Die USP hat sich fast aufgelöst, man trifft die Genossen des Vorstands beim Organisieren, wie das heißt. Ja, und die Spartakisten, das sind nur ein paar. Wenn sie nicht auf Essenssuche sind, mühen sie sich. Aber in Wahrheit sind sie hilflos. Die Miliz, ach, die Miliz …« Er machte eine verächtliche Handbewegung.

»Was stellen Sie sich vor? Soll ich Ihnen die Rote Armee schicken? Sie sind zu fünft. Sammeln Sie Gutwillige um sich. Machen Sie dem Arbeiter-und-Soldaten-Rat Druck. Übernehmen Sie die Führung, wenn die Parteien das nicht können. Die Arbeiter können nur sich selbst befreien, niemand wird es ihnen abnehmen. Aber wenn die Arbeiter versagen, da kann keine Partei an ihre Stelle treten, selbst wenn die revolutionären Parteien stärker wären als bei Ihnen in Halle.«

»Wir haben gehört, Schiffe aus Russland landen in Hamburg, bald. Mit Weizen und Fleisch.«

Rosa nickte bedächtig. »Ja, nächste Woche vielleicht. Aber es ist ein Tropfen auf den heißen Stein. Die Russen können nicht achtzig Millionen Deutsche ernähren. Wir müssen das schon selbst hinkriegen. Stellen Sie Agitationstrupps zusammen, die aufs Land gehen und mit den Bauern reden. Die Regierung hat einen Appell an die Entente gerichtet, die Hungerblockade aufzuheben. Aber wir werden nicht einmal eine Antwort bekommen. Wir schätzen die Solidarität unserer russischen Genossen. Aber sie brauchen den Weizen und das Fleisch so dringend wie wir.«

Die Delegierten traten ab. Rosa lehnte sich zurück und stöhnte. Jogiches, der schweigend zugehört hatte, setzte sich auf einen Stuhl am Tisch, die Zigarette in der Hand.

»So geht das Tag für Tag, Genosse Zacharias. Ich komme mir vor, als wäre ich Gott, sie glauben, ich könnte und wüsste alles. Warum nur, Leo, sind die Schwaben solche kopflosen Wesen? Die einzigen deutschen Revolutionäre kommen aus Polen.«

»Ich komme aus Litauen, auch wenn du das in dem dir eigenen großpolnischen Chauvinismus schon annektiert hast. Da bist du genauso schlimm wie Radek.« Er lachte und nebelte seinen Kopf ein mit Rauch.

Sie lächelte. »Schön, dass dir noch Scherze einfallen, bist ja sonst kein Witzbold. Besser wäre es aber, du wüsstest, was wir diesen Genossen raten können. Ist das die Alternative, Leo: Leninismus oder Untergang? Liebknecht hat das für sich beantwortet. Er ist nun unser größter Leninist. Pardon, welch Fauxpas, natürlich ist Lenin ein Liebknechtist.« Enttäuschung färbte ihre Stimme, sie war müde, zornig, enttäuscht.

»Nicht nur er, die Mehrheit.« Er wandte sich an Zacharias. »Gestern abend hat die Zentrale beschlossen, dass wir der USP einen Gewaltkurs vorschlagen. Disziplinlosigkeit soll bestraft werden, die Parteien will man verschmelzen und der Internationale unterstellen, damit dieser Schreihals Sinowjew die Befehlsgewalt übernehmen kann. Ex oriente lux.«

»Was man zugeben muss, so wie Lenin und Trotzki es machen, geht es, jedenfalls eine Weile. Nur, ist das der Sozialismus, für den ich im Gefängnis gesessen habe? Für den so viele gekämpft haben und gestorben sind? Die Diktatur von ein paar selbsternannten Führern, die jeden verfolgen, den sie als Feind ausgemacht haben? Leo, ist es das?«

Er schüttelte den Kopf.

»Und was meinen Sie, Genosse Zacharias?«

»Was soll man entscheiden, wenn zwei Übel zur Wahl stehen: die Anarchie oder der Terror. Vielleicht ist der Terror die bessere Wahl, für eine Übergangszeit, bis die Macht gefestigt ist, damit dann die sozialistische Demokratie aufgebaut werden kann.«

Sie schaute ihn finster an. »Wenn man einmal die falschen Mittel einsetzt, dann kommt man nicht mehr davon los. Wer anfängt mit dem Morden, der muss immer wieder töten.«

Zacharias wusste es. Aber sein Verstand wehrte sich. Es konnte doch nicht sein, dass die Menschen diese Chance nicht ergriffen, sich selbst zu befreien von Ausbeutung und Krieg. »Aber wir können doch nicht einfach abtreten.«

Sie lachte los, aber das Lachen war bitter. »Das verhindere die Zentrale, die längst an die Stelle aller Götter getreten ist. Liebknecht und Pieck, Friesland vorneweg, sie wollen losschlagen, aber im Gegensatz zu Russland können sie das nicht einfach so. Heute abend noch ist Sitzung der Regierung, da werden die Fetzen fliegen.«

Jogiches zündete sich eine neue Zigarette am Stummel der letzten an. »Wie ich höre, arbeiten die Moskowiter schon in der USP. Vereinigung unter dem Banner der Internationale, das ist die Parole. Man munkelt, diese Fraktion gewinne die Mehrheit und auf dem nächsten Parteitag würden alle ausgeschlossen, die sich nicht der neuen Linie unterwürfen.«

»Lenin hat das geschickt eingefädelt.« Rosa lächelte. »Er betreibt die Einmischung nicht über die Partei, sondern über die Internationale, in der die Bolschewiki das Kommando haben. Der Genosse Eberlein hat da genug berichtet aus Moskau.«

»Wenn Sie gestatten«, sagte Zacharias.

Beide blickten ihn an, fast schienen sie erstaunt, dass er noch da war.

Jogiches nickte.

»Es gibt jetzt wirklich einen Mordplan gegen die Genossin Luxemburg …«

»Das wissen wir«, sagte Rosa. »Aber wir haben jetzt Wichtigeres …«

»Ich soll Sie ermorden. Sie haben tatsächlich mich ausgesucht.«

Wieder blickten ihn beide an. »Wie bitte?« fragte Jogiches.

»Ja, ich bin der Mörder.« Dann erzählte er von Bronskis letztem

Besuch. »Ich habe vierzehn Tage Zeit, jetzt sind es fast nur noch dreizehn. Die Zeit läuft ab.«

»Und wer steckt nun dahinter?« Jogiches mühte sich, ruhig zu bleiben.

»Die Internationale, Sinowjew. Aber ich nehme an, dass das abgesprochen ist. Sinowjew würde sich nie trauen, so etwas ohne Beschluss des Zentralkomitees anzuordnen. Und gewiss ist es mit der Tscheka verabredet.«

»Dann ermorden Sie mich bitte nicht«, sagte Rosa. »Später vielleicht.« Sie lächelte.

»Wenn ich es nicht tue, bekommt ein anderer den Auftrag. Und ich werde als Deserteur gejagt.«

»Wer?« Jogiches starrte Zacharias an.

»Irgendeiner, der leichten Zugang hat zur Genossin Luxemburg. Irgendeiner, dem es keiner zutraut. Vielleicht der Genosse, der sie beschützen soll. Vielleicht der Bote, der ihr eine Nachricht bringt. Vielleicht Mitglieder einer Arbeiterdelegation. Vielleicht eine Genossin aus dem Ausland, eine gute alte Genossin.«

»Dserschinski«, sagte Rosa nur. Es klang wie: Er doch nicht, das ist unmöglich. »Lenin«, sagte sie noch. Dann: »Trotzki.«

»Lenin ist krank seit dem Attentat, vielleicht weilt er zur Kur und weiß nichts. Trotzki schwebt über den Dingen. Ob er mitmacht, keine Ahnung. Aber Dserschinski, der ist eingeweiht, wenn er nicht selbst der Urheber ist und Sinowjew angestiftet hat.«

»Warum?« fragte Jogiches.

»Er gehorcht der Notwendigkeit der Geschichte, so jedenfalls wird er es sehen. Ich habe mit ihm gesprochen, kurz bevor ich nach Deutschland zurückgekehrt bin. Die Bolschewiki stehen mit dem Rücken an der Wand. Wir sind ihre Hoffnung. Aus ihrer Sicht ist es unsere Pflicht, zu siegen. Der Grund, dass wir einer Niederlage entgegengehen, heißt Luxemburg.« Er entschuldigte sich mit einem Blick bei Rosa.

»Das brauchen Sie mir nicht mehrmals zu erklären, ich habe es schon beim ersten Mal begriffen. Und nun, Leo?«

»Wenn sie ein Mordkommando schicken, werden sie vielleicht Erfolg haben. Du hast noch knapp zwei Wochen Zeit.«

»Für was, Leo? Zwei Wochen für was?«

Sein Blick senkte sich auf den Boden.

»Den Kotau zu machen. Das meinst du doch? Zur Leninistin zu werden.« Sie legte Verachtung in das Wort Leninistin. »Eine Diktatur zu errichten, wie sie Friesland und Konsorten wollen. Das würde mir den Kopf retten, nicht wahr? Da würden sie jubeln.« Sie war aufgestanden und lief ziellos umher. Einmal stampfte sie mit dem Fuß auf. »Dieses Pack, ich habe ihnen nie getraut. Wir hätten längst eine Mauer errichten müssen zwischen denen und uns. Zacharias, sagen Sie etwas. Was sollen wir tun?«

Er hatte die Frage gefürchtet. »Wenn Sie überleben wollen, dann verstecken Sie sich. Ich helfe Ihnen, ich werde Sie beschützen. Vielleicht inszenieren wir Ihren Tod, dann haben Sie eine Weile Ruhe.«

»Verstecken! Verstecken! Im revolutionären Deutschland soll sich Rosa Luxemburg verstecken! Lächerlich! Wahnsinnig!« Sie schrie. Dann blieb sie plötzlich stehen und versank in Nachdenken.

»Wir haben fast zwei Wochen Zeit, Sie in Sicherheit zu bringen. Vielleicht nach Stuttgart, erst einmal, zu Ihrer Freundin Zetkin. Dann kann man weitersehen.«

Sie antwortete nicht.

»Oder nach Frankfurt am Main, wo der Genosse Levi wohnt, das ist doch Ihr Anwalt.«

»Dort wird man sie zuerst suchen, und Levi haben sie auch im Visier«, knurrte Jogiches hinter der Rauchwolke, die er stets von neuem vor sich hin blies.

Sie schwiegen lange. Rosa setzte sich, blätterte in Akten auf ihrem Tisch, ohne sie zu lesen. Dann sagte sie: »Wir warten die Sitzung des Rats ab, danach treffen wir uns hier. Genosse Zacharias, Sie begleiten mich zum Rat der Volkskommissare, du bist ja ohnehin dort, Leo.«

Sie hatte sich gefangen. Ihrer Stimme hörte man an, sie würde kämpfen. Aber wie soll man gegen einen Tod kämpfen, den man nicht sieht? Zacharias grübelte. Er malte sich Fluchtwege aus. Wohin konnte sie gehen? In Deutschland kannte sie jedes Schulkind, und wie sollte man sie jahrelang verkleiden und verstecken? Selbst wenn es ging, Zacharias spürte, sie würde es nicht aushalten. Welchen Sinn konnte ihr Leben haben, wenn sie aus der Politik ausschied? Im Gefängnis, da war es anders gewesen. Sie musste sich nicht verstecken, und sie hat es immer verstanden, Artikel und Briefe herauszuschmuggeln. Ihre Freundin und Sekretärin Mathilde Jacob hatte eine Meisterschaft darin entwickelt, Dinge ins Gefängnis zu schaffen und heraus. Aber wenn Rosa heute im Gefängnis säße, sie könnte hinausschmuggeln, was sie wollte, niemand würde es drucken.

Dann fiel ihm der einzige Fluchtort ein, den er ihr vielleicht würde schmackhaft machen können: Zürich, wo sie studiert und mit Leo Jogiches gelebt hatte. Womöglich gelang es, die Familie von Polen nach Zürich zu holen, ein weiterer Ansporn. In Zürich würde sie schreiben können, sie würde Zeitungen finden und Buchverlage, die ihre Arbeiten veröffentlichen würden. Sie könnte die Entwicklung in Deutschland und Russland analysieren, weltweit würde man nachdrucken, was sie schrieb. Und er, Zacharias, er würde dort frei leben können, ohne töten zu müssen, ohne zu fliehen vor den eigenen Genossen, die einen zum Mörder gemacht hatten. Und er würde auf sie aufpassen, weil sie immer mit einem Mörder aus Moskau rechnen mussten.

»Kommen Sie«, sagte Rosa.

Er war ein wenig benommen.

»Sie freuen sich über etwas. Doch nicht über Ihren Mordauftrag?« Sie lächelte. Aber in ihrem Gesicht las er Entschlossenheit.

Während der Sitzung des Rats der Volkskommissare zeigte sie keine Unruhe. Zacharias, der schräg hinter ihrem Stuhl an der Wand saß, bildete sich ein, sie beobachte die anderen Kommissare und deren Mitarbeiter.

Liebknecht war in freudiger Stimmung. Das erste Schiff mit Weizen war in Hamburg eingelaufen, die Massen hatten das Schiff bejubelt, sie hatten rote Fahnen aufgezogen, die Miliz hatte paradiert, es waren Reden gehalten worden auf die Freundschaft zwischen Sowjetrussland und Sowjetdeutschland.

»Werden wir jetzt in Moskau regiert?« fragte Rosa, und sie mühte sich, keine Schärfe in die Frage zu legen. »Wir sind nicht

Sowjetdeutschland, sondern die Sozialistische Republik Deutschland, wie sie der Genosse Liebknecht im November ausgerufen hat.«

Schweigen begegnete ihr. Nur Clara Zetkin, die alte Freundin, nickte. Friesland verzog das Gesicht.

Dann erörterten sie die Lage im Land. Däumig meldete nur Scharmützel mit Einheiten der Konterrevolution, die eher zufällig ausgebrochen seien. »Sie kämpfen nicht, die feigen Hunde. Sie warten, dass die Entente ihnen die Drecksarbeit abnimmt.« Die Rote Armee werde jeden Tag stärker, Ausbildung und Bewaffnung verbesserten sich. Das waren aber die einzigen guten Nachrichten. Sonst klagte Däumig über den Zusammenbruch der Disziplin. Die Miliz und zunehmend auch die Armee seien nicht damit beschäftigt, die Reaktion zu bekämpfen, sondern Banden, die durchs Land marodierten, Bauern, die um sich schössen, Arbeiter, die Läden stürmten und plünderten.

Die Tür öffnete sich, Radek betrat den Raum. Liebknecht erhob sich, Beifall, Hochrufe auf die Sowjetmacht. Radek versuchte, nicht zu grinsen, er schüttelte Liebknecht die Hand, dann bat er um Ruhe und darum, in einer Ecke die Sitzung verfolgen zu dürfen. In seiner Bescheidenheit verbarg er, wie befriedigt er war, endlich anerkannt zu werden von den deutschen Genossen. Zacharias glaubte fast, in Radeks Miene lesen zu können. Ihr habt mich rausschmeißen wollen damals, wisst ihr's noch? Und jetzt kriecht ihr auf Knien. Aber ich bin Radek, ich bin nicht nachtragend, auch wenn ihr mir gewiss ein bisschen, sagen wir mal, Freude gönnt, werte Genossen. Bewundert mich, ich stehe für das neue Russland, das euch Getreide schickt.

Friesland war kein Kommissar, aber als einer der Vertreter der KP-Zentrale zugegen. Niemand verwehrte ihm das Wort. »Wir sind zu lasch. Einige hier verwechseln Demokratie mit Anarchie. Der Feind muss uns gar nicht bekämpfen, wir vernichten uns selbst. Die Internationale hat uns aufgefordert, die beiden Parteien zu vereinigen. Grundlage sollen die Bedingungen der Internationale sein …«

»Damit wir alle Bolschewisten werden«, warf Dittmann ein.

»Richtig, Genosse Dittmann. Ich weiß, einige in der USP begreifen nicht oder wollen nicht begreifen, dass es sinnvoll ist, von denen zu lernen, die gesiegt haben. Sie wollen lieber von denen lernen, die verlieren. Ich frage mich, was gefährlicher ist für die Revolution, der Feind oder diese Genossen, die so gerne untergehen ...«

Beifall und Protestrufe. Liebknecht klingelte. »Das ist eine Sitzung der Regierung«, rief einer. »Der Genosse Friesland möge uns verschonen mit dem Parteienklüngel. Wir sind es satt.« Pfuirufe. Liebknecht klingelte wieder. Nur langsam wurde es ruhiger.

Dann stand Liebknecht auf, wandte sich an Friesland und sagte: »Wenn ich das fortführen darf, Genosse Friesland. Sie sind zwar vorgeprellt, haben aber die wichtigen Fragen angesprochen. Wir stehen am Scheideweg. Hie geht es zur reinen Demokratie, über die schon Marx sich lustig machte. Hie geht es zum Sozialismus, der, wir wissen es doch schon lange, Opfer verlangt. Die Diktatur des Proletariats muss in der Form verwirklicht werden, die die Lage fordert. Diktatur des Proletariats heißt heute zuerst Disziplin und Bekämpfung der Konterrevolution. Dabei steht der Kampf um die Disziplin an vorderster Stelle. Denn wenn wir nicht mit eisernem Besen den Kehricht wegfegen, den jede Revolution nach oben spült, dann wird der Kehricht uns ersticken. Er ist schon dabei, es zu tun. Wir haben nicht einmal zwanzig Prozent der Vorkriegsproduktion erreicht, in manchen Wirtschaftszweigen ist die Lage noch schlechter, nicht wahr, Rosa?«

»Vielleicht sind die Arbeiter noch nicht reif, Karl«, sagte Rosa.

»Und dann?« brüllte Pieck dazwischen. »Gehen wir zum General Groener und geben die Macht wieder ab, hübsch verpackt in buntem Papier.«

»Papier? Wo gibt's Papier?« rief einer dazwischen.

Jetzt sah Zacharias auch Sonja. Sie stand hinter Friesland und flüsterte ihm etwas ins Ohr. Sonja. Nur sie und Pieck hatten ihnen die Freikorps in die Dahlemer Villa schicken können. Es sei denn, ein Nachbar hatte sie verraten. Ein Nachbar mit einer Verbindung zu Freikorps, welch ein Zufall wäre das. Und wer hatte für Radeks Verhaftung gesorgt? Er überlegte, ob er es sagen sollte. Es einfach rufen, dann würden sie schon zuhören. Nur, wenn es falsch war? Dann war es ein Rohrkrepierer. Verdammt, das würde er nie herausbekommen.

Gelächter erklang, es war bitter und böse.

Pieck erhob sich, nachdem Liebknecht sich gesetzt hatte. »Wie sollen wir messen, ob das Proletariat reif ist? Dafür gibt es kein Thermometer wie für Fieber.«

Gelächter, Pieck fühlte sich stark. »Wir müssen die Revolution retten. Ob das Proletariat reif war oder nicht, das mögen die Gelehrten hinterher debattieren. Aber hat nicht die Genossin Luxemburg gelehrt, die Massen erzögen sich selbst im Kampf? Wie kann man über die Reife des Proletariats zur Revolution dozieren und den Kampf ablehnen? Den Kampf, in dem das Proletariat ja laut der Genossin Luxemburg die Reife erst erlangen kann? Wir haben keine Zeit zu solch gelahrten Erörterungen, hier ist nicht die Hochschule der Revolution, sondern ihr Schlachtfeld.«

Donnernder Beifall, auch von USP-Funktionären. Dittmann schüttelte den Kopf, er sah hilflos aus. Aber Däumig und besonders Barth verbargen ihre Zustimmung nicht.

Rosa schwieg, obwohl viele sie nun anstarrten und erwarteten, dass sie sich wehrte. Aber sie hatte die Stimmung längst begriffen, da war es sinnlos, etwas zu sagen. Die anderen würden es ihr im Mund herumdrehen und vor die Füße werfen. Zacharias verstand, es ging zu Ende. Die Gewaltfraktion siegte, und er gestand sich ein, ohne Terror würde die Revolution weiter zerfallen. Aber mit Gewalt würde die Revolution erstickt durch ein Regime von Führern, die zu wissen glaubten, was die Geschichte und das Proletariat von ihnen verlangten. Die sich als historisches Werkzeug betrachteten und sich so ins Recht setzten, Opfer zu fordern, nicht für sich natürlich, sondern für die Zukunft, die sie in gleißenden Farben malten, um die Trübnis der Gegenwart zu überpinseln. Es war dieser Augenblick, in dem Zacharias das ganze Unglück erkannte, das er und seinesgleichen über die Welt gebracht hatten. Ein Unglück in bester Absicht, begründet durch eine überlegene Moral, im Besitz der geschichtlichen Wahrheit, Vertreter einer Klasse, die alle Klassenunterschiede und alle Ausbeutung aufheben würde ein für allemal. Alle, die in diesem Raum saßen, träumten diesen Traum. Sonja. Er sah, wie sie ihn anblickte über den langen Tisch hinweg. Sie hatte große schöne Augen, und was immer sie getan hatte, es diente der

Utopie, die sie alle herbeisehnten. Je schöner die Utopie, je mehr sie anderes überstrahlte, desto mehr rechtfertigte sie.

Wie mochte es abgelaufen sein? Hatten Friesland und seine Genossen den Freikorps den Tip gegeben, weil sie Rosa loswerden wollten, aber sich selbst nicht trauten? Hatten sie nach dem Misslingen des Anschlags in Dahlem beschlossen, keine halben Sachen mehr zu machen, sondern den Mord selbst zu organisieren? Hatten sie sich gestritten, untereinander oder mit Moskaus Boten? Ging es einigen zu weit, drängten andere darauf, es sofort zu tun? Wie lange hatte es gedauert, bis sie alle sich dazu durchgerungen hatten, es müsse nun getan werden?

So, wie Sonja ihn anschaute, bildete er sich ein, auch sie wusste von dem Mordauftrag an ihn. Du hast keine zwei Wochen mehr, glaubte er in ihren Augen zu lesen. Du musst es so aussehen lassen, als wären es die Freikorps gewesen. Das ist der letzte Dienst Rosas für die Revolution. Aber dann lachte er sich innerlich aus. Seit wann kann man in den Augen eines Menschen lesen, was er denkt? Und seit wann könntest du es?

Sie neigte sich zu ihm, er hatte sie nicht gesehen. »Aufwachen, Genosse Zacharias«, sagte Rosa. Sie lächelte, und er fand es der Lage nicht angemessen. »Sie hatten recht«, flüsterte sie. »Hier ist kein Blumenpott mehr zu gewinnen. Heißt es Blumenpott? Ja, nicht? Wir sehen uns nach der Sitzung, hoffentlich ist das Geschwätz bald vorbei. Und dann machen wir Nägel mit Köpfen. So heißt das doch?« Sie legte ihm kurz die Hand auf die Schulter. Dass sie zitterte, merkte er erst jetzt. Sie setzte sich wieder auf ihren Stuhl, schob den Aktenstapel vor sich hin und her, tat so, als hörte sie nicht zu. Sie war im Geist schon woanders. Vielleicht in Zürich.

Zacharias suchte Jogiches, den hatte er am Anfang der Sitzung kurz gesehen, dann war er verschwunden. Jogiches, der legendäre Organisator, dem nie das Geld fehlte, plante er schon die Flucht?

17

Zürich?«

Jogiches nickte. »Wohin sonst?«

»Das ist so, als wäre alles umsonst gewesen. Aus Zürich wollte ich weg, nach Deutschland, wo damals die stärkste Arbeiterpartei der Welt so kurz vor der Revolution zu stehen schien. Wo Bebel und Kautsky arbeiteten, woher Marx und Engels stammten. Und nun also wieder zurück?«

Sie sagte es eher vor sich hin in ihrem Zimmer in der ehemaligen Reichskanzlei, die immer noch keinen neuen Namen hatte. Jogiches stand am Fenster, rauchte und schaute in die Nacht. Zacharias saß auf dem Sofa und fühlte sich zerschlagen. Natürlich, sie waren gescheitert. Wenn Revolution nur mit Gewalt möglich war, mit Gewalt gegen jene, welche die Revolutionäre zur führenden Klasse ausgerufen hatten, ja, dann waren sie gescheitert.

»Wir haben viel falsch gemacht, Rosa. Vor allem haben wir unsere Ideale in die Arbeiter hineingedacht.«

»Ach, Leo. Dann haben wir umsonst gelebt.«

Sie schwiegen. Jogiches blies den Rauch gegen die Scheibe, an der er hochkroch, um sich endlich an der Decke auszuweiten.

»Sie können nirgendwo anders hin«, sagte Zacharias mehr, um das Schweigen aufzubrechen. »Die Entente nimmt Sie nicht, die Österreicher trauen sich nicht, die Polen würden Sie verhaften und wahrscheinlich ermorden. Die anderen Staaten im Osten sind unter Kontrolle Frankreichs. Dänemark, überhaupt die Skandinavier wollen keinen Ärger mit der Entente. Nur die Schweiz, die nimmt politische Flüchtlinge auf. Meistens jedenfalls. Sie haben in Zürich studiert, dort Ihren Doktor gemacht, das sind gute Papiere. Sie sind ja fast so etwas wie eine Schweizer Bürgerin.«

Jogiches bewegte seine Hand, als würfe er etwas weg.

»Und der Genosse Jogiches hat länger in der Schweiz gelebt, war auch eingeschrieben an der Universität.«

»Und Sie, Sebastian?« Sie hatte ihn nie zuvor beim Vornamen genannt. »Was wird aus Ihnen?«

Er zuckte die Achseln. »Ich komme mit.«

»Das ist gut«, sagte sie. »Dann fangen wir eben von vorn an.« Die Verzagtheit wich aus ihrer Stimme. Doch kräftig klang sie noch nicht.

»Aber die anderen dürfen nichts merken, wenigstens nicht sofort«, sagte Jogiches. »Du machst eine Dienstreise. Der Volkskommissar fährt in den Süden, so, wie du vor kurzem im Norden warst. Und der Genosse Zacharias ist dein Leibwächter.«

»Aber beim letzten Mal sind noch viel mehr Bewaffnete mitgefahren«, sagte Rosa.

»Auch diesmal werden wir eine Eskorte mitnehmen. Liegen Ihnen Einladungen vor aus Süddeutschland?« fragte Zacharias.

»Mehr als wir brauchen«, sagte sie. »Überall soll ich reden und helfen.«

»Karlsruhe, Freiburg, Lörrach, Basel: das wäre die kürzeste Strecke. Aber ich halte es für besser, Sie planen noch ein paar Aufenthalte neben der Route ein.«

»Sie sind übervorsichtig«, sagte sie.

»Er hat recht«, sagte Jogiches. »Du weißt, wie misstrauisch Friesland und seine Leute sind. Wir hängen das Begleitkommando ab, wenn wir nahe der Schweizer Grenze sind. Aber wie kommen wir hinüber? Die Grenze ist bewacht, vor allem auf unserer Seite.«

»Überrumpelung. Welcher deutsche Milizionär an der Grenze würde sich trauen, den Volkskommissar Luxemburg am Grenzübertritt zu hindern? Oder sie warten zu lassen, bis man in Berlin um Order ersucht hätte?« Zacharias überlegte kurz. »Womöglich ist es besser, wir hängen das Begleitkommando nicht ab, sondern befehlen ihm, uns bis zur Grenze zu begleiten. Die Genossin Luxemburg hat einen wichtigen Termin in Basel. Eine Rede an die Schweizer Arbeiterbewegung. Eine internationalistische Pflicht. Aber wir werden es überlegen, wenn wir uns der Grenze genähert haben.«

»Und wenn die Schweizer uns nicht hineinlassen, trotz unserer Papiere?« Jetzt klang sie wieder verzagt.

»Wir schaffen das«, sagte Jogiches.

Auf dem Heimweg begriff er erst, auf was er sich eingelassen hatte. Er würde Margarete verlassen. Würde Bronski ihr etwas tun?

Wenn Bronski es vorhatte, wie konnte Zacharias es verhindern? Er schlief kaum in dieser Nacht. Morgen, gleich morgen würde er zu ihr fahren, um alles mit ihr zu besprechen. Er bedachte ihre kalte Beziehung, überlegte, was sie zusammenhielt. Warum war sie zu ihm gezogen? Würden sie etwas zu tun haben wollen miteinander, wenn sie sich nicht früher gekannt hätten? Natürlich nicht. Es war die Kraft der Vergangenheit, der Drang, etwas von dem festzuhalten, was sie damals nicht als Glück empfunden hatten, sondern als Selbstverständlichkeit, und was ihnen heute als Paradies erschien. Aber sie tat ihm leid, weil er ihr nun einen Schmerz zufügen musste, der ihn schuldig werden ließ.

Er überlegte einen Augenblick, ob er sie mitnehmen sollte. Aber sie würde kaum mitkommen, konnte die kranken Eltern nicht verlassen, und er konnte sie sich nicht vorstellen in Zürich. Sie wäre unglücklich, weil sie nie woanders gelebt hatte als in Berlin. Vielleicht würde sie an der Grenze Schwierigkeiten bekommen und allen anderen welche bereiten. Jede Person mehr bedeutete mehr Fragen. Womöglich Anrufe in Berlin. Je länger sie warten mussten an der Grenze, desto länger konnten die anderen nachdenken. Sie wussten in Berlin nichts von einem Luxemburg-Auftritt in der Schweiz.

*

Dann schlief er doch ein. Als er am Morgen aufwachte, verwarf er den Gedanken, zu Margarete zu fahren. Er würde einen Trennungsbrief schreiben, ihn auf den Küchentisch legen und hoffen, dass er Bronski in die Hände fiel. Er würde ein zweites Exemplar dieses Briefs Margaretes Eltern geben, sollte Bronski den Weg dorthin finden. Er setzte sich an den Küchentisch und versuchte zu schreiben.

Als er das Datum, den 2. April, geschrieben hatte, legte er den Stift weg, Bilder aus glücklicher Zeit bestürmten ihn. Es kam ihm so vor, als würde er sich nicht nur von Margarete trennen, sondern auch von der Zeit, in der es nur aufwärts zu gehen schien, in der sie klagten über die autokratische Herrschaft des Kaisers, die Ausbeutung in den Betrieben und so sicher waren, dass es nicht mehr lange dauern konnte, bis das Reich des Sozialismus sie von allem Elend befreien würde. Diese Gewissheit machte ihr Leben so aus wie das tägliche Brot. Der Krieg hat alles zerstört, er ist die Mutter der Revolution, die, so hoffte er, eines fernen Tages das Glück anbrechen ließ, aber der Preis erschien ihm nun hoch. Wenn es so wäre, dass man mit doppeltem Elend bezahlen musste, um das Glück um so sicherer zu finden, dann mochte dies die besondere Mathematik der Geschichte sein. Aber er fürchtete nun, dass Elend nur noch mehr Elend gebar wie in einem Strudel, der alles hinunterriss.

Er setzte wieder an zu schreiben. Es wollte ihm nicht gelingen. Dann formulierte er einen Brief, der geschäftlich klang, als ginge es darum, eine Sache abzuwickeln. Es war das durch die Umstände erzwungene Ende einer Beziehung, die von vergangener Liebe zehrte. Er verschwieg die Flucht und hoffte, sie würde später davon hören und ihn verstehen. Dann setzte er hinzu, er habe eine andere Frau kennengelernt, die er wirklich liebe, und diese andere liebe ihn auch. Da sei kein Platz für Margarete, da sie ihn nie mehr lieben könne. Weil sie überhaupt niemanden mehr lieben könne, da der Krieg die Fähigkeit dazu in ihr zerstört habe. Mit der Lüge und der Erklärung ihrer Liebesunfähigkeit war er zufrieden. Das letztere entsprach der Wahrheit, das erstere schien ihm geeignet, Margarete vor Bronskis Rache zu schützen.

Er legte den einen Brief auf den Küchentisch, den anderen steckte er in Margaretes Briefkasten. Dann fuhr er zum Polizeipräsidium. Er bildete sich ein, den Zustand der Revolution an den Gesichtern der Fahrgäste in der Stadtbahn ablesen zu können. Dabei legst du nur deine Niedergeschlagenheit in das hinein, was du siehst. Schiene die Sonne, dein Missmut würde sie verdunkeln. Es schneite, aber die ersten Bäume zeigten Knospen. Wie würde Berlin aussehen im Sommer, wenn es warm war und alles blühte, wenn Unter den Linden die Menschen flanierten? Jetzt patrouillierten dort nur Milizionäre, um die Sowjetbotschaft zu beschützen.

»Holen Sie mir den Tibulski«, sagte Zacharias, als er in Lohmeiers Zimmer schaute. Er befahl es, um eine Tätigkeit vorzutäuschen.

Wenige Minuten später wurde ein Mann in Zacharias' Dienstzimmer geführt, den dieser kaum wiedererkannte. Er hatte ein zerschlagenes Gesicht, Risse und Blutergüsse. Ein Auge war zugeschwollen, das andere ließ einen Schlitz frei. Zacharias sagte erst nichts, sondern zeigte auf den Stuhl gegenüber seinem Schreibtisch. Tibulski stöhnte leise, als er sich setzte. Zacharias bot ihm Essen und Trinken an. Tibulski nickte leicht, selbst diese Bewegung schien ihm Schmerzen zu bereiten. Als er am Telefon bestellt hatte, fragte Zacharias: »Was ist passiert?«

»Kleine Auseinandersetzung.«

»Mit wem?«

»Weiß nicht.«

Zacharias überlegte, einen Streit mit einem Mithäftling schloss er aus. »Man hat Sie gewarnt, von der Sache zu erzählen?«

Tibulski saß wie erstarrt.

»Sie werden getötet, wenn Sie etwas erzählen.«

Zacharias bildete sich ein, ein Nicken gesehen zu haben.

»Aber ich gebe hier die Befehle. Ich kann die bestrafen, die Ihnen das angetan haben.«

Tibulski schüttelte kaum sichtbar den Kopf.

Zacharias rief Lohmeier zu sich. Als der erschienen war, mit einer Miene der Unterwürfigkeit, zeigte Zacharias auf Tibulski. »Wer war das?«

Lohmeier starrte Tibulski an, dann Zacharias. »Ein Unfall«, sagte er nach Augenblicken des Schweigens. »Wirklich, ein Unfall.«

»Das glauben Sie doch selbst nicht.«

»Und, Herr Tibulski«, sagte Lohmeier. »Sie wissen doch, was geschehen ist.«

»Ein Unfall«, flüsterte Tibulski.

Zacharias schlug mit der Faust auf den Tisch. Die beiden anderen zuckten. »Sie lügen, dass sich die Balken biegen. Alle beide. Ich will Ihnen sagen, was passiert ist. Sie, Lohmeier, haben diesen Mann« – er zeigte mit dem Finger auf Tibulski – »so zugerichtet, obwohl der Mann längst alles gestanden hat. Sie sind ein Bluthund, waren es schon immer. Früher haben Sie für den Kaiser gearbeitet, dann für die Republik und jetzt für die Revolution. Sie arbeiten für jeden, der es Ihnen erlaubt, Ihre Gemeinheit auszuleben. Ich frage Sie ein letztes Mal: Haben Sie etwas zu tun mit der Misshandlung Tibulskis? Ja oder nein?«

»Nein«, sagte Lohmeier.

Zacharias beobachtete Tibulski, dessen Auge sich weitete, als Lohmeier antwortete. Zacharias nahm den Telefonhörer, wählte und befahl Kramer zu sich. Als der erschien, sagte Zacharias: »Lohmeier, Sie sind festgenommen. Sie stehen unter dem Verdacht der schweren Körperverletzung im Amt. Sie können Ihre Lage verbessern, wenn Sie gestehen und Komplizen nennen.« Er schaute Lohmeier scharf an. Aber der schwieg. Vielleicht bist du doch nicht so feige, wie ich geglaubt habe, dachte Zacharias. Aber ein Gewaltmensch, das bist du. Und solange ich noch an diesem Schreibtisch sitze, werde ich mich mühen, dass du bestraft wirst für das, was du Tibulski angetan hast, und für das, was du früher verbrochen hast.

Aber warum hat der sich das getraut? Es kann doch nur einen Grund haben. Er ahnt oder weiß, dass ich bald abberufen werde von diesem Posten. Dass er mich bald nicht mehr fürchten muss. Und deshalb packt er nicht aus. Er glaubt, ich mache es nicht mehr lange, und dann kommt er zum Zug und die anderen Kriminalisten, die jedem Herrn dienen, der sie nährt.

»Sie irren sich, Lohmeier. Sie werden das hier nicht überstehen ohne Strafe. Und wenn ich ganz persönlich dafür sorgen muss. Es war mir zuwider, Sie und diese anderen käuflichen Figuren hier zu beschäftigen, aber ich gebe zu, wir haben Sie gebraucht. Nicht Ihre Moral, denn so etwas kennen Sie nicht, aber Ihre kriminalistischen Fähigkeiten. Doch glauben Sie keinen Augenblick, ich hätte vergessen, wer und was Sie sind. Und was Sie mit unsereinem getrieben haben.« Während er es sagte, wuchsen die Zweifel in ihm, ob er sein Versprechen würde halten können. Er schickte Tibulski mit einem Begleiter, mehr Beschützer als Bewacher, ins Krankenhaus, ließ Lohmeier abführen und überlegte, ob er die anderen Kriminalisten auch verhaften sollte. Er ging in deren Zimmer, wo Gennat und Dunkelbier gerade miteinander sprachen.

»Hat sich einer von Ihnen an der Misshandlung des Gefangenen Tibulski beteiligt?«

Er schaute sie wechselweise an. Dunkelbier wurde bleich, Gennat gab sich gleichmütig.

»Eine Antwort, meine Herren. Und wenn es die Wahrheit sein sollte, um so besser!« brüllte er.

»Nein«, sagte Dunkelbier.

»Nein«, sagte Gennat.

Zacharias wusste, sie logen. Er glaubte es jedenfalls in ihren Stimmen gehört zu haben.

»Aber Sie haben davon gewusst.« Er mühte sich, es ruhig festzustellen.

Die beiden widersprachen nicht. Zacharias bildete sich ein, Dunkelbier habe leicht genickt.

Dann streckte Gennat den krummen Rücken. »Wir haben hinterher davon gehört.«

»Haben Sie denn auch gehört, wer sich an der Misshandlung beteiligte?«

Gennat schüttelte den Kopf.

»Packen Sie Ihre Sachen, Sie sind entlassen.« Wenigstens das konnte er noch tun. Aber wahrscheinlich würden diese Gestalten wieder eingesetzt, sobald bekannt wurde, dass Zacharias geflohen war. Er kehrte zurück in sein Dienstzimmer und schrieb eine Notiz an Däumig, in der er die Entlassungen begründete und um Zustimmung bat. Dann telefonierte er nach einem Boten, der die Notiz zu Däumig bringen sollte.

Als der Bote den Umschlag abgeholt hatte, stellte sich Zacharias ans Fenster und beobachtete das Treiben auf dem Alexanderplatz. Bald würde er diesen Blick nicht mehr genießen können. Von oben sahen die Menschen friedlich aus, wenn man den Blick wegschwenkte von der mit Sandsäcken und Stahlplatten gesicherten MG-Stellung vor dem Eingang. Er sah den Menschen nicht an, dass sie hungerten und froren. Der Hunger ist der Feind der Revolution. Sie hatten die alte Welt zerschlagen, aber die neue war nicht erstanden aus den Ruinen der alten.

Unter dem stahlblauen Himmel waren die Konturen scharf. Die Sonne warf kurze Schatten. Er beobachtete ein Paar, das gemächlich über den Platz schlenderte und sich vielleicht stritt, jedenfalls gestikulierte sie heftig, er mühte sich, sie zu beruhigen. Sie trug einen Hut mit einer Feder, er eine Melone. Ihr Mantelkragen war mit Pelz besetzt. Sie fielen auf unter den Menschen auf dem Platz, von denen die meisten abgerissene Kleidung trugen. Eine Straßenbahn rollte quietschend zur Haltestelle.

Dann setzte er sich auf seinen Stuhl, lehnte sich zurück, schloss die Augen und überlegte, wie die Flucht gelingen könnte.

Nach einiger Zeit griff er zum Telefon. Im Büro von Däumig hob ein unbekannter Genosse ab. Der hörte sich an, dass Zacharias Geleitschutz anforderte für eine Reise der Genossin Luxemburg.

»Wann?«

»Wahrscheinlich übermorgen.«

»Geht's genauer?«

»Noch nicht.«

»Und Sie wollen auch mit?«

»Noch gehöre ich zum Stab der Genossin Luxemburg.«

»Aber Sie sind doch Leiter der Untersuchungskommission, da müssen Sie am Platz bleiben.« Das hatte noch niemand von ihm verlangt, nicht einmal Däumig. »Das müssen Sie schon mir überlassen und dem Genossen Däumig.«

Der andere schnaufte, dann sagte er: »Den Entlassungen stimmen wir nicht zu.«

Zacharias staunte, wie schnell der Mann seine Notiz an Däumig bekommen hatte. »Wie bitte?«

»Ich glaube, Sie haben mich verstanden. Wir stimmen den Entlassungen nicht zu. Wir brauchen diese Leute. Was Sie als Grund anführen, ist doch eine Kleinigkeit, jedenfalls gemessen an den Aufgaben, vor denen unsere Sicherheitsorgane stehen. Wo gehobelt wird, fallen Späne.« Er lachte bemüht.

»Ich finde nicht, dass eine Gefangenenmisshandlung eine Kleinigkeit ist, gemessen an was auch immer, zumal, wenn es sich um einen Unschuldigen handelt.«

»Diskutieren Sie das mit dem Genossen Däumig«, sagte der Mann kalt. Es klang, als hätte Däumig die Sache bereits entschieden. Und überhaupt solle man sich mit solchen Kinkerlitzchen nicht aufhalten, wo es doch um die Sache ging.

Dann klickte es, der Mann hatte aufgelegt.

Zacharias stand wieder auf, er ging im Zimmer umher. Ob es

einen Plan gab hinter der Entwicklung, das wusste er nicht, und er würde es nie erfahren. Aber alles lief darauf hinaus, dass Rosas Gegner die Oberhand bekamen. Nach und nach würden ihre Anhänger verdrängt, und sie selbst sollte ermordet werden. Die Ratlosigkeit über den Weg der Revolution und die wachsende Zerrüttung trieb den Bolschewiken auch jene zu, die zweifelten. Friesland und Pieck hatten einfache Antworten auf die Fragen, die alle Revolutionäre quälten. Und sie verwiesen auf das russische Beispiel. Seht, Genossen, dort geht es, die Bolschewiki behaupten die Macht, Lenin hat ausgearbeitet, wie wir siegen und den Sieg sichern können. Die Internationale wird Lenins Lehre überall hintragen, überall in der Welt werden kommunistische Parteien nach russischem Vorbild die Macht erobern. Luxemburg, das wird dann der Name sein für eine kurze, dereinst überschätzte, aber doch heroische Episode des Klassenkampfs. Für das, was das Proletariat überwinden muss, um zu siegen.

Er rief Mathilde Jacob an, Rosas Freundin und Sekretärin, und bat sie, Rosa möge auf dem Geleitschutz bestehen. Er bezweifle, ob seine Bemühung ausreiche. Sie möge zusehen, dass sie so bald wie möglich abreisten.

Ob ich verrückt werde? Aber ich habe das Gefühl, dass ein Netz sich zusammenzieht. Vielleicht wissen die anderen längst, was wir planen?

Lass dich nicht ins Bockshorn jagen. Beschäftige sie. Mach ihnen Feuer unterm Hintern. Noch bist du Leiter der Untersuchungskommission, noch ist sie nicht aufgelöst, noch kannst du die anderen ablenken. Du sollst den Anschlag in der Reichskanzlei aufklären. Vielleicht hat der Überfall doch einen anderen Grund, das kannst du doch behaupten. Musst du dazu nicht herausfinden, wer für den Anschlag in Dahlem verantwortlich ist? Könnten es nicht dieselben Hintermänner sein?

Wer ist das schwächste Glied in der Kette? Pieck nicht, der ist so gewissenlos wie gerissen. Aber Sonja. Wenn er sie allein erwischte, vielleicht gelang es ihm, sie in die Enge zu treiben. Du warst gerade vor ihrem Haus, um sie zu beobachten, dann bist du abgezogen wie ein Trottel, und nun kehrst du wieder zurück. Das nennt man Planung, geniale Planung. Er lachte trocken, dann musste er husten.

Das Telefon klingelte, es war Mathilde Jacob. »Morgen«, sagte sie. »Um sieben Uhr fahren wir los. Treffpunkt Reichskanzlei. Ich rufe gleich bei Däumig an und bestätige die Anforderung eines Geleitschutzes.«

Morgen also.

Er war nie in der Schweiz gewesen, hatte nur eine Idee von Behäbigkeit und Reichtum. Sie gefiel ihm, das war so etwas wie das Gegenteil von dem Leben, das er seit Kriegsbeginn führte.

Bis morgen aber konnte er noch etwas erledigen. Sonja aufsuchen, packen. Zacharias steckte die Mauser in den Gürtel und verließ das Präsidium. Er fuhr zu Sonjas Haus und setzte sich wieder in die Gaststätte. Der Wirt begrüßte ihn mürrisch. Zacharias überlegte, wie er es anstellen sollte. Dann sah er Bronski. Der ging zum Haus, öffnete die Tür und verschwand im Flur.

Zacharias zahlte und rannte über die Straße, fast hätte ihn ein Laster überfahren. Der hupte wütend. Aber da hatte Zacharias längst die Tür erreicht und konnte aus den Fenstern nicht mehr gesehen werden. Er stieg leise die Treppe hoch, dann stand er vor Sonjas Tür. Er klingelte und legte die Hand an den Pistolengriff.

Es tat sich nichts.

Er klingelte länger.

Die Tür gegenüber öffnete sich. Eine alte Frau schaute heraus, sah Zacharias und schloss die Tür wieder. Als sich immer noch nichts rührte, klopfte Zacharias gegen die Tür und klingelte gleichzeitig. Endlich leise Schritte. Er stellte sich dicht vor den Türspion, damit sie ihn nicht erkannte. Das Schloss wurde gedreht, Sonja schaute heraus.

»Das ist jetzt schlecht«, sagte sie. Er stieß die Tür auf, sie stürzte rückwärts auf den Teppich der Diele. Er zog die Mauser und winkte ihr mit dem Lauf, sie möge aufstehen. Sie hielt sich den Arm, als sie vor ihm stand.

»Was soll das? Bist du verrückt?«

Er antwortete nicht, sondern stieß sie zum Wohnzimmer. Dort stand Bronski an der Wand neben einem Sofa, in der Hand eine

Pistole. Er starrte Zacharias an, wusste nicht, was geschah. Zacharias schoss sofort und traf Bronski in der Schulter. Der stöhnte auf, sackte zusammen, die Waffe fiel ihm aus der Hand. Er tastete auf dem Boden nach seiner Pistole, da schoss Zacharias ihm in die Hand. Sonja hatte sich zu Boden geworfen und starrte Zacharias aus großen Augen an. Darin stand Entsetzen, es wandelte sich in Angst.

»Tu mir nichts«, flüsterte sie.

Zacharias stieg über sie hinweg und nahm Bronskis Pistole. Der lag auf dem Boden und wimmerte. Zacharias deutete mit dem Lauf seiner Mauser auf Sonja, dann auf das Sofa, neben dem Bronski lag. Sie zögerte, dann erhob sie sich langsam und setzte sich aufs Sofa.

»Das ist ein Missverständnis«, sagte sie.

»Hier gibt es keine Missverständnisse.« Er schwieg, schaute sie an, maß ihre Angst und wartete, während sie wuchs. Bronski stöhnte, vermutlich ahnte er, dass er dieses letzte Zusammentreffen mit Zacharias nicht überleben würde. »Die werden dich jagen, du Schwein. Und sie werden dich schlachten.«

»Halt's Maul«, sagte Zacharias. Er zielte auf Bronskis Knie. »Wer hat den Mordauftrag gegeben?«

Bronski spuckte auf den Boden.

Dann hörte Zacharias lautes Trampeln auf der Treppe. Die Miliz, natürlich, die Nachbarin hatte sie gerufen, als sie die Schüsse hörte. Er zeigte mit der Pistole erst auf Bronski, dann auf Sonja und sagte: »Ein Wort, und ihr seid tot.« Dann ging er schnell zur Wohnungstür, riss sie auf und schaute in die Gesichter erschrockener Milizionäre, die Gewehre im Anschlag. »Ach, Sie sind es, Genosse Zacharias«, sagte der eine. Zacharias erkannte weitere Gesichter, er hatte Glück, diese Männer kamen vom Alexanderplatz.

»Es ist alles in Ordnung, wir sind hier im Auftrag der Untersuchungskommission unterwegs. Danke, dass Sie gekommen sind. Aber wir brauchen Ihre Hilfe nicht. Fahren Sie zurück zum Präsidium.«

Der Anführer salutierte unbeholfen, dann zogen sie ab.

Als Zacharias ins Wohnzimmer zurückwollte, war die Tür

verschlossen. Er schoss dreimal ins Schloss, dann trat er mit dem Fuß die Tür auf und warf sich zu Boden. Es rettete ihm das Leben, ein hoher Knall, nicht laut, Zacharias erkannte in Bronskis Hand eine kleine Pistole und schoss. Er traf Bronski in die Stirn. Mit einem Ächzen sackte der zusammen, die Pistole hielt er umklammert.

Sonja war weiß im Gesicht, sie saß neben Bronski auf dem Boden und schaute zu dessen Pistole, aber Zacharias sagte: »Tu's nicht.«

Er befahl ihr, ein Stück zum Fenster zu rutschen, dann nahm er die Pistole an sich, eine Derringer.

»Die gehört doch dir?«

Sonja antwortete nicht. Sie starrte zu Bronski, dem Blut übers Gesicht strömte. Dann wandte sie sich ab, schluckte und erbrach sich auf dem Boden.

Nutz es aus. Die ist fertig, sie wird nicht lange Widerstand leisten. Und wenn, greif zur Gewalt. Es kommt jetzt nicht mehr drauf an. Und was hilft es dir, wenn du alles erfährst? Morgen fliehst du. Trotzdem, ich muss es wissen.

»Du hast den Freikorps den Hinweis gegeben auf die Villa in Dahlem. Es war günstig, die Nachbarn waren reiche Pinsel, also verdächtig, mit der Reaktion zu paktieren.« Er fragte nicht, er stellte fest.

Sie schaute ihn an. Er konnte ihren Gesichtsausdruck nicht deuten.

»Du und Pieck, ihr habt Rosa und Liebknecht verraten, schon damals, als sie verhaftet wurden von diesem Hauptmann Pabst und nur durch Glück freikamen. Warum?«

Sie ließ die Schultern fallen.

Er zielte mit der Mauser auf ihr Bein.

»Das machst du nicht«, sagte sie.

»Weil du eine Frau bist? Wie albern. Feind bleibt Feind. Ich schieße nicht auf eine Frau, sondern auf einen Feind. Ich bin Funktionär der Tscheka, was glaubst du, wie viele ich schon erschossen habe? Auch Frauen.«

Jetzt las er Angst in ihrem Gesicht.

»Wir sind durch die Gegend gezogen und haben sie aufgehängt

und erschossen, die Popen, Gutsbesitzer, Kulaken und alle, die gegen uns waren oder im Verdacht standen, die Weißen zu unterstützen. Da haben wir nicht lange gefragt. Und jetzt frage ich auch nicht lange.« Er holte aus der Jackentasche das Ersatzmagazin und lud die Mauser. Nie hatte ihm seine russische Vergangenheit so deutlich vor Augen gestanden wie jetzt. Und nie ihre tödliche Logik. Wenn Sonja überlebte, erwischten sie ihn, und Rosas Flucht würde scheitern.

»Wir mussten es tun«, sagte Sonja mit leiser Stimme.

»Was?«

»Wir haben dem General Groener Hinweise gegeben.«

»Du hast der Obersten Heeresleitung in Kassel gesagt, wo sich Rosa aufhält. Und Pieck war dein Komplize, nicht wahr?«

Sie nickte.

»In wessen Auftrag?«

Sie deutete auf Bronskis Leiche. »Das fragst du? Ausgerechnet du? Dserschinski hat den Auftrag gegeben, und der hat das nicht befohlen ohne Lenins Zustimmung.«

»Ihr wolltet Rosa ausschalten, weil sie Lenins Methoden kritisiert hat?«

»Wir mussten verhindern, dass ihr Buch über die russische Revolution erscheint. Und wir mussten verhindern, dass ihr Glaube an die Massen den Aufbau der neuen Partei verhindert. Sie ist gefährlicher als die Konterrevolution. Wenn der Typhus einmal in den Körper eingedrungen ist, dann richtet er ihn zugrunde.«

»Du meinst, Rosa sei eine Krankheit?«

»Eine Krankheit des Kopfes«, sagte sie. Sie sprach voller Hass. »Sie lebt im Traumland und richtet die Revolution zugrunde.«

Aber warum haben sie mich beauftragt, auf Rosa aufzupassen? Ich verstehe es nicht. Oder doch, jetzt verstehe ich es. Damit sie hinterher auf mich zeigen konnten, um zu beweisen, sie hätten alles versucht, um Rosa zu schützen. Sie wollten mich mit ihr umbringen, und wenn ich überlebt hätte, was hätte ich gesagt? Natürlich, dass die Tscheka doch alles versucht habe, den Anschlag zu verhindern, Lenin selbst habe sich gesorgt, obwohl er wusste, dass Rosa anders dachte als er. Was für ein perfider Plan. Und ich bin der dummme Junge im Spiel. So liegen die Dinge, eine andere Erklärung gibt es nicht. Aber er würde es nie beweisen können. Genausowenig den Mordauftrag, den Bronski ihm gab, denn den einzigen Zeugen dafür hatte er erschossen. Ein tödliches Labyrinth.

»Also, im Januar, nach dem gescheiterten Aufstand, Verrat der geheimen Wohnung in Wilmersdorf, aber irgendwie hat es nicht geklappt. Sie wurde gefangengenommen, aber nicht getötet.« Zacharias schaute sie zornig an.

Sie zögerte, dann sagte sie: »Das hat uns erstaunt.«

»War Friesland mit von der Partie?«

Sie nickte. »Aber er war in den Liquidierungsplan nicht eingeweiht, er sollte die Sache politisch vorantreiben, der Gegenpart zu Luxemburg werden, die Mehrheit auf seine Seite ziehen.«

»Du meinst, er hätte beim Morden und Verraten vielleicht nicht mitgemacht?«

»Ich habe es nicht entschieden, das war Dserschinski. Sagt der Genosse Pieck.«

»Einer, den Rosa für einen Freund hält.«

»Was zählt Freundschaft? Es geht um Größeres, um die Geschichte, den Sozialismus.«

»Der Sozialismus erlaubt alles.«

»Natürlich.«

Es war ihm, als hörte er sich selbst. Eigentlich hatte sie recht. Herrschten in Deutschland nicht Verwirrung und Durcheinander? Brauchte es da nicht eine eiserne Hand, die allen Widerstand zerschlug? Hatte nicht er selbst in Russland den Zweck die Mittel heiligen lassen? Sonja stellte ihn vor die eigene Vergangenheit.

Sie schaute flüchtig auf Bronski, und wieder wurde ihr schlecht. Sie würgte.

»Das muss man sehen können als tapferer Bolschewik«, spottete er. »Zumal wenn man sich dazu berufen fühlt, die Geschichte zu verwirklichen.« Und wieder erschien es ihm, als verspottete er sich selbst.

»Aber dann ließen diese Leute von der Garde-Schützen-Kavallerie-Division sie laufen. Wir waren uns sicher, dass sie Rosa umbringen würden.«

»Und warum auch Liebknecht?«

»Das war ein Fehler. Er tauchte in der geheimen Wohnung auf, und dann haben sie ihn mitgenommen.«

»Und weil es nicht geklappt hat, habt ihr den Überfall auf die Villa in Dahlem angezettelt?«

Sie nickte.

»Und ihr hattet nie Angst, dass man euch auf die Schliche kommt? Pieck war verantwortlich für die geheimen Wohnungen, und zweimal werden sie verraten. Das musste den Verdacht doch auf ihn und seine Kumpane lenken.«

»Da hat uns der Überfall auf die Reichskanzlei geholfen. Er hat die Ermittlungen abgelenkt.«

»Aber den habt ihr nicht inszeniert?«

»Nein.«

Das Bild wurde klar. Weil die Anschläge auf Rosa gescheitert waren, gab man ihm den Mordauftrag. Ihm, der schon in Russland gezeigt hatte, dass er im Kampf die Nerven behielt. Sie haben sich keinen Schlechten ausgesucht, dachte er. Aber den Falschen.

Was mache ich nun mit Sonja?

»Lass mich leben«, sagte sie. Sie wusste, was er tun musste. Und sie wusste, was sie tun müsste, wenn er sie laufen ließ. »Ich werde dich nicht verraten.«

Er hob die Waffe und drückte ab. Auf ihrer Bluse wuchs schnell ein roter Fleck.

*

Am Morgen danach war er zu früh in der Reichskanzlei. Zacharias setzte sich in Rosas Dienstzimmer und versuchte sich zu konzentrieren. Er war erleichtert, dass Bronski Margarete nichts mehr antun konnte. Und doch fand er es richtig, dass er ihr diesen Brief geschrieben hatte. Er fühlte sich verpflichtet, ihr wenigstens zu erklären, dass sie nicht auf ihn warten sollte. Er überlegte, wie sie es aufnehmen würde, aber es fiel ihm nichts ein. Wahrscheinlich so gleichmütig niedergeschlagen, wie sie lebte. Er fand keine Trauer in sich, nur Leere und Erschöpfung.

Bevor er ging, hatte er sich in seiner Wohnung umgesehen, ob er etwas mitnehmen sollte. Aber er entschied sich, alles zurückzulassen, was ihn an zu Hause erinnern könnte. Ihm war klar, er würde nie wieder nach Deutschland zurückkehren. Sie würden bald herausfinden, wer Bronski und Sonja getötet hatte, die Milizionäre und die Nachbarin würden sich erinnern. Egal, was aus der Revolution wurde, diesen Doppelmord würde ihm jede Regierung anhängen, und kein Richter würde ihm glauben, er habe Bronski aus Notwehr erschossen. Er hätte ihn in jedem Fall getötet. Und nun floh er mit Rosa in die Schweiz, ein Grund mehr für Revolutionäre und Konterrevolutionäre, ihn zu jagen.

Sie kamen pünktlich. Rosa und Jogiches gaben Zacharias die Hand, sie sagten nichts. Er spürte ihre Anspannung. Gewiss hatte sie die Nacht gerätselt, ob sie nicht bleiben und sich weiter dem Kampf stellen sollte. Aber welchen Sinn hatte ein Kampf, den sie schon verloren hatte? Die Zahl ihrer Feinde wuchs so schnell wie das Durcheinander im Land.

Vorne und hinten je ein gepanzerter Lastwagen, in der Mitte der NSU. Jogiches saß auf dem Beifahrersitz, Rosa und Zacharias hinten. Der Fahrer war ein kräftig gebauter Mann mit einer Schirmmütze auf dünnem schwarzem Haar, das vor Pomade glänzte. Er rauchte eine Zigarette und brummte etwas vor sich hin, das niemand verstand.

»Wir müssen Kassel weiträumig umfahren, Stadt und Umland sind unter Kontrolle der Reichswehr«, sagte Jogiches.

Er sagte, was jeder wusste. Und jeder hatte sich schon gefragt, warum Groener nichts tat. Sie hatten Zehntausende von Soldaten, wenn nicht Hunderttausende zusammengezogen und warteten. Die Rote Armee mühte sich, die feindliche Streitmacht zu beobachten, und meldete nach Berlin, dass immer mehr Truppen auf Kassel zumarschierten. Rote Truppen begannen einen Sperrgürtel zwischen Kassel und Berlin aufzubauen. Selten gab es Gefechte, und wenn, dann wurden sie nicht zu Ende geführt.

»Wir fahren über Wittenberge, Leipzig und Weimar, von dort nach Frankfurt, dann weiter in den Süden.«

Der Fahrer nickte.

Stundenlang blickten sie hinaus in den anbrechenden Frühling.

Die Straßen glänzten vor Nässe, die Reifen zischten über Asphalt und rumpelten über Kopfsteinpflaster. Sie trafen auf wenig Straßensperren, an denen sie nur kurz aufgehalten wurden. Die Soldaten achteten Rosa immer noch als Revolutionsführerin, neben Liebknecht war kein Name bekannter.

Sie übernachteten in einem kleinen Hotel in Weimar. Dort erfuhren sie vom Personal, Ebert sei erschossen worden. Erst war es ein Gerücht, dem kaum einer glaubte, dann wurde es überall erzählt. Zacharias versuchte stundenlang, telefonisch nach Berlin durchzukommen. Als er dann endlich die Reichskanzlei erreicht hatte, erklärte ihm irgendein Genosse, der Volkszorn habe dem Volksfeind Ebert einen kurzen Prozess gemacht. Sie hätten Wichtigeres zu tun, als sich damit weiter zu befassen. Ein sowjetischer Genosse sei in der Wohnung einer deutschen Genossin ermordet worden. Die deutsche Genossin sei schwer verletzt und werde auch sterben. Die Miliz sei dem Mörder dicht auf der Spur. Er legte auf und hätte am liebsten darauf gedrängt, gleich weiterzufahren.

Aber Rosa war erschöpft, ihr Gesicht war weiß wie eine Wand. Das Küchenpersonal tischte Speisen auf für die Revolutionsführerin und ihre Begleiter, die es vermutlich gehortet hatte, um sich selbst zu versorgen. Die Kellner hatten Angst, etwas falsch zu machen. Zacharias stellte sich vor, wie die Revolutionstruppen hier gehaust haben mochten, nachdem sie Weimar erobert hatten. Aber er fragte nicht, eine innere Stimme befahl ihm, ruhig zu bleiben, nicht aufzufallen. Natürlich würde Däumig die Grenzposten anweisen, aufmerksam zu sein, damit er das Land nicht verlassen konnte. Und wenn die Tscheka erfuhr, was er getan hatte, würde sie ihn jagen überall auf der Welt. Aber noch hatte er eine Chance, aus Deutschland zu entkommen. Das Tor war offen für ein paar Tage, vielleicht auch nur für ein paar Stunden.

In der Nacht träumte er von seinem Doppelmord. Er wälzte sich hin und her, wachte auf und dachte immer wieder nach, ob es nötig gewesen sei. Sosehr er sich überzeugte, dass alle Umstände ihn gezwungen hatten, dieses letzte Verbrechen zu begehen, es war das gemeinste in all den Jahren. Er staunte, wie kalt er gewesen war, als er die Waffe auf Sonja richtete und abdrückte. Wir alle tun nur, was die Dinge von uns fordern. Freiheit? Die gab es noch nie, außer in den Illusionen der Menschen. Er mühte sich um Trost bei dem Gedanken, dass die Umstände ihn gezwungen hatten, seine Verbrechen zu begehen. Aber der Gedanke beruhigte ihn nicht. Es ist diese verdammte Ausweglosigkeit, die einen hilflos macht. Und zum Verbrecher.

*

Sie sprachen wenig am Morgen, als sie in den Wagen stiegen. Jogiches rauchte und starrte hinaus, die Luft im Auto brannte in den müden Augen. Aber Rosa fror, so dass die Fenster meist geschlossen blieben. Manchmal hielt die Kolonne an Straßensperren. Einmal hatte der Führungslastwagen einen Reifenschaden. Zacharias nutzte die Zeit des Wartens, um sich die Beine zu vertreten. Der Himmel war grau, es nieselte.

In Erfurt begrüßte sie eine Abordnung des Arbeiter-und-Soldaten-Rats. Die Männer trugen rote Armbinden und Gewehre. Als Rosa ausstieg, jubelten sie. Sie waren arglos in ihrer Freude, Zacharias sah Rosa an, wie sie sich grämte, weil sie diese Menschen täuschte. Auf dem Platz vor dem Rathaus strömten Tausende zusammen, als sie hörten, Rosa Luxemburg werde eine Rede halten. Das hatten die Arbeiterdelegierten ihr abgerungen. So verzögerte sich die Reise, die in Wahrheit eine Flucht war. Und es wuchs die Gefahr, dass sie Zacharias doch noch griffen.

Rosa war erschöpft, und doch erwachte in ihr die ungeheure Energie, die diese Frau berühmt gemacht hatte. Sie sprach nicht über die Gegenwart. Was hätte sie dazu sagen sollen, wo sie ihr doch entfloh? Sie sprach über die Zukunft des Sozialismus, und sie malte sie aus wie in einem großen Gemälde voller Schönheit und Harmonie. Über die Rettung des Menschengeschlechts aus der Knechtschaft, über die Menschwerdung der Unterdrückten und die historische Aufgabe des Proletariats, Ausbeutung und Despotie für alle Zeit zu überwinden.

Jetzt erst verstand Zacharias, was sie so bewegte, was ihr die Kraft gab, zu reden, wie sie nie zuvor geredet hatte. Es war wie eine Predigt der leisen Töne. Sie verzichtete auf Anspielungen, auf die

Abrechnung mit dem Klassenfeind und den Gegnern in der eigenen Bewegung. Zacharias wartete auf ein Wort über Lenin, über den Terror, über Parteidiktatur. Es fiel keines. Aber wie sie die Aufgaben und die Zukunft des Proletariats schilderte, entwarf sie das Gegenbild zu Chaos und Bürgerkrieg, und sie tat es mit einer sanften Inbrunst, die die Menschen auf dem Platz verstummen ließ, ja, sie bewegungslos verharren ließ, um kein Wort zu überhören. Es war, als würden die Menschen auf diesem Platz in Erfurt die Offenbarung hören, die sich eine kleine untersetzte Frau als Verkünderin ausgesucht hatte.

Tatsächlich, Rosa gehörte nicht mehr sich selbst, sie war dem, was sie sagte, ausgeliefert, gab sich hin in schlichten Worten und einfachen Sätzen, die keinerlei rhetorische Kunstkniffe brauchten, um die Menschen ins Herz zu treffen. Jeder verstand, dass etwas Außergewöhnliches geschah, aber niemand verstand, was es war. Zuhörer würden noch Jahre später von dieser Rede berichten und von der Sprachlosigkeit, die sie bei ihnen erzeugte.

Als Rosa endete mit einem Aufruf zum Verständnis unter den Menschen, nicht zum Klassenkampf, nicht zur Unterdrückung des Feindes, da schwiegen die Menschen. Irgendwo klatschte einer, aber er hörte gleich wieder auf, um still zu stehen. Es dauerte länger als eine Stunde, bis die Menschen auseinander gingen, immer noch schweigend, als kämen sie aus einem Gottesdienst.

Rosa stand lange oben auf dem Podest hinter dem Rednerpult. Zacharias sah, wie müde sie war, aber sie blieb stehen und schaute auf den Platz. Vielleicht verstand sie erst jetzt, dass sie ihre Abschiedsrede gehalten hatte, obwohl noch Versammlungen in anderen Städten auf sie warteten. Sie hatte sich wohl nicht vorgenommen zu sagen, was sie gesagt hatte. Und jetzt begriff sie, was in ihr gewartet hatte. Jetzt erst hatte sie sich entschieden, Deutschland den Rücken zu kehren. Was sie sich erwünschte, konnte in Deutschland nicht entstehen. Zacharias begriff, dass sie ihre Hoffnung auf eine ferne Zukunft richtete, die sie nicht erleben würde und viele Generationen nach ihr noch nicht. Sie maß die Wirklichkeit an einer Utopie, die so wirklich war wie das Himmelreich.

Dann stieg sie die Treppe des Podests hinunter. Unten musste

Jogiches sie stützen. Das sah Zacharias von seiner Position am anderen Ende des Podests. Er eilte zu ihr, sie klammerte sich an Jogiches, dann sah Zacharias Tränen in ihren Augen. Arbeiter führten sie zu einer Gastwirtschaft, in der Einheimische und die Gäste sich an einen langen Tisch setzten. Kaum einer sagte etwas und dann nur im Flüsterton. Der Wirt nahm Bestellungen entgegen, Rosa bestellte einen Schnaps, was sie sonst nie tat. Als der Wirt und eine Kellnerin die Getränke gebracht hatten, stand Rosa auf. Zacharias sah ihre Hand zittern, als sie das Glas hob. »Auf die Freiheit!«

»Auf die Freiheit!« antworteten die anderen.

Dann tranken sie.

Rosa schaute sich um, als suchte sie jemanden, dann setzte sie sich. Sie nahm Jogiches' Hand und hielt sie lange. Dann ließ sie ihn los, lehnte sich zurück und hörte, was am Tisch geredet wurde, als wollte sie das letzte Mal hören, wie deutsche Arbeiter miteinander redeten. Die schimpften über die Regierung. Über den Hunger. Die Krankheiten. Über Banden, die die Gegend unsicher machten. Rosa sagte nichts, obwohl dieser oder jener sie manchmal durch Blicke aufforderte zu reden. Sie hatte mit alldem abgeschlossen.

Dann sagte sie doch etwas: »Leo, wir müssen weiter. Kommen Sie, Sebastian.« Sie stand auf, nickte allen zu, vermied einen langen Abschied, draußen hastete sie zum Auto. Sie setzte sich auf ihren Platz, schaute zum Fenster hinaus und sagte: »Wir fahren weiter. Wir haben eine lange Reise vor uns.«

18

»Sie waren doch Genosse, sogar Tschekist. Warum helfen Sie uns nicht? Wollen Sie sich das wirklich weiter antun?« Der NKWD-Leutnant schaute auf die verbundenen Hände seines Gefangenen. Rote Flecken an den Stellen, wo das Blut durchgesickert war, nachdem sie ihm mit einer Zange die Fingernägel herausgerissen hatten.

Inzwischen spürte Zacharias mehr Taubheit, aber das Entsetzen war noch nah, auch der Schmerz, der ihm das Bewusstsein rauben wollte. Er überlegte, wie lange er schon eingesperrt war im Keller der Lubjanka, dem Sitz des sowjetischen Staatssicherheitsdienstes, Nachfolger der Tscheka, der er einst gedient hatte. Er wusste es nicht mehr. Am Anfang hatte er versucht die Tage zu zählen, aber dann hatte er die Zeit verloren in der fensterlosen Finsternis, die nur durch Glühbirnen aufgehellt wurde, Tag und Nacht.

»Was für einen Tag haben wir heute?«

Der Leutnant schaute ihn erstaunt an, dann sagte er: »Heute ist Freitag, der 18. August 1939.«

Zacharias überlegte, wann er verhaftet worden war, aber er fand es nicht heraus. Ihm schien es unendlich lange her zu sein. Er wusste, wie es weiterging. Der Leutnant hatte recht, er konnte es sich leichter machen, wenn er alles erzählte, seine Version natürlich, so, wie er es verstanden hatte. Denn zwei Menschen erleben das gleiche ganz unterschiedlich. Das Gedächtnis spiegelt nicht die vergangene Wirklichkeit, es verarbeitet sie, es schafft sie erst. Es war alles so lange her, fast zwanzig Jahre. So lange war Rosa tot, Jogiches auch, und die deutsche Revolution war niedergeschlagen worden, nachdem sie sich selbst zerfleischt hatte.

Liebknecht floh in die Sowjetunion, dann übernahm die Reichswehr das Kommando. Und sie setzte eine Diktatur der Fachleute ein, deren erstes Ziel der Kampf gegen den Bolschewismus war. Die Entente zeigte sich dankbar, und doch war der Versailler Friedensvertrag eine Demütigung.

»Nun, Bürger Zacharias, was wählen Sie? Das Gespräch oder …« Er zeigte auf Zacharias' Hände.

»Ich werde berichten, Leutnant.«

Der Leutnant nickte. »Wir haben alle Zeit der Welt. Wo wollen Sie anfangen, über Ihre Verbindungen zur Konterrevolution und zur trotzkistischen Verschwörung auszusagen?«

»Am Anfang, also am Ende.«

»Sie sollten sich um Klarheit bemühen.«

»Ja, ja. Das Ende war der Anfang meines Lebens in der Sowjetunion und meiner erneuten Arbeit für die Tscheka, nachdem ich aus Deutschland fliehen konnte.«

»Unsere Ermittlungen haben ergeben, dass Sie nicht geflohen sind, sondern dass der Feind Sie eingeschleust hat in die Sowjetunion, um die Diktatur des Proletariats zu unterminieren.«

»Wenn Sie gestatten, Leutnant, ich möchte zunächst berichten, an was ich mich erinnere. Wir können es dann bearbeiten, bis es richtig ist.«

Der Leutnant nickte wieder. Er schaute den Gefangenen freundlich an, eine Aufforderung, nun zu berichten. Seine Gestik zeigte, dass er es nicht eilig hatte.

Zacharias überlegte. Was war geschehen?

»In Erfurt hielt Rosa …«

»Sie meinen die Luxemburg?«

»Ich meine die Genossin Rosa Luxemburg.«

Der Leutnant zog die Augenbrauen hoch, sagte aber nichts.

»Es war ihre letzte Rede, aber das hat sie nicht gewusst.« Eine Schmerzwelle überraschte ihn, er begann zu zittern.

»Einen Tee?« fragte der Leutnant.

Zacharias nickte.

Der Leutnant ging zur Tür, öffnete sie einen Spalt und befahl, einen Tee zu bringen. Dann setzte er sich wieder an den Schreibtisch. »Berichten Sie, der Reihe nach. Lassen Sie nichts aus. Und bedenken Sie gut, was Sie sagen.«

Es klopfte, ein NKWD-Mann öffnete die Tür und stellte eine Tasse Tee auf den Schreibtisch des Vernehmers. Der zeigte auf die Tasse. »Trinken Sie!«

Zacharias nahm die Tasse zwischen die verbundenen Hände und trank. Er hatte lange keinen Tee mehr getrunken. Er schmeckte gut. Vorsichtig setzte er die Tasse ab.

Ja, wie war das Ende? Sie verließen Erfurt und fuhren in Richtung Frankfurt. Dort sollte Rosa in einem großen Betrieb sprechen über den Wirtschaftsplan, den alle forderten, den aber niemand zustande brachte. Und was schon geplant wurde, hielt niemand ein. Aber sie redete dort nicht, kurz nach Fulda stieß ihre kleine Kolonne auf eine starke Reichswehreinheit, die die Straße sperrte. Erst sahen sie nur vorn Soldaten, aber dann merkten sie, wie sie eingekreist wurden. Sie hatten keine Chance, es fiel kein Schuss.

Ein Hauptmann näherte sich dem Wagen in der Mitte. Er öffnete die hintere Tür an der Seite, wo Rosa saß. »Frau Dr. Luxemburg, Ihre Reise ist zu Ende.«

Dann wies er den Fahrer an, einem gepanzerten Reichswehrfahrzeug zu folgen. Hinter ihnen reihten sich weitere Laster ein, auf denen Männer in der grauen Uniform saßen, die Zacharias so gut kannte vom Krieg.

Schnell sahen sie, dass sie nach Kassel geführt wurden. In Wilhelmshöhe hielt die Kolonne vor einer großen Villa. Der Hauptmann trat wieder an den Wagen und bat die Insassen höflich auszusteigen. »Kommen Sie, Sie werden erwartet.«

Der NKWD-Leutnant zündete sich eine Zigarette an. Er hielt sein Etui sogar Zacharias hin, aber der wehrte ab, fast unwirsch, weil seine Erzählung unterbrochen wurde.

»Eine Reichswehreinheit mitten im revolutionären Deutschland? Und die Oberste Heeresleitung in Kassel, unbehelligt?«

»Ja, der Genosse Däumig traute sich nicht. Wir waren mehr, aber die Reichswehr war besser ausgerüstet und ausgebildet, außerdem wurden die feindlichen Einheiten besser geführt.«

»Und der revolutionäre Elan, hätte der nicht alles ausgeglichen?« Er hatte die Augen weit geöffnet und schrieb nichts ins Protokoll. Er wollte es erst einmal verstehen.

»Die Volkskommissare wollten zunächst die Gebiete sichern, die unter unserer Kontrolle waren. Wir hatten ja auch in Bayern keine Stützpunkte mehr, in Ostpreußen sowieso nicht, auch in Schleswig-

Holstein nicht, auf dem Land. Aber wir hatten die meisten Städte, und von dort aus wollten wir die Revolution überallhin tragen.«

»Gut, gut.« Er winkte ab, was wohl bedeuten sollte, im Bericht fortzufahren.

»Rosa und wir anderen wurden in die Villa geführt. Im Vorraum mussten wir warten, eine halbe Stunde etwa, währenddessen streng bewacht von einem Dutzend Soldaten mit aufgepflanztem Bajonett. Niemand durfte sich setzen, Rosa war schon ganz bleich vor Anstrengung und Aufregung. Als Jogiches rauchen wollte, schlug ihm ein Soldat die Zigarette aus dem Mund und brachte sie vor die Tür. Niemand sagte etwas.«

Der Leutnant schrieb etwas auf.

Zacharias überlegte, er wollte es so erzählen, wie er es in Erinnerung hatte. Er nahm noch einmal die Tasse zwischen die Hände, schlürfte etwas und setzte die Tasse wieder ab. Dabei verschüttete er Tee auf den Schreibtisch. Aber den Leutnant kümmerte es nicht. Er wartete auf den Fortgang des Berichts.

»Dann wurden wir in einen großen Saal im Erdgeschoss geführt. Es war eine Bibliothek, in die ein langer Tisch gestellt worden war. Dahinter saßen nebeneinander Offiziere. Ich erkannte Groener, den Chef der Obersten Heeresleitung, Seeckt und Erich Ludendorff.«

»Ludendorff? Der war doch abgetreten, nachdem seine letzten Offensiven gescheitert waren. Er hatte alles auf eine Karte gesetzt und verloren. Was machte Ludendorff dort? Sie erinnern sich richtig?«

Sein Blick wanderte zur Tür, und Zacharias fürchtete einen Moment, er würde die Folterer rufen. Aber der Leutnant schaute Zacharias fragend an, notierte etwas und sagte: »Fahren Sie fort.«

»Ludendorff ergriff das Wort. Er begrüßte uns geradezu freundlich. Er habe schon immer einmal Rosa Luxemburg kennenlernen wollen, von ihr habe man ja viel gehört. Und wenn er recht unterrichtet sei, handle es sich bei ihr ja auch nicht um einen asiatischen Menschenfresser ...«

»Asiatischer Menschenfresser«, sagte der Leutnant vor sich hin und schüttelte den Kopf.

»... wie dieser Lenin und dieser Trotzki.

›Wenn Sie gestatten, Herr Ludendorff‹, sagte ein anderer General, ›ich habe diesen Trotzki erlebt in Brest. Das ist ein jüdischer Menschenfresser.‹ Da lachte Ludendorff, wandte sich an den General, der fast ganz außen saß, und sagte: ›Herr Hoffmann, gut, gut, da mögen Sie recht haben. Aber ist das am Ende nicht ganz gleich?‹ Nun lachten alle.«

Der Leutnant schaute wieder zur Tür, Zacharias erschrak. Aber er musste weitererzählen, so, wie er es erlebt hatte. »Die Generale waren gut gelaunt, und dann sah ich erst, sie hatten Champagnergläser vor sich stehen. Ludendorff erhob sich halb hinter dem Tisch, deutete auf eine Flasche und sagte: ›Frau Dr. Luxemburg, wenn Sie möchten. Wir sind keine Unmenschen.‹ Sie erwiderte nichts.

Dann kam ein Hauptmann herein, stellte sich vor Rosa, betrachtete sie genau und meldete, die Hacken zusammenschlagend, Ludendorff: ›Herr General, es handelt sich zweifellos um die Luxemburg!‹

›Aber, aber, Herr Pabst, wir wollen doch die Formen wahren und unserem Feind die Achtung nicht versagen.‹

›Jawohl, Herr General!‹

›Und diese Frau ist Ihnen entkommen, Hauptmann Pabst‹, schnarrte Seeckt. Der kleine Mann starrte den Hauptmann durch sein Monokel an.

Alle Offiziere lachten. Einige schlugen sogar mit den Händen auf den Tisch.

›Herr General, ich bitte ...‹, sagte Pabst empört.

›Aber das wissen wir doch alle‹, erwiderte Ludendorff in großväterlichem Ton. ›Zeigen Sie Humor. Sie haben Ihren Auftrag ausgezeichnet erfüllt, Herr Hauptmann. Sie sollten sie doch laufen lassen, wir wissen das. Und doch ist die Vorstellung, dass diese Dame Ihnen entwischen könnte, mehr als lustig.‹

Pabst stimmte in das Lachen ein, aber man sah, er quälte sich.

Ich verstand nichts mehr. Pabst sollte Rosa nicht verhaften oder gar ermorden, sondern laufen lassen?«

Der Leutnant schüttelte den Kopf. »Sie wissen, was es bedeutet, wenn Sie unsere Organe zu täuschen versuchten. Das wird Ihnen nicht gelingen, und Sie werden den Schaden davon haben.« Er schaute wieder zur Tür.

»Nein, nein«, sagte Zacharias. »Bedenken Sie, ich habe selbst für die Tscheka und das NKWD gearbeitet …«

»1918 und 1919, dann wieder nach Ihrer Flucht aus Deutschland bis vor einem Vierteljahr. So lange haben Sie uns getäuscht über Ihre wahren Absichten.«

Zacharias schluckte. Dann nahm er die Tasse zwischen die verbundenen Hände und trank etwas Tee. Der Leutnant beobachtete ihn, aber in dessen Bauerngesicht mit dem breiten Nasenrücken konnte Zacharias nichts lesen.

Ja, er war zurückgekehrt in die Sowjetunion, fast gegen seinen Willen. »Ich möchte jetzt in meine Zelle«, sagte Zacharias.

Der Leutnant schaute ihn überrascht an. Das hatte er vielleicht noch nie erlebt, dass ein Gefangener ein Verhör für beendet erklärte.

»Ich muss meine Gedanken ordnen. Schreiben kann ich ja nicht mehr.« Er schaute auf die blutgetränkten Binden um seine Hände. »Morgen, wenn ich geschlafen habe, werde ich Ihnen alles Weitere berichten. Rückhaltlos. Und dann werden wir es gemeinsam bearbeiten, bis es richtig ist.«

Der Leutnant überlegte. Vielleicht dachte er, mal sehen, was Valentina gerade macht, wenn ich überraschend nach Hause komme. In seinem Gesicht zeigte sich Entspannung. »Gut, Bürger Zacharias, aber wenn Sie mich täuschen, wird es Ihnen schlecht ergehen.«

»Können Sie anordnen, dass das Licht ausgeschaltet wird?«

Der Leutnant schaute Zacharias eine Weile an, dann nickte er. »Missbrauchen Sie nicht unsere Großherzigkeit.«

»Sie werden es nicht bereuen.«

»Wie lange brauchen Sie?«

»Eine Nacht, um zu schlafen, einen Tag, um mich zu erinnern.«

»Dann wird das Licht acht Stunden ausgeschaltet und dann wieder eingeschaltet.«

»Danke, Genosse.«

»Ich bin nicht Ihr Genosse, Sie wurden aus der KPdSU ausgeschlossen. Mein Name ist Sokolnikow.«

»Danke, Leutnant Sokolnikow.«

Der Leutnant stand auf, ging zur Tür, winkte einen Uniformierten heran und flüsterte ihm etwas ins Ohr. Dann wurde Zacharias zurückgebracht in seine Zelle.

Es stank nach Urin, er hatte den Kübel nicht leeren können wegen des Verhörs. Plötzlich wurde das Licht gelöscht, Zacharias erschrak. Dann beruhigte er sich und legte sich aufs Bett. Er fiel gleich in einen tiefen Schlaf.

Als er aufwachte, brannte das Licht. Aber niemand hatte ihm befohlen aufzustehen. Er blieb liegen und starrte an die Decke. Im Traum war Rosa in seiner Zelle gewesen. Sie hatte auf ihn eingeredet, aber er wusste nicht mehr, was sie gesagt hatte.

Erinnere dich: Wie war es gewesen in Kassel? Und wichtiger noch: Warum ist es so gekommen?

Die Tür öffnete sich, fast hätte Zacharias gerufen, man solle ihn in Ruhe lassen. Aber durch die Tür sah er den Wagen mit dem Bottich, in dem eine dünne Suppe dampfte. Dazu gab es Brot, es war so schlecht wie im Krieg. Der Wärter schnauzte ihn nicht an, Zacharias ließ sich Suppe in den Blechnapf füllen und nahm das Brot. Dann wurde die Tür geschlossen. Er aß langsam, vom Brot behielt er die Hälfte übrig.

Erinnere dich. Als der General Hoffmann, derselbe, der mit Trotzki in Brest verhandelt hatte über den Friedensvertrag, als also dieser General Hoffmann hörte, was der Hauptmann zu sagen hatte, erwiderte er: »Herr Hauptmann, es scheint Ihnen schwergefallen zu sein, diese Dame entkommen zu lassen. Das kann ich gut verstehen, man wird ja nicht gern zum Gespött der Truppe.« Einige Generale grinsten.

»Dafür, Herr Pabst, haben Sie unseren Respekt verdient. Sie sind mit sofortiger Wirkung zum Major befördert.« Das sagte General Groener.

Pabst nahm Haltung an und salutierte.

»Sie können wegtreten, Herr Major. Und schicken Sie uns dann den Feldwebel Kowalski herein.«

Als Pabst gegangen war – die Hacken zusammenschlagend, hatte er sich umgedreht und war hinausmarschiert –, da wandte sich

Groener an Rosa und sagte: »Sie verstehen nichts mehr, nicht wahr, Frau Dr. Luxemburg? Wenn Sie Wert darauf legen, könnte ich es Ihnen erklären.«

Sie zeigte keine Regung.

»Nun bieten Sie der Dame schon einen Stuhl an«, schnauzte Groener. Sofort eilte ein Adjutant zur Wand, wo Stühle standen. Er stellte einen Stuhl hinter Rosa ab. Die zögerte, dann setzte sie sich.

Die Tür öffnete sich. Ein Feldwebel trat ein. Zacharias schaute kurz hin, dann noch einmal. Er kannte diesen Mann. Woher?

Auch Rosa schien zu staunen, sie ließ es sich kaum anmerken.

»Was immer Sie zu sagen haben, Herr General, ich werde Sie kaum daran hindern können. Wenn ich es recht verstehe, hören alle die Soldaten in diesem Raum nicht auf mein Kommando, sondern auf Ihres.«

Groener lachte. »Man sagt Ihnen Schlagfertigkeit nach, mein Kompliment, da ist was dran. Ich bin sicher, Frau Dr. Luxemburg, es wird Sie interessieren, was ich Ihnen zu sagen habe.«

Zacharias stand neben ihr und hörte sie atmen. Er überlegte, was es bedeuten könne, dass Pabst Rosa hatte laufen lassen.

»Sie werden sich gewiss gefragt haben, warum wir Sie laufen ließen.« Er schaute Rosa an und lächelte. »Und wie es kam, dass das Geheimabkommen zwischen dem Herrn Ebert und mir plötzlich gar nicht mehr so geheim war.«

Groener blickte zu dem Feldwebel und sagte: »Treten Sie vor, Feldwebel. Stehen Sie bequem.« Der Feldwebel zupfte sich an seinem grauen Bart, unter feuchten Augen hingen Tränensäcke.

»Sie sind der Feldwebel Egon Kowalski, Sie haben in der Telefonzentrale der Reichskanzlei in der Wilhelmstraße gearbeitet.«

»Ich war der Chef der Zentrale«, sagte der Feldwebel. Er stotterte leicht.

Jetzt endlich erkannte Zacharias den Mann. Der hatte Rosa in Lichtenberg berichtet von der Geheimleitung nach Kassel zur Obersten Heeresleitung. Wir sind einer Provokation aufgesessen. Und jetzt wusste er auch, warum er Eberts Telefonnotizen in dessen Schreibtisch in der Reichskanzlei gefunden hatte.

»Nun, Frau Dr. Luxemburg, Sie werden diesen Feldwebel erkannt haben. Nun wissen Sie auch, warum wir Ihre Leute in die Reichskanzlei eindringen ließen. Und warum sie dort eine Telefonverbindung fanden, an deren einem Ende unser guter Major Schleicher auf den Anruf wartete, damit die Herren am anderen Ende ganz und gar überzeugt waren, das große Geheimnis gelüftet zu haben.«

Zacharias spürte, wie ihm das Blut zu Kopf stieg.

»Und überlegen Sie mal, die Reichswehr hat Sie in Berlin und anderen Großstädten in Ruhe gelassen. Wenn wir gewollt hätten, Ihre Revolution hätte keine zwei Tage gedauert.« Er tat bedenklich, dann sagte er: »Nun gut, eine Woche.«

Leises Gelächter am Tisch. Seeckt putzte sein Monokel und tat so, als hörte er nicht zu. Vielleicht war es seine Art, die Dinge zu genießen.

»Aber wir haben Sie Ihre Revolution machen lassen. In München mussten wir eingreifen, Sie werden das verstehen, weil wir uns ja nicht in Luft auflösen konnten. Das hätte niemand geglaubt, dass die Reichswehr überhaupt nichts tut. Und unsere Offiziere wurden unruhig, wir mussten ihnen etwas zu tun geben. Eigentlich haben wir auch Ihnen einen Gefallen getan. Denn diese Anarchisten und wild gewordenen Dichter, die wären Ihnen auf der Nase herumgetanzt. Denen hätten Sie doch am Ende Ihre Rote Armee auf den Hals geschickt. Außerdem, diese Räterepublik in Ungarn, das war schon gefährlich. Stellen Sie sich vor, auch in Österreich wäre die Kommune an die Macht gekommen, dann hätten sich mit Ungarn, Deutsch-Österreich und Bayern drei kommunistische Staaten in Südosteuropa zusammengeschlossen mit den Bolschewisten, und da hätten wir vielleicht die Kontrolle verloren. Ein Flächenbrand, unvorstellbar. Also haben wir dort ein wenig gebremst, nicht wahr, meine Herren?«

Die Generale lachten, nur Seeckt verzog keine Miene.

»Und dieser Spuk in Ungarn, der ist auch bald erledigt. Ein Spiel ohne Risiko, das gibt es nicht, oder nur für Kinder. Ohne Gefahr macht das Leben keinen Spaß.«

»Vielleicht kommen Sie zur Sache, Herr General. Und dann sperren Sie mich in meine Zelle oder bringen mich gleich um, wie das ja so Ihre und Ihresgleichen Art ist«, sagte Rosa ruhig, vielleicht ein wenig schnippisch. Zacharias spürte, sie empfand den Vortrag des Generals als Qual. Natürlich wusste sie längst, worauf er hinauswollte. Sie mochte es nicht hören, es war eine Demütigung.

»Sehen Sie, Frau Dr. Luxemburg, Sie haben viel gesagt und geschrieben, das wollen wir doch anerkennen. Ich habe manches von Ihnen gelesen, und ich gebe zu, so, wie Sie schreiben, sollten unsere nationalen Journalisten und Schriftsteller schreiben. Sie haben eine spitze Feder, und Sie treffen oft des Pudels Kern. Unsere Schriftsteller sind oft schrecklich umständlich, oder sagen wir, sie sind zweitklassig. Jetzt läge es ja nah, Sie für unsere Sache zu gewinnen. Aber ohne Ihnen zu nahe treten zu wollen, eine Jüdin aus Polen kann keine deutsche Schriftstellerin sein. Sie verstehen das doch, oder?« Er versuchte ihren Blick aufzufangen, aber sie starrte unter den Tisch und sagte nichts. »Dass Sie die deutsche Staatsbürgerschaft bekommen haben, was zeigt besser, wie lasch es zu Kaisers Zeiten zuging. Bei allem Respekt, meine Herren, für Ihre Majestät, es war nicht alles Gold, was glänzte.«

Beifälliges Gemurmel. Seeckt hielt sein Monokel gegen das Licht und kniff es dann vors Auge.

»Bringen wir die Sache auf den Punkt«, sagte Groener. »Wir haben Sie Revolution machen lassen. Sie hatten nach dem Januaraufstand noch nicht genug, und diesmal war die ganze USP dabei, die ist ja immerhin von Gewicht, verglichen jedenfalls mit Ihrer größenwahnsinnigen Sekte. Wir haben Sie also Revolution machen lassen. Wir haben Sie nicht gestört. Wir haben die bolschewistischen Boten reisen lassen, mit Geld, mit Instruktionen. Niemals und nirgendwo konnten Revolutionäre sich so ungestört, ja geradezu wohlbehütet, austoben. Aber was ist passiert? Sie haben nichts zustande gekriegt, Frau Dr. Luxemburg. Sie haben die Macht ergriffen, genauer gesagt, wir haben sie Ihnen geschenkt, und dann haben Sie binnen weniger Wochen Deutschland in den Abgrund geführt.«

»Das konnten wir nicht, das haben Sie schon erledigt mit Ihrem Krieg«, sagte Rosa.

Groener lächelte sie an und zwirbelte die Spitzen des Schnurrbarts in seinem Vierkantgesicht. »Ach, Frau Dr. Luxemburg. Der uns von unseren Feinden aufgezwungene Krieg hat gewiss großen

Schaden angerichtet und uns viele Entbehrungen abverlangt. Aber Sie haben die Fundamente der Wirtschaft, des Staats und der Kultur zerschlagen. Und nichts Neues errichtet. Wir haben zugeschaut, und unsere Feinde haben es auch getan. Wir nehmen an, dass sie dankbar sein werden, wenn wir Deutschland vor dem Ansturm aus Asien retten. Und dass sie wissen, dass man ein Land, dem es so schlecht geht, nicht mit einem demütigenden Friedensvertrag ganz zerstören darf. Dass man seine Bürger sonst den Bolschewisten in die Arme treibt.«

»Sie behaupten, Sie hätten uns Revolution machen lassen, um die Entente milde zu stimmen?« Rosa schien gleich zu bedauern, dass sie ihr Schweigen gebrochen hatte.

»Das ist der eine Grund. Der andere ist, dass wir einfach der Welt vorführen wollten, wie es aussieht, wenn die berühmtesten Revolutionäre außer Lenin und Trotzki machen dürfen, was sie machen wollen. Wir haben Ihnen die Macht geschenkt. Und Sie sind versunken in der Anarchie, in Mord und Totschlag. Sie haben das schneller geschafft, als wir gehofft hatten. Nur der Herr Ludendorff hatte es richtig gesehen. Ich gebe zu, ich war skeptisch, ob wir nicht zu hoch pokern. Und unser Generalfeldmarschall von Hindenburg hat sich gar nicht darauf einlassen wollen. Wir mussten ihn bedrängen, und dann hat er gesagt, wir sollten machen, was wir wollten, er wolle damit aber nichts zu tun haben.« Er lehnte sich zufrieden zurück, strich sich über den Bart. »Nun sollte es ein für allemal vorbei sein mit den Revolutionsspielchen.«

»Aber Lenin und Trotzki sind noch an der Macht«, sagte Rosa.

»Natürlich. Wir haben ja auch sie an die Macht gebracht. Wir haben Lenin mitten im Krieg durch Deutschland nach Russland bringen lassen. Wir haben ihm und seinen Bolschewiki Millionen von Goldmark geschenkt, damit Russland aus dem Krieg ausscheidet. Und es hat geklappt. Lenin, das ist unsere beste Investition. Wobei die Bescheidenheit gebietet zu erwähnen, dass auch hier Herr Ludendorff der Pate eines großen Wurfs ist.«

»Und wie wollen Sie Lenin wieder loswerden? Sie können sich doch nicht damit abfinden, dass ein Sechstel der Erde rot ist.«

»Lenin macht es nicht mehr lange, er ist krank. Vielleicht fällt er auch einem Attentat zum Opfer. Und danach, was kommt danach?« Er lachte. »Die nach ihm kommen, Trotzki oder Sinowjew oder Stalin, die werden sich schnell zerstreiten. Und dann kracht der Laden in sich zusammen. Und wenn einer sich in den Diadochenkämpfen durchsetzt, dann wird er das Gewaltregime, das er von Lenin übernimmt, ausbauen, und er wird sich immer behaupten müssen, weil nur Lenin unanfechtbar war und die Partei zusammengehalten hat. Sowjetrussland ist ein Koloss auf tönernen Füßen. Wenn wir wieder stark genug sind, dann werden wir den Koloss wegräumen wie Abfall, der auf der Straße liegt.«

»Und nun?« rief Zacharias. »Was haben Sie vor mit der deutschen Revolution?«

»Dass Sie das fragen«, sagte Groener. »Sie sind dieser Herr Zacharias, der uns schon in die Quere kam, nicht wahr?«

Zacharias nickte. »Ich möchte wissen, wer die Genossin Luxemburg verraten hat.«

»Das wissen Sie doch längst.«

»Die Namen«, sagte Zacharias. »Die Namen! Ich will sie von Ihnen hören.«

»Die werden Sie von mir nicht erfahren. Nur dieses, wir mussten natürlich Informationsquellen in Ihren Reihen haben, sonst hätten Sie uns ja vielleicht überrascht. Aber die Namen, das meinen Sie doch nicht im Ernst.«

»Sie können sie sagen, Sie bringen uns doch sowieso um.«

»Natürlich werden Sie Ihre gerechte Strafe bekommen. Aber Sie glauben doch selbst nicht, dass ich hier die Namen dieser mutigen, wahren Deutschen verrate. Ich bin deutscher Soldat und kein Flintenweib.«

»Aber warum wollten Sie die Genossin Luxemburg überhaupt umbringen? Vorhin sagten Sie, Sie hätten uns machen lassen, was wir wollten.«

Ludendorff schüttelte den Kopf. Dass dieser Dummkopf es nicht begriff. »Herr Groener, Sie erlauben?« Er wartete Groeners Antwort nicht ab. »Wir hatten zunächst befürchtet, dass uns diese Revolution vielleicht doch Schwierigkeiten bereiten könnte. Wissen Sie, wir Generalstabsoffiziere sagen mit Clausewitz, Strategie ist in Wahrheit ein System von Aushilfen. Sie gehen in die Schlacht, Sie haben einen Plan, doch wenn die Schlacht beginnt, läuft es immer anders. Zeitweise glaubten wir, dass sich die Taktik der Frau Dr. Luxemburg durchsetzen würde. Bei einer Massenmobilisierung der Arbeiter wären wir womöglich in Bedrängnis geraten. Um sicherzugehen, beschlossen wir, dieses Risiko zu verringern. Sie verstehen, was ich meine?« Er schaute Zacharias fast belustigt an.

»Mord«, sagte Zacharias wütend.

»Dass Sie sich darüber empören, finde ich besonders komisch«, erwiderte Ludendorff und lachte. »Aber dann merkten wir, dass Frau Dr. Luxemburg in die Minderheit geriet in der eigenen Partei und ihre Freunde in Moskau sie umbringen wollten. Auch das entbehrt nicht einer gewissen Komik. Und es befreite uns von dem Druck, etwas zu tun. Die Dinge liefen hervorragend, besser, als wir zu hoffen gewagt hatten.« Ludendorff lehnte sich zurück und lachte lautlos.

»Danke, Herr Ludendorff«, sagte Groener. »Damit sind alle Fragen geklärt. Abführen!«

*

Im Gang hörte er Schritte, dann ein Wimmern. Die Schritte und das Wimmern kamen näher, dann entfernten sie sich wieder.

Er saß und suchte sich einen Punkt an der Wand, fand eine trichterförmige Einkerbung und blieb mit dem Blick daran hängen, als könnte er an dieser Stelle durch die Wand schauen. Er stellte sich vor, wie es draußen sein mochte. War es kalt? Schneite es? Er erinnerte sich an den Schnee in Deutschland. Dann tauchte Margarete auf, ihre dürre Gestalt, das Lächeln, das sie sich abzwang gegen das Leid. Auch sie war jetzt fast zwanzig Jahre älter. In Deutschland herrschten die Militärs, sie hatten aufgerüstet und drohten mit einem neuen Krieg. Sie konnten den Feinden die Niederlage nicht vergeben. In der Sowjetunion Stalins herrschte Not, als befände sich das Land schon im Krieg. Warum bin ich zurückgekommen? Warum ausgerechnet nach Sowjetrussland?

*

Sie wurden abgeführt, und Zacharias hörte die Generale noch lachen. In ihrem Lachen lag Selbstzufriedenheit. Sie wurden in den Keller geführt und dort in einen großen Raum gesperrt. Dann hörten sie, wie der Riegel vorgeschoben wurde.

Zacharias schaute sich um, es war der Kohlenkeller, schwarzer Staub stand im Raum, eine schmale Luke war in die Wand eingelassen, darauf ein rissiges Brett, durch das wenige Sonnenstrahlen einfielen und gelbe Punkte auf dem Boden zeichneten. Dort wurde die Kohle hinuntergeschüttet. Jogiches hustete. Dann zündete er sich eine Zigarette an. Rosa stand unschlüssig in der Mitte des Raums, Zacharias untersuchte die Wände.

»Sie werden uns töten«, sagte Rosa ruhig.

»Ja«, sagte Jogiches. »Nur wenige Revolutionäre sterben im Bett.«

Dann schwiegen sie.

Zacharias setzte sich auf den Boden, aber als er spürte, wie die Kälte nach ihm griff, stand er wieder auf. Seine Augen hatten sich an die Dunkelheit gewöhnt. Die Luke war zu klein, um durchzukriechen. Verzweiflung überkam ihn. Nicht aufgeben. Es gibt immer eine Chance.

»Ob sie einen Prozess veranstalten? Oder bringen sie uns gleich um?« Jogiches hustete leise.

»Eine Revolution als Farce«, flüsterte sie. »Als blutige Oper. Das wäre Hugo Wolf niemals gelungen. Die Wirklichkeit als Oper. Die Revolutionäre auf der Bühne, Ludendorff der Drehbuchschreiber und Groener als Regisseur, unsichtbar beide. Und ich in einer Hauptrolle, ohne es zu wissen. Kann das sein, Leo? Sag was! Antworte mir!«

Jogiches zog an seiner Zigarette, die Glut warf einen gelbroten Schein in den schwarzen Keller. Er hustete wieder.

»Die Wirklichkeit ist keine Oper, sondern eine Operette. Eine schlechte, wobei ich nicht weiß, ob es gute Operetten geben kann. Wir sind jedenfalls die Witzfiguren.« Er sprach leise und heiser.

Zacharias hörte zu, aber es interessierte ihn nicht, was die beiden sagten. Er suchte nach einer Möglichkeit, sie herauszubringen aus dem Keller. Da nutzte Selbstmitleid wenig. Er kletterte auf den

Kohlehaufen, Eierkohlen fielen auf den Boden und staubten. Rosa und Jogiches schauten neugierig zu. Zacharias fiel hin und stützte sich mit den Händen. Er kroch zum Schacht, der Berg gab nach, wo er Knie und Hände stützte. Eierkohlen kullerten hinunter.

»Wenn Sie jemand hört«, sagte Rosa.

»Lass ihn«, sagte Jogiches. »Es ist egal.«

Endlich hatte Zacharias die Luke erreicht. Mit ausgestrecktem Arm drückte er vorsichtig gegen das Brett, das den Schacht über der Luke abdeckte, es war morsch. Es wäre leicht, es aufzubrechen. Aber es nutzte nichts, durch die Luke konnte niemand kriechen. Er tastete den Rand der Luke ab. Der Mörtel in den Randsteinfugen schien mürbe. Mit einem Werkzeug würde es ihm vielleicht gelingen, ihn herauszukratzen und Steine wegzubrechen. Er kletterte vom Haufen herunter und tastete den Boden ab.

»Was machen Sie da?« fragte Jogiches.

»Ich suche ein Werkzeug, irgend etwas, mit dem ich kratzen kann.«

Er rutschte auf den Knien über den schwarzstaubigen Boden. Er hustete. Dann ertasteten seine Hände etwas Hartes und Spitzes, einen Nagel, groß und rostig. Er nahm den Nagel und kletterte wieder auf den Kohlehaufen. Als er endlich an der Luke war, begann er in einer Fuge zu kratzen. Mörtel staubte. Er hustete wieder. Aber er kratzte immer weiter, auch als die Hände zu bluten anfingen. Die Schmerzen waren teuflisch, aber er kratzte um sein Leben und für Rosa und Jogiches. Er drückte gegen den ersten Randstein, der gab nach und fiel auf Zacharias' Knie. Er stöhnte auf, dann suchte er die nächste Fuge. Er hatte kein Gefühl für die Zeit, die er brauchte, bis sich auch der zweite Stein lockerte. Gleich begann er, einen dritten Stein zu lösen. Er arbeite ohne Pause, manchmal schnaufte er wegen der Schmerzen. Einmal nur unterbrach er das Kratzen, als er seinen Hemdsärmel abriss und ihn um die rechte Hand wickelte. Er öffnete und schloss die Hand mehrmals, dann kratzte er weiter. Endlich landete auch dieser Stein auf den Kohlen.

Zacharias kroch in den Schacht, in dem er gekrümmt knien konnte, aber mit dem Kopf an den Holzdeckel stieß. Er steckte den Nagel zwischen zwei Bretter und hebelte eines locker. Es dauerte eine

Weile, und er wartete darauf, dass jemand draußen es merkte und ihn stellte. Aber es kam niemand. Nachdem er das eine Brett herausgebrochen hatte, tastete er mit der Hand oben über das andere Brett, bis er ein Vorhängeschloss fand. Nun hebelte er das Brett aus, an dem das Vorhängeschloss befestigt war. Das dauerte nur wenige Minuten, dann konnte er die Klappe vorsichtig nach oben drücken. Er schaute sich um, es war ein Garten mit Büschen, Beeten und Bäumen. Er sah niemanden. Dann schloss er den Deckel und kletterte zurück in den Keller.

»Wir können fliehen«, sagte er.

Rosa schaute ihn traurig an. Jogiches hatte sein Gesicht abgewendet.

»Sie werden fliehen«, sagte sie. »Sebastian. Wir bleiben.«

»Nein«, sagte Zacharias. »Die bringen Sie um. Das ist verrückt.«

»Verrückt war, was wir versucht haben. Wie es besser gehen könnte, weiß ich nicht. Ich weiß nur, dass ich die größte Niederlage des deutschen Proletariats verschuldet habe.«

*

Er hatte die Schritte nicht gehört, zu tief versunken war er in seiner Erinnerung.

»Mitkommen«, sagte der Wärter.

Im Vernehmungszimmer wartete Leutnant Sokolnikow. »Nun?« sagte er.

»Ich werden Ihnen berichten, was geschehen ist.« Er erzählte von Anfang an, und Sokolnikow hörte zu, schrieb hin und wieder etwas auf, nickte mal, schüttelte an einigen Stellen den Kopf, aber er unterbrach Zacharias nicht. Jedenfalls nicht, bis der die Geschehnisse im Keller schilderte.

»Die Luxemburg wollte nicht fliehen?«

»Nein. Ich habe versucht, sie und Jogiches zu überzeugen. Aber es war aussichtslos. Sie wollten sterben. Vielleicht fürchteten sie, von einer Oper in die nächste zu geraten. Sie waren es müde.«

»Unglaublich«, sagte der Leutnant, aber er schien Zacharias doch zu glauben. »Und diese Generale haben tatsächlich gesagt, die Bolschewiki seien deutsche Agenten?«

»So haben sie es nicht gesagt, aber ähnlich.«

»Aber ähnlich«, wiederholte Sokolnikow leise. »Aber ähnlich.«

Zacharias erinnerte sich, wie Rosa ihn in den Arm nahm, bevor er floh. »Pass auf dich auf, Sebastian«, sagte sie.

Er kroch auf den Kohlehaufen, hob den Deckel, stützte sich aus dem Schacht und robbte in den Garten. Licht fiel aus den Fenstern, in manchen erkannte er Umrisse von Männern. Dann stieß er auf einen Zaun. Er kroch an ihm entlang, bis er eine Lücke entdeckte, die nach draußen führte. Dann fand er einen Weg durch eine Wohnsiedlung.

»Und Sie konnten einfach fliehen. Gab es keine Wachen?«

»Doch, aber sie haben wohl nicht damit gerechnet, dass jemand die Luke vergrößern würde. Und so waren sie nicht aufmerksam genug.«

Sokolnikow schüttelte wieder den Kopf.

»Ich stieß auf Gleise und folgte ihnen auf gut Glück. Und ich hatte Glück, die Gleise führten nach Norden. Tagsüber versteckte ich mich, nachts lief ich.«

»Aber Sie mussten essen und trinken.«

»Das habe ich gestohlen bei Bauern. Einmal hätte mich einer fast erschossen.«

»Und dann?«

»Dann kam plötzlich ein Zug. Er fuhr dorthin, wo ich herkam. Ich versteckte mich im Gebüsch und sah, es waren Milizionäre in den Wagen. Der Zug hielt, die Milizionäre stiegen aus und stellten Stoßtrupps zusammen. Später erfuhr ich, sie wollten erkunden, ob sie die Oberste Heeresleitung überraschen könnten. Ich wäre fast erschossen worden, als ich aus dem Gebüsch trat. Aber dann erzählte ich ihnen, was geschehen war und dass Rosa und Jogiches gefangen waren. Das machte sie wütend. Sie ließen sich den Weg beschreiben, dann brachten sie mich in einen Wagen, gaben mir zu essen und zu trinken und befahlen mir zu warten. Irgendwann bin ich eingeschlafen. Dann rumpelte der Zug, und ich wachte auf. Neben mir saß ein Verwundeter. Er weinte. ›Nur vier Mann haben es überlebt. Es war umsonst, Luxemburg und Jogiches waren schon tot, erschossen, standrechtlich.‹«

Sie schwiegen eine Weile. Dann sagte Sokolnikow: »Und dann sind Sie nach Hamburg gefahren.«

»Der Zug brachte mich dorthin. Und im Hafen lag ein Frachter aus Petrograd …«

»Leningrad«, sagte der Leutnant.

»Damals hieß es Petrograd. Also dieser Frachter hatte Weizen nach Deutschland gebracht, und ich bin einfach hin, habe mich als Mitarbeiter der Tscheka ausgegeben. Ich sei in großer Not und müsse sofort zurück nach Moskau, der Genosse Dserschinski persönlich erwarte mich.«

»Und der Kapitän hat Sie einfach mitgenommen? Wie hieß der? Wir werden das herausbekommen! Der hat einen Agenten eingeschmuggelt, das wird er bezahlen.« Sokolnikow war wütend, und der Jagdeifer fieberte in seinen Augen.

Zacharias erschrak. »Der Kapitän hat seine Pflicht getan. Er hat mich dem Beauftragten der Tscheka an Bord übergeben. Der hatte mich schon einmal gesehen im Dienst, und er sperrte mich in eine Kabine. In Petrograd wurde ich dann verhaftet und nach Moskau gebracht. Sie haben versucht, mich zum Verräter zu stempeln, aber ich habe immer nach dem Genossen Dserschinski verlangt, nach Lenin auch, aber der war schon zu krank. Plötzlich tauchte der Genosse Dserschinski in meiner Zelle auf, hier in der Lubjanka.

›Da sind Sie ja wieder. Tut mir leid, die Genossen sind manchmal übereifrig. Aber besser so als zu lasch.‹

Der Genosse Dserschinski befreite mich aus der Haft, ließ mich einen Bericht schreiben und holte mich zurück zur Tscheka, wo ich seitdem Dienst tat.«

»Es ist Ihnen sogar gelungen, den Genossen Dserschinski zu täuschen. Ihren Bericht haben wir geprüft, er ist falsch. Sie verleugnen, dass es Ihre Aufgabe war, auf die Genossin Luxemburg aufzupassen. Aber Sie haben sie dem Feind ausgeliefert.«

»*Genossin* Luxemburg?«

»Ja, ihre Ideen sind antisowjetisch. Aber sie ist ein Opfer der Reaktion. Und diese Opfer halten wir in Ehren.«

»Aber ich sollte sie umbringen. Das haben nun andere getan.«

»Das ist doch abwegig. Niemand von uns wollte die Genossin

Luxemburg umbringen. Lenin sagte, sie sei ein Adler gewesen. Adler tötet man nicht, man bewundert sie. Und selbst wenn Sie diesen Auftrag aus irgendeinem Grund bekommen haben sollten, Sie hätten ihn nicht erfüllt. Sie haben dem Feind diesen Triumph verschafft. Und Sie behaupten Dinge, die der Sowjetunion großen Schaden zufügen würden.«

Jetzt begriff Zacharias, warum sie ihn töten mussten.

Personen der Zeitgeschichte

Barth, Emil (1879–1941)
Klempner; Funktionär des Metallarbeiterverbands, im Krieg einer der Führer der Gruppe der Revolutionären Obleute. 1917 Mitglied der USPD, 1918 Mitglied des Rats der Volksbeauftragten, 1921 Übertritt zur SPD.

Bebel, August (1840–1913)
Drechsler; Bebel ist zusammen mit Wilhelm Liebknecht der Gründer und Führer der deutschen Vorkriegssozialdemokratie. Unter seinem Vorsitz übersteht die SPD die Verfolgung in der Zeit der Sozialistengesetze (1878–1890) und wird zur stärksten Partei Deutschlands und der internationalen Arbeiterbewegung. Bebel zählt auch zu den Führern der Zweiten Internationale, die mit dem Kriegsausbruch 1914 praktisch zusammenbricht. Bebel ist wohl der beliebteste Führer der deutschen Arbeiterbewegung (»Arbeiterkaiser«). Sein bekanntestes Werk, immer wieder in hohen Auflagen veröffentlicht, ist *Die Frau und der Sozialismus* (1879); darin stellt er die Ziele der Sozialdemokratie in populärer Form dar.

Bernstein, Eduard (1850–1932)
Bankgehilfe; in der Zeit der Sozialistengesetze (1878–1890) Redakteur des SPD-Organs *Sozialdemokrat,* danach Schriftsteller und ständiger Mitarbeiter des von Karl Kautsky herausgegebenen theoretischen Organs *Neue Zeit.* Seit 1887 im Londoner Exil, Vertrauter von Friedrich Engels. 1899 erscheint seine Schrift *Die Voraussetzungen des Sozialismus und die Aufgaben der Sozialdemokratie,* in der er den Marxismus kritisiert und den Revisionismus begründet. Rosa Luxemburg kritisiert Bernstein in zahlreichen Arbeiten, die wichtigsten erscheinen 1899 zusammengefasst in einer Broschüre unter dem Titel *Sozialreform oder Revolution?*

Bronski, M. G.
Über Bronski ist wenig bekannt. Er gehört im Sommer 1919 zum

Westeuropäischen Büro der Kommunistischen Internationale, die unter Leitung des Bolschewisten Jakob Reich (Deckname: »James Thomas«) steht. Reich und Bronski gehören zu den Begründern des Terrorapparats der KPD.

Bucharin, Nikolai Iwanowitsch (1888–1938)
Berufsrevolutionär; Mitglied der russischen Sozialdemokratie seit 1906. 1911 Verbannung nach Sibirien und Flucht nach Deutschland. 1917 einer der Führer des Oktoberaufstands in Moskau und Mitglied des Zentralkomitees der Bolschewistischen Partei. Seit 1922 Chefredakteur des Zentralorgans *Prawda,* seit 1924 Mitglied des Politbüros, seit 1926 im Exekutivkomitee der Kommunistischen Internationale. 1938 in einem Schauprozess zum Tod verurteilt und hingerichtet.

Däumig, Ernst (1866–1922)
Schriftsteller, Journalist; 1911-1916 Redakteur des SPD-Zentralorgans *Vorwärts,* 1917 Übertritt zur USPD, 1919 einer der beiden Vorsitzenden der USPD, ab 1920 der KPD. 1922 Übertritt zur Kommunistischen Arbeitsgemeinschaft (KAG), zusammen mit Paul Levi.

Dittmann, Wilhelm (1874–1954)
Tischler; seit 1894/95 Mitglied der SPD, seit 1899 hauptamtlicher Funktionär. Redakteur bei verschiedenen sozialdemokratischen Zeitungen und Sekretär von SPD-Gremien. Seit 1912 Reichstagsabgeordneter. 1914 Zustimmung zu Kriegskrediten, 1915 Übertritt zur innerparteilichen Opposition gegen die Kriegspolitik der SPD-Mehrheit. 1917 Mitglied des Parteivorstands der USPD und neben Luise Zietz dessen geschäftsführender Sekretär. Im Januar 1918 verhaftet und zu Gefängnis und Festungshaft verurteilt, im Oktober amnestiert. Im November 1918 Mitglied des Rats der Volksbeauftragten. 1920 Angehöriger der USPD-Delegation auf dem 2. Kongress der Kommunistischen Internationale, um über einen eventuellen Anschluss der Unabhängigen Sozialdemokraten an die Komintern zu verhandeln. Nach Rückkehr entschiedener Widerstand

gegen einen Anschluss, 1922 Rückkehr zur SPD, Mitglied des Partei- und des Reichstagsfraktionsvorstands. 1933 Emigration.

Dserschinski, Feliks Edmundowitsch (1877–1926)
Berufsrevolutionär seit 1894, später sowjetischer Geheimdienstchef; lange Jahre ein enger Vertrauter Rosa Luxemburgs. 1900 stößt er zur Sozialdemokratischen Arbeiterpartei des Königreichs Polen und Litauens, deren Führer Luxemburg und Jogiches sind. Seit 1903 gehört er dem Parteivorstand an. Seit der ersten russischen Revolution (1905) vertritt er seine Partei im Zentralkomitee der russischen Bolschewiki unter Lenins Führung. Im Sommer 1917 tritt er der Bolschewistischen Partei bei und wird Mitglied ihres Zentralkomitees. Nach dem Sieg der Oktoberrevolution 1917 gründet er die Tscheka (Allrussische Außerordentliche Kommission zur Bekämpfung von Konterrevolution und Sabotage), den ersten sowjetischen Geheimdienst, der zum Prototyp des staatlichen Terrors wird.

Eberlein, Hugo (1887–1940/44)
Technischer Zeichner; SPD-Mitglied seit 1906, steht Eberlein immer auf dem linken Flügel der Partei und gehört zu den Anhängern Rosa Luxemburgs. Zusammen mit Leo Jogiches organisiert er im Krieg die Arbeit des Spartakusbundes. Als Vertreter der KPD spricht er sich auf Beschluss der KPD-Zentrale auf dem Gründungskongress der Kommunistischen Internationale im März 1919 gegen die sofortige Gründung der Komintern aus und enthält sich der Stimme. Nach seiner Rückkehr nach Deutschland fordert er, dass die KPD sich der neuen Internationale anschließen müsse, und setzt sich durch. Seitdem gehört er zu den wichtigsten Vertrauensleuten der Komintern in Deutschland. Nach dem Machtantritt der Nazis emigriert Eberlein in die Sowjetunion und wird Opfer der Stalinschen Säuberungen. Sein Todesdatum wird in der Literatur unterschiedlich angegeben.

Ebert, Friedrich (1871–1925)
Sattler; seit 1889 Mitglied der Sozialdemokratie in Bremen, dort Redakteur und Bürgerschaftsmitglied. 1905 bis 1913 Sekretär des

Parteivorstands der SPD und Vertreter des Reformerflügels. Nach dem Tod August Bebels (1913) wird er neben Hugo Haase Vorsitzender der SPD. Am 10. November 1918 – der Erste Weltkrieg ist verloren, die Novemberrevolution hat die Monarchie weggefegt – wird Ebert neben Haase Vorsitzender des Rats der Volksbeauftragten, nachdem es ihm nicht gelungen ist, den Kaiserthron zu retten. Gemeinsam mit dem Chef der Obersten Heeresleitung, General Groener, bekämpft er mit Hilfe der Freikorps die Linke, die ein Rätesystem errichten will. Im Februar 1919 wählt die Weimarer Nationalversammlung Ebert zum vorläufigen Reichspräsidenten. Er amtiert bis zu seinem Tod, angefeindet von der Rechten (»Dolchstoßlegende«) und der Linken (»Arbeiterverräter«).

Eichhorn, Emil (1863–1925)
Mechaniker; 1893–1900 Redakteur der sozialdemokratischen *Sächsischen Arbeiter-Zeitung*, danach bis 1904 Chefredakteur der Mannheimer SPD-Zeitung *Volksstimme*. 1903–1912 und 1919–1925 Reichstagsabgeordneter für SPD, USPD und KPD. 1918/19 Berliner Polizeipräsident. 1920 Übertritt zur KPD.

Eisner, Kurt (1867–1919)
Journalist; seit 1898 Mitglied der SPD und Redakteur des Zentralorgans *Vorwärts*. Daneben Mitarbeit an verschiedenen weiteren sozialdemokratischen Blättern. Eisner gehört zu den innerparteilichen Gegnern der sozialdemokratischen Kriegspolitik und zu den Mitbegründern der USPD. Im November 1918 ruft er den Freistaat Bayern aus und erklärt die Monarchie für abgeschafft. Er sorgt für die Einführung des Frauenwahlrechts in Bayern. Im Februar 1919 wird er erschossen auf dem Weg zum Landtag, wo er seinen Rücktritt als Ministerpräsident anbieten wollte.

Gennat, Ernst (1880–1939)
Polizist; 1904 in Berlin Eintritt in den Polizeidienst. Gennat wird bald Kriminalkommissar und erwirbt sich in der Weimarer Republik einen legendären Ruf als Kriminalist. Er gilt als Begründer wissenschaftlicher Ermittlungsmethoden in Mordfällen.

Groener, Wilhelm (1867–1939)
Berufssoldat seit 1884; im November 1918 Nachfolger Hindenburgs als Chef der Obersten Heeresleitung. Im November 1918 verbündet er sich mit Ebert gegen die Revolution. 1928–1932 Reichswehrminister, 1931/32 gleichzeitig Reichsinnenminister. In dieser Funktion setzt er das Verbot von SA und SS durch.

Haase, Hugo (1863–1919)
Rechtsanwalt; 1894–1910 SPD-Stadtverordneter in Königsberg, 1897–1919 mit Unterbrechungen Reichstagsabgeordneter, zuletzt für die USPD. 1911–1916 einer der Vorsitzenden der SPD (neben Bebel und Ebert), 1912–1915 Vorsitzender der SPD-Reichstagsfraktion, 1917 Mitbegründer und Vorsitzender der USPD. 1918 Mitglied des Rats der Volksbeauftragten.

Hindenburg, Paul von (1847–1934)
Berufssoldat; Hindenburg wird im Ersten Weltkrieg reaktiviert und erzielt Erfolge an der Ostfront (Schlacht bei Tannenberg). 1916 übernimmt er zusammen mit Ludendorff die Oberste Heeresleitung, die bald die Kriegsziele und die Strategie des Deutschen Reichs bestimmt. Nach der Niederlage und der Unterzeichnung des Versailler Vertrags legt er das Oberkommando nieder, das faktisch längst von Groener übernommen wurde. 1925 als Kandidat der Rechten zum Reichspräsidenten gewählt. 1932 verhelfen ihm die SPD und Parteien der rechten Mitte zu einer zweiten Amtszeit. Im Januar 1933 ernennt er, vor allem auf Drängen ostelbischer Großgrundbesitzer, Adolf Hitler zum Reichskanzler. Er unterzeichnet die »Reichstagsbrandverordnung« und das Ermächtigungsgesetz, mit denen grundlegende Verfassungsrechte beseitigt und der Weg in die NS-Diktatur frei gemacht werden.

Hoffmann, Max (1869–1927)
Berufssoldat; seit 1916 Generalstabschef des Oberbefehlshabers Ost. Bei den deutsch-russischen Friedensverhandlungen in Brest-Litowsk 1918 vertritt er die harten Bedingungen der Obersten Heeresleitung.

Hofmann, Heinrich von (1863–1921)

Berufssoldat; vermutlich 1880 Eintritt in das kaiserliche Heer, im Februar 1918 Beförderung zum Generalleutnant. Hofmann ist im Januar 1919 nominell Chef der Garde-Kavallerie-Schützen-Division, aus deren Reihen die Mörder von Rosa Luxemburg und Karl Liebknecht stammen. Da Hofmann aber an einer Herzkrankheit leidet, führt faktisch der Generalstabschef Hauptmann Waldemar Pabst die Division. Im Juli 1920 Versetzung in den Ruhestand.

Jacob, Mathilde (1873–1943)

Sekretärin; im Dezember 1913 trifft sie Rosa Luxemburg zum ersten Mal. Sie wird bald zur Vertrauten; vor allem über sie laufen die Verbindungen zwischen der im Krieg inhaftierten Rosa Luxemburg und dem Spartakusbund. Nach der Ermordung Rosa Luxemburgs verwahrt Mathilde Jacob den Nachlass. 1935 fällt sie unter die Nürnberger Gesetze, 1939 übergibt sie den Luxemburg-Nachlass einem amerikanischen Wissenschaftler. 1942 wird sie ins KZ Theresienstadt deportiert, wo sie 1943 umkommt.

Jogiches, Leo (1867–1919)

Als Sohn eines Kaufmanns in Wilna (Litauen) geboren; schließt sich 1882 der sozialistischen Bewegung in Russland an. Nach russischer Gefängnishaft Emigration in die Schweiz. Dort lernt Jogiches Rosa Luxemburg kennen und wird für viele Jahre ihr Lebensgefährte. Beide sind führend in der polnischen und russischen Arbeiterbewegung tätig. Auch nach dem persönlichen Bruch bleiben Jogiches und Luxemburg in engem Kontakt. Im Ersten Weltkrieg lebt Jogiches illegal in Deutschland. Er gehört zu den Gründungsmitgliedern und Führern des Spartakusbundes und der KPD. Nach der Ermordung Luxemburgs und Liebknechts leitet der wegen seiner organisatorischen Fähigkeiten geschätzte Revolutionär die KPD. Am 10. März 1919 wird Jogiches verhaftet und »auf der Flucht erschossen«.

Kamenew, Lew Borissowitsch (1883–1936)

Berufsrevolutionär; Kamenew (eigentlich: Rosenfeld) ist seit 1901 Mitglied der russischen Sozialdemokratie und Vertrauter Lenins.

Seit 1917 Mitglied des Zentralkomitees. Opposition gegen Lenins Aufstandsplan. Seit 1918 Vorsitzender des Moskauer Sowjets. 1936 in einem Schauprozess zum Tod verurteilt und hingerichtet.

Kautsky, Karl (1854–1938)
Journalist; Kautsky war der führende Theoretiker der deutschen Sozialdemokratie und Herausgeber der Zeitschrift *Neue Zeit.* 1917 zählt er zu den Mitbegründern der USPD. Er ist Gegner der Oktoberrevolution und zieht sich Lenins Hass zu *(Die proletarische Revolution und der Renegat Kautsky, 1918)*. Kautsky war bis zum politischen Bruch mit Rosa Luxemburg befreundet.

Kerenski, Alexander Fjodorowitsch (1881–1970)
Berufspolitiker; einer der Führer der russischen Partei der Sozialrevolutionäre. 1917 stellvertretender Vorsitzender des Petrograder Sowjets. Justizminister in der ersten Provisorischen Regierung nach dem Sturz des Zaren. Ab Mai 1917 Kriegsminister, ab Juli Ministerpräsident. Setzt sich ein für die Weiterführung des Kriegs gegen Deutschland und Österreich-Ungarn an der Seite der englisch-französischen Entente. Sturz durch die Oktoberrevolution, 1918 flieht Kerenski ins Ausland.

Koltschak, Alexander Wassiljewitsch (1874–1920)
Weißer Admiral; 1918 Führer der antirevolutionären Truppen in Sibirien. Ließ sich in Omsk zum »Reichsverweser« ausrufen. Nach seiner Niederlage gegen die Rote Armee von nichtbolschewistischen Gegnern seiner Diktatur erschossen.

Kun, Béla (1886–1939?)
Journalist; Gründer der ungarischen KP, Führer der ungarischen Räterepublik 1919. Nach deren Niederlage Arbeit für die Kommunistische Internationale, unter anderem in Deutschland. Während der Stalinschen Säuberung 1937 verhaftet. Starb unter ungeklärten Umständen in Lagerhaft.

Lassalle, Ferdinand (1825–1864)
Publizist und Politiker; Theoretiker und Mitbegründer der deutschen Arbeiterbewegung. Starb an den Folgen eines Duells.

Ledebour, Georg (1850–1947)
Kaufmann und Journalist; ab 1890 Mitarbeit an sozialdemokratischen Zeitungen, 1917 Mitbegründer der USPD. 1900–1918 und 1920–1924 Reichstagsabgeordneter für SPD und USPD. 1924 gründet Ledebour den Sozialistischen Bund, 1931 wird er – wie Willy Brandt – Mitglied der SAP. 1933 Emigration.

Lenin, Wladimir Iljitsch (1870–1924)
Rechtsanwalt, Berufsrevolutionär; Begründer der Partei der Bolschewiki, später Kommunistische Partei Russlands (Bolschewiki) bzw. Kommunistische Partei der Sowjetunion (Bolschewiki). Nach Lenins (eigentlich: Uljanow) Auffassung war die revolutionäre Partei die disziplinierte und zentralisierte Avantgarde des Proletariats. Sie hatte die Aufgabe, den »wissenschaftlichen Sozialismus« in die Arbeiterklasse hineinzutragen, da das Proletariat allein kein revolutionäres Bewusstsein bilden könne. Lenin forderte, den Weltkrieg in einen Bürgerkrieg umzuwandeln, und setzte auf die Niederlage der eigenen Regierung. Nicht zuletzt deshalb unterstützt die deutsche Oberste Heeresleitung unter Hindenburg und Ludendorff 1917 Lenins Reise aus dem Schweizer Exil durch Deutschland nach Russland, in dem gerade die bürgerlich-demokratische Revolution den Zaren gestürzt hat. Geld aus Deutschland hilft auch, die Oktoberrevolution zu finanzieren, in der die Bolschewiki die Macht übernehmen. Im bald ausbrechenden Bürgerkrieg orientiert Lenin auf gnadenlose Härte, seit September 1918 ist der »rote Terror« offizielle Politik des Rats der Volkskommissare, wie sich die russische Regierung unter Lenin nennt. Lenin betreibt die Gründung der Dritten Internationale (Kommunistische Internationale: Komintern) und verlangt von den Mitgliedsparteien, die Taktik der Bolschewiki zu übernehmen.

Levi, Paul (1883–1930)
Rechtsanwalt; zunächst SPD-Mitglied und Verteidiger Rosa Luxemburgs, Mitbegründer des Spartakusbundes und der KPD, kurze Zeit Vorsitzender der KPD, 1921 Parteiausschluss, Mitbegründer der Kommunistischen Arbeitsgemeinschaft (KAG; u.a. mit Däumig), schließlich Rückkehr zur SPD und dort Führer des linken Flügels.

Leviné, Eugen (1883–1919)
Jurist; Teilnahme an der ersten russischen Revolution 1905 als Mitglied der Partei der Sozialrevolutionäre. 1905–1908 mehrmals verhaftet, 1909 Rückkehr nach Deutschland, danach Mitglied der SPD. 1917 Übertritt zur USPD, 1918 zur KPD. 1919 einer der Führer der Münchener Räterepublik, nach deren Niederschlagung verhaftet und standrechtlich erschossen.

Liebknecht, Karl (1871–1919)
Sohn des SPD-Mitbegründers Wilhelm Liebknecht, Rechtsanwalt; seit 1900 Mitglied der SPD, 1912–1917 Reichstagsabgeordneter. Liebknecht bricht im Dezember 1914 als einziger SPD-Abgeordneter die Fraktionsdisziplin und stimmt im Reichstag gegen die Kriegskredite. Am 1. Mai 1916 leitet er eine öffentliche Kundgebung gegen den Krieg und wird wegen Hochverrats bis Oktober 1918 inhaftiert. Liebknecht ist neben Rosa Luxemburg der bekannteste Führer des Spartakusbundes und der KPD. Nach dem sogenannten Spartakusaufstand wird er am 15. Januar zusammen mit Rosa Luxemburg und Wilhelm Pieck verhaftet und auf Befehl von Hauptmann Waldemar Pabst von Angehörigen der Garde-Kavallerie-Schützen-Division ermordet.

Liebknecht, Wilhelm (1826–1900)
Journalist; 1848 Teilnahme an der bürgerlichen Revolution, 1850 bis 1862 Emigration, Mitbegründer der Sozialdemokratie, ab 1891 Chefredakteur des *Vorwärts.* Neben August Bebel der populärste Führer der Vorkriegssozialdemokratie und Vater von Karl Liebknecht.

Ludendorff, Erich (1865–1937)
Berufssoldat; seit 1914 preußischer General. Als faktischer Leiter der Kriegführung im Osten erringt Ludendorff einen legendären Ruf. Seit 1916 ist er neben Hindenburg die treibende Kraft in der Obersten Heeresleitung und bestimmt zunehmend die deutsche Politik und Kriegsstrategie. Nach dem Scheitern der »Ludendorff-Offensiven« 1918 an der Westfront fordert er die Aufnahme von Waffenstillstandsverhandlungen. Nach dem Krieg engagiert er sich bei der politischen Rechten und beteiligt sich 1923 am Hitlerputsch.

Luxemburg, Rosa (1870–1919)
Volkswirtin, Revolutionärin; schließt sich schon als Schülerin der sozialistischen Bewegung in Polen an. 1889 muss sie nach Zürich emigrieren, wo sie 1897 in Nationalökonomie promoviert. Zusammen mit Leo Jogiches gründet sie 1893 die Sozialdemokratische Arbeiterpartei des Königreichs Polen (seit 1900: und Litauens). Durch eine Scheinheirat erwirbt sie die deutsche Staatsbürgerschaft und übersiedelt nach Berlin, wo sie, vor allem in der Auseinandersetzung mit dem Revisionismus Eduard Bernsteins, bald zum profiliertesten Kopf der Parteilinken wird. Als die SPD-Reichstagsfraktion im August 1914 den Kriegskrediten zustimmt, versammelt sie linke Sozialdemokraten, die die »Vaterlandsverteidigung« ablehnen. Luxemburg ist die bedeutendste Führerin der Spartakusgruppe, aus der der Spartakusbund und schließlich die KPD hervorgehen. Auf dem Gründungsparteitag der KPD hält sie das Grundsatzreferat, aber gegen ihren Willen stimmt eine Parteitagsmehrheit gegen die Beteiligung an den Wahlen zur Nationalversammlung. Sie lehnt den sogenannten Spartakusaufstand im Januar 1919 insgeheim ab, solidarisiert sich aber öffentlich mit den kämpfenden Arbeitern. Am 15. Januar 1919 wird sie auf Befehl von Hauptmann Waldemar Pabst von Angehörigen der Garde-Kavallerie-Schützen-Division ermordet.

Martow, Julius (1873–1923)
Berufspolitiker; Martow (eigentlich: Zederbaum) war einer der Führer der russischen Menschewiki. 1895 Zusammenarbeit mit Lenin

in St. Petersburg, 1897–1900 Verbannung, 1905 Teilnehmer an der ersten russischen Revolution, nach deren Niederlage Exil. 1917 Rückkehr nach Russland, 1920 Emigration wegen der Unterdrückungspolitik der Bolschewiki gegen alle anderen Parteien.

Mehring, Franz (1846–1919)
Publizist; Mehring wird 1891 Mitglied der SPD und Mitarbeiter der von Karl Kautsky herausgegebenen theoretischen Zeitschrift *Neue Zeit.* 1898 erscheint sein Hauptwerk *Geschichte der deutschen Sozialdemokratie.* Mehring gehört zu den Mitbegründern des Spartakusbundes und der KPD.

Noske, Gustav (1868–1946)
Journalist; 1893–1918 Schriftleiter sozialdemokratischer Zeitungen. Noske ist 1919/20 Mitglied des Rats der Volksbeauftragten und Reichswehrminister. Er ist wesentlich verantwortlich für die rücksichtslose Niederwerfung linker Aufstände. Er prägt den Satz: »Einer muss der Bluthund sein.« Nach dem Zweiten Weltkrieg behauptete der ehemalige Stabschef der Garde-Kavallerie-Schützen-Division, Hauptmann Waldemar Pabst, er habe Rosa Luxemburg und Karl Liebknecht mit Noskes Zustimmung ermorden lassen. 1939 und 1944 in NS-Haft.

Pabst, Waldemar (1881–1970)
Berufsoffizier seit 1899; Erster Generalstabsoffizier der Garde-Kavallerie-Schützen-Division und im Januar 1919 deren faktischer Befehlshaber. Pabst gab den Befehl, Rosa Luxemburg und Karl Liebknecht zu ermorden. Nach dem Zweiten Weltkrieg erklärte Pabst: »Dass ich die Aktion ohne Zustimmung Noskes gar nicht durchführen konnte und auch meine Offiziere schützen musste, ist klar. Aber nur ganz wenige Menschen haben begriffen, warum ich nie vernommen oder unter Anklage gestellt worden bin. (...) Ich habe als Kavalier das Verhalten der damaligen SPD damit quittiert, dass ich fünfzig Jahre lang das Maul gehalten habe über unsere Zusammenarbeit.« Pabst wird wegen des Mordes strafrechtlich nicht belangt, die CDU-geführten Bundesregierungen betrachten die Morde an

Liebknecht und Luxemburg als »standrechtliche Erschießungen« (so im Bulletin des Presse- und Informationsdienstes der Bundesregierung, Nr. 27, vom 8. Februar 1962).

Pflugk-Harttung, Horst von (1889–1967)
Berufssoldat seit 1907; der Kapitänleutnant ist einer der Mörder Karl Liebknechts. Er flieht 1919 nach Schweden. In einem später dementierten Zeitungsinterview erklärt er, Karl Liebknecht im Auftrag des Reichswehrministers Noske ermordet zu haben. Nach dem Zweiten Weltkrieg lebt er als Kaufmann in Hamburg und pflegt den Kontakt zu Waldemar Pabst. Er wird in der Bundesrepublik strafrechtlich nicht behelligt.

Pieck, Wilhelm (1876–1960)
Tischler; 1895 Eintritt in die SPD, ab 1905 Mitglied der Bremer Bürgerschaft, 1910 Sekretär des SPD-Bildungsausschusses in Berlin. 1914 zählt Pieck zu den Gegnern der Kriegskreditbewilligung durch die SPD-Reichstagsfraktion und verliert deshalb seinen Parteiposten. Er schließt sich der Spartakusgruppe an, sitzt später in der Zentrale der KPD. Im Januar 1919 wird er gemeinsam mit Luxemburg und Liebknecht verhaftet. Um sein Entkommen ranken sich Gerüchte, die die KPD-Führung 1931 veranlassen, einen Untersuchungsausschuss einzusetzen, der Piecks Verhalten klären soll. Ergebnisse sind nicht bekannt. Im Moskauer Exil wird Pieck zum Nachfolger Thälmanns als Parteivorsitzender bestimmt. In dieser Funktion beteiligt er sich an der mörderischen Verfolgung emigrierter deutscher Kommunisten durch den sowjetischen Geheimdienst NKWD. 1946 wird er nach der Vereinigung von KPD und SPD zur SED einer der beiden Parteivorsitzenden neben Otto Grotewohl. 1949 bis 1960 Präsident der DDR.

Radek, Karl (1885–1939)
Journalist, Berufsrevolutionär; Radek (eigentlich: Sobelsohn) ist vor dem Ersten Weltkrieg in der deutschen und der polnischen Sozialdemokratie tätig und gehört zum linken Flügel. Im Sommer 1917 schließt sich Radek den Bolschewiki an. Radek ist bald Mitglied des

Zentralkomitees der KPR und des Exekutivkomitees der Kommunistischen Internationale. Er gehört zu den Anhängern Trotzkis. 1937 wird er in einem Schauprozess zu zehn Jahren Gefängnis verurteilt. Er stirbt in einem sowjetischen Lager.

Retzlaw, Karl (1896–1979)
Industriearbeiter; Retzlaw (eigentlich: Gröhl) wird 1916 Mitglied der SPD, arbeitet aber in der Berliner Spartakusgruppe mit. Seit 1917 USPD. 1918 verweigert er den Kriegsdienst, taucht unter und wird verhaftet und verurteilt. Retzlaw gehört zu den Mitbegründern der KPD und ist zeitweise Sekretär der Bezirksleitung Berlin-Brandenburg. 1920 leitet er den Aufbau des illegalen Apparats der KPD. Danach gehört er zum illegalen Apparat der Kommunistischen Internationale in Deutschland. Er wird verhaftet und zu zweieinhalb Jahren Gefängnis verurteilt. 1928 amnestiert und Verlagsgeschäftsführer bis 1933. Nach dem Machtantritt der Nazis Ausreise in die Sowjetunion. Zu diesem Zeitpunkt hat er sich bereits vom Stalinismus gelöst und sich Trotzki angenähert. Nach seiner Flucht aus der Sowjetunion und einem Treffen mit Trotzki distanziert er sich im November 1933 öffentlich von der Komintern und der KPD. Nach dem Krieg schließt er sich der SPD an und arbeitet als Verlagsangestellter der *Frankfurter Rundschau.* Seine *Erinnerungen eines Parteiarbeiters* sind eine wichtige Quelle zur Geschichte des Spartakusbundes und der KPD.

Reuter, Ernst (1889–1953)
Lehrer; Mitglied der SPD seit 1912, Kriegsgefangenschaft in Russland, nach der Oktoberrevolution Volkskommissar im Wolgagebiet, Ende 1918 Rückkehr nach Deutschland und Beitritt zur KPD (Parteiname: Friesland), Leiter der Berliner Parteiorganisation und einer der Führer des linken Parteiflügels. 1922 Parteiausschluss, Mitglied der USPD, dann der SPD. 1935 Exil in der Türkei, 1947 Wahl zum Oberbürgermeister von Berlin (ein sowjetisches Veto verhindert den Amtsantritt), 1950–1953 Regierender Bürgermeister von Westberlin.

Runge, Otto Wilhelm (1875–1945)
Schweißer; gehört im Januar 1919 zur Garde-Kavallerie-Schützen-Division und schlägt im Auftrag eines nicht in das Mordkomplott eingeweihten Offiziers mit dem Gewehrkolben auf Luxemburg und Liebknecht ein, um sie zu töten. Beide werden verletzt und überleben diesen Anschlag. Wegen Beteiligung an der Ermordung Luxemburgs und Liebknechts von 1919–1921 in Haft. 1933 erhält er finanzielle Unterstützung der Nazis. 1945 von Kommunisten in Berlin festgenommen und an die sowjetische Besatzungsmacht ausgeliefert. Die genauen Umstände seines Todes sind unbekannt.

Scheidemann, Philipp (1865–1939)
Buchdrucker und Journalist; sitzt 1903–1918 für die SPD im Reichstag, seit 1913 als einer der Fraktionsführer; im November ruft er gegen den Widerstand Friedrich Eberts die Republik aus. Von Februar bis Juni 1919 Ministerpräsident. 1933 geht er ins Exil.

Schleicher, Kurt von (1882–1934)
Berufssoldat; 1919 Major im Generalstab bei der Obersten Heeresleitung. 1932 Reichswehrminister und 1932/33 der letzte Reichskanzler der Weimarer Republik. Schleicher, der sich als »sozialer General« präsentiert, versucht durch ein Bündnis aus Gewerkschaften, der Sozialdemokratie und anderen Kräften bis hin zum Strasser-Flügel der NSDAP den Machtantritt Hitlers zu verhindern. Beim »Röhm-Putsch« im Juni 1934 von den Nazis ermordet.

Seeckt, Hans von (1866–1936)
Berufssoldat; Seeckt baut als Chef der Heeresleitung (1920–1926) die Reichswehr auf. Er befiehlt seinen Soldaten politische Neutralität, sympathisiert aber mit der nationalen Rechten und einer Wiedereinführung der Monarchie. Er setzt die Reichswehr gegen die Linke ein, beim Kapp-Putsch (1920) und beim Hitler-Putsch (1923) hält er sich dagegen zurück. 1930–1932 für die Deutsche Volkspartei im Reichstag.

Sinowjew, Grigori Jewsejewitsch (1883–1936)
Berufsrevolutionär; Sinowjew (eigentlich: Radomyslski) ist seit 1901 Mitglied der russischen Sozialdemokratie. Seit 1903 Bolschewik und enger Mitarbeiter Lenins. Seit 1907 Mitglied des Zentralkomitees der Bolschewistischen Partei. 1917 gemeinsam mit Kamenew Opposition gegen Lenins Aufstandsplan, Vorsitzender des Petrograder Sowjets, seit 1919 Mitglied des Politbüros. 1919–1926 Vorsitzender des Exekutivkomitees der Kommunistischen Internationale. 1936 in einem Schauprozess zum Tod verurteilt und hingerichtet.

Stalin, Josef Wissarionowitsch (1879–1953)
Berufsrevolutionär; Mitglied der russischen Sozialdemokratie seit 1898. Bei der Parteispaltung 1903 entscheidet Stalin (eigentlich: Dschugaschwili) sich für die Bolschewiki und arbeitet in der Illegalität, weshalb er mehrmals verhaftet und nach Sibirien verbannt wird. Seit 1912 Mitglied des bolschewistischen Zentralkomitees. 1917 unterstützt er Lenins Kurs des bewaffneten Aufstands und gehört zu den Organisatoren der Oktoberrevolution. Danach Volkskommissar und Mitglied des Politbüros, wobei er sich während des Bürgerkriegs meist an den Fronten aufhält. 1922 übernimmt er das neugeschaffene Amt des Generalsekretärs. Nach Lenins Tod 1924 entscheidet er die Nachfolgekämpfe für sich und orientiert auf eine schnelle und massive Industrialisierung des Landes und die Kollektivierung der Landwirtschaft. Dieser Kurs erzeugt Hungersnöte mit Millionen von Opfern. Unter Stalin wird das System der Arbeitslager (GULag) ausgeweitet und neu organisiert. In den dreißiger Jahren überziehen die Nachfolgeorganisationen der Tscheka das Land mit einem Terrorregime, dem Millionen von Menschen zum Opfer fallen, darunter viele bekannte Funktionäre der Bolschewistischen Partei wie die ehemaligen Mitstreiter Lenins Sinowjew, Kamenew, Bucharin und Radek. Stalin lässt einen aberwitzigen Kult um seine Person entwickeln, vor allem nach dem Sieg über Nazideutschland im Zweiten Weltkrieg.

Swerdlow, Jakow Michailowitsch (1885–1919)
Berufsrevolutionär; Mitglied der russischen Sozialdemokratie seit 1901, gehört er zu den in der Illegalität arbeitenden Organisatoren der Bolschewiki. Mehrfach nach Sibirien verbannt. Nach der Oktoberrevolution wird der Lenin-Anhänger Vorsitzender des Allrussischen Zentralen Exekutivkomitees der Sowjets. Swerdlow ist auch führend an der Gründung der Kommunistischen Internationale beteiligt.

Thälmann, Ernst (1886–1944)
Rollkutscher; seit 1903 Mitglied der SPD, 1918 USPD. 1920 tritt er mit der Mehrheit der USPD zur KPD über und steht auch dort auf dem linken Flügel. 1921 KPD-Delegierter auf dem 3. Kongress der Kommunistischen Internationale. Im selben Jahr wird er Mitglied der Zentrale (später: Zentralkomitee). 1924 Mitglied des Politbüros, 1925 KPD-Kandidat bei der Reichspräsidentenwahl und Wahl zum Vorsitzenden der KPD. In dieser Funktion erweist er sich als bedingungsloser Gefolgsmann Stalins und betreibt die »Bolschewisierung der KPD«. In der Endphase der Weimarer Demokratie setzt er vor allem auf den Kampf gegen die »sozialfaschistische« SPD, die er als »Hauptstütze des Monopolkapitals« denunziert. Nach der Machtübernahme durch die Nazis 1933 wird Thälmann verhaftet. Trotz Folter und Einzelhaft bleibt er standhaft. Thälmann wird am 18. August 1944 im KZ Buchenwald erschossen.

Trotzki, Leo Dawidowitsch (1879–1940)
Berufsrevolutionär; Trotzki (eigentlich: Bronstein) ist seit 1897 führend tätig in der russischen Arbeiterbewegung. Er arbeitet zunächst in der Illegalität, wird verhaftet und nach Sibirien verbannt. 1902 flieht er ins Ausland, in der Revolution 1905 kommt er zurück und zählt zu den Führern des Petersburger Sowjets. Nach dem Scheitern der Revolution lebt Trotzki im Ausland, kehrt aber 1917 wieder nach Russland zurück und schließt sich den Bolschewiki an. Neben Lenin der maßgebliche Führer der Oktoberrevolution. 1917 Volkskommissar des Äußeren (Außenminister) und 1918 Volkskommissar für Verteidigung. Trotzki ist Gründer der Roten Armee und hat

einen hervorragenden Anteil an deren Sieg im Bürgerkrieg. Wie Lenin verfolgt er den Kurs des »roten Terrors«, dem Millionen von Menschen zum Opfer fallen. In den Machtkämpfen nach Lenins Tod 1924 unterliegt er gegen Stalin, 1929 wird er des Landes verwiesen. Danach publiziert er im Ausland und ist der Führer der IV. (trotzkistischen) Internationale. Stalin betrachtet ihn nach wie vor als seinen Hauptfeind und lässt ihn von einem Geheimdienstagenten ermorden.

Tschitscherin, Georgi Wassiljewitsch (1872–1936)
Diplomat; 1905 Mitglied der Bolschewistischen Partei, dann Übertritt zu den Menschewiki. 1915 in der Emigration Zusammenarbeit mit Trotzki. 1917 in England verhaftet wegen prodeutscher Aktivität und 1918 abgeschoben nach Petrograd. 1918–1930 Trotzkis Nachfolger als Volkskommissar des Äußeren.

Wilson, Thomas Woodrow (1856–1924)
1913–1921 Präsident der USA; führt 1917 die Vereinigten Staaten an der Seite der englisch-französischen Entente in den Ersten Weltkrieg. Wilson veröffentlicht im Januar 1918 die »Vierzehn Punkte«, in denen er einen Frieden des gerechten Ausgleichs und ein System der kollektiven Sicherheit fordert.

Zetkin, Clara (1857–1933)
Lehrerin; Zetkin bekennt sich schon 1878 zur Sozialdemokratie. Sie gehört bald zu den bekannten Vertreterinnen des linken Parteiflügels. Einen Namen macht sie sich auch als Führerin der proletarischen Frauenbewegung und Herausgeberin der Zeitschrift *Gleichheit*. Sie gehört zum Freundeskreis Rosa Luxemburgs und zu den Gründerinnen des Spartakusbundes und der KPD. Mit Unterbrechungen ist sie bis zu ihrem Tod Mitglied der KPD-Zentrale, lebt zuletzt aber vor allem in Moskau. Im August 1932 kehrt sie ein letztes Mal nach Berlin zurück, um als Alterspräsidentin den neugewählten Reichstag mit einer scharfen Rede gegen die Nazis zu eröffnen. Zetkin resigniert im Kampf gegen die Stalinisierung der Kommunistischen Internationale und der KPD.

Zietz, Luise (1865–1922)
Dienstmädchen und Kindergärtnerin; ab 1896 öffentliche Auftritte für die SPD, 1908 erstes weibliches Mitglied des SPD-Parteivorstands, 1917 Mitbegründerin der USPD und deren geschäftsführende Sekretärin neben Wilhelm Dittmann. 1919/20 Mitglied der Nationalversammlung, ab 1920 Reichstagsabgeordnete.

Dank

Ich danke
Dr. Herbert Brehmer, Berlin,
fürs kritische Gegenlesen.

Hitlers unheimliche Erben

Christian v. Ditfurth

Der 21. Juli

Roman

Ein atmosphärisch dichter Thriller – ein fesselndes Spiel mit der Wirklichkeit: Hitler wird bei dem Attentat vom 20. Juli 1944 getötet. Doch die Verschwörer werden von der SS ausgespielt. Mit Anbruch des 21. Juli stürzt die Welt in ein neues Inferno.

»Unerschöpfliche Fabulierlust.«
Focus

»Ein waschechter Polit-Thriller.«
Hannoversche Allgemeine